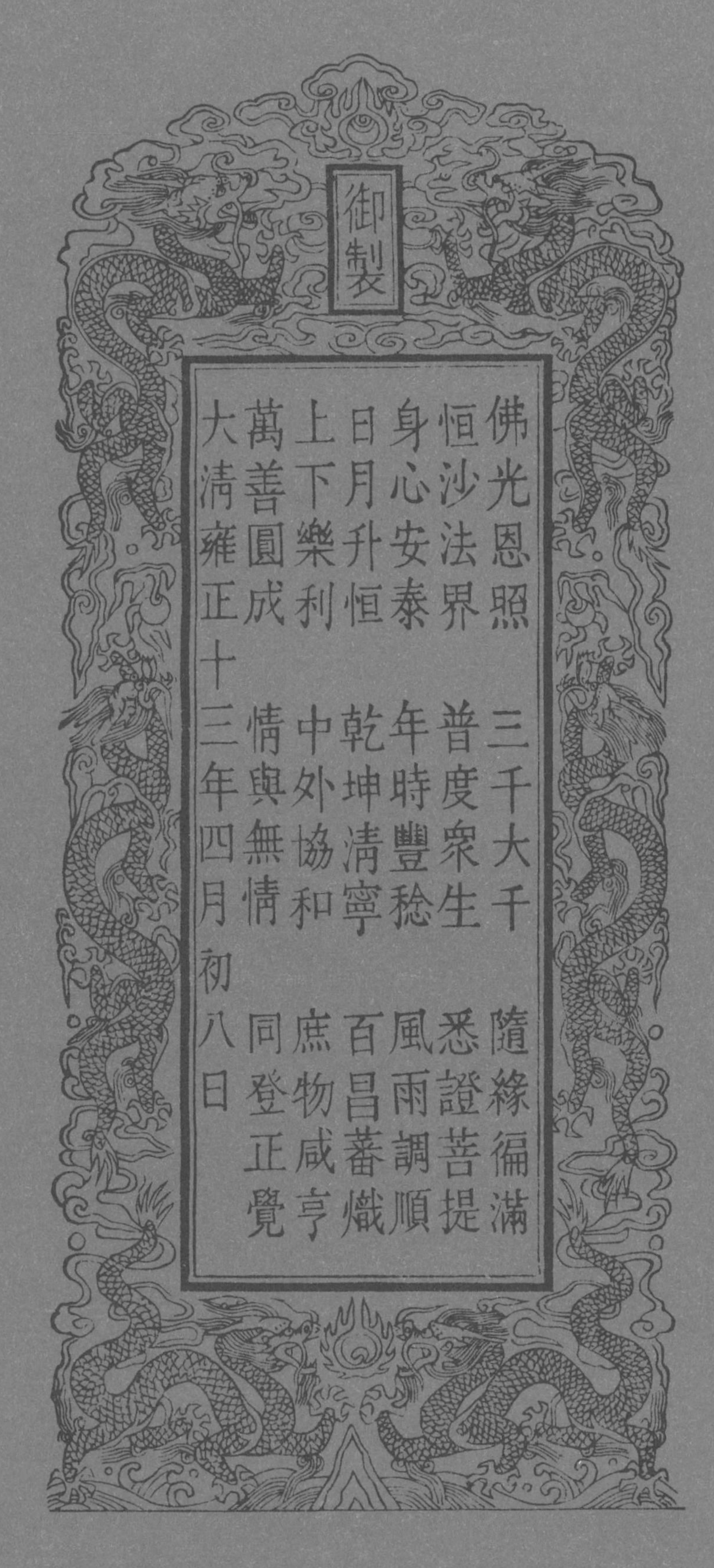

御製

佛光恩照　三千大千　隨緣徧滿
恒沙法界　普度衆生　悉證菩提
身心安泰　年時豐稔　風雨調順
日月升恒　乾坤清寧　百昌蕃熾
上下樂利　中外協和　庶物咸亨
萬善圓成　情與無情　同登正覺

大清雍正十三年四月初八日

第五九册　宋元入藏諸大小乘經（一）

佛說大乘莊嚴寶王經
宋西天中印度惹爛馱囉國三藏沙門天息災奉　詔譯

清刻龍藏佛說法變相圖

佛說大乘莊嚴寶王經卷第一

宋西天中印度惹爛馱囉國三藏沙門天息災奉　詔譯

如是我聞一時世尊在舍衛國祇樹給孤獨園與大苾芻衆千二百五十人俱并諸菩薩摩訶薩衆其名曰金剛手菩薩摩訶薩智見菩薩摩訶薩金剛軍菩薩摩訶薩祕密藏菩薩摩訶薩虛空藏菩薩摩訶薩日藏菩薩摩訶薩無動菩薩摩訶薩寶手菩薩摩訶薩普賢菩薩摩訶薩證眞常菩薩摩訶薩除蓋障菩薩摩訶薩大勤勇菩薩摩訶薩藥王菩薩摩訶薩觀自在菩薩摩訶薩執金剛菩薩摩訶薩海慧菩薩摩訶薩持法菩薩摩訶薩等八十俱胝菩薩皆來集會是時復有三十二諸天子衆皆來集會大自在天及那羅延天而爲上首帝釋天王索訶世界主大梵天王

日天月天風天水天如是諸天衆等皆來集會復有百千龍王所謂阿鉢邏羅龍王矃攞鉢怛哩合二龍王底銘蹳隸龍王主地龍王百頭龍王虎虜絏拏龍王得叉計龍王牛頭龍王鹿頭龍王難陀龍王跋難陀龍王魚子龍王無熱惱龍王娑蘗哩拏龍王如是諸龍王等皆來集會復有百千彥達嚩王所謂鼓音彥達嚩王妙聲彥達嚩王千臂彥達嚩王天主彥達嚩王身歡喜彥達嚩王種種樂音彥達嚩王莊嚴彥達嚩王現童子身彥達嚩王妙臂彥達嚩王法樂彥達嚩王如是等諸彥達嚩王皆來集會復有百千緊那囉王所謂妙口緊那囉王寶冠緊那囉王熈怡緊那囉王歡喜緊那囉王輪莊嚴緊那囉王珠寶緊那羅王大腹緊那囉王堅固精進緊那囉王

妙勇緊那囉王百口緊那囉王大樹緊那囉王如是等諸緊那囉王皆來集會復有百千天女所謂最上天女妙嚴天女金帶天女莊嚴天女聞持天女甘露月天女清淨身天女寶光天女花身天女天面天女口演五樂音天女快樂天女金鬘天女青蓮華天女宣法音天女妙樂天女樂生天女妙嚴相天女嚴持天女布施天女潔已天女如是諸天女等亦來集會復有百千諸龍王女所謂妙嚴持龍女毋呰隣那龍女三髻龍女和容龍女勝吉祥龍女電眼龍女電光龍女妙山龍女百眷屬龍女大藥龍女月光龍女一首龍女百臂龍女受持龍女無煩惱龍女善莊嚴龍女白雲龍女乘車龍女未來龍女多眷屬龍女海腹龍女蓋面龍女法座龍女妙手龍女海

深龍女妙高吉祥龍女如是諸龍女等亦來集會復有百千彥達嚩女所謂愛面彥達嚩女愛施彥達嚩女無見彥達嚩女妙吉祥彥達嚩女金剛鬘彥達嚩女妙鬘彥達嚩女樹林彥達嚩女百花彥達嚩女花敷彥達嚩女寶鬘彥達嚩女妙腹彥達嚩女吉祥王彥達嚩女鼓音彥達嚩女妙莊嚴彥達嚩女豐禮彥達嚩女法愛彥達嚩女法施彥達嚩女青蓮華彥達嚩女百手彥達嚩女蓮華吉祥彥達嚩女大蓮華彥達嚩女體清淨彥達嚩女自在行彥達嚩女施地彥達嚩女施果彥達嚩女師子步彥達嚩女矩母那花彥達嚩女妙意彥達嚩女惠施彥達嚩女天語言彥達嚩女愛忍辱彥達嚩女樂眞寂彥達嚩女寶牙彥達嚩女帝釋樂彥達嚩女世主眷屬彥達嚩女鹿王彥達嚩女變化吉祥彥達嚩女焰峯彥達嚩女貪解脫彥達嚩女瞋解脫彥達嚩女癡解脫彥達嚩女善知識眷屬彥達嚩女寶座彥達嚩女往來彥達嚩女火光彥達嚩女月光彥達嚩女徧照眼彥達嚩女金耀彥達嚩女樂善知識彥達嚩女如是等諸彥達嚩女亦來集會復有百千緊那羅女所謂一意緊那羅女深意緊那羅女風行緊那羅女水行緊那羅女乘空緊那羅女迅疾緊那羅女財施緊那羅女妙牙緊那羅女無動吉祥緊那羅女染界緊那羅女熾盛光徧緊那羅女妙吉祥緊那羅女寶篋緊那羅女觀財緊那羅女端嚴緊那羅女金剛面緊那羅女金色緊那羅女殊妙莊嚴緊那羅女廣額緊那羅女圍遶善知識緊那羅女主世緊那

囉女虛空護緊那囉女莊嚴王緊那囉女珠髻緊那囉女總持珠緊那囉女明人圍遶緊那囉女百名緊那囉女施壽緊那囉女護持佛法緊那囉女法界護緊那囉女上莊嚴緊那囉女刹那上緊那囉女求法常持緊那囉女時常見緊那囉女無畏緊那囉女趣解脫緊那囉女常祕密緊那囉女馱總持緊那囉女劒光焰緊那囉女地行緊那囉女護天主緊那囉女妙天主緊那囉女寶王緊那囉女忍辱部緊那囉女行施緊那囉女多住處緊那囉女持戰器緊那囉女妙嚴緊那囉女妙意緊那囉女如是等諸緊那囉女亦來集會復有百千鄔波索迦鄔波斯迦亦來集會及餘無數在家出家之衆百千異見外道尼乹他等亦皆來於大集會中是時大阿鼻地獄

出大光明其光徧照祇陀林園其園悉皆變成清淨現天摩尼寶莊嚴柱微妙圓滿現大樓閣金寶校飾復現諸房現黃金房白銀爲門現白銀房黃金爲門現金銀間錯房金銀間錯以爲其門現金銀間錯寶莊嚴殿金銀間錯妙寶莊嚴以爲其柱現黃金殿白銀爲柱現白銀殿黃金爲柱或白銀殿天諸妙寶以嚴其柱祇陀林樹上現種種天妙衆寶而爲莊嚴復現黃金劫樹白銀爲葉其樹上有種種莊嚴懸挂百種上妙衣服𭡶奢耶等復有百千眞珠瓔珞寶網羅上復有百千上妙寶冠珥璫繒帶玲瓏雜寶而嚴飾之復有上妙雜華上妙卧具微妙寶篋以爲嚴飾如是種種莊嚴劫樹出現其數而有百千其祇陀林衆園門樓金剛妙寶以爲堦陛其樓上有

無數殊妙繒綵眞珠瓔珞如是莊嚴復有百千上妙寶池八功德水充滿其中而有上妙圓滿雜華所謂優鉢羅華矩母那華奔拏哩引迦華曼那囉華摩訶曼那囉華優曇鉢羅華等盈滿池中復有種種上妙華樹所謂瞻波迦華樹迦囉尾囉二合華樹波吒攞華樹妙解脫華樹香雨華樹妙意華樹有如是等悅意華樹其衹樹園現如是等希有淨妙莊嚴之相是時會中有除蓋障菩薩摩訶薩從座而起偏袒右肩右膝著地合掌恭敬瞻仰尊顏而白佛言希有世尊我今心中而有疑事欲問如來唯願世尊聽我所問世尊今於此處有大光明爲從何來以何因緣而現如是希奇之相爾時世尊告除蓋障菩薩言善男子汝等諦聽吾當爲汝分別解說此大光明是聖觀自在菩薩摩訶薩入大阿鼻地獄之中爲欲救度一切受大苦惱諸有情故救彼苦已復入大城救度一切餓鬼之苦是時除蓋障菩薩摩訶薩復白佛言世尊其大阿鼻地獄周圍鐵城地復是鐵其城四周無有間斷猛火煙焰恒時熾然如是惡趣地獄之中有大鑊湯其水湧沸而有百千俱胝那庾多有情悉皆擲入鑊湯之中譬如水鍋煎煮諸豆盛沸之時或上或下而無間斷煮之糜爛阿鼻地獄其中有情受如是苦世尊聖觀自在菩薩摩訶薩以何方便入於其中世尊復告除蓋障菩薩摩訶薩言善男子由如轉輪聖王入天摩尼寶園如是善男子聖觀自在菩薩摩訶薩入大阿鼻地獄之時其身不能有所障礙時阿鼻地獄一切苦具無能逼切

菩薩之身其大地獄猛火悉滅成清涼地是時獄中閻魔獄卒心生驚疑怪未曾有何故此中忽然變成如是非常之相是時觀自在菩薩摩訶薩入其獄中破彼鑊湯猛火悉滅其大火坑變成寶池池中蓮華大如車輪是時閻魔獄卒見是事已將諸治罰器杖刀劍鎚棒弓箭鐵輪三股叉等往詣閻魔天子到已白言大王決定能知我此業報之地以何事故悉皆滅盡時閻魔天子言云何汝所業報之地悉皆滅盡復白閻魔天子言彼大阿鼻地獄變成清涼如是事時有一色相端嚴之人髮髻頂戴天妙寶冠莊嚴其身入地獄中鑊湯破壞火坑成池池中蓮華大如車輪是時閻魔天子諦心思惟是何天人威力如是爲大自在天爲那羅延等到彼地獄變現如是不可思議爲是大力十頭羅刹威神變化耶爾時閻魔天子以天眼通觀此天上觀諸天已是時復觀阿鼻地獄見觀自在菩薩摩訶薩如是見已速疾往詣觀自在菩薩摩訶薩所到已頭面禮足發誠實言以偈讚曰

歸命蓮華王　大悲觀自在　大自在吉祥
能施有情願　具大威神力　降伏極暴惡
暗趣爲明燈　覩者皆無畏　示現百千臂
其眼亦復然　具足十一面　智如四大海
愛樂微妙法　爲救諸有情　龜魚水族等
最上智如山　施寶濟群生　最上大吉祥
具福智莊嚴　入於阿鼻獄　變成清涼地
諸天皆供養　頂禮施無畏　說六波羅蜜
恒然法燈炬　法眼逾日明　端嚴妙色相
身相如金山　妙腹深法海　眞如意相應

妙德口中現　積集三摩地　無數百千萬
有無量快樂　端嚴最上仙　恐怖惡道中
枷鎖得解脫　施一切無畏　眷屬衆圍遶
所願皆如意　如獲摩尼寶　破壞餓鬼城
開爲寂靜道　救度世間病　如蓋覆於幢
難陀跋難陀　二龍爲絡腋　手執不空索
現無數威德　能破三界怖　金剛手藥叉
羅刹及步多　尾多拏枳你　及與栱畔拏
阿鉢娑麼囉　悉皆懷恐怖　優鉢羅華眼
明主施無畏　一切煩惱等　種種皆解脫
入於微塵數　百千三摩地　開示諸境界
一切惡道中　皆令得解脫　成就菩薩道

是時閻魔天子種種讚歎供養觀自在菩薩摩訶薩已旋遶三匝却還本處爾時除蓋障菩薩復白佛言世尊彼觀自在菩薩摩訶薩救是苦已還來於此會中耶佛告除蓋障菩薩言善男子彼觀自在菩薩從大阿鼻地獄出已復入餓鬼大城其中有無數百千餓鬼口出火焰燒然面目形體枯瘦頭髮蓬亂身毛皆竪腹大如山其咽如針是時觀自在菩薩摩訶薩往詣餓鬼大城其城熾然業火悉滅變成清涼時有守門鬼將執熱鐵棒醜形巨質兩眼深赤發起慈心我今不能守護如是惡業之地是時觀自在菩薩摩訶薩起大悲心於十指端各各出河又於足指亦各出河一一毛孔皆出大河是諸餓鬼飲其中水飲是水時咽喉寬大身相圓滿復得種種上味飲食悉皆飽滿此諸餓鬼既獲如是利益安樂各各心中審諦思惟南贍部洲人何故常受清涼安隱快樂其中或有善能常行恭

敬孝養父母者或有善能惠施遵奉善知識者或有聰慧明達常好大乘者或有善能行八聖道者或有善能擊法揵椎者或有善能修破壞僧伽籃者或有善能修故佛塔者或有善能修破損塔相輪者或有善能供養尊重法師者或有善能見如來經行處者或有善能見辟支佛經行處者或有善能見阿羅漢經行處者作是思惟南贍部洲有如是等修行之事是時此大乘莊嚴寶王經中自然出微妙聲是諸餓鬼得聞其聲所執身見雖如山峯及諸煩惱金剛智杵破壞無餘便得往生極樂世界皆爲菩薩名隨意口是時觀自在菩薩摩訶薩救斯苦已又往他方諸世界中救度有情是時除蓋障復白佛言世尊觀自在菩薩摩訶薩來於此處救度有情耶世尊告言善男子是觀自在菩薩救度無數百千俱胝那庾多有情恒無間息具大威力過於如來除蓋障白言世尊觀自在菩薩摩訶薩云何有如是大威神力佛告善男子於過去劫有佛出世名尾鉢尸如來應供正徧知明行足善逝世間解無上士調御丈夫天人師佛世尊我於是時於一長者家爲子名妙香口於彼佛所聞是觀自在菩薩威神功德時除蓋障白言世尊所聞觀自在菩薩摩訶薩威神功德其事云何世尊告言觀自在菩薩於其眼中而出日月額中出大自在天肩出梵王天心出那羅延天牙出大辯才天口出風天臍出地天腹出水天觀自在身出生如是諸天時觀自在菩薩告大自在天子言汝於未來末

法世時有情界中而有衆生執著邪見皆謂汝於無始已來爲大主宰而能出生一切有情是時衆生失菩提道愚癡迷惑作如是言

此虛空大身　大地以爲座　境界及有情
皆從是身出

如是善男子我於尾鉢尸如來所聞是已後復有佛出號式棄如來應供正徧知明行足善逝世間解無上士調御丈夫天人師佛世尊除蓋障我於是時爲勇施菩薩摩訶薩於彼佛所聞觀自在菩薩摩訶薩威神功德除蓋障言世尊所聞觀自在菩薩摩訶薩威神功德其事云何佛言是時式棄如來會中有一切天龍藥叉阿蘇囉蘖嚕拏摩護囉誐人及非人悉來集會時彼世尊於是衆中欲說法時口放種種雜色光明所謂青色青光黃色黃光赤色赤光白色白光紅色紅光玻胝迦色玻胝迦光金色金光其光徧照十方一切世界其光還來遶佛三匝却入於口時彼會中有寶手菩薩摩訶薩從座而起偏袒右肩右膝著地合掌恭敬白世尊言何因何緣出現斯瑞佛告善男子極樂世界有觀自在菩薩摩訶薩欲來於此故現斯瑞彼觀自在來此之時出現種種劫樹華樹矩母那華樹贍波迦華樹復現雜華寶池樹雨種種妙華又雨諸寶摩尼真珠瑠璃螺貝璧玉珊瑚等寶又雨天衣如雲而下彼時祇樹給孤獨園七寶出現所謂金輪寶象寶馬寶珠寶女寶主藏寶主兵寶如是七寶出現之時 其地悉皆變成金色是時觀自在菩薩摩訶薩出彼極樂世界之時地六震動爾時寶手菩薩摩

訶薩白世尊言以何因縁出現斯瑞佛言善男子是觀自在菩薩摩訶薩欲來到此故現斯瑞是時又雨適意妙華及妙蓮華時觀自在菩薩手執金色光明千葉蓮華來詣佛所頂禮佛足持是蓮華奉上世尊此華是無量壽佛令我持來世尊受是蓮華致在左邊佛告觀自在菩薩摩訶薩汝今現是神力功德莊嚴於意云何觀自在言我爲救度一切惡趣諸有情故所謂一切餓鬼阿鼻地獄黑繩地獄等活地獄燒然地獄煻煨地獄鑊湯地獄寒冰地獄如是等大地獄中所有衆生我皆救拔離諸惡趣當得阿耨多羅三藐三菩提是時觀自在菩薩如是說已頂禮佛足禮畢而去忽然不現由如火焰入於虛空爾時寶手菩薩白言世尊我今有疑欲問如來願爲宣說觀自在菩薩有何福德而能現是神力佛言如殑伽河沙數如來應正等覺以天妙衣及以袈裟飲食湯藥坐卧具等供養如是諸佛所獲福德與觀自在菩薩一毛端福其量無異善男子又如四大洲於其一年十二月中於晝夜分恒降大雨我能數其一一滴數善男子觀自在菩薩所有福德而我不能說盡數量善男子又如大海深廣八萬四千踰繕那如是四大海水我能數其一一滴數善男子觀自在菩薩所有福德而我不能說盡數量善男子又如四大洲所有四足有情師子象馬虎狼熊鹿牛羊如是一切四足之類我悉能數一一身中所有毛數善男子觀自在菩薩所有福德而我不能說盡數量善男子又如有人以天金寶造作如微塵數

如來形像而於一日皆得成就種種供養所獲福德而我悉能數其數量善男子觀自在菩薩所有福德而我不能説盡數量善男子又如一切樹林我能數其一一葉數觀自在菩薩所有福德而我不能説盡數量善男子又如四大洲所有男子女人童男童女如是之人皆成預流果一來不還阿羅漢果緣覺菩提如是所有福德與觀自在菩薩一毛端福其量無異是時寶手菩薩白世尊言我從昔已來所未曾見亦未曾聞諸佛如來有於如是福德之者世尊觀自在位居菩薩云何而有如是福德耶佛告善男子非獨此界唯我一身乃至他方無數如來應正等覺俱集一處亦不能説盡觀自在菩薩福德數量善男子於此世界若有人能憶念觀自在菩薩

摩訶薩名者是人當來遠離生老病死輪迴之苦猶如鵝王隨風而去速得往生極樂世界面見無量壽如來聽聞妙法如是之人而永不受輪迴之苦無貪瞋癡無老病死無饑饉苦不受胎胞生身之苦承法威力蓮華化生常居彼土候是觀自在菩薩摩訶薩救度一切有情皆得解脱堅固願滿是時寶手菩薩白世尊言此觀自在而於何時救度一切有情皆得解脱堅固願滿世尊告言有情無數常受生死輪迴無有休息是觀自在爲欲救度如是有情證菩提道隨有情類現身説法應以佛身得度者即現佛身而爲説法應以菩薩身得度者即現菩薩身而爲説法應以緣覺身得度者即現緣覺身而爲説法應以聲聞身得度者即現聲聞身而爲説法應

以大自在天身得度者即現大自在天身而爲説法應以那羅延身得度者即現那羅延身而爲説法應以梵王身得度者即現梵王身而爲説法應以帝釋身得度者即現帝釋身而爲説法應以日天子身得度者即現日天子身而爲説法應以月天子身得度者即現月天子身而爲説法應以火天身得度者即現火天身而爲説法應以水天身得度者即現水天身而爲説法應以風天身得度者即現風天身而爲説法應以龍身得度者即現龍身而爲説法應以頻那夜迦身得度者即現頻那夜迦身而爲説法應以藥叉身得度者即現藥叉身而爲説法應以多聞天王身得度者即現多聞天王身而爲説法應以人王身得度者即現人王身而爲説法應以宰官身得度者即現宰官身而爲説法應以父母身得度者即現父母身而爲説法善男子觀自在菩薩摩訶薩隨彼有情應可度者如是現身而爲説法救諸有情皆令當證如來涅槃之地是時寶手菩薩白世尊言我未曾見聞如是不可思議希有世尊觀自在菩薩摩訶薩有如是不可思議實未曾有佛告善男子此南贍部洲有金剛窟彼有無數百千萬俱胝那庾多阿蘇囉止住其中善男子觀自在菩薩摩訶薩現阿蘇囉身爲是阿蘇囉説此大乘莊嚴寶王經阿蘇囉衆得聞是經皆發慈善之心而以手掌捧觀自在菩薩摩訶薩足聽斯正法皆得安樂若人得聞如是經王而能讀誦是人若有五無間業皆得消除臨命終時有十二如來而來迎之告是

人言善男子勿應恐怖汝旣聞是大乘莊嚴寶王經示種種道往生極樂世界有微妙蓋天冠珥璫上妙衣服現如是相命終決定往生極樂世界寶手觀自在菩薩摩訶薩最勝無比現阿蘇囉身令彼阿蘇囉當得涅槃之地是時寶手菩薩頭面著地禮世尊足禮已而退

佛說大乘莊嚴寶王經卷第一

音釋

噎於計切 篋詰叶切箱篋也 糜爛糜忙皮切糝也爛郎旰切火熟也 鎚傳追切與椎同 栱古勇切 蘖魚割切

佛說大乘莊嚴寶王經卷第二

宋西天中印度惹爛馱囉國三藏沙門天息災奉　詔譯

於是式棄佛後有佛出世號尾舍浮如來應供正徧知明行足善逝世間解無上士調御丈夫天人師佛世尊除蓋障我於是時爲忍辱仙人住處深山其間磽确嶔崟無人能到久住其中是時我於彼如來處聞是觀自在菩薩摩訶薩威神功德是觀自在入於金地現身爲彼覆面有情而說妙法示八聖道皆令當得涅槃之地出此金地又入銀地是處有情而皆四足止住其中觀自在菩薩摩訶薩救彼有情而爲說法汝應諦聽如是正法當須發心審諦思惟我今示汝涅槃資糧是諸有情於觀自在前立白菩薩言無眼有情救爲開明令見其道無恃怙者爲作父母令得恃怙黑闇道中爲然明炬開示解脫正道有情若念菩薩名號而得安樂我等常受如是苦難是時此等一切有情聞大乘莊嚴寶王經得聞是已皆得安樂獲不退地是時觀自在菩薩摩訶薩出於是中又入鐵地而於是處禁大力阿蘇囉王菩薩往是處時現身如佛是時大力阿蘇囉王遠來迎是觀自在菩薩摩訶薩阿蘇囉王宮中有無數眷屬其中多有背傴矬陋如是眷屬皆來親覲禮觀自在菩薩摩訶薩足而說偈言

我今生得果　所願悉圓滿　如意之所希
斯是我正見

既得見於菩薩我及諸眷屬皆得安樂於是以寶座獻觀自在菩薩恭敬合掌白言我等眷屬從昔已來好樂邪婬常懷瞋怒愛殺生

命造是罪業我心憂愁恐怖老死輪迴受諸苦惱無主無依垂愍救度爲説開解禁縛之道觀自在言善男子如來應正等覺常行乞食若能施食所獲福德説無有盡善男子非唯我身在阿蘇囉窟説不能盡乃至如十二殑伽河沙數如來應正等覺俱在一處而亦不能説盡如是福德數量善男子所有微塵我能數其如是數量善男子施如來食所獲福德而我不能説盡數量善男子又如大海我能數其一一滴數善男子施如來食所獲福德而我不能説盡數量善男子又如四大洲所有男子女人童子童女悉皆田種滿四大洲不植餘物唯種芥子龍順時序降澍雨澤芥子成熟於一洲内以爲其場治践俱畢都成大聚善男子如是我能數盡一一粒數善男子施如來食所獲福德而我不能説盡數量善男子又如妙高山王入水八萬四千踰繕那出水八萬四千踰繕那善男子如是山王以爲帋積以大海水充滿其中皆爲墨汁以四大洲所有一切男子女人童子童女悉皆書寫妙高山量所積紙聚書盡無餘如是我能數其一一字數善男子施如來食所獲福德而我不能説盡數量善男子如是一切書寫之人皆得十地菩薩之位如是菩薩所有福德與施如來一食福德其量無異善男子又如殑伽河沙數大海之中所有沙數我能數其一一沙數善男子施如來食所獲福德而我不能説盡數量是時大力阿蘇囉王聞説是事涕淚悲泣盈流面目心懷懊惱哽噎吁嗟白觀自在菩薩摩訶薩言我於往

昔而行布施所施之境垢累非法由斯施故我今幷諸眷屬反受禁縛在於惡趣受斯業報於今何故持少分食奉施如來變成甘露我從昔來愚癡無智習行外道婆羅門法時有一人身形矬陋來於我所求匃所須我當具辦種種寶冠金銀耳鐶上妙衣服寶莊嚴具閼伽器等復有百千象馬寶車眞珠瓔珞寶網莊嚴懸衆妙纓而鉸飾之種種寶蓋寶網絻羅張施其上繫諸寶鈴震響丁丁復有一千黃牛毛色姝好白銀嚴蹄黃金飾角又以眞珠雜寶而爲莊鉸復有一千童女形體姝妙容貌端嚴狀如天女首飾天冠金寶珥璫種種妙衣間厠寶帶指鐶寶釧瓔珞玲瓏微妙華鬘如是種種嚴飾其身復有無數百千雜寶之座復有金銀雜寶積聚無數又有群牛數百千萬及牧放人又有無數如天上味香美飲食又有無數寶鈴無數金銀師子之座無數金柄妙拂無數七寶莊嚴繖蓋辦具如是種種作大施時而有百千小王皆來集會百千婆羅門亦皆來集無數百千萬刹帝利衆亦來集會時我見巳心懷疑怪當於是時唯我最尊具大勢力統領大地我依婆羅門法專爲懺悔宿世惡業而欲殺諸刹帝利等及諸妻子眷屬取其心肝割剖祀天覬其罪滅是時百千萬刹帝利小王我以枷鎖禁在銅窟及無數百千邊地之人悉皆禁是窟中而以鐵橛上安鐵索繫縛諸刹帝利手足時我於窟造立其門以之常木爲第一重門以佉你羅木爲第二重門復用其鐵爲第三重門又以熟銅爲第四重門又以生銅爲

第五重門又以白銀爲第六重門又以黄金爲第七重門如是七重門上各以五百關鎖而牢固之又於一一門上各置一山是時有那羅延天忽於一日現身爲蠅而來探視又於一日而現蜂形又於一日而現豬身又於一日現非人相如是日日身相變異而相探覷我時心中思惟作是婆羅門法那羅延天見作斯法來於銅窟而相破壞去除門上七山一一棄擲異處高聲喚彼所禁人言無勝天子等汝身受大苦惱汝等身命爲存活耶爲當已死此諸人等聞其喚問隨聲應言我命今在那羅延天尊大力精進救我苦難其天便乃破壞銅窟七重之門時諸小王在於窟内得脱繫縛之難而見那羅延天是時各各心中思惟其大力阿蘇囉王爲已死耶爲復而今死時方至刹帝利等又作是言我寧與彼鬬敵相殺死而有地不應受此禁縛而今我死我今當依刹帝利法與彼戰鬬相殺設死其地而得生天時諸小王各於自舍排駕車乘鞁勒鞍馬執持器仗欲大戰鬬時那羅延天現婆羅門其身矬陋著以鹿皮而爲絡腋手中執持三岐拄杖所坐之物隨身持行來至我門時守門者告於彼言不應入此門内汝矬陋人止勿入中婆羅門言我今自遠而來到此守門者問婆羅門言汝從何來婆羅門曰我是月氏國王處大仙人也從彼而來時守門者往大力阿蘇囉王所白言今有婆羅門其身矬陋而來到此大力阿蘇囉王言是人今來何所須耶守門人言我今不知所須云何大力阿蘇囉王告言汝去喚是

婆羅門來守門之人既奉教勑遂喚婆羅門入於其中大力阿蘇囉王見已與寶座令坐大力阿蘇囉王師奉所事金星先已在中告大力阿蘇囉王言今此婆羅門是其惡人而來到此決定破壞於汝師今何故而能知耶告言我今知此所現之身知是云何此是那羅延天既聞此已心即思惟我行惠施而無反覆今來障難破壞於我大力阿蘇囉言我口辯才當須問是婆羅門言今來我所於意云何婆羅門曰我從於王乞地兩步阿蘇囉告婆羅門言卿所須地而言兩步我當與卿其地三步先以金瓶授與淨水告言須地卿當受取婆羅門受已而呪願曰安樂長壽時婆羅門矬陋之身隱而不現爾時金星告阿蘇囉王言汝今當受惡業果報時那羅延天忽然現身於兩肩上荷負日月手執利劒輪棒弓箭如是器仗時大力阿蘇囉王忽然見已慞惶戰慄其身蹎仆迷悶躃地良久而起今當云何我寧服其毒藥而死耶是時那羅延天步量其地只及兩步更無有餘不迨三步違先所許我今云何那羅延言王今應當隨我所教時大力阿蘇囉王白言我如所教那羅延曰汝實爾耶大力阿蘇囉王言我實如是此言誠諦心無悔悋是時我依婆羅門教作法之處悉皆破壞所有金銀珍寶莊嚴童女衣服寶鈴繖蓋妙拂師子寶座寶嚴黄牛及諸寶莊嚴具時諸小王衆等悉皆受之便乃出是大力阿蘇囉王作法之地大力阿蘇囉王白觀自在菩薩摩訶薩言我今身心思惟爲於往昔依婆羅門法而設廣大布施

之會所施之境垢黑不淨我今并諸眷屬是
以禁縛在斯鐵窟受大苦惱觀自在我今歸
依願垂哀愍救脱我等如是苦難而讃歎曰
歸命大悲蓮華手　大蓮華王大吉祥
種種莊嚴妙色身　首髻天冠嚴衆寶
頂戴彌陀一切智　救度有情而無數
病苦之人求安樂　菩薩現身作醫王
大地爲眼明踰日　最上清淨微妙眼
照矚有情得解脱　得解脱已妙相應
猶如如意摩尼寶　能護真實妙法藏
而恒説六波羅蜜　稱揚斯法具大智
我今虔懇至歸依　讃歎大悲觀自在
有情憶念菩薩名　離苦解脱獲安隱
作惡業故墮黑繩　及大阿鼻地獄道
諸有餓鬼苦趣者　稱名恐怖皆解脱
如是惡道諸有情　悉皆離苦得安樂
若人恒念大士名　當得往生極樂界
面見如來無量壽　聽聞妙法證無生
是時觀自在菩薩摩訶薩與大力阿蘇囉王
授其記别汝於當來得成爲佛號曰吉祥如
來應供正徧知明行足善逝世間解無上士
調御丈夫天人師佛世尊汝於是時當證六
字大明總持之門今此一切阿蘇囉王汝於
當來悉皆救度如是佛刹一切有情而不聞
有貪瞋癡聲時大力阿蘇囉王聞斯授記即
以價直百千真珠瓔珞復以種種妙寶莊嚴
百千萬數天冠珥璫持以奉上願垂納受爾
時觀自在菩薩摩訶薩告大力阿蘇囉王言
我今爲汝説法應當諦聽汝應思惟乃至於
人無常幻化命難久保汝等而常心中思惟

貪愛具大福德心常愛樂奴婢人民乃至穀麥倉庫及大伏藏心常愛樂父母妻子及諸眷屬如是等物雖恒愛樂如夢所見臨命終時無能相救得不命終此南贍部洲由是顛倒命終之後見大奈河膿血盈流又見大樹猛火熾然見斯事已心生驚怖是時閻魔獄卒以繩繫縛急急牽挽走履鋒刃大路舉足下足剗割傷截而有無數烏鷲矩嚕羅鳥及猘狗等而啖食之於大地獄受其極苦所履鋒刃大路之中復有大莿長十六指隨一一步有五百莿刺入脚中悲啼號哭而言我等有情皆爲愛造罪業今受大苦我今云何時閻魔獄卒告言汝從昔來未曾以食施諸沙門亦未曾聞法揵椎聲未曾旋遶塔像時諸罪人告閻魔獄卒言我爲罪障於佛法僧不解信敬而恒遠離獄卒告言汝以自造種種惡業今受苦報獄卒於是將諸罪人往閻魔王所到已立在面前時閻魔王言汝去往於業報之處是時閻魔獄卒驅領罪人往黑繩大地獄所到已是諸罪人一一抛擲入地獄中既擲入已一一罪人各有百槍攢刺其身命皆不死次有二百大槍俱攢刺身其命亦活後有三百大槍一時攢刺其身命亦不死命既生活是時而又擲之入大火坑命亦不死而於是時以熱鐵丸入於口中令吞咽之脣齒斷齶及其咽喉悉燒爛壞心藏腸肚煎煑沸然徧身燋壞告大力阿蘇囉王言受斯苦時而無一人能相救者汝當知之我今爲汝說如是法汝等應當躬自作福時觀自在菩薩摩訶薩告大力阿蘇囉王言我今欲往

祇樹林園彼於今日大衆集會是時觀自在菩薩放無數雜色光明所謂青色光明黄色光明紅色光明白色光明玻胝迦色光明金色光明等如是光明往尾舍浮如來前時有天龍藥叉囉刹娑緊那羅摩護羅誐并諸人等悉皆集會復有無數菩薩摩訶薩亦皆集會於是衆中有一菩薩名虚空藏從座而起整衣服偏袒右肩右膝著地恭敬合掌向佛而白佛言世尊今此光明為從何來佛告善男子今此光明是觀自在菩薩在大力阿蘇囉王宫中放斯光明而來至此時虚空藏菩薩白世尊言我今以何方便而能見彼觀自在菩薩佛告善男子彼菩薩亦當來此觀自在菩薩出大力阿蘇囉王宫時祇陀林園忽然而有天妙華樹天劫波樹而有無數諸天

鮮妙雜色莊嚴上懸百種眞珠瓔珞又懸憍尸迦衣及餘種種衣服樹身枝條其色深紅金銀為葉復有無數微妙香樹殊妙華樹無數寳池有百千萬雜色妙華充滿其中出現如是時虚空藏菩薩白世尊言彼觀自在菩薩於今何故而未來耶佛告善男子彼觀自在菩薩從大力阿蘇囉王宫出已而有一處名曰黒暗無人能到善男子彼黒暗處日月光明之所不照有如意寳名曰隨願而於恒時發光明照彼有無數百千萬藥叉止住其中於時見觀自在菩薩入於其中心懷歡喜踴躍奔馳而來迎逆觀自在菩薩頭面禮足而問訊言菩薩于今無疲勞耶久不來此黒暗之地觀自在菩薩言我為救度諸有情故時彼藥叉羅刹以天金寳師子之座而請就

坐於是菩薩爲彼藥叉羅刹說法汝當諦聽有大乘經名莊嚴寶王若有得聞一四句偈而能受持讀誦解說其義心常思惟所獲福德無有限量善男子所有微塵我能數其如是數量善男子若有於此大乘莊嚴寶王經而能受持一四句偈所獲福德而我不能數其數量若以大海所有之水我能數其一一滴數若於此經有能受持一四句偈所獲福德而我不能數其數量假使十二殑伽河沙數如來應正等覺經十二劫俱在一處恒以衣服飲食卧具湯藥及餘資具奉施供養如是諸佛而亦不能說盡如是福德數量非唯於我在黑暗處說不能盡善男子又如四大洲人各各以自所居舍宅造立精舍而於其中以天金寶造千窣堵波而於一日悉皆成就種種供養所獲福德不如於此經中而能受持一四句偈所獲福德善男子如五大河入於大海如是流行無有窮盡若有能持此大乘經四句偈者所獲福德流行亦復無盡時彼藥叉羅刹白觀自在菩薩言若有有情而能書寫此大乘經所獲福德其量云何善男子所獲福德無有邊際若人有能書寫此經則同書寫八萬四千法藏而無有異是人當得轉輪聖王統四大洲威德自在面貌端嚴千子圍遶一切他敵自然臣伏若有人能常時但念此經名號是人速得解脫輪迴之苦遠離老死憂悲苦惱是人於後所生之處能憶宿命其身常有牛頭栴檀之香口中常出青蓮華香身相圓滿具大勢力說是法時彼諸藥叉羅刹有得預流果者其中或有得

一來果者作如是言唯願菩薩且住於此勿往餘處我今於此黒暗之地以天金寶造窣堵波又以金寶造經行處是時觀自在菩薩摩訶薩告言我爲救度無數有情皆令當得菩提道故欲往餘處時諸藥叉羅剎各各低頭以手揩顋徘徊意緒而思惟之作如是言今觀自在菩薩摩訶薩捨此而去於後誰能爲於我等説微妙法觀自在菩薩摩訶薩於是而去彼諸藥叉羅剎悉皆隨侍而送觀自在菩薩摩訶薩告言汝等而來已遠應還所住時諸藥叉羅剎頭面著地禮觀自在菩薩摩訶薩足已還歸本處時觀自在菩薩摩訶薩猶如火焰上昇虛空而往天宮到彼天上現婆羅門身彼天衆中有一天子名妙嚴耳而常貧窮受斯苦報時觀自在菩薩所現婆羅門身詣彼天子所到已告言我患飢餒而復困渴時彼天子垂泣而告婆羅門言我今貧匱無物所奉婆羅門言我切所須必應相饋乃至少分時彼天子俛仰入宮搜求所有忽然見其諸大寶器復盛異寶盈滿其中復有寶器滿中而盛上味飲食又有嚴身上妙衣服盈滿宮中時彼天子心懷思惟今此門外婆羅門決定是其不可思議之人令我得是殊常之福於是請彼大婆羅門入其宮中持天妙寶及天上味飲食以奉供養受斯供已而呪願言安樂長壽時彼天子白婆羅門言賢者爲從何方而來到此婆羅門言我從祇陀樹林大精舍中於彼而來天子問言彼地云何婆羅門告言彼祇陀林精舍之中其地清淨出現大摩尼寶莊嚴劫樹又現種種

適意摩尼之寶又現種種寶池又有戒德威嚴具大智慧無數大衆出現其中彼有佛號尾舍浮如來於是聖天所住之地有如是變化出現之事時彼天子白言賢者云何大婆羅門宜誠諦説爲是天耶爲是人耶賢者于今云何出現斯瑞時婆羅門言我非是天亦非是人我是菩薩爲欲救度一切有情皆令得見大菩提道於是天子既聞斯已即以天妙寶冠莊嚴珥璫持奉供養而説偈言

我遇功德地　遠離諸罪垢　如今種勝田

現獲於果報

於是天子説斯偈時彼婆羅門化度事訖而出天宫即時而往師子國内到已於諸羅刹女前當面而立其所現身相貌端嚴殊色希奇諸羅刹女見斯容質而起慾心既懷欣慕於是移步親近而告彼言可謂我夫我是童女未經適娉願爲我夫今既來此勿復餘去如人無主而能爲主又如闇室爲然明炬我今此有飲食衣服庫藏豐盈及有適意果園悦意水池告羅刹女言汝今應當聽我所説羅刹女言唯然願聞旨諭云何我今爲汝説八正道法又爲説四聖諦法時羅刹女得聞是法各獲果證有得預流果者或得一來果者無貪瞋癡苦不起惡心無煞命意其心樂法樂住於戒作如是言我從今已去而不殺生如南贍部洲奉戒之人清淨飲食如是活命我自于今活命亦爾於是羅刹女不造惡業受持學處觀自在菩薩摩訶薩出師子國而往波羅奈大城穢惡之處彼有無數百千萬類蟲蛆之屬依止而住觀自在菩薩爲欲

救度彼有情故遂現蜂形而往於彼口中出聲作如是云 曩謨沒馱野 彼諸蟲類隨其所聞而皆稱念亦復如是由斯力故彼類有情所執身見雖如山峯及諸隨惑金剛智杵一切破壞便得往生極樂世界皆爲菩薩同名妙香口於是救度彼有情已出波羅奈大城而往摩伽陀國時彼國中值天亢旱滿二十歲見彼衆人及諸有情饑饉苦惱之所逼切悉皆互相食噉身肉是時觀自在菩薩心懷思惟以何方便救此有情時觀自在菩薩種種降雨先降雨澤蘇息枯涸然後復雨種種之器各各滿中而盛味中上味飲食時彼衆人皆得如是飲食飽滿是時又雨資糧粟豆等物於是彼諸人等所須之物隨意滿足時摩伽陀國一切人民心懷驚愕怪未曾有時衆於是集在一處既俱集已各作是言于今云何天之威力致如是耶於彼衆中而有一人耆年老大其身傴僂而策其杖此人壽命無數百千告衆人言此非是天之威力今此所現定是觀自在菩薩威德神力之所變現衆人問言彼觀自在菩薩何故而能出現斯瑞耆舊於是即說彼聖觀自在功德神力爲盲冥者而爲明燈陽焰熾盛爲作蔭覆渴乏之者爲現河流於恐畏處施令無畏病苦所惱而爲醫藥受苦有情爲作父母阿鼻地獄其中有情令見涅槃之道能令世間一切有情得是功德利益安樂若復有人念是觀自在菩薩名者是人當來遠離一切輪迴之苦衆人聞已咸稱善哉若有人能於觀自在像前建立四方曼拏羅常以香華供養觀

自在菩薩者是人當來而得轉輪聖王七寶具足所謂金輪寶象寶馬寶珠寶女寶主藏寶主兵寶得如是七寶若復有人能以一華供養觀自在菩薩者是人當得身出妙香隨所生處而得身相圓滿於是耆舊說觀自在菩薩功德神力已時諸人衆各各還歸所在耆舊之人既說法已迴還亦爾是時觀自在菩薩上昇虛空於是思惟我久不見尾舍浮如來而今應當往到祇陀樹林精舍之中見彼世尊是時觀自在菩薩即往到彼精舍見有無數百千萬天龍藥叉彥達嚩阿蘇囉蘖嚕拏緊那囉摩護囉誐人及非人復有無數百千萬菩薩悉皆集會是時虛空藏菩薩白佛言世尊今此來者是何菩薩佛告善男子是觀自在菩薩摩訶薩時虛空藏菩薩默然而住於是觀自在菩薩遶佛三匝却坐左邊世尊於是而慰問言汝無疲勞耶善男子汝於餘處所爲化事而云何耶觀自在於是即說昔所化事我已救度如是如是有情時虛空藏菩薩聞已心中怪未曾有今我見此觀自在而爲菩薩乃能救度如是國土有情得見如來如是國土有情而爲菩薩是時虛空藏菩薩於觀自在前立而問訊於觀自在菩薩言如是化度得無疲勞耶觀自在言我無疲勞而問訊已默然而住爾時世尊告善男子言汝等諦聽我今爲汝說六波羅蜜多法善男子若爲菩薩應先修行布施波羅蜜多然後修行如是持戒忍辱精進靜慮般若波羅蜜多如是而得圓滿具足說斯法已默然而住時彼衆會各各而退還歸本處彼菩薩

衆而亦退還本佛刹土

佛說大乘莊嚴寶王經卷第二

音釋

磽确 磽丘交切确轄覺切磽确石地也

嶔崟 嶔袪音切崟魚音切嶔崟山高險岑峻貌

恃怙 恃時止切怙後五切恃怙賴也

傴矬 傴委羽切僂也矬徂和切短也

懊 於到切悔恨也

哽噎 哽古杏切噎一結切哽噎悲塞也

閼 阿葛切

鉸 居効切裝鉸也

絻 亡運切

姝 春朱切美好也

珥璫 珥音耳璫都郎切珥璫克耳珠也

鐶釧 環胡關切指環也釧樞絹切臂鐶也

繖 先肝切蓋也

覬 居義切希望也

橛 其月切代也

覷 千慮切伺視也

顛仆 顛多年切仆敷救切顛仆謂倒也

矚 朱欲切視也

剗 楚限切削也

猘 居例切狂犬也

蒯 音賴萬也

犍椎 梵語也此云鐘亦云磬隨有瓦木銅鐵鳴者皆曰揵椎揵巨言切椎音槌

齗喁 齗疑斤切喁逆各切齗喁齒內上下肉也

揩顋 揩音支挂也顋桑才切顋也

餧 弩罪切飢也

饋 求位切飼也

僂 隴主切俯也

佛說大乘莊嚴寶王經卷第三

宋西天中印度惹爛馱囉國三藏沙門天息災奉 詔譯

爾時除蓋障菩薩白世尊言觀自在菩薩摩訶薩往昔之事已聞佛說彼菩薩有何三摩地門唯願世尊爲我宣說佛告善男子其三摩地門所謂有相三摩地無相三摩地金剛生三摩地日光明三摩地廣博三摩地莊嚴三摩地旌旗三摩地作莊嚴三摩地莊嚴王三摩地照十方三摩地妙眼如意三摩地持法三摩地妙最勝三摩地施愛三摩地金剛幡三摩地觀察一切世界三摩地樂善逝三摩地神通業三摩地佛頂輪三摩地妙眼月三摩地了多眷屬三摩地天眼三摩地明照劫三摩地變現見三摩地蓮華上三摩地上王三摩地清淨阿鼻三摩地信相三摩地天輪三摩地灑甘露三摩地輪光明三摩地海深三摩地多宮三摩地迦陵頻伽聲三摩地青蓮華香三摩地運載三摩地金剛鎧三摩地除煩惱三摩地師子步三摩地無上三摩地降伏三摩地妙月三摩地光曜三摩地百光明三摩地光熾盛三摩地光明業三摩地妙相三摩地勸阿蘇囉三摩地宮殿三摩地現圓寂三摩地大燈明三摩地燈明王三摩地救輪迴三摩地文字用三摩地天現前三摩地相應業三摩地見真如三摩地電光三摩地龍嚴三摩地師子頻伸三摩地莎底面三摩地往復三摩地覺悟變三摩地念根增長三摩地無相解脫三摩地最勝三摩地開導三摩地善男子觀自在菩薩摩訶薩非唯有是三摩地而於一一毛孔具百千萬三摩

地善男子觀自在菩薩摩訶薩位居菩薩功德如是乃至諸佛如來歎未曾有如是功德善男子我於往昔爲菩薩時與五百商人欲往師子國中將諸車乘馲駝牛等求其財寶即發往彼道路經歷村營城邑聚落之處相次至於海濱欲承大舶於是俱昇舶内我當問於舶主言汝應看其風信從何而起往何國土爲往寶洲爲闍婆國羅刹國耶於是舶主瞻其風信作如是言而今此風宜往師子國去是時承風駕放往師子國於彼國中有五百羅刹女忽然變發劇暴大風鼓浪漂激其舶破壞時諸商人颰墮水中漂瀁其身浮及海濱至於岸上彼五百羅刹女見諸商人各各搖動其聲出於惡聲現童女相來商人所各以衣服與諸商人於是著彼衣服挨自濕衣曝之令乾而離彼處即往瞻波迦樹下憩歇歇已互相謂言我今云何作何方便無復方計説已默然是時彼羅刹女又來於商人前作如是言我無夫主可與於我而爲夫耶於此我有飲食衣服庫藏園林浴池時彼羅刹女各各將一商人歸自所居於是羅刹女中而有一女爲大主宰名囉底迦嚩彼女與我相將歸彼所居彼女而以上味飲食供給於我豐足飽滿我當快樂無異人間於彼止宿經停二三七日忽然見彼囉底迦嚩欣然而笑我時心生疑怪未曾見聞彼羅刹女作如是笑時我問言汝今何故作是笑耶羅刹女言此師子國羅刹女所住之地恐傷汝命於是我問汝何故知耶羅刹女言勿履南路而去何以故彼有鐵城上下周圍而無門

户其中而有無數商人其中多已被彼食噉唯餘骸骨彼今見有活者死者恐不相信但依此路而去到彼自當信我是時我伺彼女惛沉睡眠於是菩薩向夜分時持月光劍往於南路而行到彼鐵城周匝而看一無門户亦無窻牖彼鐵城邊有一瞻波迦樹攀昇樹上我時高聲喚問時鐵城内商人告於我言賢大商主而還知不我等被羅刹女致在鐵城而於日日食噉百人彼等具說昔時事已於是我下瞻波迦樹却依南路急速還彼羅刹女處是時彼女而問我言賢大商主所說鐵城還當見不今應實說我言已見於是又問彼女以何方便令我得出於此彼羅刹女而告我言而今有大方便可令於汝安隱善出此師子國却還於彼南贍部洲我見是說

復問彼女令我於何道路出此國耶時囉底迦覽告於我言有聖馬王而能救度一切有情我當尋時往彼聖馬王所食白藥草食已於金砂地驟已而起振擺身毛作如是已而作是言何人而欲達於彼岸三復告言若欲去者當自言說於是我告聖馬王言我於今者欲往彼去如是說已而復到彼羅刹女處同共止宿彼羅刹女睡眠覺已心生追悔而問我言商主汝身何故冷耶於是我知彼意不令我去遂以方便告於彼女我於向者暫出城外便利而迴故我身冷彼女告於我言應却睡眠至於日出我時方起遂乃喚諸商人告言而今宜應出於此城時諸商人皆出城已俱在一處而欲共相謂言今此衆中何人之妻最相戀慕有何所見其事云何時衆

人中有言彼以上味飲食供給於我或有說言彼以種種衣服與我或有說言彼以天冠珥璫衣服與我或有說言我無所得唯不稱心或有說言彼以種種龍麝梅檀之香與我時諸商人作是說已我當告言汝難解脫何故貪愛此羅刹女耶衆商人聞心懷怖畏而問言大商主實如是耶我乃告言此師子國羅刹女所住非是人耳此實是羅刹女作是誓言佛法僧等可知此羅刹女也時諸商主聞已告於我言以何方便得免此難於是我告彼言此師子國有聖馬王能救一切有情彼食大白藥草於金砂騾而起振擺身已三復言云誰人欲往彼岸我已告彼馬王言我今欲往彼岸時諸商人復告我言何日去耶我告衆言却後三日決定而去衆人宜應備辦資糧作是語已衆還入城各各往本羅刹女舍其女見來相問訊言汝今疲勞耶我當問彼羅刹女我未曾見汝悅意園林浴池爲實有耶時彼羅刹女告我言大商主此師子國有種種適意園林浴池告彼女言與我如法辦具資糧我倏三日欲往遊觀種種園林池沼看彼名花我當將種種華而來歸家時羅刹女告我言大商主我爲辦具資糧是時恐彼羅刹女知我方計必當殺我如是思惟默然而住彼羅刹女以好飲食與我令喫食已吁歎彼女問言大商主何故如是而吁歎耶是時我告彼女我本南贍部洲人思自本地彼女告我言大商主勿思本地此師子國有種種飲食衣服庫藏種種適意園林浴池受種種快樂云何思彼南贍部洲我時默然

而往過是日已至第二日彼如與我辦具飲食資糧彼諸商人悉皆辦具資糧俟第三日日初出時皆出彼城出已共相議言我等今者當宜速去不應迴顧師子國矣作是語已我與彼衆即時速疾而往於聖馬王所到已見彼馬王喫草驟已振擺身毛是時師子國地皆震動馬王三復言云今者何人欲往彼岸時諸商人作如是言我等今者欲往彼岸時聖馬王奮迅其身而作是言汝等宜應前進勿應返顧師子國也彼聖馬王如是說已是時我乃先乘馬王然後五百商人俱昇馬上時彼師子國中諸羅刹女忽聞諸商人去口出苦切之聲即駛奔馳趂逐悲啼號哭叫呼隨後時諸商人聞是聲已迴首顧眄不覺閃墜其身入於水中於是諸羅刹女取彼身肉而噉食之是時唯我一人往於南贍部洲彼聖馬王届海岸所我當下已而乃旋遶彼聖馬王三匝畢已即離彼處尋路而行往於本地歸自所居到其家已是時父母見我來歸抱捉其子欣喜復悲涕泣流淚父母先爲我故涕泣恒時其眼昏瞖因茲除愈明淨如故是時父母與子共在一處我乃具述前所經歷艱苦之事父母聞已告於我言汝於今日得全其命安隱而歸甚適我懷無復憂慮我不須汝所盈財寶今緣自知年耄衰朽須汝佐輔出入扶侍我當死至汝爲主者送葬我身昔時父母而作如是善言慰諭於我除蓋障我於是時身爲商主受如是危難苦惱之事

佛告除蓋障菩薩時聖馬王者即觀自在菩

薩摩訶薩是於是危難死怖畏中救濟於我除蓋障我今不能廣說是觀自在菩薩摩訶薩功德數量我今為汝畧說是觀自在身毛孔中所有功德除蓋障觀自在菩薩身有金毛孔而於其中有無數百千萬俱胝那庾多彥達嚩彼等無輪迴苦而常受於最勝快樂天物受用無有窮盡無有惡心無憎嫉心無貪瞋癡常行八聖道恒受法樂除蓋障於是金毛孔中復有放光如意寶珠隨彼彥達嚩衆思念所須隨意滿足於是金毛孔中有斯出現復有黑毛孔而於其中有無數百千萬俱胝那庾多具通神仙之人其中有具一神通者或有具二三四五神通之者亦有具足六神通者於是毛孔之中復現銀地黃金為山白銀為峯三十七愛染蓮華寶莊嚴其山於其山中而有八萬四千神仙之衆如是仙衆出現劫樹深紅為身黃金白銀以為枝葉放寶光明又於一一毛孔現四寶池八功德水充滿其中而有妙華盈滿池中於池岸側有天妙香樹栴檀香樹又有莊嚴劫樹上懸莊嚴天冠珥璫復有殊妙瓔珞而嚴飾之又於其上懸衆寶鈴又挂妙衣憍尸迦服於斯一一劫樹之下各有一百彥達嚩王而於恒時奏諸音樂復有群鹿羽族靈禽聞斯樂音悉皆思惟諸有情類多受輪迴之苦何故南贍部洲人見受生老病死愛別離等如是諸苦此諸禽鳥鹿等於是思惟此大乘莊嚴寶王經如是之名於是而有天妙上味飲食天諸妙香天妙衣服等物隨彼所思如意滿足是時除蓋障菩薩白世尊言我今聞是甚為

希有世尊佛告善男子於意云何除蓋障菩薩白世尊言如是有情心唯思念此經名號尚獲如是利益安樂若復有人得聞此經而能書寫受持讀誦供養恭敬如是之人常得安樂或復有人於此經中書寫一字斯人當來不受輪迴之苦而永不於屠兒魁膾下賤之類如是家生所生之身而永不受背傴攣躄醜脣鈌漏疥癩等病不可喜相獲得身相圓滿諸根具足有大力勢何況具足受持讀誦書寫供養恭敬之人所獲功德爾時世尊讃言善哉善哉除蓋障汝今善說如是之法今此會中無數百千萬天龍樂叉彦達嚩阿蘇囉蘗嚕拏緊那囉摩護囉誐人及非人鄔波索迦鄔波斯計如是等衆皆悉聞汝說如是法得聞斯之廣博法門由汝所問時除蓋障菩薩白世尊言世尊於今說斯妙法天人衆等生信堅固是時世尊讃言善哉善哉善男子汝能如是重復問是觀自在身毛孔中所現功德除蓋障彼復有寶莊嚴毛孔是中有無數百千萬倶胝那庾多彦達嚩女面貌端嚴形體姝妙種種莊嚴如是色相狀如天女彼衆貪瞋癡苦皆不能侵於彼身分而亦不受人間少分苦惱之事彼彦達嚩女而於三時念是觀自在菩薩摩訶薩名號而於是時彼等獲得一切所須之物是時除蓋障菩薩白佛言世尊我欲入彼毛孔之中看其所有佛告善男子彼之毛孔無有邊際如虛空界亦無障礙善男子如是毛孔無障無礙亦無觸惱彼毛孔中普賢菩薩摩訶薩入於其中行十二年不得邊際見諸毛孔一一之中

各有佛部於彼而住是故普賢不能見其邊際近遠餘諸菩薩云何而得見彼邊際耶時除蓋障菩薩白佛言世尊普賢菩薩摩訶薩於彼毛孔行十二年不能見其邊際而諸毛孔各有百佛在於其中普賢菩薩摩訶薩尚不能得見於邊際我今云何而得入於是中耶佛告善男子我亦不見如是微妙寂靜彼無相故而現大身具十一面而百千眼圓滿廣大得相應地湛然寂靜大智無得無有輪迴不見救度亦無種族無有智慧亦無有說如是諸法如影響故善男子觀自在菩薩無見無聞彼無自性乃至如來亦所不見於意云何善男子普賢等諸菩薩皆具不可思議不能了知彼觀自在之所變化善男子觀自在菩薩摩訶薩變現種種救度無數百千萬

俱胝那庾多有情令得往生極樂世界見無量壽如來得聞法要皆令當得成菩提道時除蓋障菩薩白世尊言不知以何方便令我得見是觀自在菩薩摩訶薩佛告善男子彼菩薩必當來此索訶世界而來見我禮拜供養時除蓋障菩薩白佛言世尊可知是觀自在菩薩摩訶薩而來於此爲於何時佛告善男子俟此有情根熟之時彼觀自在菩薩摩訶薩先來到此時除蓋障菩薩摩訶薩以手搘頣作是思惟我今云何有是罪障壽命雖長而無所益不得見彼觀自在菩薩恭敬禮拜猶如盲人在道而行時除蓋障菩薩復白佛言世尊彼觀自在菩薩摩訶薩爲實何時而來於此耶爾時世尊微笑告言善男子觀自在菩薩摩訶薩彼於無時而是來時善男

子彼菩薩身而有毛孔名灑甘露於是毛孔之中有無數百千萬俱胝那庾多天人止住其中有證初地二地乃至有證十地菩薩摩訶薩位者除蓋障彼灑甘露毛孔之中而有六十金銀寶山其一一山高六萬踰繕那有九萬九千峯以天妙金寶周徧莊嚴一生補處菩薩於彼而住復有無數百千萬俱胝那庾多彥達嚩衆於彼毛孔而於恒時奏諸音樂除蓋障彼灑甘露毛孔之中又有無數百千萬億俱胝那庾多宮殿以天摩尼妙寶周徧莊嚴見者其意適然復有種種真珠瓔珞而校飾之於彼宮殿各有菩薩說微妙法出是宮殿各各經行於經行處而有七十七池八功德水盈滿其中有種種華所謂嗢鉢羅華鉢訥摩華矩母那華奔拏利迦華喿彥馱迦華曼那囉華摩賀曼那羅華充滿其中彼經行地復有適意劫樹以天金銀而為其葉莊嚴於上懸諸天冠珥璫珍寶瓔珞種種莊嚴彼諸菩薩而經行已於夜分時憶念種種大乘之法思惟寂滅之地思惟地獄鬼趣傍生作如是思惟已而入慈心三摩地除蓋障於彼毛孔如是菩薩出現其中復有毛孔名金剛面而於其中有無數百千萬緊那羅衆種種華鬘瓔珞徧身莊嚴以妙塗香用塗其體見者歡喜而彼恒時念佛法僧得不壞信住法忍慈思惟寂滅遠離輪迴如是如是善男子彼緊那囉衆心生愛樂彼之毛孔有無數山而於其中有金剛寶窟金寶窟銀寶窟玻胝迦寶窟蓮華色寶窟青色寶窟復有具足七寶窟如是善男子於彼毛孔有斯變現

而於是中又有無數劫樹無數栴檀大樹微妙香樹無數浴池百千萬天宮寶殿玻胝迦莊嚴巧妙清淨適意寶殿於彼出現如是宮殿緊那囉衆止息其中旣止息已說微妙法所謂布施波羅蜜多法及持戒忍辱精進靜慮智慧波羅蜜多法說是六波羅蜜多已各各經行而於是處有黃金經行道白銀經行道於是周匝而有劫樹金銀爲葉上有種種天衣寶冠珥璫寶鈴瓔珞如是莊嚴彼經行處又有樓閣緊那囉於是經行思惟沉淪生苦老苦病苦死苦貧窮困苦愛別離苦怨憎會苦求不得苦或墮鍼刺地獄黑繩地獄唱嘔大地獄極熱大地獄火坑地獄或墮餓鬼趣如是有情受大苦惱彼緊那囉作是思惟如是善男子彼緊那囉樂甚深法思惟圓寂眞界復於恒時念觀自在菩薩摩訶薩名號由是稱念而於是時得諸資具悉皆豐足善男子觀自在菩薩摩訶薩乃至名號亦難得值何以故彼與一切有情如大父母一切恐怖有情施之無畏開導一切有情爲大善友如是善男子彼觀自在菩薩摩訶薩有六字大明陀羅尼難得值遇若有人能稱念其名當得生彼毛孔之中不受沉淪出一毛孔而復往詣入一毛孔於彼而住乃至當證圓寂之地時除蓋障菩薩白世尊言世尊今此六字大明陀羅尼爲從何處而得耶佛告善男子此六字大明陀羅尼難得值遇至於如來而亦不知所得之處因位菩薩云何而能知得處耶除蓋障菩薩白世尊言如是陀羅尼今佛如來應正等覺云何而不知耶佛告善

男子此六字大明陀羅尼是觀自在菩薩摩訶薩微妙本心若有知是微妙本心即知解脱時除蓋障菩薩白世尊言世尊諸有情中有能知是六字大明陀羅尼者不佛言無有知者善男子此六字大明陀羅尼無量相應如來而尚難知菩薩云何而得知此觀自在菩薩微妙本心處耶我往他方國土無有知是六字大明陀羅尼處者若有人能而常受持此六字大明陀羅尼者於是持誦之時有九十九殑伽河沙數如來集會復有如微塵數菩薩集會復有三十二天天子衆亦皆集會復有四大天王而於四方爲其衛護復有娑誐囉龍王無熱惱龍王得叉迦龍王嚩蘇枳龍王如是無數百千萬俱胝那庾多龍王而來衛護是人復有地中藥叉虚空神等而亦衛護是人善男子觀自在菩薩身毛孔中俱胝數如來止息已讃歎是人言善哉善哉善男子汝能得是如意摩尼之寶汝七代種族皆當得其解脱善男子彼持明人於其腹中所有諸蟲當得不退轉菩薩之位若復有人以此六字大明陀羅尼身中項上戴持者善男子若有得見是戴持之人則同見於金剛之身又如見於舍利窣堵波又如見於如來又如見於具一俱胝智慧者若有善男子善女人而能依法念此六字大明陀羅尼是人而得無盡辯才得清淨智聚得大慈悲如是之人日日得具六波羅蜜多圓滿功德是人得天轉輪灌頂是人於其口中所出之氣觸他人身所觸之人發起慈心離諸瞋毒當得不退轉菩薩速疾證得阿耨多羅三藐三

菩提若此戴持之人以手觸於餘人之身蒙所觸者是人速得菩薩之位若是戴持之人見其男子女人童男童女乃至異類諸有情身如是得所見者悉皆速得菩薩之位如是之人而永不受生老病死苦愛别離苦而得不可思議相應念誦今此六字大明陀羅尼作如是説

佛説大乘莊嚴寶王經卷第三

音釋

鎧可亥切甲也　莎蘇禾切　賣乃半切行賈也　颭職琰切風蕩激也　漾餘亮切蕩漾也　捩力結切紾也　驏擺驏竹扇切馬轉卧土中也擺補買切振之也　趂丑刃切逐也　瞖於計切目疾也　耄莫報切惛忘也　攣躄攣閭員切手拘攣也躄必益切足不能行也

佛說大乘莊嚴寶王經卷第四

宋西天中印度惹爛馱囉國三藏沙門天息灾奉 詔譯

爾時除蓋障菩薩而白佛言世尊我今云何得是六字大明陀羅尼若得彼者不可思議無量禪定相應即同得阿耨多羅三藐三菩提入解脫門見涅槃地貪瞋永滅法藏圓滿破壞五趣輪迴淨諸地獄斷除煩惱救度傍生圓滿法味一切智智演說無盡世尊我須是六字大明陀羅尼我爲此故以四大洲滿中七寶布施以爲書寫世尊若乏紙筆我刺身血以爲墨剥皮爲紙析骨爲筆如是世尊我無悔恪尊重如我父母爾時佛告除蓋障菩薩言善男子我念過去世時爲此六字大明陀羅尼徧歷如微塵數世界我供養無數百千萬俱胝那庾多如來我當於彼諸如來處不得而亦不聞時世有佛名寶上如來應供正徧知明行足善逝世間解無上士調御丈夫天人師佛世尊我當於彼佛前涕淚悲泣時彼如來應正等覺言善男子汝去勿應悲泣善男子汝往到彼見蓮華上如來應正等覺在於彼處彼佛知是六字大明陀羅尼善男子我當辭離寶上如來所往詣蓮華上如來佛刹到已頂禮佛足合掌在前唯願世尊與我六字大明陀羅尼彼真言王一切本母憶念其名罪垢消除疾證菩提爲於此故我今疲困我往無數世界而不能得今迴來於此處是時蓮華上如來即說此六字大明陀羅尼功德言善男子所有微塵我能數其數量善男子若有念此六字大明陀羅尼一徧所獲功德而我不能數其數量善男子又

如大海所有沙數我能數其一一數量善男子若念六字大明一徧所獲功德而我不能數其數量善男子又如天人造立倉廩周一千踰繕那高一百踰繕那貯積脂麻盈滿其中而無容針彼守護者不老不死過於百劫擲其一粒脂麻在外如是倉內擲盡無餘我能數其數量善男子若念六字大明一徧所獲功德而我不能數其數量善男子又如四大洲種植種種穀麥等物龍王降澍雨澤以時所植之物悉皆成熟收刈俱畢以南贍部洲而爲其場以車乘等般運場所治踐俱畢都成大聚善男子如是我能數其一一粒數善男子若念此六字大明一徧所獲功德我則不能數其數量善男子此南贍部洲所有大河晝夜流注所謂枲多河殑誐河焰母那河嚩芻河設多嚕捺羅二合河賛捺囉二合婆蘖河愛囉嚩底河蘇摩誐馱河呬摩河迦攞戍那哩河此一一河各有五千眷屬小河於其晝夜流入大海如是善男子彼等大河我能數其一一滴數善男子若念此六字大明一徧所獲功德而我不能數其數量善男子又如四大洲所有四足有情師子象馬野牛水牛虎狼猴鹿羖羊豺兎如是等四足之類我能數其一一毛數善男子若念六字大明一徧所獲功德而我不能數其數量善男子又如金剛鈎山王高九萬九千踰繕那下八萬四千踰繕那彼金剛鈎山王方面各八萬四千踰繕那彼山有人不老不死經於一劫旋遶彼山而得一帀如是山王我以憍尸迦衣我能拂盡無餘若有念此六字大明一徧所

獲功德而我不能説盡數量善男子又如大海深八萬四千踰繕那宂口廣闊無量我能以一毛端滴盡無餘善男子若有念此六字大明一徧所獲功德而我不能説盡數量善男子又如大尸利沙樹林我能數盡一一葉數善男子若有念此六字大明一徧所獲功德而我不能説盡數量善男子又如滿四大洲所住男子女人童子童女如是一切皆得七地菩薩之位彼菩薩衆所有功德與念六字大明一徧功德而無有異善男子又如除十二月年遇閏一十三月以餘閏月筭數爲年足滿天上一劫於其晝夜常降大雨善男子如是我能數其一一滴數若有念此六字大明陀羅尼一徧功德數量甚多於彼於意云何善男子又如一俱胝數如來在於一處經天一劫以衣服飲食座卧敷具及以湯藥受用資具種種供養彼諸如來而亦不能數盡六字大明功德數量非唯我今在此世界我起定中不可思議善男子此法微妙加行觀智一切相應汝於未來當得是微妙心法彼觀自在菩薩摩訶薩善住如是六字大明陀羅尼善男子我以加行福歷無數百千萬俱胝那庾多世界到彼無量壽如來所在前合掌爲於法故涕泣流淚時無量壽如來知我見在及以未來而告我言善男子汝須此六字大明王觀行瑜伽耶我時白言我須是法世尊我須是法善逝如渴乏者而須其水世尊我爲是六字大明陀羅尼故行無數世界承事供養無數百千萬俱胝那庾多如來未曾得是六字大明王陀羅尼唯願世尊救

我愚鈍如不具足者令得具足迷失路者引示道路陽焰炎熱爲作蔭覆於四衢道植娑羅樹我心渴仰是法唯願示導令得善住究竟之道擐金剛甲冑是時無量壽如來應正等覺以迦陵頻伽音聲告觀自在菩薩摩訶薩言善男子汝見是蓮華上如來應正等覺爲此六字大明陀羅尼故徧歷無數百千萬俱胝那庾多世界善男子汝應與是六字大明此如來爲是故來於此觀自在菩薩白世尊言不見曼拏攞者不能得此法云何知是蓮華印云何知是持摩尼印云何知是一切王印云何知是曼拏攞清淨體今此曼拏攞相周圍四方方各五肘量中心曼拏攞安立無量壽粉布應用因捺囉(二合)祢攞寶粖鉢訥麽(二合)囉(引)誐寶粖摩囉揭多寶粖玻胝迦寶粖蘇嚩囉拏(二合)嚕(引)播寶粖於無量壽如來右邊安持大摩尼寶菩薩於佛左邊安六字大明四臂肉色白如月色種種寶莊嚴左手持蓮華於蓮華上安摩尼寶右手持數珠下二手結一切王印於六字大明足下安天人種種莊嚴右手執香爐左手掌鉢滿盛諸寶於曼拏攞四角列四大天王執持種種器仗於曼拏攞外四角安四賢瓶滿盛種種摩尼之寶若有善男子善女人欲入是曼拏攞者所有眷屬不及入是曼拏攞中但書其名彼先入者擲彼眷屬名字入於曼拏攞中彼諸眷屬皆得菩薩之位於其人中離諸苦惱速疾證得阿耨多羅三藐三菩提彼阿闍梨不得妄傳若有方便善巧深信大乘加行志求解脫如是之人應與不應與外道異見是時

無量壽如來應正等覺告觀自在菩薩摩訶薩言善男子若有如是五種色寶粖當得建置是曼拏攞若善男子善女人貧匱不能辦是寶粖者云何觀自在白言世尊當以方便用種種顏色而作以種種香花等供養若善男子而亦不辦或寄旅停或在道行時阿闍梨運意想成曼拏攞結阿闍梨印相是時蓮華上如來應正等覺告觀自在菩薩言善男子與我說是六字大明王陀羅尼我爲無數百千萬俱胝那庾多有情令離輪迴苦惱速疾證得阿耨多羅三藐三菩提故是時觀自在菩薩摩訶薩與蓮華上如來應正等覺說是六字大明陀羅尼曰

唵(引)麽抳鉢訥銘(二合)吽(引)

當說此六字大明陀羅尼時此四大洲幷諸天宮悉皆震摇如芭蕉葉四大海水波浪騰湧一切尾那野迦藥叉囉刹娑拱伴拏摩賀迦攞等幷諸眷屬諸魔作障者悉皆怖散馳走爾時蓮華上如來應正等覺舒如象王鼻臂授與觀自在菩薩摩訶薩價直百千真珠瓔珞以用供養觀自在菩薩既受得已持奉上彼無量壽如來應正等覺彼佛受已還持奉上蓮華上如來而於是時蓮華上佛既受得是六字大明陀羅尼已而還復彼蓮華上世界中如是善男子我於徃昔之時於彼蓮華上如來應正等覺所得聞是陀羅尼爾時除蓋障菩薩而白佛言世尊令我云何得是六字大明陀羅尼世尊如是相應甘露德味充滿世尊我若得聞是陀羅尼而無懈倦心念思惟而能受持令諸有情而得聞是六字

大明陀羅尼獲大功德願爲宣說佛告善男子若有人書寫此六字大明陀羅尼者則同書寫八萬四千法藏而無有異若有人以天金寶造作如微塵數如來應正等覺形像如是作已而於一日慶讚供養所獲果報不如書寫此六字大明陀羅尼中一字所獲果報功德不可思議善住解脫若善男子善女人依法念此六字大明陀羅尼者是人當得三摩地所謂持摩尼寶三摩地廣博三摩地清淨地獄傍生三摩地金剛甲冑三摩地妙足平滿三摩地入諸方便三摩地入諸法三摩地觀莊嚴三摩地法車聲三摩地遠離貪瞋癡三摩地無邊際三摩地六波羅蜜多門三摩地持大妙高三摩地救諸怖畏三摩地現諸佛刹三摩地觀察諸佛三摩地得如是等一百八三摩地是時除蓋障菩薩白佛言世尊我今爲於何處令我得是六字大明陀羅尼願爲宣示佛告善男子於波羅奈大城有一法師而常作意受持課誦六字大明陀羅尼白世尊言我今欲往波羅奈大城見彼法師禮拜供養佛言善哉善哉善男子彼法師者難得值遇能受持是六字大明陀羅尼見彼法師同見如來無異如見功德聖地又如見福德之聚如見珍寶之積如見施願如意摩尼珠如見法藏如見救世者善男子汝若見彼法師不得生其輕慢疑慮之心善男子恐退失汝菩薩之地反受沉淪彼之法師戒行缺犯而有妻子大小便利觸汙袈裟無有威儀爾時除蓋障白世尊言如佛教勑於是除蓋障菩薩與無數菩薩出家之衆長者童

子童女擁從欲興供養持其天蓋及諸供具寶冠珥璫莊嚴瓔珞指鐶寶釧憍尸迦等衣服繒綵卧具復有種種妙華所謂優鉢羅華矩母那華奔拏哩引迦華曼那囉華摩訶曼那囉華曼殊沙華摩訶曼殊沙華優曇鉢羅華復有種種樹華瞻波迦華迦囉尾囉華波吒攞華阿底目訖多二合迦華嚩㗚史二合迦引設華君去聲哆華蘇摩娜華麽理迦引華而有鴛鴦白鶴舍利飛騰而隨復有百種葉青黄赤白紅玻胝迦等色復有種種珍果持如是等供養之物往波羅奈大城詣法師所到已頭面禮足雖見彼法師戒行缺犯無有威儀以所持繖蓋供具香華衣服莊嚴物等大興供養畢已合掌住彼法師前言大法藏是甘露味藏是甚深法海由如虚空一切之人聽汝説法天龍藥叉彦達嚩阿蘇囉誐嚕拏摩護囉蘖人非人等於汝説法之時一切皆來聽汝説法如大金剛令諸有情解脱纏縛輪迴之報彼等有情獲斯福德此波羅奈大城所住之人常見汝故諸罪悉滅猶如於火焚燒林木如來應正等覺了知於汝今有無數百千萬俱胝那庾多菩薩來詣於汝興供養事大梵天王那羅延天大自在天日天月天風天水天火天閻魔法王幷四大天王皆來供養是時法師白言善男子汝爲戲耶爲實有所求聖者爲於世間斷除輪迴煩惱耶善男子若有得此六字大明王陀羅尼者是人貪瞋癡三毒不能染汙猶如紫磨金寶塵垢不可染著如是善男子此六字大明陀羅尼若有戴持在身中者是人亦不染著貪瞋癡

病爾時除蓋障菩薩執於彼足白言未具明眼迷失妙道誰爲引導我今渴法願濟法味令我未得無上正等菩提令善安住菩提法種色身清淨衆善不壞令諸有情皆得是法衆人說言勿懷恪惜唯願法師與我六字大明王法令於我等速得阿耨多羅三藐三菩提當轉十二法輪救度一切有情輪迴苦惱此大明王法昔所未聞今令我得六字大明王陀羅尼無救無依爲作恃怙闇夜之中爲然明炬時彼法師告言此六字大明王陀羅尼難得值遇如彼金剛不可破壞如見無上智如無盡智如如來清淨智如入無上解脫遠離貪瞋癡輪迴苦惱如禪解脫三摩地三摩鉢底如入一切法而於恒時聖衆愛樂若有善男子於種種處爲求解脫導奉種種外道法所謂敬事帝釋或事白衣或事青衣或事日天或事大自在天那羅延天蘖嚕拏中裸形外道中愛樂如是之處彼等不得解脫無明虛妄空得修行之名徒自疲勞一切天衆大梵天王帝釋天主那羅延天大自在天日天月天風天水天火天閻魔法王四大天王而於恒時云何求我六字大明王彼等得我六字大明王皆得解脫故除蓋障一切如來般若波羅蜜多毋宣說如是六字大明王一切如來應正等覺及菩薩衆而皆恭敬合掌作禮善男子此法於大乘中最上精純微妙何以故於諸大乘契經應頌授記諷誦譬喻本生方廣希法論議中得善男子獲斯本毋寂靜解脫何假多耶猶如收精稻穀於巳舍宅器盛盈滿日曝令乾擣治扇颺棄彼糠

皮何以故爲收精米如是餘異瑜伽如彼糠皮於一切瑜伽中此六字大明王如精米見善男子菩薩爲斯法故行施波羅蜜多及持戒忍辱精進靜慮般若波羅蜜多善男子此六字大明王難得値遇但念一徧是人當得一切如來以衣服飲食湯藥及座卧等資具一切供養爾時除蓋障菩薩白法師言與我六字大明陀羅尼時彼法師正念思惟而於虛空忽有聲云聖者與是六字大明王時彼法師思惟是聲從何而出於虛空中復出聲云聖者令此菩薩加行志求冥應與是六字大明王矣時彼法師觀見虛空中蓮華手蓮華吉祥如秋月色髮髻寶冠頂戴一切智殊妙莊嚴見如是身相法師告除蓋障言善男子觀自在菩薩摩訶薩可令與汝六字大明

王陀羅尼汝應諦聽時彼合掌虔恭聽是六字大明王陀羅尼曰

唵引麼抳鉢訥銘二合引吽引

於是與彼陀羅尼時其地悉皆六種震動除蓋障菩薩得此三摩地時復得微妙慧三摩地發起慈悲三摩地相應行三摩地得是三摩地已時除蓋障菩薩摩訶薩以四大洲滿中七寶奉獻供養法師於是法師告言今所供養未直一字云何供養六字大明不受汝供善男子汝是菩薩聖者非非聖者彼除蓋障復以價直百千真珠瓔珞供養法師時彼法師言善男子當聽我言汝應持此供養釋迦牟尼如來應正等覺爾時除蓋障菩薩頭面禮法師足已既獲滿足其意辭彼而去而復往詣祇陀林園到已頂禮佛足爾時世尊

釋迦牟尼如來應正等覺告言善男子知汝已有所得如是世尊而於是時有七十七俱胝如來應正等覺皆來集會彼諸如來同説陀羅尼曰

曩莫入聲一颯鉢哆引二合喃引三藐訖三二合没馱三句引致喃引四但你也二合他去聲五唵引左隸引祖隸引嚩上聲祢引六娑嚩二合引賀引七

於是七十七俱胝如來應正等覺説此陀羅尼時彼觀自在菩薩身有一毛孔名日光明是中有無數百千萬俱胝那庾多菩薩於彼日光明毛孔中復有一萬二千金山其一一山各千二百峯其山周匝蓮華色寶以爲莊嚴而於周匝有天摩尼寶適意園林又有種種天池又有無數百千萬金寶莊嚴樓閣上懸百千衣服眞珠瓔珞彼樓閣中有微妙如意珠寶供給彼諸菩薩摩訶薩一切所須資具時諸菩薩入樓閣中而念六字大明是時見涅槃地到彼涅槃之地見於如來觀見觀自在菩薩摩訶薩心生歡喜於是菩薩出彼樓閣往經行處而於其中有諸寶園而復往詣浴池復往蓮華色寶山在於一面結跏趺坐而入三昧如是善男子菩薩住彼毛孔善男子復有毛孔名帝釋王其中有無數百千萬俱胝那庾多不退轉菩薩於是帝釋王毛孔中復有八萬天金寶山於其山中有如意摩尼寶名蓮華光隨彼菩薩心所思惟皆得成就時彼菩薩於彼山中若念飲食無不滿足而無輪迴煩惱之苦恒時思惟其身無異思惟善男子復有毛孔名曰大藥於中有無數百千萬俱胝那庾多初發心菩薩善男子

於彼毛孔有九萬九千山於此山中有金剛寶窟金寶窟銀寶窟帝青寶窟蓮華色寶窟綠色寶窟玻胝迦色寶窟如是山王有八萬峯種種適意摩尼及諸妙寶莊嚴其上於彼峯中有彥達嚩衆恒奏樂音彼初發心菩薩思惟空無相無我生苦老苦病苦死苦愛別離苦怨憎會苦墮阿鼻地獄苦墮黑繩地獄諸有情苦墮餓鬼趣諸有情苦作是思惟時結跏趺坐而入三昧於彼山中而住善男子有一毛孔名繢畫王是中有無數百千萬俱胝那庾多緣覺衆現火焰光於彼毛孔有百千萬山王彼諸山王七寶莊嚴復有種種劫樹金銀爲葉無數百寶種種莊嚴上懸寶冠珥璫衣服種種瓔珞懸諸寶鈴憍尸迦衣復有金銀寶鈴震響丁丁如是劫樹充滿山中無數緣覺於彼而住常說契經應頌授記諷誦譬喻本生方廣希法論議如是之法除蓋障時諸緣覺出彼毛孔最後有一毛孔名曰幡王廣八萬踰繕那於中有八萬山種種妙寶及適意摩尼以爲嚴飾彼山王中有無數劫樹無數百千萬栴檀香樹無數百千萬大樹復有金剛寶地復有九十九樓閣上懸百千萬金寶眞珠瓔珞衣服於彼毛孔如是出現爲除蓋障說已爾時佛告阿難陀若有不知業報於精舍內洟唾及大小便利等今爲汝說若於常住地洟唾者是人生於娑羅樹中爲針口蟲經十二年若於常住地大小便利者是人於波羅奈大城大小便利中生爲穢汙蟲若私用常住齒木者墮在鼉魚及摩竭魚中生若盜用常住油麻米豆等者墮在

餓鬼趣中頭髮蓬亂身毛皆竪腹大如山其咽如針燒然枯燋唯殘骸骨是人受斯苦報若輕慢衆僧者是人當墮貧賤家生隨所生處根相不具背傴矬陋捨是身已而復生處多病痟瘦手足攣躄而有膿血盈流其身零落身肉經百千萬歲受斯苦報若盜用常住地者墮大號叫地獄中口吞鐵丸脣齒齗齶及其咽喉悉燒爛壞心肝腸胃徧體燋然時有苾芻言業風吹彼死而復活於是閻魔獄卒驅領罪人彼自業感生於大舌有百千萬鐵犂耕彼舌上受是苦報經多千萬年於此地獄出已復入大火鐵地獄彼有閻魔獄卒驅領罪人以百千萬針刺其舌上業力故活驅至火坑而擲入中又驅至奈河而擲入中而亦不死如是展轉入餘地獄經歷三劫是人復於南贍部洲貧賤家生其身盲瞑受斯苦報慎勿盜用常住財物若苾芻持戒應受持三衣若入王宮應當披持第一大衣若常衆中應當披持第二衣若作務時或入村落或入城隍或道行時應當披持第三衣苾芻應如是受持三衣若得戒得功德得智慧我說苾芻應持是戒不得盜用常住財物猶如火坑常住如毒藥常住如重擔毒藥可能救療若盜用常住物者無能救濟爾時具壽阿難陀白世尊言如佛教勑當具行學若苾芻受持別解脫應善安住守護世尊學處時具壽阿難陀頂禮佛足遶已而退時諸大聲聞各各退還本處一切世間天龍藥叉彥達嚩阿蘇囉蘖嚕拏緊那囉摩護囉誐人非人等聞佛說已歡喜信受禮佛而退

佛說大乘莊嚴寶王經卷第四

音釋

貯展呂切積也　澍朱戍切霖霔也　刈倪祭切割也　枲想里切　弶其亮切　呬虛器切　羖果五切牡羊也　曝步木切日乾也　乾居寒切燥也　颺餘亮切風飛物也　丁丁並甾耕切

分别善恶报应经

宋西天三藏朝散大夫试鸿胪卿明教大师天息灾奉　诏译

清刻龍藏佛說法變相圖

分別善惡報應經上下同卷

宋西天三藏朝散大夫試鴻臚卿明教大師天息災奉　詔譯

如是我聞一時世尊在舍衛國祇樹給孤獨園爾時世尊食時著衣持鉢入舍衛城次第乞食至兜你野子輪迦長者舍在門外立是時輪迦長者家有一犬名曰商佉常在門首於是長者常用銅器盛以美飯與商佉食犬見世尊瞋恚而吠爾時世尊謂商佉言汝由未悟見我乃吠作是語時商佉轉惡心生瞋恨即離本處往梅檀座下是時輪迦長者出舍門外見犬在於梅檀座下長者問言誰瞋於汝商佉黙然是時輪迦長者又復問言賢子誰人瞋汝商佉對曰沙門瞿曇而來在此於門下立我見乃吠彼沙門瞿曇作如是言汝由未悟今乃更吠我聞此語心生瞋怒起

離本處來栴檀座下是時輸迦聞是語已發大瞋怒出舍衛城往彼祇樹給孤獨園爾時世尊與無量百千諸比丘衆前後圍遶在座說法於是世尊遥見輸迦長者遠路而來告諸比丘汝等見此輸迦長者遠來以不諸比丘言唯然已見世尊告言此長者子向於佛所而發瞋心命終之後如箭剎那墮大地獄何以故虚妄計執分別彼我起瞋煩惱毀謗於佛墮諸惡趣受苦無量又復於我心生輕謗一切衆生亦復如是爾時世尊告諸比丘而說頌曰

於佛起惡心　毀謗生輕慢　入大地獄中

受苦無窮盡　有諸數取趣　於師及比丘

暫時起惡心　命終墮地獄　若於如來處

起大瞋恨心　皆墮惡道中　輪廻恒受苦

是時兜你野子來詣佛所頂禮佛足於世尊前種種語言柔和善順稱歎如來說是語已在一面立而白佛言世尊以何因緣到於我舍佛告輸迦長者言食時已至吾乃著衣持鉢入舍衛城次第乞食遂至汝舍在門下立是時商佉處於門首銅器之内飲食之次商佉見吾在門下立纔見乃吠我言商佉汝由未悟何故見吠犬聞是語遂生瞋怒往詣別處是時長者白世尊言此犬商佉過去宿因不知云何願佛演說佛言且止勿問斯事汝若聞此倍生懊惱不可忍矣輸迦長者如是三請白佛言世尊唯願爲我演說斯事我等樂聞爾時世尊告長者言汝今諦聽善思念之吾今爲汝分別演說此犬汝父兜你野身於過去生妄計此身無我計我慳貪嫉妬不

行惠施貪惜財物不信三寶墮畜生中今犬商佉是長者父輸迦長者復白世尊我父兜你野在生之日常行布施祭祀火天及諸鬼神彼身決定得生梵天受大富樂何故復墮畜類之中此事難信佛告長者言汝父兜你野由是分別妄生計執不行惠捨不信三寶以此因緣墮此類中復告長者吾今所說恐汝難信當自還家問於商佉是時長者辭佛歸家到已告言商佉汝實我父是兜你野此犬却坐栴檀之座長者復言商佉實是我父兜你野不可就銅盤食此肉飯商佉即食食已又復告言若實我父是兜你野當何所表爲顯奇異於是商佉聞是語已從座而起詣本住處於栴檀座下以鼻齅地以足攫出四大鐵甕滿中盛金瓶盤雜器是時輸迦長者見此希奇金銀珍寶踊躍歡喜愛護覆藏於是長者出舍衛城往詣佛所一心歸依爾時世尊與無量百千比丘衆等在座說法於是世尊告諸比丘汝見兜你野子鸚鵡長者遠來以不諸比丘言唯然已見佛告比丘今此長者身謝命終如捨重擔往生天上因於我所歡喜踊躍發誠諦心獲報如是爾時世尊告諸比丘而說頌曰

此一數取趣　發心見我喜　命終往生天
如捨於重擔　若於說法師　如來及比丘
暫時心歡喜　獲果亦如是

爾時世尊說此偈已於是輸迦長者往詣佛所頭面禮足歡喜無量種種稱讚歎未曾有說是語已在一面立於是世尊告輸迦言此商佉犬實是汝父長者白言唯然世尊如佛

所說眞實不虛所有疑惑皆悉除斷爾時輸迦長者白世尊言一切有情夭壽長命有病無病端嚴醜陋貴賤種族聰明愚鈍柔和麤獷其事非一因果善惡報應云何佛告輸迦長者子言善哉善哉汝應諦聽善思念之今爲汝說一切有情作業修因善惡不等所獲報應貴賤上下種族高低差別亦殊我今畧說如斯之事若廣分別其義甚深是時長者重白佛言願佛演說爾時佛告長者言汝應善聽一切有情造種種業起種種惑衆生業有黑白果報乃分善惡黑業三塗受報白業定感人天又業有分限命乃短長復次補特伽羅有業多病少病端嚴醜陋或復有業補特伽羅富貴貧窮聰明智慧根鈍愚闇或復有業補特伽羅生三惡趣或復有業生欲界人天乃至有頂或復有業補特伽羅遠遊及近或復有業補特伽羅所求不遂或復有業不求自至或復有業補特伽羅成就難易有成不成或復有業補特伽羅地獄壽命圓滿中夭輕重不等或復有業補特伽羅富貴貧窮先後不定或復有業補特伽羅富貴貧窮布施愛樂慳悋不定或復有業補特伽羅壽命長短於中不定或復有業補特伽羅身心快樂苦惱不定或復有業補特伽羅形貌端嚴光潤愛樂或復醜陋麤澀嫌厭或復有業補特伽羅諸根具足不具足等爾時佛告長者子言有十善業應當修習若十惡業汝應除斷於是長者白佛言世尊有情短命何業所獲佛告長者子言殺生所獲復次殺業然有十種一自手殺二勸他殺三慶快殺四隨

喜殺五懷胎殺六勸墮胎殺七酬冤殺八斷男根殺九方便殺十役他殺如是十種獲短命報復云何業獲報長命有十種業何等爲十一離自手殺二勸他離殺三離慶快殺四離隨喜殺五救刑獄殺六放生命七施他無畏八慈恤病人九惠施飲食十旛燈供養如是十種獲長命報復云何業獲報多病有十種業何等爲十一自壞有情二勸他令壞三隨喜壞四讚歎壞五不孝父母六多結宿冤七毒心行藥八慳悋飲食九輕慢聖賢十毀謗師法如是十種獲報多病復云何業獲報少病有十種業何等爲十一不損有情二勸他不損三不隨喜損四不讚歎損五離慶快損六孝養父母七尊重師長八不結宿冤九施僧安樂十施藥飲食如是十種獲少病報

復云何業獲報醜陋有十種業何等爲十一恒起瞋忿二恣縱慢心三不孝父母四恒恣貪癡五毀謗聖賢六侵奪淩逼七盜佛光明八戲弄他醜九壞佛光明十行非梵行如是十種獲報醜陋復云何業獲報端嚴有十種業云何十業一修慈忍二惠施佛塔三塗掃塔寺四修嚴精舍五莊嚴佛像六孝養父母七信重聖賢八謙卑離慢九梵行無缺十遠離損害如是十種獲報端嚴復云何業獲種族卑賤有十種業云何十種一貪愛名利不修施行二嫉妬他榮三輕毀父母四不遵師法五譏謗賢善六親近惡友七勸他作惡八破壞他善九貨易經像十不信三寶如是十種獲報卑賤復云何業得豪族富貴有十種業何等爲十一離嫉妬二慶他名利三尊重

父母信崇師法四發菩提心五施佛傘蓋六修嚴塔寺七懺悔惡業八廣修施行九勸修十善十信崇三寶如是十種獲報豪貴復云何業獲人間惡報有十種業云何十種一恣縱我慢二輕慢父母三輕慢沙門四輕慢婆羅門五輕毀賢善六輕慢親族七不信因果八輕厭自身九憎嫉他人十不信三寶如是十種獲人間惡報復云何業獲人中勝報有十種業云何十種一謙卑離慢二尊重父母三尊重沙門四信崇婆羅門五愛護親族六尊重賢聖七修行十善八不輕慢補特伽羅九尊重師法十諦信三寶如是十種獲人中勝報復云何業獲報孤貧有十種業云何十種一恒行劫盜二勸他劫盜三讚歎劫盜四隨喜劫盜五毀謗父母六謗讟聖賢七障礙他施八嫉他名利九慳悋財物十輕毀三寶願常饑饉如是十種獲報孤貧復云何業獲大福德有十種業云何十種一離劫盜二離勸他非三離隨喜盜四孝養父母五信崇聖賢六慶他名利七廣行惠施八不嫉名利九不慳財寶愛恤孤貧十供養三寶如是十種獲福廣大復云何業獲報愚鈍有十種業云何十業一謂此補特伽羅不信沙門亦不親近二不信婆羅門三不信師法亦非親近四隱法不傳五伺師法短六遠離正法七斷滅善法八謗毀賢智九習學非法十毀謗正見稱揚邪見如是十法獲報愚鈍復云何業獲大智慧有十種法云何十法一謂此補特伽羅親近沙門深信求法二信婆羅門三親近師法求解深義四尊重三寶五遠離愚癡六

不謗師法七求於深智八傳法利生令不斷滅九遠離非法十稱揚正見離諸邪見如是十法獲大智慧復云何業獲地獄報有十種法云何十種一不善身業二不善口業三不善意業四恒起身見五恒起邊見六邪見不息七作惡不懺八婬慾邪行九毀謗聖賢十壞滅正法如是十業獲地獄報復云何業獲畜生報有十種業云何爲十一中品惡身業二中品惡語業三中品惡意業四起種種貪五起種種瞋六起種種癡七布施非法八禁呪厭術九毀菩薩梵行十起常邊見人死爲人如是十業獲報畜生復云何業獲報餓鬼有十種業云何十業一耎惡身業二耎惡口業三耎惡意業四貪恪財物不行惠施五起大邪見謗佛因果六我慢自恃輕毀賢良七障礙他施八不恤飢渴九慳惜飲食不施佛僧十他獲名利方便離隔如是十業獲報餓鬼復云何業獲報人間有十種業何等十業一離殺生二離不與取三離非梵行四離虛誑語五離雜穢語六無離間語七離麤惡語八離飲酒食肉九離癡闇十離邪見諦信三寶修如是等十種耎業獲報人間復次修習何業得生欲天修十善業得生彼天復修何業得生色界修十定善得生彼天復修何業得生於彼四無色界修習三摩鉢底爲因得生彼天何等爲四遠離一切色作無邊空想復修彼定伏除彼障命終之後生彼空無邊處遠離麤識細識現前作無邊想伏除彼障復修彼定後生彼天遠離無所有處障染復修彼定後生彼天遠離彼障復修彼定命終

之後得生非想非非想處復次修習何業不生無間修諸善業迴向所求決定得生諸善趣中不入無間復次修習何業感得何果若修善業感可愛果若造惡業感非愛果若遠離此善不善業愛非愛果終不可得譬如慈女商主遠行久不歸家子無由得復云何業而不得果所修惡業迴心發露省悟前非思惟嫌厭心念口言作意專注重重懺悔此業雖作而不受果善業亦然復云何業得身心圓滿修習忍辱得身相圓滿修習聞思得心圓滿此業修習必定得果復云何業修作已後而非散失若有善業已作不悔亦不嫌厭而非擾惱又非撥無不說是非而不遠離亦非躁撓作如是行此業修習終非散失定受於果復云何業而不得果終無記業不得其

果復云何業補特伽羅地獄壽命而無中夭此一補特伽羅作彼業已而不悔恨亦不嫌厭又不撥無心不擾惱不說是非又不躁撓行如此行天受當知作彼彼業補特伽羅處地獄生圓滿壽命而非中夭復云何業有補特伽羅處地獄中壽量不滿此一補特伽羅作彼業已而乃嫌悔煩惱自毁省悟前非遠離彼業而不躁撓行如是行此補特伽羅作彼業已地獄中生不滿壽命復云何業有補特伽羅地獄中生即便命終此一補特伽羅作彼業已悔嫌躁擾說言撥無解除遠離煩惱鋒利不可愛樂我更不作如阿闍世王作殺父罪已悔過發露我作惡業應當自受對佛懺悔解說前非佛愍彼王令觀罪性從緣幻有了不可得故此補特伽羅處地獄中即

便命終復云何業有補特伽羅先受快樂後受苦惱此一補特伽羅初行布施愛樂歡喜施已心悔故此補特伽羅生在人中處上種族金銀珍寶象馬車乘悉皆具足父母妻子吏民知識圓滿無鈌乃至庫藏亦復如是故得果時先受快樂後乃苦惱復云何業有補特伽羅先受貧苦後乃快樂此一補特伽羅由昔因時用下品心微分布施捨已不悔後乃歡喜故此補特伽羅生在人中種族卑下飲食珍寶悉皆乏少亦不自在後漸增長財物廣大乃至種種資具無有乏少故此補特伽羅後得果時先乃貧苦後受快樂復云何業有補特伽羅先受快樂後亦快樂此一補特伽羅未施歡喜正施施已歡喜三時無悔此一補特伽羅生在人中於富貴家上種族中父母妻子吏民親友圓滿具足庫藏珍寶象馬牛羊乃至園林田宅無不具足自在受用故此補特伽羅先受快樂後亦快樂復云何業有補特伽羅先無快樂後無快樂常受苦惱此一補特伽羅先無施心亦無良友勸令布施又無信心貪惜珍寶從始至終絶施纖毫故此補特伽羅若生人中處下種族貧窮困苦財寶飲食田宅資具乃至眷屬悉皆乏少先無快樂後無快樂故此補特伽羅先受苦惱後亦苦惱復云何業有補特伽羅得大富貴貪惜財物無纖毫施此一補特伽羅於過去世向三寶處曾行布施不曾發願於當來世更修施行故此補特伽羅命終已後若生人間得大富貴居上種族珍寶廣大象馬奴婢牛羊田宅亦皆廣大受用自在於其

財物慳惜愛護不行惠施故此補特伽羅富貴多財愛護慳貪亦無信心復云何業有補特伽羅一生貧苦愛樂布施此一補特伽羅於過去世三寶勝處曾修布施又復發願而於未來施心不斷命終之後生在人天受福往來彼後福盡又生人間貧窮愛施故此補特伽羅貧窮愛施信心不斷復云何業有補特伽羅一生貧苦又復慳貪不行少施此一補特伽羅於過去世不遇善友又復愚闇不信因果於其施度微分不修故此補特伽羅命終之後生在人間種族貧窮財物飲食田業資具一切乏少故此補特伽羅貧窮困苦不樂布施復云何業得身心快樂譬如輪王又樂作福此一補特伽羅於過去世修不殺戒施他無畏又復發願施心不昧故此有情命終之後生在人間得身心快樂常愛惠施復云何業有補特伽羅身心快樂如極老人家務久棄不樂作福此一補特伽羅於過去世施他無畏不損有情不發勝願故此補特伽羅命終已後生在人間而得身心悉皆快樂不愛修福

分別善惡報應經卷上

分别善惡報應經卷下

宋西天三藏朝散大夫試鴻臚卿明教大師天息災奉　詔譯

復云何業有補特伽羅若身及心俱不快樂又不修福此一有情於過去世損惱衆生令他怖畏又無信心不發善願故此補特伽羅命終之後生在人中身心不安又多愚闇而不修施云何補特伽羅人間命短三塗命長此一補特伽羅過去修因順生善少順後惡多故此補特伽羅人中命促後生地獄鬼畜及阿素囉壽命乃長云何補特伽羅三塗命短人中命長此一補特伽羅過去修因順生惡少順後善多故此補特伽羅三塗壽短後生人中壽命乃長云何補特伽羅生在人中及三塗内壽命皆短此一補特伽羅過去修因順生順後善惡俱少故此補特伽羅人及三塗壽命皆短云何補特伽羅命盡煩惱盡云何補特伽羅煩惱乃盡壽命不盡謂預流一來不還決定性者乃不決定阿羅漢人復云何業有補特伽羅惡趣而生形色身量端嚴殊妙見者歡喜人皆愛樂此一補特伽羅於過去世修習忍行破佛淨戒墮在惡趣受異類身形色端嚴柔潤具足見者歡喜復云何業有補特伽羅生惡趣中身體麤澀形色醜陋人見不悦謂此補特伽羅於過去世性多瞋怒不修忍度破佛淨戒又不發露命終已後處異類中形色醜陋身體麤澀諸根缺減臭氣充滿癡增闇昧見者不喜復次十不善業獲果云何殺命爲因壽量色力而非滿足偷盗所得霜雹蟲蝗饑饉水旱邪欲所獲外多塵垢妻不貞良虚妄所獲臭氣惡名人

皆嫌厭離間所獲眷屬不和疾病縈纏麤惡所獲觸對硬澀果實非美雜穢所獲林木叢刺園苑荒殘貪愛所獲庫藏寡尠瞋恚所獲果味辛辣容貌醜惡愚癡所獲外色不潔果實虛耗十不善業因之所得修十善業獲果云何遠離殺害壽量所依皆悉滿足離於偷盜饑饉風雹蟲蝗等災悉皆遠離因無邪欲美聲流播遠離塵垢因無妄語口常香潔因無離間眷屬和順遠離高下霹靂霜雹因無麤惡果味甘美遠離硬澀因無雜穢林木園苑遠離叢刺皆悉滋潤因無貪愛倉庫果實充滿具足因無瞋恚身相圓滿諸根無缺因無邪見信心不斷最上果實香美具足修十善業感果如是復次十惡獲果有十何等為十殺生十者一寃家轉多二見者不喜三有情驚怖四恒受苦惱五常思殺業六夢見憂苦七臨終悔恨八壽命短促九心識愚昧十死墮地獄復次偷盜報有十種何等為十一結宿寃二恒疑慮三惡友隨逐四善友遠離五破佛淨戒六王法謫罰七恣縱豫逸八恒時憂惱九不自在十死入地獄復次邪欲報有十種何等為十一欲心熾盛二妻不貞良三不善增長四善法消滅五男女縱逸六資財密散七心多疑慮八遠離善友九親族不信十命終三塗復次妄語報有十種何等為十一口氣恒臭二正直遠離三諂曲日增四非人相近五忠言不信六智慧尠少七稱揚不實八誠語不發九愛論是非十身謝惡趣復次飲酒三十六過其過云何一資財散失二現多疾病三因興鬪諍四增長殺害五增

長瞋恚六多不遂意七智慧漸寡八福德不增九福德轉減十顯露祕密十一事業不成十二多增憂苦十三諸根闇昧十四毀辱父母十五不敬沙門十六不信婆羅門十七不尊敬佛十八不敬僧法十九親近惡友二十捨離善友二十一棄捨飲食二十二形不隱密二十三淫欲熾盛二十四衆人不悅二十五多增語笑二十六父母不喜二十七眷屬嫌棄二十八受持非法二十九遠離正法三十不敬賢善三十一違犯過非三十二遠離圓寂三十三顛狂轉增三十四身心散亂三十五作惡放逸三十六身謝命終墮大地獄受苦無窮

爾時佛告輸迦長者若復有人於如來塔合掌恭敬有十功德何等爲十一貴族廣大二妙色廣大三形相廣大四四事廣大五珍財廣大六美名廣大七信根廣大八憶念廣大九智慧廣大十藝業廣大如是長者若復有人合掌恭敬如來之塔獲斯功德若復有人於如來塔合掌禮拜獲十功德何等爲十一言辭柔軟二智慧超群三人天歡喜四福德廣大五賢善同居六尊貴自在七恒值諸佛八親近菩薩九命終生天十速證圓寂如是功德禮拜佛塔獲如斯報若復有人拂拭佛塔獲十功德何等爲十一色相圓滿二身體牖直三音聲微妙四遠離三毒五路無叢刺六種族最上七崇貴自在八命終生天九體離垢染十速證圓寂如是功德拂拭佛塔獲如斯報若復有人於如來塔布施傘蓋獲十種功德何等爲十一離熱惱二心不散亂三

作世間主四藝業廣大五福德無量六得轉輪王七身相圓滿八遠離三塗九命終生天十速證圓寂如是功德傘蓋施佛獲如斯報若復有人於如來塔以鐘鈴布施獲十種功德何等爲十一端嚴無比二妙音適悦三聲同迦陵四言辭柔軟五見皆歡喜六得阿難多聞七尊貴自在八美名流布九往來天宮十究竟圓寂如是功德布施鐘鈴所獲勝報若復有人於如來塔布施幢旛有十功德何等爲十一形容牖直長壽圓滿二世間殷重三信根堅固四孝養父毋五親友眷屬皆悉廣大六美名稱讃七色相端嚴八見者歡喜九富貴上族自在生天十速證圓寂如是功德施佛幢旛獲如斯報若復有人於如來塔以衣布施獲十二種殊妙功德何等十二一身體牖直二見者歡喜三福相光潤四色相微妙五色形無比六身無塵垢七衣服鮮潔八卧具細軟九得大自在十命終生天十一見皆愛敬十二速證圓寂如是功德施佛衣服獲如斯報若復有人於如來塔施花供養功德有十何等爲十一色相如花二世間無比三鼻根不壞四身離臭穢五妙香清淨六往生十方淨土見佛七戒香芬馥八世間殷重得大法樂九生天自在十速證圓寂如是功德以花供養佛舍利塔如斯獲果若復有人以鬘布施如來之塔獲十種功德云何十種一色妙如鬘二身離臭穢三形體清淨四生十方佛土五戒香芬馥六恒聞妙香七眷屬圓滿八諸根適悦九生天自在十速證涅槃如是功德於如來塔施鬘供養獲如斯報

若復有人施燈供養佛舍利塔獲十功德云何十種一肉眼清淨二獲淨天眼三離於三毒四得諸善法五聰明智慧六遠離愚癡七不墮黑闇三塗八尊貴自在九往生諸天十速證圓寂如是功德施燈供養佛舍利塔獲斯勝報若復有人施塗香供養如來之塔獲十功德云何十種一鼻根清淨二身離臭穢三身妙香潔四形相端嚴五世間恭敬六樂法多聞七尊貴自在八聲譽遐布九命終生天十速證圓寂如是十種功德布施塗香供養如來舍利之塔獲斯勝報若復有人以妙音樂供養佛塔獲於十種勝妙功德何等爲十一身相端嚴二見者歡喜三音聲微妙四言辭和順五肢體適悅六離瞋恚七慶喜多聞八崇貴自在九命終生天十速證圓寂如是功德以妙音樂供養佛塔獲如斯報若復有人於如來塔歡喜讃歎獲十八種勝妙功德云何十八一種族尊高二形相端嚴三圓滿膚直四見聞歡喜五資財無量六眷屬廣大七遠離散壞八尊貴自在九恒生佛土十聲譽遐布十一美德讃頌十二四事豐足十三天人供養十四得轉輪王十五壽命延長十六體堅金剛十七命終生天十八速證圓寂如是功德歡喜讃歎佛舍利塔獲斯勝報若復有人施佛牀座獲十種功德何等爲十一德業尊重二世間稱讃三肢節多力四名稱遠聞五德美歌頌六安和適悅七獲轉輪王座僕從衆多八見者歡喜九生天自在福相具足十速證圓寂如是功德施佛牀座獲斯勝報若復有人布施鞋履供養僧佛功德

有十云何十種一威儀師範二象馬無闕三行道勇健四身無疲乏五足步無損六離荊棘沙礫七獲神足通八僕從衆多九生天自在十速證圓寂如是功德鞋履布施佛比丘等獲如斯報若復有人以鉢器什物施佛及僧功德有十云何十種一形色光潤二器物具足隨意受用三離諸飢渴四珍寶豐足五遠離惡趣六人天歡喜七福相圓滿八尊貴自在九恒生諸天十速證圓寂如是功德布施器物獲如斯報若復有人齋食供養佛及衆僧功德有十云何爲十一壽命延長二形色圓滿三肢節多力四記憶不忘五智慧辯才六衆覩歡喜七豐足珍寶八人天自在九命終生天十速證圓寂如是十種勝妙功德施佛及僧齋食供養獲如斯報若復有人以

象馬車乘施佛及僧功德有十云何爲十一足相柔軟二威儀無缺三身離疲乏四安樂無病五宛家遠離六神足自在七僕從衆多八人天福相見皆歡喜九命終生天十速證圓寂如是功德以車乘象馬施佛及僧獲如斯報若復有人修嚴房室屋宇殿堂施佛及僧功德衆多行相云何恒離驚怖身心安樂所得卧具細軟最妙衣服嚴身香潔清淨人間天上五欲自在刹帝利婆羅門大姓種族及長者居士宰官商主聚落城邑國王大臣隨願滿足皆悉成就若於轉輪聖王隨其福力一洲二洲乃至四洲王化自在若於六欲諸天四王忉利乃至他化自在願皆成就隨意生彼若復有人由前福力於色界諸天梵衆梵輔乃至色究竟天皆悉成就隨願生彼

若復有人於無色界空無邊處乃至非想非非想處皆悉成就若於預流一來不還阿羅漢果緣覺乃至無上菩提隨其所應皆得成就如是功德差別無量因修房屋殿堂樓閣施佛及僧獲如斯報若復有人以美飲湯藥施佛及僧獲十種功德云何十種一諸根圓滿二清淨鮮潔三額廣平正四容貌熙怡五形色光潤六福德圓滿七離飢渴八遠離三惡九生天自在十速證圓寂如是功德施佛及僧美飲湯藥獲如是報若復有人歸佛出家功德有十云何爲十一遠離妻室二染欲不貪三愛樂寂靜四諸佛歡喜五遠離邪魔六近佛聽法七遠離三惡八諸天愛敬九命終生天十速證圓寂如是十種功德歸佛出家獲如斯報若有比丘在林野中寂靜而居有十種功德云何爲十一遠離憒閙二清淨香潔三禪定成就四諸佛愛念五離中天六多聞總持七成就舍摩他尾鉢舍那八煩惱不起九命終生天十速證圓寂如是功德林野中住比丘修行獲如斯報若有比丘持鉢乞食有十種功德云何十種一威儀無缺二成熟有情三遠離慢心四不貪名利五福田周普六諸佛歡悅七紹隆三寶八梵行圓滿捨下劣意九命終生天十究竟圓寂如是功德若常持鉢乞食所獲若有比丘持鉢乞食遠離十種黒闇始獲如是十種功德云何十種一了知出入聚落有益無益二了知族姓行時有益無益三了知說法有益無益四了知親近阿闍梨和尚有益無益五了知慈心化利衆生有益無益六了知親近遠離有益

無益七了知習學戒定慧三有益無益八了知檀信施衣有益無益九了知持鉢里巷之中有益無益十了知受用卧具湯藥乃至命終已來有益無益如此了知獲如是等十種勝報爾時佛告輸迦長者子言業因業生業因業滅業有前後引滿差別報乃高低愚智懸隔說此法時於是輸迦長者白佛言世尊此舍衛國塢播塞迦族姓之中及餘一切剎帝利婆羅門等族姓之中聞皆歡喜憶念受持我等眷屬皆悉愛樂長夜安樂利益自他無有窮盡佛言善哉善哉輸迦長者如汝所說爾時世尊說是語已兜你野子輸迦長者及諸苾芻無量百千人非人等歡喜踊躍禮佛而退

分別善惡報應經卷下

音釋

呿丘加切 獷古猛切麤惡貌 讟徒谷切痛怨也 耎乳兗切 躁撓躁則到切不安靜也撓奴巧切擾也 尟蘇典切少也 播補過切布也 謫側革切罰也 拭設職切揩也 馥房六切香氣也

佛說守護大千國土經
宋西天北印度烏塡曩國三藏傳法大師施護奉　詔譯

清刻龍藏佛說法變相圖

佛說守護大千國土經卷上

宋西天北印度烏塡曩國三藏傳法大師施護奉　詔譯

如是我聞一時世尊住王舍城鷲峯山南面佛境界大樹林中與大苾芻衆千二百五十人俱其名曰尊者舍利弗尊者摩訶目乾連尊者摩訶迦葉尊者伽耶迦葉尊者那提迦葉尊者摩訶那提迦葉尊者阿若憍陳如尊者優樓頻螺迦葉尊者摩訶迦旃延尊者跋俱羅尊者婆藪槃豆尊者俱絺羅尊者嚩倪舍尊者阿濕嚩爾多尊者須菩提尊者蘇婆呼尊者阿寧嚕馱尊者難提枳曩尊者離跋多尊者准提曩如是等千二百五十大苾芻衆俱是時摩竭提國韋提希子阿闍世王供養恭敬尊重讚歎以衣服卧具飲食湯藥珍玩寶物而供養佛及比丘僧是時大地欻然

震動大雲普覆起大惡風雷聲震吼掣電霹靂降大雨雹周徧而霔十方黑暗星宿隱蔽日月不現不能照曜日無暖氣亦無光明人民惶怖是時世尊以淨天眼見毗耶離大城王及臣民有如是等災難競起復次毗耶離別有離車子等或有內宮嬪妃婇女爲彼鬼神之所惱害諸王王子及諸老幼奴婢僕從幷諸眷屬皆爲鬼神惱害惑亂彼毗耶離大城一切人民若苾芻苾芻尼優婆塞優婆夷皆悉怕怖悶絶慞惶身毛皆豎仰面號哭而作是言

曩謨沒馱野曩謨達摩野曩謨僧伽野一心歸依乞求加護或有婆羅門及諸長者不信三寶歸向梵天王者或歸向天帝釋者歸向護世四王者歸向摩醯首羅者或寶賢藥叉大將滿賢藥叉大將訶利帝母日月星辰山林藥草江河陂池園苑塔廟隨所樂著悉皆歸敬作如是言我此災禍怖畏患難誰爲救濟云何令我速得免離爾時世尊愍諸衆生別現瑞相起變化行以是行故令此三千大千世界天人阿脩羅聞其音聲生恭敬心皆來集會是時索訶世界主梵天王與梵天天子衆俱天帝釋與忉利天衆俱四大天王與四天王天衆俱二十八大藥叉將與三十二大力藥叉俱訶利帝母幷其子及眷屬俱於夜分時來詣佛所訶利帝母以自威光輝赫晃耀照鷲峯山皆爲一色到世尊所頂禮佛足却住一面異口同音讚歎如來說伽他曰

端嚴金色相　猶如淨滿月　富如毗沙門
吉祥之寶藏　遊行如師子　威德若大龍

巍巍眞金聚　閻浮檀之色　暗夜清淨月
安住衆星中　於諸聲聞衆　顯煥莊嚴相
歸命薄伽梵　諸天人中尊　利益於人天
住世垂救護　守護大千經　過去佛已說
盡此輪圍山　而結金剛界　稽首人中尊
歸命無所畏　合掌恭敬禮　牟尼大法王

是時世尊於一念頃默然而住告四天大王言大王汝等現是色相形類差別云何惱亂我諸弟子大王若復有人聞佛法僧出現於世心生歡喜如是人等於佛法中植菩提種生值佛世遇辟支佛及阿羅漢諸聲聞衆於佛法中植衆德本十善具足命終之後當得往生三十二天一一天上爲天王身受天快樂復生人中作轉輪王統領四兵王四天下乃至大海皆爲一境得七寶具足得千子圍遶其王千子智慧明達勇猛精進無諸怖畏妙色端正有大神力迅疾如風威德自在能伏怨敵以是因緣獲得如是福德果報貪著愛欲娛樂自恣汝等今者於如來前起憍慢心現如是相作如是事於我弟子心生輕毀恐怖惱害是時北方藥叉主毗沙門天王即從座起偏袒右肩右膝著地合掌恭敬而白佛言世尊我今住處有一大城及以聚落園林華果宮殿樓閣周帀欄楯金銀階道種種寶物而嚴飾之安以表刹四面懸鈴妙眞珠網羅覆其上燒衆名香晝夜氛馥散諸雜華徧布其地清淨皎潔甚可愛樂百千天女周帀圍遶我處於彼受五欲樂無有厭足如迷醉人不能惺悟犯所行行違本所願以是義故諸藥叉衆周徧世界十方馳走飲血啖肉

若男若女童男童女於如是人作諸執魅及諸惡食食血者食肉者食胎者食生者食命者或作畜生及諸異類或作師子常食有情彼恒殺生食啖其命大德世尊我今於佛及四衆前說彼藥叉所現色相種種形貌一一不同此藥叉衆皆有執魅是故我常手持寶塔內安聖像彼執魅者藥叉衆中我名大王是諸藥叉燒種種香燃種種燈散諸雜華供養塔像及供養我世尊若藥叉衆作執魅者令其衆生現如是相若常笑喜若常驚怖若常啼泣若多語言無有其度若常狂亂若不睡眠若身常疼痛若仰視虛空若樂觀星宿若常馳走若晝即不樂夜即歡喜若常健羨此諸藥叉有如是等執魅之事於諸世間無能制者我有神咒悉能調伏惟願世尊聽我說之即說呪曰

唵引阿哩引阿囉抳引昝七感切陛引惹胝嚟引阿佉韈引麽佉韈引佉佉韈引佉嘲羅江切疑疑罽切賀引哩并并孕切誐嚟引底銘名孕切擬囉你悉鈿覩滿怛囉二合跛那娑嚩二合賀引娑嚩二合薩底也二合薩覩二合吠無每切引室囉二合摩拏寫麽賀引囉惹寫曩麽引麽末音嚟引韈引濕嚩二合哩也二合地跛底曵二合曩娑嚩引二合賀引

是時東方彥達嚩主持國天王從座而起偏袒右肩右膝著地合掌向佛恭敬作禮而白佛言世尊我彥達嚩衆執魅之者其人現如是等種種色相若常歌舞若愛莊嚴若無貪愛若語言誠信若作瞋作喜若復燋渴若眼赤如朱若復瘧病若如中毒若閉目不開常

在睡眠若常背視面不向人如是人等爲彥達嚩之所執魅於諸世間無能制者我有神呪悉令調伏惟願世尊聽我說之即說呪曰

唵引阿契引麼契引尾曩契引滿弟引嚩嚂引禰引左跛嚟引嚩契引嚩佉你引阿契上聲嚟引嚩賀嚟引娑彥那黎嚩勢引嚩無鉢切哩底二合娑嚩二合引賀引毋煎覩彥達哩嚩二合仡囉呬四引毗喻二合引地哩二合多囉引瑟吒囉二合寫麼賀引囉引惹寫曩引麼引嚩黎乃引濕嚩二合哩也二合引地跛底曳二合引曩娑嚩二合引賀

是時南方矩畔拏主增長天王從座而起偏袒右肩右膝著地合掌向佛恭敬作禮而白佛言世尊若我矩畔拏衆執魅之者現如是等種種色相若多語若燋渴若心迷亂目睛瞶瞪若面赤色若常卧於地若身常拘急若容貌醜惡若身體羸瘦若長爪甲若長頭髮若身體腥臭若身坌垢穢若常妄語若語言狂亂如是人等爲矩畔拏之所執魅於諸世間無能制者我有神呪悉令調伏惟願世尊聽我說之即說呪曰

唵引佉佉佉銘引佉攞銘引佉攞引銘佉囉黎佉囉契迦囉黎引迦尸你引迦嚕銘引迦囉智引迦引黎迦引彌你尾馱黎引閉上聲至引曳細引野舍嚩底三毋引三彌你舍緬覩銘引滿怛囉二合跛那引娑嚩二合引賀引薩嚩薩怛嚩二合引南引仡囉二合虎娑喻引波捺囉嚩二合引尾嚕荼迦寫麼賀引囉惹寫曩麼引嚩黎引乃引濕嚩二合哩也二合引地鉢底曳二合引娑嚩二合引賀

是時西方龍主廣目天王從座而起偏袒右肩右膝著地合掌向佛恭敬作禮而白佛言世尊我諸龍等執魅之者現如是等種種色相若常餧𡁠若喘息長嘘若身常冰冷若口吐涎沫若多睡眠若身體如蛇光滑堅硬若心勇猛不懼生死若能馳走無困乏時若爪甲長利若手爮其地令如窟穴如是人等爲諸龍等之所執魅於諸世間無能制者我有神呪悉令調伏唯願世尊聽我說之即說呪曰

唵(引)訖囉(合二)野細(引)訖囉(合二)迦𠺕(引)訖囉(合二)迦𠺕(引)加沙曳骨嚕(合二)計計骨祿(合二)佉銘骨嚕(合二)嚕(引)阿佉黎(引)娑麼娑佉黎(引)迦護銘(引)阿嚕計(引)迦嚕計(引)伊哩(引)尸尾哩(引)伊哩彌哩(引)地(引)哩(引)虞嚕嚩底娑嚩(合二)悉底也(合三)窣覩(合二)尾嚕(引)膊(引)乞叉(合二)寫麼賀(引)囉惹寫曩(引)麼(引)嚩攞乃(引)濕嚩(合二)哩也(合二)(引)地鉢底曳(引)(二合)曩娑嚩(二合)(引)賀(引)

爾時世尊於一切諸天龍神藥叉衆中大師子吼而作是言我爲一切世間調御丈夫天人師具足十力四無所畏難調伏者使令調順我今轉大法輪我獨一身降伏汝等大藥叉將一切軍衆悉令降伏我今以大智力爲欲擁護利益安樂一切衆生如來於一切悉地皆得成就我有神呪名一切明汝應聽受即說呪曰

唵(引)阿僧擬(引)康誐嚩帝(引)末攞你哩驅(合二)(引)𠺕(引)戍(引)哩(引)戍(引)囉嚩哩(引)嚩日囉(合二)三銘(引)嚩日囉(合二)馱哩(引)薩擔(合二)鼻捺哩(合二)姹娑哩(引)尾惹曳(引)尾伽細(引)嚩囉(引)佗囉

鉢囉二合引鉢帝二合引阿囉抳引達麼欲訖帝二合引禰尸尾驅瑟致二合引娑嚩二合引薩底也三合薩覩二合阿呬半引薩嚩薩怛嚩二合引南引左怛他引誐多末黎引曩乃引濕嚩二合哩也二合引地鉢底曳二合引曩娑嚩二合引賀引

是時四方諸大藥叉矩畔拏等聞佛世尊說是神呪一時合掌恐懼失色怖畏戰慄身體四肢不能自勝出大怖聲其聲遠震十方聞知四大天王作是思惟如來三密守護大千大明王神呪威德之力廣大甚深不可思議彼諸藥叉矩畔拏衆諸鬼神等聞佛所說皆悉降伏猶如大風吹散火焰無有遺餘佛所說法亦如利刀諸毒害心悉令斷滅佛言如梵王呪破彼俱尾囉長子令彼長子不起異心若復有人爲彼天龍及諸藥叉矩畔拏衆諸鬼神等惱害惑亂執魅之者當用醍醐及以芥子以是神呪而加持之擲入火中令火出焰又擲四方及以上下或擲入水是諸人等速得安樂若有不順此呪者以酥芥子相和燒之皆令出焰亦得安樂彼等藥叉爲棒所打身體生瘡及有瘢痕彼藥叉等疼痛苦惱徃阿拏迦嚩底王城到已其俱尾囉威德神力勑諸藥叉或不令入不得飲食及其本坐種種怖畏衆會一處出大音聲離藥叉國此守護大千甚深經典若有藥叉及矩畔拏諸鬼神等不隨順者彼諸藥叉及鬼神等爲大忿怒金剛明王手執金剛而破其頭復以利刀而截其舌復以利刀劓其耳鼻或復斬截令身粉碎或以刀輪而斷其首或以鐵棒恒常鞭撻或以鐵橛而釘其心或於口中常

出膿血毁謗斯經獲如是報常處輪迴出已復入無有休息諸有吉祥國土城邑不復共會時四方天王東方持國南方增長西方廣目北方毗沙門天王被忍辱鎧各坐寶座住於佛會大梵天王以神通力化作寶殿種種妙寶以爲莊嚴其中復現金剛寶座佛坐其上彼大梵天王及諸梵王合掌作禮住立佛前讚歎世尊作如是言如眞金幢金色晃耀目若蓮華清淨無垢如娑羅王樹華開敷如淨滿月衆星圍遶相好巍巍功德莊嚴牟尼法王爲世間燈天人稱讚能令安樂一切衆生皆到究竟涅槃彼岸出生於佛及辟支佛諸聲聞衆天人神仙婆羅門等悉皆增長是時世尊告大梵天王及諸梵衆護世四王等而作是言如來爲欲利益安樂一切有情故汝等聽受若復有人聞此經典輕毁之者譬如有人動須彌山及四大海乃至大地皆令翻覆其人又言日月星辰水火風等我能繫縛致於他方令彼處現如是人等爲自欺誑無有是處乃至起於種種異心輕毁之者如是人等皆爲嫉妬不爲利益一切人天即爲愛樂增長步多鬼神等衆彼諸鬼神周徧遊行伺求人便食噉其肉如是人等即爲一切魔王徒黨步多鬼神而爲眷屬如是人等於此神呪不生信敬以是神呪威德力故令彼人等知其過惡即於佛前至心受持此守護大千陀羅尼經懺悔之者是諸人等即得遠離種種謫罰時會大衆頂禮佛足各各瞻仰金色之身是時復有毗首劫摩天子爲四天王造四大寶車一一皆以七寶所成謂金銀

瑠璃真珠碼碯及玻胝迦珊瑚等寶種種間錯而嚴飾之護世四王坐其寶車以天威力悉變金色乘空而行至步多國香華寶物徧覆其地而爲供養是時護世四天王勑六十大藥叉將言汝等今者持是神呪以呪威力往詣四方所有一切藥叉羅刹步多鬼神汝以羂索當繫其頸將來至此乃至十方一切國土有此最上甚深經典所在之處悉當守護時梵天衆及餘諸天皆悉以此甚深經典神呪威力降伏一切藥叉羅刹步多鬼神而爲守護大千國土是時毗沙門天王大藥叉即往四方巡遊世界勑諸大藥叉將所有藥叉羅刹步多鬼神或住十方國土城邑或居巖窟東方彥達嚩魅與二十八步多鬼神衆俱南方矩畔拏魅與二十八步多鬼神衆俱西方龍魅與二十八步多鬼神衆俱北方藥叉魅與二十八步多鬼神衆俱如是等種種執魅恒於世間惱害衆生作諸魅事汝等諸大藥叉將以此神呪威德力故而降伏之以五羂索繫縛其身牽來至此時矩尾囉説是語已復有矩尾囉長子名散惹野大藥叉常乘於人統領六十俱胝藥叉及步多鬼神衆俱其第二子名惹你迦大藥叉將統領六十俱胝藥叉及步多鬼神衆俱其第三子名曰大魅大藥叉將統領六十俱胝藥叉及步多鬼神衆俱其第四子名曰嵬腹大藥叉將統領六十俱胝藥叉及步多鬼神衆俱摩醯首羅其天四臂具大威力亦復統領六十俱胝藥叉及步多鬼神衆俱如是矩尾囉長子散惹野大藥叉將等及摩醯首羅彥達嚩衆皆

以此神呪悉令調伏十方所有藥叉羅刹步多鬼神亦令降伏以五羂索繫縛其身牽來至此我今破壞佛言若復有人於此神呪如法受持當想此大明王至心念誦如是神呪能攝一切諸大神呪等無有異作忿怒聲起勇猛意誦此神呪彼藥叉衆步多鬼神以是神呪威德力故皆爲毗沙門天王鐵棒之所鞭撻自縛而來歸命懺悔若諸魔王及諸魔衆藥叉羅刹步多鬼神於佛法中常作魔事起諸障難以是神呪威德力故於一念頃皆悉自來歸命懺悔彼諸藥叉及羅刹娑步多鬼神或居大海或住諸河或居舍宅或依門戸或處空室湫濼江湖川澤陂池園苑林樹或居曠野或住村坊國邑聚落村巷四衢或居天祀或住王宮或依乾枯娑羅之樹或居道路或住城隍或居道界或處一方或住四隅或不依方所有千萬億藥叉羅刹及諸步多鬼神等衆以是神呪威德力故皆悉調伏復有諸大彦達嚩衆或爲歌舞或作倡妓奏諸雅樂琴瑟鼓吹出妙音聲如是等大彦達嚩衆具大威德有大光明色相圓滿以是神呪威德力故皆悉調伏天帝釋日月天子地天水天火天風天頗羅墮天子護世四天摩多里天子眼赤天子雪山天子栴檀天子商主天子麽抳建姹天子世間敬天子麽怛隷唧怛囉(二合)枲曩天子彦達嚩王祢曩裏沙(二合)天子五髻天子覩毋嚕天子山王天子麽枲天子尾濕嚩(二合)彌怛嚕(二合)天子耶殊陀羅天子針耳天子大口天子妙口天子如是等一切大威德天大力軍衆及天龍彦達嚩阿蘇

囉藥叉羅刹娑或復瘧病一日二日三日四日若常熱病恒常惱害一切衆生起毒害心行不饒益者諸藥叉羅刹皆爲神呪羂索之所繫縛牽之而來一時合掌住立佛前讚歎世尊而作是言

稽首丈夫無所畏　稽首調御天人師
不可思議大法王　是故我今歸命禮

佛說守護大千國土經卷上

音釋

絺丑知切 抳魚豈切 顊乃頂切 嚟郎奚切 瘧魚約切痁疾也 㘓落干切 瞢瞪瞢莫亘切瞪澄應切瞢瞪目不明也 緬彌兗切 捺奴葛切 餀噦餀乙黑切噦於月切餀噦氣噎逆也 喘昌兗切疾息也 姹陟駕切 佗其迄切 劓疑器切刑鼻也 橛其月切 濼疋各切陂澤也

佛説守護大千國土經卷中

宋西天北印度烏塡曩國三藏傳法大師施護奉　詔譯

是時復有諸大藥叉步多鬼神皆具威德有大神力以是因緣奔來集會所謂四臂藥叉大毒害藥叉多足藥叉四足藥叉二足藥叉一足藥叉一頭多足藥叉仰足藥叉懸頭藥叉四頭多眼藥叉半身一目藥叉一十二腹藥叉驢脣藥叉象頭藥叉半手藥叉倒面藥叉鐵牙藥叉鐵臂藥叉鐵足藥叉復有諸羅刹娑衆所謂銅髮羅刹娑銅牙羅刹娑銅眼羅刹娑銅手羅刹娑身如銅棒羅刹娑銅鼻羅刹娑懸頭背面羅刹娑手足炎熾羅刹娑諸根不具羅刹娑傴僂羅刹娑金翅鳥形羅刹娑惡眼惡視羅刹娑惡面羅刹娑摩竭魚形羅刹娑獸形羅刹娑醜陋羅刹娑鞞觜羅刹娑長脣羅刹娑偏牙羅刹娑毒害羅刹娑常嚬眉面羅刹娑大腹羅刹娑象耳羅刹娑耽耳羅刹娑無耳羅刹娑長臂羅刹娑長鼻羅刹娑長手羅刹娑體乾枯羅刹娑身長羅刹娑髮長羅刹娑長莊嚴羅刹娑大足羅刹娑細頸羅刹娑晃氣羅刹娑瓮腹羅刹娑猴形羅刹娑鵝形羅刹娑持杵羅刹娑腹如棒羅刹娑竪眼羅刹娑大耳羅刹娑髮竪羅刹娑赤色羅刹娑大頭羅刹娑弓項羅刹娑腹曲羅刹娑肌瘦羅刹娑雨火羅刹娑須彌頂羅刹娑如是等大羅刹娑皆具威德有大神力以是因緣皆悉奔馳來集佛會復有諸大矩畔拏衆所謂樹形矩畔拏山石矩畔拏雲霧形矩畔拏梵螺聲矩畔拏鼓音矩畔拏天音聲矩畔拏惡聲震吼矩畔拏大項矩畔拏

驢聲矩畔拏黑色矩畔拏青色矩畔拏黄色矩畔拏緑色矩畔拏碧色矩畔拏針毛劒髮矩畔拏血汙身矩畔拏如是等諸矩畔拏以是因縁皆悉奔馳來集佛會是諸藥叉羅刹及矩畔拏等皆以血穢汙染其身齒如鋒芒手執死屍走而食之血汙唇口身手俱赤自擘其腹心腸皆出現是惡狀令人恐怖或摘人足渾呑食之手足黑色殺命無數有大筋力其身骨鎖猶如鐵索毒害熾盛常懷惡心甚可怖畏活剥人皮滿中盛血十方國土城邑聚落處處門戸而棄擲之毒氣流行作諸災禍種種疾疫傷害衆生毒風寒熱一切災變處處流行周徧四方是諸國土所有仁主見是災禍流行世間心生怖畏以是神呪大陀羅尼而加持之如是魔王及其眷屬藥叉羅刹步多鬼神皆悉降伏自縛而來即於佛前合掌讃歎作如是言

稽首丈夫無所畏　稽首調御天人師
不可思議大法王　是故我今歸命禮

復有藥叉羅刹矩畔拏及彦達嚩步多鬼神遊行世間國土城邑王宮聚落村巷四衢飲啖血肉吸人精氣或有大身具大威德富貴自在十頭千眼四臂多臂猛惡毒害無能敵者甚可怖畏百千眷屬而爲侍從執蛇秉炬或弓箭劒戟諸闘戰具或執金剛現如是形令他恐怖周遊十方一切國土與諸藥叉及羅刹衆更相闘戰常隨衆生所在之處呑啖於人新熱血肉以充其食亦以神通作諸變現或作師子或現虎狼象馬駝驢牛羊猪犬或爲野干熊羆獐鹿或作異獸名囉驅迦閉

或變其形名鉢囉(二合)契佉陵誐(二合)或現水族黿鼉龜鼈鰕蜆螺蛑龍魚之類復現孔雀鸚鵡白鶴或復現爲俱枳羅鳥或復現爲靈鷲鳥或爲鳩鴿鵝鴨鴛鴦或爲鷄鴈或現飛鳥身如金色是諸藥叉現種種形令人恐怖於其中間互相憎嫉互相食噉如是等衆其心差别恒常裸形黒瘦顦顇躭著欲樂殺諸衆生出彼腸胃纏縛其身或以鐵叉撞刺令彼苦惱出大惡聲以適其意隨諸衆生現種種相或自執持刀輪劒戟或有羅刹口牙鋒利或自出眼睛或無耳鼻或無手足口如牛口知諸衆生生處住處及所行處或變其身令極微細於口鼻中及毛孔肢節一切身分吸人精氣如是藥叉羅刹步多鬼神百千萬衆於諸世間無能制者以是神呪威德力故自縛而來即於佛前合掌恭敬以偈讃曰

稽首丈夫無所畏　稽首調御天人師
不可思議大法王　是故我今歸命禮

復有妙高山王輪圍山王鷲峯山王伊沙馱囉山王雪山王香醉山王半拏囉山王尾唧怛囉(二合)山王寶峯山王曩囉那山王持雙山王吉祥山王高頂山王如是等諸大山王皆悉來集彼諸山處一切諸天而來遊戲五通神仙之所依止修行苦行復有百千萬億天子與百千萬億天女眷屬俱毗摩質多羅阿脩羅王羅睺阿脩羅王鉢囉(二合)賀囉(二合)那阿脩羅王如是等百千萬億阿脩羅王與若干阿脩羅女眷屬俱復有諸大龍王摩那斯龍王無熱惱池龍王難陀跋難陀龍王善眼龍王金剛慧龍王殑伽龍王信度龍王嫈竭羅

龍王如是等百千萬億諸大龍王與若干龍女眷屬俱復有百千萬億迦樓羅王亦與百千萬億迦樓羅女眷屬俱復有諸藥叉將名字所謂

金華藥叉神　住於巘馱國　鼻色迦藥叉
摩竭陀國住　迦毘梨藥叉　婆嚕迦砌神
此二大藥叉　俱舍羅國住　鉢囉奔拏迦
娑醯城中住　針毛藥叉神　住於末利國
耶輸陀藥叉　及以鼻沙拏　此二大藥叉
鉢左利國住　眼赤大藥叉　阿濕縛爾國
冰誐羅藥叉　住阿鉢底國　迦毘羅藥叉
吠禰勢國住　瓮腹藥叉神　住在末蹉國
清淨大藥叉　在於瑜羅國　能破他藥叉
彥馱羅國住　素哩弭怛囉　住於劒毋國

復有一十六大藥叉將有大威德皆具光明所謂執金剛藥叉而爲上首謂法護藥叉奔拏羅藥叉迦毘羅藥叉妙見藥叉尾瑟吺(二合)藥叉賓努藥叉迦羅輸那藥叉矩婆藥叉眞實藥叉半支㖿藥叉摩醯首羅藥叉能破壞藥叉輸囉娑努藥叉焰魔藥叉及焰魔使者大藥叉等大威德大力軍衆與俱胝大藥叉俱共圍遶復有諸藥叉女及大羅刹女訶利帝毋而爲上首彼訶利帝名稱遠聞具大威德現可畏形與五百子而自圍遶所謂阿俱吒羅刹女迦利迦羅羅刹女胝迦利羅刹女鉢捺麼(二合)羅刹女華主羅刹女華齒羅刹女廣目羅刹女驢耳羅刹女贊那努羅刹女尾瑟吺(二合)羅刹女訶利羅刹女迦閉羅羅刹女冰誐羅羅刹女象形色羅刹女龍齒羅刹女峯牙羅刹女惡牙羅刹女賀羅羅刹女阿賀

羅羅剎女賢牙羅剎女如是等諸羅剎女皆具威德有大光明現可畏形各持戰具十方馳走食啖於人及諸生命其所行處地皆揺動園林枯死草木乾焦一切山岳悉皆摧毀以是神呪威德力故自縛而來即於佛前以偈讃曰

稽首丈夫無所畏　稽首調御天人師
不可思議大法王　是故我今歸命禮

是時毗沙門天王前白佛言世尊我於北方建立一城名阿拏迦嚩底彼阿拏迦嚩底城一切天衆於彼而住其城高廣面百由旬衆寶間錯以爲莊嚴有大藥叉手持金剛住於四方而爲守護我彼大城如是建立其城四門第一純以黄金所成其第二門衆寶合成其第三門純頗胝迦其第四門摩尼之寶復以衆寶而嚴飾之於其城中處處皆有園林華果種種宫殿種種妙寶以爲莊嚴復有種種寶樹行列亦有種種雜色之鳥飛翔其上或坐寶樹以爲莊嚴有種種香種種塗香諸藥叉女周帀圍遶作倡妓樂我彼國界莊嚴如是富貴自在彼步多衆受勝妙樂我及使者奉持正法信受愛樂不殺生命以不殺故藥叉羅剎諸步多衆不得飲食無飲食故心生熱惱以熱惱故捨離正法殺諸生命惱亂衆生以是因縁我於十方周徧巡行所到國城四方門戸觀彼住處或住園林或居道路一切住處藥叉羅剎步多鬼神百千萬億悉以神呪威德力故令彼自縛皆來至此我於彼城有栴檀林及清涼池我及眷屬於彼遊戲我處其中名爲法王以法治世於其中間

復有種種衆寶樓閣第一黄金第二白銀第三吠瑠璃第四頗胝迦第五妙眞珠寶第六白玉第七碼碯第八七寶合成一一樓閣有百千萬寶女而住其中彼諸寶女妙色端正工巧技藝歌唱鼓吹無能及者有如是等種種功德復以天諸妙寶及無價衣莊嚴其身作衆妓樂是故我常躭著慾樂及以飲食如彼醉人不能惺悟是故諸藥叉及羅刹衆步多鬼神走趣十方作諸怖畏若男若女在母胎中令胎傷損并及畜生亦復如是爲求飲食殺諸生命乃至苗稼及以華果一切種子諸藥草木爲彼藥叉奪其滋味令其減少復有執曜及諸星宿起毒害心照臨一切使諸衆生不恒禍福爲煩惱因更相鬪諍更相欺誷更相殺害水火盜賊枷鎖繫閉作諸執魅

惱亂衆生如是種種諸惡不祥皆爲執曜及諸星宿之所變怪或復令人多諸疾病羸瘦纏痾呻吟終日身體乾枯喘息微細或復令人受諸驚怖或作惡夢夢中恐懼或於夢中造衆惡業或在夢中受諸苦惱逼迫之事或居門戶作彈指聲如是等比皆爲一切步多鬼神所作之事爲欲吞噉諸衆生故或爲朋友骨肉親戚或現居家僕從士女工巧技藝端正殊妙欲使其人心生愛樂或復現作彗孛訞星或爲旋風夜變鬼火或作虎狼或爲犲狗常懷毒害恐怖於人或依樹林或居塔廟或在平地或處高原或爲天童以魅於人或於暑月化清涼車出種種聲或爲畫像或現舍宅或在道路現作城邑令人愛樂皆爲執曜藥叉羅刹步多鬼神作諸魅事執人身

命常令驚怖種種色相種種音聲種種病苦種種痛惱乃至夢想種種顛倒如是等比隨意自在能變世間一切色相彼諸藥叉羅刹步多鬼神及諸執曜皆以神呪威德力故自縛而來是時毗沙門天王起立合掌即於佛前以偈讚曰

如來輪跏坐　猶如真金柱　光明照世間
福智大牟尼

說是偈已北方有六萬四千藥叉衆皆為毗沙門天王之所謫罰令於佛前受持神呪即說呪曰

曩莫三滿跢没馱南引唵引佉契引誐哩陛引尾作訖灑二合抳引作訖囉二合囉引惹你引贊捺哩引二合播引多引禮引鼻引麼跛哩嚩二合帝引佉囉仡哩引二合俱胝迦囉引仡哩二合引曀迦引乞叉二合末陵誐二合嚩底娑引嚩朗囉江切誐嚩帝引唧怛囉二合建底娑嚩二合薩怛野三合窣覩二合麼麼阿醯謗引薩波哩嚩引覽薩嚩薩怛嚩引一合難引左薩嚩婆喻引波捺囉二合吠引毗藥二合娑縛二合賀引没囉二合憾麼二合引左引比野二合他爍訖囉一合室左二合路引迦播引攞引麼醯引囉引藥乞叉二合枲曩引鉢多野薩嚩二合賀引利引帝引左娑補怛哩二合迦引伊舲引補瑟謗引二合室左二合獻鄧引鉢囉二合底仡哩二合恨難二合多麼麼引昏頂尾引哩曳引二合拏帝引惹娑引帝引灑引每引濕嚩二合哩曳二合拏末禮引曩左你賀多引薩嚩嚕引誐引室左二合娑嚩二合悉底野三合窣覩二合麼麼阿醯謗引颰波哩嚩引覽薩嚩薩怛嚩二合引難引左薩嚩婆喻引跛捺囉二合吠引毗

藥二合娑嚩引二合賀引

稽首丈夫無所畏　稽首調御天人師

不可思議大法王　是故我今歸命禮

時持國天王起立合掌面貌熈怡如華開敷恭敬尊重出妙音聲如孔雀音迦陵頻伽俱枳羅等妙雲天鼓微妙之聲白佛言世尊我於東方有六萬四千彥達嚩羅刹娑衆惱亂世間一切衆生我今謫罰令於佛前受持神呪即說呪曰

曩莫三滿跢没馱南引馱引囉抳馱引囉抳尾持網二合蹉你畔惹你鉢囉二合畔惹你尾馱麼你經切經卆布嚕曬引爍迦禮舍引囉底戍攞馱哩引秫馱左囉抳引軀引沙嚩帝引娑引囉引佗哩引二合扇引底娑嚩二合悉底野三合窣覩二合布哩囹引二合彌尸娑嚩引二合賀引没囉二合憾麼引二合左引比野二合他爍訖囉二合室左二合路引迦播引攞引麼醯濕嚩二合囉引藥乞叉二合枲曩鉢多野薩吠引賀引哩引帝引左三補怛哩二合迦引伊鉿引補瑟波二合室左二合黴鄧引室左二合鉢囉二合底佗哩二合恨拏二合底麼麼引昏帝尾引哩曳二合拏帝惹娑引帝引沙引毎引濕嚩引二合哩曳二合拏末禮引曩左你賀多引薩嚩嚕引誐引室左二合娑嚩二合悉底也三合窣覩二合麼麼阿醯謗引颰跛哩嚩引囕薩嚩薩怛嚩引二合難左薩嚩婆喻引跛捺囉二合吠引毗藥二合娑嚩引二合賀引

稽首丈夫無所畏　稽首調御天人師

不可思議大法王　是故我今歸命禮

時增長天王即從座起合掌恭敬白佛言世尊我今為欲利益一切有情故破一切見一

切興論斷一切疑一切世間作障難者尾那夜迦及我南方六萬四千矩畔拏衆及鉢哩合二多布單那等常於世間起毒害心惱亂衆生我今謫罰令於佛前受持神呪即說呪曰

曩莫三滿跢没馱引南引唵引娑引囉底劒引底迦引囉枳劒迦臬枳囉抳末抳馱囉抳末哩馱合二你普引彌馱囉你醯麼嚩底嘣祖仁切底左囉抳誐攞引仡哩合二娑嚩合二悉底也三合窣覩合二麼麼阿醯謗引颰跛哩嚩引囉寫薩嚩薩怛嚩引二合難引左諾乞史合二赦引演左娑嚩引一合賀引没囉合二憾麼引二合左引比野合二陀爍訖囉合二室左合二路引迦播攞麼醯濕嚩合二囉引藥乞叉引二合地鉢多野薩吠引賀引哩引帝左娑補怛哩合二迦引伊舲引補瑟謗引二合室左合二嚩馱引室左合二鉢囉合二底仡哩合二恨赦合二覩麼麼引昏頂尾引哩曳合二引拏帝引惹娑引帝引爽引每引濕嚩合二哩曳引二合拏末禮引曩左你賀多引薩嚩嚕引誐窣覩合二麼麼阿醯謗引颰跛哩嚩引囉寫薩嚩薩怛嚩合一難引左薩嚩婆喻引跛捺囉合二吠毗藥合二娑嚩引二合賀引

稽首丈夫無所畏　稽首調御天人師

不可思議大法王　是故我今歸命禮

時廣目天王從座而起合掌恭敬白佛言世尊我於西方有六萬四千大龍王衆常起大雲與大海衆持於大水現大勇猛作大鬭戰常於世間惱亂衆生我今謫罰令於佛前受持神呪即說呪曰

曩莫三滿跢没馱引南引唵引達哩銘合二左囉引仡哩引二合末攞嚩底末禮你禰商倪引

尾嚩尸娑哩引佉哩劫閉禮引賛拏引隸底哩抳你囉引惹你引尾馱囉抳嚩攞拏二合嚩底阿左梨娑嚩二合悉底野三合窣覩二合麼麼阿醯謗引颰波哩嚩引囉寫薩嚩薩怛嚩引二合難左鉢室止二合麼引焰引禰尸娑嚩引二合賀引沒馱引左引比也二合他爍訖囉二合室左二合路引迦播攞麼呬濕嚩二合囉藥乞叉二合地鉢多野薩嚩賀引哩引帝引左娑補怛哩二合迦引伊𨋍引補瑟謗引二合室左二合孅馱引濕嚩二合鉢囉二合恨祓二合覩麼麼引昏頂屣引哩曳引二合拏帝惹娑引帝引沙引毎引濕嚩二合哩曳引二合拏末禮引曩左你賀多引薩嚩嚕誐引室左二合裟嚩二合悉底野二合窣覩麼麼阿醯謗引颰波哩嚩引囉寫薩嚩薩怛嚩引二合難左薩嚩婆喻引跛捺囉二合吠毗藥二合娑嚩二合賀引

稽首丈夫無所畏　稽首調御天人師

不可思議大法王　是故我今歸命禮

時大梵天王諸梵天王等即從座起合掌恭敬白佛言世尊我諸梵種淨行婆羅門等能知清淨婆羅門種種法要工巧呪術醫方世論占相吉凶善閑世間一切行法灰身寂默修諸苦行常於人世利益衆生爲諸藥叉及羅刹衆住於世間空行地居及住地下惱亂衆生作諸執魅我有神呪而謫罰之令於佛前受持神呪即說呪曰

曩莫三滿跢沒馱引南引唵引沒囉二合憾銘引二合沒囉二合憾麼二合軀囇引沒囉二合憾麼二合娑嚩二合哩引嚩日哩引二合嚩日囉引二合軀囇引嚩日囉二合馱哩引悉體二合哩引娑哩引阿

左禮引阿囉抳引伊舍抳引囉拏禰引戍引哩引嚩囉引仡囉合二鉢囉合二鉢帝引二合娑引囉嚩帝娑嚩合二悉底野合三窣覩合二麼麼阿醯謗引颰波哩嚩引囉寫薩嚩薩怛嚩引二合難左薩嚩婆瑜引跛捺囉合二吠毗藥合二娑嚩合二引賀引嚩引多惹閉多惹嚕引誐引室禮合二引瑟麼合二惹散你播多惹你賀多薩嚩嚕引誐引室左合一娑嚩合二悉底野合二窣覩合二麼麼薩嚩薩怛嚩引二合難左薩嚩婆瑜引跛捺囉合二吠引毗藥合二娑嚩引二合賀引

是時世尊告諸大衆而作是言如來爲欲利益安樂無量無數無邊衆生故出現於世及爲救護一切國土城邑聚落無量衆生故出現於世亦爲愍念一切諸天魔梵沙門婆羅門及天人阿脩羅等是故如來出現於世譬如世間良醫善治衆生種種病惱亦如世間有阿闍梨智慧方便無不具足悉能化導利益安樂王及人民如來今者出現於世亦復如是我住世間云何爲彼藥叉羅刹步多鬼神惱害惑亂一切衆生故我今往詣毗耶離大城爲欲利益救護此毗耶離大城一切衆生故而作佛事說是語已是時世尊食時著衣持鉢與大苾芻衆千二百五十人俱下鷲峯山時索訶世界主大梵天王衆以五百寶蓋及以寶拂執持圍遶侍奉供養隨佛而行天帝釋衆亦以五百寶蓋及以寶拂執持圍遶侍奉供養隨佛而行護世四王衆各以五百寶蓋及以寶拂執持圍遶侍奉供養隨佛而行摩醯首羅天子與二十八大藥叉將并三十二大力藥叉衆訶利帝毋并其子及眷

屬如是等衆各各以百大妙寶蓋執持圍遶侍奉供養隨佛而行舍利弗等諸聲聞衆各各亦以天妙寶蓋執持圍遶侍奉供養隨佛而行于時世尊具足如是勝妙色相福德之利與諸苾芻從鷲峯山詣離車尾國毗耶離大城遥望彼城於其城中王及人民同見世尊威德巍巍端嚴殊特最勝平等具足根力調伏諸根猶如大龍其心清淨湛然不動以三十二大丈夫相八十種好莊嚴其身如娑羅王譬如杲日放光明網亦如夜暗於大高峯現大明炬如大火聚如鑄金像如來威德亦復如是彼諸人等遥見世尊心皆歡喜憶念思惟即共發心出毗耶離大城奉迎世尊入彼城中時毗耶離大城道路平正掃除清淨出種種華徧布其地建立種種諸妙寶幢懸衆旛蓋塗香粖香而爲供養世尊到已王及人民頂禮佛足世尊爲欲利益一切衆生故即現足下勝妙柔軟千輻輪相及蓮華文而復現於毗首劫摩藏文以如是等過去積集無量無邊諸善功德殊妙色相莊嚴其身放大光明其光晃曜逾百千日周徧普照以清淨臂與彼離車尾國毗耶離大城王而摩其頂安慰其心是時世尊於毗耶離大城之中如帝釋幢安詳而立觀察四方偏袒右肩舒金色臂而作是言未來世中若復有人供養如來分身舍利如芥子許所獲功德無量無邊不可思議不可窮盡未來世中若復有人供養如是守護大千國土大明王甚深經典者即同供養一切如來全身舍利等無有異是諸人等即能遠離一切執魅此守護大

千國土大明王神呪經典即是恒河沙等如來應正等覺佛之密印若苾芻苾芻尼優婆塞優婆夷受持讀誦恭敬供養爲人解説彼諸怖畏一切災難鬭戰諍訟更相誹謗杻械枷鎖種種惡法不善之業諸惡不祥永不復受亦不值遇是時世尊説是語已索訶世界主大梵天王白佛言世尊此守護大千國土大明王神呪經典爲恒河沙數如來應正等覺佛之密印能令解脱一切衆生諸惡不祥惟願世尊爲我説之是時世尊語索訶世界主大梵天王言梵王汝今諦聽善思念之即説大明王陀羅尼曰

曩莫三滿路没馱引喃引唵引阿左禮引麽左禮引娑引囉麽左禮引鉢囉二合訖哩二合底你哩軀引二合使三滿目契引悉弟二合哩引娑他引二合嚩哩引佇軀瑟致引二合攝勿禰引二合鉢囉二合誐攞你引播引喃誐彌娑喃嚩抳末禮引摩賀引末禮引摩賀引你哩婆引二合細娑引嚩二合賀引

是時世尊即現其身作大明王説此大明王陀羅尼已而作是言大梵此大明王身者從如來方便功德智慧生從奢摩他微鉢舍那三三摩地四禪四聖諦及四念處四正勤四神足五根五力七等覺支八聖道支及九次第定如來十力十一解脱處十二因緣十二行輪六念處十六念佛三昧觀行十八佛不共法四十二字門生佛告大梵如是法門者皆爲如來功德守護大千國土大明王解脱法門也如是法門者即爲恒河沙等諸佛如來佛之密印能出生一切諸佛一切法藏出

生眞實道出生十二緣生出生梵天王天帝釋護世四天王出生摩醯首羅出生日月天子九執十二宮辰一切星宿是時世尊復説大明王心陀羅尼曰

曩莫三滿跢没馱引南引唵引娑引麗引迦枲你尾嚩囉抳嚩囉引仡囉二合娑引哩引阿目引乞叉二合抳引阿目引洗嚩顐引迦引禮曩迦引麗引劒引尸嚩你引娑引囉抳引娑囉迦娑契引鉢囉二合散曩鉢囉引二合鉢帝二合引娑引誐囉鉢囉引二合鉢帝引二合娑擔二合娑你引娑多二合曩鉢囉引二合鉢帝引二合嚩曰羅二合馱哩引娑嚩引二合賀引

是時世尊爲梵天王及諸大衆説此大明王心陀羅尼已于時復説此伽他曰

我今爲此天人衆　演説如是深妙法
猶如帝釋髻中寶　於一切處當得勝
十方如來悉證知　超過一切天中天
是故法寶無有上　斯眞實故得安樂
忍辱消除諸煩惱　如人飲服甘露味
能仁演斯微妙法　利益一切諸衆生
此法甚深無與等　行甘露行殄災厄
如是法寶最殊勝　是眞實故得安樂
利益一切諸衆生　爲説種種甘露法
如彼三世薄伽梵　最勝平等三摩地
常行無上瑜伽行　現於金剛等二道
如是法寶最第一　斯眞實故得安樂
補特伽羅相應行　八大丈夫常修行
或時演説四意趣　及諸如來解脱門
我説法施大果報　如彼好地植種子
是故僧田最無上　斯眞實故得安樂

爲求無上菩提故　其心堅固不退轉
出家奉持沙門行　闡揚如來微妙法
令衆獲得甘露味　自他速登涅槃道
是故僧寶最第一　斯眞實故得安樂
貪瞋癡等皆已盡　猶如劫燒無有餘
身見邊見及邪見　見取戒取悉消亡
或以種種諸方便　彼同凡類化衆生
僧寶最上最第一　是眞實故得安樂
貪欲瞋恚不復生　乃至癡慢皆同等
身語意業悉清淨　能除群生諸有苦
了彼罪性如虚空　湛然清淨非取捨
是故僧寶最第一　斯眞實故得安樂
其心堅固無動轉　如彼因陀羅寶幢
四方種種大風吹　終不能令彼摇動
補特伽羅亦如是　現諸神通化群品
僧寶最上第一最　斯眞實故得安樂
或有能於四聖諦　觀察甚深微妙理
開諸衆生智慧門　及以檀戒利群品
堅持諸法無散亂　滅除衆生八難苦
僧寶最上最第一　斯眞實故得安樂
煩惱及漏皆已盡　如彼風燭無有異
滅已畢竟不復生　如是無生亦無滅
亦不可見及聞知　我今語汝諸佛子
僧寶最上第一最　斯眞實故得安樂
利益一切諸衆生　乃至人與非人等
供養十方一切佛　禮事諸佛得安樂
利益一切諸衆生　乃至人與非人等
供養十方一切佛　奉持法藏得安樂
利益一切諸衆生　乃至人與非人等
供養十方一切佛　恭敬僧伽得安樂

十方所有來集會　或在地上或居空
常於人世起慈心　日夜奉持微妙法
如來實語度衆生　彼誠實言離怨結
能令衆生皆解脱　是故眞實得安樂
我等幷眷屬　及餘諸有情　遠離生死怖
速獲勝悉地

陀羅尼曰

曩莫三滿路没馱引南引唵引地引哩引地哩引末禮引你哩軀合二使引末攞娑引哩引娑引囉末引窣覩合二底鉢囉合二步多鉢囉合二鉢帝合二阿引囉末引阿囉軀引使引娑引囉嚩抳引阿左俞合二帝引末攞嚩帝引戍囉鉢囉引二合鉢帝引二合娑引囉誐銘引素哩也合二你哩軀合二使史曳切娑嚩引二合賀引

佛告大梵天王此守護大千國土大明王解脱法門者爲恒河沙等諸佛如來應正等覺佛之密印於其中間出生無量差别句義所謂佛句法句僧句大梵天王句天帝釋句護世四天王句摩醯首羅句根本句意句性句因句住處句寂靜句一切如來觸縁覺觀聲聞觀如是等種種法句常爲一切大梵天王幷諸梵衆及天帝釋護世四天王恭敬供養尊重讃歎摩醯首羅及餘諸天恭敬供養尊重讃歎瑜伽阿闍梨及餘法師恒常稱讃由是密印即爲增益梵天王等諸天諸仙神通變現種種智慧乃至一切世間外道梵志發歡喜心棄捨邪業此即諸佛智慧根本諸辟支佛涅槃之道一切聲聞相應之行爲諸衆生示菩提相演一乘法指入聖路開解脱門斷諸見網摧我慢山清淨業道息輪迴苦竭

愛欲海破壞衆生生死骨山斷截魔王魔羅羂索怖彼魔王及魔眷屬破壞魔王入魔境界破煩惱賊拔出衆生令歸聖道於諸惡道救度有情出煩惱室安住衆生至涅槃城即說陀羅尼曰

曩莫三滿跢没馱南引唵引康擬引康擬引齲數引奥數引馱窺引娑引囉地鉢囉合二鼻引尾布攞鉢囉合二鼻引禰引僧揭哩灑合二抳尾揭哩灑合二抳尾舍引仡囉合二嚩底戍馱娑引馱窺引嚩嚕拏嚩帝引嚩引娑伱引尾步沙抳尾奭誐銘引尾戍麼底補瑟波合二誐哩鼻引二合娑嚩合二悉底也合三野窣覩合二娑嚩合二賀引

佛告大梵天王此經名守護大千國土大明王解脫法門爲恒河沙等諸佛如來應正等覺佛之密印此印印之一切諸天人阿脩羅所歸依處亦爲恒河沙等諸佛如來及辟支佛諸聲聞衆涅槃之城乃至過去諸佛及辟支佛諸聲聞衆以是經典而爲父母旋遶禮拜恭敬供養大梵天王我於往昔以此大明王解脫法門布施持戒忍辱精進乃至圓滿諸波羅蜜今得菩提降伏魔軍

佛說守護大千國土經卷中

音釋

翅式利切　鏵觜鏵胡瓜切刃重也觜即委切喙也　熊羆熊胡弓切羆波爲切　俱枳羅梵語也此云好聲鳥枳諸市切　裸郎果切赤體也　巘語偃切　痾烏何切病也　噎於計切　憾胡紺切　枲胥里切　[illegible]古感切　囕盧敢切　齲驅雨切　禰奴禮切

佛說守護大千國土經卷下

宋西天北印度烏塡曩國三藏傳法大師施護奉　詔譯

是時索訶世界主大梵天王及天帝釋護世四大天王即起禮佛同聲白言世尊唯願以此守護大千國土大明王威神之力護持我等各并眷屬及餘一切諸衆生類令得安樂以是密印印於四方及以密印印彼一切藥叉羅刹步多鬼神令彼調順其中若有起毒害心行不饒益者以是大明王陀羅尼而爲謫罰使令調順此大明王甚深經典佛之密印我今頂受不敢違越是時世尊以是密印而印持之即說大明王陀羅尼曰

曩莫三滿跢沒馱引南引唵引迦陵擬引娑囉爾引惹那仡哩合二惹麼帝引星賀麼禰引娑誐嚕引仡囉合二鉢囉合二鉢帝引一合罕娑誐引彌顊引麼梨顊虎嚕冰誐梨銘賀恒賀恒賀恒賀恒賀恒素那顊嚩囉引仡囉合二嚩底賀悉底合二顊引嚩囉嚩底賛拏引梨嚩囉顊思孕切引你曳合二左左囉引左哩引娑嚩引二合賀引

是時世尊復說此守護大千國土大明王陀羅尼時三千大千世界六種震動四方四隅所有一切藥叉羅刹步多鬼神出大音聲其聲可怖而作是言苦哉苦哉云何今日有是災難如我等衆今見破壞皆悉殞滅作是語已心懷愁惱是時世尊變化大地爲金剛寶彼諸藥叉羅刹步多鬼神即坐於彼金剛之地以佛神通威德力故皆悉倒地諸藥叉羅刹步多鬼神恐怖轉增四散馳走時護世四大天王即變四方周帀火焰炎熱熾盛無有

去路彼諸藥叉羅刹步多鬼神見是事已展轉惶怖走向虚空是時索訶世界主大梵天王承佛威神於虚空中現大鐵蓋高七多羅樹周徧普覆彼諸藥叉羅刹步多鬼神徘徊空中終不能脱是時帝釋天主於虚空中即現山石劒戟弓箭槍矟及以樹木如雨而下即於是時此索訶世界中復有五千大藥叉以是大明王陀羅尼威神之力自縛而來皆集佛會心懷恐怖身體戰慄猶如瘧病頂禮佛足在一面住合掌向佛而作是言大沙門憍答摩常以大悲拯接群品利樂救護一切衆生大沙門憍答摩我今怖懼無能救濟惟願大悲救護我等令免斯苦爾時世尊語諸大藥叉羅刹步多鬼神等言汝等當知從今已去奉持我法受持戒行不得違越汝等若有不順我語者如殺父母殺阿羅漢破和合僧出佛身血亦復如是若諸藥叉等違我法印不順我呪者爲大明王棄擲於地頭破七分身體骨肉悉皆碎壞若復藥叉得種種病身生斑黑不能飛空常墮於地汝今當知若有此守護大千國土大明王經所在之處不得違越自恣其意當順佛語令汝安樂時彼諸藥叉羅刹步多鬼神人及非人奉佛教勑各還本處毗耶離大城王及人民悉得免離一切災難彼毗耶離大城一切飛鳥鸚鵡舍利及俱枳羅鴛鴦孔雀有如是等衆鳥和鳴出妙音聲皆作是言如來大悲演斯妙法利益安樂一切衆生我等今者不爲藥叉及羅刹娑步多鬼神之所殺害免是災難我今自命無所怖懼于時復有無數諸天女諸緊那

羅女各各執持自然珍寶衆妙樂器而供養佛於虚空中復有種種天諸樂器簫笛箜篌琴瑟鼓吹如是天樂不鼓自鳴而供養佛復有諸樹所謂吉祥果樹阿摩羅果樹尼俱律陀樹波羅利樹如是等種種諸樹皆悉自然出衆妙香復有百千天衆於虚空中恭敬禮拜同聲讃言善哉善哉我等今者獲大勝利散種種華燒種種香而供養佛人及非人亦以華香而供養佛是時四大天王同時合掌而白佛言世尊云何以此大明王經典佛之密印守護一切國土城邑聚落令得遠離諸不吉祥執魅之事佛告四大天王若諸比丘清淨嚴潔依法受持讀誦書寫供養如是人等所有一切怖畏一切怨家一切鬪戰枷鎖禁繫更相殺害更相是非種種災難不善之業永不復受若國土城邑聚落爲彼藥叉羅刹步多鬼神所惱亂者或於王宮或僧伽藍或居聚落或居莊園建曼拏羅結其地界清淨嚴潔當淨沐浴身著白衣食三白食令諸人民不食五辛受持禁戒於諸衆生起平等心憐愍心燒種種香塗香粖香散諸雜華而爲供養令諸童女清淨沐浴著新潔衣種種嚴飾手執四鈴持四寶椀椀中滿盛供養飲食取平旦時誦此大明王陀羅尼加持白線滿六十兩即以神線掛在塔頂或安表刹或掛大樹從月一日至十五日讀誦此守護大千國土大明王陀羅尼經種種華香而爲供養如是國土王宮乃至娑羅林中青牛欄中及餘畜類所居之處掃除清淨嚴飾門戶周徧皆以香水散灑復以種種燒香熏之掘地

作爐安佉禰囉木燒爲護摩散諸雜華一切種子及白芥子擲散四方及擲火中以種種色自染其線繫門戶上令線下垂出入往還悉令安樂乃至畜生亦復如是又以此經書寫受持讀誦供養於高顯處而安置之使其國土一切人民皆獲安樂若有病者當以此經置其人前種種供養皆得安樂佛告四大天王若爲國土建曼拏羅當安佛像結跏趺坐以是密印安置其中及梵天王天帝釋護世四王如是等像各以密印安置其中及安摩醯首羅大藥叉將訶利帝母香華飲食種種供養即作是言我等今者敬奉三寶惟願大梵天王天帝釋護世四大天王及摩醯首羅大力大藥叉將幷一切大威德藥叉等訶利帝母幷其子及眷屬以如是等大威德大

力諸天大誓願力故護持國界使我國土王及人民各幷眷屬皆得解脱一切災難令得安樂一切病者諸病痛惱令其飲食悉變妙藥彼若餐服病得除愈發是願已即於佛像前梵王帝釋一一像前以四淨器上妙飲食自手捧持承事供養讀誦如是守護大千國土大明王經及念此大明王陀羅尼以是經典威神力故令其飲食悉如妙藥令其諸藥以眞實故成甘露味即作是言訶利帝母大天身受我供養守護我等令得安樂如來大悲施我法藥甘露妙味令諸衆生病得除愈無飢渴想微鉢尸如來威神力除毒尸棄如來神通力除毒毗舍浮如來實語力除毒羯句村那如來禪定力除毒羯諾迦牟尼如來智慧力除毒迦葉波如來變化力除毒我釋

迦牟尼如來精進力除毒如是等諸佛如來實語力能變一切諸毒令如甘露能除衆生種種疾病令諸衆生獲得上味永離飢渴即使病人面東而坐其持明者授與彼藥在於掌中念此陀羅尼而加持之是時世尊即説陀羅尼曰

曩莫三滿跢没馱引南引唵引佉吒尾佉吒佉胝尾左麗引尾覽銘引尤麗引左羅嚩帝引賛捺哩引二合尤囉抳引阿没哩合二多顆哩齲引二合灑娑嚩引二合賀引

佛告四大天王以此陀羅尼威神功德加持力故寒熱風等一切疾疫悉皆除愈令我某甲并諸眷屬一切衆生皆得安樂若復有人以惡業故爲鬼所持作諸鬼病乃至一切惡瘡膿血者當爲彼人建立道場置護摩爐種種嚴飾燒衆名香散諸雜華令其病人若男若女清淨沐浴著新潔衣日夜不眠對持明者爐兩邊立以佉禰木及以棗木以爲護摩及諸種子散擲四方及擲火中復以種種雜色神線繫於槍劒弓箭之上以此大明王陀羅尼而加持之安於壇内亦以種種苗稼華果之根擲彼火中亦以香水散灑火中想彼惡鬼以神線縛以劒截線想爲惡鬼令線極碎擲入火中當欲擲時而作是言我今以此讀誦受持是守護大千國土大明王經佛之密印威神之力諸佛威力菩薩摩訶薩力辟支佛力阿羅漢力大梵天王及天帝釋護世四大天王摩醯首羅大力藥叉將及餘一切大力藥叉訶利帝母并其子及眷屬如是不可思議威神之力以我釋迦牟尼無量精進

大誓願力截斷於彼宿世怨結鬼神之業令汝解脱得安隱樂作是語已即以利劍碎截其線擲於火中所有鬼病悉皆除愈譬如金剛寶破惡堅貞如火燒薪如日乾木如風吹雲如來實語能滅世間種種惡業使諸鬼病速得除滅即以種種塗香粖香種種播蓋而為供養是時世尊即説陀羅尼曰

曩莫三滿路没馱引南引唵引迦佉黎佉囉黎祖祖仁切賀尾二合顊惹嚩麗引誐囉誐賀哩抳設引嚩哩扇引底鉢囉二合扇引底娑嚩二合引賀引馱引嚩底娑嚩二合引賀引那誐引左哩際引二合娑嚩引二合賀引頗楞誐帝引娑嚩二合引賀引薩嚩迦引齲引哩那二合妻引那顊娑嚩引二合賀引薩嚩迦引齲引哩那二合地多引鬧引沙地滿怛囉二合尾灑喻誐薩嚩禰引嚩帶砌引禰多引末哩禰二合多引吽際仁切多引阿波囉引吽多引娑嚩二合引賀引

復次四大天王若復有人為毒所中及以一切痔漏癰疽諸惡重病我有陀羅尼能令諸毒悉皆除滅種種惡瘡及諸重病皆得除愈令其病人清淨沐浴著新潔衣嚴飾其身令念誦者處於高座誦此陀羅尼而加持之令得安樂以諸如來無量無邊大慈大悲力除毒菩薩摩訶薩威德力除毒辟支佛神通力除毒聲聞受持一切神呪精進力除毒舍利弗智慧力除毒目乾連神通力除毒阿那律天眼力除毒大迦葉頭陀行力除毒憍陳如最初得道力除毒阿難多聞慈力除毒大梵天王及天帝釋富樂自在力除毒四大天王守護國界力除毒摩醯首羅大藥叉將威猛

力除毒訶利帝毋幷其子及眷屬精進威德力除毒以如是等諸佛如來及諸聖衆不可思議大威神力攝伏彼毒令如甘露諸毒害心行不饒益者不敢違越皆起慈心護持國界令得安樂是時世尊即説陀羅尼曰

曩莫三滿路引沒馱引南引唵引賀哩計引尸頞枳禮曀醯哩引阿哩引半拏哩引揭吒計計引瑜哩引賀細賀細賀細佉嚩細麽嚕誐賀顊引娑嚩二合引賀引娑目契引娑嚩二合引賀引醯禮引娑嚩二合引賀引弭禮娑嚩二合引賀引

佛告四大天王以是陀羅尼加持力故一切諸毒悉皆除滅及諸毒種丁瘡瘺瘡水腫疥癩及有惡瘡硬如鐵石如是七種極毒惡瘡受持此呪亦得除愈

貪欲瞋恚癡　是世間三毒　諸佛皆遠離
實語毒消除　貪欲瞋恚癡　是世間三毒
達摩皆遠離　實語毒消除　貪欲瞋恚癡
是世間三毒　僧伽皆遠離　實語毒消除
地爲諸毒父　地爲諸毒毋　是以誠實言
令毒悉消滅　所有種種毒　咸令却歸地
我等幷眷屬　日夜常安樂

是時世尊即説陀羅尼曰

曩莫三滿路沒馱引南引唵引布攞拏二合播怛哩二合引尾灑餤爍訖囉二合魔覩娑嚩二合引賀引

佛告四大天王有陀羅尼能伏一切怨敵若復有人於古塔像處聖人得道處諸天諸仙住處念此陀羅尼及讀誦受持守護大千國土大明王經典則能遠離一切怨家諍訟更

相殺害能刼他敵種種災禍危難之事

諸佛威神力　降伏諸魔怨　正法威神力
破滅於非法　僧伽威神力　降伏諸外道
亦如天帝釋　破壞阿脩羅　如彼阿脩羅
能障於滿月　亦如杲日輪　能竭於海水
如火燒衆木　如水滅諸火　如風除雲曀
譬如金剛寶　能破惡堅貞　諸天住誠實
地居亦如是　佛法并僧伽　以是眞實住

即說陀羅尼曰

曩莫三滿跢沒馱(引)南(引)唵(引)阿沒哩(二合)帝(引)阿仡囉(二合)補瑟閉(二合)麽虎頗禮(引)顉嚩(引)囉抳薩嚩囉他(二合)娑(引)馱顉阿跛囉(引)吤帝(引)馱囉馱囉抳王呬也(二合)哩帝(二合)憍多銘虞虞麽麽昝婆顉娑嚩(引)(一合)賀(引)惹曳(引)娑嚩(引)(二合)賀(引)惹曳尾惹曳娑嚩(引)(二合)賀(引)

佛告四大天王此陀羅尼能降伏一切魔怨能除一切業障是時世尊說伽他曰

毗盧遮那大日主　阿閦如來及寶生
無量壽佛勝成就　皆號金剛持明王
觀自在等八菩薩　恒爲衆生作依護
彼恭敬者離執魅　解脫水火及刀杖
若有忽遭王難苦　是人臨欲損其形
憶念觀音自在名　彼刀杖尋段段壞
若逢怨賊執刀杖　刀杖段壞墮於地
是人究竟無所傷　一切宿業皆消滅

是時世尊說此伽他已諸天天衆即於佛前說伽他曰

我等一心歸命禮　三世一切諸如來
歸命牟尼眞實言　歸命不退菩薩衆
恒以智慧方便力　安住衆生實際中

我等一切諸有情　所作事業悉成就

是時大梵天王及諸梵王起立合掌讃言世尊善說如是守護大千國土大明王陀羅尼甚深經典佛之密印佛爲法王與諸衆生施無畏者爲欲利益一切世間童男童女得安樂故令諸世間童男童女不爲羅刹而損壞故使我世間人種不斷故此南閻浮提一切衆生最初聞佛說是法要最爲殊勝此閻浮提一切諸佛諸大菩薩聲聞緣覺五通神仙護世四天王一切諸天恒常集會世尊有諸羅刹常食人胎彼諸羅刹無人能知無能制伏一切衆生無有子息及不受胎此諸羅刹常求其便候彼男女和合之時吸其精氣使不受胎斷滅人種及羯邏藍次萘部談令彼女人其胎傷損我今說此諸羅刹衆各各名字惟願世尊聽我所說一名曼祖二名鹿王三名塞健(二合)那四名阿鉢娑麼(二合)囉五名母瑟致(二合)迦六名麼怛哩(二合)迦七名惹弭迦八名迦弭顉九名黎嚩帝十名布單那十一名麼怛哩(二合)難那十二名爍俱顉十三名建姹播底顉十四名目佉滿抳十五名阿監麼如是等諸羅刹晝夜巡行於一切處現可畏形作諸執魅持彼童男童女種種疾病使其男女現種種相若曼祖計及鹿王魅者令惡吐逆塞健(二合)那魅者小兒搖頭阿鉢娑麼(二合)囉魅者口吐涎沫母瑟致(二合)迦魅者手指拳縮麼底哩(二合)迦魅者長喘而咲惹弭迦魅者不飲其乳迦弭顉魅者睡即驚怖寱即啼哭黎嚩底魅者常咬其舌布單那魅者噎氣咳嗽麼底哩(二合)難那魅者作種種色爍俱顉魅者

鬾諸臭穢建姹播抳魅者咽喉閉塞目佉滿抳魅者口頻蹙縮阿監麽魅者小兒餧噦如是等諸大羅刹復現種種可畏之狀令諸童男童女恒常驚怖曼祖計現形如牛鹿王其形如鹿塞健(二合)那狀如童子阿鉢娑麽(二合)囉形如豺狗母瑟致(二合)迦其形如烏麽底哩(二合)迦其形如羖羊惹弭迦現形如馬迦弭顰者其狀如驢黎嚩底者現形如狗布單那者形如鸚鵡麽底哩(二合)難那形如猫兒爍俱顰者形如飛烏建姹播抳其形如鷄目佉滿抳形如獯狐阿監麽者其形如雉如是等諸大羅刹起毒害心常於人間現如是相驚怖小兒盜而食之破壞其胎令胎傷損此羅刹衆若有聞此守護大千國土大明王經佛之密印而不隨順違越之者我有彥達縛大藥叉將名栴檀香彼栴檀香即遣使者速疾往彼如彈指頃即以羂索五處繫縛將來至此以是大明王而謫罰之是時大梵天王合掌恭敬而作是言世尊彼等是步多眷屬常於世間破壞人種我今佛前設大誓願若有女人求於子息受持戒法歸依三寶清淨沐浴著新潔衣於月八日或十四日於塔像前以香塗地建曼拏羅於中夜分入於道場香華燈塗種種供養其所供養悉使充滿無令乏少呪五色線一呪一結如是加持滿一百結及白芥子令彼女人受持頂戴即得子息若有人能建此道場十二年中我自守護令諸世間童男童女離諸災難不祥之事若諸羅刹違越此經我自謫罰諸羅刹衆頭破七分其身碎壞猶如微塵即說呪曰

曩謨引沒駄野曩謨引達麼野曩謨引僧伽
野怛你也合二他唵引阿擬引曩擬娑嚩顊引
伊難彌尾難彌戍攞顊擬哩誐嚩哩誐嚩哩
誐嚕抳誐嚕抳誐哩引路引左顊引毋攞醯
引阿虎哩引鉢囉合二揭哩沙合二抳娑嚩引二合
賀引

是時大梵天王說是呪已作如是言由此神呪威神力故令其胎藏速得成就處胎安樂增長諸根悉令圓滿産生安樂其子生已燒安息香及白芥子以此神呪呪雜色線繫兒身上令彼男女壽命長遠是時世尊正徧知者爲欲擁護一切世間童男童女處胎安樂離諸患難卽說陀羅尼曰

曩莫三滿跢沒駄南引唵引冒引地冒引駄
引努麼帝引頗攞禮嚩虎頗頼引識乞叉合二
引識乞叉合二娑引囉嚩帝引娑引誐禮引努
囉娑彌引娑引囉鉢囉引二合鉢帝合二素囉麼
帝引娑擬娑誐引娑擬引娑擬顊引顊嚩引
囉抳引娑嚩引二合賀引

世尊說此陀羅尼已彼等諸魅一十五種大羅刹衆合掌向佛而作是言我等羅刹常啖血肉惱觸於人我今聞佛說此陀羅尼若諸世間一切舍宅及以村落有是經典所在之處我當守護不敢違越若諸男女處胎安樂使無災難奉佛教勑如佛無異時彼羅刹卽說呪曰

曩謨引娑誐嚩帝沒駄引野曩謨引沒囉合二
憾麼合二抳引悉鈿靚滿怛囉合二野那引娑多
二合引囉曳涷尾你演引二合鐙沒囉合二憾麼合二
引曇麼寫靚娑嚩引二合賀引

是時毗沙門天王即從座起偏袒右肩頂禮佛足合掌恭敬而白佛言世尊若有一切聲聞弟子能於此經典受持讀誦以諸多聞智慧方便爲人解説亦以此經起塔供養而爲利益一切衆生於月八日及十四日十五日應當依法建曼拏羅作大供養受持讀誦如是經典我等四王常於此日令彼藥叉羅刹步多鬼神立於我前點其名字無令惱亂受持如是守護大千國土大明王陀羅尼經者世尊彼諸聲聞若常受持如是經典乃至爲人解説此聲聞衆我等兄弟四大天王現其人前常爲給使衣服卧具飲食湯藥一切所須無令乏少如是人等爲諸衆生恭敬供養尊重讚歎亦爲一切國王王子沙門婆羅門在家出家及諸外道恭敬供養尊重讚歎諸善男子善女人及諸親友發歡喜心恭敬供養隨所樂欲衣服卧具種種勝妙莊嚴之具悉得充足彼諸聲聞常與一切善友同和不隨惡友不生邊地不住邊地不去邊地亦復不作邊地之業世尊若復有人爲彼藥叉羅刹步多鬼神所魅之者當於彼前讀誦如是守護大千國土大明王經及謂彼人分别解説我時四大天王廣大兄弟自隱其身守護彼人使得安樂悉令解脱一切執魅不吉祥事世尊若復有人於己舍宅一日一夜讀誦如是守護大千國土大明王經是人舍宅一歲之中無諸衰患不吉祥事世尊若復有人常能受持此守護大千國土大明王經者我等四王常現其前恭敬供養云何爲彼藥叉羅刹步多鬼神而得其便世尊如是真言句

義甚深廣博無有窮盡亦難值遇於此大明王平等法印受持之者如是人等於諸世間甚爲難得最上最勝最爲第一

是時千眼帝釋天主頂禮合掌白佛言世尊善説如是守護大千國土大明王甚深經典我爲安樂一切世間諸衆生故今於佛前説此眞言明藥等分和合所謂

尸利沙華(一)麽耶麽(引)哩誐(二合)(二)怛誐囕(羅江切)(三)揭諾迦(四)優曇鉢攞(五)勢(引)隸野(六)弭那給(七)唅瑟姹(二合)素迦利(八)末哩迦(二合)穌(引)(九)惹野波哩閉攞網(十)囉僧尾囉(引)(十一)三麽哩迦(二合)哆(十二)誐囉瞢娑(引)(十三)贊那曩(十四)嚩哩多(二合)劒(十五)俱瑟姹(二合)曩欠(十六)跛怛囕(二合)(十七)揭鵅(吒江切)(十八)婆囉(引)鉢哩(二合)焰(十九)虞嚕(引)左曩(二十)颰鉢力(三合)迦(引)(二十一)娑哩沙(二合)播(引)(二十二)滿曩妻攞(引)(二十三)怛嚩(二合)昝嚩昝(二十四)供俱莽(二十五)醯(呬孕切)誐(二十六)

如是諸藥及其諸色調和一處念陀羅尼而加持之若以此藥著燈燭中燈所照處一切藥叉羅刹步多鬼神皆悉遠離若以此藥點其眼中眼所見處諸步多衆皆悉馳走捨離其處若復有人爲彼一切藥叉羅刹步多鬼神之所魅者亦以此藥塗彼身上諸步多衆不敢違越放彼精神即得痊愈若以此藥塗於樹上及佛塔上彼步多衆見虛空中雨大火燄猶如金剛心生怕怖捨離本處或於樂器簫笛箜篌及以角貝鈴鐸鍾鼓世間所有出聲之物若以此藥塗之於上聲所震處藥叉羅刹步多鬼神皆悉怕怖馳散而走若塗飛鳥羽翼之上國土城邑所到之處藥叉羅

剎步多鬼神皆悉怕怖馳散而走乃至窮極無有方所是諸飛鳥捨其身已更不復受傍生之身若置山岳江河陂池一切方所隨處置藥一切藥叉羅剎步多鬼神皆悉遠離百由旬内無諸災難人民安樂若復有人入於戰陣塗於身上無所傷損常得其勝必獲安樂若復有人蛇蝎蚖蠚即令彼人速疾服食其毒消散若復有人痔漏癰疽種種惡瘡塗之得愈若復有人常塗其身是人遠離一切災難增益國界王及人民若見有人諍訟之處以藥威力兩得和解非成就事亦得成就令貧匱者悉得富饒無子息者悉得如意無辯慧者亦得辯慧若復有人恒常誦持此陀羅尼現身成就飛仙之位此陀羅尼亦名果樹成就人天種種功德智慧之果能令衆生離諸災難得安隱樂吉祥之果此陀羅尼甚深句義於諸世間無與等者千眼帝釋即於佛前説陀羅尼曰

曩謨(引)沒馱(引)野曩謨(引)達麽野曩謨(引)僧伽野怛你也(二合)他唵(引)阿(引)骨嚕(二合)彌(引)尼骨嚕(二合)彌(引)步多齲(引)曬(引)步燈誐弭(引)禰(引)呬(引)你嚩馱哩馱哩那地你曩弭(引)驅佉佉佉娑(引)見誐弭贊捺哩(二合引)拶波麗(引)迦禮你迦禮賀(引)哩抳娑嚩(二合引)薩嚩播(引)閉(引)毗喻(二合引)麽麽阿醯謗(引)颰波哩嚩(引)囉寫薩嚩薩怛嚩(二合引)難(引)左薩嚩禰擬毗藥(三合)娑嚩(二合引)賀(引)你賀多(引)你薩嚩播波你娑嚩(二合引)賀(引)

時千眼帝釋説此陀羅尼已彼大梵天王天帝釋護世四王摩醯首羅大藥叉將訶利帝

母并其子及眷屬俱即於佛前起立合掌異
口同音而說偈言
佛面猶如淨滿月　亦如千日放光明
諸天及人阿脩羅　如是世間無與等
不可思議最勝智　藥叉羅刹悉調伏
名爲解脫持明王　守護大千諸國土
無量無邊功德海　流出清淨總持門
利樂一切諸衆生　令得最上勝悉地
稽首丈夫無所畏　稽首調御天人師
不可思議大法王　是故我今歸命禮
是時世尊於正午時從彼而起告諸比丘言
汝等比丘諦聽諦聽此守護大千國土大明
王陀羅尼經若復有人受持讀誦爲人解說
如是人等捨此身已得生諸天受勝妙樂共
在人間長夜安隱所生之處爲諸衆生之所
愛敬若有比丘以此守護大千國土大明王
陀羅尼經加持枯樹以是經典威神力故彼
諸枯樹火不能燒復得生長枝葉華果如是
等比以是經典威神力故尚獲種種勝妙果
報若諸衆生過去所作身語意等諸惡業因
以是經典威神之力云何不滅佛告諸比丘
我此經典總有五種眷屬部類如是次第所
謂守護大千國土大明王陀羅尼經佛母大
孔雀明王經尸多林經大隨求陀羅尼經大
威德神呪經如是等皆爲一切如來降伏諸
魔調難調者息諸衆生種種災變護持佛法
及諸國界速疾法門如來往昔以如是等諸
陀羅尼門甚深經典恒常乞食遠離五辛修
瑜伽行降伏魔軍成等正覺於是毗沙門天
王作是言世尊未來世中諸比丘衆不食五

辛恒常乞食於此經典有受持者不佛言云何毗沙門言如是之人甚爲難得佛言未來世中諸出家者不食五辛恒常乞食依法受持此守護大千國土大明王陀羅尼經者其數無量毗沙門天王言世尊若未來世有諸比丘不食五辛恒常乞食依法受持此守護大千國土大明王陀羅尼經者我等四王常當擁護承事供養是時世尊告諸比丘作如是言汝等及未來世諸比丘衆不食五辛不貪美味恒常乞食於此經典受持讀誦爲人解説如是人等於一切處常得其勝是人速疾得大總持自護其身及護他人若諸比丘不食五辛恒常乞食應當一心如是觀察應觀無常苦空無我以無常故云何五辛以無我故誰爲受者若諸比丘爲欲守護國土城邑及爲利益諸衆生者於月八日或十四日或白月十五日建曼拏羅於豪貴家取一童女其心清淨信樂大乘人相具足智慧明了者清淨沐浴著新潔衣種種嚴飾受持五戒一日一夜清齋不食以七色絲作四合線以此陀羅尼而加持之即結其線成一百結復以利刀碎截其線擲入寶椀椀中致水以華覆之塗香燒香種種供養讀誦是經及念此陀羅尼而加持之擲線椀中當結線時以梵音聲作如是言我依釋迦牟尼佛受持如是守護大千國土大明王陀羅尼經令一切世間種種諸毒入山石間微鉢尸佛尸棄佛毗舍浮佛拘留孫佛拘那含牟尼佛迦葉佛我釋迦牟尼以如是等諸佛如來正徧知者威神力故能除毒令毒入地令此國土王及人

民離諸怖畏獲得安樂索訶世界主大梵天王及天帝釋護世四王摩抳跋捺囉(二合)大藥叉將摩醯首羅黒賛拏利大羅刹女願以如是等大威徳大力諸天受此香華飲食周徧供養使一切毒悉皆消滅令此國土王及人民離諸怖畏獲得安樂於時世尊即說陀羅尼曰

曩莫三滿路沒馱(引)南(引)唵(引)佉佉銘(引)尸銘(引)尸尾(引)尸虎顊(引)尸摩尸銘(引)娑嚩(二合)悉底(二合)娑嚩(二合)悉底(二合)扇(引)底扇(引)底娑囉(引)仡哩(二合)半尢(引)弭沙僧悉瑟乇(二合)野他(引)賀(引)囕顊囉(引)弭衫曳曩那誐冏(二合)野他(引)素怛囕(二合)薩底餤(二合)俱哩晚(二合)覩多(引)禰哩(二合)啇怛你也(二合)他迦棃(引)迦攞黎(引)舍路銘(引)阿擬你(二合)僧訖囉(引二合)麼抳娑嚩(引二合)賀(引)

曩謨微鉢尸佛尸棄佛毗舍浮佛拘留孫佛拘那含牟尼佛迦葉佛我釋迦牟尼佛憍答摩七佛正徧知者我悉歸命彼諸如來香華飲食運心供養以如是等諸佛如來廣大威德神通之力滿我所願令得安樂佛說此經已諸比丘衆大梵天王及天帝釋護世四王諸天人民聞佛所說皆大歡喜禮佛而退

佛說守護大千國土經卷下

音釋

殞(于敏切殁也)稍(所角切矛屬)慓(郎質切竦縮貌)羯邏籃(梵語也此云凝滑羯俱謁切)噎(於結切氣窒也)咳嗽(咳苦蓋切嗽蘇奏切)獯狐(獯許云切正作訓狐鵂鶹也)⿰齒來(卓皆切)蜇蠚(蜇陟列切蠚施隻切蜇蠚丑蟲行毒也)弭(綿婢切)拶(子葛切)餧(愛墨乙得二切音噫噎北)

大方廣總持寶光明經
宋西天中印度摩伽陀國三藏傳教大師法天奉 詔譯

清刻龍藏佛說法變相圖

大方廣總持寶光明經卷第一

宋西天中印度摩伽陀國三藏傳教大師法天奉　詔譯

如是我聞一時世尊在王舍城鷲峯山中與大比丘衆百千人俱圓滿一切白法大師子吼智慧無量得大善利幷諸菩薩摩訶薩衆

其名曰普賢菩薩摩訶薩寶印手菩薩摩訶薩常現菩薩摩訶薩功德莊嚴菩薩摩訶薩福德音菩薩摩訶薩大慧菩薩摩訶薩德嚴菩薩摩訶薩金剛慧菩薩摩訶薩金剛藏菩薩摩訶薩金剛光菩薩摩訶薩金剛器仗菩薩摩訶薩妙金剛菩薩摩訶薩持地菩薩摩訶薩現一切法菩薩摩訶薩觀自在菩薩摩訶薩得大勢至菩薩摩訶薩堅牢慧菩薩摩訶薩金剛吉祥菩薩摩訶薩金剛手菩薩摩訶薩妙吉祥菩薩摩訶薩滅惡趣菩薩摩訶

薩除一切煩惱慧菩薩摩訶薩安詳步菩薩摩訶薩離取捨菩薩摩訶薩栴檀香菩薩摩訶薩海慧菩薩摩訶薩難勝菩薩摩訶薩寶勝菩薩摩訶薩慧行菩薩摩訶薩辯積菩薩摩訶薩妙香菩薩摩訶薩慈氏菩薩摩訶薩如是等無量菩薩摩訶薩皆住不可思議解脫勇猛三摩地門亦得不空無量音聲故觀一切音聲諸佛刹土寂然憺怕壽命無量得大名稱三界無著亦無破壞一切智者而爲眷屬出生無量諸三摩地三摩鉢底能滿衆願皆悉到於般若波羅蜜多故獲得不空身語意業得住一切智智無量行願了達空無相無願解脫法門如是等諸大菩薩衆皆來會坐爾時普賢菩薩摩訶薩於衆會中從座而起頂禮佛足而白佛言世尊法界應云何知佛言善男子此法界無性無能知者何以故善男子由如虛空離諸戲論非離戲論非取非捨非性非無性亦無處所善男子是故法界應如是知爾時普賢菩薩復白佛言世尊法界應云何住佛言善男子處所尚無況復有住善男子此法界不可思不可議無自性無能了知善男子彼法界性不可知不可見普賢菩薩復白佛言世尊菩提者爲有幾何佛言善男子菩提有無量相不可測量普賢菩薩言世尊法界復云何分別佛言善男子法界本無分別普賢菩薩言世尊若法界不可分別者云何凡夫衆生而能解了佛言善男子有分別者即是一切愚迷衆生於無分別而生分別普賢菩薩白佛言世尊如來菩提如是甚深微妙難解佛言善男子如是

如是如汝所說佛復告言善男子菩提者即一切法也離諸戲論是故無有分别時彼衆中妙吉祥童子亦在會坐從座而起頂禮佛足白佛言世尊願爲我等說此寶光明總持法門佛言善男子汝今問彼一切法海辯才菩薩摩訶薩彼爲汝說於是妙吉祥童子在如來前合十指爪掌白佛言世尊如來是一切智者一切見者云何不說佛言善男子爲有如是大菩薩摩訶薩以是義故如來不說妙吉祥言唯然世尊如來何故不自說耶棄捨我等佛言善男子吾非棄捨有情界故善男子爲欲顯示彼菩薩摩訶薩所說校量不可思議故時妙吉祥童子復白佛言世尊唯願如來大慈無量爲我說是寶光明總持法門佛言善男子汝今問此普賢菩薩摩訶薩必當爲汝說此法門善男子當知此菩薩摩訶薩智慧無量妙吉祥言如來若令我問彼普賢菩薩摩訶薩我今當問佛言妙吉祥汝自已得微塵等三摩地門何故問於如來妙吉祥言世尊我非但一佛所說之法乃至一切如來所說眞如實性我能憶持不忘由如今日佛言善哉善哉善男子汝今善說佛言妙吉祥汝當問此普賢菩薩摩訶薩總持法門時妙吉祥童子白佛言世尊此普賢菩薩摩訶薩深達實相大乘法行佛言善男子汝等皆是自在法王之子豈得異乎善男子汝福德無量了達空法得不可思議解脱三摩地門于時妙吉祥童子承佛聖旨在普賢菩薩摩訶薩前合十指爪掌一心恭敬白普賢菩薩摩訶薩言佛子願爲我說二字法門時

普賢菩薩言善男子汝今所問二字者何是時妙吉祥童子白普賢菩薩言佛子覺與覺者二字爲何等相普賢菩薩言佛子覺本無相無性不可思議無有等等離諸戲論非離戲論非言議之所能及善男子是故諸佛覺性如是妙吉祥言佛子若佛法非戲論者云何佛法作如是說普賢菩薩告妙吉祥言佛子離言說故作如是說妙吉祥言佛子云何離言說普賢菩薩言妙吉祥智離言說妙吉祥言佛子智云何知普賢菩薩言妙吉祥謂智無性智非無性妙吉祥言佛子云何智無性智非無性應云何說三乘法普賢菩薩言妙吉祥法界離染云何有說妙吉祥言云何一切法此亦無性云何說如來性無漏五蘊性不可得故妙吉祥言云何菩提有戲論耶

普賢菩薩言佛子菩提無有戲論非離戲論此菩提有戲論非戲論者非言非說也是時世尊讚普賢菩薩摩訶薩言善哉善哉善男子如汝所說是不可思議法門幽邃深遠是眞實言天上人間無能解了時妙吉祥童子白佛言世尊一切法不可知不可見無法可說佛言善男子如是如是時普賢菩薩摩訶薩復白佛言世尊今此清淨法門難解難知佛言善男子如是如是是時海慧菩薩白佛言世尊此普賢菩薩善說如是清淨法門佛言善男子如是如是復次善男子一切諸法清淨若此澍大法雨是時平等寂靜娑羅大娑羅子白佛言世尊此不可思議平等菩提離文字相不可見離諸色相佛言善男子如是如法界性離泯絶諸相是時妙吉祥童

子白佛言世尊空云何相爲聲爲色爲是相好佛言妙吉祥空離聲色離諸言說非離言說善男子法性如是空離文字故說空又離言故說空善男子空者一切法法之自性故是時長老舍利弗白佛言世尊如來觀此得大變現不可思議解脫菩薩耶佛告長老舍利弗言此阿羅漢智慧與初發心菩薩智慧甚遠何況此菩薩故所以者何初發心菩薩當得成佛阿羅漢終不能得是時一切法自在王菩薩白佛言世尊如佛所說我悉了知此聲聞應不得聲聞法佛言善男子此聲聞非不得聲聞法復次善男子若聲聞與菩薩對論智慧有殊是故所不能及是時妙吉祥白佛言世尊如來云何說此舍利弗得智慧第一佛告妙吉祥如我所說實無所得是時

妙吉祥童子語長老舍利弗言長老汝云何得聲聞法舍利弗言我所不任妙吉祥言汝豈非凡夫不不也善男子妙吉祥言舍利弗汝應云何學舍利弗言我無所學妙言祥言云何得智慧第一舍利弗言我亦不任妙吉祥復語長老舍利弗言汝既非凡夫又非智慧第一爲是何人舍利弗言善男子我亦不知汝智慧無量由如巨海是故我今非汝對論妙吉祥言長老舍利弗莫作是說汝自耆年宿德何故謙讓舍利弗言善男子我雖耆年無德無證復次善男子譬如一切差別萬法由如巨嶽金剛一擊殞碎如塵善男子汝亦如是於一毛孔所有智慧量等微塵數一切衆生皆悉如我亦所不及善男子況我一人乎是故我今亦所不任善男子如大惡象

其身偉大氣力便多人用其鈎而能制伏我亦如是善男子所以者何汝有大智力我力怯弱善男子汝等同於大龍云何我力與仁者敵長老舍利弗白佛言世尊如生盲人欲往他州在道路中決定不能見彼城邑云何而能周遍遊歷善男子此亦如是我對仁者如彼盲人我今亦爾佛道懸曠由來甚遠當云何知佛告舍利弗勿作是說如來威德能令一切衆生暫歷耳根尚得此法舍利弗況汝已得此不可思議三摩地故是時世尊說是法時天上人間有九萬二千衆生皆得是法是時法慧菩薩承佛威神即入三昧名菩薩無邊相應寶光明三摩地于時法慧菩薩即便入於十方十千佛刹微塵等世界於一一方各各有十千佛刹微塵等諸佛世尊皆現在前時彼諸佛世尊語法慧菩薩言一方如是十方亦然彼佛世尊讚言善哉善哉法慧汝能入此菩薩無邊相應三摩地故復次善男子是時於一一方有此一切十方十千佛刹微塵等如來位彼如是等一切如來皆同一號皆是世尊毗盧遮那如來最初威德本願力故得大善利乃至轉大法輪彼如是等諸佛同說偈言

佛智本清淨　普周於法界　及觀衆生界
徧入無礙智　無等相應門　善一切言語
速得一切智　圓滿於諸法　二世智皆圓
善說如是法

善男子汝今以佛威神力故說此菩薩十住法門是時彼佛世尊各以無礙智往照法慧菩薩復得如是三摩地門所謂無礙無斷不

空法不空智無漏無際無盡無來無去無邊本性無著得如是等三摩地門是時彼佛世尊各伸右手摩法慧菩薩頂彼佛世尊摩菩薩頂已即時法慧菩薩從三摩地起告諸菩薩言佛子菩薩族類廣大無量周徧法界虛空界佛子菩薩摩訶薩於過去如來族中已生現在如來族中今生未來如來族中當生是時彼諸菩薩摩訶薩告法慧菩薩言佛子如汝所說彼菩薩摩訶薩云何得過去現在未來諸如來族中生復云何說彼菩薩得菩薩住故彼諸菩薩摩訶薩告法慧菩薩言佛子善哉願爲我等說此菩薩十住法門彼過去佛已說現在佛今說未來佛當說佛子云何說菩薩十住法行所謂一發心住二治地住三相應住四生貴住五方便具足住六正心住七不退住八童眞住九王子住十灌頂住佛子是爲菩薩十住法行此過去未來現在三世諸佛世尊已說今說當說佛子云何彼菩薩發心住謂此菩薩得覩諸佛世尊色相巍巍殊特妙好廣大無比說法廣大化衆生廣大見如是等廣大變現又聞廣大法故得未曾有復見如是苦惱衆生是故菩薩發阿耨多羅三藐三菩提心爲求如來一切智一切相智是故名爲初發心住又學如是十力何等爲十謂一處非處智力二過現未來福業報智力三禪定解脫三昧智力四至一切處道智力五無數種種界智力六無數種種勝解智力七根勝劣智力八宿住憶念智力九天眼智力十無漏智力佛子此初發心菩薩應學此十住力故彼初發心菩薩於一

切時恭敬供養諸如來故彼菩薩安住稱讚故為世間最上第一世主故求佛無量最上智慧故為求寂靜相應三摩地故遠離輪迴故轉正法輪故救度一切苦惱衆生故何以故為眞實法發心故聽受親近離諸散亂相續不斷故佛子是故名為菩薩初發心住佛子復云何名菩薩治地住佛子此治地住菩薩為諸衆生先發十種心何等為十謂信心念心精進心慧心願心戒心護法心捨心定心迴向心佛子此治地住菩薩復發如是十種心故佛子此治地住菩薩常念多聞相續不斷常樂奉事善知識故供承親近於一切時能覺察故發言謙敬故求堅固無畏智故發趣菩提智故志求寂靜勇猛智故志求妙法離諸虛假故心不迷惑何以故謂發如是誠實心求一切佛法故乃至隨方有聖法處躬自往彼聽受親近離諸散亂相續不斷未曾暫捨佛子是故名菩薩治地住佛子復云何名菩薩相應住佛子此相應住菩薩有十所觀求一切法何等為十謂求一切無上法故遠離一切憂苦故觀法無自性故空無體相故一切法無有常故一切法不可度量故離諸疑惑故不可改變故非有非無故非取非捨故佛子相應住菩薩復觀一切衆生界平等法界平等世界平等地界平等水界火界風界虛空界欲界色界無色界如是諸界悉皆平等何以故謂如是一切法自性平等故為求勝法往詣十方於諸佛前親近聽受離諸散亂念念相續無有間斷佛子是故名菩薩相應住佛子復云何名菩薩生貴住得

生十種圓滿淨業解聖言說故何等爲十謂此菩薩有所說法衆必崇受漸漸增長堅固不退了達諸法觀諸世間無壞滅故觀一切業性離妄想故觀諸果報無取捨故觀於輪迴無去來相故觀於涅槃湛然寂靜故佛子此生貴住菩薩得是十種圓滿淨業解聖言說故復言佛子生貴住菩薩觀過去佛法平等恒時憶念相續不斷故觀未來佛法平等願當學故觀現在佛法平等勤修習故觀諸佛法如是平等是故得過去際未來際現在際於此三際皆得值遇如是修習憶持不忘一切佛法慇懃恭敬復觀過去佛法學平等增長故未來佛法亦如是學平等增長故觀現佛法亦如是學平等增長故佛子此生貴住菩薩如是觀察趣向一切佛法普皆平等增長修習故何以故謂三世平等最勝眞實住無虛假故乃至聞彼他方有如是法親自往詣勤求精進心不散亂念念相續無有間斷佛子是故此名菩薩生貴住佛子復云何名菩薩方便具足住佛子此方便具足住菩薩觀於無量無邊無數阿僧祇不可思議無等等衆生界由如虛空不生不滅自性清淨同眞際等法性如是觀察一切衆生是名菩薩方便具足住佛子此方便具足住菩薩有十種事所修善業皆爲方便利樂一切衆生故謂令一切衆生於無上道心不退轉故愛樂一切衆生不捨離故饒益安樂一切衆生故悲愍一切衆生故欲令一切衆生皆得不可思議解脱道故洗滌一切衆生業垢故攝伏一切衆生故欲令一切衆生歡喜無厭故

以諸方便引導一切衆生故欲令一切衆生究竟涅槃寂滅樂故佛子此方便具足住菩薩如是乃至聞彼他方説如是法親自往詣勤求修習心不散亂念念相續無有間斷佛子是名菩薩方便具足住佛子復云何名菩薩正心住佛子此正心住菩薩有十種法應當樂聞勤求志意於佛法中得正心住佛子何等爲十謂説佛有色無色於佛法中得正心住説法有色無色於佛法中得正心住説菩薩所行之行有色無色於佛法中得正心住如是乃至説此衆生界大生衆生界有煩惱衆生界無煩惱衆生界易化衆生界難化衆生界乃至大法界出生法界有色世界無色世界有法世界無法世界佛子此正心住菩薩如是乃至於佛法中聞此法是爲菩薩得正心住佛子此正心住菩薩復聞此十種法故入理勤求乃至聞於一切無上法亦皆修學何等爲十謂無相無性無實無染遠離無著無自性如幻如夢離諸疑惑聞如是一切法故應勤修習何以故爲此正心住菩薩入於眞實法門故如是乃至聞彼他方説如是法親自往詣勤求修習心不散亂念念相續無有間斷佛子是名菩薩正心住佛子復云何名菩薩不退住佛子此不退住菩薩聞十無著法於佛法中心不退轉故何等爲十謂聞非有佛非無佛此菩薩於佛法中心不退轉故非有法非無法於佛法中心不退轉故非有菩薩非無菩薩於佛法中心不退轉故非取菩薩非不取菩薩非離菩薩行非不離菩薩行菩薩非出生非不出生於佛法中

心不退轉故過去諸佛非去非不去未來諸佛非來非不來現在諸佛非住非不住如是三世諸佛智慧平等一相無相非盡非不盡離諸罣礙此菩薩聞如是法故非佛法中心不退轉故佛子如是名菩薩不退住佛子此不退住菩薩復聞十種法而能修習何等爲十謂聞一多衆生於一切法精勤修習故此勝義諦爲一多緣起爲勝義諦故即性即無性即相即無相即有色即無色離諸相好心得決定慇懃修習何以故謂聞如是一切諸法因果該徹通達無礙眞實法故成熟解了如是乃至聞彼他方說如是法親自往詣勤求修習心不散亂念念相續無有間斷佛子是故此名菩薩不退住佛子復云何名菩薩童眞住佛子此童眞住菩薩得十種法何等爲十謂得身業清淨口業清淨意業清淨得察一切衆生起心動念彼諸衆生凡所施爲悉能了知能知衆生如是解脱能知種種衆生界種種法界種種世界及地界水界火界風界虛空界欲界色界無色界如是諸界悉能了知神通奮迅隨念而至佛子如是名菩薩童眞住佛子此童眞住菩薩復聞十種法而能修習何等爲十謂聞一佛刹智震動一切佛刹觀一切佛刹訪尋一切佛刹遊行一切佛刹往詣阿僧祇世界問阿僧祇義趣遠離種種自性差别發一念心而能周徧阿僧祇佛刹聽聞修習故何以故謂聞如是眞實法故成熟解了第一義故如是乃至聞彼他方說如是法親自往詣勤求修習心不散亂念念相續無有間斷佛子是故此名菩薩童

眞住佛子復云何名菩薩法王子住佛子此法王子住菩薩有十種法皆能了知何等爲十謂能知一切衆生所生之處能知一切衆生煩惱能知一切衆生戀著能知一切衆生方所能知諸佛深妙法故能知諸佛方便眞實性故能知世界種種差別法故能知過去未來現在三世諸佛智慧故能知一切世間廣大不堅牢法故能知眞性如如湛然寂靜故佛子是故此名菩薩法王子住佛子此法王子住菩薩復有十種法應勤修習何等爲十謂善學一切王城種種作用故善一切王城禮樂故善一切王城安住故善入一切王城故善能自在遍遊歷一切王城故住法王灌頂故住法王觀察故得法王自在力故繼紹法王位故得住法王辯說故何以故謂修習一切無礙眞實法故如是乃至聞彼他方說如是法親自往詣勤求修習心不散亂念念相續無有間斷佛子是名菩薩法王子住佛子復云何名菩薩灌頂住此菩薩得十種神通何等爲十謂能令阿僧祇世界種種動搖故能照曜種種阿僧祇世界故能觀察種種阿僧祇世界故能於種種阿僧祇世界同時一心修習故能於阿僧祇世界成就種種善業故能於阿僧祇世界種種衆生差別心同時能知故能於阿僧祇世界一一衆生種種心行能一時行故能於阿僧祇世界一一衆生有種種根器同時能解了故能教化阿僧祇世界種種衆生故能徧知阿僧祇一切衆生心所作用故復次善男子此灌頂住菩薩潛行密用施爲佛事無人能知所以者何

謂身業不能知口業不能知意業不能知變現不能知觀察種種變化不能知觀過去所行之行不能知於剎那頃所行之行皆不能知觀智慧不能知心意不能知一切智用不能知佛子此灌頂住地菩薩乃至法王子位菩薩終不能知故佛子灌頂位菩薩復聞佛世尊十住何等爲十謂聞三世智佛智法智法界分別智法界中邊智一切世界量等法界智照察一切世界智圓滿一切衆生智一切法智無邊佛智此菩薩住一切諸佛智故何以故謂聞如是一切實際理智故佛子是故此名菩薩灌頂住

大方廣總持寶光明經卷第一

歸依佛五字依梵文譯爲五頌

曩

不生亦不滅　無相復無爲　衆聖所歸依
是故名曩字

謨

大總持應現　微妙最自在　彌滿於世間
是故名謨字

没

隨意之所欲　利他最第一　安樂諸衆生
是故名没字

馱

無上福田因　能淨諸業障　衆生實際地
是故名馱字

野

眞如智大智　字中無所依　諸聖究竟理

是故名野字

音釋

憯怕憯徒濫切怕白各切憯怕安靜也邃雖遂切深遠也偉羽鬼切偉傀也奮迅奮方問切迅思晉切戀龍眷切慕也

大方廣總持寶光明經卷第二

宋西天中印度摩伽陁國三藏傳教大師法天奉　詔譯

爾時法慧菩薩摩訶薩爲諸菩薩說是菩薩十住法已于時十方以佛神力於一一方各有十千佛刹微塵等世界一一佛刹微塵等世界地皆六種震動所謂動徧動等徧動震徧震等徧震擊徧擊等徧擊涌徧涌等徧涌吼徧吼等徧吼起徧起等徧起是時以佛神力復雨種種天華雲種種天香雲種種天塗香雲種種天鬘雲種種天粖香雲種種天衣雲種種天傘盖雲種種天寶雲種種天妙蓮華雲種種天諸瓔珞雲種種天莊嚴雲如是等種種供養雲周帀徧雨復有種種天妙音樂於虛空中不鼓自鳴出大音聲光明晃曜徧四大洲妙高鐵圍周徧十方普皆供養是時法慧菩薩說是法時一切十方世界同時亦說此十住法故乃至文字句義不增不減皆悉同等復以佛威神力故於一一十千佛刹微塵等世界各各有十千佛刹微塵等菩薩從於十方雲集而來告法慧菩薩言佛子善哉善哉佛子如汝所說菩薩十住法佛子與我名同說法亦同如是等一切同名法慧菩薩從彼十方一切如來所而來至此彼法雲世界以佛威德於一切處同時轉此法輪如是種種性相文字句義不增不減佛子于時衆會以佛威德皆見彼衆而來詣此如我到此世界亦復如是於一切十方世界一切四大洲妙高山頂帝釋宮中十千佛刹微塵等菩薩亦同來集是時法慧菩薩承佛威力觀察十方法界衆會欲重宣此義而說偈言

見諸如來清淨智　巍巍變化力如是
十力功德衆莊嚴　是故發此菩提心
見此種種神通力　說法利益諸群生
復見輪迴諸苦惱　是故發此菩提心
於此普賢如來前　得聞一切功德海
由如虛空無有相　是故發此菩提心
一切住處及所生　一一性行皆明了
各各差別性智求　是故發此菩提心
是時過去及現在　乃至未來衆善惡
爲求此智善修習　是故發此菩提心
禪定解脫及三昧　等持清淨悉皆然
爲求此智恭敬彼　是故發此菩提心
能徧世間諸根力　如如湛淨皆同等
爲求此智彼義學　是故發此菩提心
菩提解脫徧世間　其中各有種種意
爲求此智無數論　是故發此菩提心
種種無數三界中　於中復有種種界
界之自性智應求　是故發此菩提心
徧詣一切求此法　如是依止得安樂
自性眞實解了知　是故發此菩提心
一切剎中而出生　由如衆生依地有
無數智眼同此求　是故發此菩提心
過去現在及未來　若干衆生何性相
如是過去事皆知　是故發此菩提心
積聚衆生滿世間　乃至一一徧親近
如是煩惱盡能知　是故發此菩提心
三界智慧彼皆知　無盡法門能解了
爲求如是眞實智　是故發此菩提心
一切諸法無依倚　本性如空亦無著
爲求勝義眞實知　是故發此菩提心

能動佛刹微塵數　亦令江海涌沸騰
爲求如來如是智　是故發此菩提心
普放光明照十方　一一光明從口出
爲求彼智一光明　是故發此菩提心
不可思議種種刹　飲食供給珍玩具
我願亦具如彼智　是故發此菩提心
一切衆生及佛刹　能令遠離傷殺生
爲求此法壽延長　是故發此菩提心
假使大海所有水　一毛滴數盡能知
如是此智願當求　是故發此菩提心
十方所有一切刹　一一刹中微塵數
如是此智要盡知　是故發此菩提心
過去及與未來劫　現在一切諸世間
如是劫數要盡知　是故發此菩提心
三世一切諸如來　及以聲聞辟支佛
法之自性悉皆知　是故發此菩提心
無量無數諸世界　一毛端中盡稱量
性之自性悉能知　是故發此菩提心
不可思議輪圍界　一毛端量盡能秤
爲此廣大微妙知　是故發此菩提心
無量無數諸世間　一刹那間聲周徧
爲求此智清淨聲　是故發此菩提心
一切世間諸語言　一字演說盡無餘
爲此自性眞實知　是故發此菩提心
無數化導三界中　一切衆生悉皆衞
爲求辯說廣大舌　是故發此菩提心
如說一切諸佛刹　一刹那中悉能見
爲求說法無礙智　是故發此菩提心
如來所有一切刹　一刹那中皆周徧
如此佛法眞實知　是故發此菩提心

無數微塵等世界　皆從自性而出生
爲求如是種種智　是故發此菩提心
過去及與未來佛　乃至現在諸世間
一刹那中心盡知　是故發此菩提心
一句所説不思議　如是劫盡彼無盡
爲求如是語言知　是故發此菩提心
八方一切諸世間　如是相續不斷絶
爲此自性心了知　是故發此菩提心
所有身口意三業　作彼十方一切行
因此能解三世空　是故發此菩提心
菩提心發應如是　慇懃最上奉諸佛
十方無數劫盡行　是故尊重心不退
乃至世間一切尊　八方各各皆周徧
如是彼佛皆説法　一一尊重心不退
若一菩薩獲安樂　行彼行故免輪迴

能作世間圓滿相　是故此尊心不退
最上妙法最殊特　甚深難解離言説
彼諸菩薩妙敷揚　爲敬彼尊心不退
世間不動及住處　如是難得甚希有
演説清淨妙法音　是故此尊心不退
得生一切如來中　無我無人離憍慢
爲求此法常在前　是故慇懃心不退
無數無等阿僧祇　得諸如來三摩地
行彼菩薩如是行　是故慇懃心不退
乃至究竟三摩地　超生彼岸解了知
如是説彼諸佛法　是故此尊心不退
遠離輪迴三界中　轉於如是妙法輪
於諸世間常無間　菩薩應當如是説
一切世間諸苦惱　如是濁惡災難中
憐愍一切諸有情　是故菩薩應當説

菩薩最初說此法　因茲發起菩提心
持戒說法無有時　是故名爲發心住
是時菩薩治地住　最初降伏如是心
安樂利益於世間　如佛遠離老病死
信心念心及精進　慧心願心并持戒
護法捨離無去來　決定迴向諸含識
若以住彼如是心　讀誦受持大乘典
遠離喧囂居閑靜　訪尋一切親善友
善言親近善知識　勤求如是眞實智
了達一切諸語言　勝義諦理亦如是
曉了如來勝義已　離諸顛倒無疑惑
如是平等湛然安　是名說法眞佛子
治地住中如是得　善能觀察諸菩薩
演說妙法奉諸佛　是故佛子應當學
復次菩薩第三住　法王教中求佛行
苦空無常悉了知　一切自性無來去
諸法本寂離自性　明了通達決定心
住此一切無有惑　佛子應當如是說
爲知一切衆生界　及聞一切諸法界
如是世界悉盡知　是故名爲相應行
地界水界及火界　如是風界虛空界
欲界色界無色界　是諸世界悉盡知
乃至差別諸世界　悉見法界自性體
如是廣大智慧尊　勇猛精進求佛智
是時菩薩生貴住　出家生諸如來中
有性無性心決定　所生之處常正見
此地菩薩無退轉　爲求佛道心無厭
於一切法恒修習　觀諸衆生如自性
世間衆罪如塵刹　遠離輪迴諸果報
佛子善能分別生　菩薩悉令離衰老

過去現在及未來　一切法智皆明了
宿殖善友悉同生　如佛出世亦復爾
一切如來殊妙好　入彼三世平等意
能作如是上妙生　超越三世種種行
此名第四菩薩住　彼能稱讚此妙色
是法悉能解了知　覺彼菩薩如是生
此後菩薩稱第五　說名方便具足住
種種方便化群生　樂求福業徧往詣
所作如是廣大福　令諸衆生皆解脫
盡心迴向悉獲安　憐愍有情令離繫
世間患難皆救濟　攝伏令彼生歡喜
各各引導諸衆生　得大涅槃心寂靜
無邊一切諸世間　如是無量無有數
過諸稱量無等倫　非性非相非究竟
此爲菩薩第五住　具足方便化群生
彼佛如是妙圓明　示現一切諸功德
無邊一切諸衆生　觀法自性無迷惑
疑網有無智了知　天上人間能堅固
於佛於法菩薩中　常行妙行離諸色
於是廣大諸衆生　聽聞演說方便法
煩惱衆生使清淨　易化難化悉調伏
法界或廣略敷揚　非來非去絕諸相
法界體性非有無　菩薩三世樂聽受
觀察一切心無動　如是專注於佛法
泯絕性相孰有無　本性離染我亦爾
曉了劫性如幻夢　爲聞如是上妙法
不退菩薩應如是　於佛於法菩薩中
并觀行相爲有無　不退非有亦非無
如來非去非有住　亦無來與非不來
生與不生盡不盡　有相無相非一異

種種衆多彼如一　勝義諦理離有無
各各差別衆寶嚴　菩薩於彼心不退
眞如妙相非有無　以無相智能解了
如是差別往集會　一一天上悉聽聞
復次菩薩童眞住　身口意業悉清淨
施作佛事無有著　是故隨意所生得
皆從衆生行法生　遊行見彼諸刹土
智慧速疾隨意得　十方慇懃恭敬禮
菩薩於此無異心　聞佛演暢微妙法
能知刹土悉動摇　如是盡知無有餘
演說遊行於佛刹　刹那徧詣阿僧祇
隨問演說無數義　自性差別性亦然
方便音聲能照察　無數佛刹一念中
復說菩薩王子住　密行衆生非測量
煩惱障閉妄想除　事理相應方便說

種種妙行悉能行　分別世間過未來
眞俗二諦能了知　諦求如是微妙法
若能方便入王城　如是徧遊悉周匝
於彼往還能自在　所有王城能照察
由如灌頂王妙法　如是威德力亦然
入彼王城善演說　是故此爲王子住
此能隨順諸衆生　如佛所化亦如是
調御出興悉同然　得佛安隱住王子
佛子菩薩灌頂住　處長最上能利他
一毛滴水爲校量　思惟校計莫能測
如是行於諸佛法　由若一切微塵刹
衆生莫測塵可知　是故無數應是說
一切如來及菩薩　并與過去未來佛
若以現在十方中　乃至聲聞辟支佛
從種發生菩提心　如是此數莫能測

功德數量莫能知　最初一念菩提心
如是世界化群生　無能超越過於彼
是時普賢菩薩摩訶薩告法慧菩薩言善男子善哉善哉汝今善說此寶光總持法門復次善男子彼諸衆生當得愛樂不可思議諸佛功德一切智慧善男子若有衆生但聞此寶光總持正法名號不須受持讀誦一心恭敬究竟決定得證佛果時法慧菩薩言佛子如是如是如汝所說普賢菩薩言佛子彼等已得如來灌頂甚深智慧若有善男子善女人至此會中得聞如是法者或有衆生手持是經者是諸衆生於佛法中皆得授記是時長老舍利弗從座而起頂禮佛足而白佛言世尊我等今者如生盲人從昔已來未曾見聞如是正法世尊非但我故若諸衆生不聞此法彼如是等一切衆生亦如生盲佛言長老如是如是如汝所說舍利弗即白佛言唯願說此不可思議甚深法故佛言舍利弗汝當往詣命彼梵王帝釋護世諸天同來此會如來勑語舍利弗此最勝法印寶光總持之法於彼道場衆會而說是時尊者舍利弗受佛教勑爲問此寶光總持法門承佛聖旨往彼梵王帝釋護世諸天到已作如是言寶光道場佛待汝來同時聽受此如是法今正是時如來將說此寶光總持不可思議法故汝等速集勿過此時甚難得値後必追悔如是最勝法寶世間難得甚爲希有時彼諸天聞是說已即運神通於刹那頃梵王帝釋護世諸天皆來集會到世尊所右遶三帀合掌恭敬即於佛前勸請世尊唯願如來哀愍我等

及末法衆生説此寶光總持法門于時世尊黙然不答時諸天衆梵王帝釋護世諸天如是三白慇懃勸請世尊黙然是時尊者舍利弗白世尊言唯願如來説此寶光明總持法故復言善逝唯願説之是時世尊即於舌根從口而出種種音聲徧於三千大千世界同時得聞若有善男子爲此寶光總持法故請於如來是諸衆生皆得不退轉於阿耨多羅三藐三菩提是時世尊復語尊者舍利弗言尊者舍利弗汝當往詣請妙吉祥童子説如是法時妙吉祥童子在於異處鉢攞_{合二}叉娑羅樹下端身正念結跏趺坐過於百千萬俱胝那庚多日月光明住大寶莊嚴樓閣中梵王帝釋護世諸天圍遶恭敬身皆金色吉祥莊嚴光明照耀是時尊者舍利弗奉佛教命往詣妙吉祥童子所到已即白妙吉祥言善男子如來請汝爲於我等説此寶光總持法故于時妙吉祥童子語尊者舍利弗言此如來者爲何等義舍利弗言善男子汝智慧深遠我非汝曹是故不任與汝論議妙吉祥言止舍利弗汝甚愚癡汝若樂聞我當爲説舍利弗言善男子我今樂聞惟願仁者廣爲我説是時妙吉祥童子説是語時即時三千大千世界乃至清淨天宫及諸天衆上至阿迦膩吒天衆下至四大天王幷諸眷屬無數俱胝大藥叉將諸梵天王及天帝釋護世諸天幷諸天女各各樂聞如是大法皆來集會及諸比丘比丘尼優婆塞優婆夷幷餘三十三天夜摩天覩史陀天化樂天他化自在天大梵天王阿迦膩吒天如是諸天衆等皆來集

會復有諸大聲聞衆其名曰尊者須菩提尊者摩訶迦葉尊者大目乾連尊者舍利弗尊者摩訶迦旃延尊者阿顭嚕馱尊者誐耶迦葉尊者摩賀俱絺羅尊者祖拏判姹迦尊者梨嚩多尊者曩禰迦葉尊者烏魯尾螺迦葉尊者布囉拏梅怛囉二合尼子尊者羅護羅尊者鉢捺囉二合波羅尊者麼濫波二合尊者阿難陀如是等諸大聲聞衆及耶輸陀羅五百比丘尼等皆悉來集復有轉輪王及諸小王刹帝利婆羅門長者居士皆來集會是時尊者舍利弗遶佛三匝而作是言世尊何因何緣即於今日如是大衆皆悉雲集云何當知佛言尊者舍利弗是寶光總持法威德力故舍利弗言世尊此寶光總持法門我今樂聞佛言尊者舍利弗汝當往詣請彼妙吉祥童子普賢菩薩此二大士必爲汝說是時尊者舍利弗白妙吉祥童子言善男子汝今當說此寶光二摩地微妙法寶妙吉祥言尊者舍利弗汝等今者爲欲聞此寶光總持法故舍利弗言今此四衆梵王帝釋護世諸天爲聽是法故來至此于時妙吉祥即告長老舍利弗作如是言舍利弗此法秘要不可視聽如幻如化云何當說說聽是誰舍利弗言善男子汝今當說我欲樂聞妙吉祥問尊者舍利弗此說當云何言答言妙吉祥空作是說妙吉祥又問舍利弗空云何說答言妙吉祥空離言說妙吉祥言尊者舍利弗此空若離言說我云何說尊者舍利弗既一切諸法皆離言說若作是說誰能聽受長老舍利弗言善男子彼一切法皆離文字語言故作如是說是

故說空無相無願非取非捨非異非不異非離戲論非不離戲論是時妙吉祥童子尊者舍利弗說是法時彼諸菩薩及於梵王帝釋護世諸天心大歡喜同聲讚言善哉善男子善說此寶光總持法故是時尊者須菩提白妙吉祥童子言善男子菩薩摩訶薩云何受持讀誦爲他解說此寶光總持法故妙吉祥言須菩提此總持法無生清淨如理受持離性離相非離言說非取非捨此法應如是受持爲他解說妙吉祥童子說是法時有九十二菩薩皆得勇猛三摩地復有人天六十二衆生得無生法忍爾時普賢菩薩摩訶薩從座而起偏袒右肩合掌恭敬白佛言世尊云何爲菩薩摩訶薩大悲佛言善男子此菩薩摩訶薩大悲者若菩薩摩訶薩不捨三界名爲大悲若令一切衆生得見諸佛淨妙刹土名爲大悲若諸破戒衆生悉能憐愍護持名爲大悲若能令一切衆生志求般若波羅蜜多親近修習名爲大悲若爲一切衆生不惜身命名爲大悲乃至頭目髓腦難捨能捨難行能行爲諸衆生名爲大悲復告善男子菩薩摩訶薩爲諸衆生無有異心等以安樂離諸邪見悉令解脫善男子是爲菩薩摩訶薩大悲應如是解爾時普賢菩薩摩訶薩白佛言世尊唯願如來大慈無量爲諸衆生安樂世間說此寶光總持法故并此大會諸天及人皆得安樂利益即時世尊愍諸衆生以梵音聲普告諸菩薩摩訶薩言汝等今者於未來世後五百歲法欲滅時誰能受持廣宣流布此寶光總持法故是時普賢菩薩離一切

憂暗菩薩藥王菩薩辯積菩薩出生一切法王菩薩無盡意菩薩海慧菩薩寶師子菩薩寶賢菩薩寶光菩薩寶髻菩薩觀自在菩薩等觀菩薩常觀菩薩寶手菩薩寶積菩薩寶莊嚴菩薩吉祥幢菩薩法吉祥菩薩財吉祥菩薩福德吉祥菩薩栴檀吉祥菩薩法慧菩薩甘露慧菩薩不思議菩薩福德莊嚴菩薩功德莊嚴菩薩相嚴菩薩常歡喜根菩薩衆智山峯王菩薩辯說菩薩常舉手菩薩持地菩薩辯意菩薩虛空藏菩薩月藏菩薩清淨月藏菩薩日藏菩薩出生王菩薩摩訶彌盧菩薩堅牢慧菩薩彌勒菩薩摩訶薩如是等六十二百千俱胝那庾多菩薩摩訶薩以一音聲同時白言世尊我等今者能於未來世後五百歲法欲滅時常當受持廣宣流布爲諸衆生說此寶光總持法門佛言善哉善哉善男子希有希有善男子汝等爲諸衆生能發如是清淨大願爾時世尊告普賢菩薩摩訶薩言諦聽諦聽善男子此寶光總持微妙正法爲欲利益安樂一切衆生爾時世尊說是語已即昇大寶莊嚴師子之座結跏趺坐即說寶光明總持陀羅尼曰

曩莫引三滿多跛捺囉二合引野冐引

地薩怛嚩二合引野麽賀引薩怛嚩二合引

野麽賀引迦引嚕抳迦引野怛

你也二合他引唵引娑囉胝引娑囉

胝引 娑囉娑冷帝薩嚩引二合 賀引

是時世尊如是三說此寶光總持秘密微妙最上甚深廣大法寶是時普賢菩薩摩訶薩白佛言世尊法與法者是義云何佛言善男子無法即法即一切義即無性義一切法義即等虛空義一切法即無數義無數義即一切義無數義即一切法義普賢菩薩白佛言世尊云何說此一切法佛言善男子吾說此一切法者謂眼耳鼻舌身意如是此六識及十二緣行善男子是故我今作此說故一切諸法亦復如是復次善男子一切諸法本無生滅是時妙吉祥童子白普賢菩薩摩訶薩作如是言佛子此寶光總持法門菩薩云何受持普賢菩薩摩訶薩告妙吉祥如是說言善男子此寶光總持如法而說如理受持何故本性不生不滅故非相非空故無性即自性故自性即無性故善男子此寶光總持如是不應執著受持觀察故智慧決了應如是住分別解說善男子此寶光總持觀法自性義故

大方廣總持寶光明經卷第二

大方廣總持寶光明經卷第三

宋西天中印度摩伽陀國三藏傳教大師法天奉　詔譯

是時尊者舍利弗白妙吉祥童子言善男子如此妙法住世幾何妙吉祥言舍利弗如此三毒貪瞋癡故舍利弗言善男子此貪瞋癡住當幾何妙吉祥言舍利弗此三毒住由如地界故舍利弗言善男子此地界復住幾何妙吉祥言舍利弗此三毒地界如無明界故舍利弗言善男子此無明三毒住當幾何妙吉祥言舍利弗如虛空界故舍利弗言善男子此三毒虛空界住當幾何妙吉祥言舍利弗如無性自性法故是時尊者舍利弗白妙吉祥作如是言善男子汝等智辯若此云何我有如是智力與汝詶對復次善男子譬如一切猫狸跳須彌山終不能盡如是如是善男子我等亦復如是如彼猫狸何以故如一切聲聞與一菩薩共同論議畢竟不能屈彼菩薩況復此妙吉祥童子故是時普賢菩薩摩訶薩告妙吉祥童子言善男子汝於今者請問如來白言世尊於當來世後五百歲彼寶光總持法王云何護持持經法師云何憐愍令得堅固于時妙吉祥童子從自法座安詳而起即白佛言世尊若有法師受持讀誦爲他解說此正法者得何功德佛言妙吉祥若有比丘持此法王者當得生於清淨法身故當得究竟佛菩提故如是中間常得住於諸佛法中心不退轉一切天魔及諸眷屬不能嬈惱若有善男子於彼法師暫起慈心一彈指頃是人即得遠離輪迴究竟亦得佛菩提故復次妙吉祥持此寶光法王者若起輕

慢誣謗之心是人世世得牙齒踈鈌平鼻無舌手脚攣躄身常重病癡騃盲聾生於下賤懈怠懶惰佛告妙吉祥如是愚迷衆生我今略說善男子彼諸衆生命終之後受無數地獄如一一孔毛種種苦惱從地獄出若生人中常得生盲瘖瘂復次妙吉祥若有見此正法衆經之王輕毁之者是人當得身穿爲竅醜脣褰縮身皆破裂躶形黒瘦皮膚麤澁由如餓鬼妙吉祥重白佛言我知如來智慧無量不可思議世尊彼如是等愚迷衆生得生何處妙吉祥言唯願說之唯願說之佛言妙吉祥止汝不應問我若說彼愚迷衆生謗法之者所生之處天上人問若聞是說皆悉恐怖皆悉悶絶宛轉躃地妙吉祥言唯願世尊大慈大悲廣演分別彼諸衆生若聞是說於此不生不滅微妙正法不起慢心佛告妙吉祥於此地下有諸地獄名號不同所謂炎熱地獄極炎熱地獄黒繩地獄熾然地獄極熾然地獄極惡地獄鉗口地獄鐵丸地獄鐵棒地獄崩埋地獄懸頭地獄倒懸地獄猴面地獄焰恒熾地獄膿血地獄常臭地獄拖撲地獄常殺地獄生極大疼痛地獄佛告妙吉祥彼如是等地獄即彼謗法衆生所生之處是時普賢菩薩摩訶薩白佛言世尊彼持經法師命終之後生何國土復次普賢菩薩若有善男子善女人及諸法師持此經者於此命終即得徃生寶莊嚴世界世尊彼世界中有佛刹不可思議樂大辯說如來復有無數諸菩薩衆身色巍巍殊特妙好善男子是諸衆生臨命終時彼世界中有六十二俱胝佛同

時現前善男子我今略說若廣說者功德無量無數經百千劫不能窮盡普賢菩薩重白佛言世尊云何於未來世時若諸衆生聞此正法不生誹謗佛告普賢菩薩若四輩弟子得聞是經言非正法作如是說是邪說非如來說應自說故非眞經典或言我先已聞此非正法作是輕慢誹謗之者永不聞法遠離三寶名字彼如是等愚癡衆生命終之後當墮黑暗地獄其獄之中有大鐵輪刃如鋒鋩常拂其頭拂已還生如是經無量百千劫從此獄出設得人身復經無量百千萬劫常無兩目是時復經過百千劫不復人身縱生人中於一切處亦復生盲又無舌根頭面顛倒腰脊傴僂脚𤻲狗聲常困飢渴羸瘦憔悴面色乾枯口氣常臭人皆惡賤一切衆生見者

生瞋人皆棄捨是時彼一切衆會異口同音作是唱言如來今者爲我等故已說是法如是正法我等已聞快說世尊快說善逝我等於未來世見有受持是經典者不生誹謗輕慢之心我等愚迷由如稚子不覺不知無有智慧世尊佛說是時彼大聲聞及天帝釋大梵天王護世諸天比丘比丘尼優婆塞優婆夷各作是言世尊我等聞說謗此法者有如是罪身皆悚慄恐怖無量佛言如是如是如汝所說非但汝等吾今已得一切聖智上由恐怖況復汝等我諸弟子時諸善男子於彼法師深生敬仰不能自勝若諸天龍藥叉乾達嚩等人及非人無能破壞善男子若沙門婆羅門見此法王如佛塔廟此經亦爾天上人間如敬寶篋是時妙吉祥童子重白佛言

世尊若諸四輩弟子於此經王深信受持者得幾所福佛告妙吉祥若人於此妙法及彼法師受持之者乃至名字或於一日一彈指頃發起慈心我悉知之或時發心飲食供給或施園林淨地用作僧房種種供養是時尊者舍利弗白世尊言如是等人於五無間罪爲滅爲不滅佛告長老舍利弗止勿作是說所以者何若諸衆生受持正法者即得消除五無間業佛言舍利弗五無間者爲聞此經威德力故此五無間業速疾消除還復人身數數得生佛法之中永不復墮於三惡趣故是時尊者舍利弗悲泣雨淚白佛言世尊如向所說謗此經者乃有如是廣大業報昔所未見如是罪報乃至夢中亦未曾見是時世尊告長老舍利弗言止舍利弗勿作是念復次舍利弗我說此無礙妙法數告汝等舍利弗彼諸衆生以自業力作種種罪自作自受非彼他人各各衆生自業力故受是痛苦非如來過舍利弗我常說言是諸衆生汝等訪諸善友樂求安樂離諸怖畏樂求涅槃樂甘露味我常開示菩提正路是時復說彼諸衆生恣縱貪瞋自作身業口業意業心生邪見不自正知造作衆罪各各邪視於身分別造衆惡業因墮地獄受種種苦衆生自過非如來咎復次舍利弗我常如是興於大悲爲諸衆生乃至一一衆生盡於一劫我皆代受地獄之苦終不棄捨一衆生故舍利弗如來大悲恒常如是譬如天上人間父母唯生一子端嚴殊特色妙無比福相圓滿彼於一日忽然命終時彼父母爲此子故心生懊惱情地

憧惶悲號痛切苦惱如是舍利弗如來應正等覺亦復如是悲愍衆生如見一子如來煩惱終不能著悉已遠離何以故舍利弗譬如大海不宿死屍舍利弗如來亦爾煩惱不著又謂舍利弗身如幻夢亦如影響四大合成假名爲人中無有實見諸行相非行非住非處非無處無滯無礙自他不著舍利弗如來亦復如是觀諸行相化導群生不貪說行雖作一切種種行相不可指不可示等虛空界離諸疑惑無有戲論如來亦爾無有疑惑離於戲論是時衆生一向迷惑無有迴轉如來大悲而能隨順如有衆生欲來佛亦隨來去亦隨去何以故是諸如來本願力故復次舍利弗如來應正等覺無有錯謬如來無有無明如來智慧亦無迷惑舍利弗吾今於天上人間最尊最貴最上第一不可稱量無有等等舍利弗是不誑語者不異語者佛言若有衆生在家出家於此正法而生誹謗者如前所說一切惡相種種地獄衆苦所受是時尊者須菩提合掌恭敬白佛言世尊此法微妙甚難得聞世尊彼諸衆生於此正法而生誹謗者當得何報佛告須菩提謗斯法者得生大舌縱廣百千由旬上有五百俱胝鐵犂長時耕舌復從口出極熱猛火聳焰上騰炎熾輝赫合成一聚經百千劫受大極苦云何而得須菩提如是業報彼愚癡衆生皆因口業所作須菩提彼愚癡衆生謗此法者受如是報是時一切衆會以佛威力同作是言如來說此極大惡報甚爲希有是時帝釋天主白佛言世尊我當於彼比丘持經法師於未來

世常生尊重以諸華香飲食衣藥塗香末香種種供養晝夜三時恭敬禮拜尊重讚歎志心護持世尊是善男子巳生如來法身中與諸如來同一名號何以故如灌頂刹帝利王所生之子端嚴巍巍具足王相見者歡喜彼諸人民皆悉尊重拜跪問訊見彼法師亦應如是禮拜尊重爾時世尊告普賢菩薩摩訶薩言善男子此帝釋天主善能說之爲彼比丘持經法師憐愍饒益潛加護持普賢菩薩言世尊我亦如是於未來世彼善男子善女人亦復護持憐愍饒益息諸災患令得安樂周徧百由旬外不令嬈惱爾時世尊讚普賢菩薩摩訶薩言善哉善哉善男子汝今善說爾時世尊以梵音聲重說偈言

令他安樂心悲愍　悉能隨順諸衆生
三業清淨善稱揚　無等功德眞實寶

是時普賢菩薩摩訶薩白佛言世尊菩薩摩訶薩云何當得此寶光總持法故佛言善男子菩薩摩訶薩於寶光總持當行一法云何爲一法謂於一切衆生不起煞意令得安樂普賢菩薩復有二法云何爲二謂離於瞋恚善言誘喻普賢菩薩此爲二法若能如是即得寶光總持法故復次普賢菩薩摩訶薩爲一切衆生意根不亂無時暫捨是時復告善男子菩薩摩訶薩爲諸衆生皆離一切憎愛故是時菩薩說此寶光總持功德時復以稱揚讚歎此最勝功德于時天上人間有無量無數衆生皆得此法復出寶光總持最勝功德稱讚法師爾時尊者阿難從座而起偏袒右肩右膝著地合掌恭敬住立佛前白佛言

世尊此寶光總持微妙正法如是深邃佛告阿難如是如是此色相甚深受想行識甚深如空甚深如虛空甚深阿難白言我於如來前得聞八萬四千法藏未曾得聞如是妙法佛告阿難此寶光正法難遇難聞阿難言佛說如是微妙正法於未來世後五百歲中法欲滅時有諸衆生欲作佛事當依何法佛告阿難依我釋迦牟尼如來說此正法及彼法師若有書寫受持供養恭敬此正法者眼常無病鼻亦無病舌亦無病齒亦無病手亦無病脚亦無病頭亦無病耳亦無病諸根具足身不臭穢亦無中夭壽命延長彼一切諸天人及非人常時衛護時彼法師於此命終復得生於善逝世界天中而生離諸喧雜一切戲論阿難白言世尊是何因緣說此正法魔王毒害不能障蔽佛告阿難一切魔王於此正法終不能作障難之者爾時世尊作是語已時彼魔王生毒害心作是念言若有說此寶光總持法時我當往彼作其障難是時魔王以自業力自見猛火來燒其身恐怖無量退散而走阿難此法如是深妙難測不可思議若此正法隨所住處如佛塔廟阿難白言若如來在彼正法住處我於是處得見如來往到佛所先禮如來後禮此法爲有何過佛告阿難汝有過失何以故汝既如是輕慢正法云何我得天上人間最尊最貴最上第一復次阿難我於過去先聞此法後證菩提阿難白言世尊於何如來恭敬供養復於何處聞彼如來說此寶光三摩地法佛告阿難我非於天上人間乾達嚩處恭敬供養求此法

故我於往昔爲菩薩時有佛世尊號不空積聚開妙衆寶光明藏如來前得聞此法佛告阿難彼如來即不與我授記我從是來過百千俱胝那庾多劫難行苦行爲聞此法阿難是故汝應先禮此法後禮如來是時一切梵王帝釋護世諸天以一音聲同作是言歎此法故是無上法是最勝法是無等等法神變如是若有聞此微妙正法乃至名字應隨向禮何以故若有受持讀誦爲他解説者如見如來等無有異爾時世尊讚彼梵王帝釋護世諸天言善哉善哉聖衆善説爾時世尊從口而出廣長舌相徧照三千大千世界已告普賢菩薩摩訶薩言善男子汝今諦聽我今請汝爲諸衆生説此法故云何衆生於此寶聚不自守護展轉息利如生盲人不見日光

又如賫貫無有方便不自貿易亦如貧人不自精勤常奉他顔見諸衆生不聞此法亦復如是爲諸衆生譬喻言説於是普賢菩薩摩訶薩從座而起偏袒右肩右膝著地合掌恭敬住立佛前即時普賢菩薩摩訶薩從自法座安詳起已即時三千大千世界諸天宫殿六種震動所謂動徧動等徧動震徧震等徧震擊徧擊等徧擊吼徧吼等徧吼涌徧涌等徧涌起徧起等徧起大光晃耀一切世間於是普賢菩薩摩訶薩白言世尊云何問我世尊云何問我善逝世尊是具足一切智者何不爲諸衆生大悲憐愍我名如來之子云何我有如來智云何我有如來力我於是時常依佛言依如來言我常依止由如甘露不敢違背恒時隨順於時世尊讚普賢菩薩摩訶

薩言善哉善哉佛子汝即如來長子最勝最上我爲衆生説此正法善男子汝當依我如法護持恒常尊敬由如寶篋盛以珍玩勿生捨離未來世時有破戒比丘不生敬信善男子彼不依此普賢菩薩言世尊於意云何彼出家者有何行故佛言善男子止勿應問此普賢菩薩言世尊唯願説之唯願説之若不説者云何而能爲諸衆生佛言普賢菩薩汝今諦聽我説此法由如衆海文殊師利觀世音無量無數無有邊際菩薩摩訶薩等一心諦聽於未來世彼出家者修何行業爾時世尊告普賢菩薩摩訶薩言佛子彼出家者於此正法多生輕慢樂求舍宅貪著利養畜積財寶精舍房堂衣服卧具飲食醫藥造惡業因自破自壞爲是愚迷衆生我説是經廣令流布久住不滅度脱衆生是時十方一切天龍藥叉乾達嚩等來白佛言世尊我等天人八部并諸眷屬盡生恒時守護是經并彼法師一切比丘及諸法藏不令嬈惱我常隨侍尊重恭敬香華衣服種種珍寶一切所須我皆供給令法久住爾時世尊爲普賢等九十二俱胝菩薩而説偈言

諦聽一切妙語言　最勝功德超彼岸
欺誑兇險皆棄捨　一心專意樂諦聽
聞佛摩竭提國中　菩提大樹仁師子
住大解脱三摩地　當處如是大樹王
盡彼十方微塵刹　佛子周遊無所畏
此名如來三昧族　是諸三昧彼當得
恒時知彼仁王行　得見文殊眞境界
盡彼十方微塵刹　汝觀如來眞色相

十方無數此佛刹　佛子悉皆名吉祥
一切十方微塵刹　佛子善能徧遊歷
爲彼世間得值遇　文殊師利無邊智
問大衆生賢吉祥　佛子功德云何得
是時實際廣功德　無邊衆生能解了
問大衆生賢吉祥　文殊功德妙菩提
佛子若説此法已　得解清淨佛功德
復次佛子應云何　當得如是功德行
佛子諦聽賢吉祥　無邊最勝彼功德
我今略説於少分　如添大海一滴水
乃至得證佛菩提　若有衆生初發心
無邊功德莫能測　一一功德盡讃揚
波羅蜜多功德地　如有經行於多劫
不能説盡彼功德　如是十方一切佛
彼於是時説少分　出生無邊勝功德

如鳥飛空不可量　大地一塵無能比
非無因故從何生　菩提功德隨心意
發信一念生佛法　如是和合生心已
彼非愛樂王福樂　非自求安非名利
除滅世間諸苦惱　爲衆心故生世間
彼意恒爲諸衆生　清淨佛刹與供養
修習此法證菩提　從心發生清淨智
彼常恭敬求解脱　尊重一切生佛想
一切諸法功德同　生心如是恒恭敬
發心歸向於佛法　佛子與心行此行
無邊菩提發是時　生大丈夫猛利意
發心力如人中主　廣興供養不思議
衆法無壞莫能量　生心供養應如是
發心能免胞胎苦　養育劬勞一切行
隨樂快樂悉從心　是故見於安樂處

發起無邊恭敬心　我人憍慢皆棄捨
發心即妙珍伏藏　如手攝持獲安樂
發心能爲歡喜捨　發心踊躍作佛事
發心求勝功德林　得佛所說皆往詣
勇猛利根光明照　發心堅固無能壞
種種煩惱頓皆除　發心能説佛功德
發心和合不和合　一刹那中悉皆離
發心能越魔王界　見彼最勝妙解脱
功德種子不朽因　發心種大菩提樹
最上勝智皆增長　發心見諸一切佛
彼説過去行大行　解脱妙行發心求
此法世間甚難遇　由如大海衆寶王
若常發心恭敬佛　無我無行彼皆離
離諸過患衆僁尤　復能稱讚彼功德
持戒見獲菩提心　方便修學功德地

能依戒法善修習　彼常依佛所教勑
若常發心恭敬佛　彼佛廣大興供養
於佛廣大供養已　復能慇重不思議
若常發心供養法　聞彼佛法心無厭
若於佛法心無厭　不思議法妙解脱
若常發心恭敬僧　彼於僧中心不退
如是發心僧不退　當得發心不退力
若得發心不退力　彼以根利現光明
若得根利現光明　彼常遠離惡知識
若已遠離惡知識　應當求法訪善友
若法善友尋求已　彼獲廣大妙安樂
若獲廣大妙安樂　因力自大皆棄捨
若已棄捨我慢因　即得廣大勝解脱
如是廣大解脱已　即得諸佛常照察
若以諸佛常照察　彼即生大菩提心

若得生大菩提心　即獲解脫大功德
若得解脫大功德　即得生於如來家
既得生於如來家　即得解脫妙相應
若常解脫妙相應　彼發心意皆清淨

大方廣總持寶光明經卷第三

音釋

詶市流切荅也　攣躄攣閭員切手拘攣也躄彼戟切足不能行也　駃五駭切愚癡也　懈怠懈古隘切怠徒耐切　褰縮褰去乾切舉動也縮所六切虧短也　躶郎果切赤體也　拖撲拖託何切拽也撲弼角切踣倒也　鋩無方切刃端也　癵呂圓切病也拘攣也　愆去乾切過咎也

大方廣總持寶光明經卷第四

宋西天中印度摩伽陀國三藏傳教大師法天奉 詔譯

若得發心淨覺意　彼說最上最殊勝
若得最上殊勝已　常行波羅蜜多行
若得波羅蜜多行　則能隨順此大乘
若能隨順此大乘　則能隨順供養佛
若得隨順供養佛　則得智慧志堅固
若能智慧志堅固　常見彼佛不思議
若常見佛不思議　見佛無去無有住
若得見佛無去住　此法住世恒不滅
若見此法恒不滅　遠離積集諸煩惱
若得遠離煩惱因　則能說法無邊際
若得說法無邊際　彼爲興慈住世間
若爲慈心住世間　則是大悲堅牢本
若得大悲堅牢本　即是爲他法喜樂
若得喜樂法根本　彼捨造作種種罪
若捨造作衆罪已　無我無人離衆非
若得無我離衆非　彼常自利及利他
若常自利及利他　永免輪迴諸苦惱
若離輪迴諸苦惱　彼得大力最爲勝
若得大力最殊勝　則得出生清淨智
若生清淨智慧已　彼入世間修行網
若能入此修行網　成熟世間甚希有
若得成熟於世間　積集世間妙智慧
若得世間妙智慧　則能隨順於四攝
若能隨順於四攝　則於世間廣施設
若於世間廣施設　則住方便智慧力
若得方便智慧力　則住勇猛無上道
若住勇猛無上道　永不見彼魔軍衆
若得不見魔軍衆　則能遠離四魔道

若得遠離四魔道　則能到於不退地
若得到於不退地　即得名爲無生忍
若得如是無生忍　得佛授記號世燈
若得授記號世燈　則住一切如來前
若得住於如來前　得佛秘密變化智
若得如來變化智　一切如來皆授記
若得諸佛授記已　一切功德衆莊嚴
若得功德衆莊嚴　得妙福德清淨身
若得如是清淨身　由若金山光照耀
若得如是金山光　即得具相三十二
若得具相三十二　即得相好莊嚴身
若得相好莊嚴已　身放光明普皆照
若得光明普照已　不思議光衆嚴飾
若得如是衆嚴飾　光明足步蓮華生
若得光明蓮華行　得佛境界蓮華座

若得如來華座已　則能照見十方界
若得照見十方界　教化衆生不空行
若得教化不空行　即得智辯無邊際
若得智辯無邊際　說此不可思議法
若得說法不思議　令彼無量衆忻慶
若得無量衆忻慶　積行不可思議剎
若得如是廣大行　各各智力盡能知
若得如是智慧力　世間隨類化群生
若得隨化群生已　宿命住智彼皆得
若得如是宿命智　三業清淨恒無間
若得三業恒無間　以自願力隨念至
若得願力隨念至　隨諸衆生現衆類
若得隨現衆生類　得不思議妙音聲
若得如是妙音聲　能出種種衆語言
所出如是妙言辭　則能周徧諸世界

如是周徧諸世界　一刹那中盡能知
若得如是了衆心　不生不滅無退轉
若離生滅無退轉　一切障惱不復生
若得障惱不復生　法身功德智慧圓
若得法身智慧圓　法行光明照世間
若得法光照世間　則得十地十種身
若得十地十種身　則得般若解脱道
若得般若解脱道　灌頂莊嚴爲最上
若得如是灌頂已　三摩地道悉皆成
如是三摩地得已　各見十方一切佛
若見如是諸佛已　如是諸佛念灌頂
作是思惟是事已　十方諸佛同灌頂
諸佛同時灌頂已　各伸右手摩其頂
既得諸佛摩頂已　則能變現等虚空
如是變現等虚空　隨所住處能堅固

若得隨所能堅固　天上人間莫能測
既以人天無能測　如是所作離稱量
過諸稱量離語言　是爲一切不空力
以是一切不空力　聞名見身獲大辯
既以大辯力如是　能作世間大施主
復名不空大丈夫　以住本性丈夫故
不捨大慈演妙法　於諸惡道化群生
演説寶光最上乘　猶如金剛寶雲聚
彼之自性如海寶　不增不減無有損
無邊功德亦復然　有刹無佛不聞法
於彼現作佛菩提　見彼猶如大法藏
彼常説法離衆惑　十方世界無罣礙
亦如月光普照耀　教化衆生千方便
刹那刹那佛菩提　即見十方諸世界
常轉法輪安世間　勇猛徧轉十方界

彼諸聲聞辟支地 無邊變化佛莊嚴
復經不可思議劫 化諸衆生親往詣
若男若女童男女 天人修羅龍王類
藥叉乃至摩護羅 以解脱智皆悉見
若諸世間衆形類 隨衆語言悉皆同
一切勇猛皆盡見 如是勇猛盡觀察
海印三昧從口生 得是海印衆三昧
能嚴不可思議刹 嚴飾不思議刹已
供養十方諸如來 如是種種供養已
復得光明衆嚴飾 若得光嚴不思議
則得無邊解脱智 若得無邊解脱智
得不思議身變化 若得如是身變化
口辯智辯亦如是 若得口智無礙辯
布施變化不思議 若得布施不思議
持戒忍進亦復然 若得持戒忍進通
禪定神變莫能測 若得禪定神通變
出生方便神變智 得是方便神變智
出生無邊諸功德 從佛口生三摩地
三摩地入一微塵 一切微塵皆盡入
一微塵中難思刹 一一微塵皆悉見
如是佛刹微塵數 其中佛刹盡皆覩
種種微細清淨衆 無上貴重微妙刹
如實遠離出興世 其中秘密妙昇騰
有以除暗放光明 帝網重重復無盡
猶如見一大光明 如是一切微塵盡
此大仙行三摩地 即是無邊勝解脱
三摩地力供養佛 一切如來供養已
復於手中變千萬 作大丈夫興廣供
乃至十方妙華鬘 塗香發越珍奇寶
一一手中親施與 菩提大樹詣佛所

價直千萬妙香衣　種種幢旛及傘蓋
閻浮檀金莊嚴具　彼自手中親施與
無邊一切所受用　清淨供養於大仙
手中奉上皆捨施　住佛菩提大樹王
乃至一切衆妓樂　擊鼓出衆妙音聲
種種雅樂琴箜篌　一一手中親撫擊
種種讚唄妙伽陀　種種稱讚真實德
無邊一切十方界　一一皆自手中作
或以光明與佛事　皆從右旋而動作
香水普灑諸佛刹　供養一切世間燈
光明嚴麗適意香　蓮華瓔珞不思議
蓮華妙色無央數　一一自作供諸佛
放大光明嚴飾華　種種微妙華雲海
如是妙華普周徧　廣大供養作佛事
放大光明嚴飾香　種種微妙香雲海

如是妙香普周徧　廣大供養作佛事
放大光明塗香獻　種種塗香妙雲海
如是塗香普周徧　廣大供養作佛事
放大光明鬘嚴飾　種種微妙鬘雲海
如是妙鬘普周徧　廣大供養作佛事
放大光明粖香嚴　種種粖香妙雲海
如是妙香普周徧　廣大供養作佛事
放大光明嚴飾衣　種種微妙衣雲海
如是妙衣普周徧　廣大供養作佛事
放大光明嚴飾蓋　種種微妙蓋雲海
如是妙蓋普周徧　廣大供養作佛事
放大光明寶嚴飾　種種微妙寶雲海
如是妙寶普周徧　廣大供養作佛事
放大光明蓮華嚴　種種蓮華妙雲海
如是妙華普周徧　廣大供養作佛事

放大光明瓔珞嚴 種種瓔珞妙雲海
如是瓔珞普周徧 廣大供養作佛事
放大光明幢莊嚴 彼幢青黃具赤白
無數妙寶衆莊嚴 衆幢嚴飾彼佛刹
種種嚴飾摩尼網 懸繒旛蓋妙華鬘
垂珠瓔珞演佛音 持蓋常在如來上
假使供養一如來 手自供給不可數
如是盡諸一切佛 此仙變化三摩地
攝諸世間神通智 是爲最上三摩地
善行一切衆方便 如是化導諸群生
或有供養諸如來 種種行施不思議
尸羅清淨頭陀行 無盡忍辱非動搖
或有勇猛勤精進 寂然禪定善修習
智慧了達諸義趣 能行一切善方便
或行慈悲喜捨願 同事愛語利他力

以智積集衆福業 解脫四諦十二緣
或有根力覺道行 聲聞乘中得解脫
觀緣清淨緣覺乘 神通變化最上乘
或見無常諸苦惱 非命非身卒暴衆
非横煩惱障所纏 三摩地力能蠲除
於諸世間行精進 演暢妙法化群生
普願一切皆解脫 誘諸衆生隨世間
彼諸形類莫能測 神通容演三摩地
嚴持欲樂妙變化 隨意引導諸世間
悉令歡喜獲安樂 思念衆生無暫捨
若逢饑饉衆難中 種種安樂世所有
一切愛樂悉從心 爲諸世間廣施設
常以珍味之飲食 種種麗服及庫藏
王物我所愛樂捨 一切世間隨意施
殊特妙好相嚴身 巍巍上行無傾動

塗香華鬘悦衆心　現是色相化群有
見諸愛樂生歡喜　上妙智慧種種色
見諸最上微妙色　隨意化導於世間
迦陵頻伽出妙音　白鵠計羅俱拏聲
緊那羅鼓出梵音　恒演如來解脱法
八萬四千如來藏　一切勝義盡能行
差别萬法妙能宣　隨意化導諸衆生
衆生苦惱悉同行　非惡非善亦復爾
造作一切諸行業　隨意化導諸衆生
若逢災難苦惱中　見彼如是難堪忍
代諸衆生受衆苦　安樂一切諸世間
若法或有或不至　無智無福無解脱
與王於彼同敷暢　拔濟衆生超彼岸
能離貪愛衆結縛　名爲世間解脱主
一切欲樂盡能超　出離解脱光明照

彼放光明十種行　能行調御衆方便
一切仙行悉了知　觀見世間隨所作
衆生等同無量壽　坦然安隱而快樂
生老病苦不能侵　決定自見無常趣
如有衆生樂燈明　世間癡暗然大炬
老病死苦恒熾然　世間引導諸衆生
十力精進四無畏　如來十八不共法
我意思惟廣大功　於諸世間作佛事
譬如世間諸幻術　能現種種衆色相
見諸如來化亦然　如是神變導諸有
彼以種種方便行　善言誘喻諸衆生
譬如蓮華不著水　隨意造作差别行
華辭捷利衆語言　妓舞戲玩相扠撲
瓔珞莊嚴舞旋轉　如幻現相各不同
或作村營商主尊　長者賈客市中主

輔相大臣王給使　醫方大辯衆論師
或於曠野作大樹　珍寶妙藥無盡藏
如意摩尼給所須　失路迷人爲導引
盡知未來生世間　衆生不知自作業
經營農務衆方便　世間工巧種種行
或現怨親無憎愛　安樂一切諸衆生
洞明方論種種法　彼仙開決光明道
若諸最上大仙行　天上人間皆解脱
若諸出家苦行輩　開彼最上一切智
若諸外道出家衆　常持不語憍答摩
裸形不動沙門相　亦自依稟本師教
或有常持捨身法　或即執有執本無
長髮髻髻童子相　亦自依稟於本師
或有事日五炙身　狗戒牛戒鹿皮衣
巡訪三時行供養　亦自依稟於本師

或有常樂天中智　無善無惡撥無因
尋求根果水爲食　執爲上味難思法
或有蹲坐紅色衣　或有塗灰或卧草
持捧題名搭肩行　亦自依稟於本師
乃至一一諸外道　皆悉令彼離結縛
彼行利智惡苦行　如是外道皆接引
世間同類皆教化　邪見棲託本靈跡
於彼方便演妙法　説此正法令他作
或演大乘眞言行　正法祕要妙言辭
或於正直演實言　其中或演天妙句
或以文字得解脱　法集妙義金剛句
智慧破壞外論句　論説種種解脱言
或於人中演神呪　宣揚一切妙章句
其中或有天語言　龍王語言藥叉句
或於羅刹步多言　藥叉畢舍乾達縛

緊那羅女誐嚕拏　演斯妙法解脫義
彼以智慧如法說　若佛若法如是盡
智道不可思議法　說此三摩地變化
解了世間三摩地　行於一切諸世間
或放光明難思議　光明引接諸衆生
或放光明名妙觀　乃至衆生因光信
彼得不空妙觀察　無上智及無上因
得見諸佛并聞法　及見僧徒諸功德
見塔讚佛甚希有　及見清淨光明照
或放光明名普照　徧照一切諸世間
一一微塵彼盡知　爲欲安樂世間說
彼光普照諸衆生　常持燈明供養佛
持燈供養諸佛已　世間所有衆燈明
或以酥燈及油燈　松脂草竹及葦燈
衆香美味珍寶燈　盡持光明施諸佛

又放光明名徧照　悉能觀察諸衆生
貪愛輪迴生死海　爲欲拔濟諸群生
光照輪迴貪愛海　悉令利樂諸有情
皆得遠離於四魔　苦惱逼迫令安樂
作諸橋梁無有數　或於河路作船筏
叱呵假僞讚息災　彼放光明皆盡照
光明警悟渴乏者　彼能覺悟諸衆生
遠離貪欲獲善利　得爲說法之導師
若離欲貪獲善利　說法化導亦復爾
得佛降霔甘露水　濟拔世間飢渴者
或作池河及井潭　穿鑿造作爲菩提
呵毀愛欲稱讚定　呵責貪愛彼悉除
憐愍衆生放光明　彼光徧警諸群有
樂他變化住菩提　念念生心我當得
莊嚴相好蓮華座　大悲憐愍諸衆生

恒時演説佛功德　放光令彼生忻慶
又放光明名適意　是光能覺諸有情
於佛於法生愛敬　及樂恒時事衆僧
既得佛法生忻慶　及以給侍於衆僧
即禮如來聖功德　是故得佛無上行
遇諸如來弁妙法　得最無上忍辱行
覺此衆多諸有情　念佛念法聖功德
一一功德心覺悟　彼放光明令趣求
又放光明集福德　此光能覺諸有情
捨施無數種種行　勸請無上大菩提
所求如意皆滿足　如是種種物能施
一切隨意施設已　積集福德放光明
如是智者放光明　彼光照察諸衆生
一法口宣無有盡　刹那宣暢能觀察
法慧攝諸衆生義　智智悉能盡了知
妙法勝義已宣揚　即智放彼大光明
若以智燈放光明　彼光照察諸衆生
衆生不空無生滅　諸法自性即無性
如幻如霧水月等　如夢亦如鏡中像
法無主宰依於空　善説出生智慧燈
法力變化放光明　彼光警悟諸衆生
無盡總持誰易得　持諸如來妙法藏
總持妙法修習已　大仙之法常護持
宣暢是法爲世間　是爲法化放光明
或以好捨放光明　彼光能覺諸衆生
無常不久知快樂　如是捨離彼皆得
若諸衆生我難伏　了知自性如浮雲
知已好慧善安和　是爲好施放光明
又放光明名懺悔　照察毁禁諸衆生
戒法清淨懺悔已　心生遠望當得佛

若諸衆生因持戒　現業毁禁獲清淨
彼同發此菩提心　放此光明彼盡懺
忍辱放光衆嚴飾　彼光照察諸衆生
瞋心極惡意難調　先以忍辱彼即除
自業難行忍辱行　於心不動菩提道
恒時稱讃忍辱行　是爲忍辱衆嚴飾
又放光明光熠燿　照察懈怠諸衆生
三寶上妙諸方便　相續長時而供養
三寶種種諸方便　相續方便供養已
即能遠離於四魔　疾得無上大菩提
化諸衆生行精進　如是供養三寶已
恒持妙法無盡時　熠燿光明彼即得
又放光明作忍辱　普周覺察諸衆生
菩提遠離貪瞋癡　得心恒時無間斷
所有業行悉皆除　遠離一切諸不善

稱揚息災讃禪定　忍辱清淨放光明
智慧嚴飾放光明　能覺癡暗諸衆生
若説正法得解脱　徧能證入諸智根
若聞正法得解脱　徧能往詣根源已
即得日燈三摩地　得佛智慧妙光明
王之所有我能施　爲求妙法住菩提
即得常時演是法　智慧光明莊嚴得
若佛放此大光明　彼光照察諸衆生
無數難思千如來　現座妙好蓮華上
大覺如來解脱我　無邊變化演佛音
作佛如來照察力　即得放此佛光明
又放光明施無畏　部多恐怖諸衆生
救諸患難羈鎖縛　如是恐怖災難者
令諸衆生得安隱　悉能遠離於殺生
救諸業道患難者　得大無畏放光明

又放光明名安樂　安諸得病纏綿者
一切疾疫盡療治　安樂禪定三摩地
種種醫藥華果實　塗香末香珍寶味
香水乳蜜及酥油　飲食供養皆充足
見諸如來放光明　照察衆生命終時
教令念佛即見佛　命終決定生佛刹
臨命終時若念佛　見於佛像生愛敬
佛爲往彼而救度　得見諸佛爲說法
又放光明名法光　此光能覺諸衆生
聞法書寫讀誦持　常得愛樂於諸法
開敷妙法甚難值　勤求妙法圓滿意
以諸方便獲斯法　是故說法光明得
又放光明名語言　佛子覺悟彼衆生
本願聲震三千界　聞諸如來衆言音
高聲稱讚於大仙　大聲響亮鐘鈴施
爲諸世間佛語言　是故得此語言光
又放光明施甘露　彼光能覺諸衆生
了知衆生起心時　一切功德相應行
無數苦惱災難中　恒說虛假無安隱
若常止息災難除　說施甘露悉皆得
又放光明名最勝　此光能覺諸衆生
勝戒三摩地亦然　聞佛最勝大智慧
無等淨戒三摩地　智慧第一大能仁
稱揚讚歎施菩提　彼當得此勝光明
爲施無盡妙珍寶　此寶供養於大仙
施寶供佛及佛塔　衆生求寶而不獲
施諸珍寶得爲佛　是故放光如寶嚴
又放光明往照耀　是光覺悟諸衆生
適意塗香人不齅　彼行如來功德行
天上人間所出香　用爲供養諸如來

衆多佛塔我盡塗　是故放此塗香光

大方廣總持寶光明經卷第四

音釋

忻許斤切喜也　繒疾陵切帛也　扠初牙切以拳相加也　髻髻鬟字出切髻古詣切髻髻接髮爲髻也　熠燿熠爲立切燿弋照切熠燿閃爍貌

大方廣總持寶光明經卷第五

宋西天中印度摩伽陀國三藏傳教大師法天奉　詔譯

又放光明種種嚴　種種幢旛及傘蓋
作諸妓樂及衆香　嚴持上妙雜華香
如是種種供養佛　華香燒香及粖香
幢旛妙蓋垂寶帳　能出種種妙莊嚴
又放光明發淨心　手持衆寶而住立
清淨大仙佛塔處　得此清淨妙光明
又放廣大光明雲　復雨種種妙塗香
塗香水灑塔界地　是故得此光明雲
又放光明種種嚴　裸者得衣而莊飾
種種瓔珞種種衣　是故出生莊嚴施
又放光明名衆味　施諸上味飢渴者
種種上味之飲食　施已獲得大光明
又放光明名勝義　庫藏珍寶施貧窮
及施三寶無有盡　是故檀行勝義成
又放光明眼清淨　盲者得視衆色相
以燈供佛及佛塔　獲得放光清淨眼
又放光明耳清淨　聾者各得聞衆聲
施佛音樂及佛塔　獲得清淨光明耳
又放光明清淨鼻　鼻根不具聞妙香
施妙塗香佛及塔　獲得清淨光明鼻
又放光明清淨舌　得佛柔輭慈意語
遠離麤獷雜穢言　獲得光明舌相好
又放光明身清淨　身根不具復圓滿
捨身量等佛及塔　是故得此清淨身
又放光明意清淨　一切妙意彼皆得
因心意作三摩地　得此清淨意光明
又放光明色清淨　思見仁王衆色相
種種妙色靡不周　得獲莊嚴光明塔

又放光明聲清淨　非聲空聲悉盡知
生信由如於谷響　放此清淨聲光明
又放清淨香光明　一切臭氣爲妙香
妙香水灑佛塔廟　放光住此菩提樹
又放清淨味光明　有毒無毒變上味
供佛聲聞及父母　施諸上味得光明
又放光明觸清淨　澁滑輭觸悉安樂
劒戟箭槍如雲雨　變爲柔輭妙華鬘
無數輭衣觸獲安　度生往詣於佛所
妙華塗香清淨衣　得施鬘蓋放光明
又放清淨法光明　一切毛端難思法
爲諸世間而出現　得佛演說一切法
信法自性本不生　法身報身亦復爾
法常寂住等虛空　是故得獲清淨法
光明現前應是作　於大仙面一毛端
出生殑伽沙等光　一切各各隨業因
亦如現前一毛塵　出現殑伽微塵等
如是一切毛皆盡　此三摩地大仙現
若放光明如本行　是光所作過去同
彼若不現此光明　云何神變等大仙
彼得福德旣同因　隨喜勸請亦如是
若有得見悉獲安　是光自他俱解了
若作福業善安和　相續不斷供養佛
如來功德應忻求　覩此光明如是作
由如盲人不覩日　不分晝夜及世間
云何眼等能了色　各各法義而得解
調御放光亦如是　分明示彼不自見
未離顚倒妄想言　畢竟不得廓徹意
乘寶宮殿衆嚴持　種種資具妙香華
大衆無有能知者　彼之疾病甚難祛

調御光明亦如是　此光自障不能知
虛誑妄語未能除　畢竟不能心廣大
覩此光明能了別　常得樂說而安樂
彼身無疑妄想除　離我即大功德幢
變化主伴而莊嚴　依此無上三摩地
無邊一切諸十方　顯示佛子并主伴
種種三千微塵刹　光明嚴飾蓮華座
一切身同跏趺坐　變化示此三摩地
自他十刹微塵等　蓮華坐彼諸眷屬
各各佛子衆圍遶　安住徧入三摩地
彼以大仙化導力　衆生從佛功德出
互相圍遶大蓮華　同時合掌而恭敬
此法是大調御師　若入寂靜三摩地
得諸弟子衆圍遶　由如衆星中朗月
如彼入於一方中　顯示佛子并眷屬
一切方中此皆盡　變化示此三摩地
彼方覆閉悉蠲除　最上三摩地行入
或有從於三昧起　自身顯示於十方
或有東方三昧中　西方不起能摇動
或有西方三昧中　東方現起大人相
悉能入此十方中　異方復現諸三昧
廣能現此功德智　大仙神變三摩地
若盡異方一切刹　無數如來皆往詣
一一足下而致敬　現住安樂三摩地
或以三昧視衆生　西方盡刹而湛然
一切如來悉現前　現作無數諸供養
如是西方盡見已　復往阿僧祇佛刹
於彼足下而致敬　得住安樂三摩地
彼於等持而正見　盡於東方諸刹土
一切如來悉現前　又覩無數諸供養

入此十方佛剎已　一一方盡無動摇
於中現起諸三昧　種種供養世間燈
彼於眼塵三昧中　能現大色諸境界
見此不可思議色　天上人間悉愕然
既觀色塵三昧已　作是思惟眼塵境
眼之自性非生滅　是故開闡無相空
或有耳塵三昧中　能現大聲諸境界
入於一切語言音　天上人間悉愕然
既觀聲塵三昧已　審諦思惟耳塵境
耳之自性非生滅　是故開闡無相空
或有鼻塵三昧中　能現大香諸境界
如是妙香悉徧入　天上人間悉愕然
既觀香塵三昧已　復諦思惟鼻塵境
鼻之自性非生滅　是故開闡無相空
或有舌塵三昧中　能現大舌塵境界

如是上味普周徧　天上人間悉愕然
既得上味三昧已　審諦思惟舌塵境
舌之自性非生滅　是故開闡無相空
或有身塵三昧中　能現大觸塵境界
世間觸塵普徧入　天上人間悉愕然
既觀觸塵三昧已　身塵徧起諦思惟
身之自性非生滅　是故開闡無相空
或有心塵三昧中　能現大法塵境界
既觀法塵三昧已　復諦思惟心塵境
心之自性非生滅　是故開闡無相空
彼以三昧嬰孩身　出現盛年壯色住
彼現盛年三昧已　復住衰老朽瘤身
住此衰老身三昧　復發心作優婆塞
住此優婆塞三昧　改質現作比丘身
住此比丘身三昧　即得多聞比丘身

住此多聞身三昧　即得有學無學身
既住如是身三昧　即得住於如來身
住是如來身三昧　得佛最上妙色身
住此最上身三昧　化身現作天人形
從此天形身三昧　出生衆多大龍身
從此大龍身三昧　出生諸大藥叉身
從此藥叉身三昧　出生一切步多身
從此步多身三昧　現前出生一毛端
從此一毛端三昧　出生一切衆毛端
從此一切毛端中　出生一髮毛端塵
從此一髮塵三昧　出現一切髮塵境
一一髮塵三昧中　復能出現微塵數
若見一塵三昧已　出生一切微塵盡
若見一一塵三昧　出生大海金剛際
從此金剛際三昧　出生摩尼樹華果

從此摩尼樹三昧　出現如來大光明
從此如來光三昧　出現一切江海水
從此江海三昧中　復現大火塵境界
從此火塵三昧中　出生風塵之思念
從此風塵之三昧　出生大地塵境界
從此地塵三昧中　出生一切天宮殿
於此宮殿三昧中　思念等彼虛空界
三昧解脱不思議　悉得無邊諸功德
復能照耀無邊劫　一切如來盡難量
一切如來同說此　世間業果難思議
龍化雲水佛入定　定中變化不思議
見彼出生說少分　於中彼衆悉驚怪
法師方便智令知　所說敏速能解了
即得住於八解脱　聲聞得一即爲多
或是得多由如一　觀彼虛空光熾焰

焰赫熾盛俱洞然　周匝俱爲熾火城
火城下徹於水輪　於輪坐卧而安住
刹那身變不思議　彼衆無有大悲心
菩提行遠棄世間　身雖變化不思議
不能利他爲世間　譬如日月遊虚空
悉能照見十方界　陂湖池沼及淵泉
方圓大小寶海河　悉現不思議色相
如日照見於十方　如智解脱諸三昧
若見如來佛亦然　澄湛池邊四兵衆
各各於中而現形　利劍弓刀箭甲胄
兜鍪覆膊絛鐵札　亦如衆色而莊嚴
見彼如來光明網　不分憎愛離疑惑
解脱功德三摩地　天中海内説彼名
乃至衆生出生海　聞彼所説盡能知
自身語言皆歡喜　愛樂貪恚雜語言
一切隨類能了知　得妙總持法之力
人間天上過有無　名爲覩嚕婆惹娑
婆羅門女稱讃彼　志願無有愛恚心
爲無嫉妬得超身　雖有辯才愛恚存
不能成就大檀行　名稱遠聞於世間
無人不喜智功德　譬如明智作幻術
能現種種無邊色　或於晝夜月一念
百年由如於風燭　云何幻化有愛恚
世間變化如幻夢　定知遠離於解脱
如智善修人皆喜　天與脩羅共鬭戰
天得脩羅自退散　以蓋覆上乘車輦
兵甲自退而散走　脩羅於彼生愛恚
自説身變不思議　富貴勇猛無能敵
現身變化能如是　能持大龍及金剛
帝釋眷屬乘大象　此象頭現三十三

一一復現於六牙　一一牙上現七池
池中現水皆盈滿　一一池現七蓮華
蓮華種種而莊嚴　一一華中復現七
天女一切悉能知　能解歌舞衆妓樂
帝釋天衆同娛樂　知彼自身復龍形
得同一切而變化　種種造作等莊嚴
或時現龍爲最上　彼現有愛有恚癡
隨自福業現神變　智力方便相應行
非三摩地不能作　由如羅睺身變現
變爲金剛縛足下　現身海中水至臍
頭與妙高而同等　彼有愛恚貪瞋癡
羅睺神變力如是　魔王破壞世間燈
若現神變無有邊　帝釋化現不思議
天與脩羅共戰時　制伏脩羅不能變
彼現自身於帝釋　能知脩羅勇猛力
同時自往帝釋前　各各執持於金剛
脩羅執持而戰慄　變現千眼能怖畏
光明熾盛執金剛　身披甲冑有大力
脩羅既覩而退走　彼以薄福力不任
帝釋爲天現神變　一切世間盡能救
說此神變福無盡　空中天鼓勸諸天
說於彼衆業果報　知天耽著於欲樂
天鼓出聲而救度　觀身無常不久停
此等自性不能了　如幻如雲翳星月
萬物自性如夢覺　一切煩惱怨家因
除得甘露離無常　其中若有樂耽著
無常迅速如摩竭　一切眷屬迷遭苦
聖者增長於一切　樂著欲樂如盲人
若有聞法免無常　鼓爲帝釋常誡勸
及諸天衆說妙法　恒時演暢妙語言

無邊煩惱能廣說　彼能現此無色相
天鼓出於大音聲　隨諸天意現衆色
廣爲無作諸衆生　天與脩羅相持時
以天福力勝於彼　天鼓空中勸天人
出衆音聲悉同彼　天鼓勸令生忻喜
得生遠離兵怖畏　脩羅王衆自退散
刹那恐懼盡消除　鼓施甘露經劫數
救度一切諸世間　彼離煩惱魔王衆
不受煩惱說安樂　帝釋天女九十二
化身令他悉歡喜　一一幻身與彼同
一切天女各同示　諸女同時貪欲樂
若住自性妙法中　而爲開示演妙法
帝釋神變一刹那　帝釋有愛有恚癡
唯自娛樂諸眷屬　無人於世恒方便
世間變化離愛欲　魔王鬬諍住世間

攝伏一切衆生類　煩惱業力索普縛
愚迷衆生不能脱　彼等有愛有恚癡
一切世間魔王攝　住於十種業道中
一切世間自破壞　梵王宮殿三千主
乃至梵王三千宮　普現其身於中住
梵天王出妙音聲　梵王於彼世間中
定知梵王能變化　彼經劫數如刹那
不能一念生悲智　過於三災壞劫已
不思議心諸世間　衆生業報心生風
風能成就器世間　四海衆山天宫殿
廣大種子光明寶　風能生雲而降雨
雨止風卷雲自收　風能成熟世所有
安樂衆多諸世間　彼不學於波羅蜜
亦復不學佛功德　能現世間不思議
雖復如是人莫覩　乃至飛禽走戰聲

女聲童男童女聲　雲雷震吼海潮聲
衆生各各悉能知　各各聞於自性聲
以廣大辯無礙知　江河各出廣大聲
世間娛樂妙音聲　如來法海甚希有
能攝一切諸衆海　海得妙寶水無盡
江河競澍復不增　由如一切世間海
定慧解脫福無盡　智智出生諸功德
得福功德亦不增　娑誐羅龍能自在
從下往詣化樂天　廣布慈雲四大洲
無數種種而莊嚴　化樂天中閻浮名
現雲普徧衆妙色　或變紅珠光晃耀
覩史多天金雪色　焰摩天中吠瑠璃
忉利天中瑠璃藏　四大王天水精色
金剛堅固海雲色　緊那羅宮香發越
龍王宮中蓮華色　堅守大力烏黒色

阿脩羅宮山石色　上妙金光陽焰色
異域他州種種嚴　贍部洲中青碧色
雲色各各隨洲變　化樂天中現金雲
猶如閃電日光色　妙色等同清淨月
覩史多天紫金色　焰摩天中金雪同
忉利天中瑠璃色　四大王天水精色
金剛堅固海雲色　緊那羅宮香充滿
龍王宮中蓮華色　堅守大力烏黒色
阿脩羅宮鐵山色　上妙清淨摩尼照
種種差別而莊嚴　贍部洲中月摩尼
電光所至亦如雲　化樂天與梵王天
同現鼓聲悉周徧　覩史多天雅樂聲
焰摩宮中天女聲　四大王天乾達嚩
山相擊聲海潮聲　緊那羅笛俱拏聲
龍宮迦陵頻伽聲　堅守宮中龍女聲

脩羅宮中琴瑟聲　人聲樂聲笙簧聲
化樂天中天妙香　雨華種種而莊嚴
妙摩尼月妙月中　曼陀華鬘及塗香
覩史多天摩尼色　種種妙寶衆嚴飾
如月光明摩尼髻　繽紛亂雨金色衣
種種幢旛及寶蓋　嚴持塗香妙華鬘
金色眞珠紅色衣　焰摩天中恒時雨
忉利天中如意珠　塗香栴檀及沉水
功姞摩藥天妙鬘　香水及雨衆妙華
珍異飲食增長力　得香美味貌怡怡
殊特妙寶不思議　雨四天王及龍宮
雨於大海能堅牢　如是無量無有盡
庫藏無盡甚廣大　恒雨無邊勝妙寶
妙衣莊嚴彼充滿　又雨粖香末利香
或作雅妙琴瑟聲　緊那羅女雨瓔珞

龍宮恒雨紅色珠　堅牢光明摩尼寶
破壞宼家弓敏捷　脩羅宮中雨劒戟
無價瓔珞令彼安　雨鬘末種贍波迦
雨於清淨俱鬬爭　更雨種種妙燈光
閻浮提人皆歡喜　復能忻樂妙法雨
華樹果樹及香樹　天妙衆物安世間
如是難思雲莊嚴　霹靂雷聲雨莊嚴
如是龍變難思議　彼恒住於大海水
龍現變化上難思　若入法海功德中
無邊變化非測量　此義譬喻說少分
如是說彼調御師　此勇猛智離譬喻
若此現住解脫門　說此解脫爲最上
廣大微妙無上意　得未曾有眞實意
如是勝上甚深意　是法難行甚希有
世間所有行行人　若聞最上解脫巳

世間恭敬而稱讚　衆生身道難得聞
如是此法能尊重　若能作福獲安樂
自他因力而恭敬　彼於人間離疑惑
聲聞乘中不生疑　辟支佛乘亦復然
彼復不疑衆多乘　住彼大乘未爲難
恭敬此經甚難得　云何讀誦而受持
若住此法云何行　假使三千山及海
盡未來劫而頂戴　如是勤苦未爲難
恭敬此經甚爲難　三千微塵等衆生
一一於前經劫住　如是勝福未爲難
信此經者甚爲難　假使十刹山及海
如此而能掌中持　如是勤苦未爲難
恭敬此經甚難得　十刹微塵等衆生
一一面前經劫住　最勝福報未爲難
信此經者甚難得　十刹微塵等如來

一一經劫面前住　若於此法讚誦持
勝前功德阿庾多　如來開此解脱門
若於十方一切刹　悉能降伏魔王宫
導引無罪悉安隱　若諸十方仁師子
彼從口中現一切　舒手安於頭頂上
無邊功德普吉祥　一切如來口中出
如來以手摩其頂　解脱法門應善説
汝等應當廣流布　勿令此法而斷絶
世尊佛説此伽他　説已默然而寂住
爾時三千大千世界一切諸天及諸人民海會聖衆同作是言此是如來第二會轉此法輪讚言善哉善哉説世尊希有希有成等過去未曾聞説如是正法若有衆生聞此正法甚爲希有即得不生貧窮下賤之家心得平等由如供養恭敬衆多如來是諸衆生展轉

相教如佛塔廟彼諸衆生天上人間魔王眷屬彼不能害若諸人天在家出家是諸國王及諸大臣長者宰官亦不能害是時尊者須菩提白佛言世尊希有如來云何得此如是寶光明經正法行於世間此衆經中寶皆是如來威神力故出現世間復次是諸衆生得聞是法亦是如來威神力故爾時世尊復開金口告尊者阿難言汝當受持阿難如是正法勤心精進受持讀誦是時尊者阿難遶佛三帀而作是言世尊我當受持如是正法永不忘失佛説此經已一切聖衆菩薩普賢菩薩妙吉祥童子尊者舍利弗等諸大聲聞天人阿脩羅乾達嚩等聞佛所説皆大歡喜頂禮而去

大方廣總持寶光明經卷第五

音釋

獷古猛切惡也 愕五各切驚懅也 兜鍪兜當侯切鍪莫浮切兜鍪首鎧也 膊伯各切肩膊也 絛土刀切編絲繩也 札側八切 簧胡光切笙管中金薄鍱也

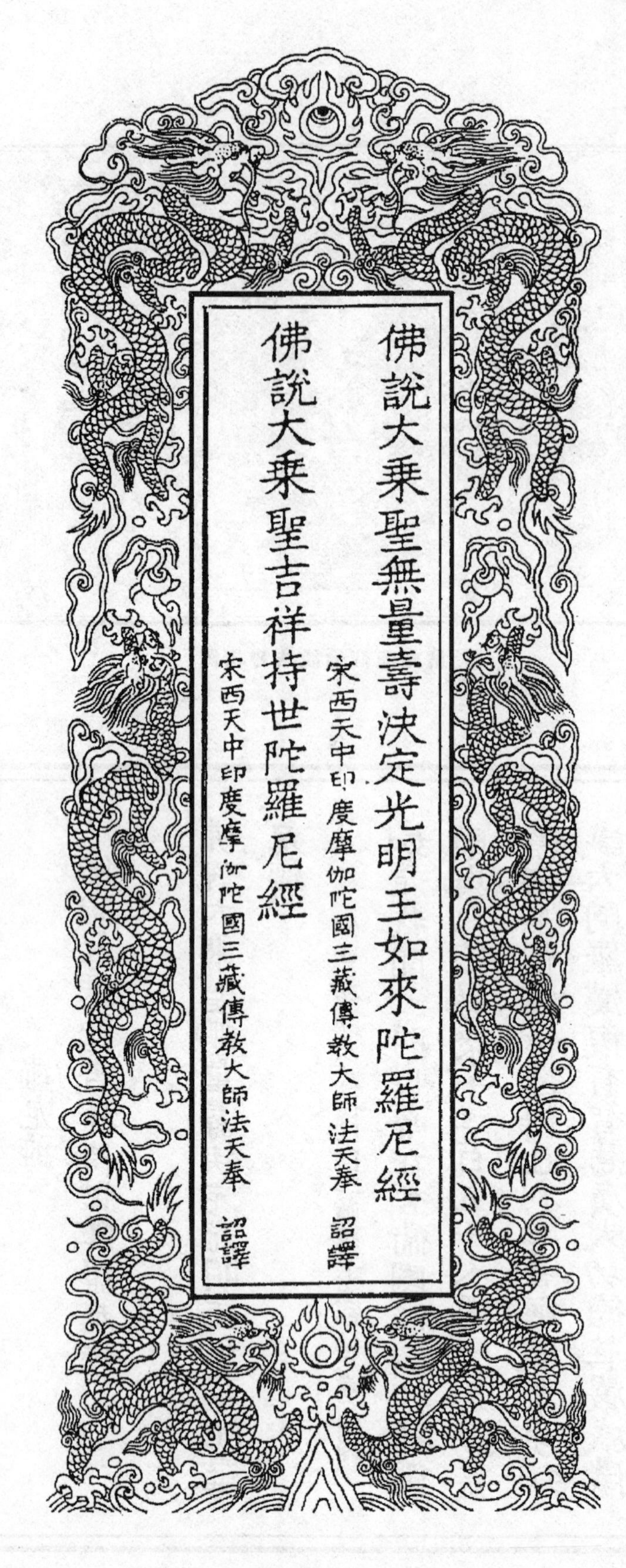

佛說大乘聖無量壽決定光明王如來陀羅尼經

宋西天中印度摩伽陀國三藏傳教大師法天奉　詔譯

佛說大乘聖吉祥持世陀羅尼經

宋西天中印度摩伽陀國三藏傳教大師法天奉　詔譯

清刻龍藏佛說法變相圖

二經同卷

佛說大乘聖無量壽決定光明王如來陀羅尼經

佛說大乘聖吉祥持世陀羅尼經

佛說大乘聖無量壽決定光明王如來陀羅尼經

宋西天中印度摩伽陀國三藏傳教大師法天奉　詔譯

如是我聞一時世尊在舍衛國祇樹給孤獨園與大苾芻衆千二百五十人俱皆是漏盡意解無復煩惱逮得已利心善解脱衆所知識大阿羅漢復有智慧廣大功德莊嚴威儀具足諸尊菩薩摩訶薩等爲聞法故皆悉來集於衆會中有大慧妙吉祥菩薩摩訶薩而爲上首爾時釋迦牟尼佛愍念未來世中一

切短命衆生令增壽命得大利益爲說不可思議秘密甚深微妙勝法是時世尊告大慧妙吉祥菩薩言汝等諦聽從是南閻浮提西方過無量佛土有世界名無量功德藏國土嚴麗衆寶間飾清淨殊勝安隱快樂超過十方微妙第一於彼無量功德藏世界之中有佛名無量壽決定光明王如來無上正等菩提今現住彼世界之中起大慈悲爲諸衆生演說妙法令獲殊勝利益安樂佛復告妙吉祥菩薩言今此閻浮提世界中人壽命百歲於中多有造諸惡業而復中天妙吉祥菩薩若有衆生得見此無量壽決定光明王如來陀羅尼經功德殊勝及聞名號若自書寫若教他人書是經竟或於自舍宅或於高樓或安精舍殿堂之中受持讀誦遵奉禮拜種種妙華燒香粖香塗香華鬘等供養無量壽決定光明王如來陀羅尼經如是短壽之人若能志心書寫受持讀誦供養禮拜如是之人復增壽命滿於百歲復次妙吉祥菩薩若有衆生聞是無量壽決定光明王如來名號若能志心稱念一百八遍如此短命衆生復增壽命或但聞其名號志心信受遵崇之者是人亦得增益壽命復次妙吉祥菩薩若有恒時心無暫捨志誠思求妙法善男子善女人等汝應諦聽我今爲說無量壽決定光明王如來一百八名陀羅尼曰

曩謨引婆去聲誐嚩無可切帝阿播哩弭路引愈轉舌霓野二合曩素上聲尾黠寧吉切身室止二合怛帝喍仁祖切囉引惹仁佐切野怛他引誐哆引野引囉賀二合帝三去聲藶藥二合訖三二合没馱引野怛你

也(二合)他(去聲)唵(引)薩(轉舌呼)嚩(無可切)僧塞迦(二合引)囉波哩舜馱達(他割切)嘌麼(二合)帝誐誐曩三(去聲)毋努蘖(二合)帝娑嚩(二合短呼)娑(去聲引)嚩尾舜弟麼賀(引)曩野波哩嚩(引)黎娑嚩(二合引)賀(引)

妙吉祥菩薩此無量壽決定光明王如來一百八名陀羅尼若有人躬自書寫或教他人書是陀羅尼安置高樓之上或殿堂內清淨之處如法嚴飾種種供養短命之人復得長壽滿足百歲如是之人於後此處命終便得往生於彼無量壽決定光明王如來佛刹無量功德藏世界之中當釋迦牟尼佛說此無量壽決定光明王如來陀羅尼經時有九十九俱胝佛一心異口同音亦說此無量壽決定光明王如來陀羅尼經是時復有八十四俱胝佛一心異口同音亦說此無量壽決定光明王如來陀羅尼經是時復有七十七俱胝佛一心異口同音亦說此無量壽決定光明王如來陀羅尼經是時復有六十六俱胝佛一心異口同音亦說此無量壽決定光明王如來陀羅尼經是時復有五十五俱胝佛一心異口同音亦說此無量壽決定光明王如來陀羅尼經是時復有四十四俱胝佛一心異口同音亦說此無量壽決定光明王如來陀羅尼經是時復有三十六俱胝佛一心異口同音亦說此無量壽決定光明王如來陀羅尼經是時復有二十五俱胝佛一心異口同音亦說此無量壽決定光明王如來陀羅尼經是時復有十殑伽河沙數俱胝佛各各心無差別異口同音亦皆說此無量壽決定光明王如來陀羅尼經此陀羅尼經若復

有人若自書若教人書如是之人於後不墮地獄不墮餓鬼不墮畜生不墮閻羅王界業道冥官永不於是諸惡道中受其惡報如是之人由是書寫無量壽決定光明王如來陀羅尼經功德力故於後一切生處生生世世得宿命智此無量壽決定光明王如來陀羅尼經若自書若教人書如是之人則同書寫八萬四千法藏所獲功德而無有異此無量壽決定光明王如來陀羅尼經若復有人若自書若教人書如是之人便同修建八萬四千寶塔所獲功德而無有異此無量壽決定光明王如來陀羅尼經若自書若教人書如是之人若有五無間地獄之業由是功德力故其業皆悉消除此無量壽決定光明王如來陀羅尼經若自書若教人書如是之人不墮魔王及魔眷屬不墮藥叉羅刹道中不墮非橫死亡永不受是諸惡果報此無量壽決定光明王如來陀羅尼經若自書若教人書如是之人臨命終時有九十九俱胝佛而現其前來迎是人往生於彼佛國土中汝等勿生疑惑此無量壽決定光明王如來陀羅尼經若自書若教人書如是之人當來永不受其女人之身此無量壽決定光明王如來陀羅尼經若自書若教人書如是之人常得東方彥達嚩主持國天王南方矩伴拏主增長天王西方大龍主廣目天王北方大藥叉主多聞天王密隱其身隨逐衛護若復有人為於此經能以少分財寶布施之者是人便同以三千大千世界滿中金銀瑠璃硨磲碼碯珊瑚琥珀如是七寶盡持布施若復有人供

養此經典者便同供養一切真實法藏若復有人能持上妙七寶供養毗婆尸試棄毗舍浮俱留孫揭諾揭牟尼迦設波釋迦牟尼如來應正等覺所獲福德不能度量知其數量若復有人供養此無量壽決定光明王如來陀羅尼經所獲福德亦復不能度量知其限量又如四大海水充滿其中不能得知一一滴數若復有人書寫供養受持讀誦此無量壽決定光明王如來陀羅尼經所獲福德亦復不能度量知其限數若復有人書寫是無量壽決定光明王如來陀羅尼經處所地位則是成就諸佛真身舍利寶塔應尊重禮拜若有衆生耳聞此陀羅尼者此之衆生永不受飛鳥四足多足異類之身當來速得成就不退轉無上正等菩提若復有人積聚金銀瑠璃硨磲碼碯珊瑚琥珀如是七寶如妙高山王盡能捨施所獲福德不可度量知其數量若復有人爲此無量壽決定光明王如來陀羅尼經而能布施之者所得福德亦復不能度量知其限數若復有人書寫此無量壽決定光明王如來陀羅尼經禮拜供養者如是之人則爲禮拜供養十方諸佛剎土一切如來而無有異爾時釋迦牟尼世尊說是伽他曰

修行布施力成就　布施力故得成佛
若入大悲精室中　耳暫聞此陀羅尼
設使布施未圓滿　是人速證天人師
修行持戒力成就　持戒力故得成佛
若入大悲精室中　耳暫聞此陀羅尼
設使持戒未圓滿　是人速證天人師

修行忍辱力成就　忍辱力故得成佛
若入大悲精室中　耳暫聞此陀羅尼
設使忍辱未圓滿　是人速證天人師
修行精進力成就　精進力故得成佛
若入大悲精室中　耳暫聞此陀羅尼
設使精進未圓滿　是人速證天人師
修行禪定力成就　禪定力故得成佛
若入大悲精室中　耳暫聞此陀羅尼
設使禪定未圓滿　是人速證天人師
修行智慧力成就　智慧力故得成佛
若入大悲精室中　耳暫聞此陀羅尼
設使智慧未圓滿　是人速證天人師

佛説是經已諸大苾芻衆及諸菩薩一切世間天人阿素囉彦闥嚩等聞佛所説皆大歡喜信受奉行

佛説大乘聖無量壽決定光明王如來陀羅尼經

佛說大乘聖吉祥持世陀羅尼經

宋西天中印度摩伽陀國三藏傳教大師法天奉　詔譯

如是我聞一時世尊在憍睒彌國大棘林中與大比丘衆四百五十人俱皆是衆所知識大阿羅漢并諸菩薩摩訶薩諸佛法衆悉來集會恭敬圍遶聽佛說法是時會中有一長者名曰妙月於憍睒彌大城中住如是長者有大智慧方便善巧男女衆多奴婢僕從眷屬圓滿皆具善根發大善心是時妙月長者往覲世尊到佛所已恭敬合掌頂禮佛足而復旋遶經百千匝退坐一面安詳坐已妙月長者而白佛言世尊我於今日欲問如來應正等覺我今心中而有疑事唯願世尊大慈無量爲我說法開我疑結爾時釋迦牟尼世尊告妙月長者言我今恣汝所問心所疑事如汝所疑不應懷蘊於自心中妙月長者聞佛所說復白佛言世尊若善男子善女人多受貧窮云何而得不受貧苦多疾病人云何而得不受病惱爾時世尊具一切智者告妙月長者言汝今何故唯爲貧窮心懷疑惑而作是問妙月長者白世尊言我今貧窮世尊我今貧窮善逝爲多眷屬男女婢僕居家充滿今爲我說世尊依我所問而爲說法貧窮衆生以何方便令離貧苦多病衆生以何方便令無病惱資生財寶粟麥等物云何而得倉庫充滿云何而得見所愛樂金銀摩尼眞珠瑠璃螺貝璧玉珊瑚硨磲金剛寶等庫藏盈溢令我施之無有窮盡云何而得居家眷屬男女大小尊貴自在妙月長者作如是言白世尊已是時佛復告妙月長者言往昔過

去無數劫中於彼世時有佛出世名持金剛海大音聲如來應供正徧知明行足善逝世間解無上士調御丈夫天人師佛世尊我當於彼世尊之處聞陀羅尼名吉祥持世聞是法已我常受持讀誦至誠供養而復爲他廣說是陀羅尼善男子我今爲汝說此陀羅尼擁護於汝人不能爲害非人亦不能爲害藥叉不能爲害羅刹娑不能爲害畢隸二合多不能爲害步多不能爲害比舍遮不能爲害矩伴拏不能爲害鄔娑多二合囉迦去聲不能爲害布單曩引不能爲害揭吒布單曩引不能爲害食大便者不能爲害食小便者不能爲害食種種淨不淨物者亦不能爲害妙月長者此吉祥持世陀羅尼若有善男子善女人得此陀羅尼經在於自已舍宅之中或在手中恭敬供養或心思惟是經法者或得聽聞是經法者便乃受持讀誦供養或廣爲他解說義趣此善男子善女人晝夜常得衛護安隱快樂飲食豐足獲大福德此吉祥持世陀羅尼經若能至心供養之者則是供養過去現在未來之世一切如來應正等覺若能依法常於中夜課念此陀羅尼四徧此人便得諸天而來衛護歡喜愛樂復爲此人親自來下降雨上妙甘美飲食諸天衆等於諸如來心懷歡喜於諸佛法心懷歡喜於佛無相智心懷歡喜於和合衆心懷歡喜於說法師心懷歡喜佛復告妙月長者言我今爲汝及未來世一切衆生令得廣大利益安樂說是吉祥持世陀羅尼曰

曩謨去聲引一囉怛曩二合怛囉二合夜引野二曩謨

去聲引三娑去聲誐嚩無可切帝引四嚩同上日囉二合馱囉
五娑引誐囉六嚀寧吉切下同嘌咕苦姑切二合引灑引
野七怛他去聲引誐跢引下賀切野引八嘌賀二合帝引九
三去聲藐訖三二合沒馱引野十怛你也二合引他
去聲十一引素嚕引閉引十二素嚩同上娜頸引十三婆
去聲捺嚟二合引十四素婆去聲捺嚟二合引十五婆去聲捺
囉二合嚩同上底十六讚捺囉二合嚩同上底丁里切下同十七
慒誐𡀔引慒誐𡀔引十八素慒誐𡀔引十九慒誐
攞嚩無鍐切底七同二十阿上聲𡀔引二十一阿上聲左𡀔引二
十二阿上聲左播𡀔三十三嗢耨伽二合引哆嚀寧吉切二
十四嗢你便二合怛嚀二十五嗢耨避二合引娜嚀同前
二十六鄔砌引那嚀二十七薩寫嚩同上底二十八駄
曩嚩同前底二十九駄引寧也二合嚩同上底三十室哩
二合引沫底三十一鉢囉二合娑去聲引沫底三十二阿
上聲麼𡀔引三十三尾麼𡀔引三十四嚀嘌麼二合𡀔引三十五

嚕嚕三十六嚕嚕三十七嚕嚕嚩同前底三十八素嚕
引閉引三十九撥跛𡀔引四十慒誐𡀔引四十一阿去聲引
嘌半二合曩悉帝二合引四十二尾怛曩悉帝二合引四十三
遏尾曩悉帝二合引四十四遏怛曩悉帝二合引四十五遏
尾哆曩悉帝二合引四十六遏馱曩悉帝二合引四十七唧
怛囉二合曩悉帝二合引四十八尾濕嚩二合計引始嚀
四十九尾濕嚩二合嚕引鉀音甲五十尾秫曩始五十一
尾舜馱施𡀔引五十二尾麌抳頸引嚫引五十三阿上聲
努鼻音哆重呼嚟引五十四盎烏亘切矩嚟五十五慒矩嚟
引五十六鉢囉二合龐去聲矩嚟引五十七尾囉銘引五十八尾
駄銘引五十九度銘引六十度度銘引六十一哩哩銘引六
十二佉佉𡀔引六十三企企銘引六十四咕咕銘引六十五怛
怛黎引六十六多囉多囉六十七怛怛囉怛怛囉引六
十八哆引囉野哆引囉野六十九嚩日嚟二合引嚩
日嚟二合引七十嚩日嚕二合引鉢銘引七十一吒計引

吒計引七十二姹計引姹囉計引七十三鄔計七十四呩
計引七十五溥計引七十六捺計引七十七達計引七十八達囉
計引七十九阿引嚩無鍐切嘌路二合鞊八十鉢囉二合嚩
無鍐切嘌路二合鞊八十一嚩嘌灑二合抳嚩同上嘌灑
二合抳八十二鞊瑟播二合引捺鞊八十三嚩日囉二合
駄囉八十四娑引誐囉八十五鞊嘌齲二合引灑怛
他引誐哆八十六沫努鼻音娑麼二合囉八十七薩嘌
嚩二合怛他引蘖哆八十八薩底也二合麼努鼻音娑
麼二合囉八十九達嘌麼二合薩底也二合九十麼努娑
麼二合囉九十一僧去聲伽薩底也二合九十二麼努鼻音
娑麼二合囉九十三怛吒怛吒九十四布囉野布囉
野九十五布囉抳布囉抳九十六薩嘌嚩二合引嘀
引九十七薩嘌嚩二合薩怛嚩二合引難上聲引左九十八
婆去聲囉婆去聲囉九十九懵誐嚇引一百扇引哆沫
底一百一秫婆沫底一百二麼賀引麼底一百三懵

誐攞麼底一百四鉢囉二合婆引嚩底一百五婆去聲
捺囉二合嚩底一百六素讚捺囉二合麼底一百七阿
引誐蹉阿引誐蹉一百八三去聲麼野麼努三麼
二合囉一百九娑嚩二合引賀引一百一十阿引嚩無可切
囉拏鼻音引麼努鼻音娑麼二合囉一百一十一娑嚩二合
引賀引一百一十二阿引駄引囉麼努娑麼二合囉一百
一十三娑嚩二合引賀引一百一十四鉢囉二合婆去聲引嚩
麼努娑麼二合囉一百一十五娑嚩二合引賀引一百一十六
娑嚩二合婆去聲引嚩同上麼努娑麼二合囉一百一十七
娑嚩二合引賀引一百一十八地哩二合底麼努娑麼二合
囉一百一十九娑嚩二合引賀引一百二十諦引惹麼努
娑麼二合囉一百二十一娑嚩二合引賀引一百二十二惹野
麼努娑麼合囉一百二十三娑嚩二合引賀引一百二十四
尾惹野麼努娑麼二合囉一百二十五娑嚩二合引賀
引一百二十六紇哩二合娜野麼努娑麼二合囉一百二十七

娑嚩(二合引)賀(引一百二十八)薩嘌嚩(二合)薩怛嚩(二合)麼

努娑麼(二合)囉(一百十九)娑嚩(二合引)賀(引一百二十句)

復說吉祥持世根本明曰

曩謨(去聲引一)囉怛曩(二合)怛囉(二合)夜(引)野(二)唵(引三)

嚩(同上)素馱(引)嚟(引四)娑嚩(二合引)賀(引五)唵(引六)室哩

(二合引)嚩(同上)素毋[口窖](七)娑嚩(二合引)賀(引八)

心明曰

曩謨(去聲引一)囉怛曩(二合)怛囉(二合)夜(引)野(二)唵(引二)

嚩(同上)素室哩(二合)哦(引四)娑嚩(二合引)賀(引五)唵(引六)室

哩(二合引七)嚩(同上)素麼底(八)室哩(二合引)哦(引九)娑嚩

(二合引)賀(引十)唵(引十一)嚩(無鍐切)素(十二)娑嚩(二合引)賀

(引十三)唵(引十四)嗠乞芻弭(三合引)[口普](引)哆嗠[口窖](十五)

嚩(引)悉寧(引)哦(引十六)娑嚩(二合引)賀(引十七)曩謨

(去聲引十八)嚩日囉(二合)播(引)拏哦(引十九)室哩(二合引)

哦(引)室哩(二合引)迦哩(二十)馱曩迦哩(二十一)馱(引)

[寧也](寧也切)迦哩(二十二)娑嚩(二合引)賀(引二十三)

佛復告妙月長者言此吉祥持世陀羅尼有大威德汝等若能隨時持誦所有一切疾病饑饉夭壽之難皆不能侵若復有人於自舍宅或他人舍隨所在處供養持金剛海大音聲如來應正等覺至心持念此吉祥持世陀羅尼滿於六月種種供養如是隨其所願增益之事皆得成就若復有人依法揀擇清淨之處或倉庫中以白檀香建立四方曼拏攞畢請召供養持金剛海大音聲如來及一切佛觀自在菩薩諸菩薩等聖眾常於夜分志心念是吉祥持世陀羅尼令無間斷乃至成就此善男子善女人即獲有大威德之人為降福祐隨其所願令得滿足一切財物粟麥金銀珍寶一切恐怖妨亂之事皆得消除妙

月長者汝等若能精進受持念此吉祥持世陀羅尼而能廣爲他人解說能令汝得長夜人間天上利益安樂妙月長者讚言善哉世尊善說妙月長者於世尊所聽聞得是吉祥持世陀羅尼已心生愛樂歡喜踊躍面色怡然頂禮佛足而白佛言世尊此吉祥持世陀羅尼我從今後永無忘失憶念受持讀誦解說其義供養恭敬兼爲他人廣說是法妙月長者所居家中當於是時彈指之頃忽然而有種種金銀珍寶穀麥財物倉庫充滿是時妙月長者瞻仰世尊目未曾捨而復旋遶經百千匝頂禮佛足禮竟而退爾時世尊告阿難陀言汝於今日往彼妙月長者所居家中看其所有一切財物粟麥金銀珍寶種種廣大倉廩庫藏充滿其中是時阿難陀聞佛教已速疾往詣憍睒彌大城妙月長者所居家宅到已入裏見其所有一切財物粟麥斛碩金銀珍寶種種廣大倉庫之中悉皆充滿時阿難陀忽然見其如是之事內懷驚異面貌微笑心生愛樂歡喜踊躍時阿難陀奉佛教已却往佛所到已頭面禮世尊足而白佛言妙月長者以何因緣而得如是廣大福德廣大富貴廣大倉庫種種財物粟麥金銀珍寶積集充滿善哉世尊唯願爲我宣說是事佛告阿難陀言此妙月長者有大智慧爲能發心憶持永無忘失受持讀誦供養恭敬思惟妙理發大慈悲爲他衆生解說是法能令汝得不可思議殊勝功德於無量世常爲諸天及世間人演說是法阿難陀此陀羅尼實未曾有一切天魔大梵天王沙門婆羅門衆天

人阿索羅等於此吉祥持世陀羅尼常應發心尊重恭敬不應起於輕慢破壞之心阿難陀此吉祥持世陀羅尼諸呪不能破滅若無善根衆生薄福衆生耳不能得暫時聽聞何況能知此陀羅尼於是經中豈能得在心所憶念口所宣說受持讀誦何故如是爲此吉祥持世陀羅尼一切如來共所宣說一切如來之所加持一切如來同所印可解釋供養尊重讚歎最勝微妙甚深難解之法一切如來各各心無有異以一音聲宣斯妙法令諸衆生皆得易解我今爲諸衆生多受貧匱疾病所苦諸惡恐怖一切妨惱非可愛事受是之人令得豐足安隱快樂是時阿難陀聞佛說此吉祥持世陀羅尼已發憶念心受持讀誦思惟解了尊重供養阿難陀從座而起徧袒右肩右膝著地合掌向佛是時阿難陀敬禮佛已發至誠心說是諴他而讚歎曰

不可思議佛世尊　佛所說法不思議
不思議發歡喜心　順現受報不思議
天人師智一切智　到彼岸故離生死
證無上果成法王　我今稱讚佛無畏

是時阿難陀說是讚已歡喜踊躍而白佛言世尊經名云何令我云何受持世尊告阿難陀言如汝前問妙月長者所得一切財寶庫藏受持之法經名依一切如來所說名吉祥持世陀羅尼經汝等應當如是受持佛說是經已阿難陀及諸比丘菩薩摩訶薩一切世間天人阿素囉彥達嚩等皆大歡喜信受奉行作禮而退

佛說大乘聖吉祥持世陀羅尼經

音釋

跢得何切　嘌郎質切　蘖博陌切　睒失冉切　螺貝螺落戈切螺貝蚌屬大曰螺小曰貝　娜諾何切　麌魚矩切　嚧戶吳切

佛說大乘日子王所問經
宋西天中印度摩伽陀國三藏傳教大師法天奉詔譯
佛說金耀童子經
宋西天三藏朝散大夫試鴻臚卿明教大師天息災奉詔譯

清刻龍藏佛說法變相圖

二經同卷

佛說大乘日子王所問經

佛說金耀童子經

佛說大乘日子王所問經

宋西天中印度摩伽陀國三藏傳教大師法天奉　詔譯

如是我聞一時佛在憍閃彌瞿尸羅林與大苾芻衆五百人俱及諸菩薩摩訶薩衆是時無比摩建你迦女而起瞋恚憎嫉舍摩嚩底妃后於日子王邊說言天子知耶舍摩嚩底妃后等五百女共其沙門而行婬慾我今告言要天子知實難容恕是時日子王聞無比摩建你迦女說已瞋怒至極意不可忍擬殺舍摩嚩底夫人遂以手執弓放箭便射是時

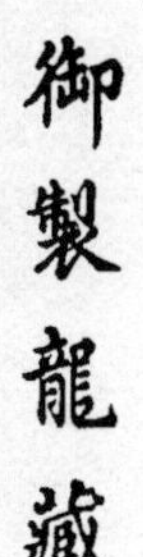

舍摩嚩底夫人入慈心定王所放箭上虛空中發生火焰其焰熾盛其箭却迴奔日子王前於左邊而住佛爲密護箭不著身亦無損動是時日子王心生驚怖身毛皆豎而便倒地又復還起問舍摩嚩底夫人而說偈言

汝復爲天女　鬼女羅刹女　巘馱婆女等
我問如是說　汝持云何行　未見未曾聞
亦復不曾知　未曾有女人　器仗不能傷
我有精進力　善學於弓箭　我箭不空發
未曾虛放箭　如我所要射　獼猴及飛禽
人身兼射垜　而未無所中　如我今放箭
却迴面前住　不傷損我身　我今歸命汝
願救我苦惱　審聽誠實言　我欲故殺汝
捨過勿生瞋　汝念爲好事　令我離苦惱
永不復如是

爾時舍摩嚩底夫人答日子王即說偈言

我非是天女　亦非揵闥女　非鬼非羅刹
是舍摩嚩底　我作佛弟子　爲彼大慈悲
故我心行善　發心世尊處　俱胝百千劫
觀彼善慈悲　故我行慈行　女色所縛人
見彼如實者　若苗稼成熟　而被雷雹壞
若離女色染　我彼俱愛樂　一切諸世尊
遠離於婬慾　又聞世尊說　佛與菩薩衆
緣覺及聲聞　悉皆離女色　愚者不能知
普被魔羅降　離女色染汙　能得身安樂
究竟得解脫　無智諸衆生　愛慾無遠離
作罪業無邊　墮落三惡道　無底慾火坑
猛焰熾不滅　有智樂解脫　不爲女色染
見巳便纏縛　詐言虛適悅　墜墮於衆生
死入嶮惡道　勿聽女人言　亦不忿怒我

意願生歡喜　發心世尊處　汝欲求見佛
我與大王去　到彼汝諦聽　必說微妙法
爾時日子王告舍摩嚩底夫人正當是時汝意速疾詣世尊所王及臣民侍從圍遶見大牟尼巍巍堂堂如大金山光明焰赫吉祥莊嚴又見菩薩摩訶薩及諸苾芻苾芻尼塢波斯迦塢波索迦天龍藥叉揵闥婆阿素囉蘖嚕茶緊那囉摩護囉誐人非人等圍遶世尊爾時大王頭面作禮而白佛言世尊我有未曾有事先未聞見今詣佛所世尊慈悲與我解說世尊告言大王汝說未曾有事王復白言今日我宮有婬慾因緣無比摩建你迦女生毀謗心言舍摩嚩底夫人與聲聞沙門而行婬事我聞此言瞋恨至極殺舍摩嚩底夫人以箭便射於其箭上而出火焰赫奕熾盛却迴我身左邊而住亦不傷損我身舍摩嚩底夫人禮世尊足說如是言彼王問我爲復天女龍女揵闥婆女比舍際女鬼女羅刹女汝修持何行而乃如是而答王言我是大王夫人非是天女龍女揵闥婆女比舍際女羅刹女世尊如來應供正等正覺弟子心善純淨爲如彼天是時舍摩嚩底夫人稱讚世尊功德我佛如來有如是應正等覺有如是大慈大悲具大福慧成大威德得大自在何以故如來應正等覺爲天人師頗鑒斯誠爾時日子王對佛及苾芻衆前懺悔發露我等猶如愚童如心迷亂如在黑暗如無善根我念如來聲聞而生毀謗善哉世尊頗解疑悔我等受持世尊說言汝發起慈心受持戒行廣利有情日子王即從座起合掌恭敬佛言大

王汝但安坐于時日子王頭面作禮却坐一面日子王白佛言世尊我心勇猛聽女人言造罪業苦知自命終墮於地獄善哉世尊女人之過唯願說之世尊告言女人行業有其多種惑亂有情詐現異相諂媚虛誑心不眞實顛倒思惟諂曲詐僞舉動施爲强求親近牽繫有情恒行邪行汝須省覺王言世尊願賜慈悲願聽所說如我此後不近女人亦不由女人而造罪業既不造罪不墮地獄世尊如是長夜利益安樂一切衆生佛言如是如是復次日子王白言世尊我於佛邊聞斯欲義實由女人得其惡報佛言大王女色深固生冤家之父母生暴惡之父母若起愛樂墮於地獄是故女人有如是之過佛言大王若較量丈夫婬慾之過汝後世父母眷屬亦有其過日子王白佛言世尊善哉善哉丈夫之過與我解說云何丈夫之過父母眷屬亦有其過佛言大王諦聽諦聽善思念之我爲汝說世尊告言大王若丈夫之過有其四種大王問言四過云何世尊答言大王若丈夫耽著婬慾被婬慾迷醉由迷醉故情意顛倒由顛倒故於其女人深生愛樂於苾芻衆中有持戒德行沙門婆羅門不欲見聞由不欲見聞持戒德行沙門婆羅門故亦不親近亦不歸依亦不供養於無戒無行沙門婆羅門亦復遠離又無信相不修德行不行布施全無智慧寡聞薄德我慢貢高行鬼神行又復親近無智貪著惡法樂著臭穢遠離善友縱生天上人間於自身命恒時訶毀於沙門婆羅門不作護魔於佛法僧而復遠離於涅槃果

德而所棄背長時憶念女人唱妓歌舞飲酒
談笑如是纏縛而復命終墮在衆合黑繩等
活號叫大號叫炎熱極炎熱阿鼻地獄受種
種苦從地獄出生焰魔羅界畜趣中生為師
子虎狼諸惡禽獸乃至葼路荼身止鐵叉樹
大王若丈夫如是行愚法行獲斯惡報此是
丈夫初過爾時世尊而説偈言
婬慾臭穢根不淨　過後常增業苦深
聰慧法師訶欲染　當生父母亦無益
譬如廣大不淨坑　滿盛糞壤多臭穢
亦似塚間胮脹屍　婬慾之人亦如是
復似蠅蟲咂瘡腫　驢馬奔眠糞穢中
豬狗食噉臭魚等　耽愛女人亦如是
破壞善名兼德行　恒行毁禁具無慚
不生天道墮阿鼻　是故法師訶愛欲
如人悞飲惡毒藥　迷亂猖狂徧體疼
不覺無常毒所中　耽欲之人亦如是
樂著美味便珍饌　愛聽歌音戀色聲
家事不思多忘失　唯作輪迴集苦因
貪著婬慾常稱讚　不了愚迷糞袋身
晝夜恒行下劣行　薄福沉淪於惡趣
讚美婬慾行非行　多饒瞋恚長愚癡
如履顛巍大嶮崖　不覺須臾致失命
既别人世閻浮界　死墮無邊業海中
五峯圍遶鐵山間　日月燈光全不見
如風狂亂無知解　往返縱横失路岐
如是經生常住此　一切世間無所重
種種善業亦不生　設有女男無孝敬
棄背尊親行五逆　和合妻女倍慇懃
張羅罪網無思慮　墮落貪癡欲樂中

父母遠離無返復　罔思育養報艱辛
放逸耽婬著戲弄　互相煩惱倍增多
破壞修行疑種種　不逢賢聖作良因
樂行邪行受極苦　不顧刑罰恥辱侵
鬬諍欺抄致殺傷　隳張財賄離善友
不生天道兼人趣　死入阿鼻地獄中
鐵林青色攢鋒刃　猛焰熺熛烈火城
劍樹刀山徧地中　洋銅熱鐵爲漿饌
如斯大苦因婬慾　隱沒菩提智慧根
汝向女人生恐怖　勿令親近起攀緣
人天善道若相應　不久菩提自獲得

復次大王若父母生產兒子其事甚難世所共知處胎之時懷擔十月苦惱疼痛種種多般起坐艱辛餐飲節度縱獲生產如宰猪羊不顧自身唯憂兒子乳哺養育豈離懷抱大小便利須自洗濯後漸長大而以誠實之言種種誘訓令彼修學閻浮提內工巧技藝書數算計經商買賣種種事業又復令彼身心安樂廣與財帛富貴受用選揀親姻娉娶妻妾比望孝順父母恭敬侍養而復心意顛狂一向迷亂深著色欲都不省悟又於別族姓家私娶妻妾互相貪愛於其父母返成不孝亦不敬重其父後時耆年老邁身體羸瘦眼耳聾暗起坐艱難要人扶持而却憎惡輕棄嫌厭種種逼迫趂父出舍娶其外族妻子於家聚會種種歡樂佛告大王若是丈夫行此邪行棄背父母決定命終入阿鼻地獄求出無期爲第二過若善男子棄背女色心意清潔供養父母行孝敬行命終之後不墮惡趣而生諸天受福快樂天上福盡下生人間亦

不受貧窮下賤富貴吉祥爾時世尊而說偈言

離欲行慈孝　命終生天趣　梵王帝釋身
恒受於快樂　供養老父母　後生人世中
入海爲商賈　安樂獲珍寶　供養老父母
一切最上德　田種果成熟　較量福不盡
供養老父母　永不擔重擔　常得驢馬負
刀刃不能害　供養老父母　不度鹹水河
猛火與刀兵　亦復不能近　供養老父母
常得善妻男　穀麥與資財　瑠璃及金寶
供養老父母　當得天宮住　無數歡喜園
四面恒圍遶　供養老父母　常聞佛法音
具相色端嚴　誰人不敬重

復次大王若彼丈夫行非法業心不真實恒多邪見於善不知妄生顚倒多得愚癡之人常所稱讚有智慧者恒生忿怒罪業轉深永失大利於其佛世永不值遇我慢貢高貧窮下賤衆不愛樂此是丈夫第三過失爾時世尊而說偈言

丈夫行婬慾　顚倒分别我　愚迷罪業深
輪迴墮惡道　遠離佛功德　無智慧揀擇
虚妄求安樂　如河覓盧迦　愚癡愛欲人
諂曲多虚誑　望求非法樂　返成地獄苦
著欲見顚倒　下劣自無知　如夜黑暗中
不分道非道　無慚愧信根　唯耽聲色味
菩薩與聲聞　未曾行供養　設遇正行者
廣演微妙音　輕法而不聽　沉淪於地獄
永不復人身　斷除檀等行　迷没不修行
菩提最上失

復次大王若諸男子自爲活命及著婬慾癡

愚障閉作諸工巧種種事業書數算計讚詠談論親近王臣行非法行謫罰有情種種虛誑廣求財利作諸惡業又復自爲活命故行不律儀行貨易牛驢駝馬猪羊鷄犬乃至呪龍罝兔兕膾等事或復經商不擇道路遊行嶮惡之道臭穢之道賊徒刀劒之道乃至泛大溟海寒熱飢渴種種苦惱而求財利又於沙門婆羅門慳貪不肯布施一向著欲又被女人降伏驅使猶如奴僕長時同處未曾捨離起坐談話互相攀顧深生愛著是故畜養女人命終之後同入地獄爲第四過爾時世尊而說偈言

追求著欲人　迷醉何曾樂　下劣妄追尋
云何得安樂　非真丈夫業　自作不知非
無恥若駝驢　不堪極穢惡　斯人少智慧
不悟罪根深　奔競向女人　如狗便糞穢
臭穢不可樂　愚癡所愛重　不知婬慾過
如盲不見色　愚癡著婬慾　如犬奔糞穢
聲香味觸法　貪著亦如是　愚癡著欲人
輪迴於諸趣　如橛繫獼猴　永不出三界
愚迷著欲人　如烏戀臭肉　常被惡魔牽
墮在於惡趣　愚人貪愛味　於美起纏縛
何異廁中蟲　寧知是不淨　智者得解脫
女色不可染　見彼生驚怖　棄捨如壞屍
愚癡懷散亂　著欲而無捨　如熱路艱辛
困渴飲鹹水　如是見飲者　愚癡迷失命
堅牢著欲人　過患亦如是　實爲此女人
如身患瘡癩　生蟲自唼食　貪婬亦如是
若莊飾女人　如畫甕盛糞　但觀諸外相
誰知裏不淨　又如油洗衣　掛搭於身上

莊嚴於女人 染汙亦如是 如衣盖刀劒
似火覆經灰 嚴飾於女人 違損亦如是
又如劫火起 大地皆洞然 草木不見生
河海乾枯盡 部多所住處 須彌及鐵圍
六欲與初禪 破壞誰能救 如是耽女色
婬火大熾然 焚燒於有情 違損不可救
人身速不淨 穢惡諸物成 指爪與髮毛
涎唾幷結聹 垢汗大小便 肪膏及腦膜
皮肉兼骨髓 膿血筋脉連 脾腎心共肺
腸胃膽與肝 生藏對熟藏 赤痰共白痰
又復八萬戶 微細蟲咂食 常住於身中
愚人那知覺 於身起貪愛 如蠅慕膿血
臭氣覺馨香 苦中而爲樂 如是耽欲人
執杖相毆擊 欲火競來燒 迷醉誰能悟
愚癡著樂味 如狗在空房 亦似底囉聲
究竟成妄想 又如於猿猴 攀緣常在樹
乃至到無常 不離於樹上 如是貪欲人
追求於色境 墜墮惡趣中 不離生死苦
愚癡婬欲人 彼處命終後 擲在鐵鑊中
如是住一劫 浮沉如煑豆 其鑊大小量
六十四俱胝 衆生所依彼 一一墮落者
較量不能知 煎煑於鑊中 受苦滿百劫
或二三四劫 隨彼業輕重 皮肉俱爛壞
骨現似白螺 又隨自業力 手捉尖利鈎
擲在炎鐵槽 死已而還活 又被於獄卒
手執鐵杵擣 骨髓皆成粖 風吹而却活
或以鐵棒打 劈裂如斧斫 鐵獸三四五
隨後而咬嚙 又復爲鐵烏 鐵狗及豺狗
牙觜利如劒 食罪人腦髓 若人造罪業
墮落於糞河 或落刀劒上 一切皆臭穢

若人造罪業　墮在極炎熱　號呌大號呌
黒繩及燒然　若人造罪業　墮在於灰河
重重入遊增　痛苦不可忍　若人造罪業
死墮地獄中　飢呑熱鐵丸　渴復飲銅汁
若人造罪業　墮在鐵山間　衆山一時合
撥碎身如粉　若人造罪業　恒受於苦惱
獲得如是果　無有能救者　此處非安樂
先世業所招　父母與妻兒　何能相救濟
下劣婬慾行　直往於無間　受苦不可當
三世佛皆說　是故下劣人　與女人同處
如擔於糞袋　愚癡到處行　丈夫爲女人
纏縛如枷鎖　地獄火然身　無能得安樂
刹那智慧生　如是聞佛法　離一切婬慾
出家得解脫

佛告大王若丈夫行婬慾行當墮地獄受斯大苦是故大王恒常念佛念法觀察身心勿令起過日子王言如是世尊於如來處發深信心白言世尊甚爲希有如來應正等覺善說女人丈夫之過我當受持歸佛歸法歸苾芻衆今後棄捨婬慾刀杖等過愍念饒益一切衆生說此語時會中日子王及諸苾芻菩薩摩訶薩天龍藥叉阿素囉蘖路茶揵闥婆莫呼落迦人非人等聞佛所說皆大歡喜作禮而去

佛說大乘日子王所問經

佛說金耀童子經

宋西天三藏朝散大夫試鴻臚卿明教大師天息災奉　詔譯

如是我聞一時佛在舍衛國祇樹給孤獨園爾時世尊食時著衣與諸苾芻恭敬圍遶入舍衛大城次第乞食有一婆羅門出於舍衛逢見世尊久視容儀乃發言詞而伸讚詠瞿曇汝面最上金色端嚴世尊印言如是如是我所作福乃獲斯報婆羅門言瞿曇我今現世亦有福德於其家中生一童子金色光輝容儀相好可似瞿曇得未曾有復次瞿曇爾時童子初生之時更有殊妙吉祥之事初生之時心意安泰諸識明利於其庭中忽生蓮華滿室天香恒時芬芳一切衆生普皆愛樂復次瞿曇此未殊妙亦未希有復次童子初生之時瞻蔔華樹處處出生彼樹執持瞻蔔妙華天紫金色復次瞿曇如此殊祥猶未希有復次童子初生之時諸天金盤自然出現滿其盤中盛天飲食百千萬種假使食者無有窮盡復次瞿曇如斯感應猶未希奇爾時童子初生之時口出音聲有佛世尊及阿羅漢等出現世間乃至行住常所思念婆羅門說此童子吉祥事已而告佛言往詣彼處爲見童子世尊默然詣彼舍宅欲入之時中間有優婆塞而白佛言勿入此舍彼婆羅門於佛法中不能信敬世尊答言此婆羅門亦具信根是時世尊答優婆塞已便入婆羅門舍見其童子是時童子纔見世尊便往歸依五體投地佛便呪願如是彼諸苾芻從佛往詣亦見童子佛呪願已與諸苾芻迴歸精舍爾時童子後漸長大舍衛國主波斯匿王聞彼

婆羅門有如是德行生其貴子遂遣使臣廣執華鬘栴檀寶香詣婆羅門家圍遶童子而伸宣請童子答言俟我先到祇樹禮拜世尊而入舍衛見波斯匿王使臣迴已具奏前事波斯匿王聞其奏已我今亦往祇樹禮覲世尊見彼童子是時童子尋詣祇樹於其中路見一婆羅門而問童子汝今何往童子答言欲往祇樹禮覲世尊婆羅門訶責童子云何廣名婆羅門族生已要去欲見沙門童子對言汝得珍寶大藏不要持寶歸舍汝得吉祥面前而來却乃執棒打退童子對已便往祇樹到世尊所作禮佛足於面前坐而爲聽法本生適意天妙蓮華生彼祇樹園中其香芬馥徧滿一切智慧忽生我今持此蓮華供養世尊而復思惟我先生時瞻蔔迦樹世所希有於發心時瞻蔔迦樹而自出生其樹執持瞻蔔迦華天紫金色即時童子以手掬瞻蔔華散世尊上所散之華住佛身上莊嚴佛身其中或有住佛頂上住佛懷中住佛足下其中或有成華鬘衣如是種種供養時王驚怪問童子言汝云何供養作如是神力童子答言我於祇樹作如是一切莊嚴彼時童子又生最上智慧我瞻蔔迦樹隨我發心生瞻蔔華其華或生樹身或生果上或生樹枝或生葉上其瞻蔔華亦有出現住虚空中又於祇園虚空之中出現一切金寶鈴鐸彼時童子禮世尊足白言世尊受我今日施世尊食及諸苾芻國王侍從普受我供世尊黙然受請待擊揵椎時到即時世尊安詳而坐及諸苾芻國王臣從次下而坐是時生最上微妙思

慧思憶我昔生時有金盤出現滿中天食願得現前持來供佛作是念已本生金盤隨心出現諸天上味滿其盤中是時童子即持金盤及以飲食親自供養是時世尊與諸苾芻國王侍從食已飽滿金耀童子心大歡喜禮世尊足發阿耨多羅三藐三菩提心此後善根增長諦發心願廣行法施救度有情我後方取成佛未救度者與作救度未安樂者施其安樂未寂靜者皆令寂靜爾時世尊因爲童子發心次第説地獄相所謂阿毗地獄疱地獄疱裂地獄阿吒鴿訶訶鋄護護鋄青蓮華紅蓮華大紅蓮華從此出已而入八熱地獄次第皆因惑業所感若有智慧説我救法彼得清涼爾時世尊説此語時青黃赤白四色光明從口而出其中光明有上去空中有下入地獄照彼等活黒繩衆合號叫大號叫焰熱極焰熱阿毗地獄及疱地獄疱裂地獄阿吒鴿訶訶鋄護護鋄青蓮華紅蓮華大紅蓮華若去焰熱地獄彼得清涼若入寒冰地獄彼得温暖而彼衆生爲發勝心我等云何得此處命終轉生餘趣如是彼發心已世尊爲生變化光明遣發變化令彼得見既得見已我等從此命終之後決定不生諸餘惡處今未曾見此處衆生得受無爲勝光爲發信心受地獄業盡各各得生人間天上真實得受若是光明照彼上方四大王天忉利天夜摩天兜率天樂變化天他化自在天梵衆天梵輔天大梵天少光天無量光天極光靜天少靜天無量靜天徧靜天無雲天福生天廣果天無想天無煩天無熱天善現天善見天

色究竟天光明到已出如是聲演説苦空無常無我説二伽陀曰

出光勸化汝　歸依佛法僧　枓擻死魔軍
如象離繫縛　若入此法中　志心行不退
所以斷輪迴　諸苦悉皆盡

爾時光明徧照三千大千世界救度有情如是光明却還佛身隨世尊後爾時世尊欲得授記過去業所放光明於其佛身後入欲得授記未來業其光於佛面前而入欲得授記生地獄者其光從佛足下而入欲得授記生畜生者其光從佛足跟而入欲得授記生餓鬼者其光從佛脚足大母指而入欲得授記生人中者其光從佛膝下而入欲得授記力輪王者其光從佛左手掌而入欲得授記轉輪王者其光從佛右手掌而入欲得授記生天者其光從佛臍間而入欲得授記聲聞菩提者其光從佛胷臆而入欲得授記縁覺者其光從佛眉間而入欲得授記阿耨多羅三藐三菩提者其光從佛頂門而入爾時世尊所放光明遶身三帀入世尊頂爾時尊者阿難合掌恭敬而白世尊種種顏色百千莊嚴從口而出周徧十方普皆照耀而説偈言

是非久遠離　煩惱皆遣除　世間佛最上
勝因報不虛　如螺蓮華白　降魔佛現光
當時魔自去　安定妙智慧　令聲聞求佛
牟尼安定聲　如牛王最上　除諸疑網淨
無有冤家縛　如水壞於鹽　正覺説現光
佛與誰授記　彼聞安定樂　此衆人歡喜

佛言如是如是阿難陀非無因果阿難如來應供正徧知正覺正説阿難陀見此童子作

如是供養於我善根深固發心施法經三大阿僧祇刧修行菩提成就大悲六波羅蜜觀行圓滿成等正覺名金曜如來十力具足四智圓明三密不共念處大悲若我等往昔發心亦爲行此法施爾時波斯匿王問世尊此童子作何行業得如是富貴世尊答言此童子於往昔過去生中廣作福業之因於今世中得獲斯報又此童子昔種業因之時至心不退於今世中誰免斯報大王所作之業得受報時如地界無盡水界無盡火界無盡風界無盡如是等蘊界六塵作業獲報無有窮盡童子至心昔種福因今生得報無盡乃至善惡二業業報無盡假使經於百刧業至須受其報大王過去世時波羅柰國有王名曰聞軍彼有太子名吉祥密彼時父王廣作罪業太子見父作罪心驚毛竪而告王曰我去修行王言只汝一子我今云何教去修行吉祥密言我須離父必去修行童子言若金銀象馬宫人庫藏心無貪著亦無愛樂受用後便修行三十七品菩提分法得證緣覺菩提無數百千天人而來供養餘人見已具告王曰太子得如是功德時王聞已欲見其子出於宫闕四兵隨從有一貧人見王坐於最上象背上妙衣服而用嚴飾妙香塗身傘蓋覆上四兵圍遶彼生智慧此王手足腹肚頭面肩背與我無異因何乘坐最上大象妙衣嚴飾妙香塗身傘蓋覆上四兵圍遶復次我身累世慳貪未曾捨施令我今世受如是苦是事乏短不能捨施云何我得生彼人中又問王曰未知大王何處而去彼聞軍王言我有

一子名吉祥密出外修行證得緣覺菩提若復有人少許供養後獲大果王答問已而復前去其王子時忽見群鹿王愛彼鹿而趂逐之彼時貧人審諦思惟王貪趂鹿我今此時願見緣覺是時貧人漸漸前行入山谷中見彼緣覺身量巍巍心意寂靜有無量百千賢聖周迴圍遶散曼陀羅華積至于膝是時貧人高聲啼哭甚大悲痛而復懊惱是時百千賢聖供養畢已而復還去貧人悟解我今將何供養緣覺去此不遠有菴沒羅樹是時貧人取最上菴沒羅果以鉢滿盛供養緣覺爾時緣覺執彼鉢盂猶如鵝王騰空自在現種種神變從虛空下還復本座復次貧人禮緣覺足而復告言汝為我食我為受福於第二日供養緣覺此人心淨悟解拯救貧人便受供養即時貧人從山谷而出彼聞軍王遥見緣覺住虛空中王生智慧而復思惟彼處應有大福德人天我今急速去見緣覺及彼人天王便入於山谷於其路中見彼貧人出於山谷時王問曰汝何處來貧人答言我此處來王言貧人汝身麤澁頭髮蓬亂衣服垢穢而不去除汝今云何遠離貧窮似我富貴觀汝實不能遠離貧窮彼人別王而忽思惟云何得一片殊妙田地又得多般美妙飲食百味具足思惟未已足蹈圓石忽然倒地於其彼處得一鐵甕滿中金寶其王至山見彼緣覺面前而坐住後須臾而告子言我為祈福云何來日受我齋食緣覺答言大王我先受請聞軍問言受何人請耶緣覺答言有一貧人請我供養王遂發使告貧人言我請緣覺

齋汝別日請齋使臣到已具宣王旨貧人不肯王乃親自詣貧人所而復告言我與緣覺食汝別日設食彼言不得王言汝須移日貧人言曰云何令我移日況我自有金寶定伸供養王言汝本來貧窮我是剎帝利灌頂王種汝却云何對我有金貧人告言王若不信教王見金遂便同到出金之地有一鐵甕傾出金寶積聚如山一邊人立兩邊不見王乃思惟此人有如此福德彼人言曰我齋時將至貧人於第二日淨除田地嚴飾殊妙散諸蓮華摘樹枝葉作妙傘蓋設食供養時彼緣覺復上虛空現種種神變爾時彼人禮足發願如我此地散作蓮華願我世世生生得彼天妙蓮華如我所造樹枝傘蓋供養善願世世生生得瞻蔔迦樹出瞻蔔華天紫金色如我瓦器持食供養善根願世世生生常得金盤滿盛天食假使百千人食食之不盡而得值佛佛告波斯匿王汝須思惟當時貧人者今婆羅門子金耀童子是供養緣覺得彼善根快樂無邊一切願心皆得成就佛說此經已彼諸苾芻一心頂戴歡喜奉行

佛說金耀童子經

音釋

獼猴（獼武移切　猴戶鉤切）　垛（丁果切　射壋也）　嶮（虛儉切　嶮危也）　塢（安古切）　赫奕（赫許格切　奕羊益切　赫奕光明盛大貌）　蘖路荼（梵語也此云金翅鳥　蘖魚傑切　荼同都切）　攢（祖官切　簇聚也）　煻煨（煻徒郎切　煨烏恢切　煻煨灰火也）　娉（匹正切　問也）　謫（陟革切　譴也）　罝（子邪切　兔網也）　聹（乃挻切　耳垢也）　𦞦（古高與膏同）　鵮（苦咸切）　鑁（亡犯切）

佛頂放無垢光明入普門觀察一切如來心
陀羅尼經
宋西天譯經三藏朝散大夫試鴻臚少卿傳法大師施護奉　詔譯

清刻龍藏佛說法變相圖

佛頂放無垢光明入普門觀察一切如來心陀羅尼經卷上上下同卷

宋西天譯經三藏朝散大夫試鴻臚少卿傳法大師施護奉　詔譯

如是我聞一時世尊在覩史天宮與大菩薩衆并諸眷屬及諸天衆梵王那羅延天大自在天最先天子等大衆皆來集會爾時世尊依六波羅蜜說法所謂檀波羅蜜布施果報得大福德聚得不退轉自在天雨七寶不求自得諸大伏藏自然出現說尸波羅蜜所謂淨戒果報獲得五通而生梵天說羼提波羅蜜所謂忍辱果報得天色相妙好莊嚴一切樂見說毗梨耶波羅蜜所謂欲修精進使彼魔王見者降伏所得果報超出生死忽然之間遊戲佛刹說禪波羅蜜所謂淨慮果報獲得首楞嚴三摩地復得無數百千俱胝那由

多三摩地説般若波羅蜜所謂智慧果報得大福聚獲彼多聞廣大如海爾時彼天衆等聞此六波羅蜜法已心大歡喜晝夜思惟修行觀察是時有忉利天子名摩尼藏無垢與百千俱胝天子眷屬萬八千天女眷屬并天宮殿神通變化七寶莊嚴髙妙樓閣種種宮殿種種園苑池沼華果皆悉嚴飾彼摩尼藏無垢天子與妙俱蘇摩華天女極相愛樂行坐相隨受天快樂而於七寶四門殿中受五欲樂迷醉耽著示其我慢恣彼睡眠時彼摩尼藏無垢天子乃至於中夜分睡夢之間一切天女奏妙音樂時彼宮殿有炬口天藥叉而乃發聲勸彼摩尼藏無垢天子作如是言摩尼藏無垢云何愛樂宮殿耽著睡眠都不覺悟而復安住汝天當知快樂不久要後七日命必無常雖天快樂七寶宮殿殊妙無比而汝命盡須臾莫留斯事眞實當自思惟宜速方便時炬口天藥叉説是語已忽然不現爾時摩尼藏無垢天子聞此語已心極苦惱猶如迷醉悶絶而倒面目著地僵仆而卧時天女衆見此事已悉皆愁憂啼泣雨淚憧惶怕怖苦惱千種復見彼天頭髮蓬亂衣服瓔珞諸嚴身具悉棄一邊面目血染唇口乾燋倍復愁惱而稱苦哉如火燒心悶絶倒地亦有迷亂而失心者亦有如魚失水宛轉在地者種種愁歎號哭呼天其中有不失心者以天寶器盛新冷水及栴檀香散灑其身或復爲理髮髻或整其衣或捧其足時摩尼藏無垢天子漸還惺悟既惺悟已良久之間口稱大苦極甚憂惱歎息長嘘身體戰悚如風吹

草傾側不定語聲微細乃發其心我今速疾往帝釋天所既到彼已禮帝釋足作如是言天主救我天主救我說如上事聞炬口天藥叉言我後七日必當命終我思地獄衆苦逼惱以是急速來白天主作何方便而得解脫令我不死不墮惡道天主願作救護令離死苦如是告已爾時帝釋天主聞此說已知心苦切告摩尼藏無垢天子言勿怖摩尼藏無垢彼有佛世尊天人之師無上之士出現於世而有法藥能救生老病死及以煩惱遠離地獄乃至一切惡趣而令破壞如彼父母能救濟汝我今告汝大覺世尊在覩史多宮汝可急去爾時帝釋天主與摩尼藏無垢天子及無數千天女往覩史多宮詣世尊所到彼所已頭面著地禮世尊足旋遶三帀住世尊前爾時帝釋天主憂愁萎悴白世尊言彼炬口天藥叉告摩尼藏無垢天子言汝後七日必當命終世尊作何方便而令修行得免斯苦爾時世尊聞帝釋天主言已而作思惟見是事已而於口中放種種色光其光徧照三千大千世界一切天人及龍揵闥婆阿素洛蘗嚕茶緊那囉摩護囉誐藥叉囉剎步多宮殿光照告已其光還復到於佛所遶佛三帀還從口入是時世尊告帝釋天主言諦聽天主彼摩尼藏無垢天子七日之後決定命終當墮地獄受大苦惱痛楚無量甚大怖畏出地獄已復生人間而於波羅柰城竹匠之家生溷廁中爲猪面女鬼恒食糞尿彼溷廁中復有百千俱胝蛆蟲常以三時咂食女鬼身肉都盡唯存其骨以業力故而其身肉旋復

平滿受如是身滿七年巳然後命終復生龜中住於曠野彼曠野中不聞水名况復其水又無樹木亦無陰涼常處日中身體如燒唯食熱土復被烏啄其身片片墮落以業力故身體隨生尋復破裂受如是苦滿五年巳然後命終復於彼城生於魚中其身廣大以業力故墮無水處而彼豺狼鼠狗及泥畀迦獸咸取食之復有種種禽獸亦來食噉以業力故而得其水尋復還活又生身體受如是苦至滿三年然後命終復於閻浮提內七族中生常多苦惱所謂白癩種族補羯娑種族怛嚩羅怛哩迦種族韈切身縛種族魁膾種族生盲種族受斯惡報滿六十年然後復生貧窮下賤之族身肢不具智慧乏少不從教誨遠佛法僧一切世人見者憎惡恒常飢渴復多疾病爾時帝釋天主聞佛世尊說此摩尼藏無垢天子諸苦事巳極大驚怖而復迷悶作如是言無有救者世尊如不憫救誰是救者世尊告言帝釋天主乃有陀羅尼名佛頂放無垢光明入普門觀察一切如來心斯乃救者無常最大彼難求免求亦得免彼彼有情後時後分命終之時獲得安樂若命終後墮落一切地獄傍生之者悉得解脫若常憶念一切障難獲得永離復得長壽善願圓滿又復獲見自性清淨爾時帝釋天主四大天王梵王那羅延天及大自在等合掌恭敬白世尊言世尊願爲我等而作增益擁護諸天世尊又若法王以三昧力救濟世間一切人民乃至地獄惡趣悉皆解脫世尊如彼忉利天宮觀察四洲世界一切衆生世尊如來有大

智慧願為世間周徧十方及與我等賜以法印作大擁護爾時釋迦牟尼如來受彼諸天慇懃再請乃入三摩地名周徧相觀察入彼三摩地時於頂髻中放徧相光明周徧照曜十方世界還住虛空如寶傘蓋爾時世尊熟視帝釋而告之言帝釋天主諦聽諦聽我有法印名佛頂放無垢光明入普門觀察一切如來心三摩耶陀羅尼是九十九百千俱胝那由多殑伽沙如來同所宣說此陀羅尼若有衆生得見聞隨喜者所有三世一切罪業當墮地獄惡趣乃至傍生悉皆破滅怖畏解脫一切罪障悉得消除如彼大火焚燒乾草風吹灰燼須臾散滅又如天降大雨其水急流山河草木一切穢惡倏然清淨又如真金從火烹鍊倍復柔輭方成諸器若有持誦此陀羅尼者無諸疑惑自見己身三業清淨猶如日出光明普照又如失水之魚還復得水依水而住復受快樂若復世間一切衆生常能誦念此陀羅尼者而於壽命倍得增益天主諦聽諦受即說陀羅尼曰

曩莫一 薩哩嚩二合 怛他引 誐哆引 喃引三 摩賀引 唧哆摩抳四 入嚩二合 羅 曩五 娑誐囉六 儼鼻囉引七 羯哩灑二合 野八 阿建姹野九 阿建姹野十 阿欲馱囉十一 阿欲馱囉十二 散馱囉十三 散馱囉十四 訖數二合 拏十五 訖數二合 拏十六 訖史二合 抳十七 訖史二合 抳十八 薩哩嚩二合十九 怛他引 誐哆二十 三摩野二十一 底瑟姹二合二十二 底瑟姹二合二十三 努哩誐二合 底二十四 摩賀引 部嚩曩二十五 娑上引 誐哩引二十六 僧輸馱野 鉿引二十七 娑誐嚩諦二十八 薩哩嚩二合 播引 波二十九 尾摩嚟引三十 惹野

惹野(三十一)覽尾(引三十二)薩普(二合)吒(三十三)薩普(二合)
吒(三十四)薩怖(二合)吒野(三十五)薩普(二合)吒野(三十六)
尾誐哆(引)嚩囉抳(引三十七)婆野賀哩(引三十八)賀囉
賀囉(三十九)吽吽吽(四十)没哩(二合)底諭(二合四十一)難
拏馱哩(引四十二)阿婆野鉢囉(二合)你(引四十三)塢瑟抳
(二合)灑(四十四)尾路吉諦(引四十五)三滿哆謨契(引四十六)
三滿哆尾野(二合)嚩路吉諦(引四十七)摩賀(引)麼(引)
野(引)馱哩(引四十八)摩賀(引)播(引)捨馱哩(引四十九)阿
目佉播勢(引五十)阿目佉尾摩𠽫(引五十一)阿迦哩
灑(二合)野(五十二)阿迦哩灑(二合)野(五十三)阿嚕供(二合)
姹野(五十四)阿嚕供(二合)姹野(五十五)娑囉娑囉(五十
六)三娑囉三娑囉(五十七)尾部史哆部吽(引五十八)
摩賀(引)母捺囉(二合引五十九)尾路吉諦(引六十)惹野
惹野(六十一)悉第(六十二)冐馱你冐馱你(六十三)三
冐馱你(六十四)三冐馱你(六十五)輸馱你(六十六)輸

馱你(六十七)僧輸馱你(六十八)僧輸馱你(六十九)薩
哩嚩(二合七十)怛他(引)誐哆(七十一)俱羅部吽(七十二)
三摩野你瑟計(二合引七十三)鉢囉(二合)拏捨野(二合)
覩(七十四)播(引)崩(去七十五)輸灑野(二合)覩(七十六)播(引)
崩(去聲呼七十七)鉢羅(二合)娑囉努(七十八)奔抳演(二合七十
九)尾曩設演(二合)覩(八十)播(引)崩(去八十一)薩哩嚩(二合
八十二)枳里尾(二合)尾灑賀𠽫(引八十三)摩抳尾秫第
(引八十四)輸(引)馱野(八十五)尾摩禮(引八十六)尾迦悉哆
(八十七)鉢納弭(二合八十八)迦嚩哩哆(八十九)部吽(引九
十)殺吒跛(二合引)囉弭哆(引九十一)波哩布囉抳(引九
十二)唵(引九十三)薩哩嚩(二合九十四)怛他(引)誐覩(引九十五)
瑟抳(二合)灑(九十六)尾路吉諦(引九十七)娑嚩(二合引)賀
(引九十八)唵(引九十九)薩哩嚩(二合一百)怛他(引)誐哆(引一百一)
王呬野(二合引一百二)地瑟姹(二合引)曩(引一百三)地瑟恥
(二合)諦(引一百四)娑嚩(二合引)賀(引一百五)唵(引一百六)阿(引)諭

哩那二合你一百七娑嚩二合引賀引一百八唵引一百九奔
抳野二合那你一百一十娑嚩二合引賀引一百一十一唵引一
百一十二阿諭瑟滿二合馱囉抳一百一十三娑嚩二合引
賀引一百一十四唵引一百一十五僧賀囉抳一百一十六娑嚩
二合引賀引一百一十七唵引一百一十八奔抳野二合一百一十九
毛路吉諦引一百二十娑嚩二合引一百二十一賀引一百二十二
唵引一百二十三沒哩二合底喻二合難抳引一百二十四娑嚩
二合引賀引一百二十五唵引一百二十六焰摩赧抳引一百二十七
娑嚩二合引賀引一百二十八唵引一百二十九焰摩努諦引一
百三十娑嚩二合引賀引一百三十一唵引一百三十二焰摩囉
引訖叉二合細曳引一百三十三娑嚩二合引賀引一百三十四
唵引一百三十五三婆囉抳一百三十六娑嚩二合引賀引一
百三十七唵引一百三十八苦婆囉抳一百三十九娑嚩二合引
賀引一百四十唵引一百四十一散馱引囉抳一百四十二娑
嚩二合引賀引一百四十三唵引一百四十四鉢囉二合底娑囉
抳一百四十五娑嚩二合引賀引一百四十六唵引一百四十七諦
引吽引嚩底一百四十八娑嚩二合引賀引一百四十九唵
引一百五十惹野嚩底一百五十一娑嚩二合引賀引一百五
十二唵引一百五十三薩哩嚩二合一百五十四怛他引誐哆
一百五十五母捺囉二合引一百五十六地瑟姹二合引曩引一
百五十七地瑟聡二合諦引一百五十八娑嚩二合引賀引一百五
十九

天主我今宣說此陀羅尼而爲救濟彼摩尼
藏無垢天子而令長夜利益安樂故

佛頂放無垢光明入普門觀察一切如來心
陀羅尼經卷上

佛頂放無垢光明入普門觀察一切如來心陀羅尼經卷下

宋西天譯經三藏朝散大夫試鴻臚少卿傳法大師施護奉　詔譯

爾時世尊告帝釋天主言若復有人能書寫此佛頂放無垢光明入普門觀察一切如來心陀羅尼造塔安置或修飾舊塔安置復以粖香塗香作衆妓樂而爲供養又復潔淨身心於一晝夜六時念誦此陀羅尼又復旋遶一百八徧能滅一切惡業能生一切善種天主若欲安置此心明者至日初出時面東而坐以諸香泥塗曼拏羅面向於日散種種華燒沉水香咄嚕瑟迦香等歸命頂禮一切如來一百八徧書此心明安於塔中猶如以九十九百千俱胝那餘多殑伽沙等如來一一如來全身舍利置於塔中而無有異復更書此佛頂無垢普門三世如來心陀羅尼安於塔中陀羅尼曰

唵(引一)怛賴(二合引)地吠(二合二)薩哩嚩(二合三)怛他(引)誐多(四)紇哩(二合)那野(五)誐囉鼻(二合引)入嚩(二合)羅(六)達哩摩(二合)馱(引)覩(七)誐囉鼻(二合引八)僧賀囉(九)阿(引)喻(十)僧輸(引)馱野(十一)播(引)波(十二)薩哩嚩(二合十三)怛他(引)誐哆(十四)三滿覩(引十五)塢瑟抳(二合)灑(十六)尾摩羅(十七)尾秫第(引十八)娑嚩(二合引)賀(引十九)

天主若有於此佛頂無垢普門三世如來心陀羅尼塔而生恭敬所有過去短命之業而得消除復增壽命諸天護持此人命終捨此身時猶如蛇蛻便得往生安樂世界不墮地獄傍生焰魔羅界乃至不墮一切惡趣亦復不聞地獄之名獲如是報得未曾有爾時帝

釋天主於世尊處授此明已爲摩尼藏無垢天子而於彼時往自宮中先依如來所說儀軌依法作塔如彼法相燒香禮拜一心念誦祈消業報當作之時彼摩尼藏無垢天子所有一切罪業苦惱之報皆悉消除又復獲得殊勝之身如彼真金目青瑩澈髮鬚光潔又復獲得一切如來當於面前虛空中現彼諸如來口稱善哉時摩尼藏無垢天子得業清淨罪障消除復見自性生大忻慶即說頌曰

如來不思議　明力亦難思　正法復亦然

獲得見果報

復說偈言

頂禮歸命真實際　釋迦牟尼大導師

本行悲愍濟衆生　隨願等同如意寶

爾時摩尼藏無垢天子說此偈已歸自宮殿與諸眷屬天子天女之衆各各執持種種天華華鬘種種天香粖香塗香乃至天衣莊嚴殊妙并天帝釋亦復嚴持天諸香華妙供養具復往覩史多宮詣世尊所到佛所已作大供養復以種種天諸事業而爲供養又復旋遶多百千帀伸供養已坐世尊前而欲聞法爾時會中四大天王梵王那羅延天大自在天金剛手大藥叉主等向世尊前合掌恭敬白世尊言世尊此摩尼藏無垢天子宿造何業獲得如是極惡果報受大苦惱憂愁無量佛言善哉善哉善男子快問斯義汝當諦聽爲汝宣說金剛手過去之世彼南印度有城名廣圓滿有婆羅門名曰無垢而住彼城爲說法師性識聰敏善能分別諸法之相色貌端嚴形儀威肅見者歡喜有善信者當爲說

此心明而復廣爲利益一切衆生故於此明王陀羅尼恒常思惟審諦觀察是時復有長者名曰光明亦住彼城財富無量得大自在諸婆羅門咸所隨順復次無垢婆羅門一時爲人解說此心明王陀羅尼是時光明長者生不喜心作如是思惟此婆羅門我當如魚如龜片片割截復以糞穢著於口中時彼長者作是思惟興惡心已尋便獲得白癩病報受大疼痛極大苦惱直至命終旣命終已生於無間大地獄中住彼一劫受大苦惱出彼獄已生魚龜中亦經一劫而受苦報然後命終又復生大黑繩地獄受大苦惱亦復一劫後出彼獄却於本住之城生盲種中生即無目以宿緣故得聞苾芻住彼彼寺心生信重親自尋覓而彼苾芻常行悲愍旣見來已慈心攝取更與美食然後復與解說此心明陀羅尼旣得聞已審諦思惟乃於此生獲宿命通即能思惟本所從來又復思惟業力甚大悔恨無量作是念已即便命終承陀羅尼威德力故生忉利天處妙宮殿與諸天女眷屬受大快樂餘業熟故此苦現前金剛手爾時彼長者生疑毀謗者即摩尼藏無垢天子是金剛手彼摩尼藏無垢當受如是諸苦報已後修善業歸命三寶漸證善果乃至當來獲得佛菩提故金剛手爾時無垢婆羅門者後爲苾芻復與彼生盲解說此陀羅尼者即文殊師利童子是爾時諸天大衆等得聞說此過去事已歎言希有甚奇甚特歡喜無量乃發大聲即說頌曰

不可思議大明力　解脱三塗乃求得

同如意寶而平等　此實如來眞三昧

爾時彼衆會中九十二千天子得不退轉百千俱胝天女變女人相而成男子亦復獲得住不退轉爾時金剛手大藥叉主白佛言世尊大不思議而能讚歎此大明王陀羅尼世尊願更宣說成就儀軌當使衆生於後時分獲得利益安樂不墮地獄傍生焰魔羅界爾時世尊愍彼請已告金剛手大藥叉主言諦聽諦聽我今爲汝宣說此陀羅尼成就儀軌於後時後分若有族姓男族姓女苾芻苾芻尼鄔播索俱鄔播斯迦念誦此明王一徧猶如旋遶二十如來全身之塔又若念誦此二如意寶一徧同彼十殑伽沙等百千俱胝那餘多如來所而種善根獲大福報五無間業悉皆滅盡乃至地獄傍生焰魔羅界一切罪障皆得解脫復得長壽此界命盡猶如蛇蛻即便往生安樂世界不受胞胎於蓮華中自然化生所生之處得宿命智又復恒常親近供養一切如來一切所求皆悉滿足若彼依法清淨澡浴著鮮潔衣作四方曼拏羅用好樺皮書此心明復作五塔安壇四角及彼中心於五塔中安置心明又於中心安置相輪於相輪樗上繫赤色絹以爲幖幟壇上安四賢瓶四香爐燒四種香所謂藿香沉香栴檀及安息等散諸名華粖香置閼伽器等旋遶曼拏羅念誦此二如意寶一百八徧若人爲蛇所螫或疾病纏染壽命將盡或中夭者至於兵戈怖畏乃至爲求子息當於曼拏羅前安五般林樹之葉以彼樹葉拂於身上於塔曼拏羅發諦善心作諸供養若能一一依此

儀軌者於前百千劫所有積聚罪業障難獲得解脫一切煩惱一切疾病一切怖畏悉皆遠離至於地獄傍生焰魔羅界一切惡業亦得解脫乃至世間一切罪障毒害苦惱咸皆破滅若有專注念誦短壽之人獲得長壽若有久患瘡痍久久不瘥便得痊瘥身根圓滿清淨微妙意所求事皆悉獲得乃至命終面前不見一切苦惱命終之後猶如蛇蜕往生安樂世界所生之處蓮華化生諸所受用悉皆殊妙得宿命通若依儀軌日日三時念誦二十一徧乃至誦滿一年獲得普門觀察光明三摩地得見十方一切佛刹中一切如來又得無垢清淨焰熾極清淨身得心清淨同於八十二殑伽沙等百千俱胝那餘多佛所而種善根輪廻往返常處清淨應有佛刹求往皆至欲生安樂世界應念即生死相苦惱皆不現前乃至夢中亦復不見若於八日十四日十五日旋遶如來全身之塔誦此二大如意寶陀羅尼八百徧當誦之時塔中有聲安慰行人而稱善哉彼人現世所有一切罪障及諸煩惱乃至貪瞋癡無明垢穢皆悉消除獲得無垢極清淨身若復男子女人童男童女聞念誦聲所有罪意悉得解脫若念誦之聲墮諸傍生及以飛禽四足二足多足無足種種蟲蟻含識之類一切業道悉皆解脫若於塚間掘取骸骨呪其沙土二十一徧散於骨上彼之神識隨其方處所墮地獄悉皆解脫生善逝天彼彼天人身雨異華降於塚間若復行人在於塚間山間念誦之時所有飛禽走獸種種之類遊行至彼悉得解脫業

報之身生善逝天若念誦佛頂無垢普門三世如來心陀羅尼八千徧者火不能燒所作惡業乃至五無間業便得解脫若誦百千徧命終之時被焰摩使以索繫頸牽入焰魔羅界彼界之内一切地獄悉皆破壞返生怖畏尋令迴還而得解脫謂彼行人法王之使住靜慮道無有疑惑欲生安樂世界隨願往生若誦百千徧得金色之身相貌圓滿三世如來視如一子若書寫百千本造其百千塔如法安置莊嚴熾盛決定得不退轉安住十地猶如於彼九十九百千俱胝那餘多殑伽沙等如來所而種善根獲得受記即說頌曰

彼一塔中安心明　竪立輪樽著幖幟
同三世佛全身藏　滿百千塔此應知

又若於彼一切故塔重加修飾獲不退轉當來證得無上正等正覺利益人天迨及蠕動解脫惡趣得不退轉功德無量不能稱讚爾時金剛手大藥叉主四天王天梵天那羅延天大自在天在覩史多宫所住天子乃至帝釋及忉利天子摩尼藏無垢等咸皆一心遶佛三帀却住佛前合掌恭敬白佛言世尊此如意寶陀羅尼大不思議甚奇希有難見難聞世尊我等同心於後世時若有衆生恒常受持此如意寶令久住世為諸衆生分別解說者我等恒常以誠諦心潛密擁護猶如赤子佛言善哉善哉汝等如是我今以此如意寶明王付囑汝等汝善護持佛說是經已諸大菩薩及諸天衆咸皆歡喜作禮而退

佛頂放無垢光明入普門觀察一切如來心陀羅尼經卷下

音釋

俱胝 梵語也此云百億胝張尼切
萎悴 萎於爲切枯也悴秦醉切顦顇也
孽 魚列切
嚕 力覩切
溷廁 溷胡困切廁初吏切溷廁圊也
蛆 七余切
咂 子合切入口也
啄 竹角切觜啄也
豺狼 豺士皆切狼盧當切
怛 當割切
嚩 落蓋切
魁膾 魁苦回切膾古外切魁膾爲首宰殺者
殑伽 梵語也此云天堂來河名也殑其陵切
倏 式竹切忽也
給 禰感切
秫 食律切
赧 奴板切
蛻 輸芮切解皮也
瑩澈 瑩縈定切絜也澈亘列切水澄也
樺 胡化切木名
楟 丑庚切與橕同柱也
幖幟 幖補遶切立木擊帛於其上曰幖幟昌志切旗也
藿 虛郭切香草也
閼伽 梵語也此云水閼阿葛切伽求加切
螫 施隻切蟲行毒也
瘡痍 瘡初良切痍弋支切
痓瘥 痓此緣切瘥初懈切痓瘥病瘳也
骸 户皆切百骸也
畀 音比

佛說樓閣正法甘露鼓經 宋西天中印度惹爛馱囉國三藏明教大師賜紫沙門天息災奉 詔譯

佛說大乘善見變化文殊師利問法經 宋西天中印度惹爛馱囉國三藏明教大師賜紫天息災奉 詔譯

聖虛空藏菩薩陀羅尼經 宋西天中印度摩伽陀國三藏傳教大師賜紫法天奉 詔譯

佛說大護明大陀羅尼經 宋西天譯經三藏朝散大夫試鴻臚少卿傳教大師法天奉 詔譯

清刻龍藏佛說法變相圖

四經同卷

佛說樓閣正法甘露鼓經

佛說大乘善見變化文殊師利問法經

聖虛空藏菩薩陀羅尼經

佛說大護明大陀羅尼經

佛說樓閣正法甘露鼓經

宋西天中印度惹爛馱囉國三藏明教大師賜紫沙門天息災奉 詔譯

如是我聞一時世尊在舍衛國祇樹給孤獨園爾時尊者阿難陀發誠諦心詣世尊所到佛所已用彼頭頂禮世尊足修敬畢已住立一面爾時尊者阿難陀白世尊言云何種於清淨善根云何作曼拏羅云何歸依受持學處云何合十指掌恭敬如來成何善業世尊云何輪迴善根不滅云何業盡獲得涅槃作如來像云何功德世尊告言阿難陀當於五

德而淨修持又說以何等語發於自心發於他心復令賢聖得心歡喜善業巍巍所求皆得身謝命終生善逝天阿難陀若有發心爲於佛故伸乎供養作四方曼拏羅我說彼人當來之世於北俱盧洲爲富貴主身終之後生忉利天阿難陀若有發心爲於佛故伸乎供養如半月形作曼拏羅我說彼人當來之世於東勝身洲爲富貴主身終之後生夜摩天阿難陀若有發心爲於佛故伸乎供養作圓曼拏羅我說彼人當來之世於西牛貨洲爲富貴主身終之後生兜率天阿難陀若有發心爲於佛故伸乎供養如彼車形作曼拏羅我說彼人當來之世於南閻浮洲爲富貴主身歿之後生化樂天阿難陀若有歸依於佛及以法僧護持淨戒我說彼善根福無量無邊一切聲聞及與緣覺盡涅槃際無能較量爾時世尊告尊者阿難陀隨汝意知彼紅蓮華柔輭無垢無憂樹葉銅色微妙我舌如彼舒覆面門乃至髮際如汝所見阿難陀誰以妄語綺語惡口兩舌而能有此如來應正等覺語唯眞實舌乃如是阿難陀若有歸命合掌頂禮於彼世尊如來應正等覺作此歸依者彼之有情爲我救度何以故阿難陀如來法界而決定故若有誠心決定合掌禮拜及以布施阿難陀又復有人如洗其手及滌諸器同此少時發利生心願彼所有一切衆生悉得安樂阿難陀我說此人開於福門閉於惡趣得免三劫云何三劫謂刀兵劫疫病劫飢饉劫阿難陀又若有人一日持此遠離殺生之戒彼人不生刀兵劫中若以一訶梨

勒布施衆僧彼人不生疫病之刧若以一盂飲食施於衆僧彼人當得不生飢饉之刧阿難陀有三善根無盡無邊處輪廻中亦不滅盡當趣涅槃阿難陀何等爲三謂於如來而種善根無盡無邊處輪廻中亦不滅盡終趣涅槃於法於僧而種善根亦無盡無邊處輪廻中亦不滅盡當來必得趣於涅槃爾時世尊以如來功德謂阿難陀言而汝見彼南閻浮洲阿難陀白世尊言唯然已見阿難陀若有族姓男族姓女以七寶作南閻浮洲如車相形縱廣正等七千由旬而用布施供養四方衆僧及預流一來不還阿羅漢乃至縁覺等若有如來應正等覺般涅槃後用彼泥團作窣堵波大如阿摩勒果上安相輪大小如針覆以傘蓋由如棗葉中安佛像同彼麥粒下葬舍利如白芥子我説此福廣大而勝於彼阿難陀南閻浮洲而汝且止阿難陀若有族姓男族姓女以七寶作東勝身洲四面周帀如半月形縱廣正等八千由旬布施供養四方衆僧及預流一來不還阿羅漢乃至縁覺等若有如來應正等覺般涅槃後用彼泥團作窣堵波如阿摩勒果上安相輪大小如針覆以傘蓋由如棗葉中安佛像同彼麥粒下葬舍利如白芥子我説此福廣大而勝於彼阿難陀彼南閻浮洲東勝身洲而汝且止阿難陀若有信心族姓男族姓女以七寶作西牛貨洲如圓滿月縱廣正等九千由旬以此布施供養四方衆僧及預流一來不還阿羅漢乃至縁覺若有如來應正等覺般涅槃後用彼泥團作窣堵波如阿摩勒果相輪如

針傘蓋如棗葉中安佛像同彼麥粒下葬舍利如白芥子我説此福而勝於彼阿難陀彼南閻浮洲東勝身洲西牛貨洲而汝且止阿難陀若有族姓男族姓女以七寶作北俱盧洲四面方等各十千由旬以此供養四方衆僧及預流一來不還阿羅漢乃至縁覺若有如來應正等覺般涅槃後用彼泥團作窣堵波如阿摩勒果相輪如針傘蓋如棗葉中安佛像同彼麥粒下葬舍利如白芥子我説此福廣大而勝於彼阿難陀彼四大洲而汝且止若有族姓男族姓女以七寶作帝釋天主善法之堂布施供養四方衆僧及於預流一來不還阿羅漢乃至縁覺若有如來應正等覺般涅槃後用彼泥團作窣堵波如阿摩勒果種種莊嚴相輪傘蓋作佛形像及葬舍利同前無異我説此福廣大而勝於彼阿難陀彼之四洲及善法堂而汝且止阿難陀若有信心族姓男族姓女乃至以彼七寶作三千大千世界布施供養四方衆僧及於四果乃至縁覺若有如來應正等覺般涅槃後用彼泥團作窣堵波如阿摩勒果種種莊嚴相輪傘蓋安佛形像及葬舍利同前無異我説此福廣大而勝於彼何以故阿難陀如來施戒忍辱精進靜慮及一切智無量無邊乃至十力四智三不共法及四念處乃至大悲亦無量無邊蓋以如來有如是功德故阿難陀如來應正等覺説是法時三千大千世界周徧震動爾時尊者阿難陀白佛言世尊今此正法當云何名云何受持佛告阿難陀此經名正法甘露鼓亦名未曾有正法如是受持爾

時尊者阿難陀以希有心承佛聖旨信受奉行頂禮而退

佛說樓閣正法甘露鼓經

佛說大乘善見變化文殊師利問法經

宋西天中印度惹爛馱囉國三藏明教大師賜紫天息災奉　詔譯

如是我聞一時世尊在王舍城鷲峯山中與大比丘衆并大菩薩文殊師利等大衆圍遶爾時佛告文殊師利童子言佛子我今爲諸衆生於四聖諦心生顛倒恒處輪迴不能免離說此眞實四聖諦法文殊師利白佛言世尊如來應正等覺云何因緣而諸衆生不能遠離如是虛妄輪迴之中不覺不知佛言文殊師利我見衆生受如是虛妄輪迴何以故善男子皆因無始已來妄生計執分別彼我文殊師利以是因緣受此愚癡業報虛妄輪迴何以故是諸愚癡衆生不聞不知最上一切寂靜法故不自思惟警悟三業恣身口意造衆煩惱我貪我瞋我癡等我今於彼如來法中得此出家受清淨戒修持淨行遠離輪迴得涅槃道解脫苦輪復自思惟此煩惱性即善法故即有漏法故即無漏法故即輪迴法故即世間即出世間即智即斷除法即決定法即觀法圓滿智即觀苦集滅決定道乃至決定法界故又復思惟一切行虛假故一切行苦惱故一切行即無相故我若得此即能遠離一切虛假得隨意生若觀我見不離道諦即得彼法所作隨意復於彼法憶念無惑於一切法心無差別能如是知即得遠離不信疑惑毀謗讚歎得此解脫一切我苦我於是時無有少分而難作者若阿羅漢能知此我彼臨命終時自見所生棄捨本心得佛菩提隨意所樂自在而往即得至於無爲界故彼得此苦智法智若了知我集一切法生

不信心疑惑誹謗種種怖畏若不信此法盡此集故彼作是思惟決定滅諦彼復思惟此法應如是作得滅諦故是法若作此決定滅作是決定彼意心生疑惑命終之後墮大地獄中云何名如實思惟生一切法故爾時文殊師利童子白佛言世尊云何見四聖諦心佛告文殊師利若見一切法即不生故即見苦諦若見出生一切法消除故即是集諦若見最上涅槃一切寂靜法相即是滅諦若見究竟一切法性即是道諦文殊師利若彼見此四聖諦非實非虛是善法是不善法是有漏是無漏是世間是出世間是有爲智是無爲智是無變異法是觀苦集了別智法即決定滅諦乃至決定法界道諦不可改變何故一切愚迷衆生耽著欲樂於此實相法中而生迷惑彼諸衆生於寂滅法不諦思惟乃至一切法寂靜自性不得現前不知此法非取非捨非離取捨在彼貪界顯現涅槃瞋界癡界乃至輪迴界悉能現彼涅槃寂靜界故若於一切法能現如是自性平等當得一切法中自在無礙云何不知彼眞實法若於不生不滅法心同虛空即佛平等不可得故法平等不可得故僧平等不可得故乃至涅槃寂靜平等亦不可得故如是於一切未曾有法不生疑惑即得離疑不生不出至一切最勝涅槃寂靜界故文殊師利如是眞諦一切法不可見是故須菩提而不往詣禮如來足如須菩提尚得無我況復如來云何而見勿作是解文殊師利如是一切不生法中有所見故即非見四聖諦爾時文殊師利法王子白

佛言世尊云何見四念處佛告文殊師利彼須菩提當得觀身不淨見身念處觀受是苦見受念處觀心無常見心念處觀法無我見法念處文殊師利復白佛言世尊如是實相云何而說復云何見眞實四念處佛告文殊師利止比眞實諦如來所說難解難知文殊師利言唯願說之廣演分別彼眞實四念處故佛言文殊師利汝若見等虛空身即見此身中身念處又文殊師利若於受中內外中間有所得故即見受念處又文殊師利若見此心智有方圓大小即見此心中心念處又文殊師利若於善不善有漏無漏乃至煩惱世出世間法中有所得故即非見此法中法念處文殊師利此眞實四念處應如是解文殊師利白世尊言云何見四正勤佛告文殊

師利若觀十二緣生究竟空寂乃至無性一切法彼不可得當起精進心稱法滅除所生不善一切業故爲未生不善法令不起故未生善法起精進心令出生故所生善法令得久住不廢忘故當起圓滿精進心故如一切法離取離捨非離取捨若得如是正憶念故彼不復起心即得此三摩地行彼云何思惟得神足故云何住平等一切法文殊師利應當如是見四正勤文殊師利又復白言世尊云何見五根佛言文殊師利若見究竟一切法不生即解信根何以故文殊師利此究竟不生信根於一切法中心不可得故本離此名又文殊師利若於一切法離憶念故無有趣求不住方所是爲精進根文殊師利若於一切法離現前明了故遠離差別心不起故

是爲念根又文殊師利若於諸法能離生滅能覺所覺性空性非空性故是爲定根文殊師利若性執有執無一切法中不可得故是爲慧根文殊師利應如是解了知五根故文殊師利言世尊云何見五力佛言文殊師利若能見此離性離相一切廣大心法是爲信力文殊師利若於菩提進求功德能離取捨非離取捨是爲進力文殊師利若於一切法離諸憶念無有計執是爲念力文殊師利若至一切法無相故是爲定力文殊師利若能遠離一切所見乃至涅槃是爲慧力文殊師利應如是解了知五力故文殊師利言世尊云何見七覺分佛言文殊師利若見一切無自性法不憶念故是爲念覺分文殊師利若於一切法心不可測度說善不善及得受記是爲擇法覺分文殊師利若於一切法能離取捨非離取捨又於諸法捨離思慮是爲精進覺分文殊師利若於一切法不生愛著解一切法即無生故是爲喜覺分文殊師利若於一切法心生信樂解一切法不可得故是爲輕安覺分文殊師利若於一切法心無掉舉是爲定覺分文殊師利若於一切法無住無著不可覺知於一切法不生貪著若得此捨是爲捨覺分文殊師利七菩提分應如是解而能了知文殊師利言世尊云何見八正道佛告文殊師利若不見正乃至不見一切無性法無二相心無罣礙是爲正見文殊師利若見一切法離諸罣礙非離罣礙心無所著是爲正思惟文殊師利若見一切法無有邊際稱無邊際平等善說是爲正語文殊師

利若見一切法無有動作離悲愍心本不生故是爲正業文殊師利若於一切法無喜無瞋諸法不生是爲正命文殊師利若於一切法無有起滅無有力用是爲正精進文殊師利若於一切法念念不生無有知覺離諸思惟是爲正念文殊師利若於一切法自性非性而能遠離無有所著是爲正定文殊師利此八正道應如是解即能了知文殊師利若有見如是四聖諦心即得見於四念處四正勤四神足五根五力七菩提分八聖道分眞實心故是求彼岸至實際地得大安樂悉捨重擔遠塵離垢觀身無相至無生忍阿羅漢沙門婆羅門至淨彼岸名曰多聞是眞佛子是能仁子能敵寃家棄擲煩惱得大堅固無老無怖無有疑惑亦無戲論無彼無此名此比丘爲聖法幢文殊師利若得如是法忍得大善利應得一切世間天人阿脩羅而爲供養文殊師利是故得一切國土無空過者悉受清淨飲食供養爲離輪迴得涅槃岸脱諸苦輪乃至一切正徧知正等菩提起此心法所求皆得爾時世尊説是法時三萬二千天子皆得此法彼諸天衆於如來世尊應正等覺幷文殊師利菩薩摩訶薩散曼陀羅華摩訶曼陀羅華而以供養作如是言彼等於如來佛法中當得出家受清淨戒若説此法一心聽受得菩提道復有八千一百比丘衆心得漏盡無生解脱復有四萬二千菩薩得無生法忍于時三千大千世界一切魔王宮殿山林曠野大地六種震動於虚空中雨衆天華讃言善哉善哉善説此法甚爲希有出是

音聲十方普聞佛說此經已文殊師利法王子及大菩薩諸比丘衆一切世間諸天人民阿脩羅乾闥婆等聞佛所說各各歡喜禮佛而退

佛說大乘善見變化文殊師利問法經

聖虛空藏菩薩陀羅尼經

宋西天中印度摩伽陀國三藏傳教大師賜紫法天奉　詔譯

如是我聞一時世尊在喜樂山頂天宮不遠仙人住處與大比丘衆五百人俱復有菩薩摩訶薩衆此諸菩薩皆是一生得成無上正等菩提其名曰慈氏菩薩摩訶薩普賢菩薩摩訶薩無邊華菩薩摩訶薩普徧華菩薩摩訶薩虛空藏菩薩摩訶薩如是等菩薩摩訶薩五百人俱爾時世尊及諸菩薩見彼山下河邊林中有二比丘裸形舒手呌喚啼泣是時虛空藏菩薩摩訶薩即從座起偏袒右肩右膝著地合掌恭敬白佛言世尊殑伽河邊彼二比丘何因何緣裸形舒手呌喚啼泣爾時世尊告虛空藏菩薩摩訶薩言彼二比丘疾病所纏部多所執是故裸形呌喚啼泣是時虛空藏菩薩摩訶薩白佛言世尊如是疾病云何消除如是部多云何除遣爾時世尊以神通力召集諸佛時虛空中現六如來爲欲證明第七世尊釋迦牟尼如來法故爾時尾鉢尸如來爲欲利益一切衆生消除疾病袪遣部多隨喜宣說陀羅尼曰

曩謨引没馱引野一曩謨引達哩麼引二合野二曩謨僧伽引野三唵引四左羅左羅五呬隷呬隷六呬羅野七曩謨昝七敢切謨八左曩引野九曩謨引曩莫十娑嚩引二合賀引

是時尾鉢尸如來說是明已告虛空藏菩薩摩訶薩言若有受持讀誦供養此陀羅尼者當知是人無疾病苦器杖不傷水不能漂毒不能害亦無中夭飲食無患獲得聞持壽命長遠一切時中諸佛護念若復耳聾呪油七

徧滴油耳中自然消散爾時尸企如來爲欲利益一切衆生消除疾病袪遣部多隨喜宣説陀羅尼曰

曩謨引没馱引野一曩謨引達哩麼二合野二曩莫僧伽引野三唵引四波左波左五波左波左引野六薩哩嚩二合部多引喃引七嚫你枳𠹕野八波囉尾你野二合喃引九娑嚩二合引賀引十

是時尸企如來説是明已告虛空藏菩薩摩訶薩言我此心印大陀羅尼百千俱胝無數諸佛同共宣説若有衆生晝夜六時憶持我此心陀羅尼病疾消除鬼魅遠離惡夢除遣永離中夭患難不侵毒不能害夢見如來入佛境界若復風癀童子鬼病結青線索呪蘇摩那身上帶持耳邊誦呪一切時中願皆除滅爾時毗舍浮如來爲欲利益一切衆生消除疾病袪遣部多隨喜宣説陀羅尼曰

曩謨引没馱引野一曩謨引達哩麼引二合野二曩莫引僧伽引野三唵引迦羅迦羅四迦羅迦羅五矩路引娑那曩矩嚕六薩哩嚩二合誐囉二合賀引赦七娑嚩引二合賀引八

是時毗舍浮如來説是明已告虛空藏菩薩摩訶薩言汝今諦聽此陀羅尼賢劫如來三世諸佛同共宣説若有受持讀誦供養此陀羅尼者當知彼人器杖不傷毒不能害無諸疾病水不能漂亦無中夭宿業消除若有比丘比丘尼優婆塞優婆夷先當洗浴住世尊前持誦此明滿八百徧一切疾病一切嬈惱不能侵害獲得長命盡諸煩惱當得庫藏財穀甚多若惡衆生一切怖畏思惟念誦此陀羅尼怖畏消除獲得愛樂若有一切鬬諍論

義白線作結誦陀羅尼一切和合若患眼痛乳樹作線誦陀羅尼繫於頸上即得除愈若復見有軍陣相向取蜜酪酥阿波摩誐一誦一擲火中護摩滿八千徧一切軍衆互相収陣壽命長遠王及大臣爲求安隱酪蜜稻華火中護摩滿八千徧於一切處身心快樂若爲自身及諸衆生消除藴惡災難罪障不吉祥相白乳樹柴呪胡麻子火中護摩滿八千徧一切災難即得消除若復有人自爲成就一切明呪當取百華曩羅那必哩焰牛頭栴檀世禮多枳恭句摩毋娑怛迦印捺囉嚩嚕拏珊瑚蒞底此藥一處盛賢瓶中菩提樹枝蘇摩那菓揷賢瓶口安世尊前白月十五日一日一夜於世尊前誦陀羅尼滿八百徧悉地成就爾時羯矩忖那如來爲欲利益一切衆生消除疾病袪遣部多隨喜宣說陀羅尼曰

曩謨引没馱引野一曩謨引達哩麽引二合野二曩莫引僧伽引野三曩莫羯囉二合矩忖那引野四怛他引誐哆引野五引囉賀二合諦六引三彌野二合三没馱引野七唵引八迦吒迦吒九迦吒迦吒十枳致枳致十一枳致枳致十二曩謨薩哩嚩十二合三怛他引誐諦引毗喻十二合四引囉賀二合帝毗藥十二合五三彌野二合三没地引毗喻二合十六引娑嚩引二合賀引十七

是時羯矩忖那如來說是明已告虛空藏菩薩摩訶薩言汝今諦聽我此心印大陀羅尼殑伽沙等諸佛世尊同共宣說若有受持供養聽聞隨喜此陀羅尼者當知是人獲得聞持遠離疾病飲食無患繫縛解脱後時後分

若有比丘比丘尼優婆塞優婆夷香華塗香供養三寶沐浴世尊發心念誦此陀羅尼滿八百徧得宿命通七生天上作諸天子下生人間爲轉輪王若不依法隨緣念誦常生人中人中命終生安樂剎若得種種飲食加持七徧一切疾病悉皆遠離若爲息除一切鬼魅八千障難當先澡浴念誦此明滿一七徧若患惡瘡呪瘡七徧若患癰腫加持銅針念呪下針即得除愈一切鬬諍念誦此明滿一七徧即得除散一切繫縛念誦此明滿一七徧便得解脫財寶增長念陀羅尼恒無間斷尾曩野迦一切障難誦陀羅尼滿一七徧即得遠離若人要知心之所求事於清淨處若佛塔前嚴結壇場燒沉水香誦念此明滿八千徧頭東攲卧夢見如來壽命脩短好惡勝劣彼一切見爾時羯曩迦牟尼如來爲欲利益一切衆生消除疾病祛遣部多隨喜宣說陀羅尼曰

曩謨引没馱引野一曩謨引達哩麽引二合野二曩莫僧伽引野三曩莫迦曩迦母曩曳引四怛他引誐哆野引五囉賀二合諦引六三弭野二合三没馱引野七唵引八娑囉娑囉九娑囉娑囉十悉哩悉哩十一悉哩悉哩十二悉囉引野十三馱摩馱摩十四馱摩馱摩十五度母度母十六度母度母十七度摩引野十八曩謨引曩莫十九迦曩迦母曩曳引二十怛他引誐哆引野引囉賀二合諦引二十一三弭野二合三没馱引野二十二娑嚩引二合賀引二十三

是時羯曩迦牟尼如來說是明已告虛空藏菩薩摩訶薩言若有受持讀誦恒常供養此

陀羅尼者當知是人一切刀杖水火怖畏邪法呪術諸毒不能侵害亦不中天先世所造一切業障三時誦念皆得消除又復疥癩癥癖惡腫用菖蒲作末蜜和爲丸火中護摩滿八千徧又復瘧病一日二日三日四日加持惹底蘇摩那華身上帶持若復耳聾耳邊誦呪若復風癎羯吒鬼病加持佛華身上帶持如是諸病願皆消除富貴長壽恒見如來一切時中諸佛護念爾時迦葉波如來爲欲利益一切衆生消除疾病祛遣部多隨喜宣說

陀羅尼曰

曩謨引 沒馱引 野一 曩謨引 達哩麼引二合 野二 曩莫僧伽引 野三 唵四引 賀囉賀囉五 賀囉賀囉六 賀賀七 曩莫迦設野二合 波野八 怛他引 誐哆引 野引九 囉賀二合 諦十引 三弭野二合 三沒馱引 野十一 悉殿覩二十 滿怛囉二合 波那十三 娑嚩引二合 賀十四引

爾時迦葉波如來應正等覺說是明已告虛空藏菩薩摩訶薩言若有受持讀誦供養此陀羅尼者當知是人一切業障悉皆消除一切時中諸佛攝受遠離惡法安住善法

若復有人患白癩病加持佛華滿八千徧若常熱病加持佛華滿八千徧若病初得加持佛華滿八千徧身上帶持一切時中願皆除滅

若復女人懷孕難生加持佛華油煎塗用若皮風瘡加持佛華酥煎塗上若復癰腫及諸痔瘻加持佛華好蜜一處用塗瘡上

若復瘧病一日二日三日四日食香食華一切鬼病或復癲癎加持佛華身上帶持如是

等病明力加持一切時中願皆除滅

爾時釋迦牟尼如來爲欲利益一切衆生消除疾病袪遣部多說此心印陀羅尼曰

曩謨引沒馱引野一曩謨引達哩摩合二野二曩莫僧伽引野三怛你野合二他引四唵引五具弭具弭六摩賀引具弭七底𠻬底𠻬八摩賀引底𠻬九左𠻬左𠻬十摩賀引左𠻬十一駄囉駄囉十二摩賀引駄囉十三鼻哩鼻哩十四摩賀引鼻哩十五枳𠻬枳𠻬十六摩賀引枳𠻬十七𠰌嚕𠰌嚕十八摩賀引𠰌嚕十九弭𠻬弭𠻬二十摩賀引弭隸二十一底𠻬底𠻬二十二摩賀引底𠻬二十三度弭度弭二十四摩賀引度弭二十五左𠻬左𠻬二十六摩賀引左𠻬二十七企哩企哩二十八摩賀引企哩一十九唧𠻬唧𠻬三十摩賀引唧𠻬三十一娑嚩二合賀引三十二引

爾時世尊釋迦牟尼如來說是明已告虛空藏菩薩摩訶薩言虛空藏若有受持讀誦供養陀羅尼者當知彼人身無疾病刀杖不傷水不漂溺不受苦惱亦不中夭虛空藏汝今當知此陀羅尼有大威力能除疾病能除諸毒能除不祥及諸怖畏若彼部多彼部多衆不能侵害若布怛曩布怛曩衆不能侵害如是等衆各起慈心一切時中令彼安隱是時虛空藏菩薩摩訶薩白佛言世尊如來已說利益衆生成就安隱大陀羅尼我今亦說利益衆生法界清淨成就安隱陀羅尼曰

怛你野合二他引左𠻬左𠻬摩賀引左𠻬覩嚕覩嚕摩賀引覩嚕入嚩合二𠻬入嚩合二𠻬摩賀引入嚩合二𠻬呬𠻬呬𠻬摩賀引呬𠻬娑嚩合二引賀

是時虛空藏菩薩摩訶薩說是明巳復作是言若欲成就出世間殊勝功德應當受持此陀羅尼世間所有刀杖繫縛疾病苦患黑雲障礙尾囉蔓毒不能侵害若復迦驅那切那你阿底沒里瑟吒囉病明力護持頼皆除滅

爾時世尊說是法巳虛空藏菩薩摩訶薩等一切大衆聞佛所說一心受持歡喜奉行

聖虛空藏菩薩陀羅尼經

佛說大護明大陀羅尼經

宋西天譯經三藏朝散大夫試鴻臚少卿傳教大師法天奉 詔譯

爾時世尊住沒哩際蹠聚落是時世尊告尊者阿難陀言阿難陀我今欲去往詣吠舍離城尊者阿難陀言如是世尊我今聽命於是世尊與阿難陀往吠舍離城到菴沒羅園已佛告阿難陀言阿難陀汝可入城擇吉祥地安因陀羅枳黎駐足正念說此大護明大陀羅尼及以伽陀曰

尾薩囉哆一尾薩囉哆二尾薩囉哆三尾薩囉哆四尾薩囉哆五

過現未來　正徧知者　已彼同意　度於世間
一切諸佛　一切獨覺　諸阿羅漢　及以聲聞
一切戒威德　一切眞實言　乃至於大梵
迦弭自在者　帝釋及諸天　一切阿素囉
阿素囉使者　乃至部多等　一切皆同意

尾薩囉哆一尾薩囉哆二尾薩囉哆三尾薩囉哆四尾薩囉哆五

過現未來一切佛　爲度世間故應知

捫佐上哆一捫佐上哆二捫佐上哆三捫佐上哆四麼引上底瑟姹二合覩五伊上底尾喻二合跛舍引弭也二合哆六涅泥逸切孽瑳哆七上涅唯上孽瑳哆八上

天中之天天所尊重入吠舍離世主梵王及天帝釋護世四王亦復來入無數千天衆無央數阿素囉王及阿素囉衆亦復來入乃至無量千部多衆等亦復隨入歸命世尊觀一切衆生諸災難起疾疫流行作成就法速令退散使得安樂眞言曰

你哩誐二合蹉哆你哩誐二合蹉哆你哩誐二合蹉

哆你哩誐合二蹉哆訖史合二鉢覽合二波羅引野
哆野你喻焰訥瑟吒合二唧哆引曩設野合二哆
曳引眛怛囉合二唧哆引曩波覽引度迦引麼
引囉訖產引二合左引努挽哩底合二迦引麼引
諦引悉底合二瑟姹二合勑降切哆摩旦鉢囉合二沒
吐引路迦引努劒波句引惹拏合二波野底蘇
毋蘇毋蘇毋蘇毋嚕蘇毋嚕蘇毋嚕蘇毋嚕
蘇嚕蘇嚕蘇嚕蘇嚕毋毋毋毋鉢囉合二尾捨
底嚕蘇毋毋嚕毋嚕毋嚕毋嚕毋嚕毋嚕毋
嚕毋嚕護彌哩彌哩彌哩彌哩彌哩彌哩毋
嚕彌哩毋嚕彌哩毋嚕彌哩毋嚕彌哩毋嚕
彌哩毋嚕彌哩毋嚕彌哩毋嚕彌哩毋嚕彌
哩毋嚕彌哩毋嚕彌哩毋嚕彌哩毋嚕彌哩
毋嚕哩底毋嚕哩底哩哩哩哩彌哩彌
哩彌哩彌哩彌哩彌哩底賀悉彌彌哩底彌

哩哩彌彌迦吒迦囉迦吒建迦囉迦囉迦佐
引劒迦囉引劒迦囉引劒迦囉引劒迦囉引
劒迦囉引劒迦囉引劒迦嚕引迦哩底俱哩
勢引劒迦哩劒迦哩勢底哩底哩哩哩哩
引頗娑引哩普哩普哩普哩普哩普哩普哩
普囉曩引曩他引哩哩囇普哩娑哩布薩哆
二合阿曩引他引室左合二哩鉢囉合二你哩誐合二
蹉他波羅引野哆哩鉢覽合二波羅引野哆
如來正徧知者為於世間一切衆生而來入
此除災難處以大慈大悲大喜大捨說是眞
言成就伽陀一切聖衆乃至部多等衆而知
此法於諸世間為最為上若復不惜身命為
於一切息除疾疫破壞災難增彼善心令得
安樂為彼世間說解脫道說尊重法為彼一
切而作安樂為度世師為諸世間而起慈心

安諸有情猶如赤子恒常隨逐一切衆生猶如燈明而增照燭處輪廻者令得正道諸法之智而不闕乏言辭清淨與一切樂彼彼生時生富貴家得大無畏福業成就彼所生地一切震動一切有情咸皆歡喜彼菩提場六種震動魔及魔民悉皆愁惱謂彼牟尼當轉法輪說四聖諦以調伏法降彼外道一切衆生必當作佛安樂人天及天帝釋乃至安樂一切部多衆等於一切時使得見佛得賢聖意獲福無量彼所求事咸得成就得菩提故安樂四道復令衆生晝夜日中及一切處悉皆安樂乃至蠕動一切有情各令快樂復令衆生不造惡業見諸賢聖部多來集所住之地及彼虛空於諸衆生常加慈護於晝於夜於一切時依法而住於是尊者阿難陀白世尊言如是世尊我今聽命於是安因陀羅枳黎已爲諸衆生消除災難駐足正念說此大護明大陀羅尼成就伽陀曰

尾薩囉哆一尾薩囉哆二尾薩囉哆三尾薩囉哆四尾薩囉哆五

過現未來一切諸佛　以正徧知願垂加護　一切緣覺威德加護　一切阿羅漢威德加護　一切聲聞威德加護　一切戒威德加護　一切眞實語威德加護　獨住梵天威德加護　迦弭濕嚩囉威德加護　憍釋迦威德加護　諸天衆威德加護　阿素囉王威德加護　一切阿素囉威力加護　阿素使者威力加護　一切部多威力加護　願佛及聖賢　爲一切衆生　咸垂威德力使災難悉除

你哩誐合二蹉哆你哩誐合二蹉哆你哩誐合二蹉哆你哩誐合二蹉哆訖史合二鉢囉合二波羅引野哆野你喻焰訥瑟吒合二唧哆引曩設野合二哆曳引昧引怛囉合二唧哆引曩波覽引度迦引摩引囉訖產引二合左引努挽哩底合二覩迦引麼引悉諦合二底瑟姹二合勑降切覩摩里左

正徧知者爲世間　除災難故而來入

素母素母素母素母嚕素母嚕素母嚕素母嚕素母母嚕母嚕母嚕母嚕母嚕母嚕母嚕母嚕母嚕母嚕母嚕母嚕母嚕母嚕母嚕彌哩尾娑囉哆尾娑囉哆尾娑囉哆沒吐路引迦引努劍波句引惹拏合二波野底夢左哆夢左哆尾你野合二鉢囉合二尾捨底伊底喻合二波舍引弭野引覩你哩誐合二蹉哆你哩誐合二蹉哆

彼世界主大梵天王而於天中最尊最上及天帝釋護世四王亦復來入無數賢聖無數阿素囉王無數阿素囉衆乃至無數部多之衆咸覩世尊而陳歸命當爲一切衆生消除災難你哩誐合二蹉哆你哩誐合二蹉哆你哩誐合二蹉哆你哩誐合二蹉哆

若人非人起於惡心行不饒益作諸災難當速退散勿復興惡若不退者當自毀滅恒起慈心願常守護如來救世者應當如是知

素母嚕素母嚕素母嚕素母嚕素母嚕母嚕母嚕母嚕母嚕母嚕素嚕素嚕素嚕素嚕素嚕素嚕素嚕素嚕彌哩彌哩彌哩彌哩母嚕彌哩母嚕彌哩母嚕彌哩母嚕彌哩母嚕彌哩母嚕彌哩母嚕彌哩母嚕彌哩母嚕彌哩母嚕彌哩母嚕彌哩母嚕彌哩嚕

素彌彌哩底彌哩悉悉彌劎迦囉引迦囉迦吒迦囉迦左引劎迦囉劎迦囉劎迦囉劎迦囉劎迦囉劎迦囉劎迦囉劎迦嚕引迦哩底俱哩勢引劎迦哩迦哩勢引底哩哩哩哩哩哩底哩引頗娑引哩嚕哩嚕哩嚕哩嚕哩嚕哩嚕哩嚕哩野你俞焰阿曩引他引曩引他引你禮母哩母哩你哩誐合二蹉哆你哩誐合二蹉哆

一切冤家當速退散使一切衆生願皆隨意如來以大慈大悲大喜大捨說是眞言成就伽陀爲一切天衆及部多衆得最上智慧及法義理於諸世間除諸災沴破滅自他貪毒之過以彼善心說一切法令彼世間諸衆生等見解脫道獲得安樂如來三界之師慈護衆生同彼赤子復如燈燭照明衆生住輪迴者得見正道善說法要言辭清淨一切鬼神而爲證明又彼彼生得大無畏處於富貴資財廣多饒益一切得義成就得福成就又彼生時一切震動衆生歡喜獲得安樂彼菩提場六種震動魔及魔民一切憂慼謂彼牟尼轉正法輪說四聖諦以調伏法降彼外道一切衆生安樂諸天及天帝釋乃至一切部多之衆令諸有情於一切時方承佛福故得天意故若彼求事咸得成就得安樂故得菩提故願諸衆生皆悉賢善遠離衆罪無造罪者乃至蠕動一切有情災沴悉除無諸病惱所行之處所住之處於晝於夜及日中時一切安樂乃至部多來集住於地上及住虛空常發慈心依法而住此界他方一切諸佛乃至諸天常來衛護得大安樂說是陀羅尼已諸

天衆等歡喜奉行

佛説大護明大陀羅尼經

音釋

飢饉 飢居希切穀不熟也饉渠吝切菜不熟也
窣堵波 梵語也此云高顯窣蘇骨切
警 居影切寤也
掉 徒弔切搖也
重擔 重直隴切擔丁紺切
祛 去魚切逐也
尸企 尸升脂切企去智切尸企佛名
嚫 初覲切
嬈 而沼切亂也
羯矩 羯居竭切矩俱雨切
癰腫 癰於容切癤也腫之龍切脹也
欹 去奇切側也
疥癩 疥古隘切癩落蓋切
癥癖 癥知陵切腸病也癖匹辟切腹病也
瘧 魚約切寒熱病也
癎 胡閒切癲病也
蠕 而充切蟲動貌
沴 間計切妖氣也

五經同卷

清刻龍藏佛說法變相圖

五經同卷

佛說無能勝旛王如來莊嚴陀羅尼經

最勝佛頂陀羅尼經

聖佛母小字般若波羅蜜多經

消除一切閃電障難隨求如意陀羅尼經

聖最上燈明如來陀羅尼經

佛說無能勝旛王如來莊嚴陀羅尼經

宋西天北印度烏填曩國帝釋宮寺三藏賜紫沙門施護奉 詔譯

如是我聞一時世尊在忉利天帝釋宮中善法堂會而於是時忽有阿素囉王與諸眷屬部領兵衆各各身被甲冑手執器仗前後圍

逩來相戰鬭討伐忉利天宮爾時帝釋天主與諸天衆身嚴寶鎧執持器仗與之共戰時阿素囉王兵衆得勝忉利天衆退敗怖散馳走是時帝釋天主隱天主容儀現常人相速疾奔馳往覲世尊到佛所已頂禮佛足而白佛言世尊我今爲阿素囉王將諸兵衆來相戰伐忉利天衆退敗怖散馳走以何方便救我此難是時佛告帝釋天主言汝當諦聽吾爲汝說有陀羅尼名無能勝旛莊嚴我於往昔爲菩薩時有佛號無能勝旛王如來於彼佛所得聞此陀羅尼從是已來我亦爲他廣說是法得大徵祥而未曾有彈指之頃怖畏之事是時佛復告帝釋天主言我今爲汝說是無能勝旛莊嚴陀羅尼曰

怛你也(二合)他(去引)惹(仁左切下同)野惹野(二)尾惹野尾惹野(三)惹野嚩醯䭇(四)僧(去)揭哩(五)鉢囉(二合)畔(上)惹寧磬(二合六)薩嘌嚩(二合)設咄嚕(二合)赧(引七)仁旮(二合)婆(去)野染婆(去)野(八)薩檐(二合)婆(去)野薩檐(二合)婆(去)野(九)謨(去引)賀野(十)謨(去)賀野(十一)婆(去)蘖嚩底(十二)惹野嚩(引)醯䭇(十三)麼他(去)麼他(去十四)鉢囉(二合)麼他(去十五)鉢囉(二合)麼他(去十六)仡囉(二合)薩(十七)仡囉(二合)薩(十八)賀娑賀娑(十九)吽吽(二十)覽冐那哩(二十一)怛哩(二合)寗怛嚟(二合二十二)拶覩嘌嚩(二合)訖怛黎(二合二十三)拶覩嘌能(二合去)瑟致嚟(二合二十四)拶覩嘌歩(二合)薺(二十五)遏始毋設攞(二十六)怛哩(二合)戍(引)攞(二十七)嚩(武沫切)曰囉(二合)馱(引)囉抳(二十八)囉(入)乞灑(二合)囉(入)乞灑(二合)鑠(引年敢切二十九)婆(去)蘖嚩底(三十)賀曩賀曩(三十一)那賀那賀(三十二)鉢左鉢左(三十三)麼他(去)麼他(去三十四)鉢囉(二合)麼他(去三十五)鉢囉(二合)麼他(去三十六)

唵引三十七㗐普沫切吒半音呼㗐吒㗐吒三十八畔蒲敢
切下同惹畔惹三十九薩嘌嚩二合薩怛囉二合嘚四十
特嚩二合惹仡㘑二合四十一計諭㘑底丁逸切下同瑟
姹二合底瑟姹二合四十二怛哩二合吒去塢虜揭二合
四十三馱引囉抳四十四怛嚬二合路引吉也二合四十
五麼他去尾特吻二合薩野四十六波囉賽寧寧孕
切四十七左攞左攞四十八唧理唧理四十九咀嚧咀
嚧五十揭攞揭攞五十一枳理枳理五十二矩嚧矩
嚧五十三母左引吒野賀娑五十四尾特吻二合薩
野五十五波囉薩怛囉二合嚩五十六孛囉二合引麼
野五十七没馱薩底孕二合五十八達嘌麼二合薩底
孕二合五十九僧伽薩底孕六十沫底訖囉二合麼六十
一薩底野二合嚩引儞曩引六十二薩帝曳二合曩六十
三沫底訖囉二合莫六十四囕嘚捺㘑六十五矩吒
六十六矩知夜二合矩知夜二合六十七嚕捺囕

二合麼引曩野六十八尾瑟農二合麼引曩野六十九
賛捺囕二合素嘌愈二合麼引曩野七十怛嚬二合引
路引吉野二合引七十一地鉢底孕二合麼引曩野七十
二薩嘌嚩二合你吻引麼引曩野七十三薩嘌嚩
二合藥乞叉二合七十四囉引乞刹二合娑七十五蘖嚕
姊七十六緊曩囉七十七麼護囉蘖麼引曩野七十
八尾特吻二合設藥七十九麼麼八十薩嘌嚩二合設
怛囉二合嚩無博切八十一囕誐囕誐八十二囕誐引播
野八十三囕誐引播野八十四惹嚩二合攞八十五惹
嚩二合攞八十六補澀波二合沫引理黠八十七哩胝
哩胝八十八怛哩二合吒怛哩二合吒八十九孛哩二合
矩致引穆佉入九十波囉賽涅矩路捺引九十一捺
曩揭囉抳引九十二賀賀九十三醯醯九十四虎虎九十
五呬呬九十六哩抳尼政切哩抳同上九十七哩拏麼
帝九十八仁曾二合度引特嚩二合仁躋二合九十九没

馱引嚩路引枳帝引一百囉乞灑二合囉乞灑二合一百一麽麽稱名一百二娑去誐嚩哆引一百三嚩路引枳帝一百四娑嚩二合入賀引一百五麌拏囉引惹一百六鉢囉二合娑引細一百七娑嚩二合賀引一百八素嘌折引二合嘌揭二合一百九尾麽嶸一百十娑嚩引二合賀引一百十一薩嘌嚩二合仡囉二合賀一百十二諾乞察二合怛囉二合一百十三馱引弭去引揭囉拏一百十四娑嚩引二合賀引一百十五

佛告帝釋天主言此無能勝旛莊嚴陀羅尼常於內外加護於我汝應持是陀羅尼以雜色綵作囊盛之繫於旌旗之上令汝所往之處或與他敵相鬭相罵相殺或與他寃言詞相競一切之處無不獲勝汝應書寫此陀羅尼以囊盛之繫於項上護持於汝我亦爲未來之世世間仁王一切之處作其衛護彼無能勝旛王如來現天女相在於面前施與無畏護持獲勝令彼寃敵軍衆散敗若是仁王復能書寫流布受持讀誦此陀羅尼者常獲清淨吉祥之事諸外寃敵無能得勝佛說是經已帝釋天主及諸天衆聞佛所說皆大歡喜信受奉行作禮而退

佛說無能勝旛王如來莊嚴陀羅尼經

最勝佛頂陀羅尼經

宋西天中印度摩伽陀國那爛陀寺三藏沙門賜紫法天奉　詔譯

曩謨(去引)婆(去)誐嚩(無可切)帝(一句)薩(轉舌呼)嚩怛㘓(二合引)路(引)枳野(二合二句)鉢囉(二合)底(丁以切)尾始瑟吒(二合引)野(余何切下同三句)沒馱(引)野(四句)怛你野(二合)他(去引五句)唵(引)沒嚨(二合引)沒嚨(二合引)沒嚨(二合引六)句戌(引)馱野戌(引)馱野(七句)尾戌(引)馱野尾戌(引)馱野(八句)阿(上)娑(上)麼娑(上)麼(九句)三(去)滿哆(引)嚩(無博切)婆(去引)娑(十句)娑頗(二合)囉(來假切)拏(鼻音)誐底誐誐曩(十一句)娑嚩(二合)婆(去引)嚩尾秫第(引十二句)鼻詵(上謹切)左覩鉿(牟敢切十三句)(引)薩(轉舌)嚩(無可切)怛他(去引)誐哆(引十四句)蘇(上)誐哆(十五句)嚩囉嚩(引)左曩(引十六句)蜜嘌(二合)哆(引)鼻曬(瑟曳切)罽(居乂切十七句)嘌摩(二合)賀(引)母捺囉(二合)滿(去)怛囉(二合)鉢乃(十八句)唵(引)阿(去引)賀囉阿(去引)賀囉(十九句)阿(去引)庾散(去)馱(引)囉抳(尼整切二十句)戌(引)馱野戌(引)馱野(二十一句)誐誐曩娑嚩(二合)婆(去引)嚩尾秫第(二十二句)塢瑟膩(二合)灑尾惹野跛哩秫第(二十三句)娑賀娑囉(一合)囉(來假切)濕銘(二合)散(去)祖(去)你諦(二十四句)薩(轉舌呼)嚩(同上)怛他(去引)誐哆(二十五句)嚩(無博切)路(引)計𡫯(寧吉切二十六句)薩(轉舌)嚩(同上)怛他(去引)誐哆沫帝(二十七句)瑟吒播(二合引)囉弭哆(二十八句)跛哩布(引)囉抳(尼整切二十九句)娜舍部(引)弭鉢囉(二合)底(丁以切)瑟恥(二合)帝(三十句)薩(轉舌)嚩(同上)怛他(去引)誐哆紇哩(二合)乃野(引三十一句)地瑟姹(二合)哆(引三十二句)地瑟恥(二合)帝(三十三句)唵(引)母捺嚟(二合)母捺嚟(二合三十四句)摩賀(引)母捺嚟(二合三十五句)嚩(武鉢切)日囉(二合)迦(去引)野(三十六句)僧(去)賀怛努跛哩秫第(三十七句)薩(轉舌)嚩(同上)羯(轉舌)麼(引)嚩囉拏尾秫第(三十八句)鉢囉(二合)底𡫯縛(武鉢切轉舌呼)哆夜(引)欲尾秫第(三十九句)唵(引)母𡫯母𡫯摩賀(引)

母黯四十句阿去母黯阿去母黯四十一句尾母黯
尾母黯摩賀引尾母黯四十二句沫底丁利切沫底
丁利切摩賀引沫底丁以切四十三怛他引部引哆四十
四句引致跛哩秫弟四十五句尾娑怖二合吒尾秫
弟四十六句唵引醯醯四十七句惹野惹野摩賀引惹
野四十八句娑麼二合囉娑麼二合囉四十九句娑頤二合囉
娑頤二合囉五十薩轉舌嚩同上没馱引五十一句地瑟姹
一合引曩引五十二地瑟恥二合帝五十三句秫弟秫弟五十
四句嚩武鉢切日嚟二合嚩同上日嚟二合摩賀引嚩日
嚟二合五十五句阿去嚩日嚟二合嚩日囉二合蘖轉舌呼
陛五十六句惹野蘖轉舌陛五十七句尾惹野蘖轉舌陛五十
八句嚩日囉二合入嚩二合攞蘖轉舌呼陛五十九句嚩日
嚕二合引那誐二合帝六十句嚩日嚕二合引納婆二合
吠六十一句嚩日囉二合三去婆去吠六十二句嚩日嚕
二合引嚩日嚟二合拏入六十三句嚩日囕二合婆去嚩

無可切覩麼麼稱名述所為事六十四句薩哩嘍薩轉舌嚩同上
薩怛嚩二合引六十五句難上左迦去野跛哩秫弟
室者二合婆去嚩覩茗去薩娜引六十六句薩轉舌嚩
誐底跛哩秫弟室者二合六十七句薩轉舌嚩怛他去引
誐哆六十八句三去麼娑嚩婆六十九句地瑟恥二合帝
七十句薩轉舌呼嚩同上怛他去引誐多室者二合給牟敢
切引七十一句薩麼引娑嚩二合引薩演引覩七十二句唵
引悉地野二合悉地野二合七十三句没馱没馱七十四句
尾戍引馱野尾戍引馱野七十五句尾冐重呼馱野
尾冐重呼馱野七十六句謨去引左謨去引左七十七句尾謨
去引左野尾謨去引左野七十八句戍引馱野戍引馱
野尾戍引馱野七十九句三去滿哆引怛半音呼跛
哩謨去引左野八十句三去滿哆囉濕茗二合跛哩
秫弟八十一句薩轉舌嚩同上怛他去引誐哆三麼野引八
十二句地瑟姹二合曩引八十三地瑟恥二合帝八十四句唵

引母捺嚟二合摩賀引母捺囉二合八十五句滿怛囉二合鉢娜引八十六句地瑟恥二合帝八十七句娑嚩二合引賀引八十八

最勝佛頂陀羅尼經

聖佛母小字般若波羅蜜多經

宋中天竺惹爛馱羅國密林寺三藏沙門賜紫天息災奉　詔譯

如是我聞一時世尊在王舍城鷲峯山中與大比丘衆千二百五十人俱并諸百千俱胝那庾多菩薩復有百千俱胝那庾多梵王帝釋護世諸天衆等恭敬圍遶爾時世尊於吉祥寶藏師子座上結跏趺坐是時聖觀自在菩薩摩訶薩即從座起偏袒右肩右膝著地瞻仰尊顏目不暫捨合掌恭敬歡喜踊躍頭面禮足而白佛言世尊惟願世尊爲我說是小字般若波羅蜜多經令諸衆生得聞是法獲大福德一切業障決定消除當來速獲無上菩提若有衆生發至誠心受持讀誦此眞言者隨所求願決定成就無諸魔難爾時世尊告聖觀自在菩薩摩訶薩善哉善說是言善哉善哉善男子汝能如是至心爲諸衆生令得安樂長壽善男子汝應諦聽至心聽我說是小字般若波羅蜜多經若諸衆生聞說是法獲大福德一切業障皆悉消除決定速證無上正等菩提若有衆生發心受持此眞言者無諸魔事皆得成就是時聖觀自在菩薩摩訶薩復白佛言世尊善逝今說爲諸衆生令得安樂爾時世尊而於一時入三摩地名解脫一切衆生從定起已眉間毫相放百千俱胝那庾多光明此大光明普照一切諸佛剎土所有無量衆生蒙光照曜皆得決定速證阿耨多羅三藐三菩提所有地獄一切衆生皆獲安樂諸佛剎土六種震動於諸佛上又雨上妙栴檀沉水細末之香以用供養爾時世尊說此般若波羅蜜多經是時所有

一切菩薩摩訶薩各各發起平等之心發起慈愍心發起憶念利他心發起遠離一切罪障心發起種種利益之心發起般若波羅蜜多心是時世尊告聖觀自在菩薩摩訶薩汝等諦聽我今爲汝說是聖佛母小字般若波羅蜜多眞言曰

曩莫一入舍引吉也二合二母曩曳三引怛他引去誐哆引野四引嘌喝二合帝五引三麽藥二合六訖三二合沒馱引野七怛你也二合他八引母顊引母顊九引摩賀引母曩曳十引娑嚩二合賀引十一

佛告聖觀自在菩薩摩訶薩言此聖佛母小字般若波羅蜜多眞言一切諸佛由是得阿耨多羅三藐三菩提我亦由是小字般若波羅蜜多眞言故得成無上正等菩提往昔有佛亦名釋迦牟尼如來於彼佛所聞說是法彼佛說言如是三世一切諸佛由斯法故方得成佛佛復告聖觀自在菩薩摩訶薩言我今爲汝授其記別汝於人間未來世中得成佛道號普放光明吉祥寶峯王如來應正等覺汝得聽聞如是妙法應當受持讀誦若自書寫若教人書思惟解了復能爲他一切衆生廣說其義令彼書寫是經於已舍宅受持讀誦於未來世速成無上正等菩提是時一切如來同證汝等我今爲汝復說般若波羅蜜多陀羅尼曰

怛你也二合他一引唵引惹仁左切下同野惹野二鉢訥麽二合引避三引遏嚩無可切銘四引薩囉來假切下同薩哩抳尼貞切下同五尾哩尾哩六尾囉引尾哩七企哩企哩八你嚩哆去聲九鼻音播引攞嚀吉切十沒度引哆引囉抳十一布囉抳十二布囉野十三

娑去誐嚩武末切帝十四薩嘌嚩二合引嘀商引十五麼此處稱名十六布囉野十七薩嘌嚩二合薩怛嚩二合引難上左十八薩嘌嚩二合揭嘌麼十九引嚩囉拏引黠二十尾戍引馱野二十一尾戍引馱野二十二沒馱引地瑟姹二合引顭引曩二十三娑嚩二合引賀引二十四

佛告聖觀自在菩薩摩訶薩此勝妙法般若波羅蜜多陀羅尼是能出生一切諸佛菩薩之母若有衆生暫聞是法所作罪障悉皆消滅此法一切諸佛及衆菩薩經百俱胝劫說其功德不能得盡若能受持讀誦此陀羅尼者便同入一切曼拏攞中得受灌頂又如受持一切真言皆獲成就是時聖觀自在菩薩而白佛言世尊何故復說此般若波羅蜜多陀羅尼世尊告言我爲愍念一切少善方便懈怠衆生是故說此般若波羅蜜多陀羅尼令彼受持讀誦若自書寫若教他書此等一切衆生速疾證得無上菩提如是如是世尊善說是般若波羅蜜多陀羅尼是時聖觀自在菩薩摩訶薩復白佛言世尊此法實未曾有世尊此法實未曾有善逝世尊大慈爲欲救度一切少善方便懈怠衆生令得利益安樂說斯妙法是時世尊說此經已諸大聲聞并諸菩薩摩訶薩一切世間天人阿蘇囉彥達嚩等聞佛所說皆大歡喜信受奉行作禮而退

聖佛母小字般若波羅蜜多經

消除一切閃電障難隨求如意陀羅尼經

宋西天北印度烏填曩國帝釋宮寺三藏傳法大師賜紫沙門施護奉　詔譯

如是我聞一時佛在舍衛國精舍之中爾時世尊告尊者阿難陀言汝今諦聽有消除一切閃電障難隨求如意陀羅尼經過去如來無上正等正覺之所宣說如我今者恒常悲愍爲欲利益天上人間一切群生得安樂故亦復宣說阿難陀言如是世尊願樂欲聞世尊告言阿難陀東方有電名阿伽曩(此云無厚)南方有電名舍多嚕(此云順流)西方有電名放光明北方有電名爍那麼尼(此云百生樹)阿難陀若有族姓男族姓女知此明名號之者彼所住方無此一切雷電驚怖若所住處有如是閃電但書此眞言安置彼處一切閃電而不能發爾時世尊即説此捺囉(二合)弭拏眞言章句曰

怛你也(二合)他(去引一)你弥你泯達𠺕(二)怛哩(二合)路(去引)迦(去引)路(去引)枳你(三)戍(上)攞播(上引)抳(上)你(四)囉乞叉(二合)囉乞叉(二合)鉿(牟含切稱名五)薩嚩尾你庾(二合)那婆(二合)曳毗藥(二合六)娑嚩(二合引)賀(引七)

爾時聖觀自在菩薩摩訶薩與自衆等皆來集會一面而坐時觀自在菩薩即從坐起白言世尊我亦說此正法捺囉(二合)弭拏眞言章句曰

怛你也(二合)他(去引)毛曩(引)舍鉢囉(二合)底也(二合)哩替(二合)計(二)鉢囉(二合)底也(二合)弥怛𠺕(二合三)秣第穆訖諦(四)尾麼禮(五)鉢囉(二合)婆(去引)娑迦(二合)𠺕(六)頞拏𠺕(七)半拏𠺕(八)悉吠(二合)帝(九)半拏囉嚩(去)枲你(十)麼(引)帝迦囉(引)攞(十一)劫畢攞水(上)誐攞(十二)乞史(二合)那地穆乞史(二合十三)囉乞叉(二合)囉乞叉(二合)鉿(十四)薩(轉舌)嚩(引)迦(上引)攞蜜嘌

二合底庚二合佩上曳毗藥二合十五麼引上銘上六十跛
舍演二合覩十七薩轉舌嚩引迦攞蜜嘌二合底也二合
嚩入八十阿上哩野引二合嚩路引上枳諦濕嚩二合
囉帝惹引娑嚩二合引賀引九十
爾時金剛手秘密主向佛合掌恭敬白世尊
言我亦說此正法陀羅尼真言章句曰
怛你也二合他去一引毋你毋你二毋你麼底三
麼底素麼底四麼賀引麼底五賀引賀引賀
引賀引六麼引帶囉曩引二合悉底二合播崩去聲七
嚩日囉二合播抳囉舍上八你哩二合荼上娑嚩二合
引賀引九
世尊我此章句名無能勝若有憶念受持書
寫供養者我常擁護一切怖畏一切中天即
得解脫爾時娑訶世界主大梵天王白言世
尊我亦說此正法陀羅尼真言章句為欲利

益安樂諸有情故即說陀羅尼曰
怛你也二合他去一引醯里蜜里二只里娑嚩二合
引賀三沒囉二合憾麼二合布隸四麼賀引沒囉二合
憾麼二合引捉五沒囉二合憾麼二合孽轉舌陛六布
瑟崩去合二儈去娑哆二合隸娑嚩二合引賀引七
世尊此名梵天難拏陀羅尼能救護於一切
中天獲得長壽一切罪業皆悉消滅爾時帝
釋天主向世尊所合掌恭敬白世尊言我亦
說此正法陀羅尼真言章句曰
怛你也二合他去一引沒馱麼蹬上膩二麼你你
三矯魚夭切哩巘引馱哩四賛拏上引里麼引蹬
去儗五卜迦臬六娑引攞沒囉二合帝七呬上
曩麼第八引跢引囉捉九麼姡引里你計十作
訖囉二合嚩引枳十一舍嚩哩捨上引嚩哩娑嚩二合
引賀引十二

世尊我此明句名金剛坐所有一切驚怖及諸中天而無障礙悉得解脱爾時持國天王增長天王廣目天王多聞天王合掌向佛白言世尊我等亦説此正法陀羅尼章句曰

怛你也(二合)他(引一)(去)補瑟閉(二合)蘇補瑟閉(二合二)度跛波哩賀(上)⿰口隸(三)阿(上)哩野(二合)鉢囉(二合)舍悉諦(四)扇(引)帝你(泥逸切)穆訖帝(二合五)⿰虫奔(去)蘖禮曳(二合六)醯攞抳也(二合)蘖(舌轉)陛(七)窣覩(二合)賦(上)娑多(二合)尾賦(上)娑嚩(引二合)賀(引八)

世尊我等四王如上所説真言章句名無怖畏於諸怖畏而作擁護一切壽命令無中天爾時娑誐嚕龍王麼曩悉吠(二合)龍王電光龍王無熱惱池龍王電舌龍王百光龍王等亦向世尊前合掌恭敬住立一面世尊告言有此如意章句之處擁護一切閃電障難亦能救護一切中天攝除諸毒一切羯祛那吠哆拏作不吉祥事者亦悉破壞汝等諦聽當發慈心汝等龍趣之中各生瞋恚我慢貢高當應降伏諸龍白言云何降伏世尊答言我有陀羅尼令汝等龍我慢貢高心便止息真言曰

怛你也(二合)他(引一)(去)阿(上)惹⿰口隸(二)麼麼⿰口隸(三)阿蜜嘌(二合)帝(四)阿乞叉(二合)曳(五)阿尾也(二合)曳(六)奔抳也(二合)跛哩也(引二合)曳(七)薩嚩播跛(八)鉢囉(二合)舍麼你娑嚩(引二合)賀(引九)阿(上引)哩野半(引)拏(十)爍播(引)枳(上)曳娑嚩(引二合)賀(引十一)印捺囉(二合)設寧(上)曳娑嚩(引二合)賀(引十二)銘(上)伽(上)設寧(上)娑嚩(引二合)賀(引十三)

世尊告言若有男子女人於此真言章句受持讀誦書寫供養者彼諸龍神閃電等怖不

能爲害亦無根毒及和合毒諸所作毒悉不能害我等及一切衆生故爾時大梵天王及天帝釋護世四王諸龍王等讚言善哉善哉賢者爲欲利益安樂多數諸群生故善說此正法捺囉合二弥拏眞言章句我等一心受持

佛說此經時一切世間天人阿蘇咯揵闥婆等及諸大衆聞佛所說歡喜奉行

消除一切閃電障難隨求如意陀羅尼經

聖最上燈明如來陀羅尼經

宋西天中印度烏塡曩國帝釋宮寺三藏傳法大師賜紫沙門施護奉　詔譯

如是我聞一時佛在舍衛國祇樹給孤獨園與大苾芻衆千二百五十人俱及百千無央數人天菩薩之衆恭敬圍遶而爲說法爾時百千俱胝佛刹皆往詣彼無邊華世界最上燈明如來應正等覺現身住止經行說法彼有二菩薩一名大光明二名無量光爾時彼佛遣二菩薩往娑訶世界祇樹給孤獨園詣釋迦如來正徧知覺所到已頭面禮世尊足而坐一面彼二菩薩白世尊言去此佛土經行百千俱胝佛刹有世界名無邊華彼土有佛名最上燈明如來應供正徧知現住其中恒說妙法彼世尊最上燈明如來正徧知覺故遣我等詣娑訶世界問訊世尊少病少惱云何氣力輕利安住快樂彼如是說又此所有人非人部多毗舍佐藥叉羅刹供槃荼供槃荼軍主王法盜賊蛇蠍惡瘡蟲蟻羯拏怖嚩蟲如是等類擾亂煩惱故彼世尊最上燈明如來應供正徧知說此陀羅尼眞言章句名聞十方故遣來此爲利益安樂一切衆生顏貌怡悅色相具足身意泰然以此祕密功德力故擁護有情即說陀羅尼曰

怛你也(二合)他(引去)一　入嚩(引二合)禮二　入嚩(引二合)攞蘗帝三　呼迦穆迦四　三(去)麼帝麼賀(引)五　三(去)麼帝六　麼賀(引)入嚩(引二合)禮七　入嚩(引二合)攞銘八　薩嚩薩禮九　麼賀(引)入嚩(引二合)禮十　塢計蘇計(十一)　多銘三麼帝(十二)　麼賀(引)三麼帝(十三)　麼賀(引)三銘(十四)　娑嚩(引二合)賀(引十五)

爾時世尊告尊者阿難陀言汝今諦聽此陀

羅尼章句甚爲難得受持讀誦爲他解說此阿牟尼陀羅尼佛出世時亦難得遇若有族姓男族姓女聽聞受持爲他解說得宿命通見彼七生之中宿命之事一切煩惱皆悉消除一切宿業而皆不受復次阿難陀此陀羅尼眞言章句七十七俱胝佛同共宣說若一切有情聞此陀羅尼章句不信毀謗者即同毀謗七十七俱胝佛爾時無能勝菩薩摩訶薩即從座起偏袒右肩右膝著地合掌向佛白佛言世尊我亦宣說陀羅尼眞言章句爲利益安樂諸衆生故以此秘密擁護有情增長殊勝福力色相怡悅故即說陀羅尼曰

怛你也（二合）他（去一）引阿跓（摘固切）嚩跓（准上）曩跓（亦准上）麽賀引矩曩跓（亦准上二）阿乞嚩（二合）臬迦臬三阿曩引迦臬四麽曩迦臬五阿拏（拏固切）哆六佉祖引麽賀引佉祖七薩妳（奴賈切）契哆妳（准上切）契八哆嚕銘九咄嚕銘十醯禮蜜禮底禮十娑嚩（二合引）賀（引十二）

爾時世尊告尊者阿難陀言汝今諦聽此摩尼陀羅尼章句甚爲希有汝當受持讀誦爲他解說佛出于世亦甚希有復次阿難陀若族姓男族姓女如是聞此陀羅尼章句若是持諷念讀誦解說得宿命通見彼十二生中宿命之事一切宿業而不復受復次阿難陀此陀羅尼章句八十俱胝諸佛同共宣說若有毀謗此陀羅尼者即爲毀謗八十俱胝佛而無有異爾時文殊師利童子即從座起偏袒右肩右膝著地合掌恭敬白佛言世尊我亦說此陀羅尼章句爲利益安樂一切衆生以此秘密殊勝大力擁護有情增長色相身

心怡悅故即說陀羅尼曰

怛你也(二合)替能(一去)阿𠷈麼𠷈(一)曩尒(仁際切)頞(三)曩(引)誐囉枲(四)曩醯(上)禮(五)曩醯(上)禮(六)惹醯(上)攞賛你(七)賛拏禮(八)賛拏(上)攞嚩帝(九)娑嚩(二合)賀(十)

爾時世尊告尊者阿難陀言汝今諦聽阿難陀此陀羅尼章句難得希有汝當受持讀誦為他解說阿難陀此陀羅尼章句佛出世時亦復希有阿難陀此陀羅尼章句若有族姓男族姓女聽聞受持讀誦諷念為他解說得宿命通見彼十三生宿命之事一切煩惱皆悉消除一切宿業而皆不受復次阿難陀此陀羅尼章句八十二俱胝菩薩同共宣說若有毀謗此陀羅尼者即為毀謗八十二俱胝菩薩而無有異爾時世尊告諸苾芻言我亦說此陀羅尼章句為利益安樂一切眾生令諸有情福德增長身心怡悅名稱普聞有大勢力顏貌端正以此秘密擁護故即說陀羅尼曰

怛你也(二合)替能(一去)阿跓(摘固切引)嚩跓(准上切二)曩跓(亦准上)矩曩跓(准上三)姹計姹囉計(四)多嚕吠覩嚕吠(五)囉吒吠(六)嚕(去引)禮嚕(七)禮賀蜜禮(八)底禮始禮(九)尸里(上)舍禮(十)阿普嚩普(十一)曩普矩曩恥(十二)阿曩跛底(十三)嚩曩跛底(准上切)計枲計枲計枲(十四)姹(輕呼)枲姹枲姹枲(十五)麼賀(引)姹枲娑嚩(二合引)賀(引十六)

爾時世尊告尊者阿難陀言汝今諦聽阿難陀受持此陀羅尼章句讀誦諷念為他解說阿難陀此陀羅尼章句甚為希有阿難陀此阿牟尼陀羅尼章句佛出此時亦甚希有阿

難陀若族姓男族姓女聽聞受持爲他解說得宿命通見彼十四生中宿命之事一切煩惱皆悉消除一切宿業而皆不受復次阿難陀此陀羅尼章句八十四俱胝佛同共宣說若有毀謗此陀羅尼者即爲毀謗八十四俱胝佛而無有異阿難陀若有族姓男族姓女於枯朽樹下以此陀羅尼章句若讀若誦潛護救濟火不能燒令彼枯樹重生枝葉華果敷榮何況受持之人爾時世尊復告諸苾芻言我今重說陀羅尼章句爲利益安樂一切衆生顏貌怡悅名稱普聞福德增長色相端嚴以此秘密擁護故即說陀羅尼曰

怛你也(二合)替能(去一)阿跓(摘固切)嚩跓(亦准上二)姹計姹囉計(三)多嚕跛底(四)覩嚕跛底(五)覩嚕窒底(六)覩嚕窒窒底(七)覩嚕覩嚇(八)蘇嚇醯禮(九)毋禮底禮(十)娑嚩(二合引)賀(引十一)

爾時世尊告尊者阿難陀言汝今諦聽此陀羅尼章句甚爲希有汝等受持讀誦爲他解說阿難陀此阿牟尼陀羅尼佛出于世亦甚希有阿難陀若族姓男族姓女聞此陀羅尼章句受持讀誦爲他解說得宿命通見彼二十一生宿命之事一切煩惱皆悉消除一切宿業而皆不受又復擁護所有一切部多一切天龍藥叉揵闥嚩阿蘇囉蘗嚕茶緊那羅麽護囉誐人非人不能侵害乃至一切惡瘡蛇蝎羯拏娑蟲亦不能爲害又復無彼一切瘧病風黄痰癊如是等病須臾發動至一日二日三日四日乃至七日半月一月一年長時不能侵害又復無彼一切瘡腫癰疽瘮緩疥癩瘡癬一切病惱一切業障一切厭禱及

一切吠路荼皆不能侵害復次阿難陀此陀羅尼章句九十九俱胝佛同共宣説若有毁謗此陀羅尼者即爲毁謗九十九俱胝佛而無有異復次阿難陀此陀羅尼章句入王宫時憶念入羅刹中時憶念入師子虎狼中時憶念入曠野中時憶念入暴惡河中時憶念爲水火難時憶念爲毒藥所中時憶念一切怖畏時憶念皆不能害復次阿難陀有受持此陀羅尼者若遇惡人執持刀棒瞋怒逼趂欲來傷害彼持刀棒自然碎折而得解脱阿難陀我意觀見人間天上及魔羅梵天沙門天人阿蘇囉衆中若以此陀羅尼眞言章句擁護救濟結界守護息除災難無越此陀羅尼者何以故阿難陀此阿牟尼陀羅尼加持護念一切煩惱悉皆消除爾時四大天王白世尊言此正法滅時我等與彼正法助威神力廣宣流布令法久住彼受持法師我亦加護遣除一切魔羅世尊讃言善哉四大天王發勇猛慈而護正法爾時四大天王知其佛意亦從座起説陀羅尼曰

怛你也(二合)他(去引一)吠難(ム)膩吠難(去)膩(一)麼賀(引)難(去)膩(三)娑擔(二合)婆(去)額(四)染(引)婆(去)額(五)吒吒額吒吒額(六)麼賀(引)吒吒額(七)矩跓(摘固切)矩跓(准上)額(八)麼賀(引)矩吒(九)達(轉舌)麼禮瑳麼呬(上)娑嚩(二合引)賀(引十)

世尊言若有族姓男族姓女得聞此陀羅尼章句解説彼明句義受持讀誦一切煩惱悉皆消除一切世間得無障礙如持一切妙法是時世尊告四天王言善哉善哉如汝所願令法久住復告阿難陀言汝今諦聽正法受

持讀誦爲他解説令彼有情得大福德名稱普聞阿難陀言唯然世尊若有聽聞我專記憶爾時世尊以眞實之義方便開示而説偈言

此經陀羅尼　過去諸佛説　我今亦説此
眞言章句義　令彼聽受持　利益諸衆生
見二十一生　種種宿命事　無彼人非人
藥叉供槃荼　羅刹布怛曩　而作諸障難
宣示陀羅尼　所欲皆自在　魔羅罪業等
障難自消除　説彼陀羅尼　父母與兄弟
知識及眷屬　惡事不能害　受持陀羅尼
曠野道路中　師子虎狼等　不能爲怖畏
讀誦陀羅尼　百千俱胝劫　宿作諸罪業
七日盡消除　解説陀羅尼　七日得一切
菩薩之福德　俱胝劫不盡　令此陀羅尼
常有四天王　持國與多聞　增長及廣目
領自一切衆　色相具威神　擁護於四方
及持眞言者

爾時世尊説此陀羅尼章句已阿難陀及大聲聞衆慈氏菩薩文殊師利菩薩摩訶薩四大天王及天人阿蘇囉乾闥婆等聞佛所説一心受持歡喜踴躍作禮而退

聖最上燈明如來陀羅尼經

音釋

鎧 可亥切甲也　醯 呼雞切　[illegible] [illegible]切　蘖 魚傑切　頤 滂禾切　罽 居例切

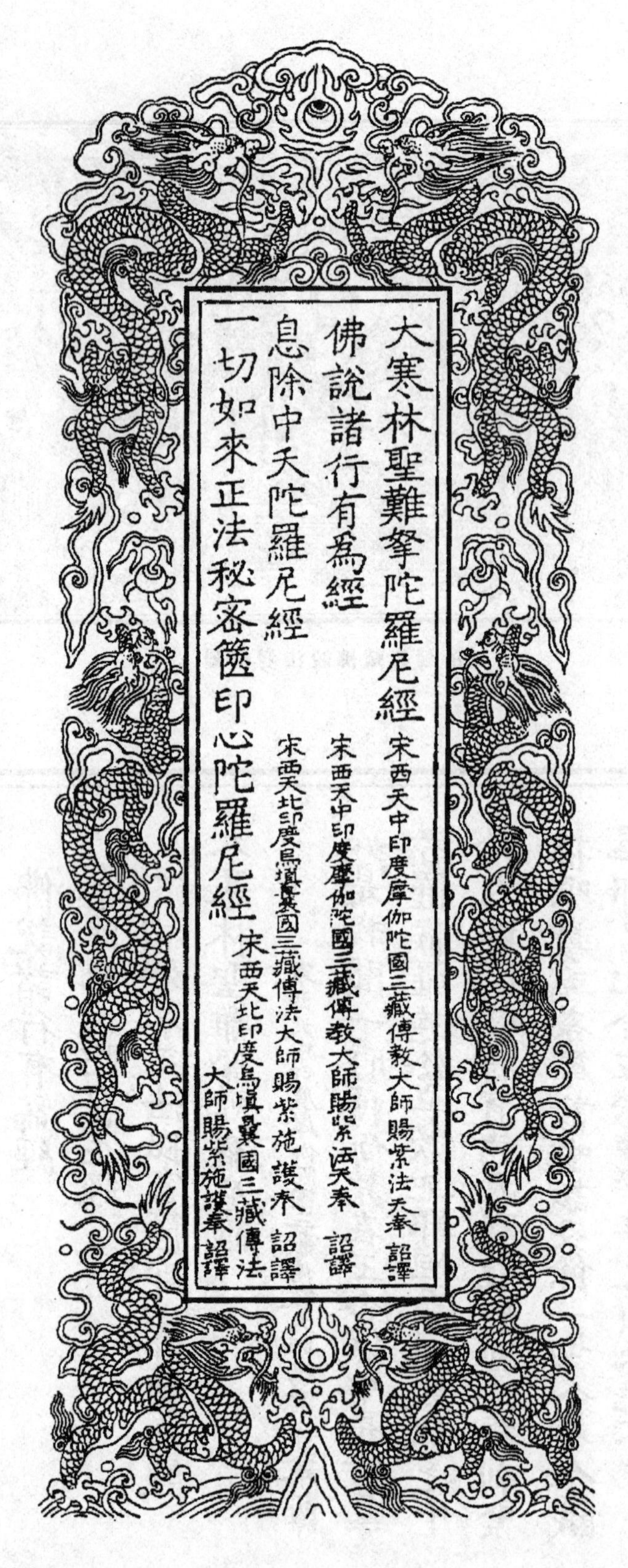

大寒林聖難拏陀羅尼經　宋西天中印度摩伽陀國三藏傳教大師賜紫法天奉　詔譯

佛說諸行有爲經　宋西天中印度摩伽陀國三藏傳教大師賜紫法天奉　詔譯

息除中夭陀羅尼經　宋西天北印度烏塡曩國三藏傳法大師賜紫施護奉　詔譯

一切如來正法秘密篋印心陀羅尼經　宋西天北印度烏塡曩國三藏傳法大師賜紫施護奉　詔譯

清刻龍藏佛說法變相圖

四經同卷

大寒林聖難拏陀羅尼經

佛說諸行有爲經

息除中夭陀羅尼經

一切如來正法秘密篋印心陀羅尼經

大寒林聖難拏陀羅尼經

宋西天中印度摩伽陀國三藏傳教大師賜紫法天奉　詔譯

如是我聞一時薄伽梵在王舍城中是時尊者羅睺羅遊於孕欺迦耶怛曩地寒林之中於大塚間彼時有諸天魅龍魅藥叉羅刹緊捺囉蘖嚕茶摩護囉誐及餘一切人非人餓鬼部多比舍佐供畔拏等之所來魅亦有多種異類烏鵲獯狐豺狼蟲蟻等極多擾惱于時尊者羅睺羅往詣佛所到已頭面著地禮世尊足圍遶三帀涕淚悲泣立世尊前爾時

世尊告羅睺羅言汝今云何涕淚悲泣住立我前羅睺羅言如是世尊我先住於王舍城孕欺迦耶怛曩地寒林之中於大塚間彼時有諸天魅龍魅藥叉羅刹緊捺囉蘖嚕荼摩護囉誐及餘一切人非人餓鬼部多比舍佐供畔拏等皆來魅我亦有多種異類烏鵲獯狐豺狼諸蟲蟻等極擾惱我爾時世尊告尊者羅睺羅言羅睺羅汝今諦聽此有大明秘密難拏陀羅尼爲擁護德衆若苾芻苾芻尼鄔播索俱鄔播斯迦長夜利益得安樂故說此陀羅尼曰

怛上你也二合他去引一阿去誐罔武肯切誐婆蒲肯切去誐二嚩嘮轉舌誐三僧去娑引去囉哆嘲轉舌誐上四娑去引麼嚩娜娑去引五婆蒲肯切去誐吤仁際切上素囉六翳迦哆囉上引阿囉尾囉七哆囉尾囉八引哆囉哆囉尾囉上引九迦囉尾囉引迦囉迦囉尾囉引十印娜印娜罽居翳切娑去引羅引十一悍娑去引悍娑罽准上切娑去引囉引十二嗶唧麼攞去引十三麼賀引枳佐去引尾呬四去恥迦去引十四迦去引攞砌迦去引阿於肯切虞去娜囉引十五惹引野引惹引耶梨迦去引十六際攞去引翳攞去引十七尾跢去引梨唧唧醯梨醯梨十八三去麼底嚩素麼底十九祖魯曩恥上祖魯祖魯曩恥上二十祖攞曩引妳七矩曩引妳上二十一賀引栗吒枳二十二迦去引栗去吒枳迦去引栗吒枳二十三矯魚天切哩獻馱去引哩二十四賛拏上里麼引登去儗二十五達囉抳陀去引囉抳二十六塢瑟怛囉三合播上栗計二十七迦左迦引哩計嚩羅曩引妳二十八迦去引羯栗計二十九攞攞麼底三十囉乞叉二合麼底三十一嚩囉引矩禮三十二麼你也二合帝三十三塢怛跛二合禮

迦囉尾嚟三十四多囉尾嚟三十五哆囉哆囉尾
嚟矩嚕尾嚟矩嚕矩嚕尾嚟三十六祖嚕祖嚕
尾嚟三十七麼賀引尾嚟誐囉麼底三十八撥囉
麼底三十九羅乞叉二合麼底四十薩轉舌嚩引囉他
二合娑上馱顊四十一跛囉麼引轉舌呼囉他二合娑去引
馱顊上四十二阿鉢囉二合底賀帝四十三印捺嚕二合
囉引惹引四十四素引謨去引囉引惹引四十五嚩嚕㕧
拏矩切囉引惹引四十六矩吠無閉切嚕引囉引惹引四
十七麼曩引悉尾上二合囉引惹引四十八嚩去引素劉
囉引惹引四十九難去拏上引仡顊二合囉引惹引五十
没度去引娑賀娑囉二合引地跛底丁曳切囉引惹
引五十一没度去引娑去誐挽無泮切達轉舌麼娑嚩二合
引弭囉引惹引五十二阿弩跢上嚕去引路去引迦去引
努劒跛迦五十三囉乞叉二合囉乞叉二合鉛去引阿
呬嵐崩去引五十四薩轉舌嚩薩怛嚩二合引難去引左五十
五囉乞産二合引迦嚕去引都五十六跛哩怛囉二合
喃上五十七跛哩蘖囉二合憾五十八跛哩播攞能去五十
九扇引底孕二合娑嚩二合悉底也三合野能去六十
難上拏跛哩賀引嚩六十一設娑怛囉三合跛哩
賀引嚩六十二尾灑努灑喃上六十三尾灑曩引舍
喃上六十四枲上麼引滿去重呼鄧上陀去引囉抳上六十
五滿鄧上左矩囉挽二合漢切無覩六十六尒仁際切
嚩都挽無鉢切哩灑二合舍蹬六十七跛舍野二合都
設囉那上引設蹬六十八怛你也二合他上引六十九嚩
攞嚩底七十撥囉麼底七十一哆攞麼底七十二洛
乞叉二合麼底七十三囉乞叉二合麼底七十四護嚕
麼底七十五護上嚕護上嚕七十六普嚕普嚕七十
七撥囉撥囉七十八設覩嚨二合詎其據切嚕詎嚕
七十九麼底麼底八十普弭蕡抳上八十一迦去引里計
置八十二阿枳娑攞引比上禰八十三娑引麼曩

帝八十四護上禮窣兎二合禮娑他二合攞始伽嚟
八十五惹引野窣兎二合引禮八十六惹攞曩引妳
上八十七祖魯曩引妳上八十八嚩引仡挽二合無漢切馱
你八十九尾嚕去引賀抳素引魯呬四上帝九十阿拏
上嚟上半拏上嚟上九十一迦囉引禮九十二緊曩
嚟上九十三計庾嚟上九十四計都麼底九十五普蹬誐
謎九十六普哆麼底歎你曳二合上瞢上誐禮曳
二合九十七麼賀引嚩攞九十八嚕引呬四多毋上禮
九十九阿撥嚕抳上一百馱囉馱囉引一百一惹野引
里計一百二惹野矯魚夭切嚕去引賀抳一百三祖嚕
祖嚕一百四論盧恩切轉舌馱論准上馱一百五普嚕普
嚕一百六麌嚕虞嚕一百七詎准前嚕詎嚕一百八麼
底麼底一百九滿重呼兎麼底一百一十度上論准上切
馱嚕馱㗚一百一十一馱上嚟上馱上嚟上一百一十二尾
達嚟尾麼底尾瑟芻二合婆去禰一百一十三曩引舍

禰尾曩引舍禰一百一十四滿去重呼馱禰謨去引乞叉
二合抳一百一十五尾謨去引撥禰一百一十六謨去引賀禰娑去引
嚩禰一百一十七戍引馱去禰儈去戍馱禰去一百一十八
尾戍引馱去祛一百一十九儈去契上囉抳一百二十儈
去髻囉禰一百二十一儈去瑳引娜禰一百二十二儈
砌上那禰一百二十三娑引去度路上嚕一百二十四麼
引你上麼引你上賀囉賀囉一百二十五滿度麼
底一百二十六呬哩呬哩一百二十七企哩企哩伽囉
禮一百二十八護嚕護嚕一百二十九冰去誐禮一百三十
曩謨引窣覩二合没馱去引喃去娑誐嚩蹬引娑
嚩二合引賀引一百三十一
復次羅睺羅此大明陀羅尼念誦之人能以
香華而作供養及結印契至心念誦一百八
徧結諸線索繫於手上及安頸上即得周徧
百踰繕那能爲擁護人非人等悉皆遠離亦

廼不被水火之所焚漂刀杖毒藥瘧病沴疾不能侵害亦不中夭尾但拏病又明呪術誦此真言皆得安樂若他繫縛即得解脫一切災惱言誦鬪諍亦悉除滅若有鬼魅來作嬈亂不退散者但專至心誦此真言彼等鬼神見持誦人如執金剛大藥叉主純一金剛威猛熾盛焰烈火焰四大天王各執鐵輪鋒利刀劒逐令馳散頭破七分身體劈裂若彼鬼魅還本住處彼諸同類不容入衆亦不令住阿吒迦嚩底大王都城復次羅睺羅此難拏大明陀羅尼至心誦持即得遠離王賊水火毒氣刀杖曠野山林險難惡道往來之者一切無畏復次羅睺羅此難拏大明陀羅尼九十一殑伽沙數諸佛已說今說當說具足神通大神通者諸天龍藥叉揵闥婆阿素洛孽嚕荼摩護囉誐一切群生圍遶禮拜彼諸衆生離一切怖皆得安樂時尊者羅睺羅及諸大衆聞世尊說一心信受禮佛而退

大寒林聖難拏陀羅尼經

佛說諸行有爲經

宋西天中印度摩伽陀國三藏傳教大師賜紫法天奉　詔譯

如是我聞一時世尊在舍衛國祇樹給孤獨園與大苾芻衆千二百五十人俱爾時世尊告苾芻衆言苾芻一切行遷流如幻不實不得久住無有定相是顛倒法苾芻乃至一切行垢盡無染離一切垢一切衆生乃至蠕動及部多等至壽命盡決定殞滅若彼無生即當無滅若彼長者婆羅門刹帝利種族殊勝豪貴自在財富無量金銀珍寶及諸受用無所乏少雖有父母眷屬親姻知識吏民僮僕皆悉具足至壽命盡亦無能免又復刹帝利授灌頂已爲大國王得大自在有大力勢人民無量大地國土皆悉降伏至壽命盡亦復無免又彼仙人林中諸修行者不貪於味食諸果實又復遠離果實修諸苦行至壽命盡亦復無免又彼修諸十善得生四大王天忉利天夜摩天覩史多天樂變化天他化自在天又復修行禪定得梵身天梵輔天大梵天得少光天無量光天極光淨天得少淨天無量淨天及徧淨天得無雲天福生天廣果天無想有情天又彼阿那含得無煩天無熱天善見天善現天色究竟天又彼猒礙色身修無邊虛空三昧等得生空無邊處識無邊處無所有處非想非非想處彼等諸天雖復殊勝非彼不生亦復殞滅若彼三界漏盡已作所作遠離重擔逮得已利盡諸有結得阿羅漢雖復此身亦當棄捨又彼刀兵劫自修一身處於寂淨悟諸因緣得中乘證號辟支佛雖復此身亦當棄捨乃至如來應正等覺十

力廣大四智圓明説法無畏正師子吼歷無數勤勞得那羅延身亦復棄捨諸苾芻所謂如彼窯師造作坏器瓮甕之類雖復有成定從破壞又如果熟自當墮落生滅之法亦復如是諸苾芻一切有情乃至部多一切含識至壽命盡無免斯者如無有生即當無滅復説偈言

如來天中天　説是無常法　如坏器不堅
終趣於破壞　同果熟自落　有情命如是
苾芻今當知　生滅宜應怖

爾時世尊説是經已諸苾芻衆一心信受歡喜奉行

佛説諸行有爲經

息除中天陀羅尼經

宋西天北印度烏塡曩國三藏傳法大師賜紫施護奉　詔譯

如是我聞一時佛在殑伽河邊與大衆俱及於護世四大天王多聞天王最爲上首爾時世尊告四王言有大怖畏深可猒患汝等應知若男若女童男童女若人若天我觀中天生大怖畏恒時擾惱各不相救乃至老死甚大怖畏而無窮盡吾今爲汝說救護法卽時會中四大天王而白佛言世尊我等今日於世尊前聞此語已踊躍歡喜以身命財奉於如來願佛哀愍爲我演說爾時世尊一彈指間面東而住說如是言南無十方一切如來無上正等正覺廣大慈悲憐愍有情彼皆證得阿耨多羅三藐三菩提惟願慈悲同共觀察著我有情與力加護息除中夭敷演解說如是東西南北乃至上下一切如來唱如是言南無一切如來無上正等正覺不捨慈悲而爲衆生證得阿耨多羅三藐三菩提惟願慈悲同共觀察著我有情敷演解說爾時諸佛同共證明我今宣說救護怖畏息除難法如是乃至第二法輪演說之時此會衆中皆獲壽命色相具足悉得離於生死怖畏而無中夭乃至老病亦復如是爾時十方一切諸佛照見一一世界如來形像如胡麻量徧滿一切又彼十方一一如來同共發聲乃說呪曰

怛你也(二合)他(一去引)左禮左攞(引)左禮(二)尾𩕳跓(檪固切)娑嚩(二合)悉底(二合)計(三)作訖囒(二合引)囉(引)介曩(四)鉢囉(二合)捨滿覩(五)薩嚩臬誐(引入六)阿曩矩曩跓(准上切七)左隷左隷(八)計麼𩕳設焰

二合九你麼你設也二合十你呬麼詩悉十一嬌居夭切引囉尾曳二合十二呬矩囉嚇十三矩麼底十四尾灑麼引抳麼抳十五尸數醯嚩十六阿左禮尾左禮十七麼引尾覽嚩十八毋護毋轉舌護十九娑嚩二合引賀二十

爾時十方一切如來說此秘密神呪已作如是言一切如來無上正等正覺皆同此說爾時北方多聞天王而白佛言世尊我今聞彼十方如來威神之力加持擁護而無中夭息除怖畏面於佛前而說呪曰

怛你也二合一他去引濕吠去二合帝二濕吠去二合帝三里里里里四

爾時東方持國天王即於佛前乃說呪曰

撥哩撥哩娑嚩二合引賀

爾時南方增長天王在於佛前即說呪曰

嚩去引梨嚩嚩嚩嚩

爾時西方廣目天王侍立佛前亦說呪曰

麼去引鄧擬你蘇麼引蘇毋蘇毋

爾時世尊告四天王言今此神呪是一切佛證明觀察若有族姓男女等輩晝夜受持至誠憶念必獲長命而無中夭命終之後不墮惡趣若復有人利益有情發誠諦心受持讀誦臨命終時無諸怖畏亦無變怪及諸惡相於現在世又無白癩顛狂諸病及離水火刀兵疾疫蟲藥等毒乃至雷雹一切諸難皆悉遠離若是經典所在之處十方諸佛及衆菩薩悉皆來集擁護是經令無障難若復有人於此經典書寫莊嚴護淨轉讀如造佛像種種嚴飾所獲功德而無有異若復有人供養諸佛精心離慢獲吉祥福息除災難若有受

持書寫此經恒離懈怠所獲功德亦復如是
一切聖賢常恒擁護離諸災患爾時世尊說
是經已四大天王龍神八部阿蘇囉等及諸
人天一切大衆聞法歡喜信受奉行

息除中天陀羅尼經

一切如來正法秘密篋印心陀羅尼經

宋西天北印度烏填曩國三藏傳法大師賜紫施護奉　詔譯

如是我聞一時佛在摩誐陀國無垢園中寶光明池側與大菩薩及諸聲聞天龍夜叉揵闥婆阿蘇囉蘖嚕荼緊那羅麼護囉誐人非人等并諸王衆長者居士百千圍遶恭敬聽法爾時衆中有大富婆羅門名無垢妙光即於會中能解微妙曉達師法聰明辯才愛樂多聞修崇十善信重三寶歡喜踊躍而作是念一切有情修善爲因財富無量資具衆多我當修習爾時大婆羅門無垢妙光起立合掌遶佛七帀以種種華塗香抹香等供養世尊及諸衣服眞珠瓔珞價直百千持以施佛頭面禮足而白佛言世尊願起大悲願受我食如是三請爾時世尊默然受請於是無垢妙光大婆羅門見其世尊默然受請而速歸還經於一宿備辦種種衆多美饍六味具足飲食辦已嚴飾舍宅樓閣浴池繒綵甚衆華香抹香種種諸香及塗身香等諸供養具無不周備即時婆羅門等執持華旛奏諸妓樂與其眷屬往詣無垢園中寶光明池側迎請世尊到已白佛言世尊食時已至飯食悉辦唯願世尊與諸大衆往至我舍受我供養爾時世尊觀察衆會安慰無垢妙光大婆羅門曰善哉善哉如汝所願又告諸衆并餘天等悉皆往彼於是世尊從座而起與諸大衆菩薩聲聞天龍八部人非人等及諸王衆臣民眷屬無量百千恭敬圍遶皆來集會當行往彼無垢妙光大婆羅門家爾時世尊身縱金色放種種光無量諸相變作種種光明之網

徧照十方一切佛刹又復照曜彼佛刹中諸佛如來道場衆會變作種種供養之具照曜彼已還復來入釋迦牟尼身毛孔中即時無垢妙光大婆羅門與其眷屬一心恭敬欲供養佛掃除道路嚴飾清淨爾時世尊與諸大衆天龍夜叉揵闥婆阿蘇洛蘖嚕荼緊那羅麼護囉誐帝釋梵王護世四王摩醯首羅那羅延等百千之衆恭敬圍遶往詣於彼爾時世尊當路而行於前中路有一園苑名爲安樂彼園苑内有大舊塔極甚損壞四邊荊棘草木叢林堅硬閉塞猶如丘阜爾時世尊將近彼塔丘阜四面周帀炎熾種種色相光明照曜於彼破塔遠近皆覩又於光中出妙音聲讚言善哉善哉釋迦牟尼佛清淨微妙瑞相無量不可稱量彼無垢妙光大婆羅門請於如來今現希奇難思大事爾時釋迦牟尼如來旋遶破舊丘阜之塔欲伸供養復解自身衣服嚴具覆蓋於彼舊塔追阜蓋覆已畢悲泣雨淚又復思念舍利出現及十方佛悉皆出現即時舍利從塔涌出皆在十方諸佛如來手掌中住爾時十方諸佛如來亦皆雨淚而彼諸佛身放光明照曜故塔作光明網内外瑩徹清淨無比然後光明及佛舍利還入塔中彼時衆會悉皆悲泣驚怪希奇歎未曾有爾時會中有大藥叉主名金剛手身光炎熾臂膞臃直柔輭光澤猶如象鼻輪金剛杵速疾往詣世尊之前頭面禮足而白佛言世尊云何現此希奇瑞相及十方佛悉皆雨淚光明照曜唯願如來爲我演說決於衆疑爾時世尊告大藥叉主金剛手言此是一切

如來全身舍利聚此塔中及一切如來百千俱胝胡麻形像正法心印陀羅尼亦在塔中應知金剛手此胡麻量諸佛形像正法心印陀羅尼止住塔中由此百千俱胝如來全身舍利亦住此中若此正法心印陀羅尼在此塔中彼八萬四千法門亦在此中及九十九百千俱胝如來頂髻受記亦在此中當知金剛手若一切如來舍利之塔及此正法心印陀羅尼所有功德無量無邊不可思議不可稱歎應知金剛手由此正法篋印心陀羅尼而能增長圓滿一切正法及諸功德爾時世尊說此法時彼諸大衆聞法歡喜滅除垢染得法眼淨其中有得須流一來不還阿羅漢果及緣覺乘其中有證初地二地乃至十地或於其中有得六波羅蜜悉皆圓滿或有得受菩提之記或有獲得阿鞞跋致時彼無垢妙光大婆羅門即於會中離諸煩惱滅除障染獲五神通爾時金剛手大藥叉主覩如是等希奇變現自在神通踊躍歡喜歎未曾有而白佛言世尊此正法印心陀羅尼有如是等廣大利益若諸有情書寫莊嚴受持讀誦尊重讚歎獲何果報願佛演說爾時世尊告大藥叉金剛手言諦聽諦聽吾爲汝說若有苾芻苾芻尼鄔婆索迦鄔波斯迦受持讀誦書寫尊重此正法印心陀羅尼獲得九十九百千俱胝胡麻量等形像如來福惠之聚善根果報又得逢事彼諸如來受菩提記所以者何此正法印心陀羅尼是彼九十九百千俱胝那瑜多胡麻量等形像如來同共宣說若復有人受持讀誦此正法印心陀羅尼經

即得值遇十方世界九十九百千俱胝那瘐多胡麻量等形像如來若有苾芻苾芻尼鄔波索迦鄔波斯迦族姓男族姓女於此正法印心陀羅尼經若能日日恭敬供養華香粖香華鬘塗香細妙衣服及莊嚴具等所獲功德如彼供養十方世界九十九百千俱胝胡麻等形像如來功德無異又得一一如來廣大莊嚴具等及獲無量七寶之聚如蘇彌盧爾時衆會天龍藥叉揵闥婆阿素囉蘗嚕荼緊那羅摩護囉誐人非人等一切大衆悉皆驚疑歎未曾有如是朽爛破壞之塔常被荊棘閉塞草木叢林堅密充滿猶如丘阜今日如來起大慈悲自在神通現如是等希奇瑞相七寶妙塔不可思議時諸大衆稱歎無盡即時會中有金剛手大藥叉主而白佛言世尊云何破壞丘阜之塔變現如是衆妙莊嚴爾時佛告金剛手言離此破壞丘阜之塔無別七寶衆妙之塔所以者何隨識變現或見荊棘丘阜之塔或見七寶衆妙莊嚴又諸佛所現十方如來全身舍利所藏之塔百珍七寶衆妙莊嚴衆生惡業乃見荊棘破壞之塔當知金剛手大藥叉主若於末世最後分時謂諸有情罪業深重不植善根廣作不善三惡道業以此因緣生無佛世亦常不聞諸佛名字及恒遠離僧法之名如是之事真實不虚所以諸佛及我兩淚悲歎復次金剛手若正法將滅安住此塔一切如來全身舍利亦乃藏於此塔之中謂以一切如來所說之法而加護之即時金剛手大藥叉主而白佛言世尊一切有情云何植善云何正法安置此

塔爾時世尊告金剛手言若復有人信解受持讀誦書寫爲人演說種種莊嚴安置塔中即是安置一切如來全身舍利藏此塔中復得一切如來總持秘密而加護之復得十方世界九十九胡麻量等形像諸佛之塔而加護之復得一切如來頂髻眼塔而加護之若復有人用於七寶如法加持雕作諸佛及菩薩像種種莊嚴安置塔中復用繖蓋相輪寶網鈴鐸衆妙嚴飾鐘磬鐃鈸及諸器物華香瓔珞衣服飲食諸供具等又以一切如來正法加持眞實護淨精進恒時離於懈怠又復此塔時遷變壞重修嚴飾種種供養精心信敬不生疑謗彼當獲得無上菩提若復有人旋遶此塔一二帀等或一禮拜即得解脫無間之罪必當證得阿毗跋致乃至究竟佛果

菩提若有此塔所住之處一切十方諸佛形像亦在此中復次若有此塔之處由彼一切如來加護力故彼地四方而無毒龍雷雹風雨非時損害及諸怖畏彼處復無諸毒蟲蟻所謂毒蛇狼鼠蝗蟲蝢蠍黃蜂黒蜂乃至蜈蚣百足悉皆遠離復次彼地而無暴惡虎狼師子飛禽走獸不能傷害又復彼地一切災難而無嬈亂又無夜叉羅刹部多吠拏叉毗舍遮顛狂鬼魅不能傷害又無瘧病瘡腫疹疥痔瘻白癩疥癬一切疾病不能侵害若復有人見此寶塔歡喜讚禮諸損壞等不能侵害又復彼地牛馬羊犬種種傍生諸男女而無中夭及無刀兵器仗水火焚漂怖畏等事彼地亦無飢饉疾疫種種怖畏彼處常得四大天王圍遶擁護及二十八部大藥叉主密

隱形儀恒來擁護及三十三天二十八宿羅睺諸星乃至日月晝夜順行若諸龍王恒常觀察應時降雨或有欲色乃至無色一切諸天於三際時來降此塔禮拜供養一切如來恭敬尊重憶念思惟若復有人恒常修嚴佛塔形像或用木石泥土彩畫金銀鍮石等及此正法印心陀羅尼經書寫莊嚴又以一切如來如法護持然後安置寶塔之中又此寶塔四邊階道悉皆嚴飾相輪幢旛周帀懸鈴七寶羅網高廣大小隨意自在種種莊嚴又以十方如來正法而加持之復作一切聖賢擁護之法而加護持然後種種廣陳香華飲食乃至瓔珞精虔供養如是乃獲無量功德即時會中有金剛手大藥叉主復白佛言世尊有何因緣此正法印心陀羅尼書寫受持供養恭敬獲如是等無量功德爾時世尊告金剛手言此是法界一切如來全身舍利秘密篋印心陀羅尼所以獲是無量功德時金剛手大藥叉主聞佛所說無量功德歡喜信受復白佛言世尊願佛慈悲演說此法我等樂聞爾時世尊告金剛手言汝等諦聽今為汝說此正法印心陀羅尼是過去未來現在諸佛同共宣說若有信受恭敬供養乃至證入聲聞緣覺及於十地法報化身所以名為全身正法秘密篋印爾時世尊即說呪曰

曩莫悉底哩三合野一地尾二合迦去喃二去引薩嚩怛他去引蘖跢上南三唵四部悉底哩二合步平嚩曩嚩嚛五嚩嚩嚛六祖嚕祖嚕七他囉他囉八薩嚩怛他去引蘖跢上馱引上覩他哩九鉢納麼二合三去婆吠十惹野他哩捫上佐裔

(十一)娑麼(二合)囉達(轉舌)麼作訖囉(二合十二)鉢囉(二合)轑(無鉢切轉舌)哆曩嚩日哩(二合十三)冐(去引)地曼(上)監(上)迦囉(上)椤(上)訖哩(二合)帝(十四)薩嚩怛他(去引)孽哆(上引)地瑟聦(三合)帝(十五)冐(去引)他野冐(去引)他野(十六)冐(去引)地冐(准上)地(十七)没馱(切身十八)參(去)冐(引去)他野參(去)冐(去引)他野(十九)左攞左攞左懶(去)覩(二十)薩嚩薩怛嚩(二合引)喃(二十一)薩嚩(引)嚩囉拏你(二十二)薩嚩播跛尾孽帝(二十三)護嚕護嚕(二十四)薩嚩戍(引上)迦尾孽帝(二十五)薩嚩怛他(去引)孽哆紇哩(二合)那野嚩日哩(二合)抳(二十六)參(去)婆(去)囉參(去)婆(去)囉(二十七)薩嚩多塢瑟膩(二合)灑(二十八)陀(去引)羅抳母捺哩(上二合二九)没第蘇没第(三十)薩(轉舌)嚩怛他(去引)孽哆(上引)地瑟聦(二合)哆(三十一)馱(上引)覩孽(轉舌)陛娑嚩(二合引)賀(引三十二)參(去)麼野(引)地瑟聦(二合)帝娑嚩(二合引)賀(引三十三)薩嚩怛他(去引)孽哆(上引)(三十四)紇哩(二合)那馱(上引)覩母捺哩(二合)娑嚩(二合引)賀(引三十五)阿鉢囉(二合)底瑟聦(二合)多窣覩(二合)閉(三十六)怛他(去引)孽哆(上引)地瑟聦(二合)帝(三十七)虎嚕虎嚕吽(引)吽(引)娑嚩(二合引)賀(引三十八)唵(引三十九)薩嚩怛他(去引)孽哆(四十)塢瑟膩(二合)灑陁(去)囉抳母捺哩(二合四十一)薩嚩怛他(去引)孽哆(四十二)馱(上引)覩尾部尸路(上引四十三)地瑟聦(二合)帝吽吽吽娑嚩(二合)(引)賀(引四十四)

爾時世尊說此呪已告金剛手言今此全身秘密篋印心陀羅尼是諸如來普皆宣說徧十方界於一一方有九十九胡麻量等形像如來百千俱胝那瑜多諸佛如來聞說此法皆來至此同共讃言善哉善哉釋迦牟尼善能演說正法篋印心陀羅尼廣令流布行閻浮提復令一切諸有情等以全身舍利安置

此塔由此十方一切如來以諸三昧而加護之若復有人受持讀誦解說書寫此全身舍利秘密篋印心陀羅尼經及以金銀栴檀雕彩莊嚴安置塔中彼十方世界一切如來恒來在此而加護之爾時世尊說此正法篋印心陀羅尼時此舊破壞丘阜之中出現七寶微妙之塔相輪幢旛種種莊嚴人天大衆無不皆見久現如故彼時衆會諸大菩薩及聲聞衆天龍八部人非人等覩此希奇皆悉歡喜爾時世尊說此法時諸大衆等金剛手大藥叉主無垢妙光大婆羅門并諸菩薩大聲聞天龍藥叉揵闥婆阿素囉蘖嚕荼緊那囉麼護囉誐人非人等國王大臣長者居士一切大衆聞佛所說一心信受歡喜而退

一切如來正法秘密篋印心陀羅尼經

音釋

篋苦劫切 獯狐獯許云切獯狐正作訓狐即鵂鶹也 仡許乞切 蹬都鄧切 劈裂劈普擊切裂良傑切劈裂破也 窯余昭切燒瓦器竈也 坏鋪杯切未燒瓦器也 甕烏貢切罌也 硬魚孟切堅牢也 阜房久切土山也 塠都回切聚土也 膊伯各切臂膊也 膅丑凶切均直也 阿鞞跋致梵語也此云不退轉鞞駢迷切跋蒲撥切 繖蘇旱切與傘同 癱他干切力極也 瘓胡玩切癱瘓也 痔直里切後病也 瘻郎豆切漏病也

妙法聖念處經

宋西天中印度摩伽陀國那爛陀寺三藏傳教大師賜紫沙門法天奉詔譯

清刻龍藏佛說法變相圖

妙法聖念處經卷第一 同卷第二

宋西天中印度摩伽陀國那爛陀寺三藏傳教大師賜紫沙門法天奉 詔譯

如是我聞一時世尊在大衆中天人圍繞瞻仰尊顔目不暫捨時諸大衆即於佛前而說偈言

歸命一切智　三界第一尊　敷演微妙音
廣利諸群生

爾時世尊告諸大衆即說頌曰

若有諸衆生　不殺施無畏　慈心能忍辱
端嚴壽無比　若於有情所　如同父母想
能離不與取　智慧福無量　若行善身業
離欲心堅固　不觀女妙色　解脱諸惡趣
世間應遠離　解脱忻可證　似金礦覆藏
體性本清淨　煩惱不能伏　上妙觸生愛
善惡事不分　浮生苦最大　苦樂由心起

得失事亦然　善惡友離合　因果理無偏
降伏諸根亂　平等心要行　利益諸有情
是名苾芻行　沙門婆羅門　煩惱伏應斷
智慧修增長　令心不散亂　涅槃理須證
諸苦應遠離　勤發正見心　佛說此難比
解脫諸輪迴　須彌愛不動　等彼栴檀香
甘露味無比　雖獲上供養　嬌奢耶妙衣
貪愛不染著　知足心歡喜　如草被火焚
了知不究竟　供養與福慧　水火不能侵
白業眞智果　河水終無盡　不貪諸境界
佛說苾芻行　樂求種種智　相應恒現前
了達眞實法　不墮諸輪迴　若人求白法
令心不散亂　惠施諸境界　劫火不能壞
無明諸有本　輪迴從此生　煩惱勤伏除
眞正牟尼行　樂行於忍辱　端嚴離寃害

能仁妙相因　見者心歡喜　林野離憒亂
愛樂心歡喜　持鉢恒一食　是名苾芻行
解脫最安樂　三塗最爲苦　眞如離彼此
思惟不可得　利他平等業　柔和常質直
正行恒相應　遠離諸邪執　意根樂執著
意根稱最勝　意根能速疾　意根能歡喜
伽陀演說此　能作亦能說　抖擻諸煩惱
業果善了知　了知得失事　能趣妙菩提
一切諸有情　六根中第一　林間樂止住
遠離諸寃賊　了知是六根　正行從此出
常處等引位　抖擻諸業障　譬如於虛空
風雲不能染　善護身口意　正見恒相應
智慧如燈明　魔衆不能壞　不害物名善
慈悲利益深　威儀無缺犯　方住苾芻心
眼被色境縛　礙之餘非轉　煩惱縛有情

三界不能出　真俗智微妙　善巧事還希
諸佛同共讚　運用叵難思　多聞求解脱
貪恚不能違　善護身三業　伏除令不生

爾時世尊說此偈已告諸大衆若有衆生煩惱纏縛三界輪廻受諸苦惱若行十善感果人天愛樂歡喜譬如圓月離諸障礙清淨無比覩之歡喜又如柴薪火能焚燒如是惡業應當伏除離於三界生死輪廻解脱諸苦又如飛禽得離繫縛自在無礙若諸有情不造諸業出離三界證二空理苦惱不侵貪恚非染了達輪廻譬如燈明照了物像正智相應恒無間斷離諸邪執受樂寂靜塚間樹下捨離諸惡親近善友比丘如是修出家行一切可愛諸境界等不應貪著不樂房舍離於貨易及虛妄語不樂歌舞捨離憎愛林中一食最上菩提常樂趣求離不與取持糞掃衣歡喜知足止住林野寂靜思惟離散亂想及貪恚等常行慈心利樂有情遠離愚闇修習智慧離煩惱業解脱生死修八聖道寂靜現前破壞一切諸煩惱苦苾芻如是應當修習堅固善根遠離染欲專心一境愛樂真如種種智慧增長圓滿無漏淨法了知有漏虛幻不實爾時佛告諸苾芻言若有苾芻安住梵行清淨柔和善修止觀愛樂靜慮林間遊戲遠離諸染了達迷妄亦如飛鳥虛空影隨比丘亦爾三衣隨身善修平等恒思正法伏滅煩惱智慧相應趣求見道乃至彼岸究竟涅槃比丘應知如是觀察安住歡喜而於輪廻及老病死常乃怖畏如阿蘇囉及餘天衆歡喜恭敬獲得上妙僧伽胝鉢不假餘器守護梵

行不令毀犯清淨無垢不著諸味及利養等爾時佛告諸苾芻言若諸有情捨離悲心我慢放逸焚燒諸善難盡諸漏爾時世尊乃說偈言

若捨悲精進　無明慢相應　寂靜不現前

無由漏除滅

爾時佛告諸比丘言若復有人於諸卧具上妙細輭不應愛樂覺悟無明迷暗根本諸惑隨生謂此無明徧諸染心彼若無時應非迷暗了達諸法等持靜慮應盡諸漏於是佛告諸比丘言若欲經行在於林中寂靜不亂於諸非法酒色等境不應愛樂比丘如是若諸魔衆由業繫縛惱亂修善如人飲毒自作自受汝今破戒行於邪命煩惱繫縛墮大地獄受種種苦比丘當知行乞食時若見女人如毒蛇想專注一心思惟正法不求名利及諸妙境離業繫縛令心平等不行毀謗若入聚落如林野想乞飲食時如療病想起煩惱時焚燒林想求妙法時趣正路想處牀卧時鹿驚怖想入諸禪定遊園觀想見阿羅漢作福田想不樂境界語言戲論恒求解脫國王大臣利益親近上妙飲食勿希貪想施主名利恒非欺誑心行方便不起瞋恚貪樂房舍親近豪族如魚樂水安住不捨遠離知識迷背眞實希求虛幻如燈夢雷作解脫想尊重邪道恒行恭敬最上眞實不能了悟爾時佛告諸比丘言應知省覺愛樂經行禪定智慧恒行慈心趣求最上眞實解脫獲於正見了達諸法恒常修習忍辱精進捨離貪恚及諸散亂佛告比丘應當愛樂一切有情憶念憐愍

令離顛倒及諸纏縛解脫衆苦苾芻應知於諸境界雜染侵害譬如金體性離塵垢比丘當知若至親友及往非親應離貪恚了知損益若罪非罪安隱艱辛方便降伏爲說法要隨彼利鈍聰明愚昧導以勝劣誡之正說比丘應知林間經行寂處習定捨離過非恒樂眞如了信因果勝劣差別遠離諸毒降伏諸根不起過非智慧相應令心歡喜止息毀謗如海甚深相應無盡心意堅固不起疑慮不貪妙色聰慜平等應時善說欲色無色虛妄眞實不說世間是非語言遠離過患諸境界等譬如諸毒及以淤泥勿令侵害解脫輪迴無明遠離禪定智慧辯才宣演法義最上離妄顛倒一切塵垢不令染汙一切所作皆爲利益於衆僧處不起違背身語意業離彼纏縛不求人天修諸善業不爲名利趣向涅槃苾芻應知恒離惡友不作諸非常以慈心平等觀察心意調柔護戒清潔隨順眞實離妄怖畏不迷輪迴及諸靜慮了達無常空智自在梵衆諸天安住靜慮趣向涅槃聽聞妙法了悟誠實歡喜踊躍爾時世尊說伽陀曰

業果善不善　所作受決定　自作自纏縛
如蠶等無異　苦澁及甘美　諸苦并煩惱
如影恒隨逐　飲毒自侵害

爾時世尊說此偈已告諸比丘若有衆生善修智慧破煩惱火安住梵行愛樂三寶見聞隨喜不起貪恚作解脫想了達不動趣向眞實安住最上離老病死及諸輪迴煩惱寃家相續不斷爾時世尊告諸比丘若於靜處修習梵行趣自然智諸天梵衆恒來親近禮事

供養所以者何愛樂梵行能壞輪迴遠離煩惱令心調伏捨離黑暗及諸寃家勿令侵害猶如乾草離火焚燒捨離煩惱亦復如是佛告比丘若復有人迷諸境界恣縱諸根違背涅槃心不平等恒行苦因邪見纏縛一切諸惑不能伏除廣集資具貪心熾然最上福田愚迷障蔽曾無省悟若遇法師方便開化遠離諸惑及貪等染息除猛焰及離諸觸趣向最上甘露妙法安住最上善友知識愛樂靜慮修習智慧煩惱如山而能破壞安住淨慧捨諸愚暗及離輪迴獲妙果報聰慧最上修諸勝行心意相續少欲知足息除邪執繫縛攀緣悉皆遠離如魚吞鉤貪味自縛有情亦爾愛樂五欲恒時不捨廣與諸業輪轉生死無有止息迷昧染因諸趣差別無有窮盡爾時世尊乃說頌曰

若人作惡業　輪廻地獄苦　餓鬼及傍生
淪沒無窮盡　等活與黑繩　衆合并號叫
燒然及燒然　阿鼻大地獄　艱辛惡業苦
剌長十六指　四壁并四門　悉皆鐵所造

爾時世尊告諸比丘彼諸地獄焰火熾盛暴惡甚多相續無間百踰善那難可調伏形色毛豎甚大怖畏極惡之聲聞皆酸楚有情惡業墮此獄時頭下足上剎那生彼受種種苦展轉焚燒晝夜啼泣出大惡聲如魚穿炙皮肉糜爛徧滿黑暗心意迷亂罪人見彼琰魔羅界大火焚燒迷亂悶絕造業同者處之一獄人人纏縛獄卒牽挽受苦難當而無間斷若人少智虛妄造罪由此輪轉寃家聚會受地獄苦時諸比丘而白佛言此琰魔羅受罪

之人云何纏縛受苦無量爾時佛告諸苾芻言此人恒常毀謗正法不生信受因果不了迷諸地獄不生怖畏起煩惱火焚燒諸善以此業因墮琰魔界受如是苦最上火難而無間斷瞋恚冤家愚癡黑暗隨業而受業盡方出佛告比丘若復有人欺誑虛詐於他妻女耽染不捨纏縛生盲恒覆光明不能了悟時諸比丘復白佛言處人卑賤愚昧無智復作何因感果如是佛告比丘此於過去我慢心高輕毀賢善慳貪嫉妬故受斯報若復有人離間彼此及作惡業由此因緣墮諸地獄若生人中乏少男女財物散失知識遠離命欲終時顛狂怕怖眷屬守護迷諸境界不能了達爾時世尊即說頌言

自作還自受　殘害罪有情　暴惡苦器多
業盡方能免　世間造諸業　善不善恒隨
譬如花有香　遠近皆相逐

爾時世尊告諸比丘譬如飛禽棲止林樹聚散非恒父母親族亦復如是佛告比丘若復有人於寂靜處繫念思惟修習善業捨離愚暗彈竿羂索暴惡非法臨命終時身心無惱離諸驚怖獲報天上飲食衣服隨心自在眷屬宮殿悉皆圓滿聰明智慧資具園林無所乏少壽命形色圓滿具足若復有人自心欺詐誑惑世間男女眷屬朋友知識訶罵毀辱廣造諸非命終之後墮諸惡道受苦無量從彼出已若生人中貧窮下賤衣食乏少男女眷屬皆悉猒離虛妄愚迷不了因果貪瞋等惑相應無間於諸善事不曾修習惡友非法恒時親近爾時世尊而說頌曰

地獄受諸苦　焚燒從業生　人中因苦纏
皆隨自心造　輪迴三界内　往來如蟻環
業果互爲縁　相續無窮盡
爾時世尊說此偈已告諸苾芻若獲聖果方
免輪迴無所繫屬自在安樂業及業果不能
傾動若復有人起貪瞋惑及造諸非墮於地
獄猛炎焚燒一切身體受種種苦發聲號哭
思惟方便不能得脱如是苦滥不善之業愚
迷自造譬如猛火焚燒林野一切草木無由
得免惡業亦爾輪迴地獄受諸苦惱不能遠
離若復有人捨離惡友不造諸非了悟因果
離諸疑謗修習正見信樂眞如寂靜安樂遠
離輪迴及諸苦惱最上無比無相無爲離妄
顛倒常樂我淨自在無礙離諸繫縛善不善
業皆悉遠離

妙法聖念處經卷第一

妙法聖念處經卷第二

宋西天中印度摩伽陀國那爛陀寺三藏傳教大師賜紫沙門法天奉　詔譯

爾時會中諸苾芻等聞佛所說地獄焚燒受苦無量悲啼雨淚禮敬佛足而白佛言此諸地獄受罪有情修何因行免於未來諸苦痛惱不被纏縛速得解脫唯願慈悲利益未來敷演斯事爾時世尊告苾芻言諦聽諦聽吾今為汝分別解說若復有人修諸淨戒離於邪執愚迷顛倒已所作罪懺令不增未作之罪防護不生修習聞思及諸善業捨離慳貪欺詐暴惡深信因果由此因緣不受焚燒地獄之苦佛告比丘若復有人欲求遠離焚燒冤害不飲諸酒修施戒業苾芻應知酒失最上破壞善法酒失最上能壞聰慧酒失最上能壞安樂酒失最上遠離善友酒失最上能生諸病酒失最上破壞解脫酒失最上冤家得便酒失最上財物散壞酒失最上增長非法酒失最上遠離珍寶酒失最上亂說是非酒失最上散亂轉增酒失最上能生貪忿酒失最上無明增長酒失最上忠實變詐酒失最上顯露隱密酒失最上煩惱轉增酒失最上成就地獄酒失最上焚燒善根酒失最上毀壞三寶酒失最上惡名流布酒失最上醉變膿血酒失最上香變臭穢酒失最上增長三塗比丘應知酒能毀壞色無色業酒能焚燒四果聖業酒能增長暴惡之業酒能不信正實因果酒能增長煩惱諸苦酒能發起口四過非及怖畏事酒能數起貢高欺詐酒能毀謗善友知識酒能恒處衆苦憂惱酒能增長一切諸非酒墮有情黑暗之處酒墮有情

餓鬼傍生酒能遠離聰明智慧酒能遠離諸天神仙酒能毀壞轉佛法輪酒能增長婬欲熾盛酒能破壞清淨梵行酒能增長我慢放逸酒似於風破壞世間酒能壞亂長者之行酒能志失忍辱之心酒能迷亂世間聰慧酒能毀謗解脫之法酒能遠離諸佛淨戒爾時世尊告比丘言酒有如是種種過非應當遠離比丘應知飲酒之人但貪美味不慮苦果由此為因墮於地獄受種種苦從地獄出若生人中愚昧貧乏不信因果毀謗正法輕慢賢善煩惱增多婬欲熾盛遠離解脫暴惡纏縛纖毫之善而非修習極惡之因恒時親近如是展轉輪迴諸趣無解脫時比丘應知思惟離妄修習正行慎護三業彼苦滋罪獲報艱辛疼痛難任焚燒決定是故比丘應當遠離一切過非及諸怖畏比丘應知自作自受他不能免彼殺生等十不善業果感不虛爾時世尊說伽陀曰

身語業非虛　輪迴諸惡趣　自作自纏縛
善逝不能救

爾時世尊說此偈已告諸比丘一切瞋恚及於妄語應當遠離由此為因墮諸惡趣受種種苦後生人中貧乏卑賤凡所發言多增穢惡傷犯於他猶如刀斧亦如餓鬼自業所招焚燒飲食此業亦然焚燒衆苦惡名流布見聞不喜若有智者遠離妄語發言誠諦人皆信受美名流布猶如香氣聞皆歡喜比丘應知若復有人發於實語遠離苦惱虛妄邪執猶如珍寶堪任受用亦如燈明照了物像實語亦爾聞皆信受由此因緣天上自在解脫

諸苦捨離穢惡虛妄之聲筭數藝能安住最勝趣向解脫財富無量普濟貧乏智慧光明莊嚴第一庫藏豐盈遠離煩惱若生人中尊豪最上種種莊嚴自在具足利益有情孤獨貧乏乃至知識悉皆利樂恒說眞實猶如火毒燒照最上險惡途路如毒遠離是故妄語一切時中應當捨離及諸纏縛怖畏等罪復次比丘有情妄語墮大地獄受諸苦惱身分破裂如青蓮華琰魔獄卒爲彼罪人而說偈言

虛妄地獄因　衆苦自心造　娑伽水有盡
此業報無窮

爾時世尊告諸比丘若復有人捨離妄語如捨苦澁獲味甘美比丘應知修習智慧愛樂眞實莊嚴自身功德最勝猶如甘露能離過患愚夫迷倒不了苦因熾然造作暴惡之業損害憎嫌一切過非恒時不息墮諸地獄遠離安樂及以眞實若得人身見聞不喜憎多過患龍天嫌猒愚迷虛妄善友如冤非曾親近恒習諸惡無時暫捨輪迴受苦而無窮盡比丘應知眞實最上智者修習猶如甘露遠離過非恒時安樂亦如涅槃苦惱不侵遠離無義及四相等又如聖境愛樂最上眞實亦爾聞皆歡喜又如暗室明燈最上能了物像眞實亦爾聞非疑謗又如良藥能息苦惱乃至鬼魅皆能遠離眞實亦爾解脫地獄及諸苦惱愚迷輪迴諸惡趣中受苦展轉業報無窮墮諸地獄不得解脫受種種苦發聲號哭空中有聲告諸罪人汝等勿哭自作自受怨於何人煩惱迷覆自心虛妄不能遠離解脫

衆苦若復有人恒不妄語猶如甘露人皆愛樂普益自他若行妄語猶如毒藥損惱自他不得安隱虛妄亦爾墮於險處受大苦惱如是虛妄生生之中應當捨離修習淨行解脫諸苦眞實莊嚴種種智慧慳貪諸惑及不善業伏斷無餘比丘應知有情虛妄煩惱纏縛猶如器仗刀劒等物損害有情不得安隱若復有人眞實離妄財法惠施饒益有情最勝功德而無有盡乃至獲於安樂自在若復有人遠離眞實及諸智慧恒造惡業輪迴諸趣受種種苦刀兵飢饉風火疾疫飄溺焚燒寃家非一衆苦聚會逼迫酸疼一切暴惡自作自受業報非虛比丘應知愚夫妄執此彼世間無因無果及無作用散亂橫計增長非法遠離善法愚迷有情不了因果墮諸黑暗輪轉不息苦惱無窮佛大慈悲說希有法導彼愚迷令心省悟捨離衆魔及諸驚怖佛告比丘地獄有情被業所牽處於黑暗恒聞惡聲怖畏迷亂奔墮火坑焚燒身體皮乾肉爛猶如枯木由業力故涼風觸體還復如本依前焚燒苦惱無量如是受苦業盡方免比丘應知勤修善業遠離惡趣及諸苦惱人天富樂自在可愛趣向涅槃伏除貪瞋及餘諸惑勿令侵害捨離散亂不造衆惡地獄酸楚恒時受苦應生猒離解脫輪迴若復有人殺害衆生及不與取毀謗三寶不信因果起於虛誑離間彼此發身等業慳貪嫉妬恒不捨離命終之後墮於地獄受苦無量如是展轉沉淪惡趣而不解脫比丘應知由宿業力輪迴生死纏縛諸有而無窮盡佛告比丘身語意業

不善爲因墮於地獄受苦三時而無暫息寧持利刃斷於舌根不以此舌説染欲事所以者何由此爲因起貪瞋癡廣造惡業輪轉諸趣不得解脱皆因虛妄横執染欲於苦計樂起業煩惱生死長時不能遠離又如羂索纏縛有情染欲亦爾繫縛有情墮於地獄獲苦漩果愚迷有情不能遠離染欲因緣諂誑暴惡轉增熾盛焚燒衆善而無悲愍廣益有情比丘應知我執如山惡業似海煩惱焰猛熾然相續纏繞不捨相貌醜惡驚怖憂惱恒非安隱又如虛空徧一切處惑業苦惱隨逐有情恒不捨離無處不有繫縛有情不令出離又如世間邪見執我堅固難拔僻執繫縛恒無暫捨苦惱逼迫暴惡纏縛損害艱辛無怙無依輪轉生死周徧一切如火焚燒受種種苦而無窮盡又此我執顛倒虛妄愚暗迷亂或執星辰或計五根或執意根妄爲究竟歸依奉事而求解脱由妄執著我能造因亦能受果由斯增長身心苦惱而非遠離地獄輪迴酸楚疼痛堅執勇猛纏繞相續愚迷造作諸不善業而非悔恨思惟方便了悟果因遠離過非趣求解脱比丘應知若復有人造諸惡業受報艱辛處於地獄乃至劫壞而非解脱龍天八部不能守護所以者何此諸有情業繩所牽受地獄苦此界壞已惡業因緣往於他方餘處受苦不能遠離若復有人於父母處起殺害想而生決定此罪至重譬如有人以利刀劒破壞三界一切衆生比此猶輕所以者何父母恩德反生寃害獲罪甚重若復有人破僧和合殺阿羅漢出佛身血此罪

最重獲報無間受苦相續殘害怖畏治罰恒時思惟方便無暫止息鐵毒火炬苦殀無窮非法纏縛破壞恐怖恒常無斷顛倒愚迷不能遠離苦澁之果由此因緣煩惱業牽輪迴生死不得解脫比丘應知染欲妄語應生猒離悔恨思惟伏除棄捨止息貪愛勿作是想何況執著造作彼業是故比丘煩惱暴惡邪見顛倒汝應破壞於諸惡趣捨離彼業及愚癡等趣求無上最勝無邊二空智慧利益有情不令墮落地獄鬼畜焚燒諸苦受種種等非愛之果若復有人尊重佛僧及諸經典恭敬供養歌頌稱讚以此因緣遠離塵垢及諸繫縛業等諸障獲報安樂恒生善趣初中後善遠離苦惱安樂長時相續無間棄捨垢染及諸煩惱愚迷醉亂伏除不起止息輪迴解脫諸有乃至究竟而證轉依於是佛告諸比丘言若復有人虛詐妄語誑惑世間希求財利養活身命及奴馬等以此因緣命終之後必墮地獄受焚燒苦猛炎熾然相續無間苦惱燒煮而無窮盡彼獲如是暴惡之苦皆由業牽不得遠離地獄諸苦譬如羂索繫縛有情令不自在此業亦爾能縛有情墮落猛火焚燒身體手足骨髓皆如火聚內外亦然苦惱無量彼大地獄周帀四門復有四角各各焚燒膿血糞穢種種治罰衆多苦具皆悉煙炎俱時火然相續無斷爾時世尊而說頌曰

愚迷諸有情　貪財行虛誑　地獄業所牽
焚燒受諸苦　亦如諸毒藥　自飲還自害
造業亦復然　似影恒隨逐　又如出火木
生火能自害　苦果隨惡因　自作應自受

佛告比丘若復有人於境起貪應作觀想可以對治若於珍寶起於貪欲如火輪想及破壞想世間貪愛無量無邊由斯觀想皆悉遠離貪著世間如冤家想見於海水作漂流想見於刀劒滅煩惱想降雲雨時作普益想見諸佛時作解脫想見國王時起尊重想見父母時起親愛想起慳貪時如毒藥想見眷屬時暫止息想趣圓寂時起平等想持淨戒時起光明想見金寶時起破壞想見破戒者起救護想財散失時非究竟想住三界時如牢獄想見日輪時起智慧想修靜慮時求功德想比丘應知於他財物矯設諸行虛誑盜取以此爲因墮於地獄種種苦惱焚燒其身支體破裂恒處黑暗無有光明愚迷覆心恒不捨離無少安樂遠離涅槃一報終盡復墮鬼畜常困飢渴勞役疲乏衆苦逼迫而無窮盡若生人中乏少資財欲心熾盛處人卑賤勞苦相續時無暫息爾時世尊而說頌曰

虛誑盜他財　三塗苦自受　飲渴恒相續
衆苦無休息　愚迷覆智慧　光明恒遠離
輪迴惡趣中　業盡方能出

爾時佛告諸比丘言若復有人於諸順情妙觸之境而起染著恒非捨離應作堅硬苦澁等想無常敗壞體不究竟如電如夢自性非有於諸妙觸皆悉遠離比丘應知於諸欲境勿起愛著及諸世間過去未來所有可愛染欲塵境應當捨離

妙法聖念處經卷第二

音釋

礦古猛切金朴也　抖擻抖當口切擻蘇后切抖擻振舉貌　蠢昨含切

澁所立切　糜爛糜靡爲切爛盧旰切糜爛腐壞也　罥古泫切罥也

詐陟嫁切僞也　矯居夭切詐也　殁音考殁打

妙法聖念處經卷第三同卷第四

宋西天中印度摩伽陀國那爛陀寺三藏傳教大師賜紫沙門　法天奉　詔譯

爾時佛告諸比丘言若復有人於未來世求生人天猒離苦果應當遠離諸業煩惱暴惡淫逸及離妄語破壞損惱一切有情修諸善業漸令增長相續恒時獲報安樂捨離苦惱

爾時世尊即說偈言

暴惡能遠離　苦澁果非有　輕毀妄語無
聞名皆歡喜　邪執宿冤賊　伏除令不起
覺悟煩惱染　恒修諸對治

爾時佛告諸比丘言若復有人值遇違緣於自及他應當覺悟破壞遠離虛妄計執想諸聖賢修於忍行又於財物離貪妄想人及非人世及出世正道非道若男若女善惡業果真實虛妄宮殿房室恭敬供養乃至一切諸染淨境勿起妄執亦非憎嫉真實離妄悲愍有情入聖階漸遠離地獄損壞琰魔除滅黑暗修習智慧貪忿染因猶如火毒悉應捨離業報艱辛懺悔發露不應覆藏文字曉了宣說苦因咸應遠離佛告比丘若復有人於諸惡友及他眷屬勿生憎嫉應起是念我從無始多劫已來輪轉諸趣父母親族善友知識轉輪生死往來不定於諸有情應當悲愍起親愛想貪瞋等感由此遠離時諸比丘白世尊言若復有人虛妄兩舌離間彼此當感何果願佛演說我等樂聞利益未來一切有情佛告比丘應知兩舌獲報差別略有十種何等為十一種族卑賤眷屬乖離二遠離善友惡友增多三愚癡暗鈍增長過非四毀謗聖賢不信因果五藏護已失樂說他非六虛妄

轉增忠實行寡七死墮地獄受苦無窮八恣縱貪瞋惡名流布九財貨散失恒時憂苦十遠離正法恒生邊地比丘應知兩舌之業獲報如是不應執著皆當棄捨於是比丘復白佛言若有衆生發麤惡語感於何果佛告比丘應知語業獲報有十何等爲十一者口出刃焰焚燒自身二者邪見熾盛無惡不作三者遠離聖賢日增惡友四者衆皆猒棄猶如諸毒五者外器險隘高下不等六者煩惱熾盛壞散財物七者焚燒衆善非法轉增八者身體臭穢閒皆嫌猒九者肢節枯乾恒時病苦十者死墮險趣輪轉生死比丘應知麤語業招如斯報汝應遠離爾時世尊乃說頌言

衆善應可愛　如父復如母　美善體安然

能離於喧諍　美善人天喜　美善增勤勇

美善眷屬多　美善三塗離　美善息諸惡

美善離煩惱　能棄語過非　應修諸衆善

爾時世尊說此偈已告諸比丘如是所發麤惡之語悉應遠離伏除不起勿令增長墮於地獄受飢渴苦種種痛惱於彼惡趣恒時飢渴如火焚燒常思飲食量如芥子終不能得何況多食比丘應知彼諸有情由此惡業極苦纏縳飢渴炎火相續逼迫時無暫息如是苦果皆由虛妄麤惡語業之所招感比丘應知虛妄惡業及諸功德人天勝善皆由心造若癡增上輕毀賢善起惡意業遠離平等樂說彼此長短是非如油欲盡燈光漸暗智慧損減過犯轉增是故比丘恒應遠離虛妄惡業勿令侵害於他名利若生嫉妬及諸忿等惱亂身心時無暫息比丘應知此等惡因焚

燒自善於當來世必招苦果輪迴不息應當棄捨時諸比丘復白佛言若有衆生於情非情恒起瞋忿獲於何報佛告比丘應知瞋忿於當來世得十衰損何等爲十一者寃家增盛人皆嫌猒二者生於邊地遠離正法三者縈纏諸病貧乏困苦四者死墮豺狼巇險暴惡五者或處毒虵恒時瞋恚六者諸根醜陋眷屬乖離七者死墮黒繩受苦相續八者肢體乾焦衆苦燒然九者增於邪執毀謗聖賢十者恒處三塗輪轉不息如是十種皆由瞋恚比丘當知悉應遠離爾時比丘復白佛言若有衆生恒修無瞋獲於何報佛告比丘得十勝利何等爲十一者善美流布二者遠離慢輕三者能伏瞋恚四者三塗捨離五者寃敵不侵六者恒生人天七者眷屬圓滿八者諸根無缺九者色相具足十者成就解脱比丘應知如是勝利汝當修習爾時世尊乃說頌言

衰損由瞋業　沉淪苦海深　諸根多缺陋
逼迫事難任　善因生善道　非法入泥犁
傍生并鬼趣　善惡業恒隨

爾時世尊說此偈已告諸比丘善惡之業損益不同互相增減隨業勢力受報非虚時諸比丘復白佛言有情慳貪不行惠施自無依託迷暗愚癡不信因果毀謗聖賢獲報云何佛告比丘若諸有情慳貪不信於諸財物自不受用何況施他應知比丘無智愚人遠離善友復造諸非由此因緣墮諸地獄受苦無窮彼諸比丘聞是語已憂愁悲惱哽咽號泣復白佛言此諸有情復於何時當捨此苦願

佛演説利益未來爾時世尊告諸比丘乃説頌曰

人間六萬歳　阿部陀晝夜　積彼年及月
初三萬六千　承斯餘壽命　後後二萬增
八寒大地獄　相續苦無盡

爾時世尊説此偈已告諸比丘此大地獄受苦有情由身語意輕慢賢善毀謗正法造作非法破壞佛形焚燒經典謗眞實法言無義味由此業因牽引有情墮險惡處種種治罰相續受苦而無窮盡時諸比丘復白佛言若復有人於佛正法甚深經典讀誦演説令他信受發菩提心獲何勝利爾時佛告諸比丘言功德無量微妙最勝此諸有情受持讀誦如是深法敷演解説依法修行起於正信伏除障染遠離惡趣恒處人天安隱快樂一切聖賢護助稱讚於當來世獲得最上多聞總持福德智慧憶念不忘宮殿珍寶悉皆具足乃至圓寂速得成就恒離老病慳貪嫉妬迷惑醉亂毀謗正法虛妄邪執八難艱險及諸非法悉能遠離爾時佛告諸比丘言若復有人愚迷邪執於諸世間虛妄愛樂廣造諸非於其所作亦無悔恨其心增盛諸惡相續不怖險處遠離善友由此業因輪轉地獄受苦滋果決定非虛比丘應知諸有智者悉皆捨離諸不善業發起正信修習對治比丘當知由心造罪獲果亦然解脱生死流轉諸趣亦由於心能行諂誑又能調伏亦能暴惡能趣三塗得大怖畏亦由於心又能捨離修諸善法而能棄背眞實安樂及能遠離虛妄顛倒種種因緣果報差別若假若實獲報決定及

不決定有益無益若善非善皆能遠離亦能顯於二空之理譬如明燈能破黑暗復能顯現諸物像等心亦如是又如善惡因果差別互相隨逐恒不捨離輪轉諸趣亦由於心又如染淨隱顯雖殊互相增減假實理事亦非即離正見邪執愛非愛業出離沉淪理非即離皆由心造比丘應知諸業繫縛往來生死猶如羂索繫縛有情恒不自在愚迷虛妄煩惱纏縛障覆真理令智不起於法非法不能了達亦非修習趣證之行二空真理無由顯證比丘當知此由無明迷於正理於佛教法曾無所悟障礙留難自不依修復障他學妄說過非無增猒離由此業因毀謗正法諸佛究賊世世愚昧恒墮黑暗地獄之中備受衆苦而無窮盡從彼出已復墮餓鬼愚迷暴惡互相殘害恒時受苦飢渴逼迫而無暫息受種種苦復從彼出墮畜生中疲乏飢困衆苦纏縛恒無止息瞋心增猛互相食噉極惡意樂相續不斷亦如世火能燒林野此業亦爾能燒衆善損害有情爾時世尊乃說頌曰

迷惑諸有情　謗佛毀正法　墮落於三塗
窮劫不能出　恒處地獄苦　黑暗絕光明
餓鬼及傍生　飢虛無窮盡　有情由業縛
智慧煩惱覆　險惡海沉淪　劫壞不能免

爾時世尊說此偈已告諸比丘由前謗法惡業之因輪轉三塗受苦無量從彼出已若生人中貧窮困苦諸根不具飢渴所逼煩惱增盛其性暴惡猶如象馬憊悷不調愚迷邪執恒時相應病苦纏縛而無間斷其心放逸虛妄攀緣時無止息聾盲瘖瘂不値正法恒處

邊地智慧乏少愚癡邪執受種種苦而無窮盡比丘應知謗法之罪獲報無量說不能盡佛告比丘若復有人修諸靜慮趣求解脱於佛法僧不生毀謗恒時尊重稱讚信受猶如父母亦如善友恒時愛護尊敬信受不起邪謗令心歡喜時諸比丘復白佛言有情云何捨離過非修習勝行願佛演說利益未來爾時世尊告諸比丘諦聽諦聽今爲汝說若復有人捨離身語諸不善業恒修善業又於三世安住觀察伏諸邪慢尊重三寶策勤三業趣證菩提復於三時遠離諸執及貪瞋等復次比丘由於三業離諸過患安住愛樂三聚淨戒趣三菩提及三真如遠離煩惱安住思惟令心平等觀察最勝復離慢疑三業清淨伏除障染於一切處能離繫縛修習正行憶念苦空樂趣解脱微妙甚深遠離諸惡發起方便破壞愚暗及諸貪欲是故比丘應修善行棄捨諸非及能遠離飢渴寒熱顏容憔悴愚暗破裂憂惱悔恨種種諸苦皆悉捨離獲於人天富饒安樂聰慧廣聞恒修捨行及諸香燈華鬘瓔珞諸供養具復次比丘若起邪執慳貪嫉妬虛妄諂誑墮於餓鬼受諸苦惱逼迫殘害相續無斷飢渴焚燒業因熱時纖毫難免憂苦纏縛遠離解脱時諸比丘白世尊言此諸有情云何得脱如是衆苦復於何時而得解脱獲於正信我今思惟不能了達又此有情於鬼趣中日夜長時恒受飢渴寒熱憂苦身首乾枯癡暗迷覆恒無暫捨願佛演說利益未來佛告比丘此諸有情於過去世造諸惡業不修福慧慳嫉虛誑煩惱熾盛

恣縱貪瞋不能伏除命終之後墮於地獄受苦無量從彼出已復墮餓鬼衆苦逼迫飢渴纏縛於一切處恒時受苦無救無依思念飲食終無所得悔恨號哭念我何時當捨此苦比丘應知愚癡有情煩惱纏縛由惡三業輪轉三塗受如斯苦比丘當知若復有人近事男女諸天魔梵破彼惡業修習善法愛樂眞諦審觀自身四大五蘊苦空無常亦如水泡芭蕉夢電皆悉虛幻是故比丘於諸善法修令增長於一切惡對治不起安住人天最勝可愛皆得自在身語意業遠離諸非虛妄欺詐及諸驚怖決定棄捨愛樂最勝寂靜思惟離諸散亂造作衆善初中及後令無間斷降伏諸根捨離繫縛及諸惡趣愚癡黑暗不了果因廣作不善輪迴三塗備受衆苦爾時世尊而說頌曰

若樂於住處　應觀胎藏苦　遠離顛倒貪
破壞令不起　纏縛於業繩　三塗苦無盡
來往似蟻環　沉淪難出離

爾時世尊說此偈已告諸比丘老病死苦纏繞有情恒不捨離譬如魚鹿網箭纏縛亦復如是復次比丘貪愛如毒瞋忿似火虛妄諂誑迷覆淨心熾然煩惱恒相隨逐令不出離若復有人貪求財物廣行虛誑養活身命妄執纏縛輪轉諸有如魚吞鉤因貪所起如炎中水從愛心生爾時世尊乃說頌言

迷執虛妄見　業緣有幻身　果因恒離倒
離因果非眞　輪轉因煩惱　了達證眞空
解脫煩惱離　眞實理非無　最上妙覺位
二障悉皆亡　湛然恒不動　利樂諸有情

爾時世尊說此偈已告諸比丘若復有人起謗不信損壞三寶花卉果實貨易活命以此因緣墮於惡趣彼有獯狐及諸鷲鳥其觜鋒利猶如金剛形貌醜惡嬈亂驚怖來集食噉身肉手足眼目骨髓周徧無遺受苦無量業繩纏縛隨逐不捨而無依怙亦非救濟輪轉如是三惡往來恒不捨離從彼出已復墮餓鬼飢渴所逼增長衆苦口吐火炎如山相續而無間斷設降大雨徧一切處此惡業火終不能滅比丘應知若復有人修習施戒乃至智慧而能解脫種種衆苦復次比丘惡業爲因招三塗果有情迷執不能伏除分別俱生煩惱一百二十八使於三界内欲四諦行乃有十二上二合論二十四行約三界說復次比丘四諦四智乃有十六及二見道修四念處八正道支五根五力解脫暴惡遠離焚燒復次比丘最上二諦智應修習及三念住遠離衆魔及諸餓鬼飢渴困苦增長白法爾時世尊乃說頌曰

十惡因心造　沉淪路嶮巇　執貪癡境縛
果感必相隨　極苦泥犂趣　堪嗟無所依
緣熟如影響　壞劫報難移　三業勤精進
多聞習總持　二嚴修六度　圓滿證菩提

爾時世尊說是偈已告諸比丘若復有人修三善業施戒多聞捨離暴惡愚迷貪愛解脫衆苦及離不善地獄餓鬼比丘應知諸餓鬼界受種種苦寒熱飢渴痟惱逼迫不能遠離由此惡業我慢虛詐墮落三塗於彼趣中互相殘害貪瞋纏縛恒時不捨由昔遠離布施持戒及於多聞造作諸非不能了知法非法

等及於正信亦皆迷暗而非省悟由此障礙人天善趣不能修習亦非觀察得失等事時諸比丘復白佛言阿素囉趣何業所招爾時佛告諸比丘言應當諦聽今為汝說彼阿素囉由昔虛詐恒時諂曲業及諸惑纏縛不捨墮於彼趣亦由不信謗毀賢善於正因果不能了悟墮於彼趣而無智慧愚迷妄執怖畏怯懼恒非安隱爾時帝釋忉利諸天聞佛所說歡喜踊躍即於佛前以偈頌曰

平坦三乘路　牟尼親所宣　真空無漏理
本體離諸纏　應物興慈廣　懷悲愍苦深
光明恒照耀　不捨利他心

爾時帝釋說此偈已合掌恭敬在一面立佛告天帝三乘淨法汝應修習離諸繫縛平等清白能離險隘絕諸黑暗光明無染猶如珍寶體性清淨諸天歡喜愛樂最勝寂靜修習奉持不捨又於戒施及三摩地觀察愛樂亦如諸天敬事天主遠離過非尊仰瞻奉及諸有情柔輭和美若生天上獲身淨妙遠離貪恚悉除塵垢及諸境界貪忿因緣解脫沉溺破壞諸有親族朋寮互相憎嫉五欲淤泥悉皆遠離處諸有情謙敬和順安住恒時善離諸染威儀有軌抖擻煩惱降伏魔羅智慧安住最勝清淨善護三業恒習靜慮棄捨惡友及非梵行永離繫縛恒處諸天良友知識勸發大心速登彼岸

妙法聖念處經卷第三

妙法聖念處經卷第四

宋西天中印度摩伽陀國那爛陀寺三藏傳教大師賜紫沙門法賢奉　詔譯

爾時世尊四衆圍繞樂聞深法瞻仰踊躍時諸苾芻白世尊言若復有人愛樂諸天受勝妙樂不墮三塗修何因行獲此勝報願佛演説利益未來爾時世尊告諸苾芻若復有人恒修布施持戒靜慮作意堅固修習增長遠離繫縛染欲諸纏不起過非令智增明廣修衆善命終之後諸天化生自在無礙形相具足富樂無比多諸眷屬善友知識互相和順謙敬離慢愛樂深法恒值聖賢説法勸導遠離三毒諸不善業恒樂正法内心寂靜離於睡眠覺悟虚妄趣求勝法了達深信猶如衆星處於虚空種種光彩嚴麗殊妙若諸天身宫殿樓閣亦復如是衆妙珍寶種種莊嚴光明照耀圓滿色相具足無比言不能盡爾時世尊乃説頌曰

世及出世間　一切由心造　猶如工畫師
巧善皆成就　沉溺於三有　出離亦由心
如蠶自纏縛　迷執諸境界

爾時世尊説此偈已告諸苾芻一切有情輪轉三有迷染境界散亂纏縛於諸正道而非覺悟法及非法真實虚妄勝慧邪執亦皆不了於阿素囉眷屬妓樂衆多圍繞愛樂嬉戲迷亂耽染恣縱淫逸恒不棄捨比丘應知觀察於彼勿生迷執應修施戒守護清淨能得諸天宫殿五欲父母親友珍寶財物皆悉具足及諸庫藏受用無盡衆所愛樂比丘當知有智之人能護淨戒能趣善道及能稱讚最勝無比寂靜安樂能離沉溺所獲根形勝妙

具足光明照耀稱歎無盡護戒最勝水火强賊不能侵毀護戒最勝能離卑賤趣向圓寂護戒最勝福德增長恭敬尊重護戒最勝美名流布聞皆歡喜護戒最勝貪忿遠離煩惱輕微護戒最勝圓寂速證護戒最勝恒處人天護戒最勝成就三昧護戒最勝能息諸障護戒最勝身心安樂護戒最勝堅固福德護戒最勝傍生遠離護戒最勝裸形棄捨護戒最勝園苑自在護戒最勝眷屬圓滿護戒最勝潔淨三業護戒最勝諸天適悅護戒最勝所願皆成護戒最勝恒值善友護戒最勝遠離飢饉及諸怖畏護戒最勝三災八難皆悉遠離護戒最勝譬如利器能斷不善護戒最勝寬廣自在離諸繫縛比丘應知護戒清淨獲如是等無量功德佛告比丘若復有人護戒清淨諸天化生恒處摩尼宮殿樓閣園林浴池愛樂遊戲極妙境界觀察無窮自在無礙爾時世尊乃說頌曰

六根緣諸境　惑業從此生　沉淪三惡道
相續無間斷　猶如於野火　能滅諸柴薪
根識緣於境　善滅亦如是

爾時世尊說此偈已告諸比丘若復有人毀犯淨戒趣求人天安樂勝報終不能得所有宮殿珍寶眷屬亦皆離散比丘應知若有智者護戒清淨捨離三塗恒處諸天七寶階道遊戲往來自在快樂珍寶無量見者歡喜最勝園林歡娛自在身光照耀猶如燈燭經行宮殿種種殊妙勝報難窮不可稱歎爾時世尊告諸比丘殷勤護戒潔淨澡浴於一切處寬廣無礙天鬘瓔珞恒自莊嚴天諸音樂相

續不絕受諸快樂於一切時上妙之境思念即至園苑種種華果茂盛又於一切若人若天恭敬供養清淨奉事是故比丘守護淨戒悲愍三惡受苦有情濟拔出離若復有人恒行惠施於諸有情困苦飢貧復離殺生廣修衆善獲報天上遠離邪欲恒起正信愛樂圓寂不貪世間所有利名及諸酒色虛幻不實皆悉遠離於諸有情捨離毀犯及業煩惱爾時世尊乃說頌曰

果從業惑有　如樹依根生　惑業互爲緣
相續無窮盡　善惡因心造　如影不離身
審毒互相和　衰損亦如是

爾時世尊說此偈已告諸比丘若復有人諸天福盡衰相現前所有眷屬皆悉捨離如燈將滅光明必暗諸天亦爾當於此時福命欲盡衆苦所逼憂惱纏縛恐怖無量身心逼迫起諸煩惱由此非久必當命終隨於宿業墮於三塗或處人中輪轉不息猶如枷鎖繫縛有情沉溺諸有不得解脫迷惑正信遠離寂靜親近惡友及結宿冤比丘應知如是三界輪轉諸趣皆由惑業不能伏除亦非省悟由此業惑隨逐有情焚燒不息猶如柴薪被火焚燒炎猛增盛此三毒火能燒衆善亦復如是比丘應知此貪瞋癡猶如大河漂溺有情令不出離又此貪等猶如羂索繫縛衆生不得解脫又此貪等亦如塵垢染汙有情不得清淨是故智者應當除斷若復有人護佛淨戒及行惠施捨離諂誑伏除貪癡漸令輕微了達諸法不起執著比丘當知若復有人貪等諸惑苦種若現不能伏除而不出離三有

諸苦譬如渴人飲於鹽水渴無由免比丘應知觀察無上解脫快樂趣向圓寂修習靜慮滅除諸染勿著繫縛墮落泥犁恒受衆苦違背正道天阿素囉悉皆捨離諸龍瞋怒非時風雨四時不順穀米不熟人民飢饉所有快樂皆悉遠離可愛宮殿及諸園林極妙境界壞滅非有庫藏財物皆悉隳散互相殘害迷妄顛倒而非省悟最上利益曾無修習三乘正法毀謗非有迷於三界妄執真實以爲究竟日月星辰亦皆妄計乃至一切有情所有罪福妄撥非有甘露正法不能了達恒生憎嫉猶如兇毒猒棄捨離比丘應知愚迷有情於諸世間苦中執樂不淨計淨歸依邪道妄執最上極惡之處愛樂修習於無常等不能了達妄計邪法以爲最上愛樂決定精勤修習義利非有不免輪迴苦滋恒時智者觀察不應迷執了達虛妄顯現是非悟省醉迷令心不亂時諸大衆圍遶世尊聞法歡喜娛樂慶快繫縛捨離瞻仰如來目不暫捨爾時比丘乃說頌曰

譬如蘇彌盧　莊嚴四寶成　七金周圍遶
八海湛然清　世尊相無比　理智離言詮
萬行因修滿　三身果德圓　人天瞻仰望
願說宿因緣

時諸比丘倡讚佛已白世尊言欲色諸天形量福德差別有殊願佛演說利益未來爾時世尊告諸比丘善哉善哉應當諦聽吾爲汝說若復有人奉持淨戒善護諸根令無毀犯三業清淨於諸有情悲愍饒益勤修方便捨離散亂趣求靜慮於所修因勝劣不等有上

中下果感亦殊乃至外器宮殿莊嚴高下狀貌隨宿因縁皆悉有異佛告比丘由護淨戒及行惠施恒處諸天捨離諸垢所有纏縛伏除不起於彼諸天内身外器愛樂趣求不生毀謗破壞猒離命終之後決定生彼獲報勝劣隨因有異比丘應知護佛淨戒諸天宮殿恒自快樂護佛淨戒捨離諸苦解脱無染護佛淨戒天鬘瓔珞恒自莊嚴護佛淨戒烏鉢羅華妙香遍意護佛淨戒極妙境界悦暢無盡護佛淨戒龍天八部恒時助祐護佛淨戒衆寶莊嚴離諸垢故護佛淨戒種種天華色妙開敷隨心自在護佛淨戒微妙香風悦意無盡護佛淨戒房室園林慶快隨意護佛淨戒獲於種種摩魯迦華瞻波迦華計多迦華出妙香氣最上無比恒現在前護佛淨戒遠離諸横護佛淨戒善種增長護佛淨戒犯戒之縁皆悉遠離護佛淨戒圓滿忍行護佛淨戒妙寶階道成就現前護佛淨戒工巧種種及可愛具悉得成就比丘應知護佛淨戒於當來世獲果如是猶如畫師世及出世種種形像皆能成就護戒亦爾於當來世所有一切隨意成就若復有人毀犯淨戒於當來世沉淪惡道受種種苦捨離人天可愛之境亦如彩畫風雨煙塵而能破壞貪瞋等垢能壞淨戒亦能捨離世及出世可愛之果復次比丘貪等諸惑能壞有情所有善業亦能增長諸不善業如世之火猛炎增長能壞柴薪比丘應知有情根識攀縁六塵迷惑不了虚妄執著境界纏縛起於貪瞋諸業隨生輪轉諸有受苦無量不能遠離貪欲諸毒愚迷不了

貪火盛猛損壞衆善及諸可愛宫殿林池衆妙果實悉皆散壞擺娑囉迦勝妙福報珍寶無量庫藏盈滿娱樂自在父母眷屬福德最上世所希有快樂無礙比丘應知若復有人修習檀度於當來世財物具足離諸損壞檀度最勝快樂自在檀行最勝福報隨形如影不捨檀行最勝人天可愛莊嚴歡喜檀行最勝能離貧乏檀行最勝慳悋不起檀行最勝能伏愚癡出離三塗檀行最勝見者歡喜檀行最勝諸根無缺檀行最勝傍生樂見檀行最勝遠離愛憎檀行最勝邊地不生檀行最勝諸天快樂檀行最勝離苦纏縛檀行最勝超越輪迴檀行最勝娱樂自在檀行最勝能趣三乘究竟解脱復次比丘應當觀察輪迴諸苦衆多逼迫應當猒離審諦觀察彼非究竟無常敗壞如夢如炎芭蕉非實乃至色界及無色界所有境界虚幻不實而非究竟應當猒離不應封著妄為最勝令心愛樂佛告比丘圓寂安樂遠離諸相體非一異亦非三世彼此俱非離諸繫縛究竟圓滿汝當趣求勿應棄捨自在無礙寂靜無染應當速證

妙法聖念處經卷第四

音釋

險隘 險虚儉切危也隘么戒切陋也　憹怏 憹力董切怏郎計切憹怏多怨不調也　瘖瘂 瘖於金切瘂烏下切瘖瘂病不能言也　鈎 古侯切鈎鈎也　鷲 疾僦切大鵰也　觜 即委切鳥喙也　嶮巇 嶮虚儉切與險同巇許羈切危也　裸 郎果切赤體也　枷鎖 枷古牙切項械也鎖蘇果切鋃鐺也

妙法聖念處經卷第五第六同卷

宋西天中印度摩伽陀國那爛陀寺三藏傳教大師賜紫沙門法天奉　詔譯

爾時天主帝釋而白衆言汝所作善守護增長如意歡喜即說伽陀曰

三種善作已　三種三因緣　三位次三地
三德三大果　不殺施最上　此法汝愛樂
得眞實忍辱　獲生一切天　隨身有宮殿
快樂受無極　若人好不善　生處無安樂
邪法被增纏　云何而出離　作此人天善
熏修本識中　彼業感果時　得生人天界
於彼生愛樂　心自住安樂

爾時天主帝釋而復白言汝等具大福德獲生天界受天快樂隨其福果勝劣各異若種種作福熏識身中後生天界得種種快樂如是一切林木華果悅適人意入彼林中彼天飛鳥演說言音令人樂聞爲彼天子即說伽陀曰

善來汝賢敏　宿習於上善　堅持七律儀
成就最勝果　生彼天界中　受天快樂報
廣持於禁戒　得離沉淪苦　由戒清淨故
感天勝妙池　隨意而洗浴　復雨紫金華
散布於身上　及彼功德池　以彼戒種子
念念爲防非　天中上妙樂　隨意而受用
若人意決定　守護於禁戒　生彼天界時
快樂無邊際　以此戒莊嚴　得趣善逝果
而受解脫樂　破戒罪惡深　如刀及火毒
是故堅持戒　而修施法財　遠離於毀禁
業有上中下　感果亦復然　令成勝報身
常戴光明鬘　受天種種樂　皎潔身無垢
若人造惡業　苦果自纏身　展轉受沉淪

生死無窮盡　汝既來生此　受天衆娛樂
出遊諸園苑　勿著於放逸　逸蕩過失深
如來常說此　是故放逸者　三毒中最上
精進如甘露　心頂自清涼　永超生死輪
究竟菩提岸　彼時我如來　演說微妙言
離我速修行　莫著顛倒想　若有違背者
貧等諸惑生　斷彼解脫縁　漂沉諸苦海

爾時天主帝釋速疾往彼善法堂中諸天妓女及一切天衆皆來善法堂中到已娛樂種種遊戲于時天帝觀察娛樂而知天衆虛妄耽著增長煩惱即說伽陀曰

虛妄境界中　貪愛而無足　有情迷執深
增長諸煩惱　被境縛根識　如毒藏在食
於後若消時　迷悶無安樂　無前後中間
非今世後世　因縁會遇時　業報誰能避

爾時天主帝釋說此伽他已而復告言假使少年強力未必長生四相推遷速歸散滅顯現快樂無實自性樂受盡時逼迫身心無暫安隱汝等勿得信任癡迷愚惑諂誑若於一切境界染著不足後致大患譬如熾火焚燒草葉貪著境界增諸過失亦復如是被煩惱火燒煮身心棄背正道衰相現時墮落天界是故我今教化汝等割截煩惱去除迷惑一切天衆自此恒作利益於最上行法志固修習後得寂靜最上安樂汝今勿得慢易速作良田於當來世而得最上報應適意無盡若作惡業種種隨身墜墮天宮沉淪惡趣一切宮殿樓閣悉皆隱没爾時天主帝釋見其天子須臾命終墮於惡趣而說伽他曰

微妙香蓮華　種種生峯頂　最上適意寶

處處作莊嚴　流泉與浴池　雜色華果樹
及紫金劫樹　靈鳥群集上　常出微妙音
恱樂諸天衆　無垢瑠璃寶　間雜金色光
最上妙樓臺　莊嚴恒適意　群生不遠離
寧知是幻化　如泡如水沫　如電如浮雲
亦如尋香城　須臾即散滅　虛妄若生貪
墜墮輪廻路　癡愛毒如火　焚燒於善根
減損於天衆　去一切菩提

又復告言若天愚癡愛人誑惑爲天阿素洛羅刹等之所降伏後墮地獄復爲龍蛇遠離諸天長處三界如繩繫縛而不自在若離癡愛明了通達利益有情歸依佛道永出世間斷有愛支得一切智平等無礙得三解脫證悟苦空到眞實際遠離輪廻不受後有色香味觸而不染著時彼天帝見多天衆念念無常增諸過失深生悲愍發誠實言而説伽他曰

如是天道終　沉淪百千劫　猶如旋火輪
生死何窮盡　見他受無常　不觀於自已
後自命終時　違害亦如是　若捨垢穢心
不著於境界　生死莫能侵　常住眞寂樂
戒行若違犯　如醉飲藥毒　非天魔死軍
纏縛誰救濟　微塵坌面上　自心何知見
命謝卧林間　誰悟從貪愛　若生於貪愛
同住苦無常　永處於生死　現離於安樂
大惡不斷除　輪廻從此得　譬如暴惡風
能吹山頂葉　自業得生天　娛樂果自受
潔戒不愚迷　安樂自充足　貪愚招墜墮
如火而起煙　後自墮泥犂　業報亦如是

爾時有天名烏波韈踰宿善業力生忉利天

彼有苾芻爲其天王而說伽他曰

若作種種業　處處妄攀緣　以心迷惑力
一切業成就　前心最勝故　後心相續生
無間引生彼　三界因無盡　一切業報身
離心不可得　是故降伏心　當獲無盡果
汝速勤修進　調伏離執迷　滿善得隨心
究竟獲安樂　心若恒調伏　永不增諸過
智者善伏心　諸苦不能害　若心得彼苦
苦苦後相續　一切境界中　而得輕心報
天人阿素洛　龍鬼羅刹等　不離於一心
心爲三有主　三有自心生　地獄與人天
隨心生罪福　流浪任漂沉　壞善因迷境
愚癡貪愛生　住苦廣無邊　沉溺而難出
難調心力大　奔馳速若風　天眼勿緣形
識相皆如是　智者善調伏　遠離魔羅縛
超度生死河　速到於彼岸　疑惑不正直
無底惡難止　一多微細行　不住刹那中
行相密難窮　無身一切處　世間誰牽引
往者復是誰　藏伏甚法中　造作於身業
雖見行表差　莫覩相應法　云何調伏難
無色無形相　陋惡損衆生　取境明如眼
善惡作雖見　譬如幻化士　本性狀難窮
往復誰能覩　牽引於群生　諸趣恒流轉
利劒不能截　猛火燒非斷　一切有情心
業力相如是　業繩而堅固　纏縛於群生
三性而不恒　須臾善非善　亦復捨受俱
攀附六根門　妄求於塵境　染著世間故
不悟生滅法　如鏡唯照前　而不鑒於後

爾時天子聞彼苾芻說如是事昔作純善今獲勝身而說伽他曰

昔修靜妙心　愼護於戒行　以此微妙因
得住安樂道　善護持戒者　防非發律儀
當得斷諸惑　證圓寂滅樂　戒有大威德
能超諸有苦　乃至命謝時　無彼惡道畏
惡道無能救　戒力救最上　若有持戒者
萬善皆依怙　後果得生天　永離諸險難
佛法聖衆師　三界咸尊重
爾時諸天子等五體投地歸命作禮生尊重
心彼時天主帝釋倍生忻慶歎美至深而說
伽他曰
解脫貪瞋毒　群生親道友　能到於彼岸
我今歸命禮　降伏愚癡失　無爲無比等
一切衆所尊　我今歸命禮
時彼天中有諸飛鳥或在空中翺翔上下或
集寶池嬉戲水內有諸天子樂逸縱蕩與諸
飛禽同共遊行耽樂欲樂不怖惡道爾時苾
芻爲彼天子宣說伽他曰
傍生耽欲樂　遊戲恣愚迷　天衆亦復然
等彼飛禽類　正教師宣說　汝等心顛倒
不怖於罪業　耽樂著世間　若天有罪業
墜墮於地獄　業力如是毒　智者常遠離
薄德少慧人　但觀前欲樂　不復返思惟
成就諸苦果　若有智慧人　照觀一切惡
求斷諸惡業　利益於群生　罪業生諸苦
勝因得離縛　善惡行不同　報相亦復爾
迷苦妄爲樂　求安不可逢　具智勿爲非
不久至寂滅　善修諸業靜　巧便集善根
三昧自現前　速到無生位　勿復戀傍生
遊嬉於園苑　懈怠轉增多　後墮飛禽類
若復無少智　善惡業不分　餓鬼阿素囉

地獄亦如是　於業能分別　於報亦通達
彼於諸業中　深窮垢靜相　晝夜常精進
思惟三脫門　永不墮泥犂　究竟獲安樂
天子汝當知　自樂自善成　自惑生自苦
苦樂不離心　於過應遠離　染著諸塵境
縱逸癡所盲　不覺死王催　沉淪於地獄
苦惱而無極

爾時彼天有百千天女色相端嚴隨意自在於彼林間歌唱遊戲彼有飛禽知天宿善而說伽他曰

勤修宿善業　今復得生天　若行非善因
而復沉惡趣　業報既決定　諸天皆平等
安樂非安樂　汝等今當知　愛染爲害本
業繩隨繫縛　輪轉而不窮　還因業繩力
上至非想處　下及於三塗　往返疾如風
生數復如雨　諸趣而循環　無始長如此
若人心寂靜　如水湛然清　離礙如虛空
而獲最上樂　五識緣塵境　三惡業相牽
一法捨盡時　不得生天界　殺盜婬妄毒
常爲惡道友　燒煮如炎火　智者應觀察
眞寶忍辱慈　出世善良友　親近若修習
當得三天果　制伏邪亂意　愼護觸等貪
後有定生天　成就白業果　若於生死業
而不求解脫　琰魔殺鬼來　云何得遠離

爾時天主帝釋而復白言若有衆生不怖諸惡於一切處心所染著以染著故隱没智慧妄言綺語虛誑邪諂惱亂有情棄背正教親近邪師不孝父母乃至善根間斷業繩繫縛如箭速疾死入地獄種種治罰受諸極苦無有休息汝等從今於生死罪緣速須棄捨莫

復貪著於自身命分限短長審諦觀察有爲諸行刹那生滅何得久住如水浮漚如鏡影像如電刹那如雲散滅若天福盡樂受捨位一切衰相不覺現前逼迫身心如何當忍是故我今宣示言爾汝今當須勤行精進忍辱柔和慈愍有情守護六根修行四諦不取怨親而修平等智慧增長深入義味背妄照眞導引禪定業惑盡時後有不生得俱解脫爾時天主帝釋欲重宣此義復說伽他曰

如是十二處　六境及六根　識等生滅時
相應成妄想　智者善修心　不住色等法
而入寂靜門　湛然無一相　勤求寂靜故
不墮魔羅界　以此靜妙心　恒時而憶念
若行如是慧　惑苦云何生　於其三世中
自在無驚怖　煩惱縛自解　罪垢不可染
慧眼得圓明　常住眞寂行　天身大快樂
尚被罪垢摧　云何人愚迷　廣造十惡業
若人修智慧　了達罪福因　怖業若死侵
永出苦根本

爾時帝釋昔聞世尊所說惡趣之事即爲天衆宣說佛言若人得脫生死罪根常值善友植諸善本若生天界受妙快樂宮殿莊嚴報應無量若不怖惡道貪著娛樂福業盡時必當墮落譬如燈燭須假膏油膏油旣盡燈炎即滅如是墮已而被業風急速吹轉往返世間輪迴不止若諸智者正定相應無明業繩不能牽動譬如藕絲牽妙高山而不能動爾時彼天聞於天帝說是法已即說伽他讚天帝曰

汝今說此法　息除一切障　我依天帝語

安住無怖畏　與彼諸群生　而作慈悲父
宣示涅槃城　令彼得利樂　法本無分別
天帝善能宣　今遇正教師　得至無上道
爾時天帝又復白言世間財物勿生貪著若
人捨離智慧出生若復愛著破壞善根七種
聖財漸漸隱没經百千生沉淪惡道又復世
財而不堅夂水火盜賊王等勢力皆可侵奪
若彼法財水火等災終不能壞汝諸天衆雖
有勢力諸根具足身帶光明衰相現時生其
愁惱墮下虛空過百千踰繕那入其惡趣爾
時帝釋即說伽他曰
如汝大快樂　富貴不可量　衰相若現前
決定沉惡趣　如現所作業　隨業果復生
業相善殊勝　異熟果亦然　業有上中下
善惡品類同　成彼有報時　勝劣亦如是
汝等審思惟　色力身最上　生滅未能逃
云何而不墮　譬如麥等種　而被大火燒
隨燒即破壞　云何芽得生　浮虛假偽身
四相遷流速　如燈而生焰　不住刹那中
心相亦復爾　虛幻無眞實　恒被漏隨增
云何得安樂　棄捨於妄境　勿自愛其身
決定脱輪迴　速至於彼岸
爾時彼天有其飛鳥而復說言我等今者居
烏鉢羅林於其林間有大浴池多生紅蓮長
時芬馥鳥身翅翼諸色間雜狀如七寶眼有
光明言音妙好於彼林中長時戲樂觀察天
子耽著迷醉即說伽他曰
我恒耽喜樂　天人愛亦然　天雖與禽別
愛染而無二　不能守行法　云何得解脱
天等若如是　飛禽何所别　今復告汝等

勿著五欲樂　而修勝法行　當得大解脫
生老病死苦　永不害其身　天與禽類身
平等獲善利

爾時天帝又復白言若有智者離垢清淨世間罪染普徧此天亦不能著何以故爲彼智者於生苦因緣而能解了又於彼天朋友知識恩愛眷屬無所戀著汝等諸天癡愚貪染不離輪迴與彼飛禽等無有異復有衆生耽著飲酒得罪甚多所以者何爲彼有情心識迷亂破犯恒多酒力雖消業報不滅於五趣中輪迴不絕於一切罪中最爲增上乃至於俱胝劫流浪不絕沉淪惡趣煩惱纏縛佛所宣說爾時彼天帝釋園中有妙法堂種種珍寶殊妙莊嚴時諸天衆詣彼堂中彼時帝釋觀察天衆而說伽他曰

我等諸天衆　過去修微善　獲生天界中
若天報應盡　定墮於輪迴　業力難思議
牽引於衆生　三界五趣中　處處而出生
汝等勤精進　審諦細思惟　生滅須臾間
云何不省覺　怖畏邪險路　而依衆律儀
堅固七覺支　勤行八聖道　善住於五根
增長於五力　四念與正勤　及彼四神足
如是而不退　必至涅槃城　恒受寂滅樂

妙法聖念處經卷第五

妙法聖念處經卷第六

宋西天中印度摩伽陀國那爛陀寺三藏傳教大師賜紫沙門法天奉　詔譯

於罪不怖畏　彼人無智慧　後至命終時
苦惱恒燒然　周徧天界中　墮落誰能見
彼恒貪婬樂　於此莫能知　婬欲生虛誑
迷惑於有情　牽引落三塗　如繩而繫縛
生滅恒如是　有情須自利　調柔身口意
煩惱勿令生　法境等須息　一切著婬者
增癡墮無常　不覺欲火燒　遠離於親眷
朋友善知識　骨肉并眷屬　大苦死來時
波吒何能說　初至無常位　如山忽倒摧
須臾不可停　剎那而滅謝　若處一切智
無罪無輪迴　究竟出苦源　諸天恒愛樂
欲海深無底　何能有足期　增長愛貪心
如酥油灑火　種種莊嚴貌　破壞出世因
法轉四趣中　人傍地獄鬼　生死恒無間
往復如陶輪　群品大愚癡　不了煩惱性
若彼諸有情　永離於貪愛　當獲最上因
解脫無繫絆　智者除煩惱　諸苦病不侵
降伏於貪瞋　長獲安樂道　生苦不能染
羂索不能縛　智慧漸圓明　照知一切事
若於圓寂理　而起無相心　離垢絕囂塵
究竟到彼岸　於彼苦樂境　洞然無所得
而入大解脫　常住空寂舍　復起慈悲心
愍念有情故　示苦智真如　遠離於羂索
令意斷疑慮　永除於貪愛　解脫苦惱怖
獲得最上慧　悟彼集散空　設壽八萬劫
亦復墮無常　此可恒安住　天界永無失
見惡而生慢　於罪不思惟　愚迷無方便
恒求於快樂　喻如砂聚中　求油終不得

若作罪業行　恒常而逼迫　苦樹罪根深
一切惡生長　我説此眞如　定爲法非法
彼意聦作罪　後復無煩惱　利益廣無邊
獲至眞如際
若復愚迷於佛言教而不信受後至無常自
得苦惱經無數百千俱胝那由他阿没那等
破壞人天無常罪火決定焚燒此不盡劫瞿
曇告言天復云何而得久住喻如水沫芭蕉
無有纖毫眞實幻化非久若恒愛此快樂無
有是處爾時彼佛問彼天衆知此義不天意
歡喜如聞五樂多獲快樂得五功德而復説
言彼有飛禽名曰嬉戲能善説法爲彼天衆
即説伽他曰
有欲愛不足　無因人意足　發起不足心
如是無知死　一切衆生界　形類有多般
長遠時分中　不能修方便　永不受安樂
決定墮輪廻　恒處於地獄　生生亦如是
若實宣説帝釋境界富貴殊勝異於諸天於
此輪廻亦不能免決定無常乃普徧天上未
有微妙之處可避無常而皆墮落是時天帝
善解法相名憍尸迦爲彼天父種種精進説
多因行而諸天衆猶不省悟誰能樂修靜行
遠離罪垢唯縱愚迷心著放逸於斯教誨而
不受持久遠無邊云何不覺彼諸愚人樂作
惡因於彼後身而被罪惡種種破壞寧知惡
業隨眠纏縛爾時苾芻而説頌曰
若行善利　以其卧具　飲食衣等　供給供養
尊卑之衆　不爲自身　而求福利　或觀自身
誰作主宰　乃遇惡境　作罪寃家　always
而起眞實　離相忍辱　智者審觀　都無病痛

苦惱之難　唯有現在不淨之物　作如是身
而復此身　剎那不住盛壯亦然　破壞何身
衆生迷醉　於自財物　不作利益　增長罪業
不受教命　亦不行施　於一切處　心不受用
賊等窺壞　云何護持　若心迴向　布施師等
彼財殊妙　而復棄捨　如棄草木　心不愛著
貧劣有情　恒行救度　離垢無著　今世後世
獲七衆戒　救度最上　戒護於人　當生天上
智慧廣大　彼能截斷　一切煩惱　病等枷鎖
過大險惡　輪迴之橋　到彼堅牢　涅槃彼岸
心靜離垢　得無生忍　喻如擔負　其物輕少
遠出長途　而不疲乏　若人擔負　惡業輕少
遐歷世間　而不沉没　又如飛禽　兩翼壯健
高徃虛空　速疾可到　若人持戒　守護堅牢
欲徃生天　亦復如是

復有飛禽名現真如住彼白山而能觀察即
說頌曰
喻我形色　不住剎那　快樂亦然　愚迷不覺
若一切類　善相多般　輪迴生時　定隨破壞
彼福破壞　一生亦然　死王得便　罪意何免
恒行快樂　無財黑繩　摧壞有情　無病強力
安樂遠離　死王近來　近則心迷　群生命壞
罪破長時　天人輪轉　不覺根迷　遠離安樂
墮閻羅界　方知業果　快樂剎那　而身衰朽
恱諸塵境　不覺貪著　快樂受盡　老死王侵
諸根對境　戀著不足　彼後無常　自生煩惱
若無慧燈　照見塵境　受行境界　執我分別
樂著虛妄　欲火恒生　境力如風　吹欲火盛
智覺真如　思惟成妄　一切愚迷　嬉戲不覺
恒行境界　吹於欲火　天人行欲　墮彼天界

彼具天德　實得天樂　衰相現前　不壞何往
刹那不住　念念生滅　暫住非久　彼命如是
此境屬他　一心不覺　五德天樂　壞苦速離
帝釋天王　抖擻煩惱　三障垢靜　歸依三寶
三業廓然　悟得最上　三佛菩提　雖生罪地
罪垢不染　留心作善
彼有琰魔獄卒爲彼衆生而說頌曰
意懷貪欲　嫌棄善緣　不離輪迴　得此苦果
不依天行　而作罪因　彼後無常　反恨作惡
利刀割體　猛火燒身　猶未爲傷　五根得罪
苦不可忍　眼觀美色　如實得樂　寧知恒苦
聞聲耽味　其過亦然　作罪寃家　是故捨離
彼三寃家　纏縛罪人　破人安樂　貪癡和合
遠離戒品　因墮地獄　若行戒律　後得福善
若違戒律　後得煩惱　飲酒殺命　離他婦女
邪見兩舌　不守威儀　縱情放逸　破壞有情
因沉惡道　貪著邪行　而復惡口　今世後世
無彼安樂　遠離惡人　親近善友　滅此罪根
不信此業　無得業果　無衆安樂　惡果根本
煩惱後燒　若作妄語　本非法師　我解深法
彼後無常　得魔業果　轉此人身　而生惡趣
是故如來　說此無明　一切貪欲　何得快樂
知足無貪　身離煩惱　欲生快樂　是名快樂
解脫相應　得最上樂　若貪快樂　如毒和水
解脫快樂　如乳和水　欲火燒害　愚盲不覺
又復貪愛　度量財利　酤賣酒肉　得財無數
心猶未足　無常殺鬼　速來牽引　若耽欲樂
樂住境界　得不快樂　如來說此　夢覺法喻
如乾闥城　如空無實　如水上沫　如芭蕉堅
如彼火毒　欲境亦然　若味因果　知欲過罪

不迷眞如　成就智慧　獲靜思惟　去其貪愛
苦惱不生　壞欲亦然　欲爲罪主　如世毒藥
彼意不足　墮落天界　復墮地獄　欲賺愚迷
喻彼懸河　亦如電閃　世間毒力　莫勝女色
思想欲增　如火熾盛　是故智者　離欲寂靜
無前無後　亦無中間　如如而行　增長亦爾
彼得欲苦　等觸火炎　知如是過　智者遠離
速離欲故　定得安樂　無數百千　那由他天
以欲行故　墮火毒獄　器仗治罰　其毒如火
遠離快樂　不行欲因　如上地獄　不見不聞
若貪欲人　斷其欲貪　亦無苦惱　是故無垢
得意清淨　於一切處　滅欲火炎　入彼種種
最上善業　彼行無染
爾時帝釋觀察飛禽住莊嚴樹色喻檀金彼
法因果正見善業而說頌曰

正見善業　如彼大樹　鬱茂金色　種種莊嚴
智者所說　如善果報　處處出生　不善若善
得彼人身　復行善業　得生天上　不善亦然
下沉地獄　欲迷善意　而復不得　最上良藥
若知果報　意不愛欲　衆生境界　迷醉味著
若恒行貪　惡定同生　女生煩惱　如世間火
若此火生　煩惱如是　女人煩惱　生衆生心
破壞世間　一切法滅　爲地獄因　大仙所說
女人姦媚　口甜心毒　情愛不恒　愛戀須臾
棄背亦爾　彼性浮囂　可喻掣電　誑話有情
詐行恩愛　天人龍鬼　羅刹眷屬　境界亦爾
女人鄙惡　譬彼黑毒　種姓不擇　勢力不顧
愛恚不恒　性如風火　唯慕財物　殊無終始
如有險難　嫌棄遠離　如是富人　彼即愛樂
若住貧賤　急急離別　譬如遊蜂　花卉芬芳

競來採食　若樹乾朽　一切遠離　無財亦然
女人遠離　女人黑暗　心縱顛狂　破壞勝因
罔知良善　如女人縛　天縛亦爾　若值女縛
定墮地獄　若貪女色　貪中第一　若有衆生
雖曉欲業　而猶耽著　是故無知　迷人不覺
又復女人　詐吐心誠　惑他信己　身雖同處
心則差殊　損壞有情　毒如蛇蝎　方便多求
一切養育　女人行德　而不能爲　如是自性
殊無測度　智者不著　心恒決定
忉利天宫有善法堂爾時諸天會善法堂有
如是散亂者飛禽爲彼而說頌曰
譬如飛禽　隨其自性　樂猒不同　而有二種
一見蓮華　而復樂著　若見林野　而自猒離
一見林野　意欲樂住　如見蓮華　却思遠離
衆生亦爾　林如静善　華喻欲貪　智者樂林
而深適意　天人顛倒　反慕蓮華　如出暖日
能去大寒　解脱之樂　亦復如是　貪中生苦
樂謝何安　智者不迷　而求解脱　於一切處
爲最上樂　住牟尼林　能善觀察　住意無貪
天人最上　住此欲貪　而不久遠　若行無貪
樂中最上　居林寂静　行中第一　一切苦斷
受甜惡行　誑賺有情　適意林巒　宜善觀察
心善觀察　恒處安樂　心行無貪　樂處林野
彼人樂林　心恒純善　離欲無貪　得寂静樂
若人煩惱　怖見林間　貪愛倍增　而自燒煮
棄背貪愛　無垢清淨　心定生生　常獲安樂
如具富貴　福盡成空　盛處少年　老侵頓易
一切恩愛　定有别離　一切有爲　和合暫爾
此世間法　正覺正説　若覺愚迷　捨愛知足
入寂静林　獲最上樂　衒巳俊利　恩愛多方

遠離善林　永失利樂　林間默觀　寂靜相應
適意無貪　善心成滿　是故聚落　散亂恒生
若處山林　離諸貪愛　汝意速疾　猒離愚迷
最上靜林　相應住處　心行若靜　永離煩惱
行若相應　善根增盛　假使有人　得千帝釋
報壽若終　亦歸生滅　恒行貪欲　一切不見
被欲降伏　而生衆苦　欲愛之樂　須臾暫住
不久卽滅　心如怨家　能離彼樂　彼欲無得
煩惱苦果　皆從欲生　解脫生樂　彼樂眞實
於善逝行　縱任相應　離欲無貪　獲樂無盡
五欲之樂　先甜後苦　樂相壞時　而沉地獄
無貪之善　初後中間　離垢清淨　受樂無窮
是眞善毋　愚迷欲樂　云何離彼　過失恒生
中後深苦　罪行云何　不見快樂　喻如世間
有其毒華　其色鮮艷　其體有毒　人若觸華
毒害於身　罪行欲樂　其毒亦然　又如當風
執彼火炬　亦如飛蛾　投其燈炎　欲樂之火
燒害亦然　是故欲毒　恒須遠離　天著欲故
積惡虛生　人慕愛貪　愚盈罪行　是故欲火
焚燒善根　賺失天人　沉斯惡趣　若未命謝
速迴心意　於一切善　修令增長　貪等惑亂
三過生塵　三毒作一　罪網猶大　若起三惑
相續不盡　歌舞唱妓　耳目順情　天意如石
而被牽動　一切欲境　蓋覆靜心　沉溺愛河
無時超度　天何愚迷　欲賺不覺　譬如毒樹
開其毒華　蜂蛾採食　毒殞其命　貪欲之毒
損害亦爾　而墮三塗　如火燒木　天人不覺
生此罪地　受苦終盡　方離泥犁　天人愚迷
不思作善　罪惡境界　彼無一信　智者審觀
眞如幻夢　愚人非夢　爲地獄因　是故離欲

得解脱善　棄背惡行　利益善因　彼利若行
求離諸惡　天無黒行　彼有智者　正見决定
不樂散亂　獲種種福
爾時世尊教受天子行不散亂行而説頌曰
天人宫殿　散亂之根　迷醉樂著　而墮輪迴
若離散亂　輪迴亦脱　彼散亂根　即是無明
自性黒暗　如人無眼　我觀彼過　迷火不别
愚癡深廣　散亂亦然　衆生愚迷　積聚財寶
而自育養　復更散亂　墜墮惡趣　天亦愚癡
愛著女色　本望離苦　悦意快樂　寧知命殞
得大苦惱　集欲之樂　不久即散　一切衆生
業壽有限　少壯刹那　即當衰老　善惡業縛
誰得自在　譬如樂主　撚弄木人　須假線絲
方成作用　有情亦爾　須假惑業　方處輪迴
若離愛貪　則無作用　非久業行　智者不信
遠離一切　散亂方便　若離散亂　不生三界
譬如有人　墜墮深崖　其中猶有　不失命者
若人散亂　墮墮三界崖　其中未有　得出離者
一切惑業　散亂最上　於晝夜中　恒不安樂
若世間人　纖毫散亂　破壞有情　出世之意
是故遠離
彼世尊坐如實説已天主帝釋發尊重心敷
其坐具頭面禮足起立合掌見伽他書心生
怖畏頌曰
若不散亂　如彼甘露　若行散亂　而墮無常
不散亂人　天中最上　散亂之行　輪迴之根
清淨之行　安樂之本　是故正定　於一切處
獲最上樂　若於欲樂　如怖極苦　散亂大毒
同壞衆善　迷毒散亂　人行惡作　不從散亂
能得安樂　若彼智者　平等宣説　德與無德

一切執我　爲苦樂根　如我世尊　伽他書典
離欲清淨　獲益安樂

妙法聖念處經卷第六

音釋

坌蒲門切塵坋也　韈望發切　踰羊朱切　翺翔翱五勞切翔似羊切翺翔回飛也　芬馥芬撫文切馥房六切芬馥香氣也　翅翼翅式利切翼余力切　繫絆縶古詣切縛也絆博慢切縶也　囂許嬌切聲也　鬱於勿切木叢生也　姦媚姦古顏切詐也媚明祕切諂媚也　誑詁誑居况切欺也詁直陷切被誑也　賺直陷切與詁同　衒熒絹切自矜也　殞于敏切殁也　撚弄撚乃珍切以指搣也弄盧貢切戲也

妙法聖念處經卷第七 同第八卷

宋西天中印度摩伽陀國那爛陀寺三藏傳教大師賜紫沙門法天奉 詔譯

爾時有飛禽名未曾有見彼行不散亂而說頌曰

貪瞋癡意　恒爲罪友　爲地獄種　貪瞋癡心
恒行罪人　落三塗崖　彼後方覺　貪瞋癡毒
無得不怖　智者制伏　不令散亂　若縱貪癡
飲酒妄語　殺生偷盜　無信因果　意瞋惡業
而不防護　天上不生　而沉惡趣　恒行欲愛
愛具大力　役使有情　慵懶懈怠　恒無彼善
又如雲翳　障智慧眼　於其戒律　多諸缺犯
設得人身　而獲下劣　若意住罪　黑暗無邊
若意住覺　如晝大明　如是衆法　佛所宣說
天生散亂　如酒迷醉　彼散亂故　如行地獄
輪轉人間　皆得滅壞　如是決定　生實無常
散亂障重　墮境界海　成枷鎖因　天多嬉戲
彼生若盡　永絶快樂　天不思惟　心生散亂
改轉善根　深著樂境　心猶不足　天人不知
爲苦惱本　無莫護多　無須臾頃　無刹那間
不被愛降　欲境間斷　百般不悟　天恒受用
耽著放逸　被欲降伏　如地獄火　焚燒有情
而不揀擇　欲火亦然　焚燒天衆　亦不揀擇
又如餓鬼　口出火炬　燒彼飲食　傍生之類
飢火亦然　天人自作　如是欲火　普徧世間
焚燒一切　有情不覺

彼有飛禽名具足德覺彼散亂善不能行後墮彼天而說頌曰

善業斷盡　此壽刹那　衆生調伏　人得最上
一切少年　須臾命盡　一切富貴　須臾破壞
天人不恒　富貴不恒　刹那不住　勿作亂意

是故早行　勤修利益　護律儀法　寂靜理處
塵過不生　天何不見　意若散亂　行法不恒
此去不迴　快樂亦然　守護戒根　天人快樂
彼諸衆生　若無此戒　後必煩惱　是故戒行
如是恒行　樂中最上　後戒清淨　而得大果
愚人無戒　不生天上　若天行欲　散亂迷毒
於五欲境　受其快樂　心不思惟　一切不久
彼命破壞　無數百千　那由他天　迷欲散亂
被五欲火　置害焚燒　一切散亂　人所樂著
彼後無常　得果方覺　心馳境界　動極大苦
得苦見迷　心著愛境　苦惱不知　苦惱續生
於後悔恨　煩惱疑惑　從境界生　我心無知
行輪迴行　那覺輪迴　隨逐人心　互相愚迷
展轉三界　智者證眞　見輪迴住　無常苦空
彼苦非有　若耽女色　恒行欲染　彼後不見
諸天境界　汝非法行　惡中最上　一切世間
無別救者　唯如正法　是故依法　法若遠離
人樂非法　非法既作　苦火熾然　永離天界
善業滅盡　不覺墜墮　思彼快樂　無常無有
業繩繫縛　誰有安樂　貪愛轉增　牽入惡趣
永離天上
爾時帝釋見諸天衆受百般福德而大驚怖
即說頌曰
作善快樂　天受善報　天人上因　彼作前善
如日行空　明照世間　無二重輪　其智慧光
明照邪暗　亦復如是　而無二種　欲往天宮
行悲愍行　悲與群生　爲出生母　依憑斯善
人生天上　又復悲心　饒益利樂　一切有情
得天愛樂　悲者恒善　一切衆生　及諸賢聖
普皆歸命　又復行悲　如清涼月　去彼煩惱

炎苦之熱 是故悲心 爲快樂本 一切欲心
天人業主 於其色聲 香味觸法 攀縁不足
苾芻觀察而說頌言
譬如劫壞 日火盛時 大海江河 普皆乾竭
眼識根等 觀攀色境 經彼俱胝 百千萬劫
貪癡欲海 而不能竭 人之貪心 勝龍不足
散亂之因 生一切惡 勿行散亂 散亂過人
障真如理 若行散亂 彼恒無善 人若離善
牽墜三塗 離一切樂 不生天界 命恒生滅
爲煩亂根 意通知此 苦中最上 若前根境
不了輪廻 而執決定 如空中華 如乾闥城
如水上泡 如水聚沫 迷彼聚沫 爲卧具等
迷彼幻化 爲自集動 天龍藥叉 及阿修羅
迦魯拏等 虛幻亦然 誰救無常 若但作業
而不早怖 極惡死王 速來逼害 是故作善
後無煩惱 我覺汝等 勿行放逸 彼復生愛
而被境牽 境縛有情 如牢枷鎖 爲地獄因
永離解脫 是故不實 汝須遠離 此真實法
世尊所說 諦聽奉行 得益無盡
爾時帝釋忽然之間覩佛影像與諸天衆發
尊重心頭面作禮而說頌曰
彼佛世尊 正徧知者 現救度像 善開解脫
若人歸禮 解脫輪廻 心獲勝善 此善調適
無垢清淨 佛說此法 成涅槃道 言此行人
得無畏力 受寂滅樂 住真空地 過輪廻海
度三界難 開智慧眼 放最勝光 普見世間
非如土木 凡愚之類 無其光明 遊行妄境
若人貪垢 心不清淨 口過等毒 復以智水
洗蕩離染 一切外道 執我無知 於斯諦理
而不能見 彼無垢言 爲汝解說 佛在因地

不行散亂　救度汝等　今到彼岸　復度他人
利樂一切　於其世間　唯一佛住　無利爲利
利人最上　如是造惡　墮大地獄　如是修善
當生天上
彼時帝釋觀察天衆即說頌曰
譬如飛禽　順風吹急　輪轉人天　往復亦爾
皆因業感　如其苦樂　聚集散壞　隨業勝劣
其義亦然　是故造作　皆成因果　牟尼宣說
眞如無邊　平等所依　業習種子　一切心作
而難調伏　唯佛如來　而爲開覺　若業種種
從一至十　從十至百　從百至千　至那由他
無數有情　若干種類　墮大業網　莊畫世間
譬如飛鳥　連繩繫絆　欲往虛空　終不能去
有情亦爾　但造諸業　被業繫縛　欲出輪迴
而不得去

彼時帝釋見天散亂互相嬉戲樂著快樂觀
彼天衆即說頌曰
五樂歌舞　普徧天中　若不思惟　決定墮落
汝貪女人　自性堅著　無暫捨離　他意不恒
隨情進退　富者戀愛　常獲財物　詐親適悅
如有固恪　輕棄遠離　貪癡之人　追逐欲樂
譬如渴鹿　競奔陽焰　而求於水　耽欲亦爾
虛妄不實　彼諸女人　無恩無義　無踈無親
尊卑不分　種姓不顧　譬如遊蜂　其華芳盛
而即採食　若見萎華　而即捨去　又復女人
矯誑惑亂　如彼蜜內　隱藏毒藥　違害亦爾
有智之人　心正決定　於斯欲妄　而皆不著
迷人見喜　深自樂著　如蟻聚羶　如蜂護蜜
天龍神鬼　諸惡夜叉　毗舍遮等　魔護囉誐
及羅刹娑　亦被迷惑　欲性不實　生妄境界

瑜如幻法　誑賺有情　得無常時　衰壞不覺
彼天妙地　一切林木　華果莊嚴　爲生死繩
牽繫汝等　如繩繫犢　而不自在　快樂境界
男女眷屬　於無常時　誰能救護　若人得住
多聞智慧　善業之舍　適心最上　我今當去
南閻浮提　泉流河海　園苑亭臺　悉皆具足
如是種種　有如法者　不如法者　論義慧學
法與非法　我今悉知　虛妄怨心　迷賺有情
彼有苾芻復說頌曰
心怨下劣　生五根毒　𧊒螫衆生　如五頭蛇
虛懷悔恨　色等五境　爲大愛河　無到彼岸
彼岸寂靜　離諸邪妄　邪見無利　迷墮地獄
彼邪見人　無因計因　墮惡邪見　障覆靜心
謬解因果　行輪迴難　得苦惱身　業果生滅
善惡亦然　若見眞空　即到彼岸　永離生滅
汝等應知　愚癡迷欲　欲覆迷人　若住正見
微妙清淨　戒行律儀　出世及天　求不難得
若著邪見　修邪難業　我願長壽　非自愚迷
而復迷他　所行黑暗　墮大輪迴　成就苦因
逼迫自性　如佛所說　利樂之要　反照正性
根塵境空　我山自摧　煩惱清淨　出生死難
住涅槃城　是眞解脫　汝等世間　一切有情
深著欲樂　邪毒入心　涅槃彼岸　終不能到
假使百劫　輪没世間　如被枷鎖　不可得脫
智者所說　出世法財　微妙經典　信受奉行
快得善利　邪見無因　横執下劣　虛妄典教
迷謬有情　普墮輪迴　衆生云何　虛誑眞法
無因妄見　不愍含生　自墮墮他　俱入惡趣
彼有飛禽名曰蜜行於其樹林食蜜嬉戲而
說頌曰

衆生飲酒癡迷醉　愛味誰知癡索牽
墜墮無常惡趣中　是故勿飲無明酒
輪迴因觸生癡見　非法皆從貪愛生
一切塵勞業海深　是名如來大智說
汝知飲酒壞名色　善惡無分譬目盲
乃至身倒不覺知　可喻木石人恥笑
飲酒無恒多過失　三十六失作乖違
智者染著爲大暗　是故遠離於飲酒
迦捨華輕等彼人　浮囂不定無忠信
增長貪瞋生死續　要摧此力勤救護

爾時帝釋天主復說頌曰

無瞋破瞋　忍辱破忿　法破非法　光破黑暗
實破妄語　定破兩舌　善破惡口　親破非親
慈破殺生　施破慳悋　念破非念　明破無明
晝破於夜　白破黑月　邪欲思惟　眞覺智破
惡趣難業　八聖道破　四無礙智　破諸訥鈍
智破無智　安住寂靜　破彼攀緣　風破於山
火破一切　海吞江河　日破星宿　富破貧窮
火破於寒　水破於渴　食飲於飢　足破不足
恒讚於悲　不讚無悲　妄語惡業　破墜有情
善說眞如　破有爲慧　如佛世尊　能破外道
天諸勢力　破阿修羅　帝釋告言　我降汝等
一切天衆　所以者何　住正法者　威勢若斯
若復輪迴　奴僕之類　如處地眠　一切居下
若復一心　奉行正法　如登牀座　一切居上
行迷智慧　好行非法　天自業果　不墮何去
被業風吹　輪轉地獄　餓鬼傍生　誰同代受
如是一切　天男天女　及諸愚迷　一切衆生
自作惡業　受大破壞

爾時帝釋而說頌曰

譬如大風　吹空中雲　聚散不恒　輪迴有情
隨業聚散　不定亦然　又如華敷　開結應時
茂盛凋殘　隨時不住　時亦如是　過去未來
亦復不住　人作福善　嬉戲得時　福樂若盡
往而不復　如樹生葉　繁茂甚多　若值霜雹
隨而不復　天人亦爾　受天快樂　若值輪迴
無復快樂　譬如天雨　不住虛空　快樂亦然
不住幻體　譬如大風　吹壞雲雷　快樂亦爾
吹壞生命　譬如朽木　墮火炎中　永不復故
迷愛亦然　經百千生　墜墮泥犁　不復人天
虛妄迷愛　廣徧一切　魔滅善行　遠離人天
守護此戒　七佛所說　戒定第一　思念生生
得人業地　思念多劫　父母業地　得生天上

爾時帝釋復說偈言

若得人中生　由宿行多善　今奉諸律儀
而復生天上　人中難得生　得者針投芥
迷惑若散亂　復墮於地獄　善行三業已
寂靜審觀心　煩惱自消除　定得生天上
煩惱伏令盡　內生適悅心　清淨離貪瞋
而得生天上　斷除於憎愛　摩訶苦不生
種種復行檀　而得生天上　恒運慈悲心
救護於含識　如護自身命　而得生天上
他行不善心　害物毒如火　所求皆施與
而得生天上　若覩他妻妾　不生邪染心
如母敬愛觀　而得生天上　若人觀妄語
如火生舌頭　禁戒若真實　而得生天上
兩舌而不作　親友使和合　愛語絕乖離
而得生天上　惡口言無度　傷人利若刀
善語離前非　而得生天上　綺語而增過
加言飾說多　如理稱實談　而得生天上

此戒宜持護　七佛同所宣　無畏戒法圓
而得生天上　一切諸衆生　若生增上慢
如被枷鎖縛　不得於解脱
爾時有一苾芻而說頌曰
若此女人索　縛人最堅固　輪迴受報時
惡果居第一　若此女人索　非縛項頸索
纏縛有情心　生苦爲第一　女索縛人切
人間無有比　地獄鬼畜生　爲彼女縛去
大色索縛身　可見索形量　女索心非色
縛大無形量　女索雖悦意　迷生不解脱
縛彼一切人　不出輪迴難　六塵俱縛人
女索力最大　降伏於衆生　此縛居最上
若此女人縛　愚迷心愛戀　爲妻妾眷屬
堅牢不可解
彼帝釋天主如是一千天子一切皆見心生
歡喜歌舞作唱稱讚天王而說頌曰
帝釋忉利王　娑婆世父母　行天梵善行
不著於欲樂　正法救世間　非法令除斷
以法適其心　此樂未曾有　最上最勝智
慈心眞實言　快樂法非常　清淨而無染
所有世間德　及彼出世德　天王自在行
一切見無異　救度恐怖者　離苦獲安樂
天人阿脩羅　世間常持護　此處忉利天
彼諸林木樹　種種寶莊嚴　窓覆如繒蓋
地布瑠璃渠　宫殿衆寶色　蓮華恒自敷
莊嚴適其意　天人業因盡　劫火破壞時
妙高一切無　未有不空者　何況諸天衆
如泡如水沫　纔生又復無　無明迷不覺
帝釋天中尊　彼恒放光明　照耀於我等
一切皆依住

爾時帝釋而說頌曰

妙高衆山王　光明真金色　瑩淨體分明

喻彼水中月　若此金光明　喻彼持戒者

無垢戒光明　十六分虧一　自業得生天

莊嚴而具足　業有上中下　感果亦復然

隨自禁戒心　遠離於散亂　住此正法位

恒獲於快樂　若生無垢戒　身有大光明

如彼千日輪　共聚光無異　佛說七種戒

歡喜若受持　彼爲最上人　當獲第一果

種種作善業　彼定有後身　無作無彼行

無業無破壞　愚迷不信因　無因亦無果

如覓水中酥　不受於安樂　迷罪心行暗

非善非安樂　煩惱互相增　見彼未曾有

妙法聖念處經卷第七

妙法聖念處經卷第八

宋西天中印度摩伽陀國那爛陀寺三藏傳教大師賜紫沙門法天奉　詔譯

又復宣說輪迴頌曰

一切天人　有大散亂　初如親友　後作怨家
如火焚燒　如刀割切　人間天上　得失平等
心意狂迷　如同怨家　天人不知　智者遠離
散亂毒樹　說有三枝　爲老病死　恒復相續
智者離妄　純善相應　老等三枝　而不爲害
如過遠離　散亂不生　惡怖解脫　得最上樂
若散亂樂　不久有怖　若解脫樂　樂定無盡
百千萬億　般都摩人　樂住名利　妄亂所賺
妄亂之上　有四種過　若離妄亂　破世間怨
彼妄亂行　多疑多怖　多難多苦　展轉輪迴
無有窮盡　四過離一　獲樂無邊　汝等天人
一心散亂　障覆一切　無漏善法　云何而得
寂靜安樂　若樂自利　修善思惟　煩惱苦等
於後不生　若諸天衆　所著欲樂　虛妄不實
一切不久　從幻化生　彼不知見　幻化自性
而不決定　遠離安樂　恒生衆苦　實言告汝
若人恒善　世所敬愛　賢聖圍遶　後生天上
受天妙樂　若復行施　得一切人　心生敬喜
後得富貴　施果如是　若行忍辱　後生天上
無所怖畏　世人愛重　名稱遠聞　面貌端嚴
具足朋友　受天妙樂　彼等有情　猶如一切
世間父母　能破罪暗　譬如日光　住意最上
爲慈悲寶　出生善根　通達諸法　雖復在家
若住正見　彼智解脫　輪迴枷鎖　罪友不生
人獲安樂　聞未聞法　聞之不退　超諸惡趣
得生天上　心善無垢　諸過不生　離染清淨
善知報應　解微妙義　絕諸過罪　譬如虛空

不住淤泥　得寂靜果　深信三寶　獲無所畏
與諸天衆　尊敬如來　信受佛教　蒙法救護
生我有果　生身有愛　淪溺無邊　此苦難窮
十六分苦　不及此一　少味多怖　恒賺有情
喻乾闥城　智者寧信　說殺衆生　至命終時
樂不隨行　都無所得　種種衆生　有種種心
種種業行　輪迴枷鎖　一步隨去　生復有死
愚癡迷惑　眞實自性　而不覺悟　無常大怖
隨彼衆生　來而復去　散亂不知　境界天迷
如逢蛇螫　墜墮天人　此苦無等　父母妻子
男女眷屬　親友知識　不可代受　味著境界
樂欲迷深　不覺死王　大苦速至　云何方便
令離苦惱　若無愛欲　苦不能害　亦復不生
地獄餓鬼　傍生之類
爾時帝釋天主復說頌曰
人行邪道　欲見正眞　如手探水　而取其火
若復無因　何所有果　散亂無德　利益何生
破壞天人　此意若生　迷欲適悅　後得無常
心大熱惱　境界不迷　欲火不發　名稱不貪
安樂最一　若復一心　貪愛世樂　十六分罪
不及此一　若發大信　解脫輪迴　愛盡境亡
見無爲樂　禪樂相應　無瞋無喜　彼善若生
無復輪迴　究竟彼岸　若有欲心　而求快樂
被業繩牽　墜墮地獄　得一切苦　誰人救解
往而復來　從業因生　無前中後　非今後世
作過無明　墮人惡趣　是知自愚　行散亂毒
浮生頃刻　迷愚不覺　後無常位　乃可知苦
若生有苦　怖彼無常　作意妙法　彼救爲實
眞成安樂　如斯言說　實爲利益　令心行善
速得安樂　樂中最上　決定無失　天若迷惑

不依彼法　而作亂意　生墮地獄　無有出期
彼有飛禽名種種髮覺悟彼天而說頌曰
種種業生　彼隨天人　知不依法　彼後熱惱
世間所有　種種善果　園林華髮　階道樓閣
適悅身心　如作善業　得見彼果　天人業因
有上中下　天非作彼　無彼彼果　癡降天人
迷種種行　彼意若迷　不見大怖　失自利行
種種愛樂　求種種果　迷心作業　天無戒行
如夜無燈　而覓光明　因與果等　眞實可修
眞如智果　得有樂分　離命無果　離燈無光
離戒無天　若離智慧　而無解脫　若離解脫
而無安樂　百般求救　方脫愛身　智者離我
無此業樂　一切有罪　而復不生　得彼利益
一切聖人　無垢所說　百千劫人　樂欲境界
耽著不足　一心不捨　漸漸增長　增長彼毒
須臾墜墮　智知德過　此法師相　德過無知
此迷行相　德處生德　過處亦然　知眞過德
恒獲安樂　德過難知　離彼智故　何智最上
天行境界　彼意無智　百願無能　得彼安樂
如作大業　最上戒果　得作人天　微妙適悅
最爲第一　根門顛倒　邪取境界　若降此心
得天快樂　福樂苦惱　自作自受　作罪決定
如住怨家　作善亦然　如親善友　若意速辦
清淨福力　當得人天　如流赴海　恒行惡境
惡行相應　決定無益　彼岸智種　若意愛樂
得苦非法　非法快樂　即成魔苦　此苦樂相
二俱平等　若人有智　猒苦忻安　滅忍妙法
而可奉行　苦之與樂　無因不見　種種苦樂
各別因生　衆生自行　多劫多生　一切業果
種種不失　若樂行法　守護正法　得生天上

受妙快樂　迷法之人　遠離正法　無得利益
墮輪迴獄　法眼若開　癡不降心　見此快樂
如雨下地　虛妄不實　作意佛剎　心植法種
癡盲戒法　樂行非法　行非法道　心賺輪迴
人得罪久　若此心行　自性輕浮　種種顛倒
剎那不住　幻化非實　如乾闥城　纏縛智識
速宜省悟　天人散亂　愛貪境界　被境誤賺
命墮不知　快樂虛妄　一切不定　諸天作樂
不久即滅　迷轉天衆　生生亦然　生法虛假
彼計眞實　生法不定　彼計決定　行彼怖法
纏縛壽命　墜墮天人　如唾落地　女心顛倒
虛妄誑賺　若復捨離　得第一樂　女人顛狂
嚴飾不恒　惑詐巧言　移性不定　譬如遊蜂
逢華即採　無華即捨　女人亦爾　有財即慕
無財即捨　女心妬惡　等彼黑毒　又復女人
難爲共住　如風大起　如火大熾　如空大徧
誰能收把　女人易性　機便百般　亦莫收把
若一女人　爲惡業因　破解脫行　成病死難
若多女人　生其煩惱　爲彼世間　種種留難
幼少女人　愚迷增長　自性顛狂　無明熾盛
如日放光　又復女人　無實愛戀　如彼燈炎
彼寶爲怨　如蠅咂瘡　愛彼有財　非愛無財
若有財物　女人樂住　若無財物　云何可住
無與財利　而不親近　性行差別　心能喻火
無降女者　如人隨順　承事如如　亦復棄背
女多虛誑　如華蓋蛇　女人肉心　如灰覆火
色蓋亦爾　適悅不善　身如毒樹　生彼毒華
勿須親近　一向欲境　愛著女人　今世後世
人無快樂　無明迷醉　顛狂懈怠　愛味行罪
不見人賢　智者知法　深信因果　發精進心

猛利修行 遠離女色 人獲勝善 人行女地
如履黑網 智者不著 得盡魔界 一切禁戒
女戒第一 何不離女 智者遠離 得寂靜樂
彼女人縛 猛火器仗 不能燒截 衆生强力
不可調伏 我離彼故 一心天上 捨彼快樂
生夜摩天 得無盡樂 快樂中大 此等眼耳
鼻舌身意 於彼色聲 香味觸法 六根不住
此諸天衆 恒行渴欲 而無有足 如火自性
能燒草木 何時有足 彼六根火 猶豫不決
燒此有情 都無知覺 此散亂地 不行道法
離彼散亂 所愛境界 人隨自業 得住眞實
女人生愛 其心難御 隨自業因 生有別離
如是觀察 女人顛倒 生離別處 若見快樂
心住狂惑 行欲女人 如親惡友 意在三非
身得四苦 是故恒離 欲毒之火 快樂苦惱

隨自業牽 若於天上 著五欲樂 天人宮色
不久隨墮 佛見眞空 得解脱道 說彼輪迴
一切由業 女人爲愛 得過最上 無決定心
如日無暗 如火無冷 女人薄信 無愛亦然
如地如風 動靜不等 女人恩害 不等亦然
人雖一心 多行恩戀 彼意非恒 時頻遠離
喻如鸛鵲 立望空池 又如大山 未見能行
亦如大河 未見逆流 女人亦然 未見實愛
生爲過網 障礙人法 譬如日光 不離日體
如彼諂愛 不離女人 雖復美言 給賜財物
而彼女心 難降如火 意悅平和 艱難捨離
一念生過 尋便忘恩 女人鄙惡 難降如火
宜速捨離 遁迹山林 求寂妙樂 天人發意
迷欲快樂 不悟惡怖 必損命壽 生在彼天
決定無常 如夜日沒 是故三界 大夜無常

可等日没　若求出要　彼作利益　行三聚戒
彼業報應　得妙快樂　天復散亂　無一念心
别作善業　彼樂必盡　愛欲不善　當獲大苦
餘苦十六　不及一分　善哉善業　欲心無足
如採魚人　貪魚亦爾　欲纏覆心　如眠長夜
迷愛相續　無常不覺　後見苦相　方知彼果
又此欲惡　先如賢友　後無利行　若信彼欲
盲智慧眼　後墮地獄　如落山崖　不散亂行
最上善友　恒救護人　是求善友　散亂爲怨
此毒最惡　佛説散亂　入惡趣道　若迷散亂
愛樂境界　彼迷過人　恒得苦惱　若有苦怖
無智觀察　彼等傍生　不得天人　上妙快樂
若彼天人　愛樂飲食　及著婬欲　心行傍行
當處傍生　若無分别　非知德業　若知心法
知業亦然　於此嬉戲　住無常舍　得無常時

受苦難果　若怖無常　起大智慧　思惟正法
深樂經典　是真智者　一切貪愛　無常怨家
快樂盡時　壞一切命　彼得無常　最大惡處
餘不可救　唯依正法　是真歸仗　深心諦觀
無常之根　散亂爲本　先治攀緣　後去無常
得法命樂　説此第一　此不散亂　可行天道
善知苦縛　解脱亦然　不離散亂　爲善快樂
已善非善　如雲散滅　若人精進　發勇猛力
拒捍魔軍　得彼寂静　上妙安樂　若人邪亂
不行善行　宿善業盡　當墮地獄　若人一心
静諸不善　離諸苦惱　當獲福樂　若降諸根
不染罪法　境界亦然　離諸纏縛　及輪廻道
等彼黄金　不住塵垢　出生死難　一切清淨
若散亂行　不過六根　塵事不生　一切利益
是大安樂　適悦充足　若彼天人　身心清淨

女色不著 如魚履水 塵埃永離 智慧亦然
是故天上 遠離女色 作意欲愛 定得纏縛
迷一切法 事與非事 斯人薄祐 遠離涅槃
親近法師 得真法智 行法求果 如是成就
心恒離妄 調伏諸根 得到彼岸 由彼智慧
意索不住 纏縛境界 智者能除 爲彼世間
解法之師 天上園林 自在遊戲 多獲快樂
適悅境界 若能棄捨 作彼善業 心靜安樂
是爲甚難 生夜摩界 若離散亂 虛妄攀緣
生彼天者 數及俱胝 及鉢都摩 得自業果
若心難調 作彼業果 因心輪轉 衆生迷此
十二緣起 展轉輪迴 過現未來 人間天上
一切有情 皆由心作 妙高山頂 瑠璃之地
帝釋聖賢 於此恒住 別有山峯 瑠璃所成
乾闥婆住 人不能到 一切地位 林樹園苑
散別各住 適悅其意 人不能到 最上金地
有蓮華池 瑠璃所成 人不能到 復有流泉
及諸池沼 衆鳥群集 往來遊戲 殊妙第一
人不能到 宮殿車乘 最上莊嚴 諸天住此
人復遠離 人遠離故 欲境所嫌 如是世苦
心無怖畏 轉復愚頑 行彼輪迴 恒受衆苦
如繩纏縛 如籠覆鳥 彼上一一 殊妙天界
而不得生 世間女縛 破壞善法 增長生死
若人貪著 被死魔軍 競來破壞 散亂之性
迷著女人 得無常時 自受業果 山林蓮華
流泉浴池 彼可嬉戲 何愛女人 決定得彼
生死大患 恒貪名利 得患亦然 彼女人縛
多作貪愛 難可調伏 而爲大患 違損世間
一切有情 若此女縛 世間欲貪 爲過最大
一心思惟 知過實然 欲過既深 不墮何去

彼一切人降心離欲　遠離女人　生夜摩天
彼有光明　如日如星　隨身照耀　乘虛適悦
一切亦然　是彼光明　天人具足　一切如是
天主見彼之衆於其光明取相執著而宣金
字偈文如說頌曰

天身無垢膩　恒修清淨行　散亂不令生
長獲於快樂　非揀樂與苦　老少及中年
上族并下族　不免死王壞　有主無主者
力與非力輩　醜陋及端嚴　不免死王壞
王侯及臣從　在家與出家　或善或非善
不免死王壞　富貴與貧寒　有德及無德
若女若男身　不免死王壞　曠野及山川
水中與陸地　主客禽畜等　不免死王壞
睡與非睡者　喫食與不食　一切在世間
不免死王壞　地上與天上　此界及他方
輪轉亦復然　不免死王壞　厚福及薄福
剛强與柔和　患病及身安　不免死王壞
餓鬼與傍生　人與非人等　無力亦無能
豈免死王壞　欲界與色界　一切天人住
福壽消盡時　不免死王壞　上至無色界
一切諸天衆　住三摩鉢底　不免死王壞
三界情非情　一切如幻化　離繫出世者
非彼死王侵　知此無常力　一切欲愛生
墜墮受輪迴　展轉無窮已　耽味世間境
因欲生煩惱　違損如毒蛇　永沉於地獄
無常有情難　作善而無力　輪轉於世間
皆由心所造　迷欲行散亂　樂欲五塵境
愛索縛天人　墜墮於惡趣　天人行散亂
一切快樂貪　不住譬懸河　身墮都無覺
著彼快樂者　命險若臨崖　天衆不能觀

如盲履非道　迷欲著樂者　不如於盲人
迷欲墮三塗　盲人却非墮　是故依欲行
不如無目者　於欲而無猒　寧知心自迷
墜墮不離心　恒作無功利　若行欲愛者
無智無知識　念念欲苦生　云何復行欲
此所招欲果　如得惡朋友　牽入無常宮
恒時住惡趣　人死不復活　如流去無反
欲樂亦復然　一切成虛幻　一切衆生命
生滅苦浮漚　流年少不迴　急急如逝水
生老無常苦　一切皆盡有　天人不覺知
心恒而散亂　若起無垢慧　作意清淨行
易得世間身　永不入惡趣　未生善令生
已生令增長　所作善隨心　自身果亦爾
善心見欲境　如觀器杖毒　不善著欲境
迷心得適悅　諸根爲善惡　皆由於自心
心起煩惱集　而得善惡果　智者正覺察
觀色平等空　斷除苦集緣　何各而有果
熾然諸境界　一切因自心　心善若調伏
如色空平等　如彼一窠稻　莖等色相别
心行亦復然　種種生煩惱　彼稻喻心王
心王作諸行　稻生莖等别　世心亦如是
散亂貪欲色　色境喻浮雲　不覺苦果生
而隨業相轉　彼既見此苦　天人何樂欲
若恒生欲愛　遠離一切善　是故智慧人
於欲而捨離　苦實恒苦空　是苦自行相
苦果既無常　智者非所樂　境界虛誑心
心迷無知業　天人墜墮時　業牽無所覺
設生夜摩天　自性成虛幻　愚盲無智眼
不見貪慢垢　墜墮得無常
是時妙德即説頌曰

無常覺眼視　衰相自焚燒　設住兜率天
報盡如燈滅　大力十二支　爲輪布法界
業報流轉時　生滅各不定

妙法聖念處經卷第八

音釋

慵（蜀庸切惰也）齩（五巧切齧也）訥鈍（訥內骨切言難也鈍徒困切不利也）雹（蒲角切雨冰也）鸛（古玩切鳥名）

佛說大迦葉問大寶積正法經

宋西天譯經三藏 朝散大夫試鴻臚少卿傳法大師 施護奉詔譯

清刻龍藏佛說法變相圖

佛說大迦葉問大寶積正法經卷第一（第二同卷）

宋西天譯經三藏朝散大夫試鴻臚少卿傳法大師施護奉　詔譯

如是我聞一時佛在王舍城鷲峯山中與大比丘衆八千人俱菩薩一萬六千及一生獲得無上正等正覺種種佛刹皆來集會爾時尊者大迦葉波在大衆中安詳而坐爾時世尊告迦葉言有四種法破壞菩薩智慧迦葉白言四種法者其義云何四種法者一者於佛教法而生輕慢二者於法師處憎嫉法師三者隱藏正法令不見聞四者他欲樂法數數障礙瞋恚斷善覆蓋不說誑賺他人唯自求利迦葉如是四種是名壞滅菩薩智慧我今於此重說頌曰

若人慢佛法　憎嫉法師處　樂法作隱藏
求法而障礙　瞋怒斷善根　覆法不爲說

愛樂誑賺他　恒行自求利　我說此四法
斷滅菩薩慧　四法如是故　汝等應當知
佛告迦葉波有四最上法觀增長菩薩大智
迦葉白言是義云何此四法者一者於佛教
法深生尊重二者於法師處勿生輕慢三者
如聞得法爲他解說起正直心不求一切利
養四者稱讚多聞增長智慧一向正心如聞
受持行眞實行而不妄語迦葉此四種法增
長菩薩大智慧故我今於此重說頌曰
尊重於佛法　及彼法師處　如聞爲他說
不求於利養　亦不要稱揚　一向而求聞
多聞生智慧　如聞受持法　持已依法行
稱法眞實故　是彼法師行　口意無虛妄
四法可爲師　得佛大智慧
佛告大迦葉有四法具足迷障菩薩菩提心
迦葉白言云何四法迷障菩提心此四法者
一者所有阿闍梨師及諸善友行德尊重反
生毀謗二者他善增盛於彼破滅三者若諸
衆生行大乘行而不稱讚妄言謗毀四者棄
背正心邪妄分別如是迦葉此四種法迷障
菩薩菩提心我今於此重說頌曰
闍梨師善友　行德俱尊重　不行恭敬心
反生於輕毀　他善增熾盛　破壞滅除他
菩提大行人　謗毀行輕慢　棄背正眞心
邪妄而分別　如斯四惡行　迷障佛菩提
是故此四法　遠離無上覺　無此四過者
最上得菩提
佛告迦葉波有四法具足令諸菩薩一切生
處出生菩提心直至菩提而坐道場而無障
礙迦葉白言云何四法一者不爲身命而行

邪見妄言綺語二者去除一切衆生虛妄分別三者爲其佛使發起一切菩提種相如實名稱流徧四方四者所有一切衆生教化令得阿耨多羅三藐三菩提各說今得迦葉如是四法具足菩薩一切生處出生菩提心中間無迷直至菩提坐道場座我今於此重說頌曰

不爲自身命　邪說及妄語　心恒愍衆生
除妄及懈怠　能作如來使　及爲衆生師
顯發行菩提　名聞徧四方　教化諸衆生
令成無上覺　安住此法中　菩提心不退

佛告迦葉波有四法具足令諸菩薩已生未生善法皆令滅盡求不增長迦葉白言云何四法一者世間所有深著我見二者觀察種族住著利養行呪力事三者瞋恨菩薩徧讚佛教不普稱讚四者未聞難見經法聞之疑謗如是迦葉具此四法令諸菩薩已生未生善法皆悉滅盡求不增長我今於此重說頌曰

由此著我見　皆令善法盡　觀察於種族
呪術求利養　毀於菩薩教　而不普稱讚
未聞甚深經　聞之生疑謗　具行此四法
不久善法盡　是故諸菩薩　行此四法者
遠離佛菩提　譬如天與地

佛告迦葉波有四法具足令諸菩薩善法不滅得法增勝迦葉白言云何四法一者願聞其善不願聞惡求行六波羅蜜及菩薩藏二者除去我見心行平等令一切衆生得法利歡喜三者遠離邪命得聖族歡喜不說他人實不實罪亦不見他過犯四者若此深法自

智不見而不謗毀彼佛如來如是而見如是而知我不能知佛智無邊種種無礙如來爲諸衆生演說此法如是迦葉具此四法令諸菩薩善法不盡得法增勝我今於此重說頌曰

常願聞其善　非願聞諸惡　恒行六波羅
而求菩薩藏　斷除於我見　而行平等心
普令諸衆生　得彼法利喜　活住清淨命
復值聖種族　他罪實不實　終不而言說
設覩諸過犯　如同不見聞　此法甚深奧
少智不能知　唯佛自明了　而不生疑謗
佛智廣無邊　如來爲衆說　行此四法者
勝智法無盡　安住此法中　菩提不難得

佛告迦葉波有四種法生不正心離菩薩行迦葉白言云何四法一者疑惑佛法心不愛樂二者我見貢高瞋恚有情三者他得利養貪愛憎嫉四者於佛菩薩不生信敬亦不稱讚而復毀謗迦葉如是四法生不正心離菩薩行我今於此重說頌曰

疑惑諸佛法　作意不愛樂　貢高我見增
瞋恚衆生故　他所得利養　貪愛起憎嫉
於佛菩薩衆　心不生信受　此四不正心
遠離菩薩行

佛告迦葉波有四種法令諸菩薩得柔輭相迦葉白言云何四法一者所得阿鉢羅諦得已發露終不覆藏遠離過失二者彼須眞實所言誠諦寧可盡於王位破壞富貴散滅財利捨於身命終不妄語所言眞實亦不令他言說虛妄三者不發惡言毀謗懺無一切衆生乃至善與不善鬬諍相打禁繫枷鎖如是

之過亦不言說恐自成罪得業果報四者依彼信行深信一切諸佛法教心意清淨迦葉如是四法令諸菩薩得柔輭相我今於此重說頌曰

所獲阿鉢羅　恐成於過罪　不敢自覆藏
流心而發露　用意要眞實　所言須誠諦
寧盡國王位　捨命破資財　不發妄語言
棄背眞實行　亦不教他人　令作虛妄事
又不行毀謗　懺無一切衆　善與不善者
乃至鬬諍等　終不說視他　恐招自業果
心住清淨行　信樂佛菩提　此四佛宣揚
衆生宜親近

佛告迦葉波有四種法令諸菩薩心意剛强迦葉白言云何四法一者所聞最上勝法心不樂行二者於法非法雖知淨染淨法不行而行非法三者不親近阿闍梨及師法等信受妄語不知食處四者見諸菩薩具其勝德都無恭敬我見輕慢迦葉如是四法令諸菩薩心意剛强我今於此重說頌曰

聞彼最上法　心意不樂行　淨法而不修
非法生愛樂　棄背阿闍梨　不敬於師法
受食處不知　信行於妄語　菩薩有勝德
不生於尊重　下劣我見增　剛强心輕慢
此四佛自宣　我常亦遠離

佛告迦葉波有四種法令於菩薩知見明了迦葉白言云何四法一者聞善樂行聞惡樂止知法眞實棄背邪僞受行正道二者遠離毀謗純善相應美言流布衆所愛敬三者親近師教知彼食處調伏諸根戒定不間四者自得菩提不捨衆生行實慈愍令彼愛樂廣

大眞德迦葉如是四法令於菩薩知見明了我今於此重說頌曰

聞善樂欲行　聞惡心欲止　棄背邪僞因
受行八正道　毀謗恒遠離　善業得相應
流布善言音　令衆生愛重　親近於師教
知彼食來處　制伏取境根　安住於戒定
雖得佛菩提　不捨有情界　行彼眞實慈
令求無上德　此四佛所宣　速得善逝果

佛告迦葉波菩薩有四種違犯迦葉白言云何四種一者衆生信根未熟而往化他菩薩違犯二者下劣邪見衆生廣說佛法菩薩違犯三者爲小乘衆生說大乘法菩薩違犯四者輕慢正行持戒衆生攝受犯戒邪行衆生迦葉如是四種菩薩違犯我今於此重說頌曰

衆生信未熟　而往化於彼　下劣邪有情
爲彼廣說法　於彼聲聞處　分別大乘法
輕慢正行人　攝受破戒者　知此四違犯
菩薩須遠離　依此四法行　菩提不成就

佛告迦葉波有四種法成菩薩道迦葉白言云何四法一者於一切衆生心行平等二者於一切衆生用佛智教化三者於一切衆生演說妙法四者於一切衆生行正方便迦葉如是四法成菩薩道我今於此重說頌曰

於彼群生類　恒行平等心　教導諸有情
令入如來智　常演微妙法　救度一切人
安住眞實中　是名正方便　此四平等法
佛自恒宣說　依教彼恒行　成就菩薩道

佛告迦葉波有四種法爲菩薩怨而不可行迦葉白言云何四法一者樂修小乘自利之

行二者行辟支佛乘淺近理法三者隨順世間呪術技藝四者用世智聰辯集彼世間虛妄無利之法迦葉如是四法爲菩薩究不可同行我今於此重說頌曰

若行聲聞乘　出家自利行　及彼辟支迦
證悟淺理行　耽著世間藝　技術禁呪等
復用世智辯　虛集無利法　誑賺於衆生
不到眞實際　此四菩薩行　善根皆滅盡
究家不同行　佛言宜遠離

佛告迦葉波有四種法爲菩薩善友迦葉白言云何四法一者所有求菩提道者爲菩薩善友二者作大法師爲菩薩善友三者以聞思修慧出生一切善根者爲菩薩善友四者於佛世尊求一切佛法者爲菩薩善友迦葉如是四法爲菩薩善友我今於此重說頌曰

求成菩提者　佛子親善友　作大說法師
顯發聞思慧　教化諸衆生　出生五善根
恒爲善逝子　當獲正覺道　佛說此四法
不迷於正行　令得大菩提　是名眞善友

佛告迦葉波有四種法爲菩薩影像迦葉白言云何四法一者爲利養不爲法二者爲要稱讚不爲戒德三者自利求安不利苦惱衆生四者於實德能不生分別樂欲迦葉如是四法爲菩薩影像我今於此重說頌曰

廣求於利養　不爲聽受法　愛樂人讚揚
棄捨於德業　一向求自安　不愍衆生苦
於彼實德能　無樂無分別　如是四種法
佛說爲影像　汝諸菩薩衆　各各宜遠離

佛告迦葉波有四種法爲菩薩實德迦葉白言云何四法一者入空解脫門信業報無性

二者入無我無願門雖得涅槃恒起大悲樂度衆生三者於人輪廻巧施方便四者於諸有情雖行給施不求果報迦葉如是四法爲菩薩實德我今於此重説頌曰

入彼空解脱　信觀業無性　無我無願門
安住慈愍行　雖證涅槃空　樂度衆生故
於彼輪廻中　巧設諸方便　廣濟於群生
不希於福報

佛告迦葉波有四種法爲菩薩大藏迦葉白言云何四法一者於諸佛所恭敬供養二者恒行六度大波羅蜜多三者尊重法師心不退動四者樂居林野心無雜亂迦葉如是四法爲菩薩大藏我今於此重説頌曰

於彼諸佛所　供養一切佛　大乘六度中
所行波羅蜜　尊重説法師　承事心無退
常居林野中　清淨無雜亂　此四善逝説
佛子大法藏

佛告迦葉波有四種法遠離菩薩魔道迦葉白言云何四法一者所行諸行不離菩提心二者於一切衆生心無惱害三者於一切法明了通達四者於一切衆生不生輕慢迦葉如是四法遠離菩薩魔道我今於此重説頌曰

所行衆善行　不離菩提心　於彼諸群生
恒時無惱害　諸法善通達　於生絶輕慢
此四善逝説　遠離諸魔道　是人依此行
得彼眞空際

佛告迦葉波有四種法集菩薩一切善根迦葉白言四法云何一者樂住林間寂靜宴默二者布施愛語利行同事攝諸衆生三者樂

求妙法棄捨身命四者聞義不足集諸善根勤行精進迦葉如是四法能集菩薩一切善相我今於此重說頌曰

樂住閑寂處　宴默離喧煩　四攝御衆生
今登於覺路　勤求於妙法　棄捨於身命
精進集善根　聞法心無足　佛說此四行
出生無邊善

佛告迦葉波有四種法生菩薩無量福德迦葉白言云何四法一者恒行法施心無悋惜二者起大悲心救護破戒衆生三者化諸有情發菩提心四者於下劣惡人忍辱救護迦葉如是四法出生菩薩無量福德我今於此重說頌曰

廣說諸妙法　清淨心無悋　毀禁諸有情
救護垂慈愍　令彼衆生類　發於淨覺心
種種劣惡人　救護行忍辱　菩薩及諸佛
同行此四行

佛告迦葉波有四種法能破菩薩意地無明煩惱迦葉白言云何四法一者所行戒行具足無犯二者受持妙法身心無倦三者隨其意解傳施法燈四者禮敬投誠稱揚佛德迦葉如是四法能破菩薩意地無明煩惱我今於此重說頌曰

堅持具足戒　意地無缺犯　妙法恒受持
晝夜心無倦　所解諸佛教　隨意施法燈
稱讚一切佛　投誠恭敬禮　智者行此四
能斷無明地　一切諸佛子　依此得菩提

佛告迦葉波有四種法生菩薩無礙智迦葉白言云何四法一者所有法施二者受持妙法三者不害他人四者亦不輕慢迦葉如是

四法生菩薩無礙智我今於此重說頌曰
所行妙法施　令彼得受持　不嫉衆生學
尊重於持戒　四法除宿罪　獲成最上覺
依此得菩提　出生無礙智　復別十二行
智者得菩提　成就甘露味　所有諸衆生
而具深法眼　解說讀誦持　佛說於彼人
獲福無有量　所有恒河沙　俱胝佛刹上
滿中盛七寶　供養一切佛　彼福亦無量
若人念此法　四句伽他經　福德勝於彼
復次迦葉波　若持此四句　未名菩薩者
得名爲菩薩　說此四法中　具足十善行
依法平等心　是故名菩薩

佛說大迦葉問大寶積正法經卷第一

佛説大迦葉問大寶積正法經卷第二

宋西天譯經三藏朝散大夫試鴻臚少卿傳法大師施護奉　詔譯

佛告迦葉波若諸菩薩具足三十二法名爲菩薩迦葉白言云何三十二法所爲利益一切衆生一切智智種子不量貴賤令得智慧爲一切衆生低心離我眞實慇念其意不退善友惡友心行平等雖到涅槃思念愛語先意問訊慇見重擔於諸衆生恒起悲心常求妙法心無疲猒聞法無足常省已過不説他犯具諸威儀恒發大心修諸勝業不求果報所生戒德滅諸輪迴令諸有情道心增進一切善根皆悉集行雖行忍辱精進如入無色禪定智慧方便善解總持恒以四攝巧便受行持戒犯戒慈心不二常處山林樂問深法世間所有種種猒離愛樂出世無爲果德遠離小乘正行大行棄捨惡友親近善友於四無量及五神通皆悉通達已淨無知不著邪正如實依師發菩提心純一無雜迦葉如是具足三十二法是則名爲菩薩我今於此重説頌曰

利益諸衆生　欲行清淨行　令生一切智
不擇於貴賤　同入如來慧　眞實慇衆生
心意不退轉　善友及惡友　平等觀於彼
雖到於涅槃　愛語先問訊　憂慇於重擔
及彼諸衆生　不斷於大悲　求法心無苦
聞義常不足　恒省自身非　不譏他人犯
具修衆威儀　而起大乘行　不求於果報
所持諸戒德　斷滅於輪迴　令彼諸有情
遠害增道意　忍辱集善根　精進修諸行
如入無色定　智慧諸方便　總持而善解

四攝恒受行　持犯二俱愍　常處於林間
恒樂聞深法　猒離於世間　愛敬無上果
遠離聲聞乘　而修大乘行　棄捨於惡朋
親近於善友　五通四無量　智慧悉通達
清淨絶無知　不著於邪正　依師究眞實
純一無雜行　佛說觀行法　先發菩提心
若此三十二　善逝當演說　菩薩具足行
得佛甘露味

佛告迦葉波我爲菩薩說譬喻法令彼知見爲菩薩德迦葉白言其義云何迦葉譬如地大與一切衆生爲其所依令彼長養而彼地大於其衆生無求無愛菩薩亦然從初發心直至道場坐得成菩提於其中間運度一切衆生無愛無求亦復如是我今於此而說頌曰

譬如地大　與諸衆生　依止長養　於彼衆生
無求無愛　菩薩亦爾　從初發心　直至道場
成無上覺　運度有情　無求無愛　無冤無親
平等攝受　令得菩提

佛告迦葉波譬如水界潤益一切藥草樹木而彼水界於其草木無愛無求迦葉菩薩亦然以清淨慈心徧行一切衆生潤益有情白法種子令得增長無愛無求我今於此而說頌曰

譬如水界　潤益一切　藥草樹木　令得生長
無愛無求　菩薩亦爾　以淨慈心　徧及有情
次第普潤　淨種增長　破大力魔　得佛菩提

佛告迦葉譬如火界成熟一切穀麥苗稼火界於彼無愛無求迦葉菩薩亦爾以大智慧成熟一切衆生善芽我今於此而說頌曰

譬如火界　成熟一切　五穀苗稼　而彼火界
於其苗稼　無求無愛　菩薩亦爾　以智慧火
成熟一切　衆生善芽　菩薩於彼　無求無愛
佛告迦葉譬如風界徧滿一切諸佛刹土迦
葉菩薩亦爾以善方便徧衆生界令解佛法
我今於此而説頌曰
譬如風界　隨自勢力　普徧佛刹　諸菩薩衆
亦復如是　以善方便　爲其佛子　説最上法
佛告迦葉譬如魔冤領四軍兵欲界諸天不
能降彼迦葉菩薩亦爾得意清淨一切衆魔
不能惑亂我今於此而説頌曰
譬如魔冤　領四軍兵　欲界諸天　不能降彼
菩薩亦爾　得意清淨　一切衆魔　不可惑亂
佛告迦葉譬如白月漸漸增長乃至圓滿迦
葉菩薩亦爾以無染心求一切法乃至圓滿

我今於此而説頌曰
譬如白月　漸漸增長　直至圓滿　菩薩亦爾
以無染心　求修諸善　漸漸增進　白法圓滿
佛告迦葉譬如日出放大光明照彼世間無
不朗然迦葉菩薩亦爾放智慧光照諸衆生
無不開悟我今於此而説頌曰
譬如日出　照彼世間　一切物像　無不朗然
菩薩亦爾　放智慧光　照諸有情　無不開解
佛告迦葉譬如師子獸王有大威德於彼一
切所行之處不驚不怖迦葉菩薩亦爾安住
多聞戒德如是一切所往之處不驚不怖我
今於此而説頌曰
師子獸王　威德勇猛　所行之處　心無驚怖
菩薩亦爾　安住多聞　持戒智慧　於彼世間
所行之處　離諸怖畏

佛告迦葉譬如龍象有大勢力擔負一切重物而無疲苦迦葉菩薩亦爾擔負一切衆生五蘊諸苦不得其苦我今於此而說頌曰

譬如龍象 有大勢力 身負重物 而不疲苦
菩薩亦爾 擔負衆生 五蘊諸苦 亦無疲苦

佛告迦葉譬如蓮華生長水中淤泥濁水而不能染迦葉菩薩亦爾雖生世間世間雜染終不能著我今於此而說頌曰

譬如蓮華 出生水中 濁水淤泥 而不可染
菩薩亦爾 雖生世間 種種雜染 而不能著

佛告迦葉譬如有人方便斷樹不斷樹根而於後時復生大地迦葉菩薩亦爾以方便力斷彼煩惱不斷彼種以大悲善根復生三界我今於此而說頌曰

譬如有人 以其方便 而斷樹身 不斷樹根
如是後時 復生大地 菩薩亦爾 以善方便
斷彼煩惱 不斷彼種 以大悲故 復生三界

佛告迦葉譬如諸方所流河水皆歸大海同一鹹味迦葉菩薩亦爾所有一切善根種種利益迴向菩提與彼涅槃同歸一味我今於此而說頌曰

譬如一切 江河諸水 皆入大海 同一鹹味
菩薩亦爾 所有一切 善根利益 迴向菩提
及彼真際 同歸一味

佛告迦葉譬如四大天王及忉利天衆要彼安住妙高之山迦葉菩薩亦爾爲一切智所修善法要彼安住菩提大心我今於此而說頌曰

譬如四王 及帝釋衆 要彼安住 妙高之山
菩薩亦爾 爲一切智 所修善法 安住菩提

佛告迦葉譬如國王欲行王事須假宰臣迦葉菩薩亦爾欲爲佛事須假智慧方便我今於彼而說頌曰

譬如國王　欲行王事　須仗宰臣　而得成就
菩薩亦爾　欲爲佛事　假方便慧　決定成就

佛告迦葉譬如晴天無其雲霧於彼世間終無降雨之相迦葉菩薩亦爾寡聞少智於諸有情終無說法之相我今於此而說頌曰

譬如虛空　晴無雲霧　於彼世間　終不降雨
菩薩亦爾　寡聞少智　於其有情　無說法相

佛告迦葉譬如虛空起大雲雷必降甘雨成熟苗稼迦葉菩薩亦爾於其世間起慈悲雲降妙法雨成熟衆生我今於此而說頌曰

譬如虛空　雲雷忽起　必降甘澤　成熟苗稼
菩薩亦爾　普覆慈雲　降霔法雨　成熟有情

佛告迦葉譬如轉輪聖王有其七寶恒隨王行迦葉菩薩亦爾有七覺支恒隨菩薩我今於此而說頌曰

譬如世間　轉輪聖王　所有七寶　恒隨王行
菩薩亦爾　有七覺支　所到之處　隨逐菩薩

佛告迦葉譬如摩尼寶珠得多富貴價直迦哩沙波拏百千富貴迦葉菩薩亦爾得多富貴價直聲聞緣覺百千富貴我今於此而說頌曰

譬如摩尼寶　富貴廣得多　迦哩沙波拏
百千不可比　菩薩亦如是　富貴倍弘多
辟支及聲聞　百千亦難比

佛告迦葉譬如忉利天衆若住雜林者受用富貴平等無二迦葉菩薩亦爾若住清淨心者爲一切衆生正直方便平等無二我今於

此而說頌曰

譬如忉利天　住彼雜林者　受用於富貴
平等無有二　菩薩亦如是　住心清淨者
正直爲群生　方便亦無二

佛告迦葉譬如有人妙解禁呪善知毒藥一切毒藥不能爲害迦葉菩薩亦爾具大智慧善行方便一切煩惱不能爲害我今於此而說頌曰

譬如世間人　善知藥禁呪　一切毒藥等
不能爲損害　菩薩亦如是　若具方便慧
一切煩惱毒　不能爲損害

佛告迦葉譬如世間糞壤之地能生肥盛甘蔗迦葉菩薩亦爾若處煩惱糞地能生一切智種我今於此而說頌曰

譬如糞壤地　出生於甘蔗　倍常而肥盛
菩薩處煩惱　出生一切智　其義亦如是

佛告迦葉譬如有人不學武藝若執器仗寧解施設迦葉菩薩亦爾先未聞法寡識機藥若執智見何辯邪正佛告迦葉譬如窯師欲燒瓦器須用大火迦葉菩薩亦爾欲爲愚迷衆生開發智慧須用佛法智火迦葉是故此大寶積正法令菩薩修學受持得解法行迦葉白言菩薩云何受持見正法行迦葉如自觀身無我無人無衆生無壽命無名無相無觀行故迦葉如此說名正觀影像中法復次迦葉如實正觀影像中法迦葉云何影像中法如正觀色觀彼無常亦非無常如是受想行識常與無常無定無不定迦葉此說如實觀察影像中法復次迦葉如實觀察影像中法所有地界常與無常無定無不定如是水

界火界風界空界識界亦復如是無定無不定迦葉此說如實觀察影像中法復次迦葉所有眼處常無常性無定無不定如是耳處鼻處舌處身處意處常無常性無定無不定迦葉此說影像中法如實觀察復次迦葉此定二法此不定二法若彼二法於是色中不見不住無微無識亦無相故迦葉此說影像中法如實觀察復次迦葉我見一法無我二法若彼二法於是色中不見不住無微無識亦無相故迦葉此說影像中法如實觀察復次迦葉此眞實心一法此不實心二法迦葉二法所在無心無覺無意無識迦葉此說影像中法如實觀察復次迦葉善不善世間出世間有罪無罪有漏無漏有爲無爲有煩惱無煩惱如是一切法迦葉此生法一此滅法

二若二法中無集無散不可求得迦葉此說影像中法如實觀察復次迦葉此有法一此無法二若此二法於是色中不見不住無微無識亦無相故迦葉此說影像中法如實觀察復次迦葉此輪迴一法此涅槃二法若彼二法於是色中不見不住無微無識迦葉此說影像中法如實觀察復次迦葉我說汝等無明緣生行行緣生識識緣生名色名色緣生六入六入緣生觸觸緣生受受緣生愛愛緣生取取緣生有有緣生老死老死緣生憂悲苦惱迦葉如是集得此一大苦蘊所有無明滅則行滅行滅則識滅識滅則名色滅名色滅則六入滅六入滅則觸滅觸滅則受滅受滅則愛滅愛滅則取滅取滅則有滅有滅則生滅生滅則老死滅老死滅憂悲苦惱得

滅如是得此一大苦蘊滅迦葉若以智觀明無明等無此二相迦葉此影像中法如實觀察復次迦葉如是行行滅如是識識滅如是名色名色滅如是六入六入滅如是觸觸滅如是受受滅如是愛愛滅如是取取滅如是有有滅如是生生滅如是老死老死滅如是智觀生性滅性無二相故迦葉離此二相此説影像中法如實觀察復次迦葉應當正觀影像中法彼法非空亦非不空如是空法無法相非無法相法相即空相空相即無相無相即無願所以者何無所願作故無相即空相如是行者若法未生不生法未生故如彼法生彼亦不生生已謝故如是無生生離取故法無自性無性即空如是正觀此説影像中法復次迦葉補特伽羅非破壞空即體是空本非有故非前際空非後際空現在即空迦葉白言彼補特伽羅我今覺悟知彼是空破壞我故一切皆空此法如是佛言迦葉汝言非也迦葉寧可見彼補特伽羅如須彌山量多得離我而見彼空何以故破我斷空執一切空我則説爲大病而不可救佛告迦葉譬如人病其病深重而下良藥令彼服行藥雖入腹病終不差迦葉此人得免疾不迦葉白言不也世尊佛言於意云何世尊此人病重故不可療也佛言迦葉彼著空者亦復如是於一切處深著空見我即不醫我今於此而説頌曰

譬如重病者　令彼服良藥　雖服病不退
彼人不可療　著空亦如是　於彼一切處
深著於空見　我説不可醫

佛告迦葉譬如愚人觀彼虛空而生怕怖搥胷悲哭所以者何恐虛空落地損害於身佛言迦葉彼虛空能落地不迦葉云不也佛言迦葉若彼愚迷沙門婆羅門亦復如是彼聞空法心生驚怖所以者何若空我大心依何行用我今於此而說頌曰

譬如愚迷人　於空生怕怖　悲哭而遠行
恐虛空落地　虛空無所礙　不損於衆生
此人自愚迷　妄生於驚怖　沙門婆羅門
愚見亦如是　聞彼諸法空　心生恐怖畏
若空破壞我　依何生受用

佛告迦葉譬如畫師自畫醜惡夜叉畫巳驚怖迷悶仆倒迦葉彼凡夫衆生亦復如是自作色聲香味觸法作巳迷彼墮落輪廻我今於此而說頌曰

譬如工畫師　畫彼惡夜叉　於彼自驚怖
迷悶仆倒地　凡夫亦復然　自著於聲色
迷彼不覺知　墮落輪廻道

佛告迦葉譬如幻士變作幻化是彼幻化能變幻士迦葉相應行比丘亦復如是而自發意如是說一切法空彼虛空無實亦能如是說我今於此而說頌曰

譬如於幻士　能變於幻化　而彼幻化人
亦能變幻士　相應行比丘　發意亦如是
說彼一切空　無實空亦說

佛告迦葉譬如二木相鑽風吹出火火既生巳燒彼二木迦葉如實正觀亦復如是於正見道生彼慧根慧根既生燒彼正觀我今於此而說頌曰

譬如鑽二木　風吹生彼火　火生剎那間

而復燒二木　正觀亦如是　能生於慧根
生彼一剎那　還復燒正觀

佛說大迦葉問大寶積正法經卷第二

音釋

輭（而兗切柔也）懱（莫結切輕易也）技藝（技奇寄切方術也藝魚祭切技能也）譏（居依切誹也）療（力嶠切治也）仆（鼻墨芳故二切僵也）鑽（作官切穿也）

佛說大迦葉問大寶積正法經卷第三 四五同卷

宋西天譯經三藏朝散大夫試鴻臚少卿傳法大師施護奉　詔譯

爾時世尊復以譬喻更明斯義佛告迦葉譬如燈光能破一切黑暗而彼黑暗從何而去非東方去非南方去非西方去非北方去去亦非去來亦非來迦葉復次燈光亦非我能破得黑暗又若非黑暗何顯燈光迦葉燈光黑暗本無自性此二皆空無得無捨迦葉如是智慧亦復如是有智若生無智即捨而彼無智歸於何去非東方去非南方去非西方去非北方去去既非去來亦非來迦葉復次有智若生無智即捨非彼有智我能破壞無智又若無智本無有智何顯迦葉有智無智俱無自性此二皆空無得無捨我今於此而說頌曰

譬如於燈光　能破於黑暗　彼暗滅謝時
諸方無所去　若復此燈光　非暗不能顯
二俱無自性　無性二俱空　智慧亦如是
有智若生時　無智而自捨　此二若空華
俱無有自性　取捨不可得

佛告迦葉譬如空舍無其戶牖經百千年無其人物其室冥暗忽有天人於彼舍中然其燈明迦葉於意云何如是黑暗我經百千年住此我今不去有此事不迦葉答云不也世尊彼黑暗無方燈光若生決定須去佛言迦葉彼業煩惱亦復如是經百千劫住彼識中或彼行人於一晝夜正觀相應生彼慧燈迦葉如是聖者慧根若生此業煩惱定無所有我今於此而說頌曰

如舍百千年　無人無戶牖　忽有天及人

於彼燒燈火　如是久住暗　剎那而滅謝
是彼舍黑暗　不言我久住　於此而不去
業識煩惱集　其義亦如是　雖住百千劫
本性不眞實　行人晝夜中　正入如實觀
慧燈晃耀生　彼等煩惱集　剎那不可住

佛告迦葉譬如虛空不住種子迦葉如是若彼行者堅著斷見過去已滅未來非有何住佛法種子我今於此而說頌曰

譬如太虛空　無涯無有量　若人於空中
何處植種子　斷見亦如是　過去不可有
未來亦不生　現無佛法種

佛告迦葉譬如糞滿大地可種一切種子迦葉如是業煩惱糞滿於世間可種一切佛法種子我今於此而說頌曰

譬如大地糞　隨處可種植　衆生煩惱糞
周徧於世間　佛子若親近　可下佛法種

佛告迦葉譬如鹹鹵陸地不可種於蓮華迦葉如是無行性者本自非有未來不生何得菩提之種我今於此而說頌曰

譬如鹹陸地　不可出蓮華　於彼泥水中
出生甚氛馥　無性亦如是　過未本來無
終不生佛種

佛告迦葉譬如糞壤之地可生蓮華迦葉如是煩惱邪行衆生亦可生其佛法種智我今於此而說頌曰

譬如泥糞地　而可生蓮華　邪行業衆生
亦生佛法種

佛告迦葉譬如四大海水瀰滿無邊迦葉如是見彼菩薩所作善根能徧法界我今於此而說頌曰

譬如四大海　瀰滿廣無邊　菩薩亦如是
善根徧法界

佛告迦葉譬如天人以一毛端百分取一於彼毛頭滴微細水欲成俱胝四大海迦葉如是見彼聲聞所作微善而求無上我今於此而說頌曰

譬如人毛端　百分而取一　於彼滴微水
欲成俱胝海　聲聞亦如是　以已微淺智
所作自善根　求成無上覺

佛告迦葉譬如芥子內蟲食彼芥子見芥子內謂若虛空迦葉如是聲聞所修小智證得生空亦復如是我今於此而說頌曰

譬如芥子中　而有食芥蟲　於裏無礙處
見彼謂虛空　聲聞所修智　證彼一分空
所見而不大　其義亦如是

佛告迦葉譬如有人見十方世界虛空無邊迦葉如是菩薩無礙大智所見法界亦無邊際我今於此而說頌曰

譬如虛空界　十方無有涯　一切諸世間
依彼無障礙　菩薩亦如是　所起最上智
照見法界空　無邊無所得

佛告迦葉譬如剎帝利受灌頂王彼王皇后私於庶人後生其子迦葉於意云何彼所生之子得名灌頂王子不迦葉白言不也世尊告言迦葉彼得無生法界聲聞我是如來灌頂之子如是亦然我今於此而說頌曰

剎帝王皇后　而私於庶人　彼後生其男
不名灌頂子　聲聞亦如是　離欲證無生
唯行於自利　非是於如來　灌頂法王子
佛子行二利

佛告迦葉譬如刹帝利受灌頂王有近侍婢王所愛幸彼後生子迦葉於意云何此婢生之子得名王子不迦葉答云此是王子迦葉如是初發心菩薩雖道力微劣化彼衆生未免輪迴亦得名爲如來之子我今於此而說頌曰

譬如輪王婢　爲王之愛幸　而後生其男
亦是刹帝子　菩薩亦如是　初發菩提心
德行而羸劣　方便化衆生　雖未出三界
所作稱佛心　得名眞佛子

佛告迦葉譬如輪王生其千子大力勇猛辯才端正須得輪王相具足者彼童子内若無一子具有輪王相者彼轉輪王不作親子之想迦葉如是如來會下有百千俱胝聲聞圍遶若無一菩薩相者如來亦不作子想我今於此而說頌曰

譬如轉輪王　所生千太子　若無一童子
具彼輪王相　此乃無王分　王自無子想
佛子亦如是　雖有千俱胝　聲聞衆圍遶
無一菩薩相　善逝觀彼人　不爲佛子想

佛告迦葉譬如轉輪聖王所有皇后懷娠七夜必生童子具輪王相彼在胎藏迦羅羅大未有根形雖未成形而有天人發心愛重非愛彼子勇猛大力於意云何重彼輪王王種不斷迦葉亦復如是初發心菩薩根雖未熟未免輪迴樂行佛法彼過去佛見生其愛重於彼正觀八解脫阿羅漢而不愛重何以故爲彼初心菩薩佛種不斷故我今於此而說頌曰

譬如轉輪王　皇后懷娠妊　七日未成形

天人生愛護　非重勇猛力　而重輪王種
菩薩亦如是　初發菩提心　欲度輪迴故
過去諸如來　於彼而恭敬　此人紹佛事
於諸聲聞衆　正觀八解者　而生於敬愛
無彼成佛分
佛告迦葉譬如假摩尼瑠璃珠聚如妙高山不及一眞摩尼瑠璃寶迦葉如是假使一切聲聞辟支佛不能及一初發菩提心菩薩我今於此而說頌曰
譬如假瑠璃　及彼摩尼珠　積聚如須彌
不及眞摩尼　瑠璃之一寶　菩薩亦如是
假使於聲聞　及彼緣覺衆　其數如微塵
不及初發心　求彼菩提者　菩薩之一人
佛告迦葉譬如迦陵頻伽鳥住彼卵中之時早能與彼一切飛禽而皆不同迦葉於意云何當發一切美妙音聲故迦葉如是彼初發心菩薩雖住業煩惱無明藏中早與一切聲聞辟支佛而不可同迦葉於意云何彼有迴向善根說法方便故我今於此而說頌曰
譬如頻伽鳥　住彼卵子中　雖未見身形
而與諸禽異　當發美妙音　令人常愛樂
佛子亦如是　初發菩提心　未出煩惱藏
一切辟支佛　及彼聲聞衆　亦復不能比
迴向大安樂　方便利有情　無垢慈悲意
能宣微妙音
佛告迦葉譬如輪王皇后所生王子具足輪王福相一切國王及諸人民悉皆歸伏迦葉如是初發心菩薩天上人間一切有情悉皆歸伏我今於此而說頌曰
譬如轉輪王　皇后所生子　雖爲童子身

具足王福相　國王及臣民　一切皆歸向
菩薩亦如是　初發菩提心　佛子相具足
一切諸世間　天人衆生類　清淨心歸向

佛告迦葉譬如大雪山王出生上好藥草能治一切諸病修合服食無復心疑決定得差迦葉如是若彼菩薩所有智藥能療一切衆生煩惱諸病菩薩以平等心普施一切有情服者無復疑惑病即除愈我今於此而說頌曰

譬如大雪山　出生上妙藥　療治一切病
若有服之者　獲差勿復疑　佛子亦如是
出生妙智藥　能療一切人　煩惱生老病
平等而賜之　所有服食者　無疑決定差

佛告迦葉譬如有人歸依初月如是圓月而不歸依迦葉如是我子有其信力歸命菩薩不歸命如來所以者何爲彼如來從菩薩生若聲聞辟支佛從如來生非如菩薩故我今於此而說頌曰

譬如此有情　歸命於初月　如是圓滿月
而彼不歸依　我子亦如是　歸依於菩薩
不歸向世尊　爲具大智力　出生如來身
非彼聲聞類　智慧微劣故　依彼如來生

佛告迦葉譬如文字之母具能包含一切義論等事迦葉如是初發心菩薩具能縮攝一切諸佛化行無上智因我今於此而說頌曰

譬如文字母　人間與天上　義論及辯才
皆因此建立　菩薩亦如是　初發菩提心
具足佛地智　及諸方便行

佛告迦葉譬如世人未有捨離明月歸命星像迦葉如是無有受我戒者捨離菩薩歸命

聲聞我今於此而說頌曰

譬如世間人　於月而捨離　而欲歸依星
此事未曾有　如是我弟子　其義亦復然
若受我戒者　不歸於菩薩　而欲向聲聞
其事甚希有

佛告迦葉譬如假瑠璃珠於彼天人世間終無利用若眞瑠璃珠摩尼寶於其世間有大利用迦葉如是若彼聲聞具足戒學具一切頭陀行三摩地門終不能得坐菩提道場成阿耨多羅三藐三菩提我今於此而說頌曰

譬如假瑠璃　見彼體清淨　於天人世間
爲事無利用　若彼眞瑠璃　及彼摩尼寶
體性有其殊　爲事具大用　如是彼聲聞
雖具頭陀行　持戒及多聞　一切三摩地
不能降四魔　而坐菩提座　得成於善逝
非如菩薩故

佛告迦葉譬如眞瑠璃摩尼寶作事用時價直百千迦哩沙波拏迦葉如是若彼菩薩所植衆德作事用時多彼聲聞辟支佛百千迦哩沙波拏之數我今於此而說頌曰

譬如眞瑠璃　及彼摩尼寶　作彼事用時
價直百千數　迦哩沙波拏　佛子亦如是
植衆德本行　事用利衆生　多彼聲聞人
及彼辟支佛　迦哩沙波拏　其數亦如是

爾時世尊復次說言尊者大迦葉所有國土孛星現時頭黒偃寐令彼國土災難競起得於苦惱迦葉若彼國土如有菩薩是諸災難速得消除無復苦惱是故迦葉菩薩之行廣集一切善根爲利衆生故又彼菩薩所有智藥流通四方醫彼一切衆生煩惱等病眞實

不虛迦葉白言以何等藥醫何等病迦葉衆生所有貪瞋癡病皆自緣生以無緣慈觀彼一切惑業相有理無本自無生今亦無相欲界色界及無色界寂滅亦然又滅一切顛倒何等顛倒即四顛倒一者爲彼有情於彼無常而計常故令想一切皆是無常二者於其苦處而計爲樂令想一切皆是其苦三者無我計我令想一切法皆無我故四者不淨計淨令想一切皆非淨故唯此涅槃具彼四德又復施設四念處令彼有情觀身無身所有能破我見觀受無受所得破彼我見觀心無心可得亦除我見執故觀法無法可得破彼法我執故以四正斷於修斷事修善勤修斷惡勤斷以四神足成就通力以五根五力治彼不信懈怠失念散亂癡等以七覺支治一切愚癡以八聖道治彼一切無知八邪等過迦葉此說名爲眞實醫法迦葉觀此菩薩於閻浮提內醫病人中最爲第一迦葉所有三千大千世界衆生爲護自命見彼菩薩如見醫王迦葉白言如是住邪見者以何藥療唯願解說令彼了知迦葉彼菩薩救療衆生非用世間之藥以出世間一切善根無漏智藥傳流四方醫彼一切衆生妄想之病眞實不虛迦葉白言云何名爲出世間智迦葉彼智從因緣種生離諸分別無我無人無衆生無壽命如是智法於空無著迦葉汝等正求心莫驚怖發精進心彼如是求如是住心云何住心云何不住心有過去未來現在於何而住迦葉過去已滅未來未至現在無住迦葉又此心法非在內非在外亦非中間迦葉又

比心法離衆色相無住無著而不可見迦葉過去一切佛不見未來一切佛不見現在一切佛不見迦葉白言若過去未來現在一切佛不見者云何彼心有種種行相迦葉彼心無實從妄想生譬如幻化種種得生爲虚妄見迦葉白言虚妄不實其喻云何佛言迦葉心如浮泡生滅不住心如風行而不可收心如燈光因緣和合心如虚空得虚妄煩惱心如掣電刹那不住心如猿猴攀緣境界心如畫師作種種像心念念不住生一切煩惱心行體一無二心用故心如其王自在緣一切法故心如惡友發生一切苦故心如大海漂溺一切善根故心如釣魚之人於苦生樂想故心如夢幻妄計我故心如青蠅於其不淨生淨想故心如鬼魅作種種不善事故心如藥叉貪著境界飲人精氣故心如冤家恒求過失故心不靜住或高或下進退不定故心如狂賊壞一切功德善財故心如蛾眼恒貪燈焰色故心著於聲如貪戰鼓聲故心如豬犬於其不淨貪香美故心如賤婢貪食殘味故心能貪觸如蠅著膻器故迦葉心不可求求不能得過去非有未來亦無現在不得若過去未來現在不可得者三世斷故若三世斷故彼即無有若彼無有彼即不生若彼不生是即無性若彼無性無生無滅若無生滅亦無往來若無往來而無主宰若無主宰無假無實是即聖性迦葉若彼聖性無得戒非無戒無淨行無穢行無因行無果行亦無心意之法若無心意之法彼無業亦無業報若無業報亦無苦樂若無苦樂彼聖者性若彼

聖性無其上下中間身口意等不可住著何以故性徧虚空平等無分别故

佛說大迦葉問大寶積正法經卷第三

佛說大迦葉問大寶積正法經卷第四

宋西天譯經三藏朝散大夫試鴻臚少卿傳法大師施護奉 詔譯

佛告迦葉譬如有人善解習馬其馬性惡難以制伏此人調習自然良善迦葉如是相應比丘能守禁律心識嚚馳難以制伏被此比丘調伏制御離瞋恚等如如不動我今於此而說頌曰

譬如惡性馬 遇彼調習人 種種被制伏
不久而調善 相應行比丘 善持於禁律
調伏於識心 令彼淨安住

佛告迦葉譬如有人於其喉咽而患瘦病致壞命根得其苦惱迦葉如是若復有人深著我想於自身命後得大苦我今於此而說頌曰

譬如瘦病人 苦惱於身命 於其晝夜中
無暫得安樂 著我之衆生 其義亦如是
見倒壞其身 於後生諸苦

佛告迦葉譬如有人身被纏縛巧設方便而得解免迦葉如是若彼有情作善相應制止心猿令得離縛我今於此而說頌曰

譬如纏縛人 能設巧方便 解彼身邊縛
令身得自在 相應善有情 禁止於心猿
令彼離纏縛 其義亦如是

佛告迦葉譬如虛空本自廓然彼有二物可以蓋覆何等二物是彼雲霧迦葉如是出家之人本自寂靜而求世間呪術之法又於衣鉢財利畜積受用此爲覆障我今於此而說頌曰

譬如於雲霧 覆障於虛空 比丘亦復然
行彼世間法 習學於呪術 積聚於衣鉢

此二障行人　菩薩須遠離

佛告迦葉此出家人有二種纏縛云何二種迦葉一為利養纏縛二為名稱纏縛彼出家人宜各遠離我今於此而說頌曰

若彼出家人　貪著於利養　及愛好名聞
此二種纏縛　亦障聖解脫　出家須遠離

佛告迦葉有二種法滅出家德云何二法一親近在家二憎嫌聖者我今於此而說頌曰

親近在家人　憎嫌於聖者　此二非道法
滅彼出家德　出家菩薩人　彼宜速遠離

佛告迦葉有二種法為出家垢染云何二法一心多煩惱二棄捨善友攝受惡友我今於此而說頌曰

若彼出家人　心多於煩惱　棄背善良朋
親近於惡友　佛說於此人　為彼出家垢
一切菩薩衆　各各宜遠離

佛告迦葉有二種法於出家人如臨崖險云何二種一輕慢妙法二信樂破戒我今於此而說頌曰

若彼出家人　輕慢於妙法　信重破戒者
如登於崖險　墜墮在須臾　此二非律儀
一切諸佛子　彼二須遠離

佛告迦葉有二種法為出家過惡云何二種一見他過失二蓋覆自過我今於此而說頌曰

若有出家者　恒見他人過　覆藏於自罪
此二大過失　損惱毒如火　智者須遠離

佛告迦葉有二種法增出家熱惱云何二種一受持袈裟心懷不淨二恃已戒德訶責非行我今於此而說頌曰

雖復披袈裟　心行不淨行　設身有戒德
而用於惡言　摧伏非行者　此二須遠離
佛告迦葉有二種法醫出家人病云何二法
一行大乘者見心決定二爲諸衆生不斷佛
法我今於此而説頌曰
若有出家者　行彼大乘行　見心恒決定
不斷於佛法　此二出家人　佛説名無病
佛告迦葉有二種法爲出家人長病云何二
種一得阿波諦重罪二不能發露懺悔我今
於此而説頌曰
出家比丘衆　犯彼阿波諦　不能懺滅罪
愚迷不重戒　剎那剎那實　此惡長爲病
佛告迦葉此有沙門爲沙門名迦葉白言云
何沙門爲沙門名迦葉此有四種沙門云何
四種一行色相沙門二密行虚誑沙門三求

名聞稱讃沙門四實行沙門迦葉此是四種
沙門迦葉白言云何名行色相沙門迦葉此
一沙門雖復剃除鬚髮著佛袈裟受持鉢器
色相具足而身不清淨口不清淨意不清淨
不自調伏麤惡不善廣貪財利命不清淨得
破戒罪法迦葉此名行色相沙門迦葉白言
云何名密行虚誑沙門迦葉此一沙門雖知
行業亦具威儀喫麤惡飲食詐歡詐喜於行
住坐卧恒搆虚誑又不親近在家出家四聖
種族詐默無言誑賺有情心無清淨亦無調
伏亦不息念虚妄推度住著我人之相若遇
空法而生怖畏如登崖險若見比丘善談空
者如遇寃家迦葉此説名爲密行虚誑沙門
迦葉白言云何名爲求名聞稱讃沙門迦葉
此一沙門爲求名聞稱讃詐行持戒惑亂他

人恃衒多聞要他稱讚或居山野或處林間詐現少欲無貪假行清淨之行於其心内無其離欲無其寂靜無其息慮無證菩提亦不爲沙門亦不爲婆羅門亦不爲涅槃而求稱讚名聞迦葉此名求名聞稱讚沙門迦葉白言云何名實行沙門迦葉此一沙門不爲身命而行外事亦不言論名聞利養唯行空無相無願若聞一切法已正意思惟涅槃實際恒修梵行不求世報亦不論量三界喜樂之事唯見性空不得事法亦不議論我人衆生壽者及補特伽羅見正法位離諸虚妄於解脱道斷諸煩惱達一切法自性清淨内外不著無集無散於彼法身如來明了通達無其見取亦不言論色身離欲亦不見色相亦不見三業造作亦不執凡聖之衆法無所有斷諸分別自性凝然不得輪迴不得涅槃無縛無解無來無去知一切法寂靜湛然迦葉此説名爲實行沙門作相應行非求名聞故我今於此而説頌曰

所有身口意　三業不清淨　貪愛不調伏
麤惡行不密　圓頂服三衣　執持於應器
佛説此沙門　恒行於色相　雖然依彼行
虚誑而不實　詐現四威儀　示同於聖者
遠離和合處　恒餐麤惡食　無彼清淨行
密行於虚誑　或彼爲求名　惡他行稱讚
詐修於戒定　示衒行頭陀　内意不調伏
誑賺於信施　不行離欲善　亦不息攀緣
見説法相空　怖同登山險　或居山野間
而無眞實意　佛説此沙門　爲求名聞故
若彼實行者　不爲於身命　妄求名利養

亦無求快樂　唯修正解脫　救拔諸惡趣
雖知深法空　不得於寂靜　亦無非寂靜
不住於涅槃　不得於生死　不著於聖人
不捨於凡夫　本自無所來　今亦無所去
一切法寂然　佛說於此人　是名實行者

佛告迦葉譬如貧人家無財利自發其言告衆人曰我家之内有大庫藏財物盈滿迦葉於意云何此貧人言是事實不迦葉白言不也世尊佛言迦葉亦復如是彼沙門婆羅門自無戒德而復發言我身具大德業此言不實是事難信我今於此而說頌曰

譬如貧窮人　言自有庫藏　盈滿七珍財
彼語不相應　沙門婆羅門　虛妄亦如是
三業不清淨　自言具戒德

佛告迦葉譬如有人入大水内而不專心恣意戲水不覺溺死迦葉亦復如是此沙門婆羅門多知樂法入大法海不能制心好行貪瞋癡被煩惱貪引生惡趣我今於此而說頌曰

譬如戲水人　入於大水内　不自用其心
被水溺其命　沙門婆羅門　貪入大法海
恣行貪瞋癡　沉墜於惡趣

佛告迦葉譬如醫人修合湯藥將往四方欲療衆病忽自得疾而不能救迦葉如是若彼比丘修彼多聞欲化有情忽爾之間自起煩惱而不能伏我今於此而說頌曰

譬如良醫人　修合諸湯藥　持往於四方
治彼衆生病　自忽有疾苦　不能自醫療
比丘亦如是　修學於多聞　欲行於化導
自忽煩惱生　不能善制止　虛施於辛苦

佛告迦葉譬如有人身有重病服彼上好名藥不免命終迦葉如是若彼有情具煩惱病而欲多聞修行亦不免隊墮我今於此而説頌曰

譬如重病人　染患而不差　設服於良藥
終不免無常　衆生亦如是　恒染煩惱病
設樂修多聞　不免於墜墮

佛告迦葉譬如摩尼寶珠墮落不淨之中其珠體觸不堪使用迦葉如是若彼比丘雖具多聞墮落不淨利養之中諸天人民不生敬愛我今於此而説頌曰

譬如摩尼寶　墮落不淨中　染汙得其觸
使用而不堪　比丘亦如是　雖復具多聞
墜墮於不淨　名聞利養中　諸天及人民
而不生恭敬

佛告迦葉譬如有人忽爾命終以其金冠華鬘莊嚴頭面迦葉如是若彼比丘破盡戒律而以袈裟莊嚴其身有何所益我今於此而説頌曰

譬如命終人　以其好華鬘　及用金寶冠
嚴飾屍首上　彼人無所用　比丘亦如是
而以破戒身　被挂於袈裟　嚴飾作威儀
終無於利益

佛告迦葉譬如有人洗浴清淨以其香油塗潤身上及頭髻指甲身著白衣戴瞻蔔華鬘爲上族子迦葉如是若彼比丘多聞智慧身被法服儀相具足爲佛弟子我今於此而説頌曰

譬如世間人　洗浴身清淨　塗潤好香油
頭以華鬘飾　身著於白衣　而稱上族子

比丘亦如是　多聞具總持　戒德恒清淨
被挂於法服　儀相而具足　此名眞佛子
佛告迦葉有四種破戒比丘喻持戒影像迦葉白言云何四種破戒迦葉有一比丘具足受持別解脫戒善知禁律於微細罪深生怕怖恒依學處說戒清淨身口意業具足無犯食離邪命此有其過所以者何執自功能成戒取故迦葉此是第一破戒喻持戒影像復次迦葉有一比丘善知禁律常持戒行容用三業彼有身見執情不捨故迦葉此是第二破戒喻持戒影像復次迦葉有一比丘恒行慈心悲愍有情具足慈善聞一切法無生心生驚怕迦葉此是第三破戒喻持戒影像復次迦葉有一比丘行彼十二頭陀大行具足無缺而有我心住著我人之相迦葉此是第四破戒喻持戒影像迦葉此四種破戒喻持戒影像復次迦葉若說此戒無人無我無衆生無壽命無行亦無不行無作亦無不作非犯非非犯無名無色非無名色無相非無相無息念非無息念無取無捨非無取捨非受非不受無識無心非無識心無世間亦無出世間無所住亦非無住無自持戒無他持戒於此戒中離諸毀謗無迷無執迦葉此說聖者無漏正戒遠離三界一切住處爾時世尊而說頌曰

所持離垢戒　非住我人相　無犯亦無持
無縛亦無解　微妙甚深善　遠離於疑惑
迦葉此戒相　如來眞實說　所持無垢戒
而於彼世間　非爲自身命　普濟諸群生
同入眞如際　迦葉此戒相　如來眞實說

所持離垢戒　於彼我人中　無染亦無淨
無暗亦無明　無得亦無失　不住於此岸
不到於彼岸　亦非於中流　縛脱而平等
無住如虚空　非相非非相　迦葉此戒相
如來眞實説　所持無垢戒　不著於名色
不住於相引　恒以淨妙心　離我有無相
於彼别解脱　遠離持犯等　無戒無不戒
無定亦無散　依此而行道　智觀無二取
此戒淨微妙　安住三摩地　三摩地生觀
智慧自清淨　是名具足戒

佛説大迦葉問大寶積正法經卷第四

佛說大迦葉問大寶積正法經卷第五

宋西天譯經三藏朝散大夫試鴻臚少卿傳法大師施護奉　詔譯

爾時世尊說此伽他法時八百苾芻漏盡意解心得解脫三十億人遠塵離垢得法眼淨五百苾芻得三摩地聞此甚深微妙戒法難解難入不信不學從座而起速離佛會是時尊者大迦葉白世尊言此五百苾芻雖得三摩地云何聞此甚深之法難解難入不信不學即從座起速便而退佛言迦葉彼等五百苾芻我見未除於此無漏清淨戒法聞已難解難入心生驚怖所以不信不行迦葉此伽他戒法甚深微妙三佛菩提皆從此出彼等非友於此解脫妙善而不能入次復告言迦葉彼五百苾芻於如來教中是外道聲聞如是迦葉彼於如來本意執求一事法故若聞一法決定信受依教修學如是伽他之法言教玄妙是故驚怖又復告言迦葉彼比丘意於如來應供正徧知覺爲求一法發心修行於命終後求生忉利天宮爲如是事於佛教中而求出家迦葉此五百苾芻身見未捨聞甚深法而生驚怖不信不學此等命終必墮惡趣是時世尊告尊者須菩提言汝往五百苾芻所以善方便而爲教導須菩提言世尊如是說法誨喻聞已不信不行我自小智言論寡識云何化彼是時五百苾芻已在中路爾時世尊即以神力化二苾芻於中路中逆往五百苾芻而即問言尊者欲往何處苾芻答言我等今者欲詣林間彼處寂靜自得定樂而當住處化苾芻問言欲往林野於意云何彼等苾芻而即答言世尊說法我昔未聞

今既聞已難解難入心生驚怖不可信學是以樂歸林野安處禪定而取安樂化苾芻言尊者世尊説法而爲難解心生驚怖不信不學不行而歸林野以定爲涅槃是彼所執汝等不知尊者沙門之法非合論詰今問尊者云何名涅槃法若於自身得涅槃者則得補特伽羅我人衆生壽者何得涅槃夫涅槃法非相非非相彼苾芻言涅槃既爾云何證得化苾芻言除斷貪瞋癡法彼苾芻言貪瞋癡法云何除斷化苾芻言貪瞋癡法非在内非在外非在中間本自無生今亦非滅化苾芻言尊者不得執亦不得疑若尊者不執不疑即非護非不護非樂非不樂彼説爲涅槃尊者此清淨戒相不生不滅從三摩地生從智慧生從解脱生從解脱知見生離有離無非相非無相尊者如是戒相即眞涅槃如是涅槃無解脱可得無煩惱可捨尊者汝以情想求圓寂者此得妄想非涅槃也若想中生想非是涅槃被想縛纏如是若滅受想得眞三摩鉢底尊者行者若是更無有上是時化者説此正法之時彼五百苾芻聞此法已漏盡意解心得解脱如是五百苾芻復詣佛所到已頭面禮足遶佛三帀於一面坐爾時長老須菩提即從座起問彼苾芻尊者汝於何去今從何來彼言本非所去今亦不來長老須菩提即以問佛世尊此所説法其義云何佛言無生無滅須菩提言汝等尊者云何聞法彼苾芻言無縛無脱須菩提言誰化汝等彼苾芻言無身無心須菩提言汝等云何修行彼苾芻言無無明滅亦無無無明生須菩提言

云何汝爲聲聞彼苾芻言不得聲聞亦不成佛須菩提言云何汝之梵行彼苾芻言不住三界須菩提言汝於何時而入涅槃彼苾芻言如來入涅槃時我即涅槃須菩提言汝等所作已辦彼苾芻言了知我人須菩提言汝煩惱已盡彼苾芻言一切法亦盡須菩提言汝等善破魔王彼苾芻言蘊身尚不得何有魔王破須菩提言汝知師耶彼苾芻言非身非口非心須菩提言汝得清淨勝地彼苾芻言無取無捨須菩提言汝出輪迴令到彼岸彼苾芻言不到彼岸亦不得輪迴須菩提言汝信勝地彼苾芻言一切執解脱須菩提言汝何所去彼苾芻言如來去處去化苾芻言尊者須菩提汝令彼去説是法時衆中有八百苾芻發聲聞意心得解脱三十二億衆生

遠塵離垢得法眼淨爾時會中有菩薩摩訶薩名曰普光即從座起合掌向佛而白佛言世尊此大寶積正法令諸菩薩應云何學應云何住佛告善男子所説正法真實戒行汝等受持應如是住於此正法得大善利善男子譬如有人乘彼土船欲過深廣大河善男子於意云何彼人乘此土船作何方便速得到於彼岸普光言世尊須是用大氣力勇猛精進方達彼岸佛言普光有何所以要施勤力世尊彼河中流深而復廣令人憂怕若不勤力必見沉没佛告普光菩薩如是若諸菩薩修學正法欲度生死四流大河須發勇猛精進之力通達佛法若不精進修學決定退墮又復思惟此身無强無常速朽之法四流浩渺云何得度彼諸衆生恒處此岸汝等今

者受持妙法大船運度一切衆生過輪廻河至菩提岸普光菩薩復白佛言世尊菩薩云何受持妙法大船善男子所有布施持戒忍辱慈心所集無邊福德起平等心莊嚴一切衆生於七菩提分善而不忘失精進受持心生決定以巧方便深達實相以大悲心拔衆生苦以四攝法護諸有情以四無量饒益衆生以四念處恒自思惟以四正斷勤斷勤修以四神足奮迅神通以其五根令生衆善以其五力堅固不退以八聖道遠離魔怨不住邪道於奢摩他毗鉢舍那無相無著菩薩令此廣大法行名聞十方使諸衆生來入微妙正法大船過彼生死四流大河得至涅槃安樂彼岸得無所畏永離諸見善男子汝等當知如是菩薩以妙法大船經無量百千倶胝那由他劫運載一切衆生過彼四流大河不得疲苦汝如是受持應如是住佛告普光菩薩汝今速運眞實方便起大悲心令一切衆生心意清淨勇猛精進種諸善根令生不退恒樂出家聞法無倦植衆德本求最上道圓滿智慧身心寂靜安處林野遠離惡友於第一義明了通達行正方便於眞俗諦理智無二平等一空息諸妄念善男子菩薩爲諸有情應如是受持應如是住爾時尊者大迦葉聞是法已而白佛言世尊如是大寶積正法爲求大乘者說昔未曾有世尊若善男子善女人於此大寶積正法受持解說一句一偈所得福德其義云何佛告迦葉應如是知若有善男子善女人於此大寶積正法受持一句一偈所得福德善男子譬如有人以恒河

沙數世界滿中七寶供養恒河沙等如來每一一如來而各以一恒河沙數世界七寶布施又每一一如來各造一恒河沙佛等精舍又一一如來各有無量聲聞之衆以一切樂具經一恒河沙劫而以供養又彼諸如來及聲聞弟子入涅槃後復以七寶各起塔廟善男子如是福德無量無邊不如有人於此寶積正法受持解説一句一偈功德勝彼若復有人爲其父母解説此經彼人命終不墮惡趣其母後身轉成男子佛言所在之處若復有人於此大寶積經典書寫受持讀誦解説而於此處一切世間天人阿脩羅恭敬供養如佛塔廟若有法師聞此寶積正法經典發尊重心受持讀誦書寫供養若有善男子善女人於彼法師如佛供養尊重恭敬頂禮讚歎彼人現世佛與授記當得阿耨多羅三藐三菩提臨命終時得見如來又彼法師復得十種身業清淨何等爲十一者臨命終時不受衆苦二者眼識明朗不覩惡相三者手臂安定不摸虛空四者脚足安隱而不蹙蹹五者大小便利而不漏失六者身體諸根而不臭穢七者腹腸宛然而不脺脹八者舌相舒展而不彎縮九者眼目儼然而不醜惡十者身雖入滅形色光生如是得此十種身業清淨復有十種口業清淨何等爲十一者言音美好二者所言慈善三者言説殊妙四者言發愛語五者其言柔輭六者所言誠諦七者先言問訊八者言堪聽受九者天人愛樂十者如佛説言如是十種口業清淨復有十種意業清淨何等爲十一者意無瞋恚二者不

生嫉妬三者不自恃怙四者無諸寃惱五者離其過失六者無顛倒想七者無下劣想八者無犯戒想九者正意繫心思惟佛土十者遠離我人得三摩地成就諸佛教法如是得十種意業清淨我今於此而說頌曰

臨終不受苦　非見諸惡相　手不摸虛空
脚足無蹙蹜　便利絶漏失　身根不臭穢
腹藏無膖脹　舌紅不彎縮　眼目相儼然
命終顏不改　如是身十種　福善清淨相
言音得美妙　出語而慈善　所說自殊常
發語人愛樂　復有柔輭聲　所言而誠諦
方便能問訊　堪令人聽受　天龍衆亦欽
清響如佛語　如是口十種　口業得清淨
心意離瞋恚　嫉妬而不生　於自無恃怙
寃惱亦自除　得離衆過失　顛倒想不生
不作於下劣　禁戒勿令虧　正意而繫念
遠離於我人　復得三摩地　通達諸佛法
如是意十種　心業清淨相

佛告大迦葉若善男子善女人汝等應以香華妓樂繒蓋幢旛飲食衣服一切樂具供養此大寶積正法志心歸命受持讀誦所以者何迦葉如是一切諸佛如來應正等覺皆從此出應以最上供養而供養之佛說此經已尊者大迦葉一心頂戴菩薩摩訶薩及諸比丘天龍藥叉乾闥婆阿脩羅等一切大衆皆大歡喜信受奉行

佛說大迦葉問大寶積正法經卷第五

音釋

鹹鹵　鹹胡監切鹵郎古切鹹鹵不生物之地也　瀰　民移切大水貌　娠妊　娠失人切妊汝鴆切娠妊並孕也　綰　烏板切繫也　孛　蒲沒切孛星也　偃寐　偃於幰切卧也寐彌二切寢也　蠅　余陵切　羶　式連切羊臭也　癭　么郢切頸瘤也　搆　古候切架也　推度　推川隹切尋繹也度徒各切忖度也　摸　慕各切摸揉也　蹵踰　蹵子六切蹋也踰徒合切與蹹同踐也　胮脹　胮匹降切脹知亮切　彎縮　彎烏關切曲也縮所六切短也

嗟韈曩法天子受三歸依獲免惡道經
宋西天中印度三藏傳教大師 法天奉 詔譯
佛說較量壽命經
宋西天中印度三藏明教大師 天息災奉 詔譯

清刻龍藏佛説法變相圖

二經同卷

嗟韈曩法天子受三歸依獲免惡道經

佛説較量壽命經

嗟韈曩法天子受三歸依獲免惡道經

宋西天中印度三藏傳教大師　法天奉　詔譯

如是我聞一時世尊在舍衛國祇樹林給孤獨園與大苾芻衆俱是時有一天子名嗟韈曩法天報將盡惟餘七日而乃先現五衰之相身無威德垢穢旋生頭上華鬘咸悉萎悴諸身分中臭氣而出兩腋之下悉皆汗流時嗟韈曩法由是之故不樂本座宛轉於地悲哀啼泣而作是言苦哉苦哉曼那吉你池苦哉苦哉洗浴之池苦哉苦哉寶車與麤惡歡

喜雜林等如是諸園苑不復更遊戲苦哉苦哉跛里耶多羅迦華永不採摘雜寶柔輭之地永不履踐苦哉苦哉天衆妓女端嚴殊妙常所侍衛今相捨離是時有餘天子見斯事已往帝釋所白言天主彼嗟韈曩法五衰現前命餘七日宛轉在地悲哀啼泣作如是言苦哉苦哉曼那吉祢洗浴等池苦哉苦哉寶車及麤惡歡喜雜林等如是諸園苑不復更遊戲苦哉苦哉跛里耶多羅迦華永不採摘雜寶柔輭之地永不履踐苦哉苦哉天衆妓女端嚴殊妙常所侍衛今相捨離天主我見是已心甚傷切故來告白爾時帝釋天主心悲愍故往嗟韈曩所而告之言天子云何而汝賢者宛轉於地悲哀啼泣說諸苦事傷動見者時嗟韈曩法忽聞是語從地而起整服

肅容合掌而立白帝釋言天主我今壽命惟餘七日命終之後墮閻浮提王舍大城以宿業故而受猪身天主既受彼身於多年中食噉糞穢我觀此苦是故愁憂爾時帝釋天主聞是語已心甚悲愍告嗟韈曩法天子言賢者汝可誠心歸命三寶應作是言歸依佛兩足尊歸依法離欲尊歸依僧衆中尊時彼嗟韈曩法天子以死怖故畏傍生故白帝釋言憍尸迦我今歸依佛兩足尊歸依法離欲尊歸依僧衆中尊時彼天子受三歸已心不間斷以至命終諸天之法下智有見不能觀上時帝釋天主觀彼天子生於何處爲生南閻浮提王舍大城受猪身耶爲不受猪身盡彼天眼觀之不見又觀傍生鬼界亦復不見又觀娑訶世界人間亦復不見乃至四大王衆

天及忉利天盡彼觀察都不能見爾時帝釋天主既不見已心生疑慮於是帝釋往祇樹林詣世尊所頂禮佛足退坐一面白佛言世尊彼嗟韈曩法天子五衰現前命在七日宛轉在地悲哀啼泣說諸苦事傷動見者我時到彼見此事已而問之言云何賢者悲啼懊惱憔悴若此時嗟韈曩法而告我言我今壽命惟餘七日命終之後墮閻浮提生王舍城而受猪身於多年中以諸糞穢而爲食噉我聞此說心極悲愍乃告之言今汝賢者欲脫斯苦當歸命三寶作如是言歸依佛兩足尊歸依法離欲尊歸依僧衆中尊時嗟韈曩法以死怖故畏傍生故而白我言我今歸依佛兩足尊歸依法離欲尊歸依僧衆中尊時嗟韈曩法受三歸竟而後命終世尊我今不知彼嗟韈曩法託生何處爾時世尊以正徧知告帝釋言憍尸迦今嗟韈曩法天子已生覩史多天受五欲樂爾時帝釋天主聞佛語已歡喜踊躍心意快然諸根圓滿即於佛前說伽陀曰

若歸依於佛　彼不墮惡道　棄捨人身已
當獲得天身
若歸依於法　彼不墮惡道　棄捨人身已
當獲得天身
若歸依於僧　彼不墮惡道　棄捨人身已
當獲得天身

復說伽陀曰

誠心歸命佛　彼人當所得　若晝若夜中
佛心常憶念
誠心歸命法　彼人當所得　若晝若夜中

法力常加持

誠心歸命僧　彼人當所得　若晝若夜中

僧威常覆護

爾時帝釋天主說伽陀已世尊印言如是如

是

歸命佛法僧　定不墮惡道　棄捨人身已

當獲得天身

爾時世尊說伽陀曰

若佛陀二字　得到於舌上　同彼歸命等

不虛過一生

若達磨二字　得到於舌上　同彼歸命等

不虛過一生

若僧伽二字　得到於舌上　同彼歸命等

不虛過一生

又說偈言

佛法僧名若不知　彼人最下故不獲

輪迴宛轉而久處　如迦尸華住虛空

佛說是經已諸苾芻衆天帝釋等一切大衆

歡喜信受作禮而退

嗟韈曩法天子受三歸依獲免惡道經

佛說較量壽命經

宋西天中印度三藏明教大師 天息災奉 詔譯

如是我聞一時世尊在舍衛國祇樹給孤獨園爾時世尊告苾芻衆言衆生壽命較量長短汝等諦聽諸苾芻言世尊我等樂聞爾時善逝爲諸苾芻說衆生壽命較量等事諸苾芻衆聞此語已歡喜踊躍重白佛言世尊惟願演說爾時世尊告諸苾芻言善哉善哉汝應諦聽今爲汝說無間地獄壽命中劫餘上七種地獄壽命短長不等苾芻當知此是地獄壽命較量劫數受苦畢已然後命終苾芻應知人中三十晝夜餓鬼趣中爲一晝夜以彼三十晝夜成彼一月以彼十二月成彼一年以彼長年算數五百彼餓鬼中方滿壽命若四大洲較量筭數北洲千歲西東二洲如次減半南洲不定劫初無量末後十歲中間無定爾時世尊重說頌曰

衆合常苦惱　業報脣喉乾　身毛皆豎立
腹廣大如山　髮亂恒覆體　針口細如鋒
面目皆擘裂　飢瘦露形容　朱髮覆自體
露現於骨節　飮惡頸髑髏　常啼哭奔走
彼受飢渴苦　困乏恒逼惱　苦啼哭聲高
自作須自受　貪瞋違順生　惡業因自造
此罪業障熟　餓鬼趣中受　東勝身洲人
二百五十歲　西俱陀尼洲　壽命年五百
北俱盧洲生　壽命定千歲　南洲壽無定
後十初叵量

時諸苾芻白佛言世尊云何北俱盧洲壽命千歲然後命終爾時世尊告諸苾芻當知北俱盧洲皆無我執無有分別因行十善定壽

千歲從此命終往生天上如是北俱盧洲壽命千歲然後命終爾時世尊而說頌曰

貧窮苦有情　愛盜他財物　善事不曾修
卑賤他所使　富貴有大財　資生皆具足
金玉及僮僕　斯人作善事　修十善業因
得大富貴果　現受北俱盧　快樂生天上
北俱盧洲人　世間最快樂　過去修施因
劫樹妙衣果　彼無寒熱苦　亦無諸病惱
色相妙端嚴　過去因修施　福勝難破壞
粳米自然生　清淨色純白　過去因修施
北俱盧洲生　摩尼珠照曜　飲食思念成
過去因修施　彼洲最安樂　妙藥恒熾盛
色香味具足　過去因修施　彼洲無菜茹
恒食香稻米　一受食無盡　過去因修施
阿藍梅果樹　從座食不起　枝落果更生
過去因修施　彼水八功德　飲時無病惱
安樂腹無傷　過去因修施　園林受快樂
妙音恒聽聞　適悅常無盡　過去因修施
劫樹人皆愛　安樂雨塗香　風香無有盡
過去因修施　妓樂妙華香　衣服嚴身具
思念即隨心　過去因修施　香草及林巒
柔輭皆廣大　愛樂常遊戲　過去因修施
彼恒共歡娛　瞋忿常不起　無我復無貪
過去因修施　每夜至更初　微微降細雨
去塵地皆淨　過去因修施　子長母不識
命終時無憂　彼絕貪愛心　過去因修施
慈母產嬰兒　在道棄皆去　飲乳涌指流
過去因修施　命終時皆棄　悲慟無纖毫
飛禽還淨地　過去因修施　莊嚴普覆徧
歌舞皆嬉戲　適意而快樂　過去因修施

彼洲人壽命　盡皆滿千歲　中天彼全無
過去因修施　彼受福最勝　平等亦無異
命終往生天　過去因修施

爾時佛告諸苾芻言此閻浮提壽命無定始從十歲乃至百千萬歲壽命無量苾芻應知閻浮提人今壽百年中夭無定苾芻當知閻浮提人長壽百年苦多樂少復次苾芻此洲雖壽百年乃有十位一者嚩魯眠卧無知二者俱摩嚕作戲解生三者與嚩樂著欲境四末羅鍐勤修其業五者鉢羅枳穰智辯有殊六者悉蜜栗帝曉了記憶七者悉體覩正安自行八者尾嚕國王愍恤九者没嘌兎色朽力微十者孽多俞數百歲命終復次苾芻未終百年時有三際所謂寒熱及雨亦名三時未終百年及十二月得三際名四月寒際四月熱際四月雨際復次百年未終十二月内有二十四半月百年未終内有八月寒際八月熱際八月雨際復次百年之中十二月内有三十六晝夜月内有十二寒際時十二熱際時十二雨際時復次千年之中十二月内有三十六晝夜月内有七十二千度食其中而有喫食及不喫食時所謂瞋怒時苦惱時路行時清齋時急務時睡眠時醉悶時此皆不食復有得食不食亦有不得亦不食如是食及不食彼食之内略説得食乃有七十二千徧食復次苾芻此閻浮提如上所説及從乳母食一月半月晝夜及年喫食時及不食時約中間説爾時佛告諸苾芻言我説人中壽命五十歲四大王天成一晝夜以彼晝夜成彼一月十二月成年以彼長年壽命五百

彼算人間晝夜壽命當九十洛叉然後命終以彼四大王天五百歲壽命成等活地獄爲一晝夜彼以三十晝夜成彼一月以彼十二月成彼一年以彼長年算數五百爲等活大地獄中有情壽命以彼五百年當四大王天五百四十洛叉即當人間比較算數計一萬六千二百俱胝年彼等活大地獄中壽命方盡爾時世尊即説伽陀曰

惡業身具三　口業惡有四　意三業亦然
罪畢苦方出　等活地獄中　惡業同皆入
萬六千二百　俱胝恒受苦　生彼地獄中
寃家互相殺　死已復重穌　業盡苦方出

爾時佛告諸苾芻言人間一百年彼忉利天成一晝夜以彼三十晝夜成彼一月以彼十二月成彼一年忉利天中壽命一千歲以彼天中一千年較量人間算數當一十八俱胝年彼天此後命終爾時佛告諸苾芻言彼天壽命一千歲當彼黑繩大地獄中成一晝夜彼以三十晝夜成月及年彼大地獄中壽命一千歲以彼一千年較量算數即當人間三萬二千四百俱胝年彼黑繩大地獄中然後命終爾時世尊即説頌曰

憎嫌師父母　毀謗佛聲聞　破壞和合人
黑繩受大苦　惡業親自作　地獄苦須受
迴避免無由　業盡方始出

爾時佛告諸苾芻言人間二百年彼夜摩天爲一晝夜以彼晝夜三十日成月十二月成年彼夜摩天壽命二千歲彼當人間算數計三十六俱胝年較量壽命彼天然後命終又以彼天壽二千歲爲衆合大地獄中成一晝

夜以彼三十晝夜成彼一月以彼十二月成彼一年彼衆合大地獄中壽命二千歲較量彼處算數即當人間計三萬二千四百俱胝年彼地獄中然後命終爾時世尊即說頌曰

三種不善業　衆合地獄生　善三業不修
牛羊鹿殘害　猪狗及非人　衆合互相殺
苦因苦處生　業盡方始出

爾時佛告諸苾芻言人間四百年爲彼覩史多天成一晝夜以彼三十晝夜成彼一月及年彼覩史多天壽命四千歲當人間算數計七十二俱胝年彼天壽量然後命終以彼天中壽四千歲爲叫喚大地獄中成一晝夜以彼三十晝夜成月及年彼叫喚大地獄中壽四千歲當覩史多天四千三百二十俱胝年彼當人間一十二萬九千六百俱胝年彼叫喚大地獄中然後命終爾時世尊即說頌曰

殺生造極惡　叫喚恒受罪　作惡虛誑人
業盡苦方出

爾時佛告諸苾芻言人間八百年爲彼樂變化天成一晝夜以彼三十日成月十二月成年比較算數彼樂變化天壽命八千歲比較人間計一百四十四俱胝年彼天然後命終又以彼天壽命八千歲比較大叫喚大地獄中成一晝夜以彼三十晝夜成月及年彼大叫喚大地獄中壽命八千歲比較算數即當人間二十五萬九千俱胝年較量彼壽然後命終爾時世尊即說頌曰

我見及貪欲　謗法罪最深　作惡并蓋纏
生大叫喚中　叫喚大地獄　身毛皆竪立
喫飲火焰燒　迴避禁難出　虛誑愛殺生

𠠎輪狗鷲鳥　食髓老鐵烏　殘害驟無免

爾時佛告諸苾芻言若人間一千六百年爲他化自在天成一晝夜以彼三十晝夜成月十二月成年比較算數彼他化自在天壽命一萬六千歲比較算數當人間二百八十八俱胝年彼天然後命終又以彼天一萬六千歲比較焰熱大地獄中成一晝夜以彼三十晝夜成月十二月成年彼焰熱大地獄中壽命一萬六千歲較量算數當人間六十萬八千四百俱胝年彼地獄中然後命終爾時世尊即說頌曰

惱亂於父母　沙門婆羅門　善業不修習
恒受焰熱苦　誑惑諸衆生　焰熱地獄受
所作惡不亡　業盡方此出

爾時世尊告苾芻言汝應諦聽較量算數疱地獄等衆生壽命時諸苾芻白佛言善逝我等樂聞受持憶念惟願演説此疱地獄有情壽命比較長短爾時世尊告苾芻曰善哉善哉吾今爲汝分別演説此疱地獄壽命之事積聚胡麻滿一婆訶可容二十佉梨彼有天人百年一粒二十佉梨一一捻盡彼疱地獄壽命方滿復次苾芻我説衆生壽命較量又如疱裂之中壽命二十婆訶胡麻如是阿吒鴿中壽命四十婆訶麻賀賀凡中壽命六十婆訶麻護護凡中壽命八十婆訶麻青蓮華中壽命一百婆訶麻紅蓮華中壽命一百二十婆訶麻如是於大紅蓮華中壽命一百四十婆訶麻一一之中滿圖胡麻百年一粒除去胡麻粒粒皆盡彼諸有情方滿壽命如是苾芻舍利子大目犍連及天壽等并諸眷屬

若復有人心行暴惡自身當墮此大地獄是故苾芻應如是知若復有人身患焦瘦不生瞋恚心不輕慢是故苾芻智者如是應當修學爾時世尊即說頌曰

若人發惡言　毀他如刀斧　劒輪斬其身
皆從自口出　毀謗於賢善　稱讚復歡喜
鬬諍結宿寃　死入地獄疾　資財他所有
鬬諍生嫉妬　惱彼不安樂　當受疱裂苦
毀謗於善逝　意悅生歡喜　百千疱裂劫
恒受地獄苦　發惡身口意　毀謗諸賢聖
五百三十六　疱劫恒受苦　廣作業無邊
罪犯及虛誑　長劫地獄中　業盡後方出

復次佛告諸苾芻等此極焰熱大地獄中有情壽命壽半中劫較量算數然後命終爾時世尊即說頌曰

恒作惡業因　愛樂安樂果　遠離於人天
當生焰熱獄　打罵師父母　沙門婆羅門
邪見斷善根　極熱受大苦

復次佛告諸苾芻言彼之阿鼻大地獄中較量壽命此後命終若提婆達多及於一切愚迷之人於如來處而發惡心破壞塔寺焚燒經像出佛身血煞阿羅漢驅役苾芻苾芻尼等命終必墮阿鼻大地獄中受苦無窮爾時世尊即說頌曰

毀謗三乘教　煞聖阿羅漢　愚癡毀求法
獲報無間罪　刺竹果自壞　惡業惡趣生
如是放逸罪　阿鼻地獄受

爾時佛告諸苾芻言梵衆天中壽命半劫此後命終苾芻應知梵輔天中壽命一劫然後命終大梵天中壽命一劫半然後命終苾芻

應知少光天中壽命二劫然後命終無量光天壽命四劫然後命終極光淨天壽命八劫然後命終苾芻應知少靜天中壽命十六劫然後命終若無量靜天壽命三十二劫然後命終若徧靜天壽命六十四劫然後命終苾芻應知若無雲天壽命一百二十五劫此後命終若福生天壽命二百五十劫然後命終若廣果天壽命五百劫然後命終若無想天壽命亦然苾芻應知若無煩天壽命一千劫然後命終無熱天中壽命二千劫然後命終苾芻應知善現天中壽命四千劫此後命終若善見天壽命八千劫此後命終若色究竟天壽命一萬六千劫然後命終苾芻應知空無邊處有情壽命二萬大劫然後命終識無邊處壽命四萬大劫此後命終無所有處壽命六萬大劫此後命終若非想非非想處有情壽命八萬大劫然後命終爾時佛告諸苾芻言如是乃至在阿鼻大地獄中乃至非想非非想處輪迴如此苾芻應知如是輪迴五趣有情往來不息現有生異滅三種之相苾芻當知如是三種輪迴之性少分之中不可愛樂亦不可羨於一剎那而非久住何以故苾芻當知所謂苦性故不可愛樂如是少穢何況多穢如是少穢不可愛樂亦不可羨彼一剎那而非究竟何以故苾芻應知輪迴之苦不可愛樂若有愚迷寡聞衆生輪迴五趣往來不息輪迴之行常不捨離不能出於地獄中苦亦不能出餓鬼中苦恒墮惡趣是故苾芻應如是學如是輪迴大苦不應愛樂苾芻當知策勤精進斷滅輪迴爾時世尊說此

法已彼諸苾芻等一心歡喜信受奉行

佛說較量壽命經

音釋

萎萃萎於危切不鮮也萃秦醉切與悴同鎪亡敢切穰如手切嘌音栗驏陟扇切鵮苦咸切圌市緣切倉也

佛說沙彌十戒儀則經　宋西天三藏朝散大夫試鴻臚少卿傳法大師施護奉　詔譯

佛說聖曜母陀羅尼經　宋西天三藏法師法天奉　詔譯

佛說布施經　宋西天三藏法師法天奉　詔譯

佛說聖持世陀羅尼經　宋三藏傳法大師施護奉　詔譯

清刻龍藏佛說法變相圖

四經同卷

佛說沙彌十戒儀則經

佛說聖持世陀羅尼經

佛說布施經

佛說聖曜母陀羅尼經

佛說沙彌十戒儀則經 計七十二頌

宋西天三藏朝散大夫試鴻臚少卿傳法大師施護奉　詔譯

頂禮一切智　妙法及聖衆　略說沙彌行

令發出家心　於彼釋迦教　堅持於禁戒

持戒如護身　防守勿令犯　夜卧從早起

淨口及牙齒　念誦至天明　頂禮正等覺

參近於師房　以手輕擊門　入已問訊師

身體安樂不　如是所作已　復作曼拏羅

供養而恭敬　早晨觀水内　中後時亦然

甕器盂鉢等　水蟲有大小　至心恒觀照

以羅淨濾水 審觀而可用 食飲懷慈愍
勿令殺害蟲 乃至草木上 塗壇牛糞中
如是受用時 救護於含識 或彼牀座内
田地糞土中 一一子細觀 是名出家行
一切承事師 洗鉢令清淨 依時三作禮
合掌向師前 問師何所食 作食治飢病
如是若為食 用前清淨水 以水灌手淨
如法默然食 食已說二偈 迴向於信施
如說而依行 增長正念行 信解淨戒法
依法而修持 正觀自相應 出家心安樂
若人自犯戒 他見生輕毀 二人皆得罪
持者須一心 持戒或破戒 乃至病患人
說法不當機 他聞心不重 命終得大苦
若人行毒藥 及行呪法等 令他得命終
又復以種種 方便而行殺 如是破戒因
永沉三惡道 地獄鬼畜生 如次受罪報
及彼諸天輩 若或亦殺生 還墮惡趣中
受彼諸惡報 若有出家者 恣用身口意
悞殺螻蟻類 於其三業中 而得三種罪
若人以拳棒 土石及塼瓦 打擲於有情
駝騾禽獸等 亦得破戒罪 駝騾象馬類
而欲輙乘騎 往來逼迫他 亦得破戒罪
若有出家者 不得行偷盜 若自若教他
偷得於財物 迦哩沙波拏 四分中一分
如是破戒因 而成最重罪 飲食穀米等
華果草木類 地生或水生 而行於偷竊
或偷官稅利 私過於關津 及盜於有情
二足與多足 或彼出家人 受用雖具足
貪心復盜財 俱獲於重罪 若自衣鉢等
被賊所劫盜 勿得强取之 說法方便化

或復而迴買　不允隨他意　是名出家心
不動三業瘡　戒性自成就　若有出家者
不得行婬欲　女男及黃門　自來相慕欲
愚迷而愛著　得彼根本罪　若彼故行婬
如蛇如毒藥　損壞於自身　得大地獄苦
障礙於涅槃　不出於生死　正覺非如是
未曾身犯戒　持戒獲大利　若有出家者
不得出妄語　若言見天人　與我同言語
天人所住處　我自亦曾到　乃至乾闥婆
恭伴龍夜叉　摩睺羅伽輩　毗舍緊那羅
鉢哩哆鬼等　與我恒言話　此皆為妄語
或言得五通　正道及四果　曉了甚深法
未得言為得　如斯之妄語　永沉於惡趣
不得起兩舌　離別他善友　及彼麤惡言
綺說非與是　設被他毀罵　勿得酬對他
種種鬬諍言　一一須忍受　若彼不依行
而得犯戒罪　智者一心持　獲離口業過
若以穀米等　為酒醉於人　不得而故飲
或以甘蔗華　蒲萄果實等　脩醞可醉人
不得而故飲　自飲教他飲　迷亂而失念
增長放逸心　飲者得重罪　是故世尊言
若人以草葉　滴酒於口中　增長於過失
歌舞兼倡妓　故往而觀看　而得犯戒罪
香油塗飾身　栴檀鬱金等　及以好華鬘
金銀珠寶類　種種莊嚴身　而得犯戒罪
若於眼目上　點畫令端正　而得犯戒罪
坐牀臥牀等　量高可一肘　亦不作莊嚴
復不令廣大　放逸不依行　而得犯戒罪
佛說出家人　過失宜遠離　若受齋食時
不得過中午　日出至午前　可許受齋飯

非時而喫食　佛説得重罪　如有比丘病
治病救於身　可許中後食　無病不依時
而得犯戒罪　金銀珍寶等　出家不得觸
受者生於貪　而得犯戒罪　若有檀信施
供養佛法僧　爲彼興福利　可許而受用
一切快樂具　勿得生愛著　若有貪著者
彼人須擯出　所有戲笑等　沙彌不得作
作者得犯罪　若有呵欠時　以手遮蓋口
不依而得罪　上座作嚏噴　不審而頂禮
新戒等嚏噴　上座須呪願　長壽無其病
沙彌向師前　不得於洟唾　不得刷牙齒
不得向師前　經行及對坐　耆年宿德者
如法而尊重　若入觸溷時　如有後來者
低聲而警覺　所濾無蟲水　用漱於淨瓶
淨手安詳行　不失出家行　師自坐卧牀
恒用淨襯褥　所有牀椅等　不得沙彌坐
師自若不在　依止清淨僧　明了律儀者
承事而侍奉　勿更依別僧　違者而得罪
比丘若出行　而爲求緣事　五日內復歸
得利同行衆　衆得利亦然　復與外來者
如過五日後　二俱各無分　沙彌大小便
須問佛僧地　不得亂往來　行依自界分
一切凡所作　合掌先問師　如是所作爲
不失於正行　日沒禮佛塔　禮已復問師
與師濯雙足　事畢一心聽　顒望於所須
初夜及後夜　持誦勿須停　中夜睡眠時
如彼師子卧　所説一切法　至心而依行
熏識賢種子　煩惱自斷除　速成無上覺

佛説沙彌十戒儀則經

佛說聖持世陀羅尼經

宋三藏傳法大師施護奉　詔譯

爾時持世菩薩白佛言世尊若復有人受持讀誦此陀羅尼者云何受持願佛演說爾時世尊告持世言若復有人於初二月白月一日於彼獨注入海之河乃入水中水至乳已面東向日合掌而立始從日出限至日沒誦持此呪從水出已絕食七日日夜誦持勿共人語然後乃畫持世本形將欲塗彩用珍重心以白栴檀香水塗絹乃經一宿表心供養命畫匠師令受齋戒澡浴新衣起珍重心依法莊彩像高十肘橫廣三肘色彩深綠坐於蓮華莊嚴無量色彩鮮潔光明如日右手執果左手安慰容貌熙怡座前龍王手捧寶匣眞珠寶瓶珊瑚碼碯金銀瑠璃種種衆寶淨心供養上安諸天寶雲雨細大吉祥天手捧蓮華右邊安慰吉祥寶掌左邊侍立形色圓滿瓔珞嚴身手捧蓮華作安慰相持世之像舍利處安閼伽香水種種細食華鬘酥油然燈供養復用妙華酥油香燈飲食種種供養頻那及於夜伽希無魔事伸供養已復用栴檀沉水及諸妙香酥香油燈無量供養面對覩想菩薩像前至心專注端坐持誦始從寅時入於壇內或一七日或二七日乃至一日至日出時期願必應悉皆成就爾時世尊告持世言若復有人復於夜半入在水內誦持此呪滿八百徧於當月內獲滿所願佛告持世若復有人復於夜半依法誦持持世菩薩依法潔淨於六月內必獲所願佛告持世若復有人藏於財物後時廢忘依法誦持財物

必得佛言持世若復有人欲求榮位書入水內誦持此咒至於夜半復用胡麻而作護摩一粒一念一徧一燒至八百徧必獲大喜富貴滿足佛告持世若復有人用白芥子與酥相和一念一粒一徧一燒准前作法亦作護摩王獲喜慶國土無災佛告持世若復有人用妙乳香與酥相和而作護摩准前作法能息大臣所有災難佛告持世若復有人於夜半內至心誦持菩薩名號依法護淨一七日內獲大財喜成就具足佛告持世若復有人白月一日起首作法受持齋戒於舍利處安菩薩像依法供養憶念誦持菩薩名號至心期願必現化形於前慰安獲不退轉起菩薩行佛告持世若復有人素食梵行斷食酒肉日夜恒誦獲大富貴爾時世尊說此儀軌名根本咒即於衆會而說咒曰

曩謨引囉引怛曩二合怛囉二合夜野唵一引嚩蘇馱哩引薩嚩二合引賀引二唵引洛乞叉弭引三合步多攞一儞嚩引悉寧曳薩嚩二合賀引二

爾時世尊說此咒已告持世言所有印法以表心法亦名外表作此印時用於兩手合掌虛中復用頭指拳在中間無名指豎小指如針而互相交中指形狀直量如針此印形相住彼八方各各相離此持世軌儀之印依法結印誦持明咒一切所願皆得成就廣利有情爾時世尊而說咒曰

唵引室哩二合曳室哩引二合迦哩馱曩迦哩馱引禰也二合迦哩薩嚩引二合賀引

爾時世尊說此咒已告持世言此三昧印應先合掌用大母指屈入掌內此名持世三昧

之印爾時世尊而說呪曰
唵引三麼曳掃彌曳二合三麼野迦哩麼賀引
三麼曳薩嚩引二合賀引
爾時世尊告持世言此三昧印神呪如是復次持世應用頭指及於中指第三節屈大母指竪此印名爲持世菩薩根本之印召請聖賢及送聖賢皆作此印
佛告持世應用頭指向外橫舒此名華印爾時世尊而說呪曰
唵引嚩蘇地薩嚩引二合賀
佛告持世此華印呪如是受持
爾時世尊復告持世若復有人應用中指而各橫舒此名香印爾時世尊而說呪曰
唵引嚩蘇馱哩薩嚩引二合賀引
爾時世尊說此呪已告持世言若復有人用無名指向外而舒名塗香印爾時世尊而說呪曰
唵引嚩蘇麼底室哩引合曳薩嚩引二合賀引
爾時世尊說此呪已告持世言若復有人應用小指與大母指相捻而作餘三指舒如三股金剛此名燈印爾時世尊而說呪曰
唵引嚩蘇馱引囉抳薩嚩引二合賀引
爾時世尊說此呪已告持世言若復有人應用二手如掬水勢用大母指交結過在頭指已外此名食印爾時世尊而說呪曰
唵引馱囉抳馱引囉抳薩嚩引二合賀引
爾時世尊說此呪已告持世言諸餘供養同根本印呪加護之若常用法以常呪印而加持之
若復有人彩畫持世菩薩之像應用新絹細

妙無瑕依佛肘量長可二尺横一尺像上安佛右邊觀音聖自在像左邊建立金剛手像從佛中間安持世像像形金色菩薩右手作施願相莊嚴種種真珠瑠璃乃至碼碯皆用嚴飾於下右邊安誦持人右手頂禮左手持冠於白月内圖畫菩薩於此誦持一十萬徧隨力供養爾時世尊告持世言若復有人將欲種田誦持之人澡浴新衣受持齋戒以菩薩像安在田中復用塗香華鬘瓔珞細妙飲食珍重供養念菩薩名至八百徧又於像前加持香水誦八百徧滿注賢缾安在像前令種田人及牛耒耜行列而立以賢缾水乃用灑之并誦持人灑之亦爾令誦持人遶此田地及彼人牛行於七帀然可下子爾時世尊告持世言若復有人將欲收田於地四隅安僧令齋飲食如法此誦持人沐浴淨衣受持齋戒復用尊像安置田中復用華香燈燭飲食種種供養誦呪加持滿八百徧復於像前香水滿缾誦八百徧復加持之菩薩尊像面東安置塗香酥油華鬘飲食淨心供養穀實倍增離諸災難爾時世尊告持世言若復有人於此穀聚四隅之間安四童女著新淨衣素食令齋誦持此呪而加持之穀亦增多災難不侵復次持世若量穀時彼人想念菩薩尊號若誦持人不得出聲默念專志量畢已來亦乃倍增佛告持世若復有人田初熟時應生供養佛及聖衆增福無量不可稱讃爾時世尊告持世言若復有人於收藏時先於倉内畫二矮人裸形大肚手執栲栳作瀉穀勢穀形金色於此倉内陳設種種然後倉内

燒衆妙香及以衆華閼伽香水傘蓋幢旛幷諸供養復將菩薩安於倉内復用牛乳灑在倉内誦持眞言除去諸物方入財穀吉祥無患復次持世於此庫藏陳設新食香華供養受持讀誦此陀羅尼離諸災難復次持世若復有人而用絲帛書寫持世陀羅尼經復用香熏讀誦頂戴增福無量息除災難佛告持世若人誦持應先淨心誦八百徧此陀羅尼日三時誦所願必應菩薩加祐復次持世若復有人求諸所願於自所止向東北隅起聖持世菩薩形像用妙絲帛依法圖寫乃至工畢潔淨安置王心供養閼伽香水塗香燒香栴檀沉水種種衆香復用五寶及用五藥乃至五穀閼伽之瓶以帛覆上勿開此瓶依法誦持此陀羅尼一切所願悉皆滿足財物增長獲福無量爾時世尊復告持世若有衆生欲作倉庫隨量大小若欲取時應用酥食供養尊像依法誦持此陀羅尼百二十徧滿此數足然後方出息除衆難爾時世尊告持世言若復有人持財遠出骨肉憂惱用白莎草水濯取汁牛黄鬱金龍腦檀麝和閼伽水畫於舶船淨心誦持此陀羅尼財物速至遠路平善增長滿足爾時世尊而説呪曰

怛你野(二合)他(引)唧隸唧隸阿誐蹉阿誐蹉娑誐嚩諦

爾時世尊説此呪已復告持世此陀羅尼若有受持能滿一切有情所願譬如水大猶滿於地又如日光能破諸暗猶如月光與物清涼爾時世尊而説呪曰

怛你野(二合)他(一引)馱曩努(二)嚩嚕拏(二合)室寗(二合)

引嚩三印捺囉二合四室寗二合引嚩五蘇諦引
惹娑引六摩努引七努誐讖八唧哆野覩九設哆
擔十薩那引鉢囉二合野捺十一野他迦引楞十二
悉殿覩十三滿怛囉二合跛那引十四你賀引十五
怛你野二合他引一佉吒佉吒二契致契致三具
嘷具嘷四蘇嚕蘇嚕五母嚕母嚕六捫左捫
左七曩摩哩八曩摩哩九泥去呬泥去呬十
捺引波野十一捺引波野十二鉢怛囉二合十三底瑟
姹二合諦十四呬囉扼野二合十五蘇嚩囉拏二合十六鉢
囉二合捺引波野十七娑嚩二合引賀引十八嚩蘇地
引十九娑嚩二合引賀引二十阿耨答半二合曩引野
二十一娑嚩二合引賀引二十二嚩護地引二十三娑嚩二合
引賀引二十四嚩蘇馱引二十五地波哆曳引二十六娑嚩
二合引賀引二十七愚矯二合二十八娑嚩二合引賀引二十九
蘇囉鼻引二十娑嚩二合引賀引三十一印捺囉二合引

野三十二娑嚩二合引賀引三十三嚩嚕拏引野三十四
娑嚩二合引賀引三十五吠無蓋切室囉二合摩拏引野
三十六娑嚩二合引賀引三十七鞊世毗喻二合引三十八尾
鞊世毗藥二合三十九娑嚩二合引賀引四十
塢答波二合引捺演覩弭釰引乞叉二合曩訶阿
尾囉訶曩拏謨捺演覩引唵引怛蘇二合呬迷
引鞊引呬捺捺引波野引娑嚩二合引賀引

爾時世尊說此呪已告持世言此呪名爲持世菩薩心陀羅尼若復有人淨心受持此陀羅尼憶念不忘能滅重罪獲福無量捨離三惡圓滿富貴於諸所願無不具足乃至究竟成無上果爾時持世菩薩及諸聖衆聞佛所說歡喜無量頭面禮足信受奉行

佛說聖持世陀羅尼經

佛説布施經

宋西天三藏法師法天奉 詔譯

如是我聞一時佛在舍衛國祇樹給孤獨園與大苾芻衆說布施法有三十七種一以信重心而行布施當得離衆嫉妬人所崇敬二依時施得三業清淨四時安隱三常行施得身心適悅無散亂失四親手施得手指纖長身相端正五爲他施復得他人行大捨施六依教施心離取相得無爲福七以妙色具施得身色端嚴衆所愛樂八以上妙香具施恒得栴檀之香受用供養九以上味施得味中上味充益支體十如法尊重施得安隱快樂衆人喜見十一以廣大心施得無量廣大之福十二以美食施得離饑饉倉庫盈溢十三以漿飲施得所往之處無諸飢渴十四以衣服施得上妙衣莊嚴身相十五以住處施得田宅寬廣樓閣莊嚴十六以臥具施得生貴族資具光潔十七以象馬車輦施得四禪足無擁妙用十八以湯藥施得安隱快樂無諸疾病十九以經法施得宿命等通二十以華果施得七覺支華二十一以華鬘施得脫貪瞋癡垢二十二以香施得離煩惱臭穢二十三以傘蓋施得法自在二十四以鈴鐸施得言音美妙二十五以音樂施得梵音深妙二十六以然燈施得天眼清淨二十七以繒綵疋帛施得解脫衣服二十八以香水灑如來塔廟二十九以香水浴如來身三十以香油塗飾佛像共得三十二相八十種好三十一以香水施浴衆僧得富貴家生少病安樂三十二以慈心施得顔貌和悅無諸瞋恨三十

三以悲心施得離殺害三十四以喜心施得無所畏遠離憂惱三十五以捨心施得離罣礙證寂滅樂三十六以種種施得種種福三十七以無住無相心施得無上正等正覺佛告諸苾芻如是三十七種智者所行微妙施行汝今受持爾時舍衛國王白佛言世尊我等云何而行布施佛言大王若求勝妙福報而行施時慈心不殺離諸嫉妬正見相應遠於不善堅持禁戒親近善友閉惡趣門開生天路自利利他其心平等若如是施是眞布施是大福田復次行施隨自心願獲其報應或以妙色名香珍味輭𩞄親手布施得衆人尊重眷屬圓滿富貴安樂之報或以飲食布施而得大力或以酥油之燈布施而得天眼或以音樂布施而得天耳或以湯藥布施而得長壽或以住處布施而得樓閣田園或以法説布施而得甘露佛言大王若以十善行施復得十種報應十善者不殺生不偷盜不婬欲不妄語不綺語不惡口不兩舌不貪不瞋不癡而得命不中夭財無散失眷屬清潔所言誠諦離諸嫉妬人所喜見親友和睦不墮貧賤顔貌端正智慧相應獲報如是佛言大王若以上妙樂飲食供養三寳得五種利益身相端嚴氣力增盛壽命延長快樂安隱成就辯才如是南贍部洲一切衆生父母妻子男女眷屬如上布施隨願所求無不圓滿説此法已皆大歡喜作禮而退

佛説布施經

佛說聖曜母陀羅尼經

宋西天三藏法師法天奉　詔譯

如是我聞一時佛在阿拏迦嚩帝大城爾時有無數天龍夜叉乾闥婆阿脩羅迦樓羅緊那羅摩睺羅伽人非人及木星火星金星水星土星太陰星太陽羅睺計都如是等二十七曜恭敬圍繞此大金剛三眛莊嚴道場復有無數千菩薩摩訶薩衆其名曰金剛手菩薩金剛忿怒菩薩金剛軍菩薩金剛播尼菩薩金剛主菩薩金剛莊嚴菩薩金剛明菩薩金剛數菩薩觀自在菩薩普觀世菩薩吉祥菩薩蓮華幢菩薩蓮華藏菩薩蓮華目菩薩慈氏菩薩文殊師利法王子菩薩摩訶薩如是等諸大菩薩恭敬圍繞佛爲說法初善中善後善其義深遠其語巧妙純一無雜具足清白莊嚴如意爾時金剛手菩薩摩訶薩即從座起以神通力右繞世尊無數百千帀頭面作禮結跏趺坐以清淨眼觀彼大衆作金剛合掌安向心間白世尊言有諸宿曜形貌麤惡心多忿怒惱害衆生或斷命根或耗人財寶或減人精神或促人年壽如是損惱一切衆生惟願世尊說正密法爲作擁護佛言善哉善哉汝能慈愍利益一切衆生問於如來最上祕密之法汝今諦聽善思念之我爲汝說金剛手如是諸惡宿曜及天龍夜叉乾闥婆阿脩羅迦樓羅緊那羅摩睺羅伽人非人等應以最上閼伽及音樂等依法加持一一供養令彼歡喜滅除諸惡時釋迦牟尼佛於自心中出大光明名慈悲光入諸宿曜頂刹那之間一切宿曜及日月等即從座起頭

面禮足右膝著地合掌恭敬白佛言世尊如來應正等覺願賜攝受爲說正法我等若聞擁護有情令無災害所有禁縛刀劍毒蟲一切不害我結地界而爲守護爾時釋迦如來即說供養宿曜眞言

唵銘引齲引攞迦引二合野娑嚩引二合賀引

唵尸引旦引舍尾引娑嚩引二合賀引

唵引洛訖旦引二合誐俱麽引囉野娑嚩引二合賀引

唵引冐引馱野冐引馱野娑嚩引二合賀引

唵引步引誐引娑波二合那野娑嚩引二合賀引

唵引阿穌囉薩多麽引野娑嚩引二合賀引

唵引訖里二合瑟拏二合嚩囉拏引二合野娑嚩二合引賀引

唵阿沒里二合多鉢里二合夜野娑嚩引二合賀引

唵引乳引底計引多吠引娑嚩引二合賀引

爾時世尊說眞言已告金剛手菩薩言如是九曜眞言念者皆得成就先須依法以香水塗曼拏羅闊十二指或金銀器或銅器瓦器等獻閼伽供養星曜用前眞言各念一百八徧所求之事而悉成就佛告金剛手菩薩我今復說陀羅尼名聖曜母有大明力能爲擁護一切宿曜聞悉歡喜若有苾芻苾芻尼優婆塞優婆夷聞此經典於曼拏羅獻閼伽供養念此眞言七徧即得富貴長壽若日日持誦彼一切宿曜能滿有情一切意願宿曜母陀羅尼曰

曩謨引囉怛曩二合怛囉二合夜野曩謨引沒馱野曩謨二合嚩日囉二合馱囉引野曩謨鉢捺麽二合馱囉引野曩謨薩嚩仡囉二合賀引赧薩嚩

商引波哩布囉迦引捺引曩謨引諾乞叉二合怛囉二合捺曩謨引訥嚩引二合那舍囉引尸引南引怛你也二合他引唵引没第引嚩日里引二合嚩日里引二合鉢捺銘引二合娑囉娑囉鉢囉二合娑囉鉢囉二合娑囉三麽二合囉三麽二合囉訖里引二合拏野訖里二合引拏野末里那二合野伽引多野伽引多野薩嚩尾覲曩引二合俱嚕俱嚕親那親那頻那頻那刹跛野刹跛野扇引帝引扇引帝引難帝難帝那引麽野那引麽野訥嚕二合怛那哩舍引野怛麽引二合南麽麽咯乞叉二合咯乞叉二合薩嚩薩怛嚩二合室左二合薩嚩諾乞刹二合怛羅二合仡囉二合仡囉二合賀引閉捺引麽引你哩嚩引二合囉曳娑誐薩底麽賀引麽引曳鉢囉二合娑馱野薩嚩播引播引你彌引薩嚩薩怛嚩

引二合南賛抳賛抳都嚕都嚕娑誐嚩帝賛抳賛抳蘇毋蘇毋祖毋祖毋娑嚩娑吠烏仡哩引二合烏仡囉二合多閉布囉野麽麽薩嚩薩怛嚩引二合難引左麽努引囉他薩嚩怛他引誐多引地瑟恥二合多三摩曳娑嚩引二合賀引奄引娑嚩引二合賀吽娑嚩引二合賀引紇凌二合娑嚩引二合賀引通娑嚩引二合賀引定娑嚩引二合賀引嚩日囉二合馱囉引野娑嚩引二合賀引鉢捺麽二合馱囉引野娑嚩二合賀阿顊底也二合野娑嚩引二合賀引穌麽野娑嚩引二合賀馱囉抳穌多引野娑嚩引二合賀引毋馱野娑嚩二合賀勿里二合賀薩波二合多曳娑嚩引二合賀引速訖囉二合野娑嚩引二合賀引訖哩二合瑟拏二合嚩囉拏引二合野娑嚩引二合賀引囉賀吠娑嚩引二合賀引迦多吠娑嚩引二合賀引没馱野娑嚩二合

引賀嚩日囉合二馱囉野娑嚩引二合賀引鉢那
麼馱囉引野娑嚩引二合賀引俱麼囉合二野娑
嚩引二合賀諾乞叉合二怛囉合二赧娑嚩引二合賀
薩里舞波那囉合二嚩赧娑嚩引二合賀引唵薩
哩嚩合二尾爾吽發吒娑嚩引二合賀引

爾時世尊說此陀羅尼已告金剛手菩薩言今此眞言最上祕密能與衆生滿一切願若有人求長壽等於八月七日起首受持齋戒至十四日夜依法供養宿曜至十五日一晝夜中讀誦此陀羅尼彼人得長壽至九十九歲所有雷電龍鬼諸惡星曜皆不能怖復得宿命智所願如意爾時一切宿曜聞佛所說讃言善哉善哉甚爲希有我等受持即以頭面禮世尊足忽然不現

佛說聖曜毋陀羅尼經

音釋

嚏丁計切氣噴鼻也　溷胡困切廁也　櫬初覲切　椅隱綺切　弭緜婢切　捻奴協切指捻也　抳女履切　裸魯果切赤體也　拷栲拷音考栲音老　閼伽梵語也此云水閼阿葛切　誐五歌切　謎迷祭切　啅音卓　姹陟嫁切　⿰寧吉寧壹切　齲顆羽切　仡許乞切　赧乃版切

法集名數經

宋西天三藏朝散大夫試鴻臚少卿傳法大師施護奉詔譯

聖多羅菩薩一百八名陀羅尼經

宋三藏傳教法師法天奉　詔譯

清刻龍藏佛說法變相圖

二經同卷
法集名數經
聖多羅菩薩一百八名陀羅尼經

法集名數經

宋西天三藏朝散大夫試鴻臚少卿傳法大師施護奉詔譯

歸命頂禮一切佛一切智智天人師無邊無數佛說法略集所說正法名先歸命三寶所謂佛法僧云何三乘所謂大乘緣覺聲聞云何七種最大供養所謂禮拜供養懺悔隨喜勸請發願迴向云何三根本所謂發菩提心清淨心自性空斷我見云何十波羅蜜所謂布施持戒忍辱精進禪定智慧方便願力智云何十八空所謂内空外空内外空空空大

空勝義空有爲空無爲空畢竟空無際空散空一切法空本性空自相空無相空無性空自性空無性自性空云何四無量所謂慈無量悲無量喜無量捨無量云何四攝法所謂布施愛語利行同事云何五通所謂天眼天耳他心宿命神境云何四聖諦所謂苦諦集諦滅諦道諦云何五蘊所謂色蘊受蘊想蘊行蘊識蘊云何出世五蘊所謂戒蘊定蘊慧蘊解脱蘊解脱知見蘊云何十二緣生所謂無明行識名色六入觸受愛取有生老死云何三十七菩提分法所謂四念處四正斷四神足五根五力七菩提分八聖道云何四念處所謂觀身身念處觀受受念處觀心心念處觀法法念處云何四正斷所謂未生不善法不令生已生不善法令正斷未生善法令發生已生善法令增長眞實不妄發精進心令得圓滿云何四神足所謂集定斷行具神足心定斷行具神足精進定斷行具神足我定斷行具神足云何五根所謂信根進根念根定根慧根云何五力所謂信力進力念力定力慧力云何七菩提分所謂念菩提分擇法菩提分精進菩提分喜菩提分輕安菩提分定菩提分捨菩提分云何八聖道所謂正見正思惟正語正業正命正精進正念正定如是三十七菩提分法云何四法種所謂正利正文正智正識云何六念所謂念佛念法念僧念戒念施念天云何四法印所謂一切行無常一切行苦一切法無我涅槃寂靜云何十善所謂不殺生不偷盜不婬欲不妄語不兩舌不惡口不綺語不貪不瞋不癡云何

四根本煩惱所謂貪瞋癡我慢云何五見所謂身見邊見邪見見取戒禁取云何四漏所謂欲漏有漏無明漏見漏云何三解脫所謂空解脫無相解脫無願解脫云何八有色所謂地水火風香味觸法云何二無色所謂虛空識性云何八定解脫所謂內有色觀外色解脫內無色觀外色解脫觀淨解脫具足住觀空無邊處解脫觀識無邊處解脫觀無所有處解脫觀非想非非想處解脫觀想受滅解脫云何九部法所謂契經祇夜受記伽他諷誦因緣本事本生方廣云何十二頭陀行所謂常乞食次第乞食一坐食先止後食持三衣毳衣糞掃衣於其草上長坐不臥顯路處居住樹下住塚間住空寂處住云何十地所謂歡喜地離垢地發光地焰慧地難勝地

現前地遠行地不動地善慧地法雲地云何菩薩十降伏所謂命降伏心降伏受用降伏法降伏生降伏神通降伏解脫降伏願降伏業降伏智降伏云何菩薩十力所謂解脫力拔苦力觀力忍力智力斷力聞力願力圓滿力愛力云何如來十力所謂處非處智力自業智力知衆生性智力根勝劣智力種種界智力種種勝解智力徧趣行智力淨慮解脫等持等至智力宿住隨念智力漏盡智力云何四知所謂知一切法種知一切說法知涅槃正道知漏盡智斷云何五貪姤所謂法貪姤利養貪姤住貪姤爲善貪姤名聞貪姤云何十八不共法所謂身無失口無失意無失無不定心無異想心無不知捨心欲無減念無減精進無減智慧無減解脫無減解脫知

見無減身業隨智慧行口業隨智慧行意業隨智慧行知過去無礙知未來無礙知現在無礙云何三十二相所謂足下平滿相足下千輻輪文相手足柔輭相手足指間有金色網縵相手足諸指纖長圓滿相足跟廣長與趺相稱相足趺脩廣柔輭充滿相雙腨纖圓如鹿王腨相兩臂傭圓平立過膝相陰相隱密如象王相身諸毛孔各生一毛右旋紺青相髮毛上靡紺青柔輭相身皮薄潤塵水不住相身真金色光潔莊嚴相手足掌中頸及兩肩七處充滿相雙肩頭頂圓滿殊妙相兩膊腋下皆悉充實相容儀端嚴相身相廣長相體相縱廣形量相稱相於身上半如師子王相常有身光面各一尋相齒白如雪四十齊密相四牙鋒利鮮淨皎潔相於諸味中常得上味相舌相廣薄可得覆面至髮際相梵音洪雅隨衆等聞相眼睫齊整如牛王眼睫相眼睛之上紅環間飾相面如滿月眉如初月相眉間白毫右旋柔輭相頂有烏瑟膩沙如天傘蓋相云何八十種好所謂指爪狹長光潤薄淨好手指足指纖圓傭直骨節不現好手足各等指間充密好手足如意柔輭好筋脉堅固深隱不現好兩踝不現好行步直進如龍象王好行步齊肅如師子王好行步安平如牛王好進止儀雅如鵝王好凡所迴顧舉身隨轉好肢節傭圓妙善具足好骨節無隙如龍蟠好膝輪堅固妙好莊嚴好隱處文約圓滿清淨好身皮柔輭光淨離垢好身容敦肅無諸怖畏好肢節稠密安布妙善好身肢安定不掉動好身相光淨周帀端嚴好

周帀身光恒自照耀好腹形方正柔輭不現好齊深圓妙清淨殊異好齊厚妙好無窊凸好皮膚清淨無諸垢染好手足充滿好手文不斷好唇如頻婆果好面門如量端嚴好舌相廣薄好梵音深遠好梵音美妙具足好鼻高脩直好諸齒方整好諸牙圓白好眼睛青白分明好眼如青蓮華葉好眼睫稠密不白好雙眉長輭好雙眉紺瑠璃色好雙眉高顯光潤好耳厚相稱輪埵圓滿好兩耳齊平好容儀廣大皆生敬愛好額廣平正好身分上半無比對好首髮脩長稠密紺青好首髮香潔好首髮無交雜好首髮無褫落好首髮光滑塵垢不住好身分充實喻那羅延好身體廣大端直好諸竅清淨好身肢無等好衆觀無猒足好面如滿月好惟向不背好面貌熙怡好身肢無垢好面門常香好毛孔常香好首如末達那好身毛光淨如孔雀項毛好梵音稱量應理無差好頂骨無人得見好手足指約如赤銅好行時去地四指能現印文好自侍不待他衛好惡心見喜恐怖見安好音聲和悅隨衆生意好隨有情類言音意樂好一音說法隨類各悟好次第說法必有應緣好觀諸衆生無憎愛好先觀後作軌範具足好不可觀盡相好好頂骨堅實好容顏不老好手足胷臆有喜旋德好云何輪王七寶所謂金輪寶象寶馬寶摩尼寶玉女寶主兵寶主藏寶云何世間八法所謂利衰譏毀譽稱苦樂云何三世所謂過去未來現在云何四劫數所謂大劫毋拏劫散地劫賢劫云何四世所謂聖世正世像世末世云何二法所謂

生法滅法云何四生所謂胎生卵生濕生化生云何五濁所謂劫濁見濁煩惱濁衆生濁命濁云何四魔所謂煩惱魔天魔蘊魔死魔云何六趣所謂天趣人趣脩羅趣畜生趣餓鬼趣地獄趣云何八寒地獄所謂皰地獄皰烈地獄虎虎凡地獄哳哳凡地獄阿吒吒地獄青蓮華地獄紅蓮華地獄大紅蓮華地獄云何八熱地獄所謂等活地獄黒繩地獄衆合地獄叫喚地獄大叫喚地獄燒煞地獄極燒煞地獄阿鼻地獄云何四大洲所謂南贍部洲西倶耶尼洲北倶盧洲東勝身洲各有五百小洲以爲眷屬復有二鐵輪圍小鐵輪圍大鐵輪圍云何七金山所謂持雙山持軸山檐木山善見山馬耳山象鼻山魚觜山云何七海所謂鹽水海乳海酪海酥海蜜水海吉祥草海酒海云何六欲天所謂四天王天忉利天夜摩天兜率天樂變化天他化自在天云何色界十七天所謂梵衆天梵輔天大梵天少光天無量光天極光淨天少靜天徧靜天無量靜天無雲天福生天廣果天無煩天無熱天善見天善現天色究竟天

法集名數經

聖多羅菩薩一百八名陀羅尼經

宋三藏傳教法師法天奉　詔譯

歸命種種摩尼瓔珞殊妙莊嚴繒蓋最勝大世界多羅大菩薩爾時多羅大菩薩所有未曾見聞往昔大陀羅尼法願施宣說

唵引一怛賴二合引路引吉野二合二尾惹野三阿吩旦四惹野五阿你寅二合引吩哆六惹野七阿惹野八尾惹野九摩賀引惹野十尾惹野十一惹野惹野十二呬引呬引十三娑摩二合囉娑摩二合囉十四左囉左囉十五嚩囉禰引嚩囉禰引十六摩賀引迦嚕尼計引禰尾十七尾羅娑尾羅娑十八尾羅引娑十九嚩日囉二合二十謨引那迦哩二十一尾惹野禰引尾二十二呬引呬引二十三吉孕二合吉孕二合二十四尾覽麼細引一十五娑摩二合囉娑摩二合囉二十六摩賀引鉢囉二合諦詣引二十七阿你縛引哩哆二十八鉢囉二合娑哩引二十九摩賀引迦嚕尼計引三十哆覽詣你三十一吽吽三十二薩頗二合吒薩頗二合吒三十三阿尾引瑟吒二合野三十四三尾瑟吒二合野三十五度曩度曩三十六尾度曩尾度曩三十七劍波劍波三十八劍波引波野三十九蘇囉鼻四十巘馱引四十一地嚩引悉哆目契引四十二賀羅馱囉馱末羅四十三散誐哩惹二合曩鼻四十四摩尼引嚕引四十五尾捨那尾捨那四十六呬引呬引四十七婆誐嚩諦四十八散怛囉二合引娑野四十九尾覲喃二合五十引波哩波引羅野引五十一娑麼二合引劍五十二麼引你你麼引你你五十三那摩你那摩你五十四三冒引馱你五十五三冒馱野五十六三謨引賀野三謨引賀野五十七賀囉賀囉五十八呬哩呬哩五十九護嚕護嚕六十尾哆囉際引六十一尾囉惹憾六十二尾囉惹憾六十三怛嚕

(二合引)吒野(六十四)怛嚕(二合引)吒野(六十五)散怛嚕(二合引)吒野(六十六)散怛嚕(二合引)吒野(六十七)滿哩那(二合)滿哩那(二合六十八)那摩那摩(六十九)三末囉三末囉(七十)具(引)囉具(引)囉(七十一)尾誐尾誐(七十二)尾誐嚩諦(七十三)曩謨(引七十四)曩摩(七十五)娑嚩(二合引)賀(引七十六)

說此呪已爾時天人夜叉乾闥婆阿脩羅緊那羅摩睺羅迦羅刹部多頻曩野迦等聞大呪句掩面怕怖振大神力求哀救護歸命讚嘆多羅菩薩目淨脩廣心行眞實瞻視三界一切平等目放慈光如觀自在利益衆生如蓮華開爾時自在天王偏袒右肩右膝著地及一切天人阿脩羅持明衆等集會長跪亦皆如是於是自在天王即說呪曰

曩謨(引)曩麽怛娑眛(二合引)哆(引)囉(引)曳(引)禰鉢哆(二合引)挽哩左(二合)細(引)嚩訖叉野(三合引)末野(二合)努波摩禰嚩炎(二合)曩(引)麽(引)瑟吒(二合)設哆毋孕(二合)哆韐(切身)娑嚩(二合)悉諦(二合)迦(引)尾惹野(引)蘇室哩(二合)訖史(二合)鉢囉(二合引)鼻惹拏(二合)鉢囉(二合)際(引)濕嚩(二合)哩伊濕嚩(二合)哩室佐(二合)必哩(二合)野(引)鼻瑟摩(二合引)賛拏(引)摩賀(引)左羅(引)嚩諦波納摩(二合)你(引)怛囉(二合)波納摩(二合)目契波納摩(二合)曩(引)鼻蘇早(引)訖叉(二合)那(引)蘇路(引)左曩(引)尾舍(引)落(引)訖史(二合)你羅(引)你路(引)怛鉢(二合)羅鉢囉(二合)娑(引)怛囉(二合)哆舍羅拏野(二合引)蘇佉那(引)末羅那(引)嚕波那(引)怛他(引)曩(引)他曩(引)他迦哩撓(引)捺囉(二合)囉怛曩(二合)怛囉(二合)野尾(二合引)隸你怛(引)沒撓(二合)(引)瑟耻(二合)哆(引)末羅(二合)曩契囉訖堵(二合引)怛鉢(二合)羅路(引)左曩(引)難那難那末羅(引)鉢納

摩引二合鉢納摩引二合婆引鉢納摩引二合哆引
囉迦引怛賴引二合路引枳野合二那摩你扇引
多引鼻摩尾引議引摩賀引末羅引那摩你
那引摩你冉嚩舍引隸你你哩合二縛羅引波
囉引鉢囉合二拏哆引嚩日哩合二尾惹曳鉢囉
合二婆引濕嚩合二哩尾囉惹摩羅引冉引嚩冒
引地室賛引二合捺哩合二蘇囉嚩囉引哩唧合二
哆引阿護諦入聲鉢囉引二合護諦室冉引二合嚩
嚩引嚕尼左引嚕嚩哩左合二娑引嚩引嚕尼
喻地你隸拏補杲合二瑟波引二合曩引摩摩努
引賀哩怛哩合二尸佉引怛哩合二末隸室冉合二
引嚩怛哩合二你引怛囉引二合怛哩合二摩羅引
波賀引怛哩合二瑟拏合二波曩野曩引娑引地
尾合二怛他引娑引囉濕嚩合二諦摩哆引布瑟
致合二那引奔尼野合二那引冉引嚩播引波罕

諦尾捨引囉那馱曩那引建引諦那引爍引
摩野引二合蘇嚕播引蘇倶祖那哩麽引野引
麽引野引嚩諦難引哆引難引哆咯訖叉合二
囉際引摩賀引麽引隸你那摩你冉嚩那摩
曩引那摩曩引波賀引迦囉引隸建引諦摩
怛鉢囉合二惹拏合二馱嚩路引麽引那捨摩你
怛他引蘇佉引鉢囉合二惹波諦諦哩他引二合
沒囉合二憾摩合二嚩諦沒囉合二憾摩合二那引波
囉弭引舍嚩合二哩賛捺囉合二鉢囉合二婆引賛
捺囉合二目契賛捺囉合二建引怛野合二波哩賀
引尼蘇哩野合二禰鉢諦合二賀囉引囉摩野合二
引囉摩尼蘇目契尸嚩引訖史引二合摩引訖
史合二摩嚩諦諦哩他野引三合蔓誐羅野引二合
尾近曩合二曩引舍你馱你野引二合奔尼野合二
引尾冉引多引左哆鉢哆合二惹敢合二謨曩那

鉢囉二合婆引婆野罕尾阿婆野那引哆引囉
引哆引囉引地波曩引薩哩嚩二合薩怛嚩二合
引努波囉哆引布惹野二合挽禰野引二合鉢囉
二合娑引那你你羅計舍引蘇尾引舍左囉怛
曩引二合婆囉拏部沙拏引閉旦引末囉馱囉
引禰引尾商引哩虞引二合捺婆引二合悉堵引
入嚩二合羅引尾嚕引左曩引嚕引左曩引諦
羅矯孕二合諦迦引羅引閉嚩日囉二合馱引哩
尼曼拏羅引誐囉二合馱哩鼻摩引憾娑引憾
娑戍喞悉弭二合哆引計引喻囉軍拏馱囉引
賀引囉入嚩二合羅引迦羅閉你蘇禰佉羅引
左引嚕目契你寅二合曩曩引鼻馱囉引蘇契
摩尼鉢囉二合嫛引摩尼馱囉引摩尼部沙拏
部史哆引摩尼鉢囉二合普禰喻引二合哆嚩諦
摩呬曼拏羅曼拏曩引禰鉢諦入二合建引諦

馱哩嚩日哩二合曩囉曩引哩鉢囉二合冒引馱
你能瑟致哩二合難拏馱哩蘇摩野引二合没囉
二合憾摩二合尾引誐引三摩引呬哆引誐誐曩
三摩引誐誐曩左引哩尼嚩囉引波婆二合囉
賀囉鉢囉二合婆引迦引弭你那摩你薩哩嚩
二合迦引摩俱嚕引二合馱鉢囉二合麽哩嚩二合迦
租拏引馱哩惹引致撓引捺哩二合没囉二合憾
弭二合没囉二合憾摩二合舍嚩二合囉引野吩迦羅
尾孕二合迦婆引尼蘇部嚕二合惹路引計二合舍
嚩二合囉俱羅引誐囉二合惹難尼難拏嚩諦賛
尼嚩日哩二合囉怛曩二合鉢囉二合婆尾部沙拏
引軍拏羅引摩羅三嚩引馱引野引哆引野
引摩野引二合摩努引努誐引尾你野引二合馱
哩嚕波馱哩末羅迦哩末羅引末羅馱囉再
引嚩鉢囉二合惹拏二合設薩怛囉二合鉢囉二合賀

引哩尼迦羅引迦羅引嚩諦再引嚩鉢囉合二
惹波羅摩曩薩怛合二他引賀哩禰合二賀哩摩
野引三合蘇賀哩摩野引三合左賛波供那引摩
婆引蘇囉引賔誐羅引娑摩引舍哩合二野引
吟瑟奴合二迦囉引隷迦囉那引波你蘇婆誐
引鉢囉合二覽弭你再引嚩怛他左賀哩數合二
引怛迦合二吒引俱羅引努嚕波引諦末羅引
嚩訖囉合二俱嚕引二合馱鉢囉合二娑引那你尾
孕合二努嚩日囉合二目契地摩引地迦哩鉢囉
合二惹拏合二嚩哩馱合二你牟引隷尾嚕引左你
禰引尾薩哩嚩合二禰引嚩地迦引嚩囉引阿
曩伽引曩引囉引野尼波引波賀哩落訖史
弭合三覽惹嚩諦必哩合二野引蘇必哩合二野引
必哩合二野散嚩引娑引必哩合二野唧引瑟吒
引二合必哩合二野引嚩諦必哩合二野引必哩合二

諦迦哩再嚩薩哩嚩合二達哩摩合二三摩引室
囉合二野引沒馱你哩摩引二合拏你哩摩引二合
拏引摩引曩引波曩野喃迦哩羯哩摩合三訖
隷合二舍鉢囉合二末體你迦引摩賽引你野合二
鉢囉合一末體你那捨惹拏合二曩馱哩冐引馱
引那捨波引囉弭哆引室囉合二野引那捨部
弭嚩尸鉢囉引二合鉢哆引二合摩賀引那捨末
路引惹嚩合二羅引嚩日囉合二嚕尼嚩日囉合二
馱哩嚩日囉合二蘇努摩引二合蘇囉引摩賀引
迦引羅引嚩日囉合二蘇摩曩那引嚩日覽合二
俱勢蘇契婆致嚩日囉合二播引舍引蘇播引
舍引左嚩日囉合二賀娑哆引二合尾羅引悉你
摩努引惹拏合二摩喃散嚩引馱引波囉尾近
曩合二尾曩引捨你鉢囉合二賀羅引二合那你諦
沒囉合二目契訖哩合二拏引曩引吒迦捺哩舍

合二你賀引羅引賀羅鉢囉合二娑引達引哩弭合二達哩摩合二難哆引嚩路吉你曩讚引娑堵合二諦引摩賀引禰引尾禰鉢哆合二嚩日囉合二引摩賀引末羅引野引怛鍐合二彌引嚩嚩日囉引二合娑引哩尼娑引史哆引蜜哩合二哆嚩日哩合二尼娑嚩合二賀引

爾時自在天王讚説此一百八名已而復告言汝多羅菩薩善能宣説爾時多羅菩薩舒持光焰普照十方而自憶念過去佛言自在天王及諸天人至心諦聽一切如來具大十力恒作覆護有如是廣大威德菩提道行度脱汝等輪迴苦海生死大怖得到涅槃究竟彼岸令心發行信受明法爾時有佛號曰光焰種種莊嚴如來而復説言此大明力於彼水陸一切衆生作大救護於彼黑暗作大光明於諸罪障出生善根此大金剛陀羅尼聞過去佛作相應行知者心得清淨變成最上吉祥三昧一切過惡而自消除一切罪業而自不生若復有人聽聞受持專心讀誦如佛説言一切事業皆得成就一切煩惱皆得解脱一切衆生所願成滿如來智法世間無等人復讀誦此一百八名多羅菩薩救護引導得面正覺所求成就若國王大臣長者居士於前衆生悉皆歸伏能破世間一切迷妄煩惱爾時光焰佛言彼人入如來族是眞師子光明力等能覺天人具精進力獲彼如來最上端嚴名聞大士善解法相利益最勝又彼佛言離欲心喜煩惱不生善住適悦發廣大心長夜安隱多羅菩薩愛樂守護復得一切天龍鬼神怪未曾有歡喜愛樂頂禮合掌住

立讚嘆

聖多羅菩薩一百八名陀羅尼經

音釋

跟古痕切 腨乳兖切腓腸也 [月庸]丑容切均直也 膊伯各切肩膊也 睫即涉切目旁毛也 踝户瓦切足骨也 窊烏瓜切 凸徒結切高起也 褫尺氏切解也 皰皮教切 哧呼格切 吒陟嫁切 巘語偃切

十二緣生祥瑞經

宋西天三藏朝散大夫試鴻臚少卿傳法大師施護奉詔譯

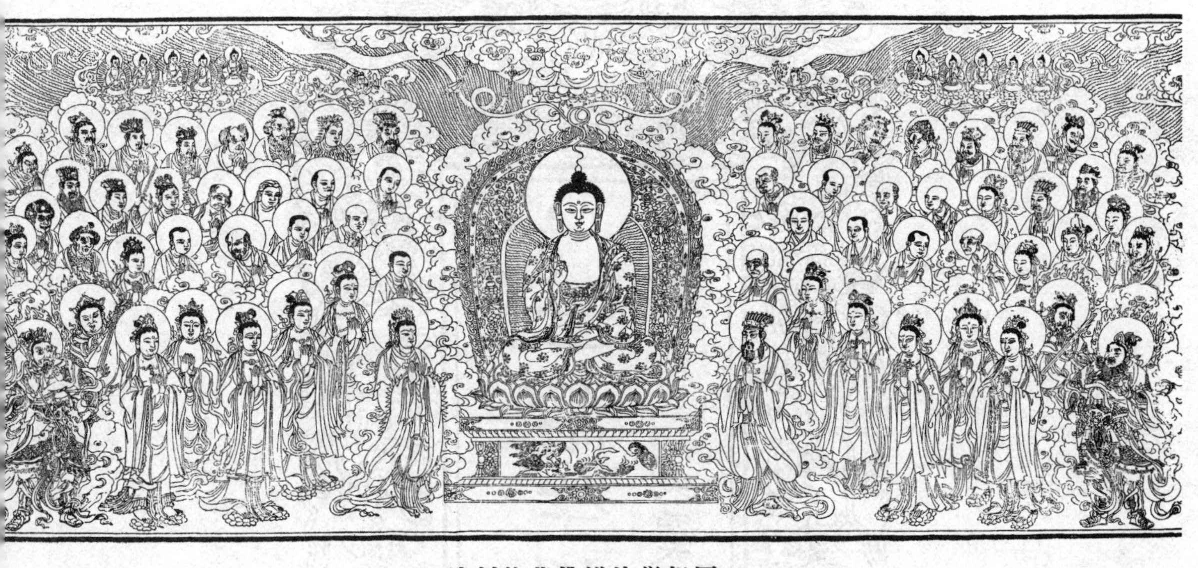

清刻龍藏佛說法變相圖

十二縁生祥瑞經卷上 上下同卷

宋西天三藏朝散大夫試鴻臚少卿傳法大師施護奉 詔譯

如是我聞一時世尊在大衆中結跏趺坐時諸大衆恭敬圍遶瞻仰如來即於佛前而說頌曰

頂禮佛德海　眞實正徧知　過去及未來
敷演縁生法　世間虚妄見　顛倒苦沉淪
煩惱業無邊　願佛爲宣說

爾時衆會無量百千若人若天而白佛言今此大衆及於未來樂聞深法惟願演說爾時世尊告諸大衆善哉善哉應當諦聽今爲汝說諸善男子若欲了達十二縁生吉祥瑞應謂從無明乃至老死輪轉次第於十二月各生祥瑞而乃有異始十月乃至九月又從一日乃至十五試於祥瑞快樂憂苦其事非一

諸善男子此十二支始從寶沙十麽洗月一日無明二日老死三日生支四日有支五日取支六日愛支七日受支八日觸支九日六入十日名色十一識支十二行支

又從麽佉十一麽洗月一日行支二日無明三日老死四日生支五日有支六日取支七日愛支八日受支九日觸支十日六入十一名色十二識支

又從叵囉虞二合那十二麽洗月一日識支二日行支三日無明四日老死五日生支六日有支七日取支八日愛支九日受支十日觸支十一六入十二名色

又從載怛囉二合正麽洗月一日名色二日識支三日行支四日無明五日老死六日生支七日有支八日取支九日愛支十日受支十一觸支十二六入

又從吠無毋切舍佉三麽洗月一日六入二日名色三日識支四日行支五日無明六日老死七日生支八日有支九日取支十日愛支十一受支十二觸支

又從吩作祭切瑟吒二合二麽洗月一日觸支二日六入三日名色四日識支五日行支六日無明七日老死八日生支九日有支十日取支十一愛支十二受支

又從阿引沙引姹四麽洗月一日受支二日觸支三日六入四日名色五日識支六日行支七日無明八日老死九日生支十日有支十一取支十二愛支

又從室囉二合引嚩那五麽洗月一日愛支一日受支三日觸支四日六入五日名色六日

識支七日行支八日無明九日老死十日生支十一有支十二取支

又從婆引捺囉二合婆捺六麽洗月一日取支二日愛支三日受支四日觸支五日六入六日名色七日識支八日行支九日無明十日老死十一生支十二有支

又從阿濕縛二合喻若七麽洗月一日有支二日取支三日愛支四日受支五日觸支六日六入七日名色八日識支九日行支十日無明十一老死十二生支

又從迦哩底二合迦八麽洗月一日生支二日有支三日取支四日愛支五日受支六日觸支七日六入八日名色九日識支十日行支十一無明十二老死

又從麽引陵誐二合戸哩沙二合九麽洗月一日老死二日生支三日有支四日取支五日愛支六日受支七日觸支八日六入九日名色十日識支十一行支十二無明

毎月十三亦如三日毎月十四四日同之十五五日准理亦然

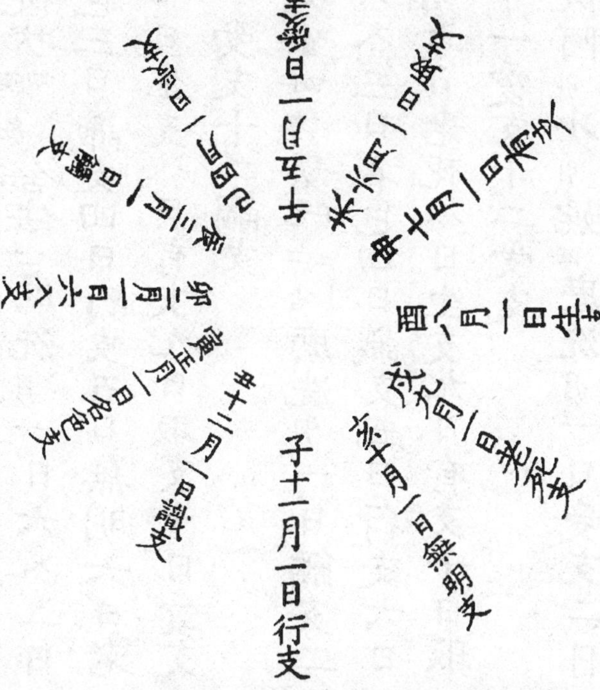

注云有支順轉積日逆流黒白月餘如經

廣說

爾時世尊告諸大衆若復有人於十二支審諦觀察憶念不忘了知憂喜若無明支此日生時於第九日及第九月九年有難若非命盡快樂有財眷屬不知無病多言壽八十一卒於行日

行日生子第八日月八年有難若非命終獲大富貴兄弟惟二命長少病德行知法朋友衆多工巧藝能壽八十八卒於識日

識日生子第五日月五年有難若非命終傻儸勇猛恒乏財寶見者歡喜壽六十四卒於名色

名色日生第六日月九年十年逢於難事若非命盡少病多冤有子短壽貧乏恐怖得後富貴愛樂惠施壽年八十卒於六入

六入日生於第五日三四月內八年十年逢於災難若非壽盡憎嫉多病貧乏勇鋭愛味慳貪壽六十四觸日而卒

觸日生子第二五日三九月內九年有難若非命終疾患恒時巧言知法賊姦我見有財妒色壽六十四卒於受日

受日生子二日十日於二八月八年有難若非命終恒大居尊富貴勝善二妻多財工巧藝能壽命六十卒於愛日

愛日生子於第十日第三五月九年有難若非命盡豪富第一子孫衆多少病多冤壽六十四卒於取日

生於取日第九日內二八。九月九年有難若非命盡輕慢難降朋友暴惡多積冤家爲非犯戒壽六十四有日乃卒

生於有日至第九日二月八月九年有難若非命盡貪他妻女寡睡豪族處長主軍壽命六十生支日卒

子育生支於第五日九月九年十年有難若非命盡富貴多病護國崇德壽年七十老死日卒

老死日生於第二日第九月內九年有難若非壽盡愚癡迷亂貪瞋盜賊聰慧性利眷屬和順寃家衆多壽六十四無明支卒已上比試祥瑞事訖

爾時世尊告諸大衆若復有人無明日病是夜叉難應善護持第五夜差行日得病於第三日七日有難第二夜差識日得病第五日難第七夜差名色日病於第三日五日有難即於彼夜死活不定六入日病於第三日四日有難第十夜差觸日得病第三日難第八日起恒患長命愛日得病第五日難第九日起十箇月患愛日得病於第八日十日有難第十九日死活不定取日得患當日有難第十日卒有日得患至第三日九日有難恒患不差生支日患五日有難第八日起至十二日有難得差老死支患至第三日七日有難彼起得差

爾時世尊告大衆言若復有人於出行時觀十二支應知善惡無明日行東去安樂平善速迴南行諍訟獲所求事西方行時聞不可意北方得聞順美愛聲行支日出東去平善得迴無滯南去憂惱安樂得迴西去路獲豐足飲食北去平善安樂得迴識日東行途路苦辛南方行時得迴本處西行諍訟所獲虛

耗北行獲利本處得迴名色東行吉祥富貴南方行時百事圓滿西方行時皆遂所求北方出行途路苦辛六入東行獲於財利南行吉祥遂意得迴西方行時所願具足一切成就北方行時所求皆得觸日東行財物散失南行安樂西方行時諍訟驚怖北方速迴增長財利受日東行憂惱驚怖過去得免南方行時驚怖諍訟西方行時人卒聞信北方行時獲利遂意聞信不悦愛支日行東方得財南行利寡本處速迴西方行時人卒獲信北方遂意自在快樂取日行時東行驚怖途路苦辛南行安樂西方行時微少怖畏北方行時所求皆獲速迴本處有支東行辛苦怖畏南方出行速達本處獲利遂意西方出行諸事增長本處速達北方得利本處速迴生支東行得財破壞南行稱意西方行時得達本處北方獲財老死東行速疾得迴南方行時得聞愛言西行怕怖北方行時安樂本處平善得迴出行已訖

時諸大衆復白佛言世有盜賊云何了知爾時世尊告大衆言若欲了知劫盜等事應當審諦十二有支諸善男子若無明日賊來北方財物散失舍東來入賊心毒害彼賊髮少住處不遠至九日內決定得財行支日盜相貌赤黃著衣故舊彼盜獲罪若來東方自雪其事若識支盜人出自舍黃赤髮少外説人聞財物却得名色支日賊二兄弟面形髮黑內一人醜白頭工巧至二十一財寶却得六入日盜出於自舍形色黃赤妬惡大目近水路來藏之舍近住處眷屬至第二日得失疑

惑財物不定觸支日盜出於自舍形長髮黑數來歡喜癡常似哭若有諍競財物却得受支日盜聚落中來内有一人家犬色黑至二十日賊決定獲愛支日盜彼人西來別聚落住形長見喜家犬足黑同人諍競談論彼人決定非虛取支日獲取支日盜從南方來内一人諍其事談説財決定得有支日盜從東而來辭辯僂儸姦詐多疑自眷屬説生支日盜三人同行二人外來一人自親速疾求之財寶却得老死支盜從北方來形首皆脩齒缺首白至二十五日財物却獲説賊盜竟

爾時衆會俱白佛言支分瞤動其事云何佛告大衆若復有人欲知此事應當審諦十二緣生了知未來所有憂喜決定非虛

復有男女於無明支左目瞤時父母驚怖行支左瞤有喜遂心識支左瞤於所求事和合稱意若名色支左目瞤動獲於財物六入支日左目瞤時父母不悅觸支日瞤必有諍論受支日瞤於所求事和合遂意於愛支日左目瞤時有骨肉來若取支日左目瞤時所求皆獲有支日瞤諍論事起若生支日左目瞤動得遠音信於老死支左目瞤時一切所求和合如意

若復有人觀察十二皆悉了知於無明支右目瞤動父母驚怖於行支日右目瞤時於一切事皆獲遂意於識支日右目瞤時有諍論事於名色支右目瞤時而獲新衣六入支日右目瞤時財物破散於觸支日右目瞤時獲於財物受支日瞤有悲泣事愛支日瞤財物少散於取支日右目瞤時多獲珍寶若有支

日右目瞤時諍論失財求之却得若生支日右目瞤時或望人來若求財物希必來至於老死支右目瞤時有喜慶事和合成就目瞬巳竟

十二緣生祥瑞經卷上

十二緣生祥瑞經卷下

宋西天三藏朝散大夫試鴻臚少卿傳法大師施護奉 詔譯

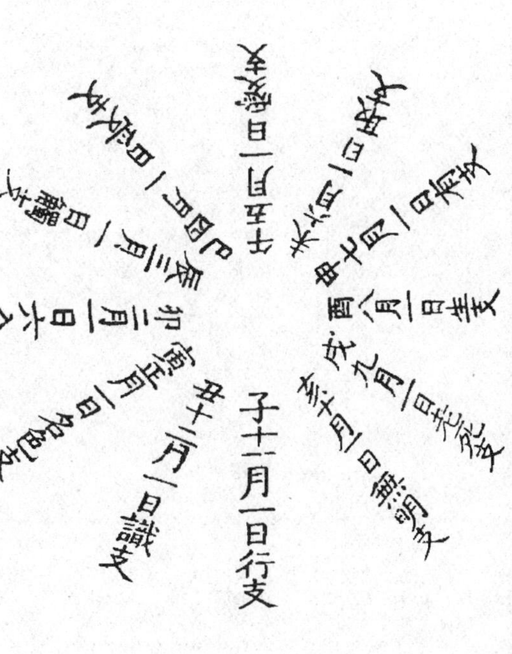

法云有支順轉積日逆流黑白月餘如經

廣說

爾時衆會無量人天白世尊言烏鳥鳴吟時來不定如何了知願佛演說爾時世尊告諸大衆若復有人於十二支審諦觀察了知憂喜若無明支日烏鳴於右妻女見喜烏鳴在左行人必來於行支日右鳴安吉左鳴獲財於識支日右鳴所望必得遂意左鳴所望皆不成就於名色支右鳴得財左鳴囹圄於六入支右鳴驚怖左鳴諍訟於觸支日右鳴驚怖左鳴家人至於受支日右鳴稱意左鳴獲信散失財物於愛支日右鳴安樂左獲喜信於取支日右鳴苦辛左獲安吉於有支日右鳴人問左鳴安吉於生支日右鳴所求和合遂意左鳴得信財物破散於老死支右鳴無患左鳴破壞財物少許

爾時世尊告衆會言若復有人於無明支烏鳴北方必獲來信於行支日烏鳴北方有喜事獲於識支日鳴北安吉諧和遂意於名色支北方鳴時聞悅意事於六入支烏鳴北方

獲路遠事財寶去遙必非和合於觸支日烏鳴北方有諍訟起受支日鳴北方安吉愛支北鳴遠離繫縛取支北鳴卒事獲信有支北鳴衣物必獲生支北鳴人來問事老死比鳴一切安吉

時諸大衆白世尊言心齶上朐云何了知爾時世尊告大衆曰若復有人於十二支憶念不忘悉皆了達若無明支齶上朐動大聖者至行支日朐家長安和識支齶朐聖者必來名色支朐多獲財物六入支朐心起煩惱觸支齶朐適意慶快受支日朐有驚怖事愛支日朐增長家財取支日朐中一人夭有支日朐聖者來至生支日朐盜賊必至老死支朐家內和合

若復有人觀十二支了知憂喜於無明支心上朐動諍訟煩惱行支日朐獲於財物識支心朐有驚怖事名色心朐父母歡喜六入支朐於所求事和合現前觸支心朐父母驚怖受支心朐南行禳之乃可宜吉愛支心朐獲大憂惱取支心朐有惡人至有支心朐有憂悲事生支心朐必大怖畏老死支日心上朐動老者必卒

爾時大衆復白佛言此十二支有此祥瑞於日用事未能了知復云何行惟願宣說爾時世尊告大衆言若復有人於無明支及行支日聚會筵設修飾田宅問事見貴洗頭等吉澡浴作衣宜勿用之於行支日求事聽法習學弧矢收伏寃賊澡浴親貴皆宜善用洗頭有患作衣退敗愼勿用之於識支日王受灌頂伏寃收軍修營聚落州府舍宅成就皆吉

洗髮咽項造衣宜用澡浴驚怖切宜愼之若名色支諸所作事及常住事剃除髮爪財物收藏皆善宜用洗頭色變澡浴驚怖若作衣時獲喜速破六入支日王受灌頂修治聚落圓滿成就他人勿拜遷動新宅財物遠離收護獲罪若澡浴時父毋驚怖若洗頭時名稱無怖於觸支日作善不成惡事害人罪犯速成於取支日一切所爲父毋驚怖澡浴作衣愛人非久必有血光作衣未浴宜勿著之於受支日所求事喜交易布施修治精舍吉慶宜用洗頭驚怖獲不遂意若作衣時所希非難宜對友人著之前吉於愛支日資具珍寶宜收護吉輕微急速行用大憂洗頭髮敗作衣滿足於取支日小兒剃髮所爲輕事皆宜用之師度弟子剃除髭髮服藥和合送客嫁娶吉慶富貴澡浴獲財作衣逢喜於有支日結識交友及一切事諍訟遠離洗頭勿用作衣澡浴皆宜吉慶於生支日修飾舍宅及鞍馬庫藏見貴臣主皆吉宜用澡浴遠行亦宜用之及洗頭喜作衣非久宜當日著老死支日所起惡事富者財散作於利益及論義事遠離諸非洗頭速獲飲食多美澡浴心惱作衣長久

於是衆會白世尊言足晌地動烏吟犬吠油火鼠傷善惡未了願爲演說爾時世尊告大衆言若復有人於十二支憶念審察當知善惡所以者何於無明支日足晌有喜於行支日足晌主事不吉勿用識支名色此日諍論六入支日足晌人卒觸受愛支此三足晌諍論事起於取支日足晌人卒於有支日足晌

獲衣生支足晌賊難病怖老死支日若足晌時獲悲惱事
復次觀察十二有支於無明支日足晌動時有刧盜至家犬吠時人來問遠衣燒無事若鼠嚙衣危難來至若有烏鳴家人來問衣油汙時人卒獲信若地動時王恩普降於行支日足晌動時宜出行吉若犬吠時有少王事若有烏鳴善信必至及見血光衣燒獲喜鼠嚙衣時獲大富貴衣油汙時財物多獲若地動時饑饉刧殺外國來侵於識支日足晌動時有非人至有犬吠時有賊盜至及獲財物有烏鳴吟諍訟事起若衣燒時而有所得若鼠咬衣財失却得油汙衣時父毋驚怖有地動時二王吞併名色支日足晌獲財不求自至犬吠人卒若烏鳴吟有愛人至衣鼠傷時

財失却來衣燒有喜衣若油汙大人思念有地動時有寃賊起除剪國靜六入支日若足晌時友人遠至家長安吉犬吠諍訟烏鳴人來作和合事鼠傷衣服有人水没而卒若衣燒損諍訟獲財衣若油汙有驚怖事有地動時老者卒矣於觸支日若足晌時喜事得聞家犬吠時盜賊來至烏鳴驚怖衣鼠損時獲於財物衣火傷時表於人卒衣油汙時獲眷屬喜地動諍論於受支日足晌動時出行宜吉家犬吠時有聖者至衣鼠傷時必得見主衣火傷時有少事起油汙衣時得不可意有地動時遠信必至於愛支日足晌獲財犬非時吠必有瞋訟若烏鳴吟鬧於子信鼠傷衣時必有人卒火傷衣時得於財物衣油汙時有吉慶事有地動時寃賊必起及有使命從

東而來於取支日足眴獲罪人卒有信犬非時吠有諍訟事烏鳴吟時有眷屬卒衣鼠傷時有饑饉至衣火損時必有所獲衣油汙時散失財物有地動時即外處來侵於有支日足眴動時賊來鬪信犬吠非時土地不寧若烏鳴吟必獲於財衣鼠傷時家賊必至衣火損時獲美飲食衣油有喜地動豐熟於生支日足眴動時遠乘速至犬非時吠有喜悅事烏鳴吟時無事安和鼠傷衣服廣得財物火損衣時什物增長衣油汙時有喜必來若地動時有軍兵至老死支日足眴動時諍論事虛犬吠非時友人遠至烏鳴吟時有諍訟事衣鼠損時財物散失火傷衣時有囹圄難衣油點染諍論事至有地動時難處東方

爾時世尊復告大衆若復有人於此緣生十二有支思念不忘必能了達憂喜等事若無明支日宜護財物於行支日收捨財物於識支日宜學藝能名色支日爲眷屬吉六入支日結識事吉若觸支日宜破冤事於受支日宜嫁娶事於愛支日奉王命事行禁非法於取支日宜知上事（元缺有生二字）老死支日起非法業正行勿用

時諸大衆白世尊言此十二支於卜問時云何行之爾時世尊告衆會言若復有人於無明支日欲求卜問獲於財物鞍馬皆吉眷屬聚會不求勿用於行支日宜卜問事出行食飲思子念友說法皆吉於識支日若卜問時事勿動喜結識知友不起煩惱事說成就災難息除名色支日若卜問時有怖煩惱事散徧普骨肉離別六入支日行卜問時獲財禮

事及妻室悦女男分貴於觸支日卜問有諍賊怖憂惱非理患難眷屬不和於受支日求卜問事多獲財寶飲食衣物妻室悦意莊嚴具足於愛支日求卜問事心思構盡虛妄所求皆非成就於取支日求卜問事見者歡喜稱讚護持座兼所乘財獲多喜於有支日求卜問事獲怖王法破壞憂惱骨肉離散於生支日求卜問事獲大財物一切諧和圓滿成就朋友歡喜珍重稱讚於老死支求卜問事虛妄善惡破壞星散無有精華事虛大憂貪瞋數起爾時世尊說是法已告諸大衆若復有人審諦觀察十二緣生了達善惡憂喜得失應畫轉輪圖寫分明謂從無明乃至老死月日分位次第羅列鼠牛虎兔龍蛇馬羊猴雞犬豕十二相狀本形輪轉次第爲人解說

時諸大衆聞佛所說踊躍歡喜信受奉行

十二緣生祥瑞經卷下

音釋

僂隴主切傴僂也 儸利遮切健儸而無德也 銳俞芮切利也 眴舒閏切目動也 囹圄囹盧經切圄偶許切囹圄獄名 齶五各切根肉也 齒 纕如羊切 弧音胡弓也 嚙倪結切噬也

五經同卷

清刻龍藏佛說法變相圖

五經同卷
讃揚聖德多羅菩薩一百八名經
聖觀自在菩薩一百八名經
佛說目連所問經
外道問聖大乘法無我義經
毗俱胝菩薩一百八名經

讃揚聖德多羅菩薩一百八名經

宋西天中印度惹爛馱囉國三藏明教大師天息災奉　詔譯

一心歸命禮　適悅最吉祥　補多羅迦山
其界以種種　珍寶所嚴飾　種種寶林樹
枝蔓密垂布　有種種成就　俱蘇摩妙華

其華光普照　有種種池沼　泉流種種聲
亦有種種色　香象及鹿王　蜂王妙歌音
緊那女美曲　犍闥婆奏樂　聖天及人民
牟尼離欲衆　恒集於其中　并餘菩薩衆
及十地自在　聖多羅菩薩　與千明妃等
忿怒大明王　馬首等圍繞　于時聖具德
觀自在菩薩　爲利諸有情　皆大行已具
慈悲喜捨者　處彼胎藏生　吉祥蓮華座
安詳而端坐　與人天大衆　而爲說妙法
爾時金剛手　大力忿怒王　爲悲愍他故
而問觀自在　師子象虎蛇　水火賊枷鎖
如是等八難　懈怠劣有情　云何得免離
長處輪迴海　貪欲瞋癡等　輪迴縛所纏
若令得解脱　我說彼能仁　爲世所尊重
彼時觀自在　出美妙言音　警覺金剛手
祕密主諦聽　我從無量壽　誓願之所生
爲諸世間毋　手執優鉢華　放光照此界
人間及天上　驚動是世界　藥叉羅刹等
告言勿驚怖　我從佛變化　爲護於世間
種種嶮難怖　刀兵及饑饉　輪迴種種怖
我救有情故　世稱爲哆囉　說爲佛之子
善哉應尊敬　言已便合掌　即踊空中住
身光焰熾盛　乃宣此語言　此一百八名
是先佛所說　十地自在等　無量諸菩薩
聞之生歡喜　若有人受持　諸罪悉消除
福增名稱廣　資財多吉祥　諸病皆殄散
安詳住福田　長壽乃安樂　興慈度有情
彼名大牟尼　具德如是說　觀自在微笑
乃觀於十方　變化運慈心　即伸其右手
福相莊嚴臂　告彼大智言　善哉金剛手

今聽大福德　是妙寂靜名　正直爲人說
若聞得安樂　豐財兼自在　諸病得解脫
具足諸功德　息除於中天　後終生極樂
諸天等當知　諦聽我今說　汝等深隨喜
一百八名曰
唵(引)室哩(上聲二合)迦理也(二合引)捉(上聲)麽賀(引)帝
惹(一)路(去聲引)迦馱(上聲引)怛哩(上聲一合)摩賀(上聲引)
野捨(上聲引二)薩囉娑嚩(二合)底(上聲三)尾娑(上聲引)洛
乞史(上聲二合四)鉢囉(二合)枳穰(二合五)室哩(上聲二合六)
沒地(七)嚩(無鉢切轉舌)哩達(二合)寧(上聲八)地哩(二合)底
那(上聲引九)補瑟致(二合)那(上聲引十)娑嚩(二合引)賀(引十一)
唵(上聲引)迦(上聲引)囉(上聲十二)迦(上聲引)麽嚕弭(上聲)
捉(上聲十三)薩(轉舌)嚩薩怛嚩(二合)呬始(上聲引)你喻(二合)
訖哆(二合引十四)儈(去聲)蘖囉(二合引)謨(去聲引)多(引)囉
捉(十五)惹(引)野(引十六)鉢囉(二合)枳穰(二合)播(引)囉蜜

哆(上聲引)禰尾曳(二合十七)阿(上聲引)哩野(二合)哆(引)囉
(引十八)麽努(上聲引)囉麽(引十九)嫩努鼻(上聲二十)商(去聲)
企你(二十一)布(轉舌上聲)囉拏(二合引二十二)尾你也(二合引)
囉倪以(二合二十三)跛哩(二合)琰嚩(引)那(引二十四)囋摖
囉(二合引)曩曩(上聲引二十五)麽賀(引)矯(魚夭切)哩(上聲二十)
(六)阿爾(仁際切)哆(上聲二十七)比(去聲)哆嚩(引)薩娑(引二)
(十八)麽賀(引)麽(引)野(引二十九)麽賀(引)濕吠(二合引)哆
(上聲三十)麽賀(引)末攞跛囉(引)訖囉(二合)麽(引三十一)麽
賀(引)嚕(上聲引)摖囉(二合三十二)麽賀(引)贊拏(上聲三十)
(三)訥瑟吒(二合)薩怛嚩(二合)你(泥逸切)素那你(三十四)
鉢囉(二合)散(引)哆(上聲引三十五)散(引)哆嚕(引)播(引)左
(三十六)尾惹(引)野(引三十七)入嚩(二合引)攞曩鉢囉(二合)
婆(上聲引三十八)尾你喻(二合)囉麽(二合引)理(三十九)持嚩
(二合)[口*尔](上聲四十)商(去聲)企(上聲四十一)伽匿藝(上聲二合四十二)
作訖理(二合四十三)達弩囉達(二合)囉(引四十四)染(引)婆

你(四十五)薩擔(二合)婆你(四十六)迦(上聲引)理(上聲四十七)迦(引)攞囉(引)怛哩(二合四十八)你(泥逸切)捨(引)抄哩(四十九)囉(引)乞灑(二合)臬(上聲五十)誐(去聲引)賀你(五十一)散(引)底(五十二)建(引)哆(引)哩(上聲五十三)捺囉(二合)尾䞋(五十四)戌婆(引五十五)沒囉(二合引)憾麼(二合)抳(上聲五十六)吠那麼(引)哆(引)左(五十七)嚧(上聲)呬(四)攞(引五十八)嚧(上聲)賀嚩(引)悉你(上聲五十九)蟒蘖𤥭(切身引六十)商(去聲)迦哩(上聲引六十一)爍(上聲引)弭也(二合引六十二)惹(引)哆吠那(引六十三)麼努(上聲引)惹(引)嚩(引六十四)迦(上聲引)播(上聲引)理你(六十五)麼賀(引)禰尾(上聲六十六)散地野(二合引六十七)薩怛野(二合六十八)跛囉(引)吤哆(上聲引六十九)婆(上聲引)囉他(二合)嚩(引)賀訖哩(二合)播(上聲)尾瑟吒(二合引七十)曩瑟吒(二合)麼(引)囉誐(二合)鉢囉(二合)那哩捨(二合)你(上聲七十一)嚩囉那(引七十二)捨(引)薩你(七十三)捨(引)悉怛哩(上聲七十四三合)悉怛哩(上聲三合)嚕(引)播(上聲)

(七十五)蜜哩(二合)哆尾訖囉(二合)麼(引七十六)奢嚩哩(上聲七十七)喻(上聲引)藝你(七十八)悉馱(引七十九)贊拏(上聲引)理(上聲八十)阿弭哆(上聲引)度嚕(二合)嚩(引八十一)歎抳也(二合八十二)奔(上聲)抳也(二合八十三)麼賀(引)婆(去聲引)誐(引八十四)素婆誐(引八十五)畢哩(二合)野捺哩捨(二合)曩(引八十六)訖哩(二合)怛(上聲引)哆(引八十七)怛囉(二合引)薩你(八十八)擗(上聲)麼(引八十九)塢蘖囉(二合引)塢蘖囉(二合九十)麼賀(引)哆播(上聲九十一)惹(引)誐禰迦(九十二)呬姡(引)禰喻(二合)訖哆(二合九十三)薩囉抳也(二合引)婆訖底(二合)嚩怛娑(二合)囉(引九十四)嚩(引)藝濕嚩(二合)哩(上聲引九十五)失嚩(引九十六)素(上聲)乞瑟麼(二合九十七)你(泥逸切)底也(二合)薩(轉舌)嚩怛囉(二合)惹努惹(引九十八)薩(轉舌)嚩(引)囉他(二合)娑(引)達寧(上聲九十九)跋捺囉(二合引一百)嚧(上聲)悉怛哩(三合上聲一百一)馱(上聲引)怛哩(二合上聲一百二)達難那娜(上聲引一百三)阿婆野(引一百四)矯(魚夭切)哆弭

(上聲一百五)奔(平聲)抳也(二合引一百六)室哩(二合)鈴(去聲引一百七)
路(去聲引)計濕嚩(二合)囉(引)歷祖(去聲引)底(一百八)
以說此百八　寂靜祕密名　能利諸有情
希有祕福田　天上及人間　亦甚難逢遇
令一切有情　瞻視得安樂　智者應一心
澡浴淨其身　三時專念誦　時彼人不久
得王所愛敬　離苦得安樂　貧者獲財寶
愚得大智慧　聰睿不復疑　枷鎖得解脫
不勝還得勝　寃反爲善友　鋒牙及利角
鬬諍并嶮難　種種怖畏等　憶念此名者
能救是諸怖　止息中夭命　名稱得廣布
恒生善貴族　彼惟獨一身　或因行坐卧
當獲人稱譽　壽命得時長　人間受快樂
天龍及藥叉　羅刹揵闥嚩　臭神食穢神
惡心摩怛魯　女魃拏枳努　塢娑怛羅等
癲癇及膊行　吠怛拏大鬼　拏枳你等神
及餘惡心者　不敢越其影　何況鬬戰處
暴惡之有情　禁呪及幻術　悉不能侵害
自在有威德　子孫及財産　增長無有量
獲宿命智通　上族見皆喜　無礙大辯才
了達諸論義　得遇善知識　莊嚴菩提心
於生生世世　恒親近諸佛

讃揚聖德多羅菩薩一百八名經

聖觀自在菩薩一百八名經

宋西天中印度惹爛馱囉國三藏明教大師天息災奉詔譯

如是我聞一時佛在補怛落迦山聖觀自在菩薩宮其山峯峙衆寶所成無垢清淨閻浮檀金摩尼寶王種種珍寶妙色光明常普照曜復有如意天劫波樹恒時流出阿僧祇數蘇羅鼻香栴檀沈水俱蘇摩華柔輭適意妙色芬芳處處嚴飾復有無量百千萬億那由他數天龍夜叉乾闥婆阿脩羅迦樓羅緊那羅摩睺羅伽人非人等往詣佛所頭面作禮供養恭敬尊重讚歎一心合掌寂然聽法爾時世尊告梵王言如來說法初中後善其義深遠其語巧妙純一無雜圓滿清淨梵行之相隨宜說法利益衆生是聖觀自在菩薩一百八名若有聞者百千萬億無數劫中不墮惡趣彼人若有五無間業盡得消除世世生生得宿命智聖觀自在菩薩一百八名祕密明曰

怛你野二合他引呬婆嚩曩半音訖哩二合哆訖哩二合怛野二合一訖哩二合哆迦囉抳野二賀哩二合哆婆引囉三阿努鉢囉二合鉢哆二合娑嚩二合迦引囉他二合四波哩訖叉二合拏婆嚩三喻惹曩五娑弭野二合誐引惹拏二合曩六蘇尾目訖哆二合唧哆七蘇尾目訖哆二合鉢囉二合惹拏二合八阿惹你引喻摩賀引曩引誐九薩哩嚩二合唧引覲引嚩勢波囉摩波引囉弭哆鉢囉二合鉢哆二合十波哩布囉拏二合惹拏二合曩三婆引囉十一塢諦囉拏二合婆嚩建引哆引囉十二波囉呬哆野怛曩二合十三迦嚕拏引滿馱賀哩二合那野十四鉢囉二合惹波囉摩嚩怛娑二合羅十五蘇佉鉢

囉(二合)那(十六)娑你(二合引)賀鉢囉(二合)悉哩(二合)哆(十七)
阿難哆薩怛夢(二合引)哆(引)囉拏怛俱(二合)舍羅
(十八)蘇誐哆(引)惹敢(二合)摩(十九)怛哩(二合)部嚩乃迦
滿(引)馱嚩(二十)尾誐哆囉(引)誐(二十一)尾誐哆禰
吠(二合引)灑(二十二)尾誐哆謨(去聲引)賀(二十三)怛哩
(二合)摩羅鉢囉(二合)呬拏(二十四)怛嚹(二合引)尾你野
(二合)波(引)囉誐(二十五)沙吒鼻惹拏(二合)鉢囉(二合引)
鉢哆(二合二十六)你野(二合)虞嚕(二合引)馱波哩曼拏
羅(二十七)馱怛陵(二合)扇摩賀(引)布嚕沙洛訖叉
(二合)拏馱囉(二十八)阿世怛野(二合)努尾焰(二合)惹曩
(引)楞訖哩(二合)哆誐(引)怛囉(二合二十九)蘇嚩囉拏
(二合)蘇訖叉摩(三合)蹉尾(三十)鉢蘭(二合引)輸囉嚩那
(引)怛沒哩諦(二合三十一)曩嚩曩(引)誐計(引)娑囉
(引)嚕拏惹吒馱囉(三十二)惹吒迦囉(引)布(引)波
虞嗏沒哩地你(三合)阿彌哆(引)婆(三十三)惹敢(二合)

母曩那(引)建(引)左曩嚩婆(引)娑(三十四)鉢囉(二合)
目訖哆(二合)囉濕弭(二合三十五)入嚩(二合)疑哆尾野
(二合引)摩鉢囉(二合)婆(三十六)建左曩(引)捺哩(二合)鉢
囉(二合)體哆野舍娑(三十七)尾布羅諦(引)惹(三十八)
塢那喻(引)禰諦(二合)囉拏(二合)禰曩迦嚕(引)瑟抳
(二合)沙(三十九)鉢囉(二合)入嚩(二合引)粽哆摩抳(四十)野
詣(引)波尾哆(引)哩馱(二合)迦(引)野(四十一)部弭鉢
囉(二合)尾左野(四十二)捺舍波(引)囉弭哆(引)左囉
拏(四十三)阿欠抳哆尸羅(四十四)阿砌掩囉(二合)尸
羅(四十五)僧賀尾訖蘭(二合)覩(引)囉瑟迦(二合四十
六)俱(引)摩羅羅隸哆誐(引)怛囉(二合四十七)沒哩
(二合)鼻孕(二合引)捺囉(二合)訖叉(二合)抳誐諦(四十八)諾
訖剎(二合)拏(引)挽哩哆(二合)曩(引)鼻(引四十九)阿哩馱
(引)賛捺囉(二合引)楞訖哩(二合)哆諦羅迦(五十)尾悉
諦(二合)囉拏(二合)羅羅(引)乇(五十一)鉢囉(二合)楞嚩嚩

護五十二你囉鑒二合哆囉部嚕二合塢覩誐曩引舍五十三迦羅娑引訖哩二合諦誐哩二合嚩五十四禰哩伽二合引虞隸波哩嚩引抳五十五麽哩二合努哆引摩囉二合曩佉五十六惹羅引嚩曩馱賀娑哆二合五十七作訖囉二合楞訖哩二合哆波引抳五十八哆羅娑囉怛迦二合摩羅你娑舍羅二合訖叉吠三合引波唧哆誐引怛囉二合五十九沒囉二合憾摩二合儼鼻囉濕嚩二合囉賀哩二合那焰誐摩六十必哩二合麽抳喻捺哩舍二合你野六十一囉麽抳野六十二迦摩羅引婆六十三迦摩路引訥婆二合縛六十四迦摩羅三婆嚩六十五迦摩羅薩曩六十六迦摩羅賀娑哆六十七迦曼拏路尾野二合誐囉二合賀娑哆二合六十八訖哩二合瑟拏二合引吤曩馱囉六十九難拏馱囉七十阿訖叉二合馱囉七十一布哆鉢尾怛囉二合七十二布哩嚩二合鼻婆引

史七十三阿蜜哩三合哆嚩哩沙二合七十四唧哆引麽抳迦羅波二合七十五蘇涅哩舍二合曩沒哩二合訖叉二合七十六薩哩嚩二合薩怛嚩二合沒哩二合諦迦囉七十七必哩二合諦迦囉七十八薩哩嚩二合薩怛冐二合引波吤尾野二合七十九沒馱你哩摩二合引拏八十蘇誐哆尾沙馱囉八十一伊罽迦嚕引摩俱波八十二薩怛嚩二合娑引囉八十三訖哩二合哆奔抳野二合八十四訖哩二合哆俱舍羅八十五訖哩二合哆你室左二合野八十六塢哆鉢哆二合尾哩野二合八十七僧娑引囉引諦訖蘭二合哆八十八薩達哩麽二合窈嚩囉引惹野二合鼻瑟訖哆二合八十九哆引囉引努誐哆左囉拏九十部哩二合俱致訖哩二合哆惹拏二合九十一惹野挽覩引曩野滿哆九十二娑沒哩二合諦滿哆九十三摩賀引尾迦囉二合摩滿哆九十四虞拏挽覩引昧怛哩二合滿

哆九十五扇引哆滿哆九十六尸羅滿哆九十七娑誐野一合滿哆九十八阿哩他二合滿哆九十九阿哩他引二合喃引尾孕二合哆引囉一百商娑野引喃引親去聲哆引囉一百一達哩麽二合赦引鉢囉二合嚩訖哆引二合囉一百二路引迦喃引設娑哆二合引囉一百三波哩布囉拏二合曼拏羅目佉一百四薩哩嚩二合囉怛曩二合佉唧哆一百五你檐摩然囉二合禰引舍一百六蘇嚩囉拏二合嚩囉喻波弭嚩娑他引二合曳一百七蘇哩野二合娑賀娑囉二合引諦哩迦嚕唧囉舍哩囉一百八沒囉二合憾摩二合捺囉引二合禰曩麽娑訖哩三合哆入聲

爾時佛告梵王及帝釋言若有受持讀誦此聖觀自在菩薩一百八名祕密明者當知是人世世生生恒得覩見聖觀自在若恒受持得大富貴獲得聰明獲得勇猛獲得端嚴獲得妙聲獲得辯才獲得恒知一切法義入曼拏羅凡有所祈一切眞言悉地成就早晨課念永無病苦疥癩氣疾臨命終時往生西方極樂世界爾時世尊告梵王言若人受持六十二億恒河沙數諸佛名號復能盡形四事供養是人所獲果報多不梵王白言甚多世尊甚多善逝佛言若人受持聖觀自在菩薩一百八名乃至須臾禮拜供養二人果報正等無異梵王當知受持讀誦聖觀自在菩薩一百八名獲得如是無量無邊福報之利何況盡形受持讀誦所獲功德世世生生不可窮盡爾時世尊說是語已大梵天王及天帝釋天龍八部一切大衆聞佛所說信受奉行

聖觀自在菩薩一百八名經

佛說目連所問經

宋西天三藏朝散大夫試鴻臚少卿傳教大師法天奉　詔譯

如是我聞一時佛在王舍城竹林精舍爾時尊者大目揵連於夜後分從自住處往詣佛所到已投地頂禮佛足於一面坐彼時尊者大目揵連即從座起白佛言世尊若有苾芻苾芻尼迷醉犯戒無慚無愧輕慢律儀行非法行世尊彼等云何而得其福世尊告言尊者大目揵連若有苾芻苾芻尼迷醉犯戒無慚無愧輕慢律儀行非法行彼人命終生地獄中壽等四大王天五百年計人間歲數九百萬歲尊者大目揵連復白佛言世尊若有苾芻苾芻尼迷醉犯戒無慚無愧輕慢律儀不依說法彼等云何而得其福世尊告言尊者大目揵連若有苾芻苾芻尼迷醉犯戒無慚無愧輕慢律儀若不依說法彼人命終生地獄中壽等忉利天一千歲計人間算數三俱胝六萬歲尊者大目揵連白佛言世尊若有苾芻苾芻尼迷醉犯戒無慚無愧輕慢律儀行波逸提法彼等云何而得其福世尊告言尊者大目揵連若有苾芻苾芻尼迷醉犯戒無慚無愧輕慢律儀行波逸提法彼人命終生地獄中壽等夜摩天二千歲計人間算數一十四俱胝四百萬歲尊者大目揵連白佛言世尊若有苾芻苾芻尼迷醉犯戒無慚無愧輕慢律儀犯吐羅鉢底法彼等云何得多福利世尊告言尊者大目揵連若有苾芻苾芻尼迷醉犯戒無慚無愧輕慢律儀犯吐羅鉢底法彼人命終生地獄中壽等兜率陀天四千歲計人間算數五十七俱胝六萬歲

尊者大目揵連白佛言世尊若有苾芻苾芻尼迷醉犯戒無慚無愧輕慢律儀犯僧伽婆尸沙法彼等云何得多福利世尊告言尊者大目揵連若有苾芻苾芻尼迷醉犯戒無慚無愧輕慢律儀犯僧伽婆尸沙法彼人命終生地獄中壽等化樂天八千歲計人間算數二百三十俱胝四百萬歲尊者大目揵連白佛言世尊若有苾芻苾芻尼迷醉犯戒無慚無愧輕慢律儀犯波羅夷法彼等云何得多福利世尊告言尊者大目揵連若有苾芻苾芻尼迷醉犯戒無慚無愧輕慢律儀犯波羅夷法彼人命終生地獄中壽等他化自在天一萬六千歲計人間算數九百一十五俱胝六百萬歲尊者大目揵連聞佛說已心大歡喜作禮而去

佛說目連所問經

外道問聖大乘法無我義經

宋西天三藏朝散大夫試鴻臚少卿傳教大師法天奉　詔譯

如是我聞一時佛在大衆中爾時外道有疑欲決迷大乘行來至佛所稽首恭重合十指掌問無我義大丈夫是一切智常說此身無我若身無我本性亦無云何說有哀啼戲笑憎愛兩舌等事當何所生是我所疑願賜除斷如來所言身與本性有無云何佛言外道諦聽諦受當爲汝說佛言身與本性體本空故說或有或無斯成二法言是有者斯更虛妄佛言當觀全身髮甲皮毛兩手雙足至於脂筋脾腸骨髓等事周徧内外不見本性外道言大丈夫若彼不見本性以我肉眼云何能見或以天眼而能見乎佛言天眼見彼無色無相無住此見非見外道言若如是說大聖妄語若彼非者云何現見有此啼笑嬉戲瞋怒憎愛兩舌等事以如是故何得說無又說或有或無斯成二義又言大丈夫若彼有無不得說者云何說言彼有所著彼無所著又言空者當何所如佛言如是如是空非所如體不可得故外道言若此者笑哭嬉戲瞋怒憎愛兩舌等事當何所見佛言如夢如幻如化如影像相外道言云何夢相云何幻化相云何影像相佛言幻化非相空非執持夢本體空如陽焰故影像無色虛假不實如是所見乃至一切事皆如幻如化如夢如影當如是見復次有二種見莊嚴眞如彼莊嚴者此即名我此即名他是名人補特伽羅名人世間思惟至於資財男女兄弟妻妾等名心所思惟莊嚴彼如是法無自無他無人無命

無補特伽羅無有情無世間無見者無資財無男女無朋友無妻妾等彼一切事不見自性云何彼出世間莊嚴果報善惡生滅彼眞如莊嚴果報無善無惡不生不滅無煩惱無快樂而彼諸法各各如是又彼世間及出世間二種莊嚴令諸有情因莊嚴故而生煩惱處於輪迴久久展轉不知眞如彼知法者思惟莊嚴疑此苦受彼苦受惡遠離解脫而不見道愚癡有情以迷執故輪轉生死墮於惡趣行世間法不見眞如盡彼輪迴猶如織網用線展轉復去復來又如日月二種行往晝夜隱顯出没世間諸行無常不久破壞輪轉生死來往亦然而眞如體離莊嚴句又彼天人乾闥婆等及彼女等住於天上次彼莊嚴果報墮一切有復有持明成就夜叉緊那羅

摩睺羅伽彼以一切莊嚴果報復墮地獄惡精進天以彼神通而作功德以彼一切莊嚴果報或墮彼天又若帝釋及轉輪王具最上德及最上句以彼一切莊嚴果報復生旁生智者於一切時宜應遠離天上最上大樂恒觀菩提之心靈明廓徹無自性無罣礙亦無所住一切皆空亦復遠離一切戲論外道菩提心相不硬不輭不熱不冷無觸無執又菩提心相非長非短不圓不方不肥不瘦又菩提心相不白不黑不赤不黃非色非相彼菩提心不作相非顯耀無性無纏縛由如虛空而無色故菩提心相而離觀察外道而汝不知菩提心相與般若波羅蜜多而相應故又菩提心相自性清淨無物無喻不可覩視是最上句又菩提心相非諸物像無相似者如

水成漚雖覩非有如幻化如陽焰喻如泥團作諸坯器衆名雖具咸成戲論貪瞋癡等亦幻化有一味空故如電之住刹那不見觀彼般若波羅蜜多及作諸善亦復如是至於談笑嬉戲歌舞歡樂飲食愛欲一切如夢有情諸行畢竟體空心喻虛空疑當何立行般若行恒若此觀了一切性自然解脱得最上句諸佛所説無上菩提由斯生出當作是觀作此觀者得最上涅槃乃至往昔造作諸過咸悉除滅生無量德而於此生不染諸過專精觀行決定成就若與眞如不相應者應念非眞如呪及金剛鈴眞如無生印而起眞如相應之行決定圓滿如上功德爾時外道聞是語已審諦觀察而彼疑網皆悉除斷作是觀已獲住大乘瞻奉歡喜作禮而退

外道問聖大乘法無我義經

毗俱胝菩薩一百八名經

宋西天三藏朝散大夫試鴻臚少卿傳教大師法天奉　詔譯

歸命一切如來應供徧知覺我今說此一切如來心眞言若有天人持明僊衆歸命供養一切諸佛受持讀誦及讚説眞言通達法相若稱唵字是圓滿義若稱曩字是離怖畏義亦名破魔義若稱野字是破繫縛義若稱娑字是降伏寃家障礙義若稱你字是破壞寃敵義若怖畏者以眞言力遠離怖畏即説陀羅尼曰

唵引敎哩合二俱胝怛胝吠無毋切怛胝吠怛胝吠怛胝濕吠合二多惹胝你薩嚩引二合賀引薩嚩引二合賀引迦引囉引莫數引倪也引二合能鉢訥麽合二羯薩覩引二合訥婆合二嚩引嚩囉引麽羅怛囉合二野尾曩引舍引野尾婆引嚩怛囉合二尾毋引左你引吽迦引哩引悉怛哩合三婆嚩吩嚩合二路麽迦引嚕麽引囉伽引多你引薩嚩引二合賀引迦引哩引拏補瑟致也合三鑁惹迦引哩引昝麽曩引舍南曩引麽引佉也引二合閉多怛吠合二曩敎哩合二俱引吒也合二引瑟吒合二設多你吠無毋切尾你喻引二合多麽引尾你也引二合馱哩引尾你焰引二合麽囉你嚩引悉你引尾也引二合倪禰嚩也合二嚕引閉室哩引二合尾你也引二合囉引惹引波囉引吩仁際切多引阿吩多僧怛囉引二合娑引怛囉合二娑你引尾覩曩合二伽引多你鉢訥莾引二合擬引鉢訥麽合二經惹梨計引二合鉢訥毋引二合訥娑引二合嚩尾舍引梨你引誐上聲哩濕吠合二引多麽引邏并誐嚕閉左并誐計引舍引擬你合二捫左惹引入嚩合二攞你引怛引波你嘮

引捺哩引二合俱麽引哩引尾濕嚩合二嚕閉抳
引誐聲上麽引哩引蘇没囉合二多引設引多引
索乞叉引二合多引捺多引吽多麽蹉囉引地
也引二合曩式囉麽底鉢囉合二倪也引二合虞拏
倪也引二合虞拏娑引誐囉引多囉抳引多引
囉抳引怛怛嚩合二倪也引二合怛怛嚩合二三婆
嚩引鉢訥麽合二褐薩覩引二合訥婆合二嚩引地
囉引馱迦尾引囉引嚩嚕引多麽引嚩囉那
引嚩囉三布囉拏引二合那舍普引彌鉢囉合二
底瑟恥合二多誐哩吽合二多引銘引伽僧迦引
舍尾你喻合二帝引惹仁臧切引迦三婆嚩引毛吽
引惹致引惹吒引馱哩引没囉合二憾麽合二尾
你也引二合馱哩引嚩囉引馱囉抳引馱引囉
抳引馱帝引那引曩尾你也引二合波囉引訖
囉合二麽拶覩哩普合二惹引拶覩哩能合二瑟吒

囉引二合普惹引娑賀薩囉引二合波囉引吽多
引拶覩哩嚩合二訖怛囉引三合你引迦嚩訖怛
囉引三合左嚩訖怛囉合三洛乞叉合二波囉引吽
多引怛哩合二你引怛囉引二合尾嚩也合二你引
怛囉引二合左颰鉢多合二洛乞叉引二合哩迦合二
路左曩引半左路引左曩三布囉拏引二合沙
吒鼻合二倪也引二合倪也引二合曩路引左曩引
阿鉢囉合二麽引拏引鉢囉合二麽引拏引左濟
喻引二合麽波引多引囉布引囉抳引速乞叉
麽引三合囉他引二合尾藥合二訖多引二合儼鼻引
囉引尾你也引二合那引你引濕嚩合二哩引波
囉引阿擬你合二計尸引禰舍吽嚩合二梨引娑
賀薩囉引二合哩唧合二哩吽嚩合二梨多引曩底
引嚩賀你合二入嚩引二合洛引迦散多引閉吽
嚩合二梨燈引擬引娑迦曼拏路佉陵誐合二爍

記底二合馱囉引播舍引訖哩二合瑟拏引二合吽曩你嚩引梟你引惡乞叉二合素怛囉二合馱囉引尾你也引二合難拏鉢訥莽引二合俱尸引娑囉薩頗二合囉仡哩二合呬引多引娑怛囉三合曀迦吽嚩二合攞引鉢囉二合禰寧把切引波你引那賀曩引麽引囉尾覲曩引二合多引鉢羅二合吽嚩二合羅帝引怛哩二合輸梨你引阿吽作際切鐙惹野引惹野底引嚩濕吠引二合多鉢訥莽引二合誐麽引梨你引迦彌你引迦彌你引迦引麽嚕引閉引左悉地悉地嚩囉鉢囉二合那尾怖史多引楞訖哩二合鐙引擬引左你哩普引二合灑拏蘇普灑拏引部多麽引多引尾舍引洛乞史引二合鉢訥麽二合計娑囉麽引梨你引普彌你引嚩日囉二合三鼻禰引作訖囉二合吽嚩引二合路洛迦二合播引多你引薩達哩麽馱引

囉抳引每引怛囉二合娑引尾孕二合怛哩引二合沒馱麽引多引左巘引馱引哩引捺囉引二合彌抳引賛抳舍引嚩哩引舍引嚩哩引毋你引娑賀薩囉引二合羯哩麽引二合麽賀瑜藝羯哩麽二合悉馱引怛哩二合尾訖囉二合麽引鉢囉二合珊曩引畝伽播引舍引左迦嚕引拏引薩怛嚩二合嚩蹉攞惹誐底引馱引怛哩二合三半曩引你哩嚩二合抳引蘇鉢囉二合底逸切瑟恥二合多引薩嚩引二合賀引

此一百八名祕密眞言若有一心受持讀誦若自書寫若爲人解説增壽吉祥端正福相衆人愛敬遠離魔境出生死難而彼天人阿脩羅恭敬供養復得天龍藥叉乾闥婆阿脩羅迦樓羅緊那羅誐嚕拏等持明僊衆尊重讚歎所有枷鎖禁繫自然解脱師子虎狼諸

惡餓鬼冤家盜賊不能逼害暴風猛火雲雷雨雹河海泛漲毒藥重病不能侵損若有念此毗俱胝名者菩薩恒時救護所有諸惡魔冤而來逼惱是時菩薩密放身光徧照虛空如百千日其光熾盛爍殄魔冤乃至天地悉皆清淨復令彼人智慧增長於七生中得宿命通生刹帝利族受國王身從此命終徃生西方極樂世界佛說此經已一切世間天人阿脩羅等聞佛所說皆大歡喜信受奉行

毗俱胝菩薩一百八名經

音釋

鏁（蘇果切與鎖同）　姤（居候切）　蘖（魚列切）　琰（以冉切）　捺（乃曷切）　拶（姊末切）　噳（牛府切）　蟒（母黨切）　擗（毗亦切）　癲（多年切狂病也）　癇（何間切病也）　噎（壹計切）

勝軍化世百喻伽他經

宋西天中印度惹爛馱羅國三藏明教大師天息災奉　詔譯

六道伽陀經

宋三藏傳教大師賜紫沙門法天奉　詔譯

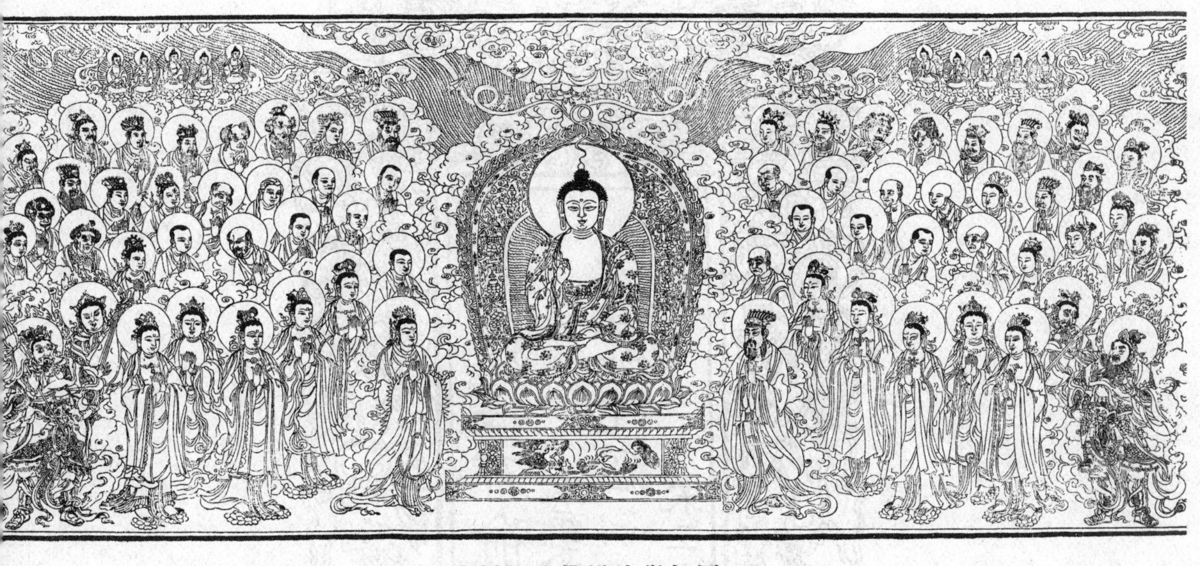

清刻龍藏佛說法變相圖

二經同卷

勝軍化世百喻伽他經

六道伽他經

勝軍化世百喻伽他經

宋西天中印度惹爛馱囉國三藏明教大師天息災奉　詔譯

過去僊人鄺娑等　典籍章句無不説

我今自詠悦愚懷　略誦伽他爲百喻

行恩行義行賢德　無我無慢無怯弱

真實慈悲可重師　堪作上人出離行

雖然貧下存剛志　設身富貴亦柔和

若遇強敵而勇力　此即名爲大人相

少年行善人希有　人來求者歡喜與

若人稱讚我羞聞　彼等之人亦難得

欲求美稱先求法　法上精心德自生
一切戒行堅持容　彼人世間甚希有
天然性善言亦善　善人惡人各盡知
他或有過與藏蓋　此等智人世難得
火性煖兮本自熱　月性清涼亦復然
刹帝利族名稱上　彼等下族何得怪
親眷難危須救濟　他人有難亦復然
竭力爲人情不二　此中活命名正命
布施忍辱及明力　調伏諸根語言善
此爲聖者真莊嚴　金寶莊嚴如擔重
世間未曾有一物　不被無常破壞空
惟有無爲寂靜德　經劫凝然得常住
善哉形色身端正　而具崇修德行光
譬如明月在當空　清淨光明照樓閣
富貴行檀一切人　識心成就無邊法

勇力救護劣弱者　善哉此德真良善
德者重德愍無德　愚者輕德而捨去
智如紅日放炎光　愚似星光而掩耀
賢人能護身諸過　一切修崇德行高
少若縱心犯一過　積修多德亦皆失
惡人遠離於戒德　常欲親近不善人
如捨清涼功德池　而入稠濁不淨水
塗油身上要除垢　除垢復須洗去油
譬如作事要成功　若得功成捨所作
惡人恒惡喻黑蛇　惡人迷逸如醉象
善人怖畏心傷痛　惡人顛倒情忻悅
大火亘天難便滅　深崖無底莫能知
審慧善觀危惡事　深行信善無疑謗
落崖入火大危嶮　或有身存復起行
若人墮入惡趣中　惡趣深泉不可出

大水洪波不可漂　大火熾焰不可燒
强惡群賊不可奪　是彼世間最上財
下劣之人恃有財　中品之人無所恃
中人見財略悦心　劣人恃財世最上
一切種族形色德　同行親眷與朋友
一一不知何所來　惟務貪愚好財利
富者妄言人爲實　貧人實語却爲非
諂誑順恃無眞行　賢善之人聞愧耻
有財豪貴而無德　喻如有德人稱讃
無財貧下德行全　愚者無知却謗毁
勇猛德行有如無　是彼善人眞覺觀
離財守道處清貧　親眷輕貧實作妄
屠兒富貴讃眞實　上人無財爲下劣
親眷朋友順世情　祇奉屠酤無善惡
衆知惡趣沉淪嶮　受罪中間苦百般
乞者往來希濟給　全無輟惠固違情
乞人不遂逆其情　忿意含瞋嘆所恨
此人心硬語言慳　捨利不如而捨命
此人慳鄙癡迷重　拯救行檀總不知
藏貯財帛終散壞　苦行惠施永堅牢
一人如是護多財　愚迷轉厚無思慮
受苦寧知虚妄慳　多人護物苦平等
不使不用不與人　殊無知此善好事
金銀積聚滿屋中　坑盛不淨有何别
貧窮行施眞檀度　説彼名爲最上人
富貴微捨少財帛　如河涓滴誰不解
若人依法行不乏　好施如同好女色
若施餘財行間續　感果虧盈亦如是
清淨心田事法王　少年戒德喻華香
慈心柔輭如閨女　適悦莊嚴大行芳

禮叅聖境行檀施　精進多聞受苦辛
軌則若虧無戒行　前修多善並捐功
今時名稱人知重　來世生天衆所欽
福壽遠延恒快樂　皆從持戒得成功
常聞極苦三塗獄　恒守威儀戒德圓
壽盡浮生捨命時　琰魔惡趣我無怖
城隍聚落與林間　或有愚迷或智慧
假使知法不知法　若求善逝須持戒
堅持禁戒令清淨　恒須親近善知識
如法熏修善業圓　一切功德皆集聚
持戒法利獲安樂　若意愚迷有毀傷
德命刹那即便滅　智者何緣而飲酒
彼或飲酒彰愚劣　究竟爲非無善名
忽然倒地喻無常　染汙盈身成不淨
雖然親眷同歡飲　醉了相違便害命

如是過失刹那間　說此酒毒勝毒藥
得罪多因婬欲行　真如捨命尚牽心
一切欲情無善益　何用癡迷募女人
若樂自妻求適悅　由常貪愛可合宜
於他妻妾妄追求　當感孤單心怖畏
血肉筋髓皮膚蓋　内外都來不淨身
自身妻子猶非分　他人婦女豈合貪
若人潔志無婬欲　知此和合如幻夢
是故遠離於女人　而得心安離迷妄
女人實可爲適悅　富貴驕奢亦復然
親眷共同生愛戀　命當不久即無常
愚人一向增貪愛　智者思惟總是虚
如向愛塵而樂住　何時出離得菩提
修行勿憚於勤苦　彼後還招安樂身
應是善言真利益　服行可喻妙良藥

一切事行多明了　過失危亡盡可知
若是合行彼可行　善事云何有蓋覆
若人修作前程事　先除邪亂正思惟
決定後時無過咎　自然安隱苦不生
若修善業令增長　一心寂靜離浮囂
如有寃家煩惱病　自然除捨絕愚癡
惡口兩舌心下劣　愚人縱意任情行
豈知孔雀色嚴德　可喻狼狗烏鵲噪
訶責愚癡無正解　讚揚精進戒施門
我說有人行此行　集福安身而最上
自在法音同歌樂　無心忻樂更何憑
汝等有情若棄背　爲是旁生爲是人
爲利非利都不悟　是實無實俱不知
如是瞑然無了別　雖具人形同畜生
不分賢善與愚癡　豈辯野犴異師子
並無勝劣一般看　智者暫時勿共住
不言自聖不愚癡　不作兩舌不我慢
難知理上有所知　說是婆羅門莊嚴
一心細意修眞行　過失恒時不受行
我慢惡人興鬬諍　如是色德我非有
愚癡心內懷顛倒　慈忍全無兇猛多
以此豪强諸過失　執爲自德勝他人
出家勝道無心重　善友全然不敬親
師教未曾伸供養　惟親鬬諍大愚癡
天邊圓月終須缺　山下華芳不久凋
人世無常何異此　須諍人我擬何爲
女人本性終無實　障礙人修善業因
阿末羅果有其核　此是世間三種過
尊重法師叅聖跡　心行知足懷悲智
如是五種世間事　若言難作亦易作

若人知法恒行善　復能尋謗善朋志
喻如砂內揀眞金　一切有情皆知重
愚劣同行不自由　自然無德無知重
設復出家必暴惡　縱然活命無善名
何以不信於朋友　何以不知於天人
何以不行於方便　何以自作於難學
慳人何處解布施　流沙何處而有水
不淨何處有馨香　惡人何處有恩義
憎愛之人何有德　寃家何處有善人
快樂何人解知足　壽命何人得久長
婬女囂浮無厚信　癡人愚鈍無分別
富貴暫榮誰得久　業因決定難破壞
婆羅門得食歡喜　孔雀聞雷聲歡喜
善人救護他歡喜　愚迷破壞時歡喜
愚迷愛樂行鬬諍　如貧得寶心歡喜
賢人聞彼善言詞　如蜂聞彼華香氣
有德之人德是親　有過之人過是寃
賤使之人賤是苦　知足之人足是樂
何憚巡門持鉢化　豈辭力役在他方
終不於身著我見　恒調心行善柔和
低心無愛無人我　以鹿無家住野林
任是富豪及尊貴　應無少事向他求
棄捨妄緣諸快樂　都無繫礙自由閑
活命性同於鵝鴨　長於清淨水中行
王城聚落人居止　八德多無一二存
悲羞清淨譏嫌耻　知法無我快樂力
連山谿澗巖巒窟　食果皮衣伏五根
寂靜野林堪適悅　何須聚落要求人
居山不見他門戶　自在無拘快樂行
住彼心中所得利　降伏根識命長生

我今教化汝等已　合掌調柔心意聽
一切法藏眞安樂　彼須忻樂一心求
汝知善報一人身　若要剎那不可得
得後愚癡不作福　依前自賺自沉淪
水滴地上非久住　可喻人生命不堅
三種無礙誰能作　若是智者方能行
如是彼若隨其力　作意三種少分知
喻如野鴿觀自身　孔雀莊嚴非勝我
無常生死誰人愛　智慧何曾觀五根
此身雖住終無久　說彼虛生在世間
如是琰魔人盡見　衆生受苦幾人逃
老死無侵安樂處　云何汝等不能行
無常情物應皆定　惟務貪生並不知
前路無憑光影速　緣何兀兀不思惟
父母妻子朋友等　和合虛幻暫時間
正法親眷此堪依　能去無常生死苦
多求生得煩惱實　護身生得怖畏實
破壞生得憂愁實　智者若求有何利
彼若不修眞如行　輪迴生死幾時休
智者恒觀此世間　都成幻化愚癡力
戲言妓唱皆無實　貪欲追求喻疥瘡
損命不堅如幻夢　何如佛法用身心
但是爲非所作罪　並皆平等壞其身
世間何彼心愚暗　不解思惟罪惡生
所懷善惡心中事　護世天人並總知
心若不能思惟此　何時意地消諸罪
隨緣坐住受用具　稍可身依得暫時
此假助緣行善利　其餘資具人煩惱
雖觀莊嚴宮殿等　惟便麤惡床卧具
知足自然心喜樂　如觀醜女勝天女

須知世上有爲財　水火盜賊俱可奪
如是欲求他世福　莫求此等不堅財
論義工商農種士　不依法則勿須行
應知此事合如然　離福自然不成就
若能作善作不善　應知非是別餘人
並是自身業所造　由是衆生一切得
如是一切所作業　若能後有不復生
生老病苦及無常　續續未委從何來

勝軍化世百喻伽他經

六道伽陀經

宋三藏傳教大師賜紫沙門法天奉　詔譯

歸命一切佛　及諸菩薩衆　願開正智慧
憶念佛功德　歸依三界尊　身口意三業
所作善不善　爲彼作分別　彼人受果報
無有主宰者　三界天中尊　願起於悲智
廣爲世間說　我今聞彼說　如依於輪迴
觀察業果報　佛說惡道因　貪瞋癡爲本
若人行殺害　彼業隨纏縛　決定墮等活
五百歲方出　彼彼等活者　重重受生死
是故說等活　父母及親姻　眷屬善知識
欺慢若憎嫌　墮落於黑繩　熾焰麤澁繩
纏縛有情體　如鋸解樹木　是故名黑繩
若墮於炎熱　猛火競來燒　焰焰相接續
令彼罪業人　奔聚都一處　燒然苦惱深
是故說炎熱　修習非法行　惱亂於大衆
說彼無有盡　墮彼極炎熱　入此惡道已
熾極火燒煑　熱苦受長時　是名極炎熱
猪羊狼兎等　及餘諸物命　如是行殺害
而墮於衆合　墮彼惡趣已　衆山合身碎
痛苦不可當　故得名衆合　若起身口意
而發諸煩惱　欺誑於有情　墮落於號叫
入彼惡道已　暴惡火燒身　叫苦聲不絕
是故名號叫　聖賢淨行師　所有財寶等
若貪若偷盜　而墮大號叫　若諸偷盜業
感大火燒身　叫喚出大聲　是名大號叫
作大功德人　及與父母等　毀謗而返恩
決定墮無間　持罰骨髓碎　受苦純無間
身命報等爾　是故名無間　互相愛憎嫉
并及相殺害　感彼惡趣身　手生鋒刃甲

如是鐵爪甲　甲長十六指　暴惡熾焰身
抓攫相損害　故名鋒刃甲　愚癡邪婬者
登彼鐵叉樹　大身鐵牙鬼　醜惡身焰熾
逼惱恒無盡　復有鐵烏鳥　獯狐諸惡獸
食噉彼有情　復生劒葉林　割截於罪人
叫喚出惡聲　痛苦不可忍　諂誑妄言者
吞食熱鐵丸　而復飲洋銅　重重無暫住
輕慢若欺他　鐵牙惡獸等　來食身上肉
受苦俱胝歲　愛行非法行　墮入洋銅河
大熾洋銅汁　燒煑或浮沉　又復自愚迷
勸作非法行　往彼鐵輪獄　而被鐵火輪
碾揆身無數　或以鐵磨磨　或上刀山等
若人說邪道　破正法爲非　滿道排鋒刃
令彼往來行　業力令身大　驅逐聚一處
四面山石合　如指甲揆虱　若壞修習行
遠離正等因　僻執心意邪　定入由增獄
暴惡蛆蟲類　恒居糞穢中　罪者遊履時
食噉於雙足　種植壓油等　蠕動多傷殺
重重卧鐵槽　熱鐵棒捶打　若起極瞋怒
造彼諸惡罪　死墮琰魔刹　具受一切苦
破結善種子　身口意俱罪　智者勿作罪
地獄相如是

地獄道頌竟

牛驢猿猴等　鳩鴿鵝鴨身　行恚與貪婬
獲報斯如是　豺狼猛虎豹　蝮蠍及毒蛇
瞋忿我慢深　獲報斯如是　烏鵲鵰鷲等
蜈蚣足多蟲　羆熊猫牛馬　龍魚蘷路荼
如是旁生等　增益惡三業　墜墮琰魔界
獲報斯如是

旁生道頌竟

障他布施福　偷盜於飲食　墮在布怛那
飢虛爲餓鬼　愚癡慳鄙人　我慢乏禮樂
求食又無慚　死爲大癭鬼　自不行檀度
勸他作慳貪　而墮餓鬼中　腹大咽如針
慳貪深厚者　護財如眼睛　貧病與佛僧
不能施少分　亦復不自用　父母莫能得
死墮餓鬼身　漿飲永不遇　若盜他財物
施已心生悔　亦墮餓鬼身　常食於膿唾
口出惡言語　謗毀於賢善　墮彼餓鬼中
口生於火炬　慳貪與諍訟　惡意窺他財
墮彼餓鬼中　微獲祭祀食　或入聚落處
見彼遺棄食　嘔吐涎唾等　而恒爲美饌
自行慳障礙　離間他行施　爲鬼鳩槃茶
惡形生膿血　傷殺羣生類　自食與他食
墮鬼羅刹娑　愛食鬘香粖　雖然施飲食

少分懷瞋恚　墮鬼揵闥婆　作樂諸天愛
若愛於兩舌　鬬亂行瞋恚　墮鬼畢舍佐
頭面而醜惡　雖愛行檀施　而恒苦惱人
墮彼惡趣中　爲彼毋馱鬼　自行猛利殺
教他猛利殺　墮彼藥叉身　亦復惡猛利
父母師長等　所欲多違背　墮彼藥叉宮
勇徤行暴惡　慳貪瞋果報　餓鬼藥叉等
苦樂隨自因　諸惡不須作
餓鬼道須竟
天及脩羅人　福壽有差等　樂求生天者
堅持八齋戒　快樂壽命長　遠離疾病苦
於禁若破犯　少分樂生天　而墮於脩羅
部多爲眷屬　雖不盜他財　纖毫不行施
恪惜廣慳貪　而爲守財鬼　不盜亦不施
不慳亦不貪　決定得人身　衣食多辛苦

不盜不貪瞋　守分而安住　美味施聖賢
彼得生人世　壽命具色力　吉祥而無病
恒時行施食　淨信具慚愧　得富貴端嚴
廣饒資畜等　若施田宅等　及造僧伽藍
令彼心歡喜　於自彼身中　一切隨所欲
若施於鞋履　供養佛僧等　遊行得安樂
常獲車騎乘　若於曠野中　施水作泉井
而復作陰涼　令彼無疲渴　當獲於妙華
吉祥廣嚴飾　柔輭身圓滿　若於傳法人
捨施童子等　後復得爲人　聰明多智慧
若施於藥餌　當離一切病　若施於燈明
眼目長清淨　若施於音樂　口生美妙音
若施臥具等　當感身安樂　若施旁類食
長壽多色力　若放女出家　眷屬獲增長
若以田地施　得華果流泉　若怖於輪迴
親覲於賢聖　所須隨供養　精進常恭敬
善破於煩惱　當得安樂果　悲愍不慳悋
輟已而施他　定感富饒果　衣食自豐足
如彼四時中　隨時行布施　崇重具儀式
當獲一切福　偷盜他財物　自己作所須
違背於真空　煩惱不捨離　不作有相心
依如行布施　如是布施果　無爲大安樂
如人離婬欲　童男等不生　遠出至他方
無思無罣礙　若人著婬欲　心行無返復
狂亂自耽著　永墮於三塗　嫌棄於女人
修戒薄癡愛　復至命終時　猶如破毒氣
若行正等因　不捨於梵行　精進得吉祥
天人恒供養　堅固不迷亂　無飲酒妄言
出語常真實　獲名聞安樂　種種造飲食
供養和合衆　當感善眷屬　同生不動國

互相作承事　歡喜意無違　觀察諦理空
不欺不顛倒　苦惱永已盡　安樂而解脫
若好於戲論　歌舞著頑愚　我慢恃端嚴
欺陵於貧賤　當受背傴身　瘖瘂形矬陋
疾病鎭纏縛　語言而不遜　罪苦轉彌深
無因得安樂　寂靜心恬澹　一切善出生
報應果不虛　速成離苦道
人趣道頌竟
諂誑行毀禁　毒害鬬諍深　廣縱於無明
必墮脩羅趣
脩羅道頌竟
棄名利歡樂　遠離於親眷　持禁中下品
生彼四王天　父母親族等　種種作供養
遠諍奉律儀　獲生忉利天　慈喜無傷殺
和顏離愛憎　純善守尸羅　得生夜摩界

多聞持法教　修慧求解脫　積德具威儀
獲生於覩史　若人自出家　布施堅持戒
令彼大安樂　得生變化天　上根有情類
持戒亦最上　功德超越前　生他化自在
持戒生天上　禪定亦如是　智慧若熏修
牽引復生慧　善惡業果報　我說無虛謬
由善得安樂　作惡獲苦惱　老病死輪轉
果報自如是　審觀此三種　勿愛須棄捨
求福遠離罪　了絕於色聲　通達眞實義
必至大解脫
天趣道頌竟

六道伽陀經

音釋

尾耶尾耶切　輟陟劣切止也　犴魚旰切胡地野犬似狐而小　抓攫抓悲厄切與擎同攫乙陌切手取也　獯狐獯許云切獯狐正作訓狐即鵂鶹也　蠕乳兖切蟲動貌　餌忍止切食也

妙臂菩薩所問經

宋西天三藏朝散大夫試鴻臚少卿傳教大師法天奉　詔譯

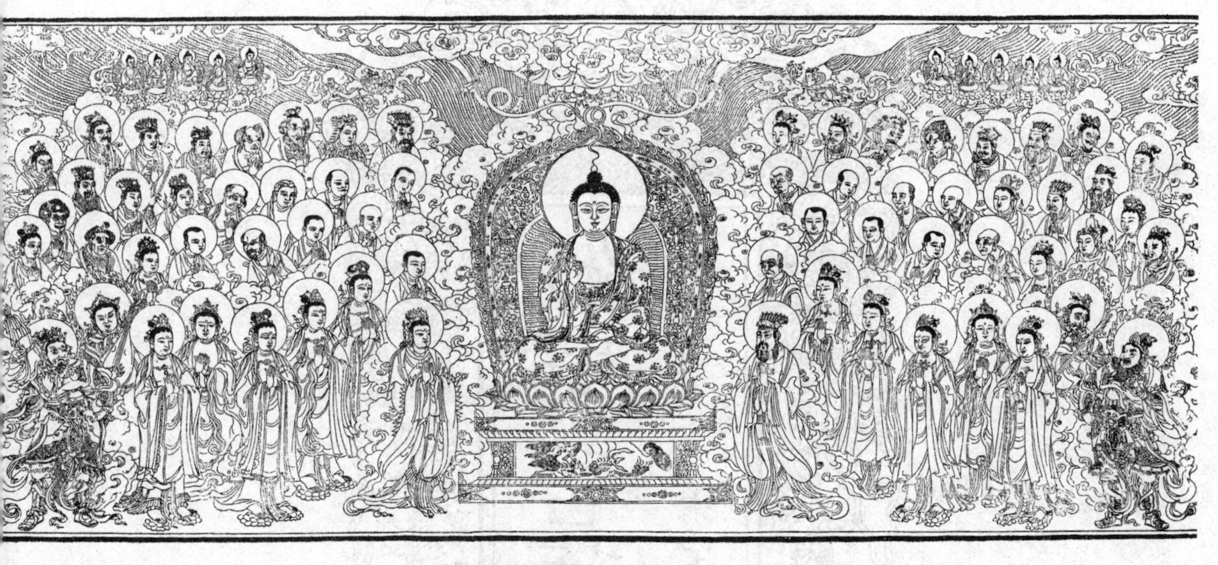

清刻龍藏佛說法變相圖

妙臂菩薩所問經卷第一 第二同卷

宋西天三藏朝散大夫試鴻臚少卿傳教大師法天奉　詔譯

得勝師助伴速獲悉地分第一

爾時藥叉主金剛手菩薩有大慈愍於後世放千光明端心而住於是妙臂菩薩以持誦者於一切真言明得成就義不成就義一心敬禮彼藥叉主金剛手菩薩而發問言菩薩我見世間有持誦人齋潔清淨精勤修行於真言明而不成就菩薩如日舒光無所不照惟願哀愍說彼因緣云何彼持誦人雖復精勤最上第一於諸真言上中下法由不能成云何修因而不得果莫是罪障而未滅除惟願菩薩說彼修持得成就義及不成就義諸障難事菩薩如佛所言智慧之明能滅癡暗癡暗不滅明慧可棄云何能使諸持誦人於

諸修行而無疑惑菩薩云何誦持及護摩等所作事業諸眞言王及諸賢聖不與成就惟願菩薩以大悲心一一顯說令無疑惑菩薩爲是法力無能耶爲所作非時耶爲種性非性耶爲眞言字句闕剩耶爲修持輕慢耶爲供養不具耶惟願菩薩於種種事及彼障難一一開說使諸行人皆得曉了爾時金剛手菩薩聞妙臂菩薩發如是正心利益言已乃須臾間瞑光明焰蓮華眼思惟觀察已告妙臂菩薩言妙臂汝大慈悲利益衆生此心清淨如夜滿月光明皎潔復無雲翳使諸行人不失正道入佛境界到於彼岸菩薩所作非求己樂於他有情故無嫌害見他苦惱如自苦惱見他快樂自亦快樂妙臂我觀汝意爲於有情猶若赤子問於此義汝可諦聽爲汝解說妙臂我今所說依於佛言若有修行最上事業修眞言行求成就者當須離諸煩惱起於深信發菩提心重佛法衆信重於我及復歸命大金剛族又復遠離十不善業於身口意凡所興起常離愚迷邪見等行若求果報須有智慧譬如農夫務其稼穡於肥壞地而下燋種雖功夫以時雨澤霶霈以種子燋故無由得生愚癡邪見亦復如是凡諸行人所修事業先須自心離彼邪見愚癡等事不動不搖行十善法乃至恒行一切善法若有天魔阿脩羅等乃至羅剎種種鬼神之類食血肉者以惡毒心行三界中惱害衆生於修行人使令散亂若有行人樂於我法修持誦習眞言行者彼等若見自然恐怖不能侵惱若欲令彼種種大力天魔及諸宿曜乃至種

種鬼神不能爲障而降伏者當須入彼三昧耶大曼拏羅以其入彼諸天大力聖衆所安住處是故名爲大曼拏羅亦復須入大明王大真言等最勝曼拏羅以其數入種種曼拏羅故是爲入彼諸佛菩薩大金剛族大明王等福聚之所是爲承事諸佛菩薩及明王等便得如是佛菩薩等影之覆護使彼作障天魔及阿脩羅藥叉并諸龍鬼等無能侵惱望持誦人所居之地不敢侵近自然退散不爲障難所修上中下品成就之法世間出世間一切真言等而易成就蓋以數數入彼諸曼拏羅及三昧耶等承彼聖力而加護故一切惡心自然破壞既能入彼三昧耶大曼拏羅仍須發勇猛心發菩提心惟信於佛不信外道天魔等若背此心持誦我法者當得自壞

又復持誦行人求成就者先須求依阿闍黎戒德清淨無諸缺犯福德最勝者若獲此等阿闍黎稟受持誦復自決志勇猛精進於所修持易得成就速獲靈驗譬如種田須依好地地既肥壤子實易得若得勝師亦復如是若或靈驗難得是有宿業應須隨取勝地或印沙爲塔或積土等爲塔於中安像及藏舍利當以種種香華燈塗妙幢播蓋及以妓樂而爲供養復伸讃嘆專注虔誠而作懺悔懺悔畢已依前持誦專注不間定獲靈驗如是修行須具助伴若無助伴修持是闕譬如車行須全二輪若闕一者無由進趣修行助伴亦復如是若求助伴者當求種族尊勝形貌端嚴諸根不缺心性調柔好修善法智慧明利精勤勇猛有大悲心恒樂布施信重三寶

承事供養不歸信於諸餘外道及天魔等此爲住賢劫中具足功德修行助伴諸持誦人於諸修行速獲成就如此應知

選求勝處分第二

復次持誦行人若欲修眞言行求成就者先求諸佛所説佛及菩薩辟支聲聞昔所住處是爲勝地如是等處常有天龍阿脩羅等而爲守護供養恭敬何以故以有天上人間最勝丈夫曾所居止得此地已持誦行人亦要清淨身心律儀具足常此居止若無此福地秖得大河岸邊或小河邊或泉池側乃至陂濼有清流瀰滿無諸水族毒惡之類其側亦得其處但有蓮華烏鉢羅華及諸名華異果輭草徧布或是山中巖窟之所是處清淨無諸師子猛獸可畏之類得是處已仍須㔉掘深一肘量除去荊棘瓦礫灰炭鹻鹵糠骨毛髮蟲窠之類乃至掘深不能盡者亦可棄之便求別處如前㔉掘一肘之量別填淨土於上立舍用淨土作泥内外泥飾復以瞿摩夷塗地於中坐卧常在地上不用床榻之類其室開門惟得向東向西或向於北不得向南如是造立舍已隨彼相應所作事業於彼方所安置尊像安尊像處先用種種妙香而塗飾之其所尊像或以雕刻或是鑄成或是彩畫若是彩畫先求淨縷揀去毛髮織成其幅量其大小長短相稱存兩頭縷不得截棄旣織成已用香水漬渡復展令端正然令畫人蔬食澡浴復受八戒内外清淨運心起手凡所用彩色須求最上第一好者無用皮膠用諸香膠調和彩色畫像成已隨應方面安置

定已用種種飲食香華燈塗作大供養如無方廣辦隨有供養但要專注虔誠信重讚嘆禮拜供養如是作已於此像前所作所求速得成就其持誦行人將欲起首持誦必先剃頭澡浴著新淨衣其衣非用蠶絲亦不得白色可用布及樹皮草木之類仍用赤土染壞其色亦須受持乞食應器其器可用娑羅木及於瓦器乃至銅鐵及匏瓠等事持端正滑淨光潔不得踈漏及以缺壞執此應器巡行乞食凡乞食所可於聚落不近不遠多首陀處信重三寶多有飲食之處兼無外道婆羅門處緣彼婆羅門執性無慚我慢所覆又復外道若見行人執持應器巡行乞食修於佛法誦念真言者便生瞋恚而欲障難謂行人言汝若本族婆羅門者可修婆羅門法奉行六法多聞淨行信重諸天爲臣事王亦須娶妻生男繼種若行此者是汝解脫云何誦持釋教真言信行佛法行人若是剎帝利種而作是言汝剎帝利種應可奉行王法紹繼王位云何誦持佛教真言背自本宗而求解脫乃至毗舍首陀之類皆說本宗本事而得解脫不合持誦佛教真言以求解脫以瞋火燒心種種綺語多作方便而爲障難惱亂行人使令退心修正道者依時乞食不同外道過午而食凡乞食處勿徃外道之家及多外道之處若論善惡因果之法能造善法當證涅槃若作惡業終墮苦趣善惡之果非由種族但爲世間妄分別故復次衆生無始以來垢穢之身不由食淨得身心淨諸惡遠離常修善法以此方得身心清淨譬如有人身患瘡

故求藥塗瘡惟望除差不望餘故行人喫食但爲除飢不爲適悦又如有人陷於難處飢餓所逼殺子而食爲除飢苦非貪滋味行人喫食亦復如是喫食之法猶如秤物物非輕重秤自平正行人喫食亦復如是不得過量亦勿減少但可支持勿傷飢飽又如朽舍換柱所免崩摧以油膏轄貴在前進行人喫食亦復如是但爲支持非爲滋味是故佛言欲界有情依食而住又復行人雖喫食支持於身恒觀此身猶如芭蕉無有堅實常此制心不住貪愛凡乞食時持鉢巡行次第而乞當須思念世尊所説以智慧方便調伏六根勿令散亂所覩妙色及諸塵境是魔境界欲惑人心凡修行人而起方便寧以熱鐵燒刺兩目不以亂心貪視妙色乃至殊常種種塵境隨緣乞食而不住著常作此觀調伏其心默然乞食巡行他舍無上中下遠離取捨然不往新産之家及多人飲酒之處男女迷醉愛染之處衆多小兒戲樂之處諸男女衆聚會之處戲妓男女作音樂處乃至有惡犬處如是等處皆不應往乞得食已持還本處洗足敷座然後可喫其食未喫先分三分一分奉於本尊而爲供養一施無礙一乃自食依時而食食畢盥漱使令清淨又須日三澡浴先自清淨然以香華燈塗種種供養讃嘆禮拜所獻尊像一切食飲切須潔淨離諸葷穢每持誦時坐吉祥草凡所供養如不辦廣大但隨力分奉於香華所謂零陵香闕哩迦_{二合}吉祥果沒哩_{二合}賀帝吉祥草仍及蓮華和合供養使得適意行人持誦或行或坐得通思念

惟除卧時不許持念念誦訖已恒於六時思念功德心無間斷祈於圓滿

分別數珠持心離障分第三

復次欲等煩惱與心合故説爲輪迴根本煩惱若除猶如清淨玻胝迦寶若離輪迴乃名解脫又如水本清淨於一刹那間塵能渾濁亦如有情心源本淨於刹那頃被諸煩惱而爲染汙復次説於數珠乃有多種所謂菩提子金剛子蓮華子木槵子及與硨磲諸寶鍮鑞銅等隨取一物爲珠數一百八如是得已持誦行人常保重之凡持誦時於本尊前依法安坐調伏諸根端身自在不得隈倚繫念本尊及眞言印契收攝其心勿令散亂然取數珠右手執持左手仰承毎誦眞言一徧乃掐一珠所持徧數恒須剋定勿令少剩持念之法令脣微動勿使有聲亦不露齒一心專法勿令散動有情之界居凡夫位心如猨猴貪著諸境樂而不捨又如大海被風所激生起波濤不能自息凡夫覩境亦復如是常須收攝不令散動勿令心源而有波浪持誦行人若是疲倦將欲昬睡恐其失念即起經行或觀四方以適神思或用冷水洗其面目旣得醒爽復坐持誦行人若是怖於勞苦心有移動便作是念此身無主因業所受無依無定隨業流轉輪迴八苦何處得免至於寒暑飢渴蚤虱蚊虻如是苦惱處處皆有又復貪欲若盛作白骨及爛壞不淨之觀瞋恚若盛作慈悲觀無明若盛作緣起觀又復若遇寃家觀如親友知識或復親友知識忽作寃家行者若是遇此寃親境時莫起分別憎愛之

心當住平等無著正念又出道場時不得與婆羅門吠舍首陀等語又復不應與不男之人女人等語何以故蓋非樂法之侶可與助伴同事等語或是入觸便利等事便須入水澡浴使其潔淨或獻香華燈塗讚嘆供養乃至持戒精進持誦修行一切善法皆悉迴向阿耨多羅三藐三菩提譬如衆流皆歸於海既入海已咸成一味集諸善因總趣佛果無量福聚自然相隨譬如有人耕田種穀惟望子實不爲藁秆既豐子實其於藁秆自然而有求趣佛果亦復如是一切福樂不求自至又持誦人不應爲小而妨於大或若有人來有求請便應答言待我自得長壽及其一切樂具此心滿足然後能滿一切有情之願又復行人當要遠離世之八法所謂善稱惡稱得利失利讚嘆毀謗苦樂等事如是之法不得在心還如大海不宿死屍乃至刹那亦不同處又如室中然燈爲防風故飄鼓若免光明即盛如持誦人持誦眞言亦須勤勇加行若立善法增長亦復如是又持誦人要在攝心不得歌舞戲樂我人憍慢邪見邪染嫉妬懈怠懶惰睡眠及入喜會迷醉邪論及無義論以至瞋怒惡口兩舌如是等事皆須遠離又復不得喫供養殘食及鬼神殘食行人惟得食三白及樹果菜根乳酪漿等及大麥麵餅油麻滓及種種糜粥等又持誦行人當須晝夜精勤如法持誦常於諸佛法僧及遺身舍利恭信珍重誠心懺悔願一切先罪悉皆消滅每持誦時先依法請召持誦了畢依法迴向發願訖然後發遣或至夜分將欲眠睡

於本尊側不近不遠地上敷吉祥草於草上坐臥坐定然後於一切有情起利樂心作慈悲喜捨等觀然後眠睡

說金剛杵頻那夜迦分第四之一

我今分别說諸跋折羅量其量或長八指或長十指或十二指或十六指或最長者不過二十指如是五類無有過者造跋折羅物或金或木隨所求事種種不同若欲求佛法眞明成就用菩提木作跋折羅若降伏地天及持明天當用金作跋折羅若求大富貴用鍮石作跋折羅若降龍用熟銅作若降脩羅入脩羅窟用寶石作若欲成就一切法者可用金銀銅相和作若欲成就長命吉祥及無病多財寶乃至降諸宿曜者可用佉禰囉木作若欲降伏夜叉女者可用末度木作若欲降伏寃家用刺木作若降害極惡寃敵者可用人骨作若欲成幻術者用玻瓈寶作若欲令極相憎嫌者用苦楝木作若欲與兵鬬敵及降鬼神用吠鼻多迦木作若欲成就夜叉乾闥婆阿脩羅者可用栢木及松木作若欲成就龍女愛重者當以龍木作若欲成就變形者可用土及銀作若欲求財用無憂木作若欲成就對敵得勝者可用吉祥木及阿祖曩木柳木等作若欲求成就意樂者可用赤檀白檀作如上所說造跋折羅皆須五股不得缺減小有破損即法不成仍須事持光淨殊妙端嚴可愛若念誦時先獻塗香及妙香華而爲供養然後發廣大慈悲之心手執跋折羅依法專注持誦本部眞言如數滿畢不得少剩依時持誦滿畢數巳然將彼跋折羅安

本尊足下復以諸妙香華塗香等乃至作禮而供養之若持誦時手不執跋折羅者其法終不成就如再持誦依前次第而作不得虧闕又若於供養具諸事法等有所闕者當須一一作印以供養之然可念誦凡成就法有多種物所謂雄黄雌黄牛黄黄丹及眼藥菖蒲等藥又有衣甲槍鐗羂索三股叉諸器仗等如是等諸成就法有三等驗所說本尊眞言及儀軌中乃至諸眞言中成就之法亦不越此復次世間有持明行人持誦眞言求成就處便有作障頻那夜迦隨持誦人伺求其便入其身中使持誦人心如迷醉及發諸病如是種種而作障難彼作障者有其四部一曰摧壞二曰野干三曰一牙四曰龍象於此四部各有無量頻那夜迦而爲眷屬於大地中隨彼處處而作障難第一摧壞部主名曰無憂其部眷屬有七俱胝於其護世四王所說眞言有持誦者彼作障難第二野干部主名曰象頭其部眷屬有十八俱胝於其大自在天所說眞言而作障難第三一牙部主名曰垂髻其部眷屬有六十俱胝於其大梵天及帝釋天日天月天風天那羅延天如是天等所說眞言有持誦者而作障難第四龍象部主名曰毋哩達吒迦其部眷屬有俱胝那由他千波頭摩於其佛教所說眞言有持誦者彼作障難又有呵利帝皃名曰愛子於其般支迦所說眞言而作障難又摩尼賢將子名曰滿賢於其自部所說眞言有持誦者彼子滿賢而作障難如是等諸頻那夜迦各於本部而作障難不欲行人得其成就或時變

化作本眞言主來就行人之處而受供養而彼本眞言主來至道場見是事已却還自宮而作是念云何如來與彼所願不却此等令於行人正修行者而得惱亂使彼持誦功不成就正使梵王帝釋諸天及龍不能破彼頻那夜迦作障誓願惟除大明眞言有大功力能退如是諸作障者頻那夜迦諸修行人當依法持誦得數滿已然更成就妙曼拏羅及以護摩使作障難頻那夜迦退散遠離

妙臂菩薩所問經卷第一

妙臂菩薩所問經卷第二

宋西天三藏朝散大夫試鴻臚少卿傳教大師法天奉　詔譯

說金剛杵頻那夜迦分第四之二

復次行人於持誦時及供養時乃至護摩時若不依法及闕儀則彼作障者而得其便又復行人心不決定而有疑惑謂此眞言而可誦耶謂彼眞言不可誦耶若作是念彼作障者即得其便又復行人談說世俗閑事至於農田貨易之類於自修行無有義利彼作障者而得其便彼頻那夜迦入行人身步步相隨伺求其短作諸障難令法不成譬如人行沿彼河岸身在岸上影落水中寸步相隨不相棄捨彼作障者入行人身不相棄捨亦復如是或有頻那夜迦於澡浴時得便入身或有頻那夜迦於念誦時得便入身或有於睡眠時得便入身或有於獻香華時得便入身或有於護摩時得便入身譬如日光照於火珠以因緣故而得火生彼頻那夜迦在行人身因得其短令行人心亂遂起貪瞋無明之火若頻那夜迦於澡浴時伺得其短入行人身遂令行人起種種過患忽覺飢渴思念飲食或起懈怠懶惰之念或耽眠睡或起瞋恚等事若頻那夜迦於獻塗香時伺得其短入行人身遂令行人起諸過患或思鄉國生緣之處或起懈怠之念或起欲想分別妙境若頻那夜迦於燒香時伺得其短破地而出入行人身遂令行人起諸過患或生嫉妬或發瞋恚或起邪見或思邪婬等事若頻那夜迦於獻燈時伺得其短入行人身遂令行人而發心病心悶痛苦以至損心若頻那夜迦於

獻華時伺得其短入行人身遂令行人起諸過患或身壯熱或支節疼痛或與助伴相諍以至離散若頻那夜迦於念誦時伺得其短入行人身遂令行人起諸過患或得病惱身體疼痛或患腹肚下痢無恒又復諸頻那夜迦悉入身中遂令行人起種種過患魔旣熾盛心遂迷惑不辨東西見諸異相或似念誦語不分明或無事緣行住不定或心不決便起邪見或說無有生天亦無得罪或言無有修行定無聖力虛念眞言妄受辛苦無善無惡無因無果亂言綺語種種無恒或手折草木或弄土塊或睡時齩齒或妄起欲想於彼女人而生愛樂彼之女人不樂行人或復彼樂自心不順竟其夜分不能睡眠或復睡著即得惡夢乃見舍哩努二合攞及師子狼狗所趂或見駝驢猪豕猫兒野牛之類又見鷲鳥鷺鷥及獐狐等飛怪之禽又復夢見裸形外道以乾濕骨而爲莊嚴或夢短小惡相之人或夢身體白癩之人或夢赤髭醜貌之人或夢髑髏骨聚枯井枯池或夢破壞屋舍人所捨棄或夢惡人手持槍劒及諸器仗欲來侵害若於夢中見如是事即定知彼等諸頻那夜迦而作障難持誦行人即作甘露軍拏利忿怒明王法及念眞言以爲護身使如上頻那夜迦諸魔障等悉皆解脫不能侵惱若有常持此眞言者一切魔障無由得便復次持誦行人欲作法解除魔障求解脫者先請清淨有威德阿闍黎或就山中或是池側或林樹下或是聚落空閑之舍或是清淨四衢之道得是處已然用五色粉作曼拏羅五色者

即黄青赤白黒等其曼拏羅量方四肘作四門中作坑方二肘於坑内布吉祥草於坑外四面分布安置真言主明王座位又於八方粉作本方天神以四寶瓶或用四新瓦瓶代之其瓦瓶不得用黒色及太燋太生者瓶内盛五穀五寶及香水令滿兼以赤蓮華及雜樹華枝等揷於瓶内復以五色線纏瓶項安於四方爲灌頂用安置已然可請召諸明王等以上妙香華飲食及供具等而供養之復以酒肉蘆蔔蔬果之類供養八方天神及諸作障頻那夜迦等然後彼著障人於壇中坑内面東而坐其阿闍黎取四方瓶誦甘露軍拏利忿怒明王真言百徧加持彼瓶誦數滿已及依法作諸法事然後以此瓶水灌著障人頂彼著障人即得解脱此曼拏羅非獨解脱魔障亦能滅一切罪增無量福若能依法修持無不獲得果驗者

分別悉地相分第五

爾時彼持誦行人被諸魔障種種惱亂欲令退心者既知是魔即須作法而爲除解得除解已身心安静無惱無垢譬如明月得雲退散離於障蔽朗然天際住於空中照耀無礙彼之行人持誦修行獲離魔障亦復如是又復持誦不獲成就者譬如種子因地因時風雨不㤓溉潤無失乃可生芽以至成熟若或種子不以其時不植於地使彼芽莖無由得生何況枝葉及果實耶持誦行人若不依法又不清淨於諸供養曾無虔潔於其所誦真言文字或有闕剩至於呼吸訛略不正是以種種悉地而不現前不獲成就亦復如是又

如與雲降其雨澤隨衆生福而有多少隨持誦人所施功勤獲得成就亦復如是若是行人獲其勝地兼依法則至於所制亦無悞犯黑業消滅白業漸增持誦所求即趣成就若其如是一一無失於諸成就得獲無疑復次行人於持誦之中有所闕犯或是間斷本誦别持眞言或將所誦眞言授非同志致其所誦雖滿無成便應復更虔心倍前專注每日三時如法供養潔淨內外不失儀則更誦一洛叉徧得數滿已便可作護摩法而爲供養當以大麥或用稻華或以脂麻或白芥子或是蓮華隨用一物以酥相和數足四千或七千或八千乃至十千又以優曇鉢羅木菩提樹木白赤阿哩迦木龍樹木無憂樹木吉祥木你虞嚕馱擔没羅木佉你囉舍彌木鉢羅叉木阿波末里誐末度木閻浮木以如上木隨取一木爲柴當使濕潤者若乾枯蟲竅或燒殘者並不得用其柴麤細如指長十二指截已以酥蜜酪搵兩頭與稻華或脂麻芥子等隨取一物同燒作護摩滿上數已前所闕犯還得清淨然後方可更求眞言悉地得無障難復次行人所持眞言明主或有餘部而相禁縛或截斷或破壞使其所求不得成就即作本尊形像置本部尊足下面相對誦諸部忿怒大威眞言復以酥蜜酪灌沐本尊日日三時如是十日彼諸禁縛自然解脫復次行人於所持眞言所修行法自審無闕所求悉地猶不成者必於其法有所虧闕然非自知定得境界但加精進日夜不懈者本尊自然來於夢中說其障因感應可期如海潮限

其實諸部眞言明主定不相破必無禁縛譬如二人而作密友約其一言自今已去勿往其舍亦復與彼不交言話而彼友人以相重故終不往彼及與言話持誦之法亦復如是是故行人不得以眞言明而相破壞亦復不應互相禁縛乃至護摩作非善業又復行人不應於眞言曼拏羅加減傳授亦復不得以此法彼法而相迴換亦復不應無故打縛有情不應護摩損彼支體乃至致死害於有情亦復不應摧滅鬼族及治罸龍類亦復不應於一切鬼神星宿妄作禁縛等事亦復不應呪法醫治嬰孩之病而妨大事復次持明天及持明諸宗所說得成就義具法不同或說當具十法乃得悉地所謂行人助伴所成就物精勤處所勝地時節本尊眞言財力具此十法悉地乃成又餘宗說具三種法悉地得成所謂眞言行人助伴又一宗說四法得成所謂精勤好日好時并及處所又一宗說五法乃成所謂本尊眞言處所財力所成就物又一宗說當具十法又一宗說當具八法乃至或說五法四法三法二法各於本宗而說定量惟佛教本宗我金剛族當具二法悉地乃成一者行人二者眞言一行人者具足戒德正勤精進不於他人所有名利而生貪嫉於已財物乃至身命無所悋惜二眞言者以所持誦本部眞言之時當令文句滿足聲相分明所有欲求成就之法皆悉具足不得闕少又須得諸佛菩薩先所居處得是處已如法持誦決定獲得意願滿足成是二法定得悉地復次行人持誦之法諭若師子爲飢所

逼捉象而食必先奮迅全施力勢或捉羊鹿小獸之類所展力勢與象皆同行人持誦求彼成就上中下事必須精勤勇猛如師子王無有二相亦復如是持誦行人於持誦時若住城隍闤闠之處當有蚤虱蚊䖟呩齧身體又或見聞女人裝嚴衣服環釧瓔珞種種之聲若住深山大林即有寒勢無恒或發病苦逼惱身心又復或有猛惡之獸欲來害人使起驚怖若住海岸即見風鼓海水作大波濤惡聲恐人令生怕怖若住江河陂池之側即有蛇蟲毒蠚害人之類持誦行人若在如是之處欲持誦者必先了知如是之事皆爲魔難若遇是事當須可忍勿使心緣而有散亂或可別求勝處以進功行不得因逢此境而生退屈便須更發堅固勇猛之意若或退心恐起邪念邪念若起當被惡魔而得其便智者方便與有情樂勿令一切有情之類因斯獲罪當受苦果復次持誦之者不得太急亦勿遲緩使聲和暢勿高勿嘿又不得心緣異境及與人雜語令誦間斷又於眞言文句勿使闕失文句闕失義理乖違悉地難成因斯所致喻如路人背行求進離此過失速得靈驗又如川流晝夜不息持誦行人亦復如是日夜不間功德增長如彼江河流奔大海又復行人或是心觸染境便起著想遂成懈怠覺是魔事速須迴心當瞑兩目作於觀想或緣眞言文句或觀本尊繫束其心令不散亂後逢此境心若不動此之行人得觀行成就又持誦行人欲求悉地要在攝心定住一境心若調伏身自安住身既無撓心轉快樂身

心一如名得三昧持誦行人得斯定念過現之罪悉皆消滅得罪滅已身心轉淨所作事業成就無疑佛佛所言一切諸法心爲根本心不清淨當感貧窮醜陋之果或墮地獄畜生若心清淨當得生天及生人中受於快樂乃至遠離地水火風生老病死無常無我敗壞之樂後得解脫寂滅涅槃之樂又復諸法從心所生非自然有亦非時節非自在天生非無因緣但緣無明輪迴生死四大和合假名爲色色非有我我非有色色無我所我無色所如是四蘊畢竟皆空色如聚沫受如浮泡想及行識如焰幻等若能於法得如是見名爲正見若起異見名爲邪見復次持誦行人所持眞言若得數足爭知所修近於悉地若於睡時必得好夢若是夢見自身得幢旛寶蓋引入上妙宮殿或登樓閣或上高山或昇大樹又或夢騎師子白象白馬白牛或犀牛黃牛舍里努羅等又或夢聞空中作大雷聲又或夢中得人歡喜授與馨香華鬘鮮潔衣服或得水生果子或五色蓮華或得佛像或得佛設利羅或得大乘經典或見自身處大會中與佛菩薩同坐而食又或見自身入於塔寺或入僧房或見如來處於寶座爲天龍八部說法自入會中亦坐聽法或見辟支佛說十二因緣法或見聲聞僧說四果證法或見菩薩說六波羅蜜法或見諸天說天上快樂或見優婆塞說厭離家法或見優婆夷說厭女人法或見國王或見淨行婆羅門或見殊異丈夫或見端嚴女人或見大富長者或見苦行僊人或見持明諸僊或見妙持誦

人或見自身呑納日月或見身渡海及江河泉池或即飲如上水都盡無餘或見頭上火出或見入大火聚又復夢見大車滿中載物有牛及犢而共牽駕或夢得白拂或得革屣或得刀劍或得妙扇或得金寶硨磲真珠瓔珞又復或見已之父母或見端正童女衆寶嚴身乃至或得上妙飲食若或行此如上吉祥好夢應須策勤精進歡喜勇猛何以故應知或於一月半月或一日或一刹那間必定獲得廣大悉地

知近悉地分第六

復次行人自審持誦有力倍生愛樂於其染境心不攀緣於諸違犯罪不生起自無寒熱飢渴苦惱等事至於蚊虻飛蟲乃至毒蛇血食之類皆不能害又復餓鬼毗舍左羯吒布單曩等皆亦不敢侵近行人之影行人所有言教一一信受又復倍覺聰明智慧善解文字書疏言義惟樂一切善法策勤精進又復得見地中寶藏如無障隔身體無病塵垢不染身出香氣一切愛樂見者聞者悉皆歡喜又復無諸樂欲女人來相媚惑以其身心清淨得聞空中諸天言語或得見彼天身乃至得見阿脩羅乾闥婆夜叉之類持誦行人若得如是吉祥相現便應喜慶自知已近真言悉地便須備辦成就法事復次行人欲起首悉地先須具持八戒四日或三日或二晝夜仍須斷食方求悉地爾時妙臂菩薩聞金剛手菩薩如是言已須臾嘿然即白金剛手菩薩言菩薩先言不由斷食而得清淨云何今日言令斷食又如佛言人之喫食由如膏車

車或不膏難以前進其事云何時金剛手菩薩以如雷音作如是言我今不爲令心淨故而有是說但爲有情身本非淨禀於精血爲骨爲髓爲肉爲皮頭髮身毛面目耳鼻脂肪脾胃涎沫唾洟乃至大小便利九漏交流如是身分種種垢穢皆依地水火風流轉變化若求悉地先當清淨不欲於成就時令彼大小便利而有流出故說斷食而求清淨非爲妨道說如是事如是清淨身得安樂於成就時免其熏汙又復行人於此之時忽生煩惱而有貪欲便須以慧作其觀想乃謂此身不淨所成復假食味以爲資持若作如是想時前所起念當時消滅乃至於身命財全無恪惜譬如夜分無量黑暗日光出時一切都盡亦復如是行者若是修持到此應當自知悉地不遠復次如是知已於白月八日或十四日或十五日取淨土及新淨衢摩夷相和塗地次用香塗地潔淨作賢聖位清淨訖以彼賢聖皆面東坐以香華燈塗飲食等次第奉獻先獻佛次獻大金剛族本部明主次獻所持眞言主如是次第佛及菩薩乃至明主一一供養讃歎已復更發起大菩提心大慈悲心爲度一切生老病死苦惱衆生作是念已復更轉讀摩賀三摩惹經及吉祥伽陀如來祕密大智燈經及轉最上法輪經如是經等或徧轉讀或隨讀一經然後結八方界地界及虛空界等彼界如世人住處外墻用遮其惡結界防魔亦復如是當令惡心作障天魔阿脩羅乃至一切鬼神等皆不得近兼復念被甲眞言用護自身我先已說種種曼拏羅

法當以五色粉隨作一曼拏羅作已先隨意作一護八方神彼神能摧諸作障難者又於曼拏羅四維畫金剛杵三股叉等然後誦獻師子座明呪茅座安曼拏羅中心以所成就物先用三菩提葉盛後用四菩提葉覆蓋安於座上然用呪呪香水灑之以除魔障然自坐左邊誦相應眞言須臾間復用香水灑淨然後復以相應法護摩一千徧專心誦持不得間斷直至三種相現是為得法成就三種相者所謂熱相煙相焰相若得熱相者當得世間一切愛重若得煙相者當得隱身若得焰相者當得變成微妙之身成持明僊飛行虛空壽命長遠得悉地相如人至死冷觸入身周徧其體又如中陰至於胎藏孕者自覺又如世間諸有香氣人忽聞者香雖可得無有形影又如火珠照以日光日光入故火遂流出諸有行人悉地入身亦復如是前所成就是外諸物像或是內心求成就者別有所表彼持誦行人專注不間必感靈驗得悉地者或見所供養像而得振動或得像面毫光照耀或得像身振動或得空中降華或時無雲降微細雨或降妙香或感地動或聞天鼓自然之音或見天人阿脩羅等住虛空中或聞諸天人等言語之音或聞種種天莊嚴具瓔珞環釧之響或見燈焰增長明淨金色或其油盡燈焰轉熾或聞空中有聲令說所求之願或覺身毛一切皆竪或現如是相已定審所求悉地成就當以上妙淨器盛滿生華及磨諸香水并著五寶和合作閼伽水長跪奉獻本尊及誦眞言乃至以妙伽陀而伸讚

歎當發歡喜正信之心精進不懈禮拜供養如是作已將所求事一一言説聖心不間有求必應得如願已一心專注而於本尊信樂讚歎再以閼伽奉獻供養更念本尊眞言又念諸部發遣眞言當依儀軌誦眞言已禮拜請諸賢聖各還本位

説成就分第七

復次行人專注持誦精勤不懈雖得如願所作成就但一切時恒須用意何以故緣彼一切極惡鬼神以惡業故於諸行人不欲成就若其成就彼眞言力威德及處或百由旬或千由旬諸魔鬼神不敢侵近彼作是念此之行人今世後世而於我所無饒益故由是行人常須在意譬如有人被甲乘象復持弓箭及諸器仗上大戰陣彼諸怨敵見此威猛退散遠避無敢當者持誦行人若常持誦於法無闕乃至戒律無少違犯戒喻於甲眞言喻弓箭勇猛如乘象若具如是惡魔鬼神不敢侵近亦復如是復次行人求吠多拏成就者於屍陀林中求不壞者其屍仍須身分具足全丈夫相又不得用背傴攣躄痤陋之者亦復不用極肥極瘦諸不圓滿乃至無上中品相人屍皆不堪用若是選得具上品相者最爲第一又復不得用因患氣患瘧及患痢病及患惡瘡乃至因被水中陸地蛇蟲所螫行毒徧身吐沫死者如是之類皆不堪用若是選得屍已便須令助伴人執棒守護盡日直至夜分或只就屍林或别求空舍或獨樹下或四衢道或泉池側或寶山中若得如是上勝之地彼吠多拏必能速疾可得成就如上

勝地隨求一處可愛樂地其地如儀得清淨已復以淨土及衢摩夷相和塗地地清淨已用青赤白黑及黃五色上妙之粉作三昧曼拏羅其曼拏羅種種名字我已先說於諸曼拏羅中隨作一種曼拏羅於曼拏羅中排四賢瓶瓶中添水各各令滿或用苦水然求隨時蔓華或種種異華揷於瓶內於曼拏羅如是作已令彼助伴發勇猛心不得怖畏先與屍淨髮復用賢瓶水沐浴令淨然後用油塗摩塗訖又用上好白衣裝裹如是畢已然於所作曼拏羅中鋪吉祥草散種種華令彼助伴同舁此屍安曼拏羅中或頭東或頭北如法安置後以塗香燒香名華華鬘乃至酒肉種種之食而爲供養如不能廣辦但隨力分亦得然取與此曼拏羅相應之族本部眞言而爲呪誦又復於此本族眞言明主當起信心精虔奉重依於儀軌專注持誦以求成就復有一切潛行作障部多及龍必里多等行人復以供養物等先散四方四維乃至上下施彼作障部多及龍必里多等及先誦眞言而自擁護并護助伴令彼障等不能侵近然後持誦以求成就於持誦時若是屍立現諸惡相即知是魔種種作障之類行人審知是已取白芥子和灰誦佛頂王眞言擲彼屍面以眞言大威力故諸作障者馳散四方障魔去已屍卧如初若是屍立無諸惡相即知是眞言功力所求成就決定無疑若得如是便須自心決定凡是行人先所求願而於此時一一皆說或求示於伏藏或求入脩羅窟取聖藥或欲乘劒或求眼藥及降鬼神乃至求

囉惹愛重如是諸事並可成就行人常時當須行最上行用大真言力爲自擁護方得成就吠多拏法何故如是譬如猛獸雖猛少智而被惡人之所傷害行人若是不起上行不自擁護當被諸惡魔障而得其便亦復如是

妙臂菩薩所問經卷第二

音釋

濼匹各切陂澤也　礫郎擊切小石也　鹻古斬切鹹也　墾口很切發也　轄胡瞎切　槵胡慣切木名　掐若洽切爪掐也　秆古旱切與稈同　槍千羊切矟也　罥古泫切網也　齩五巧切齧也　搵烏困切　闤闠闤胡關切市垣也闠胡對切市外門也　咂作答切入口也　齧倪結切噬也

蠚施隻切與螫同　攣閭緣切手拘攣也　躄必益切足不能行也　痤才何切病也　舁羊諸切共舉也

妙臂菩薩所問經卷第三 第四同卷

宋西天三藏朝散大夫試鴻臚少卿傳教大師法天奉 詔譯

召請鉢天說事分第八

復次若欲召請鉢天來下說事者彼鉢天下處而有數種所謂手指銅鏡清水火聚平正地瑠璃地燈焰童子虛空中及諸供養器等處皆是鉢天下處若有行人請得來已於前所說下處自說天下人間過去未來現在乃至具說超越三世善惡等事若是行人請召之時不依儀則於法有闕或所誦眞言文字訛略或是闕剩又或不具正信不讀大乘經法或不陳供養設有供養隨於處所不求清淨之地或時童子頭面眼目或手或足及諸身分無端嚴相若如是者彼諸行人雖復勤勞而鉢天不下非惟召請不來而亦返得不吉祥事若持誦行人欲作請召鉢天者當須修先行法先行法者謂先持誦鉢天眞言一洛叉徧或三洛叉徧然後取白月吉祥之日其日不食求淨土衢摩夷等相和塗地作壇如牛皮量此是下鉢天處若欲於童子下者即將童子澡浴清淨著新白衣與授八戒內外清淨訖坐壇中心面西而坐以香華等而爲供養行人自亦於壇內布吉祥草面東而坐誦鉢天眞言一心祈請定獲成就若欲令於鏡中下者先取好鏡圓滿無損鈌者用淨灰揩拭七徧或八徧或十徧令其瑩淨安壇中心鉢天若下即於鏡中現世出世之事若欲令於指上下者即先用紫礦水洗染大指後用香油塗摩彼鉢天乃下若欲令於水中下者即取新水仍須濾過添於瓶內鉢天乃

下於中現事若欲令於空地及諸尊像前燈焰火聚處下者即先持誦眞言加持淨水灑之鉢天即下若於如上之處請得下已即舉種種香華而爲供養令鉢天歡喜天歡喜已乃於夢中說善惡等事若或具修諸法而天不下者當更發大慈大悲利樂之心一日不食復受八戒於殊妙尊像前或舍利塔前布吉祥草端身正坐不動不搖一心專注持誦本部毋或本部主眞言一洛叉徧或二洛叉徧得數滿已再作此法當誦忿怒王眞言及呼我唵字者至於枯木亦可令入何況人處若欲令於童子處下者當先求取童兒十人或童女十人如數不足或八或六或四或二並通須年十歲或十二歲又須是身相圓滿徧身血脉及諸骨節悉皆不現膚色鮮白頭頂端正髮黑光潤面如滿月眼目脩長牙齒齊密手臂纖長臚圓可愛兩乳隆起身毛右旋心腹之間有三約文臍深平正腰細端直乃至股肱膝腨踝指及跟諸相端嚴悉皆具足人所見者愛樂不捨若得如是童子或童女即取白月八日或十四日或十五日或別吉祥日即先令澡浴清淨著新白衣或著眞珠之衣而爲莊嚴飾畢已仍與授八戒訖將於壇中面東而坐行人其日自亦不食澡浴清淨著新白衣具種種香華華鬘塗香燒香然燈及上妙種種飲食供養本尊及護八方天神又別置供養奉獻天人阿脩羅及潛行鬼類如是作已持誦行人復以妙華散彼童子然後手執香爐念鉢天眞言其眞言首當先呼吽字中間復加屹里(二合)訶拏(二合)之句至

此以華投於童子又呼阿鼻舍字三徧又呼乞澁二合鉢囉二合如是誦者彼鉢天須臾即來入童子身亦須審知其相若是來者其童子顏容熈怡目視不瞬無出入息即知是其鉢天來已便可燒香及獻閼伽心中當須憶念最勝明王眞言禮拜供養然可請問尊是何天勞屈至此我今於自於他有所疑事願爲速說仍須速問不得遲疑而彼鉢天一一皆說多說三世善惡之事若苦若樂得利失利種種之事一一皆說如是說已宜應信受勿生疑惑所問事畢速須依法供養勞謝發遣請還本位復次鉢天自身來下當有證驗可知彼天作童子相兩目圓瑩於黑睛外微有赤色面首端正顏容熈怡視物不瞬無出入息有意氣大人之相若如是者是眞鉢天來下若是障魔來下者其狀亦如童子無出入息顏容醜惡眼圓多赤作瞋怒相張口怖畏若覩是相當知是魔羅刹及龍潛行鬼類既審知已速須作法除遣持誦行人即於壇所讀誦吉祥伽陀或大力明王經及三摩惹經及穢跡忿怒明王眞言乃至大乘諸陀羅尼而發遣之如是不去當誦師子座眞言用阿里迦木及波羅舍木爲柴搵酥蜜酪并稻穀華或胡麻等護摩百徧然後誦忿怒軍拏利眞言護摩三徧或七徧彼障魔更不敢住自然退去諸有智者當須解了如是之法一一修行若爲是事勿令辛勤無所靈應

說諸遮難分第九

復次妙臂菩薩問金剛手言行人修行持誦有何罪障不獲悉地願爲宣說當令未來諸

修行人一一了知於諸修行而無疑惑爾時金剛手菩薩告妙臂菩薩言妙臂若有行人於過去世乃至今生於身口意不能善護造諸重罪是故修行法難成就所謂殺阿羅漢及殺父母破和合僧以瞋怒心出佛身血及毀壞佛塔或殺菩薩或强以不淨行汙阿羅漢母或使人或自作逼奪三寶財物如是之過佛說此爲五無間罪若有是過於法難成何以故以此重罪當墮地獄受苦一劫乃平先罪方得出離故說此人雖復勤苦以業障故於諸眞言終不成就又復於諸如來所說經法以其瞋心或火燒或水溺或方便毀壞或謗法身或殺持戒僧尼或無故殺持戒男子女人或以瞋心縱火焚燒伽藍若有此罪雖復勤勞亦不成就若或於佛法僧所興損害心不限多少我今說彼受報少分如是之人當墮無間地獄畢是罪報復生人間以餘業故設得人身生貧賤種或遇善友勸發無上菩提之心後又不定返却歸依外道天等彼外道天雖見歸依亦復不喜返生瞋害若此之人持誦修行終不成就若復有人從初發起無上菩提之心從是之後諸天及人宜應供養何以故彼人即是荷擔一切有情能於有情施無畏故乃至於三寶種能繼嗣故是以不應返禮諸天又復不得作猛害之過及殺傷人又復不應於眞言明互相破壞又或以瞋心故不供養眞言明主又或乃至以足踐蓮華及諸印契又或無故手折草木之類又復禮拜諸惡藥叉之類或喫供養殘食及供養鬼神殘食或喫棄地之食又或於畜

生女行不淨事或與女人於伽藍清淨之處行不淨事或以禁呪或用藥力害諸蛇蟲或乘象馬牛驢欲令急速强鞭支之又於病患之人及苦難之人不發慈悲救濟之心如是等人於眞言明終不成就復次行人譬如虛空不可量度若復有人於三寶所而行損害後感其報不可度量亦復如是又復行人曾以羂網傷害有情畜養猫兒捉殺蟲鼠乃至籠禁鸚鵡飛禽之類如是之人不得成就又不得受用供養佛物又不得禮拜大自在天及日天月天火天那羅延天設使遭其苦難亦不應禮拜彼諸天等所有教法不應持誦亦不應供養行彼法人於彼等法不瞋不喜亦不隨喜彼法儀則或有財寶欲行惠施者即先發大慈悲心先當禮拜一切諸佛次禮

菩薩緣覺聲聞之衆何以故彼菩薩等如月初生已超衆曜後漸圓滿明照世間彼菩薩等亦復如是雖在地位終當取證無上菩提是故應須禮拜如是之衆又菩薩等乃是荷負一切有情之者所有發大慈悲欲救濟者宜應先禮此菩薩等又復世間有可愍者愚癡下劣有情於菩薩等不肯禮拜彼菩薩等具大精進神通難測行人若不禮拜非只所持誦法不獲成就亦乃輕於諸佛何以故譬如世間一切果實從華而得華喻菩薩果喻菩提是故行人宜應信禮若有菩薩爲利益故於貪欲者示現行欲乃至於善人惡人實無愛憎之心以慈悲故方便讚毀云何行人於菩薩等不生信禮彼諸菩薩或復示以種種眞言明主之相爲欲隨願滿足有情之心

是故應須信禮一切眞言明主之師

說勝道分第十

復次持誦行人於所修行勿生疑念當以八正道常爲資持行此道者於眞言行定獲悉地又復當來常生天上人間勝妙之處過去諸佛修行此道得成正覺現在未來諸佛世尊亦復如是以身口意所修功德常依佛言不生疲勞如是修行名爲正業以其飲食湯藥衣服卧具諸所受用不生愛著是名正命於自於他不讃不毁遠離瞋恚如避火聚又如猛虎見火驚怖懼諸過咎常令如此是名正行不學占相男女吉凶等事不學天文地理陰陽之法乃至降龍及調象馬書算弧失之藝能遠斯過是名正分別不應往觀鬬象馬牛羊鷄鶴飛禽之類及諸男子相撲之戲能離斯過是名正念乃至不應言説王法國政及地方論共戰相持之事婬坊婬女耽著之論亦不談説謎語亦不談説往昔所經之事乃至世間一切無益文字言論等事持誦行人當須遠離如是種種之過又若持誦求悉地者至成就間不應時入城郭村落塔廟伽藍及外道所居神祠宫觀如是之處皆不應往若爲持誦事不獲免當於如上之處隨求一處清淨勝地或即别求山間或是池側或就空舍或故神祠或樹下或河岸乃至山泉之側離諸喧雜無人之處專心持誦又復一年之内惟除三月夏安居時不行餘外若春雨時并及餘時隨意遊處山林泉池乃至如上一切勝處專心持誦行人若是修先行法誦數雖滿夏安居時不得作成就之法譬

如苾芻夏安居時一切不作安坐寂靜持誦行人亦復如是惟於持誦不得間斷夏滿足後如法護身方作成就復次欲求悉地者持誦數滿須作護摩作護摩爐亦有數種所謂蓮華相團圓相三角相四方相如是四種所用不同並須虔心製造當令如法欲作爐者先求淨土及衢摩夷相和作泥泥爐爐須有脣極令牢固亦須四面作基陛相爲供養聖賢之位若作善事及求財寶乃至息災及愛重法者須作圓爐若爲求一切事至於童女給侍之類須作蓮華爐若爲調伏諸龍及一切鬼類或令火燒或令苦痛者須作四方爐若爲作惡法欲令冤家心生怖畏馳走遠避不敢來近者須作三角爐所造爐並須如法依儀製作訖於爐四面徧敷吉祥草應是護摩之物並須安置爐外基下有衢摩夷塗處然後於彼爐邊散種種華塗香燒香諸飲食等供養三寶及本部大金剛族明主眞言主等供養訖然後於爐內生火其火不得口吹用扇子扇火得火著已先用稻華或用胡麻與酥相和誦本部明主眞言一誦一擲或七徧或八徧乃至或二十徧擲於火中此名護摩供養明主供養訖然後依法護摩以求悉地行人先自擁護用忿怒軍拏利眞言呪吉祥草或七徧或八徧或二十徧結作絡腋護身訖然後敷吉祥草面東而坐將酥蜜酪和白芥子器內盛之以所用柴榅兩頭誦本尊眞言擲於火中一誦一擲火初盛著先觀火焰知其吉祥及不吉祥之相其火若是不扇自然而著又得大熾無煙復無炷聲焰峯聚

起一向右旋如日昭然無諸障蔽其色如金或如珊瑚或廣或長相狀多異或如虹霓或如電閃或如孔雀尾或如蓮華朶或如護摩杓或如金剛杵或如三叉或如横刀或如幢旛或如瓶螺或如拂或如車叉或如諸樂器鼓笛等聲至於香氣亦如燒酥若得如是種種吉祥之相當知速獲廣大悉地又復其火初便難著雖著多煙其焰不能廣大熾盛漸却微劣以至燼滅設得不滅與煙相兼無紅赤色又如日輪在於雲中不能明顯或得火焰上騰即作牛頭之狀或如驢馬之狀或即大炷迸燒行人或即火氣如燒死屍行人若是得此相狀了知不吉所求悉地定不成就行人便須再以稻華白芥子酥蜜相和即誦赤身大力明王眞言及穢跡忿怒明王眞言等作護摩前不吉祥相自然不現一切消滅又復行人不應以刀剃三處毛亦不應用藥塗落亦不應以手拔棄譬如有人手持利刃若無智慧速當自損若人持誦不依儀法非惟法不成就亦當別招自損若是行人持誦修行不依儀則或不持戒或不清淨彼大明主終不瞋害所有明主侍從眷屬見其過故便即損害復次持誦行人若欲持誦速悉地者所有儀法不得纖毫闕犯使諸魔障而得其便當須隨力辦種種飲食香華果子等當祭天阿脩羅藥叉及龍揭路荼揭吒布單曩乾闥婆部多一切諸鬼魅等以祈擁護不為障難備祭食已即須虔心一一呼名啓請願各降臨受於供養助成悉地即誦此啓請眞言眞言曰

禰引嚩引阿酥囉引夜叉部峇誐引悉馱引
哆引叉也合二酥波囉拏引二合羯吒布怛曩引
室左合二巘達里嚩合二囉剎仡囉合二賀惹多野
室左合二曳引計引唧部冐引尾曩扇帝禰尾
也合二你也合二悉帶引二合迦惹努必里合二體尾
多隸引憾訖里合二怛嚩引二合拏隸尾惹拏合二
引波夜引弭旦引覩補怛囉合二捺妳引娑賀
部里合二怛也合二僧契引酥嚕合二怛嚩引二合伊
賀演引覩阿努誐囉合二賀引囉探合二喻弭不
里合二瑟致引二合你挽帝部哆引曳引難那你
引曳引左酥囉引羅曳引數曳引冐引那夜
引悉帝引二合囉滿禰里引數曩誐里引數薩
里吠引二合數唧曳引嚩扇帝娑里醋薩里嚩
引二合酥左僧誐彌引數囉怛曩引二合羅曳引
左引閉訖里合二多引地嚩引娑引嚩引閉多

拏引詣引數左波羅嚩合二隸引數倶吠數濕
嚩合二部里合二數左你里惹引二合里引數曳引
誐囉引二合摩具引世引布囉迦引曩你引嚩
引輸你也引二合羅閉引禰引嚩誐里合二呬引
數曳引左尾賀引囉唧引怛也合二嚩娑他引
室囉合二彌引數摩滯引數舍引羅引左供惹
囉引赦引曳引部部里合二哆引唧多誐里合二
呬引數扇帝囉他也合二酥尾體數左左怛嚩
合二里數曳引再迦沒里合二剎引數摩賀引鉢
體引數摩賀引舍摩合二舍引你引數摩賀引
嚩你引數僧呬引怛里娑合二乞叉引二合尾喻
合二史哆引酥曳左嚩扇帝具引囉酥摩賀引
吒尾酥禰尾合二閉引數禰尾曳引二合數訖里
合二哆引羅夜引室左合二禰引嚕引舍摩合二舍
引你引你嚩扇帝曳引左訶哩合二瑟吒引二合

鉢囉合二娑怛曩引二合娑囉合二惹𡃤馱摩引羅焰合二度波末隣禰波努帝左婆訖怛也引二合誐里合二恨紱合二凍部砶覩閉挽覩再鍐伊難左迦里摩合二娑頗楞祖産覩睶鍐覩訖里合二怛縛引二合誐囉合二賀布惹喃覩禰誐里左合二曩怛吠引二合迦摩曩引覩倶里也合二印捺囉引二合覩嚩日哩合二娑賀部多僧契引伊紷覩誐里合二恨紱合二覩末隣伱悉里合二瑟吒引二合阿詣伱合二里也合二冐引乃引里帝部鉢帝室左合二阿鍐引波底里嚩引二合喻嚩曩引地嚩室左合二伊舍引曩部哆引地鉢帝室左合二禰引冐引烏里嘆合二覩賛捺囉引二合里迦合二閉哆引摩賀室左合二禰引嚩引三摩娑哆引二合部尾戍引左曩引誐引馱囉引玉呬也合二誐妳引娑彌引哆引鉢囉合二底鉢囉合二底怛吠合二曩伱吠引那難覩娑嚩合二迦娑嚩合二迦引歳引嚩禰舍引酥部怛嚩引二合誐里合二恨紱合二覩覩瑟吒引二合娑嚩羅引娑賽引伱也合二引娑補怛囉合二那引里引娑嚩合二惹乃引娑彌引哆引度波末隣補瑟波合二尾隷引波難左部砶覩惹也合二伽覽合二覩閉挽覩再鍐昧引怛囉焰引二合彌劒引悉弟彌紷引禰扇覩睶鍐覩藥薩里嚩合二伱拏引左囉引紱引迦嚕引怛也合二惹娑覽合二末隣迦里摩合二迦引里焰合二

妙臂菩薩所問經卷第三

妙臂菩薩所問經卷第四

宋西天三藏朝散大夫試鴻臚少卿傳教大師法天奉　詔譯

分別諸部分第十一

復次我今於持明藏分別佛菩薩等乃至諸部所說真言印契等如來所說三俱胝五洛叉真言及說明主名字故名持明藏又觀自在菩薩亦說三俱胝五洛叉真言而此部中真言主名曰馬首亦說自部種種曼拏羅名字復有七真言主此一一真言主皆十二臂或六臂或四臂持不空羂索隨意變現或四面頭戴寶冠以如意寶而爲莊嚴光明晃耀如日照世此等真言主並是馬首曼拏羅所管復有八明妃所謂目精妙白君白觀一髻金顏名稱苾芻俱胝此等皆是蓮華部明妃亦說七俱胝真言并種種曼拏羅及諸手印爲利益一切貧窮衆生及摧伏一切作障潛行鬼類復有十七真言主六十四眷屬又有八大心明王又有諸大忿怒明王甘露軍拏利明王最勝明王大福德明王等我此部名曰廣大金剛族說八洛叉真言復有大神名半支迦說二十千真言彼神有妃名彌伽羅說十千真言亦名半支迦部復有大神名摩尼跋陀羅說一洛叉真言又有財主說三洛叉真言名摩尼部復有一切天人阿脩羅等信佛者即於佛前說無量真言此等散入諸部或有入我大金剛部者或有入大蓮華部者或有入阿閦毗也^(二合)部者或入半支迦部者或入摩尼部者如是或入諸部所攝如上所說種種真言之教於此五部之行諸有行人並可修行復次世尊所說有內勝最上妙

寶叉復於此流出究竟法寶從此轉生八大丈夫不退衆寶如是三寶於三界中最尊最勝爲大福田是故行人欲得滅罪生福及本尊現前速成悉地者於念誦時先應歸命如是三寶若有持誦我金剛部中眞言者切應歸命三寶次復先稱那謨室戰拏跋折囉皤拏曳摩訶藥叉細那鉢怛曳然後即誦眞言其蓮華部亦然半支迦部摩尼部亦爾復次持誦行人於持誦時必先歸命三寶次復歸命本部明主然可持誦本修眞言若是行人不歸信佛又復惟信辟支聲聞等法信旣不足及更内心常懷慳悋嫉妬者不得執持我教所說大跋折羅復有比丘比丘尼優婆塞優婆夷等以邪見謗此大乘妙眞言教言非正說是魔所說我說此人是大愚癡復謂我大金剛手是藥叉類非實本宗不肯信禮乃至復不信禮諸大菩薩若或持誦我妙眞言者非久之間必招自損何以故然佛菩薩等豈有惡心損惱有情但緣部内一切眷屬諸鬼神等見此癡人執我大金剛族大跋折羅兼持誦我教妙眞言者彼諸眷屬即當瞋目視之乃至破壞身命若有四衆修行行人常時讀誦方廣大乘之教又能爲諸有情分别解說具大精進轉不退輪一心趣向無上菩提者當知是人持誦我教必定速得意樂成就復次我已前說佛菩薩等種種眞言之教汝應專心信受勿生疑念我今復更爲汝說彼世間出世間外道及天人魔梵等眞言之教汝當諦聽大自在天說十俱胝眞言那羅延天說三十千眞言大梵天說六十千眞言

日天說二洛叉眞言帝釋天衆說一十八千眞言賛尼迦說八千眞言火天說三千七百眞言俱尾囉說三千眞言諸龍王說五千眞言鬼主說十二千眞言護世四大天王共說四洛叉眞言阿脩羅王說二洛叉眞言忉利天主說二洛叉眞言如是天等各各具說種種眞言印契幷曼拏羅儀軌等可依法受持若違本教不惟眞言不得成就亦乃自招過咎

說八法分第十二

復次成就之法總有八種所謂成眞言法成長年法藥成就法出伏藏法入脩羅宮法合成金法土成金法成無價寶法此之八法說爲三品成眞言成長年入脩羅宮此三爲上品成無價寶出伏藏土成金此三爲中品合成金藥成就此二爲下品若復有情智慧過人及有戒德亦復樂修大乘之法如是之人可求上品若復有情雖具修行未息貪欲可求中品若復有情在愚癡者必求下品諸有行人雖備受貧苦恒所不足者應求中品不應求下品若欲獲得八法種種成就者當須修福以爲資持若有福者求人天快樂及一切愛樂延長壽命威力特尊端正聰明法皆成就若有行人不戀世樂愛樂修行於三寶尊常在心念眞言法則恒具修持復於念誦未甞間斷如是之人必能成就及滅罪障解脫諸苦又復能於現在及彼未來成諸快樂惟佛所說眞言威力更無異法譬如天火下降及降霜雹能傷草木無所免避眞言威力能摧苦惱及諸罪障亦復如是又如劫樹能

滿有情一切意願眞言之力能與有情一切悉地及以富貴色力長壽亦復如是又復菩薩觀諸有情或遭王難或水火難乃至賊盜刧殺之難一切怖畏苦惱逼身菩薩於是即自變身爲眞言主種種色相救濟有情令得解脱又復有情雖處居家愛著妙境於眞言法及彼儀軌雖則日有持誦且非猛利精進於久久時乃成先行之數先行滿已或驗現前乃於是時方離五欲具戒清淨入於靜室更誦眞言滿一洛叉然後不久即得所樂悉地復次行人於持誦時或悉地時入曼拏羅近諸賢聖既修是法要須清淨澡浴之法先以淨水調和淨土徧塗其身然後入大水中隨意洗浴淨手足已或面東或面西蹲踞而坐作護身法即以右手取水徧灑其身不得令水有聲復以右手取水一掌掌中之水勿令有沫乃誦眞言呪掌中水三徧吸三吸亦勿令有聲然後用水以大指拭口兩徧及灑身上以爲護身如後忽覺齒中有其磣穢又以手觸或即欬嗽涕唾或即覺氣逆噦更須如前呪水吸水拭口漱口澡浴畢已即入靜室此後不得輒與人語除助伴外應是男女在家出家之者及外道婆羅門淨行之者童子童女及復耆年乃至諸不男等如是人等悉不得共相言語及相觸著若相觸著又須同前洗浴及拭口漱口若有行人恒樂清淨澡浴其身及樂持誦又於有情普皆憐愍亦不於他利養心生貪愛乞食自居修眞言行如是之人妙陀羅尼自然獲得復次行人若求悉地於念誦時或有人來奉施上妙衣服

金銀珍寶莊嚴騎乘塗香燒香乃至飲食及一切樂具或多少悉不得受復次行人求成就時凡是大小便利畢已一一並須依法用其水土重重揩洗以求清淨若其不食斯最爲上免使觸穢熏於賢聖復次行人將求成就處其罪障不獲現前即須預前重重念誦伸其懺悔譬如夏熱之時風搖衆樹木相揩故火遂生著功用不加自焚衆草如諸行人以精進風搖淨戒樹生念誦火焚燒罪草亦復如是又如冬時雪自凝積日所照故雪自消散行人清淨戒日舒光罪雪盡消亦復如是又如室中千年黑暗一燈倏照黑暗都盡亦如行人千生之中所積黑業忽從慧火然念誦燈明力威光爍黑暗業一切都盡復次行人持誦修行乃至護摩猶不獲悉地者當以香泥和於淨沙或江河邊或泉池側選其勝處印造成塔滿一洛叉想同如來舍利之塔以虔心故行人自無始已來所作罪障一切消滅所求眞言悉地乃於今生定獲現前復次持誦行人求悉地者以持戒爲根本然後運菩提心發精進勇施正勤力持誦眞言常不懈退於佛菩薩倍生恭信譬如輪王具足七寶方理國土而得安靜持誦行人奉戒清淨乃至於佛菩薩倍生恭信若具此者息滅罪障當獲悉地復次行人修先行法以多爲勝持誦數滿然作護摩以護摩故即得本尊歡喜是故行人於所求事即得意樂成就若復行人作攝喜人法者意有所樂乃至極遠追百由旬自彼來者皆是藥叉婦女若復有人欲成就藥叉女者設得悉地非是殊勝

譬如世人衒賣女色與人爲欲本求財實不求餘故彼藥叉女亦復如是變於身形來行人所承事供給一切不違本非情愛但以眞言力之所攝故其藥叉女來事行人雖即共居事無違者然惡心恒在常伺其短候得過失即便損害有愚癡者而爲欲故求此悉地不惟自犯邪行之過亦乃上違諸佛菩薩辟支聲聞一切聖賢四大願心孰有智人坦作斯過所有一切天人阿脩羅夜叉及龍乾闥婆乃至部多并諸鬼類以信重佛故爲利益故於世尊前自說本明乞佛證許佛以悲願一切攝受又復世尊爲於未來一切有情無主無依分別解說修眞言行使得上中及下三品之果上品果者得神通入脩羅窟隱身自在及變身爲藥叉女夫主或成聖藥或即變身爲㝹跡等或等鬼國之主或現忿怒之相降諸鬼神及一切宿曜等中品者爲求長年或求愛重或求貴位或求財富下品者以法威力及呪藥力治諸天龍夜叉一切部多潛行鬼類作執魅之病或以呪力治一切毒或禁或縛祛一切毒類或除一切藥毒之病又復佛言於諸世間有毒無毒蛇及衆蟲其類無量略而言之總有四類所謂一牙二牙三牙四牙於此四類分八十種内二十種舉頭而行六種住即盤身十二種雖蠚無毒十三種爲蛇之王餘外有半蛇半蟲之類又復有毒蟲之類所謂蝦蟆蜘蛛及虞馱等如是之類其數尚多然此蟲等毒有六種一者糞毒糞著於人即便毒發二者尿毒尿著人身即便毒發三者觸毒隨觸人身即便毒發四

者涎毒涎所霑人即便毒發五者眼毒眼視於人即便毒發六者牙毒隨咬之處即便毒發前所說言蛇四類者毒有深淺一牙所咬者有一牙痕此微有毒名之曰傷二牙所咬者有二牙痕有血流出名曰血汙三牙所咬有三牙痕將極所傷名之曰損此三類者雖毒可救四牙所咬者有四牙痕毒疾徧身定趨於死名曰命終此第四類或承法力而有差者然諸毒所中若用藥救不及眞言之力何以故譬如大火興盛若遇大雨其火便息大眞言力攝其毒類亦復如是諸有智者善知如是種種諸毒常時持誦大威眞言與毒共戲無所怖畏何以故譬如師子與牛共戲亦復如是復次有天魅阿脩羅魅藥叉魅龍魅乾闥婆魅餓鬼魅乃至毗舍遮等種種之魅或求祭祀或復戲弄或欲殺害以如是故遊行世間常噉血肉伺求人過又復或因瞋故繫捉有情或因飢餓惱亂有情或令心亂或歌或舞或喜或悲或即愁惱或即亂語作如是等種種異相令人怪笑即以金剛劔或甘露忿怒金剛等眞言治之即得除差又有預知彼等諸魅之性及療治法然可無畏行摧伏事但以諸佛菩薩所說眞言而加臨之何以故無有諸天眞言之力能破佛菩薩等眞言之力復次我今更說滅罪之法若有行人欲修此法者應就幽深清淨之處或近江河用香泥和沙造於制底中安法身妙偈彼梵天及一切天藥叉持明大僊乃至迦樓羅乾闥婆部多等類若有見者恭敬禮拜一切合掌作如是言希有希有大慈悲者愍念一

切諸有情等無依無住作如是事希有希有微妙行人慇念有情作如是事以法威力故彼諸天等或見行人手執光明熾盛大金剛杵或見手執堅固鐵杵或見手執猛利大輪或見手執不空羂索或見手執三股大叉或見手執鋒利之劒或見執棒或一股叉或見其執種種器仗殊特可畏或見面相端嚴殊特凡有見者歡喜愛樂彼諸天等乃至部多等而作是言我等歸命尊者不久必得持明大僊乃至下及富貴等事若有修行如是正法彼人速獲罪障消滅不受大苦威耀世間如日出現我等護持如是行人勿令心亂乃至當獲如意成就諸梵天等作是語已皆大歡喜頭面禮足各乘本座退散而去爾時金剛手菩薩告妙臂菩薩言妙臂我今所說汝已聽聞可於世間流傳救度時妙臂菩薩稟受奉行頂禮而退即於世間廣爲有情流傳宣說

妙臂菩薩所問經卷第四

音釋

礦古猛切 瞬舒閏切目動也 灹竹亞切火聲也 捖胡管切 磣初錦切 噦於月切 衒熒絹切行且賣也

七經同卷

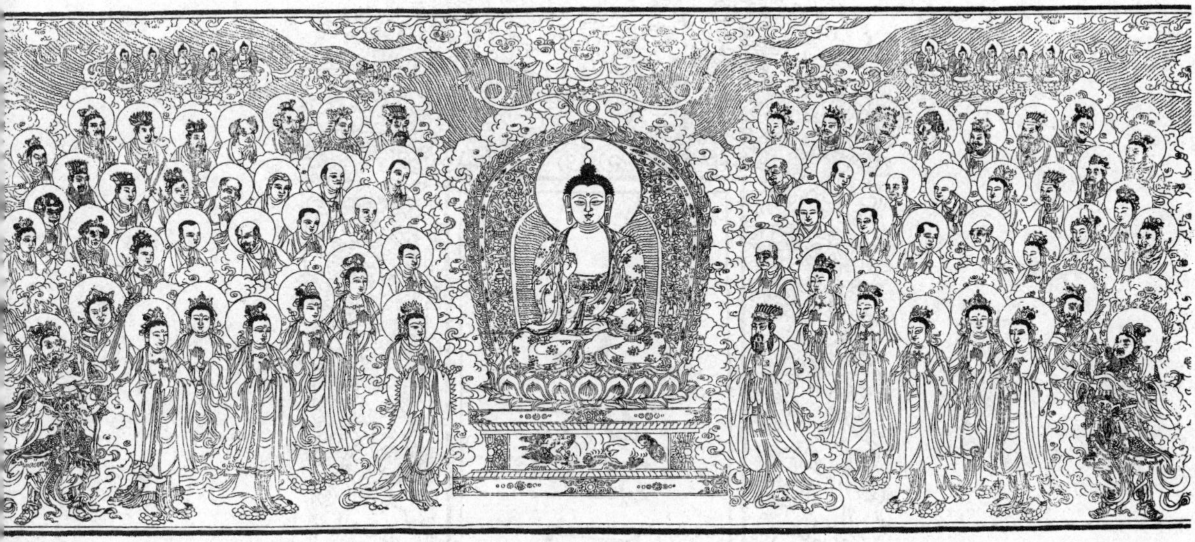

清刻龍藏佛說法變相圖

七經同卷

佛說苾芻五法經

宋西天三藏朝散大夫試鴻臚少卿傳教大師法天奉　詔譯

如來應正等覺在舍衛國爲彼未來觀察而住是時無量諸天及人知佛世尊是人天師恭信供養尊重讚歎利樂名稱而得最上各

各奉上名衣妙饌卧具湯藥爾時世尊以利樂故咸皆受用而無染著如蓮在水但令人天諸有情衆獲勝福果得妙莊嚴爲彼人天而降甘露使彼人天久久依住復令無量俱胝那由他百千有情獲得甘露乃至令度生老病死輪迴苦難乃至令脱地獄大險難故使得安樂寂靜平正無怖無畏獲得涅槃又復不離摩伽陀國嚩囉曼隷國迦尸國憍薩羅國俱嚕半左羅國等嚩嗟王麼蹉王戍囉細那王尸尾王那舍囉拏嚩王是諸王等見已以佛智力彼皆降伏又復能於天經行處行梵經行處行聖經行處行空經行處行寂靜經行處行佛佛經行處行師師經行處行能知者經行處行正徧知經行處行得心開解得最上波羅蜜多世尊復次一切所有經行處彼所求經行悉能經行爾時世尊告苾芻衆言有五種法當住具足當來苾芻常行何等五法此苾芻不知阿鉢帝不知非阿鉢帝不知輕阿鉢帝不知重阿鉢帝是新戒是減五年苾芻此五種法具足者此苾芻不合住勸事苾芻五種法具足知者是苾芻合住勸事何等五法此苾芻知苾芻阿鉢帝知非阿鉢帝知輕阿鉢帝知重阿鉢帝得滿五年得餘五年苾芻此五種法具足者得住勸事苾芻復有五法具足者是苾芻不得離依止住何等五法此苾芻不知波羅提木叉不知説波羅提木叉不知結界不知結界事是新戒是減五年此苾芻具此五種法不得離依止住苾芻此五法具足者是苾芻得離依止住何等五法此苾芻知苾芻波羅提木叉知

説波羅提木叉知結界知結界事是滿五年是五年餘如是苾芻此五法具足者得離依止住苾芻別有五法具足者是苾芻不得離依止住何等五法此苾芻不知寶沙他不知寶沙他事業不知結界不知結界事業是新戒是減五年苾芻此五種法具足者不得離依止住苾芻此五法具足者是苾芻得離依止住何等五法此苾芻知苾芻寶沙他知寶沙他事業知結界知結界事業是滿五年是餘五年苾芻具足此五法者得離依止住復次苾芻有五正念云何爲五正念謂行報應命終不爲財利念出世苾芻此爲五正念復次苾芻別有五依止正念何等爲五謂飲食禮事不過師界師同住五年分明此是五依止正念苾芻此五依止正念報應等當知阿鉢帝知何等阿鉢帝當知五阿鉢帝何等爲五謂波羅夷僧伽婆尸沙波逸提戒當知各四種説五知阿鉢帝如是知阿鉢帝復次知非阿鉢帝云何知非阿鉢帝相常行非阿鉢帝如是知非阿鉢帝復次知輕阿鉢帝云何知輕阿鉢帝謂行深怖輕阿鉢帝云何行謂行四波羅夷法輕阿鉢帝行十三僧伽婆尸沙法輕阿鉢帝行三十捨墮波逸提法輕阿鉢帝行九十二波逸提法輕阿鉢帝行九十一波逸提法清淨各四説輕阿鉢帝其餘五十戒法輕阿鉢帝如是所行得輕阿鉢帝如是知輕阿鉢帝次知重阿鉢帝云何知重阿鉢帝所行之行得重阿鉢帝其餘行五十戒法重阿鉢帝各四説九十二波逸提法重阿鉢帝所行清淨九十二波逸提法清淨三十

捨隨波逸提法重阿鉢帝所行清淨三十捨隨波逸提法清淨十三僧伽婆尸沙法重阿鉢帝所行清淨十三僧伽婆尸沙法清淨四波羅夷法重阿鉢帝如是所行之行得重阿鉢帝如是知重阿鉢帝是五年是滿五年是五年餘如是得信依止復次知波羅提木叉云何知波羅提木叉此是波羅提木叉思惟見前行住坐卧過去現在身口意等觀察妙行如是知波羅提木叉次知説波羅提木叉云何知説波羅提木叉有七波羅提木叉何等爲七當云何説説四波羅夷法餘所聞當説此第一説波羅提木叉次説四波羅夷法十三僧伽婆尸沙法餘所聞當説此第二説波羅提木叉次説四波羅夷法十三僧伽婆尸沙法三十捨隨波逸提法餘所聞當説此第三説波羅提木叉次説四波羅夷法十三僧伽婆尸沙法三十捨隨波逸提法九十二僧伽婆尸沙法三十捨隨波逸提法清淨餘所聞當説此第四説波羅提木叉次説四波羅夷法十三僧伽婆尸沙法三十捨隨波逸提法九十二波逸提法清淨各四法解説其餘所聞當説此第五説波羅提木叉次説四波羅夷法十三僧伽婆尸沙法三十捨隨波逸提法九十二波逸提法等清淨各四説五十戒法餘所聞當説此第六説波羅提木叉次一一廣説此是第七説波羅提木叉如是説波羅提木叉如是知説波羅提木叉知結界云何知結界謂今衆十四日十五日結界如是知結界次知結界事云何知結界事一受持二請名三請四請五衆結界如是知結界事是五年是滿五年是

五年餘如是知得念依止次知寶沙他云何知寶沙他今衆十四日十五日寶沙他如是知寶沙他次知寶沙他事云何知寶沙他事一受持二請名三請四請五衆寶沙他如是知寶沙他次知結界云何知結界謂五種五種集結界如是知結界事云何知結界事捨墮不得結界當低小座飲食當辦食飲已所作應作如是知結界事是五年是滿五年是餘五年如是得念依止又行道云何行道謂阿闍黎行道自行道如是是念依止次分別行道云何分別知阿闍黎說戒知自說戒如是得念依止又分別過時云何過時謂阿闍黎過時自過時如是得念依止如是過時不爲財利云何不爲財利謂彼僧伽藍住阿闍黎不爲財利如是得念依止如是不爲利養半月行云何半月行謂阿闍黎半月半月同懺悔如是得念依止如是半月行無阿鉢帝云何無阿鉢帝謂阿闍黎令去某甲處受依止如是得念依止又言行云何言行謂依阿闍黎言不用汝依止行如是得念依止如是依行不犯師界云何不犯師界謂不犯師聚落界如是得念依止如是不犯師聚落界同師懺悔云何同師懺悔謂半月半月同師懺悔如是得念依止如是同師懺悔五年分明得念依止苾芻當具足此五種法此苾芻法當依行彼法無阿鉢帝彼所有戒法當日日得訥瑟訖哩合二多爾時世尊說是五種法已諸苾芻衆及諸人天瞻奉旋繞作禮而退

佛說苾芻五法經

佛說苾芻迦尸迦十法經

宋西天三藏朝散大夫試鴻臚少卿傳教大師法天奉　詔譯

如來應正等覺在舍衛國與諸苾芻衆俱是時如來廣爲時會人天及彼未來而說師範爾時如來告苾芻衆言苾芻當具足十種法得度人出家受戒爲苾芻得一生不依止住得與他人爲依止何等爲十一者得慚愧樂戒二者得多聞法三者得毗柰耶多聞四者得力正行犯生戒依法依毗柰耶正行五者得力正行犯生罪邪行邪見依法依毗柰耶正行六者得力正行看病安住七者得力正行愛樂定法及毗柰耶法自說令他說八者得力正行說身行戒九者得力正行說出家梵行戒十者得十年得十年滿得十年餘苾芻此十種法當具足住云何苾芻得慚愧樂戒謂此苾芻如是得云何我未得阿鉢帝不速疾得阿鉢帝如法如毗柰耶作爲苾芻是爲得慚愧樂戒云何苾芻得多聞知法謂此苾芻得法藏所說得多聞說爲得知法力周四聖諦廣略解說苾芻是爲得多聞知法云何苾芻得多聞知毗柰耶此苾芻所說二毗柰耶說者周二别解解說廣念誦於行住坐卧口念心思微細觀察苾芻是爲得多聞知毗柰耶云何苾芻得力正行犯生戒依法依毗柰耶正行謂苾芻知阿鉢帝知非阿鉢帝知輕阿鉢帝知重阿鉢帝知因業阿鉢帝知非因業阿鉢帝知中阿鉢帝知前阿鉢帝知後阿鉢帝知巳起阿鉢帝知未起阿鉢帝阿鉢帝起巳一一能知苾芻是爲得力正行依法依毗柰耶正行云何苾芻得力正行犯生

罪邪行邪見依法依毗柰耶正行苾芻此得力正行謂周縁生廣略解説所謂無明縁行行縁識識縁名色名色縁六入六入縁觸觸縁受受縁愛愛縁取取縁有有縁生生縁老死憂悲苦惱如是得此一大苦蘊集此無明滅則行滅行滅則識滅識滅則名色滅名色滅則六入滅六入滅則觸滅觸滅則受滅受滅則愛滅愛滅則取滅取滅則有滅有滅則生滅生滅則老死憂悲苦惱滅此如是滅則得一大苦蘊滅苾芻是爲得力正得生罪邪行邪見依法依毗柰耶正行云何苾芻得力正行看承痛安住苾芻此得力正行看承病安住謂隨其病疾而與湯藥滿自住房而不嫌厭苾芻是爲得力正行看承病安住云何苾芻得力正行愛樂定法及毗柰耶法自説令他説苾芻此得力正行謂愛樂相非相法自説令他説及滿樂欲説苾芻是爲得力正行愛樂定法及毗柰耶法自説令他説云何苾芻得力正行説身行戒苾芻此得力正行謂觀犯過犯巳觀察觀見謂見威儀開僧伽黎及受持鉢受飲食乃至語言愛等苾芻是爲得力正行説身行戒云何苾芻得力正行説梵行戒阿鉢帝苾芻此得力正行謂四念處四正滅四神足四無量五根五力七覺支八正道舍摩他微鉢舍那念戒無煩惱無我如是苾芻是爲得力正行説梵行戒阿鉢帝云何苾芻得十年得十年滿得十年餘苾芻如是年滿是名具足苾芻此十種法具足是苾芻得度人出家受戒得一生不依止住得與他爲依止若苾芻此十種法滅度人出家

受戒不依止住復與他爲依止彼日日戒得訥瑟訖哩_{合二}多彼所有法彼一一減得阿鉢帝彼所有法彼一一減彼日日戒得訥瑟訖哩_{合二}多苾芻此十年戒當信重持三法一心行何等爲三謂度人依止不依止如是世尊應正等覺說此十種法戒過犯報應已是會大衆苾芻等歡喜奉持禮佛而退

佛説苾芻迦尸迦十法經

諸佛心印陀羅尼經

宋西天三藏朝散大夫試鴻臚少卿傳教大師法天奉　詔譯

如是我聞一時佛在兜率陀天衆寶莊嚴菩薩宮殿曼拏羅中無數菩薩相好莊嚴知法眞際諸如來子皆從種種佛刹土來各禮佛足退坐一面爾時世尊告大衆言諸善男子有陀羅尼名佛心印恒河沙等如來所說我今利益兜率天人爲令獲得相應快樂若善男子受持讀誦解說聽聞此陀羅尼者當知是人得宿命智重業消除恒受快樂不墮惡趣衆人愛樂衆人護持世出世財豐盈滿足人及非人不侵嬈害千劫輪迴不生魔界無上菩提速疾證得爾時世尊即說呪曰

怛你野二合他引一没弟引没弟引二没弟引摩諦三三滿多没馱引四努誐野二合諦五没馱没馱六没馱没馱七没馱没馱八没馱九阿難覩引十没馱尾沙野十一阿難哆引十二達哩摩二合禰引舍曩引十三娑嚩二合引賀

佛言此佛心印大陀羅尼有大威力利益衆生我今復說一切諸佛心印陀羅尼曰

怛你野二合他引一賀囉賀囉二左羅左羅三散左羅四散左羅五多羅多羅六三多羅七三多羅八呬尼引九哩尼引十娑摩哩尼引十一囉拏鉢諦十二囉拏鉢諦十三路引迦馱引哩十四路引迦馱引哩十五路引迦馱引哩尼十六路引迦馱引哩尼十七嚩囉嚩囉十八普羅普羅十九嚩引囉嚩引囉二十摩賀引尾惹野引二十一嚩引呬諦引二十二賀曩賀曩二十三薩哩嚩二合没馱二十四必哩二合引史諦引二十五薩哩嚩二合鉢體引娑那引二十六阿波囉引吤卿以切諦引二十七鉢囉二合諦娑引曩

三半你引二十八薩怛嚩引二合嚩路引吉諦二十九薩哩嚩二合沒馱三十鉢囉二合諦曼尼諦引三十一婆誐嚩諦三十二娑囉娑囉三十三鉢囉二合娑囉三十四鉢囉二合娑囉三十五尾娑囉三十六尾娑囉三十七薩哩嚩二合努引沙引三十八波誐諦引三十九娑嚩二合引賀引四十

爾時世尊說此呪時諸天宮殿一切大地山川林野須彌山等六種震動大海涌沸魔王愁怖合掌歸依三世諸佛一切菩薩施我無畏我及眷屬誓護佛法爾時世尊說是法已一切菩薩及諸天人聞佛所說信受奉行

諸佛心印陀羅尼經

大乘寶月童子問法經

宋西天三藏朝散大夫試鴻臚少卿傳法大師施護奉　詔譯

如是我聞一時佛在王舍城鷲峯山中與大苾芻衆五萬五千俱胝一心行菩提行無能勝菩薩等八萬百千無數俱胝那㬰多諸天人等百千那㬰多爾時世尊於其食時著衣持鉢與苾芻衆并諸菩薩天龍神等恭敬圍遶入王舍大城於彼乞食是時頻婆娑羅王子名寶月童子因爲事故乘大龍象出王舍大城遥見世尊即下龍象而詣佛所到已致敬頭面禮足住立一面寶月童子白佛言如來應供正等正覺惟願世尊說彼十方如來所有名號若有信心善男子善女人聞是名已所有五逆等罪及一切業障悉皆消除於無上正等正覺速得不退爾時世尊告寶月童子言善哉善哉汝能樂聞如來名號之義此意賢善一切罪業決定消除童子汝今諦聽善思念之我爲汝說童子過於東方百千俱胝那㬰多恒河沙等佛刹彼有世界名曰無憂彼有如來名賢吉祥應供正等正覺少病少惱乃至爲諸衆生恒說妙法彼佛壽命六萬百千俱胝那㬰多無數劫彼世界中無其日月晝夜惟有佛光普照一切及照地獄旁生琰魔羅界一切衆生令得解脫無量衆生得無生法忍佛言童子南方過百千俱胝那㬰多恒河沙等佛刹彼有世界名曰寂靜彼有如來名無邊光應供正等正覺爲諸衆生恒說妙法佛言童子西方過百千俱胝那㬰多恒河沙等佛刹彼有世界名曰歡喜彼有如來名喜吉祥應供正等正覺爲諸衆生

恒說妙法佛言童子北方過百千俱胝那史多恒河沙等佛刹彼有世界名曰不動彼有如來名曰寶幢應供正等正覺爲諸衆生恒說妙法佛言童子東南方過百千俱胝那史多恒河沙等佛刹彼有世界名曰正行彼有如來名曰無憂吉祥應供正等正覺爲諸衆生恒說妙法佛言童子西南方過百千俱胝那史多恒河沙等佛刹彼有世界名曰寶幢吉祥彼有如來名曰寶幢應供正等正覺爲諸衆生恒說妙法佛言童子西北方過百千俱胝那史多恒河沙等佛刹彼有世界名曰妙聲彼有如來名吉祥華應供正等正覺爲諸衆生恒說妙法佛言童子東北方過百千俱胝那史多恒河沙等佛刹彼有世界名曰安樂彼有如來名蓮華光嬉戲智應供正等正覺爲諸衆生恒說妙法佛言童子下方過百千俱胝那史多恒河沙等佛刹彼有世界名曰廣大彼有如來名光明吉祥應供正等正覺爲諸衆生恒說妙法佛言童子上方過百千俱胝那史多恒河沙等佛刹彼有世界名爲月光彼有如來名財吉祥應供正等正覺爲諸衆生恒說妙法童子如是一切世界佛刹皆有清淨栴檀樓閣所有如來名號若人聞已恭敬受持書寫讀誦廣爲人說所有五逆等一切罪業悉皆消除亦不墮地獄旁生琰魔羅界於無上正等正覺速得不退於意云何童子於過去大無數及廣大無邊無數劫時有世界名曰寶生彼有如來名精進吉祥應供正等正覺彼十如來於精進吉祥佛所爲菩薩位於其佛前供養發願我等各

於佛刹成無上正等正覺之時若有衆生經刹那間至須臾之間聞我十佛名號聞已恭敬受持書寫讀誦廣爲人說所有五逆等一切罪業悉皆消除亦不墮地獄旁生琰魔羅界於無上正等正覺速得不退爾時寶月童子如是聞已而復白言世尊彼佛如來壽量云何世尊荅言彼佛壽十阿僧祇百千俱胝那臾多世界微塵等劫童子聞已白佛言彼佛如來甚爲希有如是悲心發願爲諸衆生得此壽量佛言童子若有衆生聞此十佛名號恭敬受持書寫讀誦信樂修行所有無量無邊福德悉得具足三業之罪亦不能生童子若有善男子善女人於恒河沙等佛刹滿中七寶供養如來經百千歲獲福無量若善男子善女人聞是十佛名號恭敬信受書寫讀誦爲他解說所得福德勝前供養無量無邊

爾時索訶世界主大梵天王帝釋天子四天大王穌粜麽天子大自在天子以最上栴檀香粖散世尊前而爲供養白世尊言若有衆生於此正法書寫讀誦信解受持得一切天人阿脩羅尊重禮拜所有地獄旁生琰魔羅界阿脩羅身及餓鬼趣皆得解脫佛言若此正法耳根得聞受持讀誦罪惡魔寃不能侵害於阿耨多羅三藐三菩提速得不退爾時世尊而說頌曰

持此世尊十名號　如是壽命俱胝劫

佛說功德不思議　未來成就二足尊

爾時頻婆娑羅王寶月童子白於世尊而說伽他曰

大無畏善說　無邊無量佛　衆生最上師
我今歸命禮　如是今修學　一切佛知見
願斷於煩惱　速成於菩提
爾時童子說此頌已白世尊言我今如是所
有忍辱菩薩大智總持法門方廣之教佛菩
提行如是修學行菩提行爾時世尊復說頌
曰
　若人受持佛名號　水火盜賊不能侵
　毒藥刀杖王難等　一切諸苦自消除
　如是速得於菩提　廣令流布佛名號
若此正法於末世時有人受持讀誦此人命
終速成佛道若以香華供養一切諸佛經多
劫時不如有人於此正法暫時書寫讀誦所
得福德無量無邊若人以最上所愛七寶滿
於一切刹土之中供養一切諸佛亦不如讀
誦此經得福甚多佛說此經時無量百千俱
胝那臾多衆生發阿耨多羅三藐三菩提心
無量無邊衆生得無生忍不退轉於阿耨多
羅三藐三菩提佛說是語時寶月童子等皆
大歡喜作禮而退

大乘寶月童子問法經

佛說蓮華眼陀羅尼經

宋西天三藏朝散大夫試鴻臚少卿傳法大師施護奉　詔譯

曩謨引囉怛曩二合怛囉二合夜引野曩曩麽阿引哩也二合鉢納摩二合你引怛囉二引合野怛他引誐多引野曩謨薩哩嚩二合你嚩囉拏尾瑟迦二合鼻尼冐地薩怛嚩二合野摩賀引薩怛嚩二合野怛你也二合他引唵引哆囉哆囉底哩底哩覩嚕覩嚕迦羅迦羅吉隸吉隸俱嚕俱嚕娑囉娑囉鼻哩鼻哩部嚕部嚕曩野曩野俱嚕俱嚕謨乞叉二引合播野娑嚩二引合賀引入嚩二合羅曩嚩四你二合你鼻引娑嚩二引合賀引薩哩嚩二合怛他引誐哆引底瑟耻二合帝引娑嚩二引合賀麽麽薩哩嚩二合薩怛嚩二合難左娑嚩二合賀引

此蓮華眼陀羅尼若復有人於其晨朝恭敬供養及念此陀羅尼一百八徧一日二日乃至三十七日至心持誦一切罪障悉皆除滅亦不患其眼病耳病鼻舌身病心不邪亂復得五種眼清淨五種鼻清淨五種舌清淨五種意清淨身相端直心離垢染於一切生中恒發菩提心與諸聖衆常得見佛而聽妙法直至菩提道場圓滿正覺

佛說蓮華眼陀羅尼經

佛説觀想佛母般若波羅蜜多菩薩經

宋三藏法師天息災奉　詔譯

灌頂眞言

唵引曩謨舍吉野合二母曩曳引怛他誐哆野引囉賀合二帝三藐三没馱野

誦此眞言七徧以手於頭上灌頂及摩觸徧身然後息念至心作佛母般若波羅蜜多菩薩觀行想此菩薩三面三眼身眞金色坐吉祥藏師子座座有千葉金蓮身有六臂右邊三臂第一臂執數珠第二臂執箭第三臂作施願相左邊三臂第一臂執經第二臂執弓第三臂執如意寶如是六臂種種莊嚴於其身上復放無數百千那由他俱胝光明徧滿一切世界復想一切如來及多羅菩薩等一切菩薩具足相好莊嚴其身以諸香華而親供養如是觀想已復念心眞言

唵引曩謨舍吉野合二母曩曳怛他引誐哆野引囉賀合二帝引三藐三没馱引野怛你野合二他引唵引母你引母你摩賀引母你引曳引娑嚩引二合賀

次誦根本眞言

怛你野合二他引唵惹曳引惹曳引鉢納摩合二引鼻阿嚩弭引阿嚩弭引娑囉娑囉尼地里地里囉引地里地囉引地里你嚩哆引努波引囉你没度引哆引囉尼布囉野布囉野婆誐嚩底薩里嚩引二合舍引摩摩波里布囉野娑波里嚩囉寫薩里嚩引二合薩怛鍐合三左薩里嚩合二迦里摩引二合嚩囉拏你尾輸馱野尾輸馱野没馱引地瑟姹引二合你曩娑嚩引二合賀引

誦此眞言已復作觀行想彼佛母般若波羅蜜多菩薩右邊有釋迦世尊然燈世尊無量壽世尊智決定世尊光明王世尊雷聲吼音世尊金華世尊散華世尊於菩薩左邊毗婆尸世尊羯俱忖那世尊迦諾迦牟尼世尊迦葉世尊寶手世尊於菩薩前面大徧照世尊寶生世尊阿彌陀世尊不空成就世尊阿閦世尊於菩薩後面最上蓮華世尊最上寶世尊喜吉祥世尊瑠璃光世尊不思議吉祥世尊於菩薩前復有聖觀自在菩薩慈氏菩薩普賢菩薩妙吉祥菩薩歸命菩薩不思議吉祥聲菩薩金剛手菩薩無盡意菩薩辯積菩薩無邊辯菩薩虛空藏菩薩無垢稱菩薩自在行菩薩法生菩薩常啼菩薩月光菩薩法雲菩薩地藏菩薩寶藏菩薩寶幢菩薩尸棄菩薩香象菩薩金毗羅菩薩如是等一切菩薩摩訶薩徧滿佛刹復有顰眉明王等亦在菩薩前如是聖衆一一觀想已復想人間天上殊妙香華珍寶供具以用供養佛母般若波羅蜜多菩薩并諸眷屬一切菩薩作此觀已是人不久當成正覺

佛說觀想佛母般若波羅蜜多菩薩經

佛說如意摩尼陀羅尼經

宋西天三藏朝散大夫試鴻臚少卿傳法大師施護奉　詔譯

如是我聞一時佛在舍衛國迦利哩城爾時世尊告尊者阿難今有陀羅尼能除一切暴惡雷雹汝當受持此隨求如意寶經過去如來應正等覺親所宣說我今亦說於其世間行大悲愍利益安樂天上人間一切有情阿難白言唯然世尊願樂欲聞我今受持佛告阿難汝等當知東方有雷電名曰阿伽南方有雷電名曰設帝嚕西方有雷電名曰多鉢囉合二婆北方有雷電名曰掃那摩你阿難若有善男子善女人知此雷電名號及住處方位一切雷電不怖彼人若所在之處書寫此雷電名號受持供養一切雷電而不能傷爾時世尊說此擁護眞言章句

怛你也合二他引你彌你彌你彌孕合二馱哩引怛哩合二路引迦引路吉你輸羅播引尼你囉乞叉合二飴身切薩哩嚩合二尾你用合二婆曳引毗藥合二娑嚩合二賀引

爾時聖觀自在菩薩摩訶薩在大衆中即從座起合掌向佛白佛言世尊我於此正法亦說擁護眞言章句

怛你也合二他引尾曩引舍鉢囉合二怛也合二體迦鉢囉合二怛也合二彌怛哩合二輸弟目訖帝合二尾摩隸引鉢囉合二婆引娑迦合二哩引按拏哩引半拏哩引濕尾引二合帝引半拏囉嚩引悉你麽引帝引迦囉引羅迦閉羅賓誐羅引乞史合二那地目乞史合二囉乞史合二囉乞史合二飴身切引薩哩嚩引二合迦引羅沒哩合二底喻合二婆曳引毗藥合二麽引彌引鉢舍滿合二覩薩哩嚩

引二合迦引羅没哩二合怛也二合嚩引阿哩也二合引嚩路引吉帝引濕嚩二合囉帝引惹娑引娑嚩引二合賀

爾時祕密主金剛手菩薩往詣佛前合掌頂禮白佛言世尊我今於此正法之中亦說陁羅尼眞言章句

怛你也二合他引毋你毋你毋你摩帝毋你摩帝蘇摩帝摩賀引摩帝賀引賀引賀引賀引摩帶引哩曩引二合悉底二合帝引播引半嚩曰囉二合播引尼囉憾涅哩二合荼娑嚩引二合賀引

世尊我此陁羅尼名無能勝擁護有情若人書寫憶念所有一切恐怖及其中夭悉令解脫

爾時大梵天王索訶世界主白佛言世尊我爲利益一切衆生於此正法亦說陁羅尼眞言章句

怛你也二合他引呬隸彌隸唧隸娑嚩引二合賀引没囉二合憾摩二合布哩引摩賀引没囉二合憾摩引二合尼引没囉二合憾摩二合誐哩鼻引二合補瑟波二合設娑哆二合哩娑嚩引二合賀

世尊我此陁羅尼名梵天杖擁護一切有情遠離中夭不生恐怖亦能除滅一切罪業

爾時帝釋天主詣佛前立合掌頂禮白佛言世尊我今於此正法亦說陁羅尼眞言章句

怛你也二合他引没馱麼引旦膩引麼引你你憍引哩嚱引馱引哩賛拏隸摩引鄧詣布訖嚩二合悉娑引羅没囉二合帝引呬曩末馱用二合哆羅尼滿覩引隸你計引作迦羅二合嚩引枳舍嚩哩舍引嚩哩娑嚩引二合賀引

世尊我此陁羅尼名金剛座解脫一切怖畏

遠離一切中夭

爾時持國天王增長天王廣目天王多聞天王俱詣佛前合掌頂禮白佛言世尊我等於此正法亦說陀羅尼眞言章句

怛你也(二合)他補瑟閉(引二合)蘇補瑟閉(引二合)度波波哩賀(引)哩(引)阿(引)哩也(二合)鉢囉(二合)設悉帝(引二合)扇(引)帝(引)你哩目(二合)訖帝(引二合)夢誐隸曳(二合)四囉拏也(二合)誐哩鼻(引二合)娑覩(二合)帝(引)娑哆(二合)尾帝(引)娑嚩(引二合)賀

世尊我等四大天王所說陀羅尼名爲無怖於其恐怖能施無畏遠離中夭增延壽命

爾時復有大海龍王所謂大意龍王雷光龍王無熱惱龍王電舌龍王百光龍王俱詣佛所合掌頂禮白佛言世尊我有陀羅尼名如意寶擁護有情若人書寫讀誦能除一切雷電怖畏一切中夭一切諸毒一切惡病及不吉祥鬼神亦不得便世尊若持此眞言我等龍類悉皆悲愍不生嫉妬於意云何龍趣之類行嫉妬心若聞此法而無嫉妬陀羅尼曰

怛你也(二合)他(引)阿(引)惹哩(引)摩摩哩(引)阿蜜哩(二合)帝(引)阿訖叉(二合)曳(引)阿尾也(二合)曳(引)奔尼也(二合)鉢哩也(二合)曳(引)薩哩嚩(二合)播(引)波鉢囉(二合)舍摩你娑嚩(引二合)賀(引)阿哩也(二合)奔拏爍(引)播(引)枳曳(引)娑嚩(引二合)賀(引)捺囉(引二合)舍你曳(引)娑嚩(引二合)賀(引)你(引)伽(引)舍你曳(引)娑嚩(引二合)賀(引)

爾時世尊聞彼大梵天王天帝釋護世四天王及大龍王等說此陀羅尼讚言善哉善哉能令多人得大安樂汝等護持流行正法佛說此經已一切大衆天龍阿脩羅乾闥婆等

皆大歡喜信受奉行

佛說如意摩尼陀羅尼經

音釋

枲想里切 顰毗賓切 哆典可切 呬虛器切 唧資悉切

七經同卷

清刻龍藏佛說法變相圖

七經同卷

佛說聖大總持王經

宋西天三藏朝散大夫試鴻臚少卿傳教大師施護奉　詔譯

如是我聞一時世尊在舍衛國祇樹給孤獨園是時阿難安居異處守夏既滿從彼默然來詣佛會至佛會已五體投地禮佛雙足退

坐一面顒俟佛誨爾時世尊告阿難言阿難我今爲欲利益一切有情故說大陀羅尼章句汝當諦聽是時阿難受佛教勑身心凝然合掌而住佛言阿難我有摩訶陀羅尼大總持王乃是過去七十七俱胝如來之所宣說我亦隨喜阿難此大陀羅尼章句能令有情得大安樂威德勢力悉皆具足若有善男子善女人獲得值遇者作是思惟此大陀羅尼希有難遇譬若如來應正等覺出現於世難得值遇亦如優曇鉢華希有難見當作是念諦信供養爾時世尊復謂阿難言若有善男子善女人於此大陀羅尼章句至心受持讀誦供養者刃不能傷毒不能中火不能燒水不能漂王法不加永無夭殁至於天人阿脩羅摩嚕多迦樓羅乾闥婆緊曩羅摩睺羅伽夜叉羅刹畢哩多毗舍遮塢槃茶布單曩阿波三摩嚕諸如是等造作惡法行不饒益者亦不能侵害乃至幻術邪明諸惡法等亦不能嬈亂又復瘧病一日二日三日四日或復多日或復須臾或復風廣或復痰癊乃至頭痛如是等病亦不能爲害爾時世尊即說陀羅尼曰

怛你也合二他一引 入嚩合二隷摩訶入嚩合二隷二 入嚩合二羅你摩訶入嚩合二羅你三 怛波你摩訶怛波你四 入嚩合二隷帝五 郁枳目枳六 三半你摩訶三半你娑嚩引二合賀七引

阿難我先語汝此大陀羅尼章句乃是七十七俱胝諸佛如來之所宣說我今復說阿難若有善男子善女人於此大陀羅尼章句信心受持若讀若誦及以思惟種種供養得宿

命通知七生事於菩提心永不退轉爾時世
尊復說陀羅尼曰
怛你也二合他一引按抳摩抳二乞叉二合彌乞叉
二合摩曳三摩曩禰四引阿曩努五護隸引摩賀
引護隸六引怛曩計七引儼鼻哩八引努鉢囉八二娑
呬娑呬娑嚩二合訶九引
阿難此大陀羅尼章句乃是過去八十八俱
胝諸佛如來之所宣說我亦隨喜今復宣說
阿難若有善男子善女人於此大陀羅尼章
句信心受持或讀或誦思惟供養是人得宿
命通知十四生事於菩提心永不退轉爾時
世尊又說陀羅尼曰
怛你也二合他一引按致引挽致二引姹計引姹囉
計三引姹計引姹囉計四引阿悉迦引悉麽引迦
引悉五伊隸彌隸六底隸彌隸七撓引囉吠

摩賀引撓引囉吠八引部旦誐彌九引部多波囉
野拏呼轉聲底彌孕二合誐隸十引摩賀引底彌孕
二合誐隸一引十三婆吠引摩賀引三婆吠引娑
嚩二合訶二引十
阿難此大陀羅尼章句具大威德力勢無量
若有善男子善女人信心受持或讀或誦思
惟供養者得宿命通知二十一生之事於菩
提心永不退轉爾時世尊又說陀羅尼曰
怛你也二合他一引阿計隸引嚩計隸二引嚕隸引
摩賀引嚕隸三引烏賀你謨引賀你謨引賀你
四沓婆你娑旦二合婆你娑嚩二合訶五引
阿難此大陀羅尼具大威德有大力勢功德
無量倍勝於前能與有情作大利益若有善
男子善女人發誠信心不生疑惑於此大陀
羅尼受持讀誦或為他人而作擁護或為救

濟或爲息災者當使彼人刀杖不傷毒不能中一切惡事無能損害若復有人爲自擁護以此陀羅尼書於素帛帶持身臂所獲功德無量無邊又復智者持此陀羅尼於枯樹下爲作救濟而彼枯樹尋復甦活根葉重生作珊瑚色華實茂盛人所愛樂阿難若有智者恒常受持悔於先身所作罪業若復至心懺悔無不消滅何以故阿難譬如日月威光廣大能照世間以陀羅尼威德力故猶能墮落又如四大海水衆流所聚深廣無比以陀羅尼威德力故亦能乾竭至於大地無量無邊以此陀羅尼威德力故可分千段何有罪業而不滅耶阿難如是等大陀羅尼章句所在之處當須尊重恭敬供養不得輕慢勿復違逆若有天龍夜叉羅刹畢哩多毗舍遮鳩槃荼布單那羯吒布單那阿波三摩囉吠多拏人及非人諸如是等造作惡法於諸世間行不饒益者若於此大陀羅尼章句有所違逆而不隨順者彼持國天王現極怒相光焰不散都爲一聚以熱鐵輪破彼頭頂分作七分如阿梨樹枝又彼帝釋天主亦大忿怒光焰熾盛都爲一聚以金剛杵而破彼頂分作七分如阿梨樹枝又金剛手大藥叉主亦以金剛杵擊破彼頂如阿梨樹枝又復彼等若有違逆此大陀羅尼章句者雖住天中永不能得水精王宮功德水用佛說是經已時阿難及是會大衆天人阿脩羅乾闥婆人非人等聞佛所說歡喜奉行禮佛而退

佛說聖大總持王經

佛說最上意陀羅尼經

宋西天三藏朝散大夫試鴻臚少卿傳教大師施護奉　詔譯

如是我聞一時佛在救鴿城牛頭栴檀精舍與大比丘衆俱及天龍八部恭敬圍繞瞻仰而住爾時世尊告阿難陀及諸大衆言我觀此南閻浮提末世之時一切衆生由薄福故有諸惡鬼神起諸災難惱亂衆生使不安隱有陀羅尼能爲息滅及增吉祥我今宣說汝等諦聽時阿難陀及諸大衆奉佛教勑默然而聽佛言阿難過去世時此閻浮提有一比丘名曰傳教於九月黒月十五日北方遊行去支那國不遠及四由旬忽於路次見一神人遠遠而住而此神人身長三十肘面圓四肘彼傳教比丘見此神人身量恢偉顔貌熙怡審諦觀察此非他人乃眞實是妙吉祥童子於是傳教比丘詣神人前五輪著地伸其禮敬作禮起已合掌瞻仰白神人言云何妙吉祥童子現如是相耶我今審知定非他聖時彼神人告比丘言誠如汝言我妙吉祥也時傳教比丘復白神人言何故今日現此相耶時彼神人告傳教比丘言汝知以否今南閻浮提當有災難薄福衆生得種種病受諸苦惱比丘白言今南閻浮提何故忽爾有此災難神人言今妙高山南面有阿脩羅興起惡心將諸眷屬索天交戰時阿脩羅遮障日月及以星辰光明不現復有無量極惡夜叉乾闥婆迦樓羅等住妙高山南面見阿脩羅現是相已亦相黨助時天退敗脩羅得勝時南閻浮提忽見如是日月星辰光明隱蔽諸不吉相處處出現風雨非時旱澇競作五穀

苗稼秀而不實設有子實食乃無味當令衆生色力威光一切減劣復有地居毗舍闍等諸惡鬼類變易本形現其異相或作師子虎狼或作狗犬之狀亦復現彼女人之相惱亂衆生令得種種之病使其苦惱所謂瘿病風病痰吐之病眼目病頭痛病腹痛病乃至痔瘻病又復瘧病或頻日或隔日或須臾或連月或患瘡癬或患疥癩諸惡疾病徧閻浮提令諸衆生受極苦惱薄福人輩無有免者至於耆年中年或少或幼因是疫沴多從夭殁比丘我以此事而懷傷愍故現斯狀告語人知比丘我今告汝若有衆生欲爲自身及其眷屬乃至聚落迨於國界禳殄災沴增益福祥先於三寶深生信重然備名華珍異燒香塗香種種供具而爲供養當須至心於一七日不食日四時夜四時勇猛專注持誦最上意陀羅尼而彼災難必獲殄滅一切福祥而能增益比丘若欲持誦彼最上意陀羅尼者先須稽首稱念南無廣大甚深智慧震吼王如來名已即誦陀羅尼時彼神人爲傳教比丘宣說最上意陀羅尼曰

怛你也(合二)他尾布羅誐里吩帝尾布羅濕嚩哩尾布羅喻你世阿羅誐帝莎賀曩謨薩哩嚩(合二)你嚩囉捉尾瑟釰比拏怛他誐多爲怛你也(合二)他(引)呬(引)摩呬(引)摩賀摩呬莎賀曩謨虞拏(引)迦囉寫怛他誐多寫怛你也(合二)他誐誐曩迦哩誐誐曩三婆吠誐誐曩吉哩帝(二合)帝(引)莎賀曩謨囉怛曩(合二)娜誐(合二)多(引)曩謨怛他誐多寫怛你也(合二)他(引)囉怛努(引二合)訥誐(合二)帝(引)囉怛曩(合二)三婆吠莎賀曩謨摩

賀引阿吩多薩嚩二合彌你怛他誐多寫怛你
也二合他阿麽摩呬四引莎賀曩謨麽引曩薩旦
二合婆寫怛他誐多引寫怛你也引他引麽引
曩娑怛鍐三合秫馱鉢納摩三合莎哩鉢納摩三
娑吠迦哩呬四多迦哩曳莎賀曩謨薩哩嚩二合
没馱冒地薩埵喃曩謨阿哩野曼祖室哩二合
野怛你也二合他引惹曳引惹野羅没地引二合
呬四引摩呬四引摩賀摩呬四引莎賀曩謨阿哩野
二合嚩路枳帝引濕嚩二合囉寫怛你也二合他誐
誐曩引荼曳二合誐誐曩尾訖鬧二合多噜呬彌
引莎賀曩謨阿哩野二合三滿多婆捺囉二合寫
怛他誐多寫怛你也二合他引呬四引婆捺哩二合
引摩賀引婆捺哩引二合阿蜜哩二合多婆捺哩
引二合尾誐多囉惹細引莎賀曩謨阿哩野二合
嚩日囉二合地波多曳多野引怛你也二合他引

吉哩帝二合多薩哩嚩二合吩你引鼻引阿底吉
哩帝二合多薩哩嚩二合吩你引鼻嚩日囉二合三
婆吠引嚩日囉二合鼻引那迦引野莎賀曩謨
薩哩嚩二合没馱冒地薩埵喃怛你也二合他引
濕吠引二合多迦哩引鼻引入嚩二合羅你曳引
莎賀薩旦二合婆你謨引賀引你半惹你奔拏
哩迦引野莎賀摩賀引難帝難婆你曳引莎
賀努囉尾努里曳引莎賀羅尾訖里合帝引
莎賀扇帝引悉吠引你嚩播尼曳引莎賀覽
謨引捺哩曳引迦引羅播引世引吉哩帝二合
多莎賀阿惹拏二合曩尾馱摩你曳引莎賀馱
引覩迦哩曳引莎賀彌伽迦哩曳引莎賀末
羅鍐帝曳莎賀冒地孕二合誐難帝曳莎賀羯
哩摩二合娑引馱你迦引野莎賀曀迦囉引摩
引野莎賀阿瑜誐左哩尼曳引莎賀没囉二合

憾謨引二合播引虞荼引同上野莎賀薩哩嚩合二迦哩摩合二嚩囉拏鼻悉史訖多合二野莎賀薩哩嚩合二没馱引鼻三塞訖里合三多引野莎賀贖迦悉陵合二誐野莎賀阿悉陵合二誐野莎賀部多引野莎賀阿部多野莎賀薩哩嚩合二拏具波三摩引野莎賀摩摩薩哩嚩引二合喃引左莎賀

爾時神人說此最上意陀羅尼已告比丘傳教言汝今以此陀羅尼於南閻浮提十方之內國邑聚落處處傳說使諸衆生咸得聞知當令此陀羅尼廣宣流布何以故爲與衆生能增長功德故能與衆生除諸苦惱故能於世間除諸災難故能令諸惡鬼神息滅惡心故能令所在國邑聚落王及臣民一切皆得安隱快樂故比丘若有善男子善女人欲以此陀羅尼恭敬供養受持讀誦息除災難增長功德者應當發至誠心歸依三寶於一七日中日別備諸香華飲食供養於佛又日供七僧又至中夜於自家庭然大炬火用爲照燎持誦此陀羅尼所有災難當得解脫比丘若善男子善女人能如是作者當得自身解脫比丘若二七日如是備種種香華飲食供養佛僧一倍於前是人所有父母同得解脫比丘若於三七日能如是於佛法僧倍前以種種香華飲食恭敬供養者彼人所有男女并一切眷屬同得解脫比丘若四七日如是修持倍倍於前精虔不懈者彼人所住聚落一切人民咸得解脫比丘以要言之乃至七七日倍倍增勝於前供養奉佛法僧彼人所復功德上及國王下及人民國界之內普得

解脱比丘當知我今告汝汝持此法於此界他方速疾傳説使令流布何以故爲能與衆生消除種種苦惱增長種種功德故比丘若復有人得聞是法知其利益心不恭敬又復不能廣爲人説亦復不能自專讀誦比丘當知是人得匿法過同五逆罪比丘若有衆生得聞是法不違我教躬自依法受持讀誦供養恭敬復爲他人依法修福又能流布廣利衆生比丘我即遥知先爲此人住妙高山至天人阿脩羅乾闥婆迦樓羅所以利益心降伏勸喻爲其説法咸令歡喜使彼天人阿脩羅等息彼諍心互相恭敬即得閻浮提界災難息滅疫沴不生諸惡鬼等各各潛隱一切衆生咸得安樂時彼神人説是事已隱形不現傳教比丘遵奉傳説爾時世尊告諸大衆言彼妙吉祥童子於過去世以方便力爲諸衆生説如是法我爲汝等今復宣説汝等專心受持讀誦於未來世廣令流布消除災難增益吉祥時阿難陀及諸大衆聞佛説已咸悉歡喜專心受持禮佛而退

佛説最上意陀羅尼經

佛說持明藏八大總持王經

宋西天三藏朝散大夫試鴻臚少卿傳教大師施護奉　詔譯

爾時世尊爲末世衆生宣說持明藏八大總持王經令彼未來四衆之中諸修行人爲一切衆生而作利益乃至求諸悉地而獲成就

佛言若有行人發勇猛心堅固不退於此八大總持而修行者先須清淨身心内外嚴潔直至成就無令間斷若暫間斷不獲成就若欲持誦而修行者每持誦時先須稱念曩謨一切諸佛及法聖衆如是歸命三寶已竟即虔心持誦即說陀羅尼曰

曩謨阿致嚩致曩致吒計姹囉計姹計烏嚕摩帝嚕嚕摩帝覩嚕呬隸彌隸薩哩嚩二合惹拏二合尾波那誐曩謨薩哩嚩二合三摩三没馱曩悉殿覩滿怛囉二合波曩莎賀

此陀羅尼乃是過去無量正等正覺二足世尊之所宣說若欲修行於諸衆生作息災增益及擁護者先須持誦精熟成先行已有大功力然可爲於衆生此陀羅尼法可於中秋時作有大功力若於是時作者持念易成能除八大怖畏若復衆生常持誦者恒得擁護晝夜安樂一切不祥悉皆遠離福德增長無諸苦惱或在王城或遇兵革欲脱種種危難者擇取吉晨於日午時持誦作法當得解脱若被天龍鬼神種種持魅者亦能解除以持誦力至於枯樹亦可能令再生華果乃至令持誦之人獲宿命通知無量生事

復說陀羅尼曰

普俱入嚩二合隸普俱入嚩二合隸三野替摩賀引薩滿多摩賀入嚩二合隸帝護計目計護計

目計摩賀設讖捉囉彌多野設細舍覩摩賀入嚩(二合)隸入嚩(二合)羅帝悉地蹉僧左摩囉捉拏莎賀

此陀羅尼乃是行輪迴義成童子之所宣說可於十月作持誦法爲諸衆生而作利益當獲無量清淨果報

復說陀羅尼曰

酥那替(引)酥吠那那癡(去聲下同)烏那癡涅里(二合)癡婆惹你(引)馱末隸(引)蹉末曩致嚩致怛布(二合)嚕曩吒嚩吒你(引)那替伊迦撈囉冒地薩際拏囉珂悉地撈泥(去聲下同)呬讖泥尾莎賀

此陀羅尼乃是緣覺之所宣說可於冬時求清淨處作持誦法能擁護一切衆生

復說陀羅尼曰

多囉唧嚕嚕唧嚕吠嚕吠囉吒計呬隸彌隸帝隸始隸曩致嚩致俱曩致阿曩末帝摩曩末帝路(引)隸迦娑迦悉迦娑始羅(引)路(引)羅摩馱烏末野尼頻娑頗細(引)唵(引)尾娑嚩帝(引)莎賀

此陀羅尼乃是俱胝羅漢之所宣說能擁護一切衆生離諸怖畏是法可於春時持誦作息災增益定獲成就若依法無失功行不退可得隱身無人能見

復說心陀羅尼曰

唵(引)按多捺嚩(二合)彌尾婆嚩酥莎賀

此心明以所求事復稱名誦九洛叉所求必遂至數滿時備種種香華然燈供養佛法僧菩薩緣覺聲聞等若乞食者當持鉢北行至於聚落可次第行乞以七家爲限不得驀越而彼七家所施之後福及七族近供養華可

求迦羅尾羅華及龍華等而爲最上

復說陀羅尼曰

娑嚩你娑嚩你娑嚩曩目契嚕半彌僧呬引摩賀迦波禰引唵引唧引隸彌隸唵引迦伊底尾你虞賀鈴引蹉曩野莎賀引

此陀羅尼乃是預流之所宣說是法可於夏時持誦以求成就作法之處當求屍林或兩河間或橋上建立持誦若爲他人作擁護者先求清淨童女合線貫珠誦一洛叉所求成就或取自身左肋下血搵白蓮華護摩誦八百徧所求皆得或以黑猫兒死猪死人等左眼睛同研和合并三金同爲丸用娑羅樹汁同服所求必得成就

復說陀羅尼曰

阿迦細引迦細引曩迦細引誐拏迦羅細引鉢囉合二拏那旦鉢囉合二拏那嚩怛嚩合二唵引尾馱摩賀引尾馱細引那閉多那閉嚕嚕弭呬唧隸彌隸阿唥多唥拏哩野彌覩野曩謨薩哩嚩合二没馱三没地三婆嚩合二喃莎賀

此陀羅尼乃是無能勝菩薩之所宣說若有至心持誦經其一年必獲色力殊勝吉祥安樂具足功德名稱遠聞

復說陀羅尼曰

曩謨囉旦曩合二怛囉合二夜野曩謨娜誐彌鼻曩謨囉俱舍嚩哩曳合二曩謨馱覩毗藥合二迦引曳引曳引阿曩閉尾惹你引具具烏没馱合二佉誐作羯囉合二莎賀

此陀羅尼乃是阿那含之所宣說能救一切病苦若有患者行人執其手誦此加持乳汁令服及令洗身設臨命終亦可除差或呪摩

曩尸羅藥安病人耳中亦得除差若有行人成先行已欲求悉地者或執數珠或輪但依法持誦行人設使無福以法力故亦獲成就

復說陀羅尼曰

波散你引迦羅里波散你引摩迦引里波散你引摩迦引里波散你引多迦引里多迦引里波散你引摩里迦引里波散你引嚕羅里波散你引波散曩迦引里帝曩謨阿左哩野二合波引那引喃引唵引波散你引酥路彌計莎賀

此陀羅尼我於往昔爲菩薩時名妙意持明天於四足中現身說此陀羅尼而作利益若有至心受持者所願具足若有衆生造衆惡業當墮畜生者以此陀羅尼威德力故除滅先罪定生人天此陀羅尼能成就種種事業

若復有人欲求成就種種事業者當須修先行法得圓滿已然後將所求成就物於大持明王前或日三時或六時持誦每一時誦千徧爲限不得虧闕直至悉地得悉地已所作圓滿若人欲降寃家者當面南坐手畫寃家頭面手按呪之寃自降伏若人一日三時恒持誦者得一切人欽伏若人面向南以烏麻作護摩者心所求事一一皆得若以鉢置地手按加持之必獲多施又若加持酥食之永不患瘧及常輕安又若女人無乳加持酥及鹽食之有乳又若女人無子加持栴檀華爲粖一日三時點額或以藥繫項或繫手臂定生福子又若女人惡性者夫誦加持之即性改柔善又若夫惡性者妻誦加持之和栴檀華粖令食即相欽重又若人渡水至中流深

處身力疲乏處其沉没心若憶念即得淺處或加持枯樹再生華葉若加持枯池即水自瀰滿

復說陀羅尼曰

娑引帝引阿迦致尾迦致禰禰紺切囉尼合二阿引誐帝引娑摩引呬帝引悉地娑三帝引三波那引赦曩謨引娑覩合二阿左里阿赦引

此陀羅尼我於往昔爲極怒持明王時之所宣說若人常受持者當獲吉祥勝事若人持誦成先行已取畢鉢羅華尾孕合二摩果藏粽後用酥蜜和然加持乳汁同服後持誦七晝夜得大聰明若以虎及獐狐猫兒猪等各取眼睛爲粽等分合和作丸加持內於鼻中當得隱身若以微苦根藥與乳蜜同和加持食之得顏貌不老或於屍林或獨樹下或四衢道如是之處不食持誦若獲成就當得空中行住亦可遊於欲色天界若得劒成就而爲最上若於海岸及大河岸常食乳汁或肉汁持誦十箇月日日相應身心不退必獲海中河中異寶若於山上有龍處常食菉豆及酥持誦得龍迭珠金若於優曇鉢樹下持誦常乞食誦不間斷至成就呪酥須臾間成水服之得解世間種種之法若以土捏作師子加持若得成就乘之可往天界如是諸法一一修行若求成就者得先行圓滿已依法復誦八千徧必獲悉地爾時世尊說是持明藏八大總持王已告阿難言此祕密法汝善受持使於未來流傳不斷令修行者與諸衆生作大利益時彼阿難受佛教勑歡喜踊躍作禮而退

佛說持明藏八大總持王經

聖無能勝金剛火陀羅尼經

宋西天三藏朝散大夫試鴻臚少卿傳教大師法天奉　詔譯

如是我聞一時佛在妙高山寶峯樓閣之中以種種金寶而用莊嚴出無數光周帀照曜於諸山巖復有栴檀沉水塗香秣香種種名華及諸寶蓋鈴鐸如是嚴飾爾時有天龍夜叉阿脩羅乾闥婆迦樓羅緊那羅摩睺羅伽及持明仙部多頻那夜迦毗舍左有形無形末怛里衆等來集會坐可徧五百由旬復有菩薩摩訶薩七千五百人苾芻衆一萬二千五百人俱來會坐而爲聽法爾時會中天龍夜叉阿脩羅乾闥婆迦樓羅緊那羅摩睺羅伽及持明仙衆部多頻那夜迦毗舍左有形無形末怛里衆等高聲唱言苦哉苦哉時釋迦牟尼如來應正等覺而復問言汝等云何高聲唱言怖畏苦惱彼衆等白言世尊我被大力聖者恐怖降伏而今來此惟願慈悲特垂救護世尊告言今此一切最上廣大曼拏羅中有菩薩摩訶薩得大地補處當紹灌頂法王之位而能覺悟善惡諸業當爲安慰汝之心意說是語已刹那之間有菩薩摩訶薩名金剛手如金剛山放金色光普照世界頂戴寶冠面如滿月手執金剛棒金剛橛金剛羂索具大福力能破諸惡領五千金剛族而爲眷屬其名曰金剛難拏大將金剛嚩日囉二合誐囉婆大將金剛嚩日囉二合計都大將金剛嚩日囉二合嚩婆娑大將金剛你攞嚩日囉二合大將金剛囉怛曩嚩日囉二合大將金剛王呬也嚩日囉二合大將金剛作訖囉嚩日囉二合大將金剛摩訶嚩日囉二合難拏主金剛護世

明王及金剛魔金剛頻那夜迦金剛曜童子金剛烏娑多囉迦金剛大惡等俱來集會大曼拏羅中放清淨光照曜一切能令衆生心懷歡喜時金剛手菩薩偏袒右肩頂禮佛足右遶三帀合掌住立爾時世尊勑金剛手菩薩言今此會中有天龍夜叉阿脩羅及諸部多之類高聲唱言怖畏苦惱汝爲安慰令彼快樂於是金剛手菩薩即從座起於天龍阿脩羅等部多衆前入三摩地名最上金剛器仗光明燈發大神通令三千大千世界雷雹閃電如大火焰是諸衆生見是事已即除苦惱怕怖復有恒河沙數衆生見是事已發清淨梵行持戒忍辱心一切財寶施金剛手菩薩皆願隨從聽受妙法是時金剛手菩薩即爲天龍夜叉之衆說四諦緣生三摩地門十波羅蜜及本金剛族大曼拏羅儀則之法所有梵王天大自在天縛嚕拏俱尸羅摩嚕多誐嚕拏那羅延天琰魔天帝釋天而得成就者阿脩羅乾闥婆而得成就者乃至諸惡部多大羅叉等難調伏者而能調伏懷惡心者而發善心懷邪見者而得正見懷瞋恚者而起慈悲懷愚暗者而能明了先具強力者而失強力先能隱身者而不能隱他眞言能自禁斷自眞言能求圓滿住曼拏羅中覺悟調伏當如是等爾時佛勑金剛手菩薩汝爲宣說無能勝金剛火大陀羅尼令彼受持金剛手菩薩即以此陀羅尼眞實威德之力放大光明照彼天人阿脩羅等一切賢聖大會之衆復以陀羅尼力故而令日月星宿光明不現大海涌沸妙高山王悉皆震動爾時大光

焰藏金寶峯中有金剛手童女變化自身如大熾焰即往虛空至大力菩薩摩訶薩前右遶三帀歸命頂禮住立一面告彼衆曰金剛手菩薩説如來三摩地心汝等當宜各捨金剛器仗等求此大陀羅尼法時世界主大梵王天人阿脩羅等俱發聲言如菩薩勑我今奉行於是大自在天捨三股叉那羅延天捨輪琰魔天捨杖俱尾囉天捨棒帝釋天捨金剛杵摩嚕拏天捨羂索天魔捨其障難阿脩羅捨其威力摩嚕多捨其迷著母鬼衆離於散亂龍神衆離於恚毒夜叉羅刹緊那羅毗舍左部多没囉賀摩羅刹娑鳩槃茶等皆去威力於菩薩前一心恭敬金剛手即説陀羅尼曰

曩謨引囉怛曩二合怛囉二合夜引野曩摩室戰二合拏嚩日囉二合播引拏曵引摩賀引藥乞叉二合細引曩引鉢哆曵引怛你也二合他引怛他引誐多三摩引地馱囉尼末引嚩里多二合以瑟也引二合彌瞳呬嚩日里二合俱胝羅俱胝播引嚩迦俱羅尸契迦閉羅計尸怛致尼致祖引致謨引吒你迦里迦二合致母致嚩致嚩日哩引二合尾禰愈二合路隸二合母俱母俱酥母酥母娑囉娑囉娑普二合吒娑普二合吒娑普二合吒娑普二合吒烏你愈二合帝引賓誐隸左致尾左致入嚩二合羅賓誐隸薩里嚩二合禰嚩誐拏鉢囉二合賀囉拏摩引野引悉地捺引以計酥龍嚕引嚩日囉二合具引尼引涅里二合荼娑囉鉢囉二合賀囉尼囉怛曩二合怛囉二合野引禰迦羅部帝引嚩日囉二合馱囉尾濕嚩引二合娑你迦引鉢囉二合賀哆鉢囉二合摩里那二合你娑嚩二合

引

賀

若此陀羅尼有人聞已一心讀誦憶念受持是人得入一切世間出世間曼拏羅三昧若人隨喜恭敬是人不爲禁呪諸毒及一切恐怖之所惱害爾時佛勑金剛手菩薩大陀羅尼時欲色諸天一切天子於空界中雨種種殊妙香華而用供養復以微妙梵音歌詠讚歎時大曼拏羅會一切聖賢苾芻衆等并大菩薩摩訶薩皆大歡喜信受奉行

聖無能勝金剛火陀羅尼經

佛說尊勝大明王經

宋西天三藏朝散大夫試鴻臚少卿傳教大師施護奉　詔譯

爾時世尊告阿難言阿難有尊勝大明王乃是過去一切諸佛之所宣說阿難彼七俱胝如來亦隨喜宣說我今復爲未來世中一切衆生宣揚顯說汝當諦聽阿難若有善男子善女人聞此尊勝大明王欲受持讀誦者先須清淨身心歸命一切諸佛一切尊法一切聖衆又復歸命大悲觀自在菩薩摩訶薩亦復歸命擁護娑婆世界主乃至一切持明天等歸命如是諸佛菩薩及聖衆已然後可誦

即說尊勝大明王曰

怛你也(二合)他(引)馱囉馱囉馱囉馱囉馱囉馱囉馱囉地里地里地里地里地里地里地里度嚕度嚕度嚕度嚕度嚕度嚕度嚕酥嚕酥嚕酥嚕酥嚕酥嚕酥嚕酥嚕摩囉摩囉摩囉摩囉摩囉摩囉摩囉摩囉彌里彌里彌里彌里彌里彌里彌里彌里母嚕母嚕母嚕母嚕母嚕母嚕母嚕母嚕擁護於我及一切衆生呬隸呬隸呬隸呬隸呬隸呬隸呬隸呬隸呬隸護嚕護嚕護嚕護嚕護嚕護嚕護嚕護嚕護嚕吉隸吉隸吉隸吉隸吉隸吉隸吉隸吉隸吉隸彌隸彌隸彌隸彌隸彌隸彌隸彌隸彌隸彌隸唧隸唧隸唧隸唧隸唧隸唧隸唧隸唧隸唧隸祖嚕祖嚕祖嚕祖嚕祖嚕祖嚕祖嚕祖嚕祖嚕祖嚕薩哩嚩(二合)部多鉢囉(二合)底史(引)鄧迦嚕彌莎賀

一切寃家發惡心者極毒害者若欲於我及他衆生作諸惡法使生諸病或欲障閉令眼不見令耳不聞鼻不辨香口不能語乃至一

切身分咸欲繫縛者而彼寃家或自作或令他作乃至彼類隨喜之者悉皆破壞

覩嚕覩嚕覩嚕覩嚕莎賀

一切魑魅魍魎吠多拏旋風鬼諸如是等一切鬼神欲起惡心行不饒益者退散四方遠離而去

左囉左囉莎賀摩囉摩囉莎賀彌里彌里莎賀度嚕度嚕莎賀

一切人非人等發起惡心禁制於我及他衆生使其狂亂或如癡迷或已作或欲作皆悉解除

你隸你羅計世莎賀閉帝閉多計世莎賀路引呬帝引路呬多計世莎賀阿嚩捺引帝引阿嚩捺引多計世莎賀濕吠合二帝引濕吠合二多嚩婆怛囉合二馱囉尼引曳引莎賀

王怖賊怖水火等怖拏吉你怖毗舍遮怖供畔拏怖羯吒布單曩怖影鬼怖諸如是等惡鬼神怖或在道路或在曠野晝夜行時一切安隱又復寃家見面除解聞語除解如親眷屬相見歡喜

怛你也合二他引護嚕護嚕尼吉尼吉里尼吉里尼莎賀

一切邪明截斷破壞或自焚燒猶如灰燼或自傷害或自迷亂或釘橛崩倒或隱沒不現或依空作法自然墮落或有文字障礙不行琰魔王界震動驚怖

怛你也合二他引娑吒娑吒嚩吒嚩吒嚩吒嚩吒嚩吒部嚕部嚕母嚕母嚕莎賀

若魔若魔民以惡心相向或自在天或夜叉夜叉女等乃至一切食血者食肉者食脂膏

者食精氣者食涎沫者諸如是等所執所縛悉皆解脱乃至男女受胎處胎初生之時皆得安隱阿難此尊勝大明王是世間母一切衆生咸同其子阿難若善男子善女人得聞如是尊勝大明能受持讀誦者是人無始已來所有罪業皆得除滅一切吉祥而能增長見者歡喜所作成就又復善男子善女人以此明王書於紙素或頂或臂而常戴持一切不祥悉皆遠離於睡夢中亦無惡境火不能燒水不能漂一切諸惡皆不侵害又或掬水誦此明王加持已吸在鼻中所有在身宿業亦得除滅復增善巧恒得安樂一切邪明呪詛不饒益事以此明王加持淨水或線或白芥子解除自退阿難我先告汝此大明王乃是過去七倶胝如來同共宣説我今復爲未來衆生無福無德有諸惡鬼種種惱亂不得安隱是故宣説汝善受持當使未來流傳不斷與諸衆生而作恃怙爾時世尊説是尊勝大明王已尊者阿難歡喜信受禮佛而退

佛説尊勝大明王經

佛說智光滅一切業障陀羅尼經

宋西天三藏朝散大夫試鴻臚少卿傳教大師施護奉　詔譯

如是我聞一時世尊在日月天子宮復有智光如來真實如來金光聚如來甚深聲王如來忿怒如來寶月如來及普賢菩薩摩訶薩妙吉祥菩薩摩訶薩持地王菩薩摩訶薩金剛手菩薩摩訶薩與如是等諸佛菩薩摩訶薩俱爾時世尊與諸如來及菩薩摩訶薩等於彼宮內勝旛樓閣中各各坐於閻浮檀金寶莊嚴師子之座巍巍堂堂猶如金山威光晃然互相照耀爾時宮主日月天子見是諸佛及大菩薩威德熾盛超過諸天生希有心歡喜踊躍住立佛前內自思惟今此諸佛及大菩薩乃是一切衆生界燈必能照破諸惡黑暗云何令我復得陀羅尼變化智生於十方如彼威德當與一切衆生而作照明是時如來及諸佛菩薩摩訶薩等咸悉知彼宮主天子心之所念爾時世尊謂宮主日月天子言天子汝可諦聽我今為汝說佛菩薩名及陀羅尼是時宮主日月天子受教而聽即說佛菩薩名曰曩謨智光如來曩謨真實如來曩謨金光聚如來曩謨甚深聲王如來曩謨我釋迦牟尼如來曩謨忿怒如來曩謨寶月如來曩謨普賢菩薩摩訶薩曩謨妙吉祥菩薩摩訶薩曩謨持地王菩薩摩訶薩曩謨金剛手菩薩摩訶薩復說陀羅尼曰

怛你也(二合)他(一引)三野體難作匇那那作匇鉢囉(二合)娑度囉彌(引)蹉迦囉(二)伊伊體探娑酥囉那娑酥囉那(三)阿他娑伊蹉娑(四)吠(引)囉吠(引)囉(五引)波里拏(引)摩左嚕没哩底(二合)你(六)

阿囉尼阿囉尼七迦羅引波尼引迦羅引波尼引八覩嚕度細覩嚕度細九覩哩吐二合嚕度細十囉引遜底遜底十一閉哩閉哩十二度嚕度嚕度嚕度嚕十三迦引羅迦引羅十四娑蹉引酥娑蹉酥十五詣羅詣羅十六詣羅引波野詣羅引波野十七賀酥嚕賀酥嚕十八馱酥遜度遜部細蹉酥阿他娑引波你惹野嚕哩引他酥哩引枳囉十九虞哩摩二合虞哩摩二合二十虞哩摩二合播尼計引魯計引魯二十一計引羅引播尼迦囉迦二合引哩引二十二楞度禰引度嚕禰引二十三摩賀引度嚕禰引二十四迦囉迦囉二十五枳哩枳哩二十六尾普細尾普細二十七度酥度酥二十八賀酥賀酥二十九賀娑播尼娑嚩二合引賀引三十

爾時世尊說是陀羅尼已彼普賢菩薩摩訶薩告宮主日月天子言天子此陀羅尼乃是過去八十八俱胝諸佛同共宣說如來大慈大悲為欲擁護利益一切眾生今復宣說天子此陀羅尼微妙希有難值難聞譬如優曇鉢華希有難見又如如來出現世間希有難值此陀羅尼亦復如是天子若佛滅後正法滅時或有眾生造五逆罪必當墮於阿鼻地獄是人若得值遇此陀羅尼能淨身心勇猛堅固於二十一晝夜晝三時夜三時心心相續無令間斷念此陀羅尼章句至心懺悔者是人無間之業滅盡無餘天子又復是人以此陀羅尼章句威德力故可使阿鼻地獄破為百分乃至無有遺餘復令是中罪業眾生亦得解脫各各生於南閻浮提悉得人身復得聞知此是諸佛菩薩以陀羅尼功德之力救拔於我何況持誦之人自身業耶爾時普

賢菩薩復謂宮主日月天子言天子我亦爲欲利益安樂一切衆生末世之時持誦此陀羅尼者亦説陀羅尼而爲擁護當令一切人非人等無能惱亂故即説陀羅尼曰

怛你也二合他引一度曩致摩賀引度曩致二酥嚕酥嚕娑嚩引二合賀引三戍羯囉二合尾戍馱你馱羅娑嚩引二合賀引四祖底瑟鉢囉二合禰閉覩嚕娑嚩引二合賀引五鉢納摩二合麽引隷你六薩怛也二合羅帝引酥没囉二合帝引七酥多閉阿鉢囉二合底賀没第八酥嚕酥嚕娑嚩二合賀引九馱囉馱囉十馱囉炎底曳引娑嚩引二合賀引十一羅乞叉引二合哩爾引二合帝引十二度波波哩迦哩引十三左跓嚕跓嚕娑嚩引二合賀引十四馱引囉馱引囉摩賀引馱引囉尼寅二合底曳引娑嚩引二合賀引十五酥囉帝引酥没囉二合帝引十六阿鉢囉二合底賀多没第十七馱囉馱囉馱隣底曳引娑嚩引二合賀引十八曩謨引娑誐嚩帝引十九惹拏二合曩囉迦二合引野怛他引誐哆野悉殿覩弭引滿怛羅二合播那引娑嚩引二合賀引二十

爾時日月天子聞佛世尊及普賢菩薩摩訶薩説是佛菩薩名及陀羅尼已心中所疑皆悉除斷發菩提心誓不退轉歡喜踊躍作禮而退

佛説智光滅一切業障陀羅尼經

佛說如意寶總持王經

宋西天三藏朝散大夫試鴻臚少卿傳教大師施護奉 詔譯

如是我聞一時佛在覩史多天宮中與大妙住等無數千菩薩摩訶薩俱是諸菩薩摩訶薩皆得具足諸法轉不退輪一生當得無上正等正覺是時復有無量天衆并諸營從亦來集會爾時世尊在大衆中處大寶座顧視衆會欲說妙法時妙住菩薩摩訶薩從座而起詣世尊前五輪著地禮已白言世尊有彼善男子得此如意寶總持章句一心受持於過去現在未來世尊不見不聞亦不值遇者是事云何當有何因惟願如來普爲我等一一開說乃至未來一切衆生使無疑惑說是語已顒然而住爾時世尊告妙住菩薩言汝大方便能問斯事汝當諦聽爲汝宣說佛言妙住彼善男子受持此如意寶總持章句者而於過去現在及彼未來雖行利益常住福業又復於此總持章句疑未斷故妙住此雖受持而非受持所以者何此人住有爲心無善巧智無方便故若彼善男子於此總持章句心無疑惑決定專注是則名爲眞受持者是則名爲知過去未來及以現在說法師名是則名爲見過去未來及以現在說法師相亦復得見過去未來及以現在正徧知者何以故妙住是人於總持門而妙解故又復於信不信而不住故又復了知無去無來不生不滅非空非不空無瑞相非無瑞相無願求非無願求亦復於如是法無取著故妙住彼善男子能如是積行住無所住是則名住是得涅槃是名受持供養此如意寶總持章句

是名得無趣無壞之義是名得無礙力是名得尸羅清淨是名得一切法平等究竟成佛見所説法無自無他非和合非不和合妙住彼善男子若恒修是行即得自無染若得無染亦得無縛若自無縛令他無縛若自他無縛亦不住解脱妙住若彼不染不縛不住解脱是則名爲得如意寶總持又於如來族名知過去佛最上之明亦名知未來佛最上之明亦名知現在佛最上之明妙住此如意寶總持章句乃是過去未來現在佛母何因縁故爲住過去未來現在得利益故妙住若菩薩摩訶薩受持此如意寶總持章句者當知得名供養稱讚無數諸佛亦復得名於無數佛聞無上法又復得無數佛稱讚護念亦得佛無量福智生故妙住若受持此如意寶總持章句者凡有所求無不獲得求聰明得聰明求總持得總持求七寶得七寶妙住若善男子於如是事有人求者當須於半月中清淨至心以乳爲食於我佛族作大供養然持誦此如意寶總持章句一心專注而無間斷凡所求事無不獲得妙住若有受持如是總持章句者以此總持章句威德之力設使有恒河沙數世界之中所有天龍阿脩羅迦樓羅緊那羅摩睺羅伽鳩槃茶乃至人非人等如是之衆有極惡之心無能惱亂以至星宿及尾也拏等亦不能惱害何以故以法力所加護故又有賢愛菩薩大金剛手菩薩等而擁護故而此菩薩於此知足天乃至色究竟天而常擁護何況於人間持誦之者妙住非惟此菩薩等諸佛之心亦恒護念何以故爲

受持此如意寶總持章句故爾時世尊說是法已妙住菩薩及會中無數千菩薩及天衆并諸營從等得聞法已歡喜踊躍禮佛而退

佛說如意寶總持王經

音釋

顒魚容切仰也　癀音黃病也　痰徒甘切病液也　瘖於禁切心中病也　澇郎到切霪雨也　癭户郢切頸瘤也　痔丈里切後病也　瘻郎豆切漏病也　沴郎計切妖氣也　燎力照切照也　橛其月切杙也

佛說大自在天子因地經
宋西天三藏朝散大夫試鴻臚少卿傳教大師施護奉　詔譯
佛說寶生陀羅尼經
宋西天三藏朝散大夫試鴻臚少卿傳法大師施護奉　詔譯
佛說十號經
宋三藏法師天息災奉　詔譯
佛爲娑伽羅龍王所說大乘法經
宋西天三藏朝散大夫試鴻臚少卿傳教大師施護奉　詔譯

清刻龍藏佛說法變相圖

四經同卷

佛說大自在天子因地經

佛說寶生陀羅尼經

佛說十號經

佛爲娑伽羅龍王所說大乘法經

佛說大自在天子因地經

宋西天三藏朝散大夫試鴻臚少卿傳教大師施護奉　詔譯

如是我聞一時佛在舍衛國祇樹給孤獨園爾時尊者大目乾連於其食時著衣持鉢以精進力運大神通放無數光其光金色徧照虛空復以神力變化其身或大或小或一或多如火光炎往崑崙山山峯如雪其山頂内以金銀瑠璃真珠碼碯珊瑚摩尼種種諸寶莊嚴其地有諸宮殿一切珍寶殊妙莊嚴於其中間有大自在宮廣二由旬高五由旬光

明照曜有六十大神恒常守護百千天女圍遶四邊作七種妓樂於宮四方而有七殿廣一俱盧舍各以七寶而用嚴飾復於四邊各有浴池甘露之水清淨彌滿於其池中生白蓮華俱母捺花如天白月金銀摩尼莊嚴其上彼大自在天子與烏摩天后於師子座上同座而坐彼諸天衆恒來圍遶恭敬供養其天忽聞琴樂之聲音韻微妙聞已愛著令心迷亂爾時尊者大目乾連雖聞其樂以無畏善根調伏其心無所愛著如妙高山出于大海安住不動行精進妙行受一切世間衆所供養身相端嚴威儀具足手持鉢器烏摩天后忽然見已心生疑惑告天子言此是何人身被法服端嚴寂靜調伏諸根威儀具足圓光照曜如日初出安然不動如妙高山天聞言已觀察尊者而復告言天后汝知識耶天后答言我昔未見今亦不知大自在天白言此是大福德離欲佛弟子能破諸過教化衆生與作安樂因爲乞食而來至此烏摩天后聞是語已而白天曰彼師云何具何色相有何道德威力及未曾有法我願樂聞自在天曰彼人之師於三無數劫求大菩提廣修福力於其世間難作能作行檀波羅蜜施於飲食衣服卧具醫藥金銀珍寶奴婢車乘城邑聚落及大寶藏國王之位亦曾施諸婆羅門妻子男女於彼心中無其毫塵之許貪惜煩惱亦無貪愛之名又爲悲愍衆生故捨頭目髓腦鼻舌身肉而無毫塵之許痛苦之想亦無虛假之名行真實施爲求菩提大威力果具足檀波羅蜜又於三無數劫爲對種種境

界相故行戒波羅蜜堅守禁戒以持戒威德常得天人供養復爲寃親不等違順情差行忍辱波羅蜜以八正道調伏其心歡喜忍辱令心平等復爲上中下三品衆生慜念饒益利樂彼故行精進波羅蜜於晝夜中策勤修進復恐心意散亂妄緣退故行禪波羅蜜令心決定寂靜輕安復爲出生智慧讀誦分別微妙經典行般若波羅蜜如是三無數劫行六波羅蜜求一切智智今得佛位圓滿降伏一切魔王證寂滅理色心微妙具三十二相八十種好金色莊嚴圓光如日三界無等出輪迴難安樂解脫時大自在天說是語已烏摩天后聞復歡喜布施等行所得大果今聞可解復問於汝天自前因修何行業願賜歡喜爲我略說時大自在天而復告言汝今諦聽而爲汝說天后我於過去無數俱胝劫於大牟尼佛所布施供養修福持戒熏習智慧過是已來獲自在報於八生身中得八種自在我曾生生布施持戒苦行求主宰自在欲樂解脫乃至究竟寂滅安樂亦然是故布施智慧觀察一心守護修行不斷說是語已大自在天於其宮内以其金鉢滿盛百味殊妙香飯詣目連前至心奉上目連尊者即受鉢飯騰空欲迴大自在天具宿命智告目連曰尊者大目乾連汝今暫住諦聽我言極久遠時佛乃方出我念過去生中於此大地爲其主宰能生滅世間爲三界師無人等我汝聽此言一心往彼香醉山中時大目乾連運神通力騰空而往香醉山中彼山一面有聖跡池名曰天水於此池中即便洗浴既洗浴已

坐香醉山上開其金鉢其飯殊妙色香具足變成天食目連食已忽有天女奉上淨水目連受已於身五分而皆潔淨坐彼山上繫意專心入定作觀思惟自在天言極久遠時佛乃方出經於千生不能得知百千生中亦不能知經俱胝百千生中亦不能知從禪定起往摩咽印捺囉山入定思惟亦不能知復入摩咽印捺囉山王窟入定思惟亦不能知從此徧歷七十諸山禪觀思惟亦莫能知又往三十二洲寂坐思惟亦不能知目連曰彼大自在天智慧所生言意諸小聲聞辟支佛亦非能知而乃一心告長老舍利弗尊者諦聽我於崑崙山頂見大自在天而白我言極久遠時佛乃出世我於此意終不能知汝今尊者具大智慧深鑒精微其天降雨經三年三月知其點數四大海水知其滴數四大洲人知其心行如是大智佛子於此言意應可了知惟願慈悲略為顯示時長老舍利弗聞是語已即入禪定經百千俱胝生思惟此事而不能知爾時長老大迦葉白舍利弗曰大自在天所言之法其意甚深微妙難測若汝得其佛力方乃了知若以自力思惟如持寸草量須彌山時大迦葉而自思惟若電影之間剎那之頃觀過去久遠之事如在掌中唯佛大智乃能知之於是大迦葉發無垢清淨之聲告大目連曰若大自在天自行儀則人間天上無人了知唯三界無等一切智智即可證知何以故謂佛世尊於百千俱胝恒河沙數世界所有過去現在一切衆生上中下品根宜心行皆悉了知如觀掌內如是名為一

切智智是時長老大目乾連舍利弗大迦葉同詣佛所旋遶世尊五體投地一心敬禮退坐一面爾時世尊知彼心念顧視微笑時大目乾連讃佛功德佛面端嚴如金蓮開慈顔適悦福相深厚牙齒齊密身體殊妙放大光明青黄赤白普照世間山川幽谷無不朗然設使百千俱胝日月團聚光明亦不能及宣清涼法味三界普霑一切衆生無不蒙益如是讃已恭敬作禮白言世尊我於一時持其鉢器往大自在宫於彼乞食時大自在天見我持鉢如法施食而告我言極久遠時佛乃方出我於此言終不通達佛具一切智世間所有那庾多俱胝恒河沙世界衆生心行差别皆悉了知如視掌内其舌廣長上覆面輪唯願牟尼爲決疑意爾時世尊以微妙梵音告大目乾連汝今諦聽善思念之吾當爲汝分别解説彼於過去八萬四千劫前彼時有佛正等正覺出現世間名功德海有一大城亦名功德海彼有婆羅門名曰寂静有其二子一名商迦二名魯支漸次成長聰明多智俱厭生死作禮父母而白父言我欲入山於彼修道父母不從汝不得去復白父言須去修道如是三白即離父母入於山谷於其山間草菴而住去菴十一步外有老婆羅門修仙人之法復有一人亦相隣近而自修行忽因節日四人聚會而復相問各自愛樂所求之事魯支問老婆羅門曰汝修何行求何果報老婆羅門曰我所修者求梵天身天上千歲問隣近修行者汝修何行求何果報彼自答云我求三界之主天上千歲商迦大仙而

自告言我求天上千歲世間愛敬魯支仙人具大智慧而白彼言汝等三人所求成就得世間果報我今所求爲彼世間有色無色二足四足多足無足上中下等輪迴衆生皆令解脱如是後時佛從天上與無數百千俱胝那庾多釋梵人天凡聖之衆隨從圍遶其佛安處金蓮之座身著紅衣面如滿月放吉祥光青黄赤白降臨大地照諸有情令心清淨彼前四人修行之者來詣佛所時老婆羅門以白吉祥草花供養於佛作禮旋遶而發願言以我此善爲梵世主五面端嚴與無數衆生施願圓滿次一仙人以一鐵片用供養佛復用香油塗佛足上而發願言以我此善得那羅延天身爲三界主宰次商迦仙人然燈三盞施三條針至心供養而發願言獻此三燈三針願具三眼得三股叉於生生中恒行施願爲世間主宰得八自在成就欲樂心識聰利爾時魯支頭髻殊妙髮長赤色遂解頭髻布於道路告世尊言願佛慈悲踏我髻過佛之兩足於三界中得未曾有千輻網縵有幢印旛印金剛杵印如是印相紋同綺畫妙善莊嚴佛遂踏過而發願言以我此善當得成佛救諸輪迴一切衆生如是四人各發願後其老婆羅門所修衆善獲梵王身具五頭面爲三界主用吉祥花布施感手持天拂若次修行者所修善根得無邊福獲那羅延天身施鐵供養感手持輪寶名曰妙現能破一切脩羅第三商迦仙人若施三燈感面生三目施於三針感得三股叉若旋遶世尊得世間愛敬八種自在爲其主宰能生滅世間第

四魯支者布髮供養以願力故當得離欲出過三界成一切智智號天中天爾時世尊欲重宣此義而說頌曰

最上吉祥花　施已復旋遶　當得梵王身
稱爲索訶主　五面相莊嚴　手持於天拂
施鐵獲功德　得那羅延天　手持妙現輪
能破於脩羅　然彼三盞燈　三針同供養
而感三目生　手執三股叉　魯支大仙人
布髮而供養　以此妙善因　當得成佛果
自在天憶念　過去無數刧　彼等修行因
其後當作佛　出現於世間　聲聞不能知
唯佛無上覺　曉了能分別

爾時世尊告目連曰彼大自在天所生此身甚爲希有彼從梵天下降人間時寒林中有餓鬼女名曰幻化彼與鬼交鬼即有娠彼即託生在鬼腹内後乃生身面有三目身有光明其母見已怕怖而走以彼福故光照寒林時一切鬼衆是時鬼衆見光如日心生疑懼而即問曰汝是何人彼即答云我是大自在天名曰自生鬼衆聞已恭敬禮拜而乃讚言勝力精進色相殊妙復有天人及彼梵天俱來瞻仰天人之衆見彼梵天具其五頭内一醜惡衆懷驚恐心生熱惱告大自在天可能爲我截去彼頭大自在天告天衆曰若截彼頭令我獲得殺梵天罪天衆復言如有過罪我等分受時大自在天許之言得尋即自變爲大鷹身以其手爪摘去一頭是故大自在天於其手中持梵天頭一切天人婆羅門衆普徧皆知佛說是語時長老大目乾連等一心聽受皆大歡喜

佛說大自在天子因地經

佛說寶生陀羅尼經

宋西天三藏朝散大夫試鴻臚少卿傳法大師施護奉 詔譯

曩謨引囉怛曩二合囉濕彌二合賛捺囉二合鉢囉二合底曼尼哆尾你焰二合帝引惹具世濕嚩二合囉引羅引惹野怛他引誐哆引野引囉賀二合帝引三藐三沒駄引野怛你也二合他囉怛你引二合囉怛你引二合囉怛曩二合吉囉尼囉怛曩二合鉢囉二合底曼膩帝囉怛曩二合三婆尼引囉二合怛曩二合鉢囉二合鼻引囉怛努引二合訥誐二合帝引娑嚩引二合賀引

若有衆生於此如來陀羅尼名號受持供養彼人生生得轉輪位成就梵行具大神通獲十種陀羅尼復值恒河沙等諸佛如來而無虛妄經俱胝劫不入輪迴路不斷菩提種不失菩提心永滅一切罪得報身如來若人持誦滿一七日是人當得天眼清淨若人耳聞恒復憶念是人決定當得菩提於過去世所作善根亦得現前若傳一人所有無間罪業悉得除滅永斷輪迴是人不被水火盜賊之所侵害而復諸根不缺衆病不生鬼魅不著衆所愛敬於當來世受持如來微妙之法供養諸佛若人聞已心喜禮拜讚歎是人功德無量無邊於生生中口出妙香廣一由旬身毛孔中恒有光明常自照曜常作如來勝利之事如阿難陀具如是不可思議功德

佛說寶生陀羅尼經

佛說十號經

宋三藏法師天息災奉　詔譯

如來應供正等覺明行足善逝世間解無上士調御丈夫天人師佛世尊阿難白言云何如來佛告苾芻我昔因地爲菩薩時歷修衆行爲求無上正等正覺今得菩提涅槃一切眞實以八聖道正見所證名爲如來如過去正等正覺調伏息心得至涅槃故名如來云何應供佛言昔在因位所行善法威儀戒品十善根力修令增長如是修習圓滿至究竟位證涅槃時斷盡一切煩惱令身口意清淨無染永害煩惱如斷多羅樹頭永不生芽復次貪瞋癡等煩惱盡故一切諸趣永不結生超過四難生老病死苦果之法惑苦二種而永不生立應供號復次令彼世間所有衣服卧具飲食湯藥幢旛寶蓋香花燈果及天上人間最上之物供養於佛獲得最上富貴吉祥之福是名應供之號云何正等覺佛言如來具一切智於一切處無不了知以四念處四正斷四神足五根五力七覺支八聖道十二緣生四諦法等如是之法平等開覺一切衆生令起智斷惑證須陀洹果斯陀含果阿那含果阿羅漢果三明六通復於大乘作意思求歷修諸地斷盡結習成無上覺此名正等正覺云何明行足佛言明謂天眼明宿命明漏盡明行足者爲如來身口意業善修滿足正眞清淨如有大衣鉢等自在觀照而無愛著於自願力一切之行修令滿足號明行足云何善逝佛言即妙往之義如貪瞋癡等引諸有情往彼惡趣非名善逝如來正智能

斷諸惑妙出世間能往佛果故名善逝云何世間解無上士佛言世間者謂欲界色界無色界地獄餓鬼傍生等類各具色蘊受蘊想蘊行蘊識蘊眼根耳根鼻根舌根身根意根及彼六識所緣境等一切諸法名曰世間正覺正知名世間解又彼世間所有二足四足多足無足欲色諸天有想無想非有想非無想若凡若聖一切有情之中唯佛第一最上無等名無上士云何調御丈夫佛言佛是大丈夫而能調御善惡二類惡者起不善三業而作諸惡墮地獄餓鬼傍生而得惡報善者於身口意而修衆善得人天福果此之善惡皆由心作佛以第一義善涅槃之法顯示調御令離垢染獲得最上最滅涅槃是故得名調御丈夫云何天人師佛言非與阿難一苾芻爲師所有苾芻苾芻尼烏波塞烏波夷及天上人間沙門婆羅門魔王外道釋梵龍天悉皆歸命依教奉行俱作佛子故名天人師云何名佛智慧具足三覺圓明是故名佛佛告阿難我昔經行之次有婆羅門而來問我何故汝之父母爲汝立名呼爲佛耶佛即答言世所知者我能了知世所觀者我亦能觀所得滅者我亦得滅我具一切智一切了知我從無數劫種種修行遠塵離垢今得無上菩提故立佛號云何世尊佛言我於因地自審觀察所有善法戒法心法智慧法復觀貪等不善之法能招諸有生滅等苦以無漏智破彼煩惱得無上覺是故天人凡聖世出世間咸皆尊重故曰世尊

佛說十號經

佛爲娑伽羅龍王所說大乘法經

宋西天三藏朝散大夫試鴻臚少卿傳教大師施護奉　詔譯

如是我聞一時佛在大海中娑伽羅龍王宮莊嚴道場與大比丘衆七千五百人俱幷諸得大智慧菩薩摩訶薩自十方世界皆來集會復有百千俱胝那由他梵王帝釋及護世等天龍夜叉乾闥婆阿修羅誐嚕拏緊那羅摩睺羅伽等亦來集會爾時世尊見彼一切大衆來集會已告娑伽羅龍王言龍主觀此世間種種行業皆從妄起種種心法當感種種果報若彼不了當生種種之趣龍主汝當觀此大海之衆見作種種士夫色相龍主而彼一切色相由於一切善惡身口意業各各之心種種變化然此心法雖云色相猶如幻化無可取故龍主此之色相一切諸法本無所生亦無主宰復無有我亦無礙故如是種種所作之業諸法自性皆幻化相不可思議龍主若有菩薩知一切法無生無滅無色無相如實知已所作所修一切善業而無修作所有色相及蘊處界一切生法悉無所見彼若如實得是見已當復觀察殊妙色相龍主殊妙色相云何觀察當觀如來身相如來身者皆從百千俱胝那由他福德之所生故又如是之相云何嚴持云何恭信當得如是之相復得人間天上無老無死復得十百千他化自在天身乃至大梵天身此由心不散亂專注觀想瞻仰如來最妙之身實知此身一切色相殊妙莊嚴皆從善業所集而得龍主如汝住宮一切莊嚴亦福所生至於梵王帝釋及護世等乃至天龍夜叉乾闥婆阿修羅

迦樓羅緊曩羅摩睺羅伽人非人等所有一切莊嚴皆福所生龍主又此大海之中所有衆生種種或有廣大或復微細多住醜陋彼一切身皆由種種心之所化龍主是故説言隨身口意業之所得龍主如是之報以業爲因業爲主宰汝當令諸衆生起智慧心所作所修隨學善業於諸邪見不作不住知彼邪見非爲究竟如是知已一切衆生當求爲師咸來供養并得天上人間歸信供養龍主而有一法能令衆生斷於一切惡趣之業云何一法所謂觀察善法而彼善法云何觀察當觀自身我於日夜行住坐卧所興心意無不是過如是覺察令四威儀中諸不善法不得發生如是斷盡諸不善法當令善法而得具足復使一切同善衆生悉皆當得聲聞辟支及菩薩等乃至無上正等正覺之位龍主云何善法我今説之所謂十善之業是爲一切根本安住是生天上人間根本安住世間出世間殊勝善法根本安住聲聞辟支佛菩薩根本安住無上正等正覺根本安住云何爲彼根本安住所謂十善業道若能遠離殺生偷盜邪婬妄語綺語惡口兩舌乃至貪瞋邪見等若能如是遠離是爲十善業道乃是世間出世間根本安住龍主士夫補特伽羅遠離殺生獲得十種善法云何十法所謂得無畏施他一切衆生得住慈心得正行得不起一切衆生過失之念得少病樂得壽命長得種種非人而作擁護於眠睡覺寤皆悉安隱又得賢聖守護心不猒捨於睡夢中不見惡業苦惱之事自得不怖一切惡趣命終之後

得生天上龍主士夫補特伽羅獲得如是十種善法行菩薩道得善心住善根成熟當得無上正等菩提龍主士夫補特伽羅遠離偷盜獲得十依止法云何爲十所謂得大富自在得免王難得免水火賊盜冤家之難得多眷屬善順和睦得多人愛樂不相苦惱凡所言説一切諦信得無量財寶皆悉集聚得此方他方一切稱讃於一切行處無怖無畏得他稱善名讃於智慧又得色力壽命辭辯相應於親非親心無分別不生惱害命終之後得生天界龍主士夫補特伽羅遠離偷盜獲得如是十依止法以彼善根於諸佛法自能證知當得無上正等正覺龍主士夫補特伽羅遠離邪婬獲得四智善法云何爲四所謂降伏諸根離於散亂得世間一切稱讃復得無量營從龍主士夫補特伽羅遠離邪婬獲得如是四智善法以此善根當得無上正等正覺復證大丈夫陰藏隱密之相龍主士夫補特伽羅遠離妄語獲得天上人間八種善法云何爲八所謂得口處清淨常如青蓮華香又得世間一切正見得天上人間一切愛樂得身口意清淨化彼一切有情令住三業清淨之行得清淨已咸皆歡喜得眞實語言必誠信得過人辯所出言辭咸有方便於天上人間離諸過失龍主士夫補特伽羅遠離妄語獲得如是天上人間八種善法而彼善根獲得口業清淨誠實正行當得無上正等正覺龍主士夫補特伽羅遠離綺語當得三種一向之法云何三種所謂得知法者一向愛樂得一向眞實復生智慧得一向爲人天

師天上人間一切信樂龍主士夫補特伽羅遠離綺語獲得如是三種一向之法以此善根迴向菩提得一切如來授記當證無上正等正覺龍主士夫補特伽羅遠離惡口獲得八種口過清淨而得八種善法云何爲八所謂實語愛語依義語軟語離取語多人愛樂語善語有義利語龍主士夫補特伽羅遠離惡口獲得如是八種清淨口業以此善根迴向菩提當來證得無上正等正覺復得最上清淨梵音龍主士夫補特伽羅遠離兩舌當得五種堅固云何五種堅固所謂得身堅固當得遠離一切怖畏之難故得眷屬堅固不爲他人之所貪故得信堅固獲得信業果報故得法堅固獲得果證堅牢故得善友堅固常得愛語攝受故龍主士夫補特伽羅遠離兩舌獲得如是五種堅固以彼善根迴向菩提當證無上正等正覺使彼一切外道魔王等咸不能破壞故龍主士夫補特伽羅遠離貪毒獲得八種善法云何爲八所謂得貪心消除得殺心不生得嫉妬心不生得樂生聖族心爲聖人尊重得慈心以善業利益一切衆生得身端正得多人尊重得生於梵世龍主士夫補特伽羅遠離貪毒獲得如是八種善法以此善法迴向菩提心不退轉當證無上正等正覺龍主士夫補特伽羅遠離瞋毒當得五種勝願圓滿云何爲五所謂修身口意不退諸根不亂當得一切廣大富貴圓滿得冤家降伏得一切廣大福德圓滿得受人天最上供養得一切廣大功德圓滿於最上受用心所欲者皆得圓滿如爲富貴發百千

最上勝願如願圓滿龍主士夫補特伽羅遠離瞋毒獲得如是五種圓滿以此善根迴向菩提證得無上正等正覺而爲三界之所尊故龍主士夫補特伽羅遠離邪見獲得十種功德之法云何爲十所謂得自心安善及同行善友深信因果得不爲身命作於罪業不久獲得賢聖之位得不迷善法修人天行不墮傍生及焰魔界行於聖道得最上福得離一切邪法得離身見得見一切罪性皆空得天上人間正行不闕龍主士夫補特伽羅遠離邪見獲得如是十種功德以此善根迴向菩提速能證了一切佛法當得無上正等正覺龍主復次觀於十不善法微細之行多墮地獄餓鬼畜生之趣龍主觀彼衆生若復殺生當墮地獄畜生焰魔等界後生人間以餘業故得二種報一者短命二者苦惱若復偷盜當墮地獄畜生焰魔等界後生人間以餘業故得二種報一者自居貧賤二者不得他人財寶若復邪染當墮地獄畜生及焰魔界後生人間以餘業故得二種報一者愚癡二者妻不貞正若復妄語當墮地獄畜生及焰魔界後生人間以餘業故得二種報一者言不誠實二者人不信奉若復綺語當墮地獄畜生及焰魔界後生人間以餘業故得二種報一者言不真正二者所言無定若復惡口當墮地獄畜生及焰魔界後生人間以餘業故得二種報一者言多鬬諍二者人間不重若復兩舌當墮地獄畜生及焰魔界後生人間以餘業故得二種報一者得下劣眷屬二者感親屬分離若復多貪當墮地獄畜生及

焰魔界後生人間以餘業故得二種報一者不能利益他人二者常被他人侵害若復多瞋當墮地獄畜生及焰魔界後生人間以餘業故得二種報一者心常不喜二者多不稱意若復邪見當墮地獄畜生及焰魔界後生人間以餘業故得二種報一者邪見二者懈怠龍主若有行於如是十不善法決定獲得如是果報復更別得無邊諸大苦蘊龍主若復菩薩遠離殺生修菩薩道行於布施得大富長壽及無量福得離一切他侵之怖龍主若復菩薩遠離偷盜修菩薩道行於布施得大富貴及無量福而於一切心無悋惜證得深智諸佛所說無上法義龍主若復菩薩遠離邪染修菩薩道行於布施得大富貴獲無量福感善眷屬父母妻男悉無惡見龍主若

復菩薩遠離妄語修菩薩道行於布施得大富貴獲無量福當感所有語言一切善軟凡起誠願堅固不退龍主若復菩薩遠離綺語修菩薩道行於布施得大富貴獲無量福所言真實聞者信受凡有所說斷一切疑龍主若復菩薩遠離惡口修菩薩道行於布施得大富貴獲無量福所言可取聞無背捨於諸衆中無有其過龍主若復菩薩遠離兩舌修菩薩道行於布施得大富貴獲無量福於諸眷屬心住平等愛之如一無有離散龍主若復菩薩遠離貪毒修菩薩道行於布施得大富貴獲無量福得端正身諸根具足見者愛樂心無猒捨龍主若復菩薩遠離瞋毒修菩薩道行於布施得大富貴獲無量福得於仇讎心無所起聞佛法要能生深信龍主若復

菩薩遠離邪見修菩薩道行於布施得大富貴獲無量福於三寶所而具正見常近於佛得聞妙法供養衆僧常無懈退教化衆生令發菩提之心龍主若能修此十善之業行菩薩道初以布施而爲莊嚴果報圓滿得大富貴若以持戒而爲莊嚴果報圓滿得一切佛法願滿具足若以忍辱而爲莊嚴果報圓滿得佛菩提三十二相八十種好復得梵音具足若以精進而爲莊嚴果報圓滿當能降伏天魔外道以諸佛法而救度之若以禪定而爲莊嚴果報圓滿當得正念清淨法行具足若以智慧而爲莊嚴果報圓滿當得永斷一切邪見若以大慈而爲莊嚴果報圓滿能令一切衆生降伏一切微細煩惱若以大悲而爲莊嚴果報圓滿當得一切衆生心無厭捨若以大喜而爲莊嚴果報圓滿當得一切而無散亂若以大捨而爲莊嚴果報圓滿當得微細煩惱皆悉除滅龍主乃至以四攝法而爲莊嚴果報圓滿當得一切衆生隨順化導若以四念處而爲莊嚴於身受心法悉能解了若以四正斷而爲莊嚴能使一切不善之法皆悉斷滅得一切善法圓滿若以四神足而爲莊嚴能得身心皆獲輕利若以五根而爲莊嚴當得信進不退心無迷惑了諸業因永滅煩惱若以五力而爲莊嚴當得不愚不癡及得永斷貧窮過失若以七覺支而爲莊嚴當得覺悟一切如實之法若以八正道而爲莊嚴當能證得正智若以奢摩他而爲莊嚴當得斷於一切煩惱若以尾鉢舍曩莊嚴當得了悟一切法之智慧若以正道而爲莊

嚴當於有爲無爲一切方便悉能了知龍主我今略説十善之法而爲莊嚴至於十力四智及十八不共之法乃至如來一切法分皆得圓滿龍主乃至廣大解説此十善業道莊嚴之事當令修學龍主譬如大地能與人界一切國城聚落乃至林樹及藥草等而爲安住又復諸業皆有種子種子既有四大而成猶如種穀初生芽莖乃至成熟皆依於地龍主此十善業道能爲天上人間一切有情勝妙安住能令一切有爲無爲得智慧果報一切聲聞及辟支佛乃至菩薩無上正等正覺而爲安住亦復爲一切佛法根本安住龍主我此所説汝等一切當以正心而生信解爾時娑伽羅龍王并在會諸菩薩摩訶薩一切聲聞及天人阿修羅乾闥婆等一切大衆聞佛所説歡喜奉行

佛爲娑伽羅龍王所説大乘法經

音釋

娠 升人切孕也

覺寤 覺居效切夢醒也 寤五故切寐覺也

佛說普賢菩薩陀羅尼經 宋三藏大師法天奉 詔譯

大金剛妙高山樓閣陀羅尼 宋西天三藏朝散大夫試鴻臚少卿傳教大師施護奉 詔譯

廣大蓮華莊嚴曼拏羅滅一切罪陀羅尼經 宋西天三藏朝散大夫試鴻臚少卿傳教大師施護奉 詔譯

清刻龍藏佛說法變相圖

二經一呪同卷

佛說普賢菩薩陀羅尼經

大金剛妙高山樓閣陀羅尼

廣大蓮華莊嚴曼拏羅滅一切罪陀羅尼經

佛說普賢菩薩陀羅尼經

宋三藏大師法天奉　詔譯

歸依普徧虛空界　三世清淨平等因
性等法光正覺道　變化人天利樂身
示居十地自在位　行大施願度衆生
功德相嚴名普賢　今說眞言祕密教

爾時普賢菩薩摩訶薩欲現廣大變化而入三摩地名三界大自在入此三摩地巳從清淨虛空界現無數身猶如塵沙普徧大千一切世界爾時一切佛刹所有一切如來舒其

右手摩普賢菩薩摩訶薩頂讚言善哉善哉
佛子汝今當說一切佛母最上陀羅尼法爾
時普賢菩薩身放千光普照十方一切佛剎
悉皆震動即說陀羅尼
怛你也二合他引唵引曩謨引曩摩娑怛嚩二合
部嚩你引濕嚩二合囉摩賀引部引誐引野阿
三摩三摩阿彌哆娑摩阿難陀娑摩誐誐曩
娑摩怛里二合婆嚩娑摩引尾引沙娑摩波囉
摩引囉他二合娑摩娑嚩二合婆引嚩娑摩怛他
引誐哆娑摩阿囉惹娑摩輸第娑摩沒馱娑
摩達里摩二合怛他引誐哆引娑摩僧賀尾沙
摩娑摩噎迦曩野娑引誐囉尾輸馱引路引
迦呬呬羅沒馱二合羅沒馱二合尾惹野尾惹野
暗引鉢囉二合設訖哆二合曩野引曩野減唧囉
引地瑟吒二合曩三部引誐暗娑曩引羅野引
羅野達里摩引二合誐囉二合馱囉馱囉惹野惹
野吽吽馱摩馱摩娑嚩二合引賀引
爾時普賢菩薩摩訶薩說此陀羅尼已佛即
觀彼菩薩之身是過去先佛爲悲愍一切衆
生現變化身滿於三界諸世間中爾時諸大
菩薩及天人阿脩羅等從一切金剛峯起離
自金寶莊嚴大富貴座來菩薩前而自唱言
南無大慈大悲無邊大功德海最上成佛大
陀羅尼法善能饒益過去未來現在三界無
數衆生令得安住大法之位佛言若人聞此
大陀羅尼法經無邊劫所作之罪皆悉除滅
亦能枯竭煩惱大海摧壞我見高山譬如有
人見百千佛經無邊劫所作善根亦不能及
此眞言功德此大陀羅尼是一切如來心圓
滿大功德海而能出生菩提智種成就一切

智地而諸佛法皆不能及此大陀羅尼名號假使百千那由他俱胝劫亦難得聞若有人於此經典受持讀誦恭敬供養彼等衆生善解總持能活慧命住如來位成就一切功德若有人讀誦此經一徧二徧乃至三徧彼人得最上功德能滅一切罪能斷一切煩惱復得值遇諸佛如來不受一切憂愁苦惱若於寂靜之處獨樹之下一心持誦彼人獲得一切成就之法衆所愛敬若有人於大林野結跏趺坐誦此經典滿於七徧彼人不久得大禪定斷一切煩惱復得普賢菩薩結跏趺坐而現於前若人隨自力分以香花供養誦此陀羅尼乃至因卧睡眠於其夢中見普賢菩薩舒其右手放法光明灌照身心作如是言善哉善哉佛子如來大曼拏羅轉身而得大菩薩位身心安樂具大福德智慧常得見於普賢菩薩摩訶薩若人以慈悲心爲一切衆生讀誦此經彼人得十波羅蜜圓滿滅除一切煩惱罪垢復得天人衛護如來讚言佛子汝若依行不久當入普賢之地

佛說普賢菩薩陀羅尼經

大金剛妙高山樓閣陀羅尼

宋西天三藏朝散大夫試鴻臚少卿傳教大師施護奉　詔譯

曩謨引囉怛曩合二怛囉合二夜引野曩麼薩哩嚩合二没馱冒地薩怛吠引二合吡藥合二阿他引緒引嚩日囉合二骨嚕合二馱尾也合二契也合二寫弭曩謨引没馱引野曩謨引達麼野曩麼僧伽引野曩麼薩鉢哆合二吡藥合二三藐三没第引吡藥合二娑室囉合二嚩迦冒引地薩怛囉合二僧契引吡藥合二曩麼室戰合二拏嚩日囉合二播引拏曳引摩賀引藥乞叉合二細引曩引地鉢哆曳引曩謨引嚩日覽合二俱舍尾你也合二囉引惹引野曩謨引嚩日囉合二商迦羅引野曩謨引嚩日囉合二娑曩引野曩謨引嚩日囉合二吠引誐引野曩謨引嚩日囉合二難拏引野曩謨引嚩日囉合二囉訖旦合二誐野曩謨引摩賀

引末羅野曩謨引嚩日囉合二尾捺囉引二合播拏引野曩謨引捺囉合二尾拏野曩謨引嚩日囉合二枳隸枳羅引野曩謨引嚩日囉合二麼羅引野曩謨引嚩日囉合二迦引羅引野曩謨引嚩日囉合二護哆引娑曩野曩謨引嚩日囉合二室凌合二佉羅野曩謨引酥悉第迦囉引野尾你也合二囉引惹引野曩謨引阿波囉引哷哆野曩麼室戰合二拏沙瑟致合二吡喻引二合嚩日囉合二捺囉合二底吡藥合二曩謨引嚩日囉合二骨嚕合二第引吡藥合二帝引衫引薩哩吠引二合衫引曩麼娑訖哩合二怛嚩合二布曩布曩骨嚕合二馱阿嚩引賀曳瑟也引二合彌薩怛曳合二怛三摩曳引曩左怛你也合二他引酥嚕酥嚕酥嚕酥嚕喻嚕喻嚕喻嚕賀曩賀曩賀曩耶賀耶賀那賀鉢左鉢左鉢左染婆染婆染婆惹野

嚩底嚩日囉合二播引尼摩賀引末羅度左囉
骨嚕引二合馱曩戰拏尾捺囉引二合波迦怛囉
引二合娑迦囉乞叉合二迦扇引底迦保瑟致合二
迦染婆曩薩擔合二婆曩謨引賀曩素引沙拏
佉引軀哩那合二枳囉拏薩擔合二婆迦賀引賀
引婆誐鍐引嚩日囉合二播引尼度嚕度嚕祖
嚕祖嚕迦羅迦羅野他引迦朗婆誐鍐嚩囉
合二骨嚕合二馱摩賀引末羅呬引呬引摩嚕摩
賀引部引部引嚕嚕嚕引捺囉合二嚕捺囉合二
唧隸唧隸吽吽發吒發吒喻巘哆儗你合二慕
誐怛鑁引二合怛摩合二謨引賀曩迦囉引野吽
吽發吒尾你也合二羅引惹摩賀引吒吒賀引
娑引野吽吽發吒能瑟吒囉引三合迦囉引拏
野吽吽發吒摩賀引帝引惹野吽吽發吒訖
哩合二瑟拏合二唧怛囉合二賓誐羅引野吽吽發

吒入嚩合二隸哆尾娑普合二凌誐摩羅引吒賀
引娑引野吽吽發吒摩賀引倍羅嚩捫左捫
左吒吒賀引娑引野吽吽發吒怛哩合二路引
枳也合二婆焰迦囉引野吽吽發吒薩哩嚩合二
部多尾馱摩曩迦囉引野吽吽發吒呬引呬
引度嚕度嚕尾引尾引度度弭弭馱引嚩馱
引嚩覩嚕覩嚕娑摩娑摩劒波劒波枳隸枳
隸吽吽發吒薩普合二致哆迦摩羅沙吒怛凌
合三設嚩捺曩引野吽吽發吒摩賀引唅賀嚩
合二哆努尾濕嚩合二囉引野吽吽發吒頻那頻
那吽吽發吒滿馱滿馱吽吽發吒嚩日羅合二
俱羅三摩野摩努娑摩合二囉吽吽發吒訥哩
難引二合哆喃引捺摩迦引野吽吽發吒左羅
左羅吽吽發吒護嚕護嚕吽吽發吒薩哩嚩
合二尾近曩合二尾曩引野迦引喃引尾曩引娑

摩吽吽發吒仡哩合二恨拏合二仡哩合二恨拏合二
吽吽發吒吒吒吽吽發吒尾摩那摩賀引薩
怛嚩合二嚩囉合二播尼囉憾涅哩合二荼野他引
設訖堵引二合悉婆誐鑁引怛他引怛鑁合二鉢
囉合二底必哩合二搓護引曳引摩摩播也合二呬
哆迦引摩薩哩嚩合二薩怛嚩合二怛體嚩左伊
難嚩日囉合二酥嚩日哩引二合拏謨引左曩合二
旦引娑頗引二合羅曳瑟也引二合弭帝引曳引
摩摩薩哩嚩合二薩怛吠引二合毗藥合二阿呬哆
迦謨引怛寫帝引吽吽發吒伊難左嚩日覽
合二酥嚩日哩合二嚩日囉合二野娑嚩引二合賀引
摩賀引嚩日囉合二野娑嚩引二合賀引嚩日囉
合二骨嚕引二合馱野娑嚩引二合賀引嚩日囉合二
散馱引囉野娑嚩引二合賀引嚩日囉合二彌佉
日囉引野娑嚩引二合賀引嚩日囉合二商迦羅

引野娑嚩引二合賀引唧怛囉合二賓誐羅引野
娑嚩引二合賀引訖哩合二瑟拏合二健拏引野娑
嚩引二合賀引唧怛囉合二迦引羅引野娑嚩合二
引賀引呬呬娑嚩引二合賀引嚕哆嚕哆娑嚩
引二合賀引野他引嚩引祢怛他引迦引哩娑
嚩引二合賀引訖哩合二瑟拏合二唧怛囉合二賓誐
羅引野娑嚩引二合賀引阿儗你合二入嚩合二羅
引娑涅里合二舍祢鉢哆合二帝引惹引野娑嚩
引二合賀引
祢喻合二底摩賀引薩怛嚩引二合野娑嚩引二合
賀引鉢囉合二底仡哩合二恨拏合二三摩野引野
娑嚩引二合賀引布惹引嚩囉合二俱羅引野娑
嚩引二合賀引薩哩嚩合二哆喻引鉢捺囉合二吠
引毗藥合二娑嚩引二合賀引阿囉他合二迦引摩
哆引薩哩吠引二合摩努引囉他波哩布囉迦

引婆嚩引呬唧隸唧隸唧隸彌隸彌隸彌隸
吽吽⿰口發吒娑嚩引二合賀引阿謨迦娑引哆羅
難底他吽吽⿰口發吒左覩哩摩二合賀引囉引惹
引迦曳迦引喃引娑補怛囉二合捺引囉迦引
嚩輸滿引駄末喃引祢引嚩引喃引婆嚩喃
劒波引波野吽吽⿰口發吒尾捺囉引二合波野吽
吽⿰口發吒怛哩二合野悉怛凌三合娑引喃引祢引
嚩引喃引婆嚩喃劒波引波野吽吽⿰口發吒設
骨嚕引二合祢引嚩引喃引婆嚩喃劒波引波
野吽吽⿰口發吒彌孕二合捺囉二合三婆嚩喃娑補
怛囉二合捺引囉迦引嚩輸沒哩二合駄嚩引喃
引祢引嚩引喃引婆嚩喃劒波引波野吽吽
⿰口發吒沒囉引二合憾摩二合拏引喃引祢引嚩引
喃引婆嚩喃劒波引波野吽吽⿰口發吒夜引摩
引喃引祢引嚩引喃引婆嚩喃劒波引波野

吽吽⿰口發吒覩史哆引喃引祢引嚩引喃引婆
嚩喃劒波引波野吽吽⿰口發吒你哩摩引二合拏
囉底喃引祢引嚩引喃引婆嚩喃劒波引波
野吽吽⿰口發吒波哩你哩彌二合哆嚩娑挽底喃
引祢引嚩引喃引娑補怛囉二合捺引囉迦引
嚩輸滿駄嚩引喃引婆嚩喃劒波引波野吽
吽⿰口發吒沒囉二合憾摩二合迦引曳喃引祢引嚩
引喃引婆嚩喃劒波引波野吽吽⿰口發吒沒囉
二合憾摩二合布嚕引呬哆引喃引祢引嚩引喃
引婆嚩喃劒波引波野吽吽⿰口發吒阿鉢囉二合
摩引拏引婆引祢引嚩引喃引婆嚩喃劒波
引波野吽吽⿰口發吒阿婆引
室左二合囉引⿰赤皮引祢引嚩引喃引婆嚩喃劒
波引波野吽吽⿰口發吒鉢底哆輸婆引喃引祢
引嚩引喃引婆嚩喃劒波引波野吽吽⿰口發吒

阿鉢囉二合摩引拏酥婆引喃引祢引嚩引喃
引婆嚩喃劒波引波野吽吽唆吒輸婆訖哩
二合搓哆二合喃引祢引嚩引喃引婆嚩喃劒波
引波野吽吽唆吒阿曩婆囉二合迦引喃引祢
引嚩引喃引婆嚩喃劒波引波野吽吽唆吒
奔尼也二合鉢囉二合室囉二合嚩引喃引祢引嚩
引喃引婆嚩喃劒波引波野吽吽唆吒勿哩
二合賀頗羅引喃引祢引嚩引喃引婆嚩喃劒
波引波野吽吽唆吒阿勿哩二合賀引赦引祢
引嚩引喃引婆嚩喃劒波引波野吽吽唆吒
阿怛播引喃引祢引嚩引喃引婆嚩喃劒波
引波野吽吽唆吒酥涅哩舍二合曩引喃引祢
引嚩引喃引婆嚩喃劒波引波野吽吽唆吒
娑引哆羅酥涅哩舍二合曩祢引嚩引喃引婆
嚩喃劒波引波野吽吽唆吒阿迦你瑟吒二合

引喃引祢引嚩引喃引婆嚩喃劒波引波野
吽吽唆吒阿迦引舍喃怛也二合野哆曩引喃
引祢引嚩引喃引婆嚩喃劒波引波野吽吽
唆吒尾惹拏二合曩引曩怛也引二合野哆曩引
喃引祢引嚩引喃引婆嚩喃劒波引波野吽
吽唆吒阿緊左怛也二合野哆曩引喃引祢引
嚩引喃引婆嚩喃劒波引波野吽吽唆吒乃
引嚩僧惹拏二合曩引僧惹拏二合野哆曩引喃
引祢引嚩引喃引婆嚩喃劒波引波野吽吽
唆吒麼引囉寫播引閉喃引娑補怛囉二合波
哩嚩引哩引拏祢引嚩引喃引婆嚩喃劒波
引波野吽吽唆吒阿曩嚩怛鉢哆二合寫曩引
誐囉引
惹引寫祢引嚩引喃引婆嚩喃劒波引波野
吽吽唆吒摩賀引三母捺囉二合你嚩引細你

喃引左覩哩婆二合儗你喃引祢引嚩引喃引
婆嚩喃劒波波野吽吽發吒阿地目訖哆二合
迦引舍摩二合舍引曩嚩引細曩寫摩賀引迦
引羅寫祢引嚩引喃引婆嚩喃劒波引波野
吽吽發吒俱胝嚩哩沙二合你嚩引細你喃引
麼引怛哩二合誐拏寫祢引嚩引喃引婆嚩喃
劒波引波野吽吽發吒娑引呬迦酥怛寫摩
賀引賽你也二合鉢底喃引祢引嚩引喃引婆
嚩喃劒波引波野吽吽發吒阿瑟吒二合尾孕
二合設底喃引摩賀引藥乞叉二合細引曩引鉢
底喃引祢引嚩引喃引婆嚩喃劒波引波野
吽吽發吒阿細底曩引喃引誐娑賀娑囉二合
赦引祢引嚩引喃引婆嚩喃劒波引波野吽
吽發吒尾瑟尼所切此切聲字與上瑟字二合用摩呬引濕
嚩二合囉寫野補怛囉二合波哩嚩引囉寫祢引

嚩引喃引婆嚩喃劒波引波野吽吽發吒玉
呬也二合迦引喃引祢引嚩引喃引婆嚩喃劒
波引波野吽吽發吒部引部引玉呬也二合迦
緊底瑟吒二合細引捫左引吒賀引三尸伽覽
二合捫左捺哩舍二合餤野他引末凌吽吽發吒
部引部引骨嚕引二合駄薩哩嚩二合沒駄引努
惹拏二合哆阿進怛也二合末羅波囉引訖囉二合
摩阿迦哩沙二合野阿迦哩沙二合野尸伽覽二合
尸伽覽二合薩哩嚩二合祢引嚩曩引誐夜乞叉
二合囉引乞入二合娑孍駄哩嚩引二合酥囉誐嚕
拏緊曩囉摩護引囉誐供畔引拏毗舍左阿
波娑摩引二合嚕引怛摩引二合捺布怛曩羯吒
布怛曩引祢孕二合曩引設野曩引設野囉乞
叉二合囉乞叉二合摩摩吽吽發吒薩哩嚩二合設
覩嚕二合赦引訖囉二合摩尾訖囉二合摩尾特錢

二合舍野吽吽嘐吒嘐吒阿謨劒曩引舍野吽
吽嘐吒吩尾旦曩引舍野吽吽嘐吒阿謨劒
尾捺囉引二合波野吽吽嘐吒囉乞叉二合囉乞
叉二合摩摩寫薩哩吠二合毗喻引二合鉢捺囉二合
冐引波婆哩詣引二合毗藥二合吽吽嘐吒袮引
嚩佉囉二合賀曩引誐佉囉二合賀藥乞叉二合佉
囉二合賀囉引乞叉二合婆佉囉二合賀必哩引二合
哆佉囉二合賀毗舍左佉囉二合賀薩哩嚩二合佉
囉二合呬引毗藥二合吽吽嘐吒入嚩二合囉引曀
迦引呬迦引袮尾二合底野迦引怛哩引二合底
野迦引左覩哩他二合迦薩哩嚩二合入嚩二合囉
引尾沙摩入嚩二合囉引吽吽嘐吒末馱滿馱
曩哆引拏曩哆哩惹二合曩鉢囉二合賀囉拏薩
哩吠二合毗喻引二合鉢捺囉二合吠毗藥二合薩哩
嚩二合嚕引誐摩引囉努哩鼻二合乞叉二合建引

哆引哩引毗藥二合吽吽嘐吒謨引賀野謨引
賀野波囉作羯囉二合賽你焰二合吽吽嘐吒薩
哩嚩二合迦隸迦羅賀畔拏曩尾佉囉二合賀尾
嚩引袮引毗藥二合惹餤俱嚕俱嚕吽吽嘐吒
薩哩嚩二合波引閉引毗喻引二合尾曩引舍野
吽吽嘐吒扇引底濕嚩二合悉怛野引三合野你
引刹引鉿身切俱嚕俱嚕婆引馱野婆引馱野
嚩日囉二合骨嚕引二合馱摩賀引末羅唧隸唧
隸彌隸彌隸羅羅隸薩哩嚩二合惹引藍摩引
嚕布嚕布隸引哆引嚕藍摩引嚕藍佉僧祖
嚕祖隸引憾引鉿引烏哩閉二合布哩閉二合俱
哩閉二合鉢囉二合布囉尼二合尼伽囉二合羅尼喻
二合酥嚕酥嚕毋嚕毋嚕酥毋酥毋嚕地迦致
迦致迦致迦致迦致降二合迦致引惹曳引尾
惹曳引惹野帝引尾惹野帝引鼻引細引摩

賀引哩祁合二伽三部旦引誐彌耨哆波羅引
野尼努瑟吒引二合曩引努娑引娑迦訥哩難
合二哆引喃引捺摩迦撓捺囉引二合赦引尾捺
囉引二合波迦尾囉赦引尾囉酥摩也合二喃引
酥毗藥合二阿悉馱引喃引悉弟迦囉阿悉馱
引喃引左尾曩引舍迦囉薩哩嚩合二怛他引
誐哆引三摩囉他合二麼引閉引哆薩哩嚩合二
沒馱引波哩喻合二波引悉多薩哩嚩合二嚩日
囉合二倶羅引地瑟耻合二哆曀呬曳引二合呬三
摩野摩努波引羅野薩哩嚩合二迦哩摩合二尼
彌引娑引馱野曩謨引倍囉嚩嚩日囉合二馱
囉引野嚩日囉合二播引拏曳引悉馱哩戰合二
拏嚩日囉合二播引尼囉引惹拏合二波野底娑
嚩引二合賀引薩哩嚩合二沒馱引地瑟耻合二哆
引野娑嚩引二合賀引

大金剛妙高山樓閣陀羅尼

廣大蓮華莊嚴曼拏羅滅一切罪陀羅尼經

宋西天三藏朝散大夫試鴻臚少卿傳教大師施護奉　詔譯

如是我聞一時佛在波羅柰國鹿野苑中瞻波無憂樹下與大比丘衆萬二千五十人俱并慈氏菩薩等諸菩薩摩訶薩及天龍夜叉羅刹阿脩羅乾闥婆迦樓羅緊那羅摩睺羅伽人非人等恭敬圍遶而爲說法初善中善後善其義深遠梵行清淨一切圓滿爾時波羅柰國有大國王名曰梵壽身心純善慈愍有情於彼大地一切衆生養育如子其王出城遊行佛寺至精舍門須臾顧視有守門者而白聖衆梵壽大王今在門外將欲入寺即時聖衆速令知事僧排列花鬘知事僧聞已開其殿門求覓花鬘而無所有於佛頂上見有花鬘即取持行與上座等并諸聖衆迎接國王所持花鬘即以奉上王即受之而戴頭上經須臾間忽然頭痛王自思惟云何如是我今應是夏熱出行致斯患苦王乃即時禮辭聖衆迴歸宮闕告近臣曰我患頭痛今擬沐浴汝宜速疾供辦香水王即解其一切莊嚴衣服即便洗浴有一宮人善解供承洗王身體沐浴久時頭痛不愈王乃出勑宣詔醫人醫人即至王遂告言我因夏熱出城遊行於道路中而患頭痛即便沐浴其疾不愈卿意云何醫人對曰王之所患傷於內熱即用牛頭栴檀塗其身上王即依奏塗其栴檀亦不得差於日夜分得大苦惱應諸醫人俱至王所互相視之而發言曰此疾所因不可測度深懷憂惱王既如是我等作何方便得免王疾言論之次王有一妹名酥鉢哩(二合)野發

菩提心信重悲愍見王患苦心生怖懼以手摩頂而白王曰云何怖懼如怯弱之人王即告言酥鉢哩野我今不知云何而得不苦不怖妹復白言王若如是請詣佛所佛具大悲必爲救濟王即告言汝所作意善哉善哉我爲忘失今即須往尋勅重臣令速排列車輦騎乘時御車者駕五百乘車王與眷屬并諸臣寮出於城外往贍波無憂樹下而詣佛所於其中路有一女人負薪爲活手把柴擔生産路傍王妹見已不忍視之以手掩面迷悶倒地王見如是即問其妹云何苦惱汝爲我説其王皇后名酥囉遜捺吒以意思惟而告王言彼酥鉢哩野迷悶倒地爲見路傍擔柴女人生産其子苦惱甚深彼妹心慈不忍見之遂乃如是王既聞已即告皇后罪業宿報不可逃免王令宮人給賜財物濟彼貧乏速令歸家其妹迷悶以拂扇涼還得甦醒而復發言南無没馱野大王貧女大苦我不忍見之相次前行遥見園林漸近精舍王乃下車執酥鉢哩野手入於園林見佛世尊如妙金山放大光明踰百千日其王見已即放妹手偏袒右肩脱其頭冠往詣佛前合掌恭敬旋遶世尊頂禮佛足投地良久時彼世尊舒金色寶臂摩於頭頂告彼王言汝起汝起王聞佛勅應聲即起經剎那間頭痛即愈身心適悦王甚歡喜時酥鉢哩野與諸眷屬同坐一處王見於妹面色憂愁而即問言云何愁惱令彼問佛妹即聞已即從座起偏袒右肩右膝著地合掌恭敬瞻仰尊顏白佛言世尊大王日夜甚患頭痛王諸眷屬及大臣等皆懷

憂惱因是事已俱來佛所於中路傍見一擔柴女人身著故衣頭髮蓬亂聲喚啼泣産生於子我爲見此得大驚怖深猒女身世尊我等云何得免女身又此大王所患頭痛名醫救療而不能痊今蒙世尊手摩頭頂經剎那間即得安樂有何因緣願佛慈悲而爲解說爾時世尊聞是語已於其面門放大光明具種種色照於無邊無量世界而此光明復入於口爾時尊者阿難見佛光明普照世界以佛威德心腹懷疑即從座起合掌恭敬頂禮佛足而白佛言世尊今日有何因緣放大光明普照佛剎唯願世尊略爲宣說佛告阿難於過去世此城之中有大國王名曰持光彼王皇后名曰無憂王所愛重第二夫人名阿努播摩其國界畔有一小國統領兵衆來侵大國時持光王即統四兵象馬車乘并諸大臣作於伎樂隨從出城奔往討伐王在中路軍兵暫止時后阿努播摩覺自懷妊將欲生産說與宫人令彼内官具以所事奏持光王時彼内官奏斯事已王即有勑令彼夫人却歸宫内夫人歸已難爲生産即遣大臣搒哩迦具以斯事速奏王知王既聞已即乘車騎反歸宫闕至夫人處問訊安慰王見夫人生産苦惱對三寶前焚香瀝水禱祝發願其瀝餘之水賜夫人喫是時無憂皇后心懷嫉妬執於王手而告王曰阿努播摩夫人情性狂顛無其慚耻裸形垂髮神鬼無異王聞如是慚而不顧經須臾間阿努播摩生其太子身真金色相好端嚴福德圓備即以太子奉上大王王既見之心大歡喜復經少時宫人相

聚有其一人說無憂皇后妬嫉之言時阿努播摩夫人忽聞其言即問宮人速令具說時彼宮人不敢隱藏具述前事阿努播摩夫人聞是說已心如割切而發言曰我何顛狂我何無慚唱苦搥胷迷悶倒地時彼宮人以水灑面執拂扇涼久時不惺因此命謝時諸宮人高聲啼哭王忽聞聲驚怪異常勑令内宮往問所由内官奉命問守宮門人時守宮門者復問宮人緣何哭泣王速要知時彼宮人悲淚哽咽而即告言今爲阿努播摩夫人忽爾命終是以哭泣宜速奏王是時大臣聞是事已心懷憂惱面戴愁容奔往王前王遥見之知有災惱即問使曰莫是太子病耶夫人病耶使曰今爲阿努播摩夫人忽然命盡其王聞已深懷痛惱如樹斷根迷悶倒地時諸大臣等以水灑面良久乃甦群臣奏曰請王安心莫生憂惱宮嬪美女其數百千保益大王恒增歡樂王聞是安慰即得平復佛告阿難昔日無憂皇后生嫉妬心者今於路傍爲擔柴貧女生産者是昔日阿努播摩夫人性行慈愍今酥鉢哩野是阿難於意云何若人多行貪心嫉妬而於後世得不可愛大惡果報佛告阿難若梵壽王患於頭痛者爲王入於園林上座令知事僧取其花鬘迎接於王時知事僧名曰淨軍後生年少身心散亂性行麤猛入彼殿中無別花鬘即於佛頂之上輙取花鬘用獻國王王既受已即戴頭上經刹那間而患頭痛致使群臣眷屬悉皆愁惱王聞佛言因果無謬而即印言如是如是爾時有一菩薩名曰大意在大衆中即從座起

偏袒右肩合掌向佛白佛言世尊若有衆生於常住錢物將爲自用得何果報佛言此人命終墮阿毗地獄大意菩薩復白佛言此人云何救濟云何安慰以何爲主爾時世尊舒其右手告觀自在菩薩汝說汝說汝有大悲心眞言儀軌能救度一切衆生若此衆生入阿毗地獄者今此眞言善能救濟安慰及爲主宰觀自在菩薩聞是語已即從座起合掌白言世尊諦聽我有大悲心陀羅尼能與一切衆生作廣大利益世尊讚言善哉善哉我今諦聽以大金剛之印而以印之爾時觀自在菩薩摩訶薩復白世尊我此大明陀羅尼決定消除一切罪業一切惡趣一切苦惱復令衆生安住菩提之道今此眞言微妙最勝如大寶樹能圓滿一切願世尊復言觀自在菩薩汝但當說不思議廣大蓮華莊嚴曼拏羅陀羅尼心令此無能勝大力眞言圓滿有情一切之願爾時觀自在菩薩覩佛世尊第二第三作如是請頭面禮足住立佛前說此大悲心陀羅尼

曩謨引囉怛曩二合怛囉二合夜引野曩麼阿哩也二合嚩路引吉帝引濕嚩二合囉引野冐地薩怛嚩引二合野摩賀引薩怛嚩引二合野摩賀引迦引嚕尼迦引野怛你也二合他鉢納彌引二合鉢納彌引二合鉢納摩二合鉢囉二合底瑟耻二合帝鉢納謨引二合那囉摩賀引曼拏羅彌喻四娑囉娑囉迦囉迦囉枳哩枳哩俱嚕俱嚕摩賀引婆野三摩底杜曩杜曩尾杜曩尾杜曩四哩孕二合摩賀引尾你曳二合輸馱野輸馱野薩哩嚩二合惹敢二合摩波覽波囉引尾彌引沒馱

也合二没馱也合二摩賀引惹拏合二曩鉢囉合二袮
閉娑嚩合二賀引
爾時觀自在菩薩說此大悲大明陀羅尼已一切大地六種震動一切天宮龍宮及一切藥叉揵達嚩阿脩羅迦樓羅緊那羅摩睺羅伽等所居宮殿皆大震動一切魔王得大驚怖心懷憂惱一切惡龍及諸鬼魅迷悶倒地隱没不現一切地獄有情承眞言光破罪苦暗即得解脫往生天上以天優鉢羅花俱勿那花白蓮花曼陀羅花摩訶曼陀羅花於其佛前持用供養爾時世尊發廣大微妙梵音如迦陵頻伽聲讚觀自在菩薩所說陀羅尼甚深不可思議汝爲一切衆生復說畫像念誦廣大利益曼拏羅儀軌時觀自在菩薩即奉教勑而說儀軌須得清淨童女合於茸線復令持戒潔淨之人織成疋帛長其四肘三肘二肘或至一肘用香水浸上軸令展令潔淨持戒之人畫於㡧像於㡧中間先畫觀自在菩薩坐蓮花座天衣絡腋頭上戴冠冠上有無量光佛以諸莊嚴而嚴飾之左手持蓮華右手作施願印於觀自在左邊畫吉祥菩薩手執白拂右邊畫蓮華吉祥菩薩手執蓮華此二菩薩各坐蓮華座於㡧上面相對畫二天人手持花鬘於㡧下面畫其地天手執蓮華盞畫難陀跋難陀二大龍王手捧觀自在蓮華座於彼座下右邊畫持誦者右膝著地手持蓮華於㡧四邊空處徧畫蓮華具種種顏色復於㡧下面畫大海水及水族之類優鉢羅華俱勿那華白蓮華一一開敷復用疋帛畫百葉蓮華作於四色安置㡧前於彼

蓮華上獻五供養復用米粉或白麵或香泥亦得作一輪如大母指量又逐日獻蓮華八百以白檀水搵過復用白檀水作曼拏羅用蓮華印誦前蓮華眞言獻華至一洛叉時用白月八日或十五日潔淨齋戒作金蓮華或銀蓮華八百作八種廣大莊嚴或爲蓮華蓋蓮華旛等而爲供養復於幰内小畫聖衆用五種飲食作大供養以一合殊妙蓮華獻於聖衆然後作安像慶讚儀則所有苾芻苾芻尼優婆塞優婆夷具信心者以齋食供養如是修崇所有自前破用他佛像前塔廟内常住財物一切過非悉皆除滅業障清淨亦不墮惡趣後生佛刹臨命終時坐見聖觀自在菩薩於廣大蓮華莊嚴曼拏羅樓閣中作安慰之言勿怖勿怖當生勝處不受女身是時觀自在菩薩說是語已於大衆中有一菩薩名師子意即從座起合掌向佛白世尊言若梵壽王不知是佛頂上花鬘而忽戴之經刹那間尚感頭痛得大苦惱等若復有人知是佛像塔廟常住之物將自使用之時得何果報佛言師子意菩薩善哉善哉能問斯事若梵壽王心意清淨信重三寶悮戴花鬘而獲現報得其頭痛者譬如潔淨白衣下一墨點衆人見之其墨甚少若未來世衆生破用常住三寶之物譬如青衣擲於墨器之中所獲重罪於諸餘法無能救濟復次師子意菩薩若有信心施主捨其財利造於寺舍塔廟或功德佛像或供養三寶若是國王大臣於彼僧處侵奪財物爲已使用令彼苾芻受其貧苦欲於威勢退精進力斷絶持誦有如是失

彼諸王臣得大罪苦如前無異若有苾芻雖有信解辯才智慧而樂親近國王重臣廣求財利我慢貢高破犯戒律我今於此復以譬喻而明斯事師子意菩薩譬如有人飢御飲食食有毒藥其藥或一兩一分乃至如芥子許彼人食已決定命終出家之人亦復如是恃王威勢誑求財利所得供養非正命食此人決定常獲惡報爾時師子意菩薩白世尊言若有出家之人身披法衣妄求財利我慢貢高若王臣等敬重供養應無福利佛言師子意菩薩莫作是說譬如有人迷悶倒地依人扶策即得身起亦如大象陷彼泥中而人不能起彼象身須得別象扶翼而出又如有人受灌頂王或於後時失彼王位凡常之人無能護衛唯有力大臣威勢強勇能復王位

師子意菩薩我教法中亦復如是若有依法者不依法者俱是佛子皆成利益若生輕毀何處得福爾時一切大衆聞是語已異口同音高聲唱言世尊我等今者蒙佛度脫大得忻慶令一切衆生得意願圓滿佛言若有人於此陀羅尼正法若自書若使人書受持讀誦恭敬供養所獲福德殊勝最上若復有人如是見彼觀自在菩薩摩訶薩所傳第二法輪大力陀羅尼正法之名是人以爲建法幢吹法螺深種善根爾時梵壽王及一切大衆發淨信心即從座起合掌向佛而發誓言願我等今後永不侵受佛寺塔廟聖衆常住之物及一花一果復於四大城門造四大寺皆以七寶莊嚴願佛證知佛言如是如是宜作勝利遠離嫉妬得正寂滅時梵壽王作是願

已遶佛三帀與其眷屬還歸本處復爲百千衆生說此正法廣行布施作大佛寺時王妹酥鉢哩野優婆夷於王後宮爲諸婇女五十萬人廣說妙法發誠實願作是願已是諸宮女皆轉女身而成男子彼一切人見是事已皆大驚怪於陀羅尼法信受依行高聲唱言唯佛唯法唯僧最上福田是眞歸依若有供養受持此陀羅尼者是人種佛善根得福最上佛說此經已諸菩薩摩訶薩及天人阿修羅乾闥婆人非人等皆大歡喜信受而去了

廣大蓮華莊嚴曼拏羅滅一切罪陀羅尼經

音釋

甦孫祖切死而更生也　努奴古切　撥于求切　裸魯果切赤體也　肘陟柳切二尺爲肘　幁陟孟切開張畫繒也　搵烏沒切以手捺物也

佛說大摩里支菩薩經

宋西天三藏朝散大夫試鴻臚少卿明教大師天息災奉　詔譯

清刻龍藏佛說法變相圖

宋譯三藏聖教序

宋太宗皇帝製

大矣哉我佛之教也化導群迷闡揚宗性廣博宏辯英彥莫能究其旨精微妙說庸愚豈可度其源義理幽玄眞空莫測包括萬象譬喻無垠綜法網之紀綱演無際之正教拔四生於苦海譯三藏之祕言天地變化乎陰陽日月盈虧乎寒暑大則說諸善惡細則比於恒沙含識萬端弗可盡述若窺像法如影隨形離六情以長存歷千劫而可久須彌納藏於芥子如來坦蕩於無邊達磨西來法傳東土宣揚妙理順從指歸彼岸菩提愛河生滅用行於五濁惡趣拯溺於三業途中經垂世以難窮道無私而永泰雪山貝葉若銀臺之耀目歲月煙蘿起香界之自遠巍巍罕測杳

杳難名所以道資十聖德被三賢至道起於乾元衆妙生乎太易總繁形類竅鑿昏明絶彼是非開兹蒙昧有西域法師天息災等常持四忍早悟三乘翻貝葉之眞詮續人天之聖教芳猷重啓運偶昌時潤五聲於文章暢四始於風律堂堂容止穆穆輝華曠刧而昏墊重明玄門昭顯軌範而彌光妙法淨界騰音利益有情俱登覺岸無成障礙救諸疲羸冥昧慈悲浩汗物表柔伏貪很啓滌昏愚演小乘聲聞合其儀論大乘正覺立其性含靈悟而蒙福藏教缺而重興幻化迷途火宅深喻雖設其教不知者多善念生而無量湣臻惡業興而隨緣皆墮調御四衆積行十方澍華雨於金輪護恒沙於玉闕有頂之風不可壞無際之水弗能漂澄寂湛然圓明清淨之智慧性空無染妄想解脱之因緣可以離煩惱於心田可以得清涼於宇宙朕慙非博學釋典微閑豈堪序文以示來者如爝螢爝火不足比之於皎月將微蠡量海未能窮盡於深淵者哉

佛説大摩里支菩薩經卷第一

宋西天三藏朝散大夫試鴻臚少卿明教大師天息災奉　詔譯

如是我聞一時佛在舍衛國祇樹給孤獨園與大苾芻衆千二百五十人俱并諸菩薩摩訶薩爾時世尊告苾芻衆言有一菩薩名摩里支而彼菩薩恒行日月之前彼之日月不能得見菩薩令此菩薩而不能見亦不能捉不能禁縛火不能燒水不能漂離諸怖畏無敢輕慢諸惡寃家皆不得便汝諸苾芻我昔知彼摩里支菩薩摩訶薩名號亦不能見不能捉不能禁縛火不能燒水不能漂離諸怖畏無敢輕慢一切寃家皆不能侵若有苾芻知彼菩薩名號如上諸惡不能得便亦復如是即説陀羅尼曰

恒你也(二合)他(引)唵(引)播那(引)訖囉(二合)摩細烏那野摩細迺(引)囉摩細阿里迦(二合)摩細摩里迦(二合)摩細烏里摩(二合)摩細嚩曩摩細虞羅摩(二合)摩細支嚩囉摩細摩賀(引)支嚩囉摩細桉多里馱(引二合)曩摩細娑嚩(引二合)賀

復説摩里支菩薩陁羅尼能令有情在道路中隱身非道路中隱身衆人中隱身王難時隱身水火盜賊一切諸難皆能隱身令不得便又復有煩惱者非煩惱者爲作擁護有迷悶者非迷悶者亦皆擁護乃至象王師子龍虎之難一切時中常作擁護即説陁羅尼曰

怛你也(二合)他呵路(引)多路(引)迦(引)路(引)娑蹉路(引)三摩毋里馱(二合)致囉乞叉(二合)蛉(引)薩波里嚩(引)覽薩里嚩(二合)薩怛鑁(引二合)室左(二合)薩里嚩(二合)娑喻(引)波捺囉(二合)吠(引)毗藥(二合)娑嚩(引二合)賀曩謨(引)囉怛曩(二合)怛囉(二合)夜(引)野摩

里支祢引嚩多引夜賀里合二迺野摩引嚩里
多合二以瑟也引二合彌怛你也合二他引唵引晚
多引隸嚩那引隸嚩囉引隸嚩囉引賀目契
薩里嚩合二努瑟吒合二鉢囉合二努瑟吒引二合喃
引滿馱滿馱目欠娑嚩引二合賀
唵引摩引里支引娑嚩合二賀唵引嚩囉隸嚩
那隸嚩囉引賀目契薩里嚩合二努瑟吒合二鉢
囉努瑟吒引二合喃引滿馱滿馱娑嚩合二賀
爾時世尊說此陀羅尼巳會中苾芻之衆幷
諸菩薩天人阿修羅乾闥婆等一切大衆聞
佛所說歡喜信受復次佛言若有衆生依此
廣大儀則結大毗盧遮那印觀想日月光明
如是日月成摩里支菩薩而彼菩薩手執針
線縫惡冤家口之與眼令不爲害佛言彼摩
里支菩薩恒行日月之前彼之日月雖復光
明而不見彼菩薩是故我今說大三寶眞言
曰
唵引播那引訖囉合二摩細波囉引訖囉合二摩
細烏那野摩細嚩那摩細迺引囉摩細按多
里馱合二曩摩細娑嚩引二合賀
怛你也引二合他引阿引隸引酥迦引隸引毋
隸三摩毋里馱合二致囉乞叉合二給薩里嚩合二
婆曳引數娑嚩引二合賀唵引晚多隸引嚩那
隸嚩囉引隸嚩囉引賀目契薩里嚩合二努瑟
吒合二曩滿馱滿馱娑嚩合二賀
今此眞言若人持誦之時凡有所求須稱自
名即時摩里支菩薩以慈悲力爲彼衆生於
道路中擁護非道路中擁護衆人中擁護水
難時擁護火難時擁護乃至一切之處悉皆
擁護令得增長一切吉祥之事令有成就之

法用好絣帛及板木等於其上畫無憂樹於此樹下畫摩里支菩薩身如黄金色作童女相挂青天衣手執蓮華頂戴寶塔莊嚴如是畫已於此幰前誦最上心真言八千徧所求之事決定成就其真言曰

唵引摩引里支引娑嚩引二合賀

今此真言亦能消除一切病苦若人於其摩里支菩薩幰前作護摩者而能增益象馬財穀富樂之事其作護摩者若用酪酥蜜努里嚩草作護摩一千徧得人愛重無病安樂獲財寶等若以酪稻穀粆糖作護摩一千能降夜叉女若以芥子油寧心切身摩木作護摩一千能生冤家病若以自身血芥子油作護摩一千能殺彼冤家若要却息除冤家災以乳汁作護摩一千若要消除諸毒及降拏枳你鬼逐日誦摩里支心真言八百徧復得聰明其真言曰

唵引嚩囉隷引嚩那隷嚩囉引隷嚩囉引賀目契薩里嚩二合拏瑟玷二合滿駄滿駄娑嚩二合賀

摩里支菩薩六字最上心真言

唵引摩引里支引娑嚩二合賀

此心真言印以二手合掌十指微曲如華開敷却以二大指屈捻二中指如拳相結跏趺坐安印相於臍輪上今此心印能成就最上一切事若求最上勝法而得用之若中下之事不許用之此之心印速能成就廣大清淨吉祥福德速能消除一切障礙罪業一切處常得衆人恭敬摩里支菩薩一百八名真言若人持誦恒作擁護其真言曰

怛你也合二他引阿里迦合摩細摩里迦合二烏
那野摩細迺引囉摩細嚩曩摩細虞羅摩合二
摩細支嚩囉摩細摩賀支嚩囉摩細梭多里
馱合二曩摩細娑嚩引二合賀曩謨引囉怛曩合二
怛囉合二夜引野怛你也合二他引唵引晚多引
隸嚩那隸嚩囉引隸嚩囉引賀目契薩里嚩
合二努瑟吒合二鉢囉合二努瑟吒合二喃滿馱滿馱
目欠娑嚩合二賀
此儀法出持明天品中次別明成就法令彼
行人先作觀想想彼摩里支菩薩坐金色豬
身之上身著白衣頂戴寶塔左手執無憂樹
華枝復有群豬圍繞作此觀已若遠出道路
如有賊等大難以手執自身衣角念心真言
七徧加持衣角復結彼衣角冤賊等難不能
侵害復有成就之法先令行人入三摩地想

月輪之上有一梭字復更思惟一切法中都
無有我次觀自身徧虛空中如毗盧遮那佛
相於金剛蓮華藏師子座上結跏趺坐身真
金色髮髻頭冠結毗盧印善相端嚴憶念鉿
字時月輪出光普徧照曜成摩里支菩薩復
誦此真言曰
唵引摩里支引娑嚩引二合賀
是時菩薩手執針線身現金色縫彼惡者口
之與眼令不侵害彼有成就法令童女合線
二十一條斷者勿用誦根本真言一百八徧
加持其線真言曰
曩謨引囉怛曩合二怛囉合二夜引野摩里支祢
引嚩多引夜引賀里合二迺野摩嚩多以瑟也
引二合彌怛你也合二他引唵引晚底隸晚底隸
晚多引隸嚩囉引隸嚩囉賀目契薩里嚩合二

努瑟吒二合鉢囉二合努瑟吒引二合曩作芻里目
二合欠滿馱引你娑嚩引二合賀
復念此眞言一百八徧眞言曰
曩謨引摩里支引祢引嚩多引曳引怛你也
二合他引唵引晚多隷嚩那引隷嚩囉引隷嚩
囉引賀目契薩里嚩二合努瑟吒引二合誐囉二合
砌滿馱引彌娑嚩二合賀
如是念誦加持巳若自擁護以彼線結其七
結隨結念摩里支菩薩一聲然後將線戴在
頸上如在道路有急難之處復念摩里支菩
薩眞言自身及彼同行之者俱得解脫若於
自住處如前作法白日對日夜分對月誦此
眞言七徧決定獲得成就眞言曰
曩謨薩里嚩二合没馱冐地薩怛吠引二合毗藥
二合怛你也二合他引阿引隷引酥迦引隷母隷

三摩毋里馱二合致囉乞叉二合囉乞叉二合鎋薩
里嚩二合娑曳毗藥二合娑嚩二合賀此下眞言並皆通用
唵引嚩囉隷引嚩那隷引嚩囉引賀目契薩
里縛引二合努瑟吒引二合滿馱滿馱娑嚩引二合
賀
唵引摩里支引娑嚩引二合賀
唵引嚩囉隷引嚩那隷引嚩囉引隷嚩囉引
賀目契薩里嚩二合努瑟吒二合鉢囉二合努瑟吒
引二合喃引滿馱滿馱娑嚩二合賀
唵引摩引里支娑嚩引二合賀烏里摩二合摩細
嚩曩摩細虞羅摩二合摩細支嚩囉摩細摩賀
引支嚩囉摩細桉多里馱引二合曩摩細
曩謨引囉怛曩二合怛囉二合夜引野怛你也他
引唵引晚多引隷嚩那隷嚩囉引隷嚩囉引
賀目契薩里嚩二合滿馱滿馱娑嚩引二合賀

唵引摩里支引娑嚩引二合賀
唵引晚多隷晚多隷晚多隷縛囉引隷嚩囉
引賀目契薩里嚩合二努瑟吒引二合喃引滿馱
滿馱娑嚩引二合賀
唵引摩里支引娑縛引二合賀
唵引晚多引隷嚩囉引隷嚩囉引賀目契薩
里嚩合二努瑟吒合二鉢囉合二努瑟吒引二合喃作
芻目欠滿馱引彌娑嚩合二賀
唵引晚多隷嚩那引隷縛囉引隷嚩囉賀目
契薩里嚩合二努瑟吒合二鉢囉合二努瑟吒合二喃
引誐囉合二體滿馱彌娑嚩合二賀
唵引阿里迦合二摩細娑縛引二合賀
唵引摩里迦合二摩細娑嚩合二賀
唵引桉多里馱引二合曩摩細娑嚩引二合賀
唵引帝祖摩細娑嚩合二賀

唵引烏那野摩細娑嚩合二賀
唵引眞羅摩合二摩細娑縛合二賀
唵引嚩曩摩細娑嚩合二賀
唵引支嚩囉摩細娑嚩合二賀
唵引摩賀引支嚩囉摩細娑嚩合二賀
如是等眞言與前儀則同用所求之事皆得成就復有成就法誦此最上心眞言
唵引摩里支引娑嚩引二合賀
所爲息災增益調伏敬愛作法同用必獲成就又持誦者如爲降伏湏作觀想思惟彼人坐風輪之上以自手執羂索及鉤以賀里字吽字安在他人心中作觀想已召請可一百由旬外或男或女俱來集會皆悉降伏而無不順所求成就復有成就法日初出時令一童女洗浴清淨以白華栴檀塗身著白衣服

住儞摩夷作者曼拏羅中燒安息香用蕪脂染手大指令念此眞言一百徧眞言曰

唵引唧里唧里目娑嚩引二合賀

復誦眞言八百徧加持其油將此油亦塗大指上塗巳指面明照能現天人等像復誦唵頜眞言加持燈八百徧其童女能見過去事如對目前及能調伏一切鬼毋之衆復能更念唵引晚多隸引頜引目眞言阿喻多數決定能知一切善惡之事復有成就法能令冤家生其病苦爲害不成用燒却人灰土及骨粖復取冤家脚下土同和一處爲埿作冤家形復用毒藥芥子乳阿里迦木同合書冤家名及眞言書在屍衣之上其眞言曰

唵引摩引里支引阿毋劒入嚩二合里拏誐里二合恨拏二合誐里二合恨拏二合波野吽嗳吒娑嚩引二合賀

復誦此眞言八百徧藏冤家舍下令彼生病或用一髑髏以前毒藥乳等於髑髏上書冤家名及書一頜字於頜字周迴書四箇囉字以佉祢囉木火炙其髑髏彼髑髏作惡相藏在冤家舍中決定生病若欲殺冤家命亦用毒藥鹽芥子自身血合爲墨以人骨爲筆亦於髑髏上書冤家名并書吽嗳二字念眞言八千徧彼決定死眞言曰

唵引摩引里支引吽阿毋劒摩引囉野吽嗳吒娑嚩引二合賀

誦此眞言巳若將髑髏埋在屍多林中第三日命壞若欲令冤家心亂以烏翅一隻念眞言八千徧加持其翅藏冤家舍中經一刹那間速令心亂眞言曰

唵引摩引里支引左羅鉢囉合二左羅尸伽羅
一合誐引彌你阿毋迦夢左引吒野吽嘇吒娑
嚩引二合賀
或觀想寃家乘駝亦一剎那中令得心亂若
欲令寃家憎愛鬪諍用燒屍灰河兩岸土及
寃家足下土同和爲埿作寃家形倒安其面
以水牛及馬毛爲索縛寃家身用毒藥芥子
并油塗彼身上用水牛血馬血及寧心身切摩木
於屍衣上書寃家名書四箇嘇字中間書一
吽字周迴書䫂字圍之內於寃家心中安置
口誦眞言及想寃家乘水牛及馬互相持殺
彼寃家即互相憎嫉眞言曰
唵引摩引里支引吽阿毋劍尾祢吠引二合沙
野吽嘇娑嚩引二合賀
或作賀囉及努里誐二天形埋在屍多林中

念前眞言亦得憎嫉或用水牛角馬骨作寃
家形以毒藥芥子水牛血馬血書寃家名在
寃家身上以法祢囉木火炙復念前眞言一
剎那間彼互憎嫉其所作形亦藏寃家舍中
我今復說大摩里支降伏寃兵之法若有國
土被隣國寃兵來侵境土時大國王若欲破
壞調伏於此成就之法深生信重先請益阿
闍梨如法供養然叙所求之事時阿闍梨爲
一切衆生發慈愍心入三摩地彼曼拏羅中
一切供獻使用之物並須周足及同作法事
之者不得闕少於摩里支菩薩㡧前用白檀
作曼拏羅獻白華燒香塗香并華鬘等以酪
乳粆糖作供養食念獻食等眞言各七徧眞
言曰
唵引摩引里支引博訖旦二合鉢囉二合帝蹉娑

嚩合二賀
誦塗香真言七徧
唵引摩引里支引巘馱鉢囉合二帝蹉娑嚩合二
引賀
誦華真言七徧
唵引摩引里支引補瑟波合二鉢羅合二帝蹉娑
嚩引二合賀
誦燈真言七徧
唵引摩引里支引祢波鉢囉合二帝蹉娑嚩合二
引賀
誦燒香真言七徧
唵引摩引里支引度波鉢囉合二帝蹉娑嚩合二
引賀
誦此真言已阿闍梨發歡喜心迴施供養菩
薩然觀想自身作大勇猛相誦禁寃兵真言

三阿喻多真言曰
唵引晚多引隷嚩那隷嚩囉引嚩囉引賀目
契薩里嚩合二努瑟吒合二里布賽引你畯合二娑
旦合二娑野吽發吒娑嚩引二合賀
誦此真言清淨齋戒必見善惡祥瑞然即作
於護摩法先作護摩爐用波羅舍木菩提樹
木優曇鉢樹木新濕者爲柴各長十二指用
乳酪粆糖搵柴兩頭以努里嚩草同作護摩
八千誦前禁寃兵真言亦八千即一切所求
之事皆能成就復次用樺皮及疋帛上以供
俱摩香牛黄同書真言先書寃人名次書谽
字圍繞次書室止二字圍之復書末多隷菩
薩真言圍繞周迴如華鬘相復書谽字圍繞
於谽字外書暗引谽引探引谽四字圍繞四
方作四門及四維上下逐方寫金剛器仗令

國王宰臣等或頸上或臂上各戴一道能與一切軍衆作大擁護入陣之時刀劒等器不能傷害獲大勝捷復用冤兵傷死人衣或屍多林屍衣用黃薑及雌黃書此眞言在上又取河兩岸土及十字道中土燒人灰同和作冤兵主形用前書者眞言安置在冤兵主心中又取土或米麵并黃薑合和作一豬將前冤兵主安在豬口中復用梳二隻合其豬身將詣冤兵之界地下安置以佉祢囉木橛長八指釘彼心上以辛味酒肉等祭之令阿闍梨乘象或乘車馬面向陣前列幢旗上安摩里支菩薩幢像身作黃色阿闍梨頭戴金冠身著黃衣手執鈴杵發大勇猛之心復想豬車車乘誦此禁冤兵眞言八千作忿怒相冤兵自敗速得降伏眞言曰

唵引晚多引隸嚩那引隸嚩囉引隸嚩囉引賀目契薩里嚩合二里布賽引你跢合二娑旦合二娑野吽嘇吒娑嚩引二合賀

此成就法降伏冤軍無復疑惑復有成就法能降他冤擁護自衆於屍多林寂靜之處安摩里支菩薩幢於彼幢前以衛摩夷作曼拏羅獻五種供養隨其自力阿闍梨身著皂衣頂戴皂冠手執鈴杵發勇猛心觀想摩里支菩薩作忿怒相有三面面有三目一作豬面利牙外出舌如閃電爲大惡相身出光燄周徧照耀等十二箇月光體著青衣偏袒青天衣光如大青寶等身黃金色種種莊嚴臂有其八右手持金剛杵金剛鉤左手持弓無憂樹枝羂索頂戴寶塔立月輪內右足如舞踏勢左足踏冤家身阿闍梨念誦眞言作忿怒

相復取河兩岸土人骨粖燒屍灰同和作寃家形復用苦辢者毒藥鹽芥子及曼陀羅汁同和於屍衣上書寃家名及眞言亦入在寃家心中眞言曰

唵引晩多引隸嚩那引隸嚩羅引隸嚩囉引賀目契吽阿毋𠷢摩引囉野吽嚟吒娑嚩合二引賀

復用乾屍肉及安息香同和作丸以人脂搵藥取燒屍殘柴爲火與芥子油作護摩八千每一護摩稱寃兵師主名作此法已欲要禁縛即得禁縛欲要殺害即可殺害或阿闍梨面向寃陣用人骨粖及人脂芥子油作於護摩口誦眞言一刹那中寃軍自降復有成就法能息畜類災難若欲作法用白檀供俱摩牛黄同和書眞言於白幢上安置畜廐門樓之内復紙上書眞言令牧放者頂戴復於畜類頭上亦戴一本即書暗引給引探引給引此四字眞言次書嚩字周迴復書給字周圍一帀如是書寫復用佉祢囉木作橛長八指以五色線纒之誦眞言一百徧釘其橛眞言曰

唵引摩引里支引吽薩里嚩合二尾近曩引二合烏酥那野吽嚟吒娑嚩引二合賀

此眞言加持橛及發遣魔通用皆得然後於彼廐中嚴飾清淨面東安置摩引里支菩薩幪像於菩薩前作護摩爐四方掘深一肘以香水灑淨爐四角安四閼伽瓶入五穀香水滿中以白檀塗瓶四面復用五種樹枝尼俱陀樹菩提樹優曇鉢樹阿没羅樹阿里迦樹誦眞言八百徧安彼樹枝在瓶口之内各用

素帛二幅蓋瓶然用前加持者佉祢囉木橛
釘護摩爐四角中復用衢摩夷塗曼拏羅位
次以五色粉粉壇用俱酥摩華優鉢羅華白
蓮華妙香華以有米白檀薰彼華散在壇上
用乳酪粆糖秔米飯滿鉢獻供養然酥燈周
迴嚴飾排立幢播幢上懸素帛二播書前眞
言燒安息香如是供養菩薩作大歡喜所求
成就次下別明護摩法

佛說大摩里支菩薩經卷第一

音釋

序

拯 之肯切救也 墊 都念切溺也 爝 即約切火炬也 蠡 鄰知切

經

翅 施智切翼也 辢 郎達切辛味也 閼伽 梵語也此云亢水閼阿葛切

古衡切稻之不黏者曰秔

佛説大摩里支菩薩經卷第二 第三同卷

宋西天三藏朝散大夫試鴻臚少卿明教大師天息災奉　詔譯

復次別明護摩之法於摩里支菩薩前掘護摩爐深一肘作四方相脣緣闊四指上作金剛杵一周如蓮華相爐中安金剛杖阿闍梨即以衢摩夷塗壇散華供養復自洗浴著白衣戴冠及諸莊嚴手持鈴杵發勇猛心加持護摩爐若遣諸魔用佉祢囉木橛四箇釘爐四角於爐四邊布吉祥草阿闍梨東邊面西坐吉祥草座結印誦眞言一百徧加持使用之物安置右邊用淨水椀安在左邊當前安閼伽鉢以香水雜華安在鉢中用蜜酪揾尼俱律陀樹木優曇鉢樹木爲柴入於爐中即鑽木出火作於護摩觀想爐中生一阿字阿字化成月輪輪上復有火天即誦眞言召請火天眞言曰

唵引曀呬也引二合呬摩賀引部多祢引嚩乙里合二史尾惹散多摩誐里合二呬怛嚩合二阿引護帝摩引賀囉摩始鉿合二散你賀覩引婆嚩

唵引阿誐曩合二曳祢波也合二祢波也引二合尾舍摩賀引室里合二曳賀尾也合二迦尾也合二嚩引賀曩引野娑嚩引二合賀

誦眞言已復想火天坐月輪上四臂三眼三面光明如火清淨如月身出甘露手執器仗及軍持數珠蓮華鬘左手作施願即獻閼伽水及獻五種供養即作護摩三徧以水灑淨次作息災法復觀想摩里支菩薩亦月輪中坐身如秋月之色面圓如月作童女相眼如白優鉢羅華身著白衣種種莊嚴善相圓滿光炎如火爲息災故持甘露瓶常流甘露爲

熱惱衆生以甘露濟度作此觀已即於摩里支菩薩前獻護摩以牛骨及毛并努里嚩草用乳酪蜜搵作護摩八千即出一切鬼神等食作五種供養所獻之食用乳酪蜜乳粥脂麻糗糖同作團食獻鬼神用乳汁獻龍神用酪獻阿修羅乳粥獻天人用酥獻諸魔用酥煎食獻毘舍左用菉豆粥獻部多用酒肉食獻夜叉各以眞言加持七徧眞言曰

唵引佉佉引佉引呬佉引呬誐里二合恨曩二合誐里二合恨曩二合誐里二合恨曩引二合努薩里嚩二合部帝迦引末陵娑嚩二合賀

誦此眞言已入賢聖堂誦菩薩心眞言八百徧以閼伽瓶水向安牛馬處灑淨所有畜類及家宅之難皆得止息如是一日三時誦眞言及作護摩至七日滿決定災息菩薩心眞言曰

唵引摩引里支娑嚩引二合賀

誦此眞言已復結心印以二手作合掌拳其中指令大指入中指間結跏趺坐作此印法最上微妙能成一切事所有象馬牛羊等及其人口皆得息災安樂長壽

復次說護摩爐相若息災爐作圓相如蓮華中間作四方界道上作金剛鬘如是作已用波羅閣木尼俱律陁樹木及馬鞭草酪同作護摩復觀想滅罪火天其災自息復次增益爐者其爐作四方相界道四指闊上以金剛鬘莊嚴中間作蓮華上安輪寶四角安紐摩杵器仗用阿里迦木優曇鉢木及俱母那華優鉢羅華白蓮華以蜜酪酥搵過作護摩復觀想火天如黃金色身相圓滿復次敬愛爐

者作三角如菩提樹葉於爐中安蓮華亦如菩提葉上安三股金剛杵周迴界道以金剛鉤鬘莊飾用菩提樹木脂麻鹽芥子染赤檀色其諸華鬘等及阿闍梨僧衣並作紅色觀想火天如曼度迦華色此華紅色名迦目迦火天復次降伏爐者作半月相周迴界道亦金剛鬘莊嚴爐中安忿怒金剛杵用燒屍殘柴人肉人骨糅以人脂搵過用屠家火同作護摩觀想火天身著皂衣面惡口出利牙作大惡相如劫火洞然名忿怒火天如是之法是大摩里支說依法而作決定成就

復次大曼拏羅成就法行毘盧遮那及一切佛同所宣說若最上曼拏羅作四方相每方作一門樓皆以瓔珞莊飾安置八柱於曼拏羅角安金剛杵寶如其明月中間安八角輪輪上安金剛杵遶輪安金剛鬘光燄如月復於八方安八寶瓶入五大藥五穀五寶令滿各以素帛二幅蓋瓶上用白檀塗瓶以華鬘莊飾獻種種食然燈供養其第一瓶入五大藥五穀五寶以白赤黃綠青五色絹蓋之於曼拏羅上以幔幕嚴飾羅列幢旛及諸華香令弟子入曼拏羅中以衣蓋頭面用白檀塗身即受灌頂臨受灌頂時頭戴天冠種種莊嚴而爲得法弟子前一切使用之物先以此真言加持

唵引摩引里支引娑嚩引二合賀

於曼拏羅中間安摩里支菩薩深黃色亦如赤金色身光如日頂戴寶塔體著青衣偏袒青天衣種種莊嚴身有六臂三面三眼乘豬左右手執弓無憂樹枝及線右手執金剛杵

針箭
東方安阿里迦合二摩細菩薩誦此眞言
唵引阿里迦合二摩細娑嚩引二合賀
此菩薩作童女相二臂一切莊嚴身如日初出之色偏袒青天衣手執針線縫冤家口眼
南方安摩里迦合二摩細菩薩誦此眞言
唵引摩里迦合二摩細娑嚩引二合賀
此菩薩亦童女相二臂一切莊嚴身作金色亦著青天衣攀無憂樹枝一手執針線
西方安桉多里馱引二合曩摩細菩薩誦此眞言
唵引桉多里馱引二合曩摩細娑嚩引二合賀
此菩薩亦現童女相二臂一切莊嚴身有熾燄亦著青天衣乘豬手執罥索及無憂樹枝
北方安帝祖摩細菩薩誦此眞言
唵引帝祖摩細娑嚩引二合賀
此菩薩亦現童女相二臂一切莊嚴亦著青天衣手執弓箭
東南方安烏那野摩細菩薩誦此眞言
唵引烏那野摩細娑嚩引二合賀
西南方安虞羅摩合二摩細菩薩誦此眞言
唵引虞囉摩合二摩細娑嚩引二合賀
西北方安嚩曩摩細菩薩誦此眞言
唵引嚩曩摩細娑嚩引二合賀
東北方安支嚩囉摩細菩薩誦此眞言
唵引支嚩囉摩細娑嚩引二合賀
如是菩薩各有三面三目内一豬面皆現童女相具大勢力各有群豬隨往若阿闍梨粉壇畫幢及作觀想並依此儀能滅一切罪增長富貴吉祥若恒持誦一切所求無不成就

復有成就法所謂息災增益敬愛降伏此四種法通用最上心眞言

唵引摩引里支引娑嚩引二合賀

復有眞言即唵引鋡二字此二道眞言於前四種法皆得通用

又降伏法者用前心眞言等及賀里合二吽字阿闍梨作觀想安此三字眞言在降伏人心上復想彼人坐風輪上以自手執罥索鉤鉤牽彼人如是觀已可一百由旬内或男或女爲寃之者皆來降伏

若欲降伏逆命等者用鹽作彼人形入火作護摩一日三時作至七日内必見靈驗即得降伏

若欲息災用馬鞭草揾酥作護摩不唯災息兼得長壽

若欲大人敬愛用烏曇鉢木菩提樹木尼倶陀樹木鉢羅舍木濕用以三甜食揾無憂樹華同作護摩百千即得國王等敬愛七日之内復用靈驗殊勝之事

復有成就法用多年爛黄牛角及豬左耳血同合眼藥遇月蝕之日誦此眞言加持其藥眞言曰

唵引摩引里支引桉多里馱引二合曩摩細娑嚩引二合賀

至月蝕退時住誦眞言藥法即成以藥點眼得隱身通或用黒猫身上垢膩名爲清淨眼藥復用三金同作丸如遇月蝕之日以藥含在口中誦前眞言至月蝕退時即止以藥呪之力亦得隱身通衆人不能見不能捉不能禁縛不能劫盜亦不驚怖不被火燒一切寃

家不得其便復誦此眞言
唵引摩引里支引桉多里馱合二曩摩細娑嚩
二合引賀
此眞言通一切處用皆得成就
復說護摩爐相爐高一肘量四方界道闊四
指金剛鬘安緣道爐中間安蓮華於蓮華上
安金剛杵如蓮華相於爐四邊布吉祥草右
邊安一切使用之物左邊安淨水瓶鉢誦此
眞言加持淨水眞言曰
唵引摩引里支引發吒娑嚩引二合賀
加持水已用水灑淨發遣一切諸魔即時召
請火天誦此眞言
唵引噎呬也引二合呬摩賀引部多祢引嚩乙
里合二史尾惹散多摩誐哩合二呬怛嚩引二合阿
護帝摩引賀引囉摩室彌合二散你呬覩引婆
嚩唵引阿誐曩合二曳引祢波也合二祢波也合二
引尾娑摩賀引室里合二曳引賀尾也合二迦尾
也合二嚩引賀曩引野娑嚩引二合賀
誦此眞言召請火天入護摩爐火天在日輪
上三眼四臂手作施願持淨瓶蓮華鬘杖數
珠身黃赤色髮豎立熾炎如一聚火擲護摩
三徧獻火天能滅一切罪然後阿闍梨觀想
囉字成日觀想阿字成月皆有熾炎如彼火
聚於彼日上安摩里支菩薩想已即作護摩
三徧獻於菩薩若求息災須自洗浴著白衣
若求增益著黃衣若欲敬愛降伏著赤檀衣
如是阿闍梨覺悟依法若以酪蜜酥搵蓮華
作護摩一洛叉求尊貴之位決定得成或於
菩薩幢前以蓮華作護摩一洛叉得見摩里
支菩薩本相得大富貴成就最上快樂或以

俱母那華優鉢羅華作護摩一洛叉亦得見
彼菩薩所求成就
復有成就法誦此眞言
唵引晩多隷縛那引隷縛囉引隷縛囉引賀
目契薩里嚩二合拏努瑟吒引二合南引目佉作
芻滿馱彌娑嚩引二合賀
誦眞言七徧加持衣服復作佉祢囉木橛長
四指戴在耳上於路行時若見賊寇惡難禁
縛彼等令心迷惑不爲侵害或以雌黄黄薑
赤土合爲顔色於銅器中畫惡人形相復於
羯摩杵下書彼名安置水中必見靈驗於路
上往來所有惡人必自禁止不能爲惡
復有成就法用牛黄及自身血於銅器中畫
人形相復於心上書心眞言及彼人名即以
銅器安置水中誦心眞言仍觀想彼人坐風
輪上以罥索鉤牽彼人其人雖在一千由旬
之外其人或男或女而速自來即得降伏
復有成就法若有曾受灌頂孝敬阿闍梨於
眞言行得成就者作其觀想彼暗給引探引
給引四字安在四方漸次化成四大山其山
各廣一千由旬色如大青寶山中間有一月
輪輪上有一給字其字變成自身如摩里支
形相於月輪中乘豬車而立身作金色六臂
殊妙三面各三眼一面作豬相頂戴寶塔著
黒衣及青天衣右手持金剛杵有大光明及
箭針左手持弓線及無憂樹枝若夜作觀想
月輪畫作觀想日輪誦此眞言
桉多里馱引二合曩摩細娑嚩引二合賀
誦已言曰衆生不能見我於其後時登涉道
路而得衆人不見不能捉不能禁縛不能劫

盜不被輕欺無其驚怖火不可燒一切冤家皆不得便

復有成就法用石黄藥酥魯多藥多誐羅北根採此藥根時阿闍梨須躶形露頭遇月蝕時或日蝕時修合爲丸然後想此藥如同日月即含口中黙然而往晝夜不見隱身第一

復有成就法恒誦唵引鉿二字此眞言妙中極妙密中深密於諸眞言殊勝第一若恒持誦所欲皆得如求菩提即得成佛

復有成就法觀想月輪之中有摩里支菩薩坐身紫金色放金色光著青衣及青天衣種種莊嚴六臂三面各有三眼頂戴寶塔正面黄金色微笑左面黑色出舌顰眉作大醜惡相令人怕怖右面如同秋月圓満清淨左手執弓線及無憂樹枝右手執箭針金剛杵若能如是觀想佛言所作不虛一切所欲無不成就

復有大曼拏羅成就法以五色粉粉大曼拏羅於曼拏羅外作四方安四門樓復於門上以華鬘瓔珞莊嚴各然八燈壇四方四隅各安一閼伽瓶各以青帛二幅蓋之周迴用白檀華鬘上以幔幕莊飾於曼拏羅中間安八葉蓮華於蓮華中間安鉿字及摩里支菩薩即誦此眞言

唵引摩引里支引娑嚩引二合賀

東方安阿里迦合二摩細菩薩誦此眞言

唵引阿里迦合二摩細娑嚩引二合賀

南方安摩里迦合二摩細菩薩誦此眞言

唵引摩里迦合二摩細娑嚩引二合賀

西方安桉多里馱引二合曩摩細菩薩誦此眞

言曰

唵引桉多里䭾引二合曩摩細娑嚩引二合賀

北方安帝祖摩細菩薩誦此真言

唵引帝祖摩細娑嚩引二合賀

東南方安波那訖囉摩細菩薩誦此真言

唵引波那引訖囉二合摩細娑嚩引二合賀

西南方安烏那野摩細菩薩誦此真言

唵引烏那野摩細娑嚩引二合賀

西北方安嚩曩摩細菩薩誦此真言

唵引嚩曩摩細娑嚩引二合賀

東北方安支嚩囉摩細菩薩誦此真言

唵引支嚩囉摩細娑嚩引二合賀

上方安摩賀支嚩囉摩細菩薩誦此真言

唵引摩賀引支嚩囉摩細娑嚩引二合賀引

下方安波囉訖囉摩細菩薩誦此真言

唵引波囉引訖囉二合摩細娑嚩引二合賀

如是曼拏羅中依位安排賢聖獻種種供養能施一切所欲之事若有受此曼拏羅灌頂弟子如前法則畫此幀像持誦供養彼人不久速得成就

復有成就法觀想虛空中日於日中有寶塔塔內有一鉻字鉻字變成自身作童女相身色如金光似初出之日亦如聚火脣如曼度迦華色偏袒赤天衣以腕釧耳鐶及寶帶等種種莊嚴頂戴毘盧遮那佛及戴無憂華鬘八臂三面各三眼左手持索弓無憂樹枝線右手執金剛杵針箭鉤正面善相微笑作黃白色眼目脩廣清淨端正作大勇猛相左為豬面容作瞋怒亦甚醜惡色如大青寶光如十二日輪顰眉出舌令人怕怖右面深赤色

如最上蓮華寶熾炎如火於日宮後面出無憂樹樹枝有華於此樹下有毘盧遮那佛四菩薩圍繞彼佛頂戴寶冠善相圓滿作黄金色結毘盧大印乘豬車立如舞勢亦作童女相足下有風輪輪上有賀字變成羅睺大曜如蝕日月相晝想日夜想月作前觀想復誦眞言曰

唵引摩引里支引娑嚩引二合賀

此眞言於其正面變成大力菩薩四臂豬面著赤天衣一切莊嚴以大力鉤牽摶寃家而降伏之復誦眞言曰

唵引晚多引隸嚩那引隸嚩囉引隸嚩囉引賀目契娑嚩引二合賀

此眞言菩薩乘其風輪或男或女隨意所欲皆能降伏安彼東方復誦眞言曰

唵引晚多引隸嚩那引隸嚩囉引賀目契薩里嚩二合努瑟吒二合鉢囉二合努瑟吒二合喃引目欠滿馱引彌娑嚩引二合賀

此眞言菩薩四臂金色著赤天衣手持無憂華針線縫寃家口眼安彼南方眞言曰

唵引晚多引隸嚩那引隸嚩囉引隸嚩囉引賀目契薩里嚩二合努瑟吒二合鉢囉二合努瑟吒二合喃引娑旦二合婆野娑嚩引二合賀

此眞言菩薩四臂童女相著赤天衣手執金剛索無憂樹枝及針頂戴無憂華鬘降伏寃家安西方眞言曰

唵引晚多引隸嚩那引隸嚩囉引隸嚩囉引賀目契薩里嚩二合薩怛鍐引二合彌引嚩舍摩引曩野娑嚩引二合賀

此眞言菩薩四臂著赤天衣種種莊嚴如初

出日色熾炎如迦摩那火左手執弓無憂樹
枝右手執箭金剛杵身有無畏大力如劫火
相敬愛一切衆生安彼北方次下明起壇之
法

佛說大摩里支菩薩經卷第二

佛説大摩里支菩薩經卷第三

宋西天三藏朝散大夫試鴻臚少卿明教大師天息災奉　詔譯

復次起壇持誦之時先須獻齋食供養聖衆即求信重佛法能持齋戒畫像之人於寂靜之處用妙好綃帛等畫摩里支菩薩供養其比丘及比丘尼童女等即詣河邊海岸山林或屍多林或尼俱陀樹下或園林或寺舍堂殿之内或舍利塔前如此之處即作曼拏羅安前菩薩㡧像獻五種供養誦前最上心等眞言一洛叉至第三日能滅一切罪至第四日夢見過海及上高山或見童女時作法者自然了知衆罪皆滅至第五日燈燄增長光明及聞妙香至第六日得見佛及菩薩至第七日決定得見摩里支菩薩持誦者發菩提心必得不退若見不祥之事或蛇虺獼猴野猫驢馬象午互相鬬競及侵害人但誦心眞言二洛叉即見菩薩本身增益吉祥所求成就復有眞言曰

唵引摩引里支引娑嚩引二合賀

此眞言誦八百徧得大聰敏日誦千徧得長壽無病增長大力衆人敬愛誦阿喻多數得成就法誦一俱胝設先造五逆罪亦得消滅若欲成就隱身點眼藥華鬘聖劒舍丸藥得神通得大人敬愛降伏寃家破壞寃家降伏兵衆降伏夜叉女破壞拏吉你鬼制彼藥毒除隔四日瘧病令諸天入悟失財却獲如是一切所欲所求之事誦此眞言王發勇猛心如摩里支菩薩一切能作無不成就

復有降伏成就法於無人寂靜之處用白檀或衢摩夷塗曼拏羅安摩里支㡧於其㡧前

用無憂樹華燕脂赤檀牛黄畫彼人形及書眞言并彼人名安在心中自作觀想想彼躶形深紅色垂髮以左手捏彼身如作禮相驚怖惶悚作是想已誦眞言稱彼人名三日内彼即降伏兼生敬愛

復有成就法用河兩岸土及寃家足下土同合作彼人形如前所說藥物等於屍衣上或樺皮上書彼人名及眞言置彼心中用無憂樹木作橛長八指釘彼形心誦眞言稱彼名三日之内設是聖人須見降伏何况凡夫之類

復有成就法用黄蠟作彼人形以黄丹莊畫如前所說藥物等於樺皮書彼人名及眞言置彼心中亦用無憂樹木釘彼形心復用佉祢囉木火炙彼形亦得降伏若用芥子塗彼身三日之内設是天女亦可降之豈况人間女人耶

復有成就法用燒屍灰白蟻運出者土尾輪上土彼人足下土同作彼人形用赤檀牛黄於樺皮上書眞言及彼名置彼心中以佉祢囉木火炙之於菩薩幢前一日三時持誦七日之内設是國王亦自降伏何况常人

復有降伏夜叉女法就鬼宿直吉日於屍多林中以尼俱陀樹木作夜叉女形長一肘作少年相身貌端嚴具諸色相微屈右足左手攀尼俱陀樹枝用如前所說藥書其名并眞言就寂靜無人處於夜分中以白檀塗曼拏羅上安摩里支幢即散花然燈燒安息香稱夜叉女名及誦眞言於第一日得夜叉女來現其祥瑞至第七日即得夜叉女持誦者當

須默然至六箇月得法成就或母或妹等而
欲施願時誦人曰與我爲妻夜叉女從巳爲
妻即將誦人歸本住處誦人得延壽一劫隨
心自在若有障礙不得爲妻亦得大財主得
廣大富貴於來生中得生夜叉界
復有成就法令彼國王愛敬用尼俱陀樹根
作彼王形分明端嚴然用牛黄燕脂供俱摩
書彼王名及真言安在心中作觀想以索鉤
牽拽如是想巳即誦真言令彼國王盡心敬
愛承事供養
復有成就法就鬼宿直吉日用無憂樹木作
形長一肘量復就鬼宿直日畫摩里支菩薩
三面各三眼頂戴寶塔及無憂樹花鬘金環
瓔珞寶帶腕釧指環種種莊嚴身作紫金色
光如萬日著紅衣赤天衣左手執索無憂樹
枝線右手執金剛杵箭針鉤正面有大光明
眼相清淨圓满適悦脣如摩尼珊瑚亦如曼
度迦花及你摩果左面醜惡顰眉出舌作瞋
怒相如大青寶色人見怕怖右面作豬相如
蓮花寶色頂戴寶塔内安舍利光如日月乘
豬車立如舞蹈相於其車下有風輪輪上有
賀字變成羅睺大曜如蝕日月若幢畫畢志
心齋童女隨力獻五供養若阿闍梨依此幢
法白日對日作夜分對月作其觀想復將此
菩薩幢於寂静之處安置於彼幢前以白檀
或衢摩夷作曼拏羅誦真言散花獻瓔珞旛
蓋華鬘然燈燒安息香及種種飲食供養或
用閼伽鉢或螺盃或金銀銅鐵等器供養次
結毗盧大印安自身上誦本真言請召摩里
支菩薩真言曰

唵引摩引里支引曀呬曳引二合四

請召已作觀想如觀幢像而無有異時即獻五種供養真言曰

唵引摩引里支引祢引嚩多引曳引阿怛囉二合散你呬多引彌引婆嚩阿努囉訖多引二合彌引婆嚩酥覩引瑟也引二合彌引婆嚩酥布引瑟也引二合彌引婆嚩薩里嚩二合悉引左彌引鉢囉二合野蹉

獻供養已用白檀塗華鬘嚴飾閼伽瓶以手捧擎誦真言八百徧獻閼伽瓶如菩薩與自灌頂即作是言願我於今速成真言法發勇猛心如摩里支菩薩復作觀想誦真言一洛叉得見祥瑞或幢像震動或燈燄增明或聞妙香或見熾火或見青煙或見光燄如不見祥瑞復誦真言一倍至三倍必有祥瑞乃至一俱胝必見成就得菩薩現本相施彼所願令得所求成就或是聖劒眼藥華屣牛黃隱身丸藥聖藥神通等皆得殊勝最上若聖劒得成就者手執聖劒即得一切持明天主與諸天女長受娛樂此名聖劒成就若眼藥得成就者以藥點眼所有一切世間天人阿脩羅等以眼視之彼等有情皆大歡喜深生敬愛此名眼藥成就若華屣得成就者著此華屣經一日中行一千由旬復還本處此名華屣成就若牛黃得成就者以此牛黃點於額上令身能變種種形相衆人見之皆生敬愛此名牛黃成就若丸藥得成就者以藥含口中令自身如大藥叉變現形相能行大地此名丸藥成就若聖藥得成就者所有一切物以藥點之皆成黃金亦能成就金剛之體此

名聖藥成就而聖藥之力亦能得長壽神通天身除一切病苦變種種身相如摩里支菩薩神通無異如是之法一一須於摩里支菩薩幨像之前持誦作觀想結志堅心方獲成就此等成就之法皆是毗盧遮那佛説

復有成就法亦令國王生其敬愛用赤檀牛黄供俱摩於摩里支菩薩幨像足下書彼王名持誦者自著緋衣獻赤色花燒安息香供養菩薩即作觀想手持鉤索牽彼人來令彼禮拜心懐驚怕如是想已以眞言王大力於三日之内自來供養

復有成就法持誦者於菩薩幨像前出自身血和合牛黄供俱摩書彼人名復書摩字圍繞於摩字外復書四箇悉怛哩(三合)字圍繞(悉怛哩是三合字梵字是一箇今四箇字即十二箇華字也)於此四箇字外復書制字圍繞燒安息香誦眞言八百徧作觀想彼人在風輪上坐以手持於鉤索牽彼而來作觀想已彼人雖在一千由旬外亦來降伏

復有成就法用一男一女死屍同燒爲灰取此灰及熟迦昇他果子爲粖薩惹羅娑香水馬汗佛舍利少許就鬼宿直日同合爲丸觀想此藥如在日月火中對摩里支菩薩前誦眞言加持含藥口中即得藥叉神力能變身相行世間中

復有成就法用黑猫兒身上垢汗及眼内黑睛老烏眼黑豬左耳血佛舍利少許於鬼宿直日同合爲丸亦觀想此藥如在日月火中對摩里支菩薩前誦眞言加持含在口中能得欲天快樂

復有成就法用黑土梟眼老烏眼獯狐眼黑俱計羅鳥眼佛舍利少許取嚩日哩木内汁就鬼宿直日同合爲丸亦觀想此藥如在日月火中對摩里支菩薩前誦眞言加持即含口中而得隱身人不能見不能擒捉不能禁制不能劫盗火不能燒寃家不得其便若志心持誦眞言加持此藥得隱身最妙

復有成就法能令童男童女入悟了知過去未來之事或童男或童女年十二歲者身貌端正眼相端直就無人寂靜之處洗浴潔淨身著白衣以白檀塗身花鬘嚴飾及令燒香阿闍梨以儞摩夷塗曼拏羅安彼童男童女壇中誦眞言八百徧而作加持誦眞言已復作觀想法想彼童男等心中有一月輪輪中有一䑐字深紅色如火作此觀想已發勇猛心如摩里支菩薩手執鈴杵燒安息香經一刹那間即得入悟自然通一切之事本眞言曰

唵引摩引里支引阿引吠舍野阿引吠舍野度曩度曩劒波劒波劒波引波野劒波引波野鉢怛覧合二誐里合二怛曩合二誐里合二怛曩合二吽摩引里支引娑嚩引二合賀

復有成就法降伏惡龍若國土大旱必有惡龍制伏雲雨侵損苗稼今此經中有最上眞言三摩地名曰大雨若人持誦即得大雨滋益一切苗稼及草木等皆令增長眞言曰

唵引摩引里支引尾布羅鉢囉合二嚩里曩引詣引曩引誐賀里合二迺餤引里帝引二合入嚩合二羅入嚩合二羅薩里嚩合二曩引誐引賀里合二迺野枳隸枳隸曩引誐俱羅尾持鑁合二娑你

薩里嚩合二努瑟吒合二曩引誐賀里合二洒野引你那賀那賀薩里嚩合二努瑟吒合二曩誐婆嚩曩鉢左鉢左鉢引左野鉢左野薩里嚩合二努瑟吒合二曩引誐引阿引訖囉合二摩阿訖囉合二摩薩里嚩合二三毋捺囉合二娑引誐囉尾摩隷引尾訖囉合二摩摩賀引曩引誐帝惹嚩里娑嚩引二合賀

此眞言名普光閃電龍心陀羅尼若至心持誦必降甘雨復有陀羅尼名曰正道若能持誦亦降甘雨眞言曰

怛你也合二他引唵引摩引里支引左吒左吒尾左吒尾左吒秫攞合二他秫攞合二他舍嚩里唧致娑嚩引二合賀

誦此眞言用白芥子一百八箇於龍池內而作護摩即得大雨

復有成就法用薩惹囉娑香藥及蜜誦前眞言二十一徧燒香以獻龍王次作曼拏羅周迴畫龍開四門每門安七食鉢置種種飲食及諸花果一一供養復安四閼伽瓶四出生鉢四香爐燒安息香然八盞燈阿闍梨於曼拏羅東門作護摩法用白芥子鹽同合和以迦羅尾羅柴火作護摩八百徧南閻浮提一切龍神皆發善心降於甘雨

復有成就法用白芥子油蜜迦羅尾羅花龍花合和爲丸誦眞言八百徧藥一千九送入龍池一切龍神皆生歡喜即時降雨若不降雨彼一切龍速得頭痛受大苦惱不久破壞

復有成就法取灰三五升用醋和泥作九一千誦眞言六十徧送入龍池之內一切諸龍皆大驚怕即時降雨普滋草木如不降雨身

速生病及壞眼目

復有成就法用蓮花優鉢羅花雌黄銅粖白芥子鉢羅闍火粆糖水合和爲丸如棗核子大誦眞言八十徧加持如天旱時送藥七九八龍池之内即降甘雨經七晝夜而不暫歇如不降雨一切龍池其水涸竭令彼諸龍心生熱惱或就龍池邊用藥一九安竹竿上或安幢上以青線繫縛復書眞言亦安其上即降大雨晝夜不住若欲雨止即去其藥

復有成就法誦此眞言

唵引摩引里支引酥没囉二合帝引嚩日囉二合涑尼彌隷彌隷娑嚩引二合賀

誦此眞言以泥作龍身長八指具有九頭以朱砂莊畫於龍項之上繫其綵旛即作曼拏羅四方之位散花焚香獻白食供養以石榴枝拂拭龍身二十一徧次誦眞言一千八徧已稱彼龍名復誦眞言以石榴枝拂拭龍身其龍不樂本宮而來降伏若不速降雨令得命終

復有成就法用白芥子誦眞言一千八徧加持芥子擲繫龍身亦一千八徧其龍自然舉頭而行復以石榴枝繫彼龍身龍即方住口出二舌至其夜分龍現本形及一切龍悉皆降伏時持誦者一切所欲之事龍即隨順不敢有違

復有成就法亦令龍王降雨用乳及白芥子逐日加持眞言一百八徧即周迴散白芥子其眞言曰

怛你也二合他引唵引摩引里支引左吒左吒尾左吒尾左吒秫拏二合他秫拏二合他舍嚩里

唧致娑嚩合二賀

如阿闍梨依前法持誦供養若閻浮提內一切龍神不爲養育衆生降其甘雨即別誦三昧正道陀羅尼一七徧復用白芥子一百八誦前陀羅尼呪彼龍池即作護摩時一切龍宮眷屬皆得熱惱鑠骨零落陀羅尼曰

曩謨含引吉也合二毋曩曳引怛他引誐哆引野怛你也合二他部祭引部祭引怛怛嚩合二部祭鉢囉合二嚩囉部祭引三滿哆引迦引囉部祭引覩囉娑嚩引二合賀三摩野散祖引那你引娑嚩引二合賀曩誐囉散祖引那你引娑嚩引二合賀

若天旱至極久不降雨用阿里迦木白芥子酥酪迦羅尾羅花誦前真言作護摩一千八徧或就龍池或就井邊作法皆得一切龍神必降大雨息除災害

佛說大摩里支菩薩經卷第三

音釋

紐女九切結也　顰毗賓切蹙也　拽羊列切拖也　虺許偉切蛇也　屣所爾切革履也

佛說大摩里支菩薩經卷第四第五同卷

宋西天三藏朝散大夫試鴻臚少卿明教大師天息災奉　詔譯

復有成就法即說頌曰

今此大菩薩　身徧於法界　清淨若虛空
慈光照世間　明等百千日　能發智慧炎
燒退煩惱魔　永斷貪瞋癡　長拋生死海
是故持誦者　依法而修學　澄心作觀想

如是阿闍梨淨志虔誠想彼月輪之內有一𤙖字變此𤙖字而成自身如八歲童女相經須臾之間身如閻浮檀金色光明閃爍等百千日八臂二足三面各三眼左右二面作豬相果色忿怒顰眉挂青天衣耳環指環腕釧脚釧瓔珞鈴鐸等出微妙音如是復有種種諸龍莊嚴身上有黃龍王於其頂中放摩尼光周迴照曜又此菩薩戴無憂花髮髻竪立於其髻上復戴寶塔又於塔中出無憂樹其華開敷復於樹下有白蓮華毘盧如來坐彼蓮華頂戴寶冠莊嚴髮髻面目端嚴身真金色結跏趺坐執毘盧印不動不搖如在定相身有光燄明照世間安固不動如無風之火而復變起雲中諸佛左手執弓有無邊德牽其弓箭弦可至耳第二手持嚩酥枳龍口出二舌身如其線第三手持德叉迦龍并無憂花第四手作期克印并持羂里俱吒迦龍及索右手持俱隸迦龍第二手持鉢納摩龍并牽弓第三手持大鉢納摩龍亦出二舌并針線第四手持商佉鉢羅龍以吉祥草纏龍手彼諸龍王皆出二舌牙齒鋒利眼有視毒頂有摩尼光普照十方若彼第一龍王正面作深黃色有微笑相光明閃爍如日初出脣如

曼度迦華面貌圓滿端正眉如初月鼻如截筒眼如青蓮華葉右面清淨如秋滿月放白色光如熾炎相左面青色形相醜惡作大忿怒口出利牙令衆怕怖光明照曜如聚千日熾炎赫然相如劫火是諸龍衆不敢顧視若見顰眉瞋眼驚怖倒地衆皆仆面若吐水降雨經剎那間水滿大地高至日際如是龍王住佛手内於佛四邊復有四大菩薩而自圍繞於佛東邊安播那訖囉摩細菩薩誦此眞言曰

唵引播那引訖囉合二摩細娑嚩引二合賀引

今此菩薩四臂三眼作豬面身著黄天衣乘黄豬身如大青寶色顰眉瞋眼口出利牙目顧龍王以左手執金剛杵并針線鉤於佛南邊安虞羅摩摩細菩薩誦此眞言

唵引虞羅摩合二摩細娑嚩引二合賀

今此菩薩如童女相面有三眼身作黄色乘黑豬著青天衣一切莊嚴左手作期克印持無憂華并索右手執針并鉤於佛西邊安嚩曩摩細菩薩誦此眞言

唵引嚩曩摩細娑嚩引二合賀

今此菩薩三面一面作豬相身淡赤色著青天衣一切莊嚴執弓箭無憂樹枝并鑠於佛北邊安桉多里馱曩摩細菩薩誦此眞言

唵引桉多里馱合二曩摩細娑嚩引二合賀

今此菩薩三面四臂一面作豬相腰纒虵身如大緑寶色著紅天衣執鈴杵線并鉤如是各戴寶塔復有八大龍王亦皆圍繞東方安阿難多大龍王色如黑水有七頭二手合掌執持蓮華胡跪而坐瞻仰菩薩恒與怛里部

詣龍女同住此八大龍王皆戴寶冠及有摩尼光明破一切黑暗種種莊嚴復各有蛇頭吐水降雨次於南方安嚩酥枳龍王身作深黄色西方安德叉迦龍王身作白色北方安迦里俱吒迦龍王身作赤色東南方安商佉波羅龍王西南方安大鉢納摩龍王西北方安鉢納摩龍王東北方安倶隷迦龍王如是儀則令有信心畫人受持齋戒就吉祥鬼宿直日於寂靜處用好新疋帛畫此幢法畫畢然後齋苾芻尼及童女於彼幢前獻五供養而慶讚之若時天旱阿闍梨至心洗浴清淨持戒以乳酪爲食身著黑衣復命能者同作法事欲作其法須就龍神居處或於海岸或是河邊或近井泉或臨池沼等如是之處用衢摩夷作曼拏羅安前幢像又於仰幔之上或幢旛之上復書眞言然以白芥子粳米作粖粉四方壇仍置四門於四門外安蓮華位蓮華上安風輪於風輪中安宮殿復於殿中安八葉蓮華熾炎如火蓮華上安降三世明王又取河入海處兩岸土及白蟻運出土捏作龍王亦安在八葉蓮華上龍王眷屬各各圍繞左右龍女手執蓮華於龍心中安一吽字龍頭上安明字其龍亦有蛇頭及摩尼珠光復用白檀塗其龍身眞珠瓔珞華鬘嚴飾復以倶母那華優鉢羅華白蓮華粖隷迦華散龍王前安八閼伽瓶滿盛香水然燈八盞獻八乳鉢滿盛香乳所獻飲食皆用酥酪蜜乳糖粳米爲食及稻穀花白芥子然依方位誦眞言安八大龍王東方安阿難多龍王誦此眞言

唵引曩謨娑嚩引二合賀
南方安嚩酥枳龍王誦此眞言
唵引佉聲入娑嚩引二合賀
西方安德叉迦龍王誦此眞言
唵引吽弜娑縛引二合賀
北方安羯里俱吒迦龍王誦此眞言
唵引速娑嚩引二合賀
東南方安商佉鉢羅龍王誦此眞言
唵引嚩聲入莫娑嚩引二合賀
西南方安鉢納摩龍王誦此眞言
唵引頗吒娑嚩引二合賀
西北方安大蓮華龍王誦此眞言
唵引馱迦馱迦悉體娑嚩引二合賀
東北方安俱隸迦龍王誦此眞言
唵引嚩聲入娑縛引二合賀

如是誦眞言時結一切龍王心印以二手仰平小指相並如針二無名指相交押二中指第三節二頭指附中指下文二大指磔開各微屈少許次結炎曼德迦明王眞言印以二手合掌用二大指按二中指屈第三節即誦眞言

唵引炎曼引德迦吽

用此眞言印請召龍王及供獻香花等供養已阿闍梨持一乳鉢發勇猛心入於水中水至於頸處住誦前眞言即呪其龍呪已出水志心虔誠入賢聖堂於曼拏羅東門内如前儀則即作護摩用芥子鹽迦羅尼羅華以芥子油搵過作護摩八千其龍即降甘雨復有成就法時持誦者作觀想想虛空中錀字變成摩里支菩薩作童女相身黄金色著

青天衣種種莊嚴六臂面容微笑脣如曼努迦華色眼如優鉢羅花葉圓光如月頂戴寶塔於寶塔上出無憂樹其樹有華開敷殊勝彼摩里支乘金色豬有群豬隨後如是誦人作此觀想已仍結摩里支印誦最上心真言若在道路遇寃家軍兵不能見不能侵凌不能劫盜等

復有成就法誦此真言

唵引挽多引隸嚩那隸嚩囉引隸嚩囉引賀目契薩里嚩二合努瑟吒二合鉢囉二合努瑟吒二合喃目欠作舁史滿馱滿馱娑嚩二合引賀

此真言通一切處用所求皆就若持誦者先調停氣息專注身心牙齒相齩舌拄上腭令鼻中氣息緊慢得所經須臾間即誦前真言二十一徧加持衣服角誦真言已即結衣角觀想摩里支菩薩若行道路所有盜賊寃家皆不能見不能爲害而得安樂

復有成就法就鬼宿直日令童女合線線不令斷斷者不用其線或三股至二十股者以豬血染過及牛黄同染即誦前真言及稱彼寃家名二十一徧即隨聲結線作二十一結如貫華鬘相以其線結或繫手臂上或衣服上復用豬牙安自耳上所有嶮難自然得脱亦不能禁縛不敢輕欺無諸驚怖等

復有成就法用豬耳藥并根華葉及牛黄就鬼宿直日以豬牙研碎作丸陰乾已後以藥點在額頭如國王見者決定敬愛

復有藥法用惹演帝子白詣里迦尼子牛黄就鬼宿直日以豬牙研碎亦點額上如見國王決定歡喜若入軍陣亦得勝彼及一切所

求皆得成就
復有藥法用補怛覽惹里藥及惹致迦藥魯難帝藥難努怛鉢羅藥但以諸血和合陰乾搗爲粖亦點額上見者敬愛
復有藥法用惹致迦藥訖闌多藥室囉挽帝藥或以諸血或水合和陰乾搗粖如前點之亦得國王等敬愛
復有藥法用訖闌多藥尾瑟努訖闌多藥室囉挽帝藥魯難帝藥惹致迦藥訖里惹隷藥部多計尸藥魯帝藥難努怛鉢羅藥同和合如前點之亦得敬愛
復有藥法用阿里迦木根蒨草根家雀兒及木者誦人自身血和合點之三界人天俱得敬愛
復有藥法用白囉摩心藥并汁你惹藥子就鬼宿直日合和如前點之得修行人敬愛
復有藥法用囉摩你喻帝藥魯難帝藥足乳者誦人自身汗合和此名佉祢囉丸密入於飲食内食之乃至大自在天亦生敬愛
復有藥法用白馬鞭草及緑色馬鞭草牛黄同以合和如前點之亦得帝王敬愛
復有藥法用曩誐計娑囉花蓮花計娑囉花俱母那花優鉢羅花赤檀雄黄雌黄牛黄嚩囉賀訖闌多藥尾瑟努訖闌多藥用豬血合和爲丸誦摩里支菩薩真言以藥點額頂頸心二臂臍二足點已變相如夜叉能行於大地亦不能見不能侵逼不能禁縛不能劫盗不驚不怖一切寃家不得其便
復有藥法用水牛穿鼻索以曼陀羅柴燒其索女人屍上腕釧燒屍灰用曼陀羅樹汁及

誦人汗和合如前點之刹那之間如天女等亦生敬愛

復有藥法用金翅鳥輪藥天主密藥尸羅魯藥左曩藥雌黄修合點額亦得一切敬愛

復有藥法用金翅鳥輪藥天主密藥惹致迦藥魯難帝藥用水合和以點額上經刹那之間得國王大臣并及眷屬恒生敬愛

復有藥法用新婦所戴花死屍所戴花曼度迦花如是之花用供養那羅延天并取男女同燒香灰用前花同合和爲藥如無信心女人以此藥密繫其身於其佛法恒生敬愛

復有藥法用尾瑟努訖蘭多藥天主密藥羅刹挐藥魯難帝樂難那枳吒藥用水合和以點其額亦得一切之人敬愛乃至帝釋天女等恒所歸敬

復有印相成就法用二手合掌令十指頭磔開却屈二大指附二中指頭如環相結跏趺坐以印安於臍輪上至心專注此印最上若作最上勝法即用此印中下之法不得用之作印宜速得一切聖人於一切處常生恭敬獲得清淨大福吉祥亦能速滅一切重罪

復有觀想成就法淨志虔誠而作觀想思惟摩里支菩薩坐金色豬復有群豬圍繞或隨菩薩之後菩薩身金色著白天衣頂戴寶塔三面各三眼六臂左手執無憂樹花枝如是觀想成就復想自身亦如摩里支菩薩若遇大難作前觀想手執衣角誦眞言句加持七徧即結衣角能禁冤家口眼眞言曰

曩謨(引)囉怛曩(二合)怛囉(二合)夜(引)野曩謨(引)摩(引)里支(引)祢(引)嚩多(引)曳(引)賀里(二合)那野摩

引嚩里多二合曳沙也引二合彌怛你也二合他引
唵引挽帝囉挽帝囉挽多引隸嚩那引隸嚩
囉引隸嚩囉引賀目契薩里嚩二合努瑟吒二合
鉢囉二合努瑟吒二合喃引目欠滿馱引彌娑嚩
引二合賀

復有眞言能縛冤家身令不自在眞言曰

曩謨引摩引里支引祢引嚩多引曳引怛你
也二合他引唵引挽多引隸嚩那引隸嚩囉引
隸嚩囉引賀目契薩里嚩二合努瑟吒二合鉢囉
二合努瑟吒二合喃引誐囉二合新滿馱引彌娑嚩
二合賀

若誦此眞言加持衣角不唯單已更有多人隨從結衣同行道路所有諸難俱不能侵

復有成就法此是摩里支菩薩智海之法令持誦者先觀諸法一切皆空作此觀已而自至心觀自心間生一阿字想此阿字變成月輪於月輪上生微妙字其字金色光明普照其光廣大如降伏三界相經須臾間想微妙字化成摩里支菩薩坐月輪蓮華之上身相端嚴著種種衣三面八臂作勇猛相作此觀想已結根本印誦心眞言一洛叉隨其壇法作護摩一千或那由他作此法時宜在三長月十五日先獻大供養誦眞言八千然求成就作前儀法無不成就所欲之事

復有成就法以摩里支根本眞言及八菩薩明王名同書作法能度一切惡難眞言曰

怛你也二合他引阿里迦二合摩細摩里迦二合摩
細烏里摩二合摩細虞羅摩二合摩細嚩曩摩細
唧嚩囉摩細摩賀引唧嚩囉摩細桉多里馱
引二合曩摩細曩謨引囉怛曩二合怛囉二合夜引

野曩誐引摩里支引祢引嚩多引曳引怛你也合二他唵引挽多引隸嚩那引隸嚩囉引隸嚩囉賀目契薩里嚩合二努瑟吒合二鉢囉合二努瑟吒合二喃引挽摩喃引俱魯娑嚩引二合賀引

用好足帛或紙或樺皮上以供俱摩香先書微妙梵字及所降伏人名於其梵字及名周圍書八菩薩明王名及根本眞言三帀以眞言頭先從裏面書至外第三帀終如寫隨求之法若爲男以供俱摩香書若爲女用牛黃書於頭上或臂上戴之作大擁護能度一切惡難乃至天龍阿修羅等不敢驚怖

復有成就法善能禁縛一切寃家令不爲害用椀二隻以一隻椀盛細灰八分已來於灰上中心先書微妙梵字及彼人名次書八菩薩明王名及根本眞言三帀更用一椀蓋合於隱密處藏之能繫縛寃家不能爲害

復有成就法能殺彼寃家於死屍衣上如前書微妙梵字及眞言等書已將往屍多林内藏之令彼寃家速得命終

復有隱身成就法令持誦者志意虔誠觀想微妙梵字漸次變成自身作其青色放青色光明充滿虛空界作此觀想已誦前根本眞言一洛叉如是誦已自身於一切處不可繫縛衆人不見

復有成就法能禁凶惡以微妙梵字及自名與根本眞言同書樺皮上書已作觀想想前微妙梵字等出青赤光明獻香花供養如是出觀後將前梵字等藏在隱密處即誦根本眞言八千徧所行之處如遇凶惡彼自迷亂眼不見物

復有成就法以微妙梵字書爲八輻輪於輪中間書明王名及娑嚩賀眞言降伏人名復想微妙梵字等出黄色光明普照虚空一切世界如是想已獻黄色花次誦眞言八千徧亦能禁縛於凶惡乃至軍陣器杖刀劒之類無所傷害火不能燒水不能漂乃至師子虎狼蛇蝎諸毒皆不能害

復有成就法作八輻輪於輪中心書娑嚩二合賀字微妙梵字及降伏人名於輪輞上書八菩薩眞言根本眞言一切成就眞言輪輻之上亦書眞言如是書已若作息災增益敬愛降伏殺禁寃家令彼互相憎嫉及種種成就法則皆得通用隨願所求無不成就亦名摩里支如意寶輪

佛說大摩里支菩薩經卷第四

佛說大摩里支菩薩經卷第五

宋西天三藏朝散大夫試鴻臚少卿明教大師天息災奉　詔譯

一切持誦者　志心歸命禮　摩里支菩薩
分別如意輪　八輻祕密相　能斷諸煩惱
若人依法行　一切皆成就

此成就法於素帛上或樺皮上畫八輻輪於其輪心畫微妙梵字以輪八輻即為八方位先於輪東輻畫第五菩薩南輻畫第六菩薩西輻畫第十二菩薩北輻畫第三菩薩東南輻畫第四菩薩西南輻畫第九菩薩西北輻畫第八菩薩東北輻畫第十菩薩於諸輻上畫本尊眞言一切成就眞言俱從裏面寫眞言頭次於輪輞周圍書嚩囉羅菩薩根本眞言挽多隸菩薩眞言摩里支菩薩眞言摩細菩薩等眞言此名一切成就如意寶輪若起首作法先求清淨地位得已即入隨意樂處結跏趺坐所求福德智慧速獲圓滿既安坐已結期克印安心上額上頂上即念吽㗶吒三字眞言誦眞言已却出外捧前所說儀則幢像安置地位獻香水誦辟除眞言灑淨飲食等而作觀想想自心中有阿盎二字變此阿字成其月輪變其盎字成其日輪於日輪上有迦荼(去聲)二字於其二字有日月之光如鍊金色復出種種光明而此光明變成天人師如是想已即自作禮而誦眞言以伸供養

眞言曰

唵(引)摩(引)里支(引)婆訖旦(合二)鉢囉(合二)底蹉

此名獻食眞言

唵(引)摩(引)里支(引)補瑟半(合二)鉢囉(合二)底蹉

此名華供養眞言

唵引摩引里支引度半鉢羅合二底蹉

此名香供養眞言

唵引摩引里支引禰半鉢囉合二底蹉

此名燈供養眞言

唵引摩引里支引巘毯鉢囉合二底蹉

此名塗香供養眞言

唵引摩引里支引娑嚩引二合賀

誦此眞言獻閼伽水獻已安置左邊有力者具辦供養無力者但作觀想供養既供養已歸命三寶我今歸依佛歸依法歸依僧所有諸功德我今盡隨喜所有一切罪悉皆得消滅我今發此最上菩提心自利利他願我成佛廣度一切衆生如是三發大願已入於三昧觀想一切諸法無我性空即誦無我眞言

唵引舜你也合二多惹拏合二曩嚩囉合二娑嚩合二娑引嚩引怛摩合二俱憾

誦已復作觀想想彼眞言如鏡中像如水中影乃至三界之相其義亦然即誦淨三業眞言

唵引娑嚩合二娑引嚩秫馱引薩里嚩合二達里摩合二娑嚩合二娑引嚩秫度引阿憾

如是誦已復想月輪之內有一唵字變成吉祥毘盧遮那佛於金剛蓮華藏師子座上結跏趺坐身色如金手結毘盧印入三摩地頂戴寶冠一切莊嚴善相圓滿彼佛心中生其月輪有微妙梵字作深黃色其字變成無憂花樹於其樹上復有月輪生一軡字放大光明擁護所居作法地位

復次成就法能去除冤家先於十方釘橛從東方起首釘橛誦此眞言

唵引阿里迦二合摩細吽𠷑吒娑嚩引三合賀

誦眞言已觀想十方菩薩為大惡相面如明王有其豬頭口出利牙種種光炎身有四臂右手執金剛杵鉤針左手亦執金剛杵羂索線及一切菩薩手臂色相慓幟具足現之能令一切魔王隱没不現復誦東方眞言菩薩

唵引摩里迦引摩細娑嚩引二合賀

南方眞言菩薩

唵引桉多里馱引二合曩摩細娑嚩引二合賀

西方眞言菩薩

唵引帝引祖引摩細娑嚩引二合賀

北方眞言菩薩

唵引波那引羯囉二合摩細娑嚩引二合賀

東南方眞言菩薩

唵引烏那野摩細娑嚩引二合賀

西南方眞言菩薩

唵引嚩曩摩細娑嚩引二合賀

西北方眞言菩薩

唵引唧縛囉摩細娑嚩引二合賀

東北方眞言菩薩

唵引摩賀唧嚩囉摩細娑嚩引二合賀

上方眞言菩薩

唵引波囉引羯囉二合摩細娑嚩引二合賀

下方眞言菩薩

唵引摩引里支吽薩里嚩二合尾近曩引二合努

搓引那野吽𠷑吒

若釘下方橛時即誦下方眞言即作觀想上從地面下至水輪所有衆魔皆悉禁縛又觀橛頂生其日輪日有暗字變成火燄相如劫火光明照曜等俱胝日釘十方橛儀則皆同

復想自心出一月輪被橛頂暗字光照月輪
變自身成摩里支菩薩相身如閻浮檀金光
明如日頂戴寶塔著紅天衣腕釧耳環寶帶
瓔珞及諸雜花種種莊嚴八臂三面三眼光
明照曜脣如曼度迦花於頂上寶塔中有毘
盧遮那佛戴無憂樹花鬘左手執羂索弓無
憂樹枝及線右手執金剛杵針鉤箭正面善
相微笑深黃色開目脣如朱色勇猛自在左
面作豬相醜惡忿怒口出利牙貌如大青寶
色光明等十二日顰眉吐舌見者驚怖右面
作深紅色如蓮華寶有大光明又於摩里支
殿上有大無憂樹樹下復有毘盧遮那佛頂
戴寶冠身如金色善相圓滿結毘盧大印乘
豬車立如舞蹈端正怡顏如童女相復想摩
里支菩薩下有風輪輪有憾字變成羅睺大

曜如月蝕相若作觀想法晝則對日夜則對
月此法得成常宜修習一切所求無不成就
復次曼拏羅中有四菩薩圍繞東方菩薩真
言曰

唵引摩引里支引挽多引隸嚩那引隸嚩羅
引賀目契阿毋迦悉地摩引迦里沙二合野弱
娑嚩引二合賀

如是菩薩身作紅色一豬面三眼四臂左手
執羂索鉤右手執針金剛杵著紅天衣隨意
降伏無不成就南方菩薩真言曰

唵引摩引里支引嚩多引隸嚩那引隸嚩囉
引賀目契薩里嚩二合努瑟吒二合喃引目欠
滿馱滿馱吽娑嚩引二合賀

如是菩薩身作黃色著黃天衣左手執羂索
金剛杵右手執無憂樹枝及針縫惡者口眼

西方菩薩眞言曰
唵引摩引里支引縛多引隷嚩那引隷嚩囉引隷嚩囉引賀目契薩里嚩合二努瑟吒合二喃引娑旦合二娑野鍐娑嚩合二賀
如是菩薩亦作黄色著黄天衣右手執金剛杵針左手執羂索無憂樹枝能禁止一切惡者北方菩薩眞言曰
唵引摩引里支引嚩多引隷嚩那引隷嚩嚩引隷嚩囉引賀目契薩里嚩合二薩怛嚩引二合彌引嚩舍摩引曩野斛引娑嚩引二合賀
如是菩薩衣服莊嚴色相如前身光照曜如曰初出右手執箭金剛杵左手執無憂樹枝弓愛敬一切衆生持誦者依此儀則而作觀想復結金剛鉤印誦眞言請召此印以二頭指背鉤二小指交臂豎手眞言曰
嗡吽挽斛引鉢囉合二嚩里多合二野
既請召已復作觀智三時以除惡魔即獻閼伽水供養誦此眞言
唵引摩引里支引阿里伽合二鉢囉合二底蹉娑嚩引二合賀
次獻音樂誦此眞言
唵引摩引里支引摩引你談合二鉢囉合二底娑嚩引二合賀
次請召菩薩眷屬即結摩里支印誦此眞言
唵引摩引里支引曀呬曳合二呬尾迦悉多佗里引二合拏迦里沙合二曳引
其摩里支印以二手合掌令指頭微開屈二大指附於中指如環相結跏趺坐安印於臍中即成請召法此印於一切事皆得通用復想口中有一䬻字變成金剛杵此名法印復

誦眞言

唵引摩引里支引阿怛囉合二散你呬多引祢引娑嚩阿努囉訖姤合二彌引娑嚩酥覩引瑟踰引二合彌引娑嚩酥補瑟踰引二合彌引娑嚩薩里嚩合一悉馝身切彌引鉢囉合二野蹉

誦此眞言時即移前臍上印安心上頸上額上頂上如受灌頂復結大印作金剛合掌以二大指屈入掌中安在頭上心想毘盧遮那佛身相金色亦結毘盧印即誦此眞言

唵引僕欠

誦眞言已以大印豎二中指作金剛縛名金剛波羅蜜印安在額上心想阿閦佛身相黑色以印觸地復誦眞言

唵引嚩日囉合二薩怛嚩合二吽

誦眞言已移中指作如寶形名寶波羅蜜印安右耳上心想寶生如來身淺黃色手作施願相誦此眞言

唵引嚩日囉合二囉怛曩合二怛覽引二合

誦眞言已以前印中指作蓮華形名法波羅蜜印安頂後心想無量光佛身紅色作入定相誦此眞言

唵引嚩日囉合二達里摩合二呬里合二

誦眞言已復以二手合掌十指相交二中指頭相對名羯摩波羅蜜印安左耳上心想不空成就佛身綠色結無畏印誦此眞言

唵引嚩日囉合二羯里摩合二惡阿鼻詵左鉿

誦眞言已作忿怒相以手各作金剛拳如同被甲爲自擁護以金剛拳二手相並安心上頸上復於心上頸上額上如繫花鬘相復以二手左右彈指歡喜誦此眞言

唵(引)嚩日囉(二合)覩灑斛

誦眞言已想心上有一阿字變成月輪輪上生一惡字變此惡字成羯摩金剛杵結羯摩印誦此眞言

唵(引)嚩日囉(二合)薩怛嚩(二合)僧誐囉(二合)賀嚩日囉(二合)囉怛曩(二合)摩努多囉嚩日囉(二合)達里摩(二合)誐(引)野乃(引)嚩日囉(二合)羯里摩(二合)迦嚕婆嚩

誦眞言已以二手作金剛拳心想金剛嬉戲菩薩復誦此眞言

唵(引)嚩日囉(二合)羅(引)細(引)

誦金剛鬘眞言

唵(引)嚩日囉(二合)摩(引)隷(引)

誦金剛歌眞言

唵(引)嚩日囉(二合)詣(引)帝(引)

誦金剛舞眞言

唵(引)嚩日囉(二合)涅里(二合)怛曳(引二合)

誦金剛花眞言

唵(引)嚩日囉(二合)補瑟閉(引二合)

誦金剛香眞言

唵(引)嚩日囉(二合)度閉(引)

誦金剛燈眞言

唵(引)嚩日囉(二合)祢閉(引)

誦金剛塗香眞言

唵(引)嚩日囉(二合)巘第

誦内外供養眞言

唵(引)阿迦(引)嚕(引)目欠薩里嚩(二合)達里摩(二合)赦(引)阿(引)你也(二合)努怛半(二合)怛嚩

如是一切普同供養生大歡喜即自隨心而作觀想如身心困倦作觀未成即却持誦須不急不慢文字分明言音和雅無令漏失求

見一切賢聖所欲成就勿生疑惑
次獻閼伽水及飲食等供養手持鈴杵誦此
眞言
唵引嚩日囉合二建致引囉拏多鉢囉引二合囉
拏多三鉢囉引二合囉拏多沒馱利引怛囉合二
鉢囉合二左引隷你引鉢囉合二惹拏合二播引囉
彌多引曩那娑嚩合二娑引吠引馱囉訖里合二
那野嚩覩引沙尼吽吽吽
誦眞言已即擲金剛杵誦此眞言
唵引薩里嚩合二怛他引誐多悉地嚩日囉合二
三摩野底瑟姹合二噎釤怛鍐引二合馱引囉野
彌呬欱呬呬呬吽
誦眞言已即讚歎佛誦此眞言
阿蜀引毘迦合二嚩日囉合二摩賀引惹拏合二曩
嚩日囉合二馱覩摩賀引沒馱怛里合二曼拏羅

怛里合二嚩日囉合二誐囉合二具引沙嚩日囉合二
曩謨引娑覩合二帝
吠引魯引左曩摩賀引秫馱嚩日囉合二扇引
多摩賀引囉帝鉢囉合二訖里合二底鉢囉合二娑
引娑嚩合二覽引達里鉿合二祢引舍嚩日囉合二
曩謨引娑覩合二帝囉怛曩合二囉惹酥儼鼻哩
也合二佉嚩日嚩合二迦引舍蘇你里摩合二羅娑
嚩合二娑引嚩秫馱你里隷引二合波娑引沙王
呬也合二曩謨娑覩合二帝
嚩日囉合二阿彌多摩賀引囉引惹你里嚩合二
羯羅波合二佉嚩日囉合二達里合二迦囉引誐波
引囉彌多引鉢囉引二合鉢多合二沙嚩日囉合二
曩謨引娑覩合二帝
阿目引伽嚩日囉合二僧沒馱薩里嚩引二合舍
波里布囉迦秫馱娑嚩合二娑引嚩三部多嚩

日囉(二合)薩怛嚩(二合)曩謨(引)娑覩(二合)帝
如是誦已傳法阿闍梨即得喫食乃至行住
坐卧洗浴經行一切之事須依本尊部儀則
方得成就若降伏息災須一日三時誦眞言
獻諸供養及作觀想敬愛之法其義亦然自
所作善隨意迴向所求之事決定成就

佛説大摩里支菩薩經卷第五

音釋

眨(側洽切眨眼也) 齩(五巧切齧也) 腭(逆各切) 蒨(倉甸切草可染絳色)
磔(陟格切張伸也) 蝎(許竭切) 巘(語偃切) 毯(吐敢切) 栖(古干字)
㩌(音錚) 抋(音別) 仡(銀入聲)

佛說大摩里支菩薩經卷第六同卷第七

宋西天三藏朝散大夫試鴻臚少卿明教大師天息災奉　詔譯

復次發遣賢聖誦此眞言

唵引訖里合二覩引嚩聲入薩里嚩合二薩怛嚩合二引囉他合悉地那怛嚩引二合野他引努誐引誐蹉特嚩合二沒馱尾沙餃布曩囉引誐摩曩引野左

誦此眞言時作發遣根本印以二手於頂上作散印相及誦此眞言

唵引摩引里支引目

誦眞言已阿闍梨即隨意而行復誦百字眞言爲自擁護身口意業眞言曰

唵引嚩日囉合二薩怛嚩合二三摩野摩努播引羅野嚩日囉合二薩怛嚩合二怛吠合二努波底瑟姹合二涅里合二駐引彌引婆嚩酥覩引瑟喻合二彌引婆嚩阿努囉訖覩合二彌引婆嚩酥布瑟喻引二合彌引婆嚩薩里嚩合二悉亭必身切彌引鉢囉合二野蹉薩里嚩合二羯里摩合二酥左彌引唧多室里引二合餃俱嚕吽賀賀賀賀斛引婆誐鍐薩里嚩合二怛他引誐多嚩日囉合二摩引彌引捫左嚩曩合二婆嚩摩賀引三摩野薩怛嚩合二惡

依如是儀軌志誠持誦如見祥瑞即別作其法如爲息災用樺皮或疋帛書前所說如意寶輪阿闍梨須自了知眞言儀軌輪內四門若爲女用牛黃書若爲男用供俱摩香書輪法既成復想輪上諸位賢聖滿手持甘露瓶與自灌頂各本賢聖眞言誦阿喻多如是自他俱得災息若女人欲求子者於前如意寶輪上與眞言同書此女人名阿闍梨結根本

印想妙吉祥入女人身中即得滅罪感福相子而來受生無諸患難

復次增益法者用供俱摩香於樺皮上書如意寶輪真言及自已名即自頂戴然後面北想自心中有賢聖衆深黄色俱執寶瓶滿盛珍寶降入道場即加持中指而得增益爲大財主若作敬愛法亦用此輪以赤檀牛黄燕脂無憂樹華無名藥用血相和書敬愛真言於樺皮上用黄蠟作彼人形以樺皮輪安彼人心中用酥蜜紅花供養復作觀想想箭如無憂樹華攢射彼心面向水天位誦本真言阿喻多數至夜半加持無名指即得敬愛成就若作降伏法儀則如前於輪上書降伏真言即自觀想真言輪印而降伏彼人以罥索鉤牽作觀想已即誦真言所欲降者皆來降伏復次五逆之人欲令調伏法用毒藥芥子阿里迦木汁合和於日中時面南以人骨爲筆於死屍衣上書前如意輪真言及書前敬愛真言更添烏字唵字加持頭指復用人骨粖燒人灰淨土五逆人足下土同合和爲彼人形以真言輪置彼形心中用佉祢囉木火炙其形誦前降伏真言阿喻多數彼人即得重病若以彼形藏在神廟中及屍多林内復得熱病等此法依用調伏最上

復次令彼互相憎嫉法用水牛血馬血（亭心身切）摩木猫兒血鼠血合和於死屍衣上書前真言輪復取燒人灰河兩岸土及彼人足下土合和各作彼人之形其面西向以真言輪置在心中然用水牛毛馬毛緊縛彼形復以三種毒藥塗之作法者想彼二人一乘水牛一

乘馬互相馳殺如是想已用佉祢囉木火炙彼形誦眞言阿喻多數以彼形藏在舍下或屍多林中即彼二人互爲冤讎用此儀法欲界天等尚得如斯何況凡人

復次禁縛凶惡之法用毒藥芥子雌黃黃薑汁赤土同和於樺皮上書禁縛眞言輪以輪安一椀中用灰覆滿復用一椀蓋之藏在窖處誦眞言阿喻多數彼人即得禁縛

復次發遣冤家法用赤色毒藥寧[身*切]摩木汁合和爲墨以烏翅爲筆於死屍衣上或波羅舍木葉等書發遣眞言作如意輪即自誦眞言阿喻多數以輪繫烏項上於西北方放之或南方亦得經剎那中間冤家自退

復次破壞冤家法用毒藥鹽芥子及自指上血合和一處以人骨爲筆於死屍衣上或髑髏上書眞言輪復用燒人灰及骨粖淨土冤家足下土并毒藥合和爲泥作冤家形以眞言輪置彼形心中就日中時用佉祢囉木火炙其形即自面南想頭指上有三豬頭黑色仍誦眞言阿喻多數復想冤形於自面前破碎無數有百千鷲鳥及烏鵶等食彼冤家如是想已以形藏冤家舍下或屍多林中於三日內冤家命終

復次求降雨之法如前儀則先觀想毗盧遮那佛次想如意寶輪王一切賢聖手持甘露瓶如奉師敎晝日呪龍即入三昧龍即降雨

復次求降雨法用供俱摩香白檀青黛於樺皮上畫眞言輪復取打瓦輪上土作龍形以青線繫眞言輪於龍項上用乳汁一椀安龍在內復用一椀合之以金剛印印彼仍誦眞

言阿喻多數即送龍於龍堂内其雨大降
復次求降雨法用毒藥等於死屍衣上或破
瓦瓶上畫眞言輪於輪心書唆吒二字輪東
輻上畫阿難多大龍王南輻上畫縛酥枳龍
王西輻上畫德叉迦龍王北輻上畫羯句吒
迦龍王東南輻上畫商佉羅龍王西南輻上
畫大蓮華龍王西北輻上畫蓮華龍王東北
輻上畫俱里迦龍王於輪輞上畫一切降雨
龍及書降雨眞言如是復作觀想想佉祢囉
木火中有摩里支菩薩作忿怒相想已即誦
眞言阿喻多數速降大雨若雨不止用金粖
雌黄及黄薑合和於瓦椀上書眞言以灰滿
覆其椀用黄線繫於椀上以黄花供養即誦
眞言阿喻多數其雨速止
復次禁冤家法用毒藥等於死屍衣上書摩
細菩薩眞言及根本眞言藏在密處即誦眞
言阿喻多數隨意經行一切冤家自然禁止
復次禁止冤兵不令侵境法若國王信重佛
法恭敬阿闍梨作此壇法決定不侵用雌黄
黄薑汁於死屍衣上書摩細菩薩眞言及遥
主名爲如意寶輪取河兩岸土十字道中土
或山上土燒人灰同和爲泥作冤兵主形用
眞言輪置彼形心中復用泥作一豬形豬口
之内含冤兵主足身體半垂都安在一椀中
復用一椀合之將往冤兵之界地内埋藏以
佉祢囉木橛長八指釘冤形之上用飲食酒
肉出生祭祀時阿闍梨懸摩里支幢像於幢
後面隨意書眞言安在幢旛上發忿怒相如
金剛明王即誦眞言阿喻多數乘象車往彼
軍前冤兵如索繫手足無所施勇怖而自退

復次息災法先隨意出生食一切處供養然自心作觀想想前如意寶輪一切賢聖擁護世人即依法請召已用甘露水供養即誦此眞言

唵引佉佉佉呬佉呬誐里二合怛曩二合誐里二合恨⿰赤皮二合覲薩里嚩二合部帝迦嚩隸摩摩扇帝孕二合俱里嚩二合覲娑嚩二合引賀

誦此眞言已自他俱得息災

復次久雨不止祈晴之法令持誦者而作觀想想摩里支菩薩作黑煙色腹大面惡忿怒瞻顧想眞言輪在菩薩心間如大劫火樹木乾枯如是想已即出舌舐食晌息之間天自晴朗

復次禁縛法用雌黃黃薑汁赤土和合一處於銅器內畫彼人形復於心上書禁縛眞言輪於隱密之處安置水中以黃色花而爲供養即誦眞言所有來者往者冤惡之人皆能禁縛

復次令冤家心得迷亂法如前如意輪上書迷亂眞言等用人小便處土及蔓多羅木汁和合爲冤家形以眞言輪置彼形心中用屍多林火炙彼形誦眞言阿揄多數即藏彼形於冤家舍下速得迷亂或以蔓多羅子入於肉內安在水中浸七日取出與冤家喫或將和酒或用燒香俱得迷亂若要却除迷亂用乳汁洗浴自身誦眞言阿揄多數即得息災還復如故

復次若有女人夫所躭著欲令嫌棄法用⿱亭心⿰身切摩花汁如無此花汁用毒藥自指頭上血同合和於死屍衣上書眞言及其夫名如前

作輪用悉祖木汁揾過以棗木火炙即誦眞言阿喻多數以眞言輪埋於門下其夫即生憎嫌而無躭著

復次女人欲令人愛敬法用牛黄吉祥樹葉汁及人血於樺皮上同書眞言輪及書自名誦眞言阿喻多數加持彼輪戴在頸上即得人所敬愛

如是摩里支菩薩眞言等若阿闍梨依法受持恒時持誦所求之事無不成就所謂聖劒眼藥華屣丸藥降伏夜叉女天女龍女阿脩羅女緊曩羅女等悉皆隨順敬愛和合彼持明者以眞言威德如摩里支菩薩神通威力所有天龍夜叉乾達婆羯吒布單曩毗舍左羅叉母鬼拏枳你鬼烏娑多囉迦餓鬼身鬼迷鬼大曜吠多拏唧左迦及僕從諸惡鬼等懷惡心者彼持明者影尚不能侵何況害其身是故持明阿闍梨能獲清淨大福能增長廣大吉祥能消除一切重罪能成就本尊三昧當證毗盧法身摩里支經汝等宜應信受讀誦

復次息災增益等法起首之時各有時分作息災之法用早辰增益之法亦用早辰降伏之法用日中敬愛之法用夜半如是四法色相各異息災之法所用器物及持明者衣服並用白色增益之法所用器物及阿闍梨衣服並用黄色敬愛之法所用器物及阿闍梨衣服並用紅色降伏之法所用器物及阿闍梨衣服並用黑色如前所説如意寶輪書寫眞言應用作法有二十二種求一切事皆悉眞實無不成就彼阿闍梨依此軌儀通達祕

密此眞言王殊勝第一

正心歸命禮　摩里支菩薩　毗盧遮那佛
所說成就法　依此勝軌儀　慈悲復爲說
我等如得聞　永離諸嶮難

復次若有於曼拏羅得受灌頂弟子乘自師敕持本三昧發清淨心求無上道救度一切衆生者而作是法先誦此眞言

唵引吽發吒

誦眞言已手作忿怒拳安心上頸上額上頂上即以水漱口入賢聖堂展摩里支菩薩幨誦辟魔眞言加持香水眞言曰

唵引摩引里支引吽薩里嚩二合尾近喃引二合努蹉引那野娑嚩引二合賀

誦眞言已即作觀想想自心中有阿字變成月輪有盎字變成日輪其日月相如融金光色復出羯磨光明其光變成正等正覺天人師即自作禮獻諸供養而誦眞言

唵引摩引里支引娑訖旦二合鉢囉二合底蹉娑嚩引二合賀

誦此眞言獻佛飲食

唵引摩引里支引補瑟半二合鉢囉二合底蹉娑嚩引二合賀

誦此眞言獻佛華

唵引摩引里支引度半鉢囉二合底蹉娑嚩二合引賀

誦此眞言獻佛香

唵引摩引里支引祢半鉢囉二合底蹉娑嚩二合引賀

誦此眞言獻佛燈

唵引摩引里支引巘馱鉢囉二合底蹉娑嚩二合

引賀
誦此眞言獻佛塗香
唵引摩引里支引娑嚩引二合賀
誦此眞言加持閼伽水如是一一供獻若無力辦此飲食等供養者即觀想飲食等一一供獻如是歸依佛法僧三寶眞淨福田懺悔一切罪障已所有隨喜諸善功德發願迴向曰

我發菩提心　所作諸功德　迴向於眞如
周徧於法界　一切諸衆生　同霑於利樂
普發無上心　俱成正覺等

如是誦偈三徧已即入三昧思惟一切諸法而無有我作是觀已即誦無我眞言
唵引輸你也二合多引惹拏二合曩嚩日囉引二合娑嚩二合婆引嚩引怛摩二合俱憾

誦眞言已復入三昧觀微妙字如幻如化無其實性次觀三界六道九有四生色等五塵內外四大唯從緣生都無實體一切性空不離識故如是觀已所有過現業障悉皆除滅即誦三業清淨眞言
唵引娑嚩二合娑引嚩秫馱引薩里嚩二合達里摩二合娑嚩二合娑引嚩秫度引憾
誦此眞言三徧即入三昧復想如意寶輪上唵字變成毗盧遮那佛於蓮華藏師子座上作金剛結跏趺坐身作金色結毗盧印爲入定相髮髻頭冠具一切莊嚴彼佛心上有其月輪輪有第五第六微妙梵字具第一第二音體如法界復於微妙字上有其日月如檀金色一切如來受持此字復能變化成五股金剛杵名如來族彼金剛杵以神通力入毗

盧遮那身中而自宣說曼拏羅法此壇四方作四門樓下有八柱真珠瓔珞以爲莊嚴於壇四角安其寶月月有半金剛曼拏羅中安八重金剛杵一一殊妙復以金剛周圍一帀放大光明如天秋月即誦安菩薩真言

唵引阿里迦二合摩細娑嚩引二合賀

於東方安此菩薩身作紅色如童女相著青天衣一切莊嚴手持針線縫寃家口眼復誦安菩薩真言

唵引摩里迦二合摩細娑嚩引二合賀

於南方安此菩薩身作金色如童女相著青天衣一切莊嚴左手持無憂樹枝右手持針線復誦安菩薩真言

唵引桉多里䭾引二合曩摩細娑嚩引二合賀

於西方安此菩薩身作黃色著青天衣一切莊嚴右手持無憂樹枝左手執罥索復誦安菩薩真言

唵引帝引祖摩細娑嚩引二合賀

於北方安此菩薩身如日初出之色如童女相著青天衣一切莊嚴手執弓箭此四菩薩如是安住

佛說大摩里支菩薩經卷第六

佛說大摩里支菩薩經卷第七

宋西天三藏朝散大夫試鴻臚少卿明教大師天息災奉　詔譯

復次於曼拏羅四角安四菩薩東南角安

唵引烏那野摩細娑嚩引二合賀菩薩

西南角安

唵引虞羅摩合二摩細娑嚩引二合賀菩薩

西北角安

唵引嚩曩摩細娑嚩引二合賀菩薩

東北角安

唵引支嚩囉摩細娑嚩引二合賀菩薩

如是菩薩各有三面一是豬面各乘其豬色相莊嚴所執幖幟而無有别

復於外曼拏羅有四門每門有一菩薩彼四菩薩真言曰

唵引阿引路引娑嚩引二合賀

此是東門菩薩身白色

唵引多引路引娑嚩引二合賀

此是南門菩薩身黄色

唵引迦引路引娑嚩引二合賀

此是西門菩薩身赤色

唵引薩搓路引三摩毋里馱合二致娑嚩引二合賀

此是北門菩薩身緑色各有二臂守護曼拏羅又於四角亦有四菩薩東南角安金剛鉤菩薩真言曰

唵引嚩多引隸娑嚩引二合賀

此菩薩如童女相作紅色一切莊嚴亦有一豬面三目手持針線西南角安金剛索菩薩真言曰

唵引嚩耶引隸娑嚩引二合賀

此菩薩亦如童女相身金色一切莊嚴左手持無憂樹枝右手持針線能迷一切惡者西北角安金剛鏁菩薩真言曰

唵引嚩囉引隷娑嚩引二合賀

此菩薩亦童女相身白色一切莊嚴右手持無憂樹枝左手持罥索能成就一切事東北角安金剛鈴菩薩真言曰

唵引嚩囉引賀目契娑嚩引二合賀

此菩薩亦童女相身紅色一切莊嚴手持弓箭能作一切衆生敬愛此等菩薩各具三面一是豬面各具三眼乘豬而立如舞蹈相復次外曼拏羅四方四隅各有一菩薩而守護之東方菩薩真言曰

唵引摩賀支嚩囉摩細娑嚩引二合賀

如是菩薩如童女相身色如雲乘豬有三面各三目一作豬面二臂右手持金剛鉤左手持金剛索口出利牙見者恐怖東南方菩薩真言曰

唵引嚩囉賀目契

如是菩薩色相慓幟悉同東方菩薩南方菩薩真言曰

唵引播那引訖囉二合摩細娑嚩引二合賀

如是菩薩亦如童女相身黃色一切莊嚴三面各三目一豬面二臂左手持金剛杵右手持無憂樹枝西南方菩薩真言曰

唵引嚩囉羅娑嚩引二合賀

如是菩薩身相慓幟悉同南方菩薩西方菩薩真言曰

唵引摩波囉訖囉二合摩細娑嚩引二合賀

如是菩薩亦如童女相身黃色三面一豬面

二臂手持弓箭西北方菩薩眞言曰

唵引嚩耶羅娑嚩引二合賀

如是菩薩身相慓熾悉同西方菩薩北方菩薩眞言曰

唵引烏里摩合二摩細娑嚩引二合賀

如是菩薩亦如童女相身綠色一切莊嚴著青天衣手持針線東北方菩薩眞言曰

唵引嚩囉引隸娑嚩引二合賀

如是菩薩身相慓熾悉同北方菩薩此八大菩薩各有一豬面群豬圍繞身相相似具大勢力擁護曼拏羅能施成就法若持誦者依儀作觀而欲所求皆得圓滿復想曼拏羅出一切光明其光微妙入金剛杵內變成摩里支菩薩身如閻浮檀金色於大光明著青天衣頂戴寶塔足乘大豬六臂三面正面金色端嚴微笑左面豬相黑色醜惡口現利牙出舌顰眉作大忿怒見者怕怖右面白色如天秋月左手持弓線無憂樹枝右手持箭針金剛杵如是想已曼拏羅中一切賢聖依位擁護禁縛惡者不令得便安住衆生皆獲快樂即時阿闍梨結金剛鉤印誦眞言請召賢聖此印以二頭指背相鉤二小指亦背相鉤手背緊相著竪印當胷誦此眞言

嗡吽鑁斛引鉢囉合二嚩里多合二野

請召賢聖已獻閼伽水以手捧椀即誦此眞言

唵引摩引里支引阿里建合二鉢囉合二底蹉娑嚩引二合賀

次誦動樂眞言

唵引摩引里支引嚩你炎合二鉢囉合二底蹉娑

嚩引二合賀

復結摩里支印誦此真言

唵引摩引里支引曀呬曳引二合呬尾迦悉多引誐里引二合拏引迦里沙二合曳引

誦此真言已即結曼拏羅三昧印以二手合掌指頭少開以二大指捻中指如環相結跏趺坐安印臍上誦此真言

唵引摩引里支引阿怛囉二合散你呬覩彌引娑嚩阿努囉訖多引二合彌娑嚩酥覩引瑟腧二合彌引娑嚩酥布瑟腧二合彌引娑嚩薩里嚩二合悉地彌引鉢囉二合野蹉

誦此真言時以前印復安心上頸上額上頂上即時受灌頂用結此印以二大指屈入掌中指頭相對以二中指按其上餘指如金剛合掌安自頂上觀想毗盧遮那佛身真金色結毗盧印如在頂上誦此真言

唵引僕欠阿鼻詵左鈐引

復以二手作金剛嚩以二中指相合豎直此名金剛波羅蜜印誦此真言

唵引嚩日囉二合薩怛嚩二合吽

復以二中指微曲如寶形此名寶波羅蜜印誦此真言

唵引嚩日囉二合囉怛曩二合怛覽二合

復以二中指作如蓮華葉相此名法波羅蜜印誦此真言

唵引嚩日囉二合達里摩二合呬里二合

復以二中指相纏二大指亦爾此名羯磨波羅蜜印誦此真言

唵引嚩日囉二合羯里摩二合惡

誦此真言已阿闍梨言我今灌頂如是以印

安額上頂後右耳左耳次誦阿閦佛眞言作觸地印寳生佛眞言作施願印無量光佛眞言作入定印不空成就佛眞言作無畏印復誦忿怒眞言

唵引捺囉合二

以二手各作金剛拳令頭指少屈安心上項上復心上項上復胷上額上如繫華鬘以爲擁護復用二手兩邊彈指即拍掌作歡喜相誦此歡喜眞言

唵引嚩日囉合二覩瑟也合二斛

復想阿字變成月輪輪有惡字變成羯磨金剛杵即結羯磨印誦此眞言

唵引嚩日囉合二薩怛嚩合二僧誐囉合二賀嚩日囉合二囉怛曩合二摩努多覽嚩日囉合二達里摩合二誐野乃嚩日囉合二羯里摩合二迦嚕婆嚩

以二手作金剛拳誦金剛嬉戲眞言

唵引嚩日囉合二羅引細引吽唵引嚩日囉合二摩引羅吽

唵引嚩日囉合二詣帝引吽唵嚩日囉合二涅里合二帝曳合二吽

唵引嚩日囉合二補瑟閉引二合吽唵嚩日囉合二度閉引吽

唵引嚩日囉合二祢閉吽唵引嚩日囉合二獻第引吽

復誦内外供養眞言

唵引阿迦引嚕引目欠薩里嚩合二達里摩合二引拏引阿引你也引二合努怛半合二曩怛嚩合二引

復作觀想想自心上出一月輪輪上有其眞言如華鬘相各有光明如輪内然燈及曼拏

羅一切賢聖皆有光明如是想已即作持誦獻閼伽水誦閼伽眞言獻飲食等五種供養誦本眞言如是說已左手持鈴誦鈴眞言

唵引嚩日囉合二建致囉拏多鉢囉合二拏多三鉢囉引二合囉拏多沒馱剎怛囉合二鉢囉合二左引里你引鉢囉合二惹拏合二播引囉彌多曩引那娑嚩合二婆引吠引嚩日囉合二馱囉訖里合二那野引嚩覩引灑尼吽吽吽

誦此眞言已復用右手擲金剛杵誦此眞言

唵引薩里嚩合二怛他引誐多悉地嚩日囉合二三摩野底瑟姹合二噎沙怛鎫合二馱引囉野引彌底呬呬呬呬吽

復誦讚歎五如來眞言曰

阿芻毗也合二嚩日囉合二摩賀引惹拏合二曩嚩日囉合二馱覩摩賀引沒馱怛里合二曼拏羅怛里合二嚩日囉合二誐囉也合二具引沙嚩日囉合二曩謨引娑覩合二帝吠嚕左曩摩賀引秫馱嚩日囉合二扇引多摩賀囉帝引鉢囉合二訖里合二底鉢囉合二婆引娑嚩合二囉達里摩引二合祢引舍嚩日囉合二曩謨娑覩合二帝囉怛曩合二羅引惹酥儼鼻里也合二佉嚩日囉引二合迦舍酥你里摩合二囉娑嚩合二婆引嚩秫馱你里隸引二合波娑引沙玉呬也合二曩謨引娑覩合二帝嚩日囉合二彌多摩賀引囉引惹你里嚩合二羯羅波合二佉嚩日里合二尼囉引誐播引囉彌多引鉢囉合二鉢多合二婆沙嚩日囉合二曩謨引娑覩合二帝阿目佉嚩日囉合二僧沒馱薩里嚩合二引舍引波里布囉迦秫馱娑嚩合二婆引嚩三部多嚩日囉合二薩怛嚩合二曩謨引娑覩合二帝

誦讚佛已其阿闍梨發勇猛心如彼本尊所

有飲食洗浴坐具卧具及於經行一切之事皆依本尊祕密修習從早辰日中日没如是三時持誦並結印相作供養已復作觀想至第四時亦如是供養即以此善所作功德迴向實際及衆生界隨意所求無不成就即誦發遣眞言

唵引訖里合二覩引嚩薩里嚩合一薩怛嚩引二合囉他合二悉地那怛嚩引二合野他引努誐引誐蹉特鍐合二没馱尾沙炎布曩引囉引誐摩曩引野左

作發遣印於自頂上散其印復誦此眞言

唵引摩引里支引曰

次誦百字眞言作自擁護身口意眞言曰

唵引嚩日囉合二薩怛嚩合二三摩野摩努波引羅野嚩日囉合二薩怛嚩合二怛吠引二合努波底瑟姹合二涅里合二註引彌引婆嚩酥覩瑟喻合二引彌引婆嚩阿努囉訖覩引二合彌引婆嚩酥布引瑟喻引二合彌引婆嚩薩里嚩合二悉地彌鉢囉合二野蹉薩里嚩合二羯里摩合二酥左彌引唧多室里合二炎俱魯吽賀賀賀賀斛引婆誐鍐薩里嚩合二怛他引誐多嚩日囉合二摩引彌引門左嚩日里合二婆嚩摩賀引三摩野薩怛嚩合二惡

如是持誦依法軌儀所欲所求一切成就復有成就法依前幢像儀則一一觀想已復想自心之上有一月輪輪上有第十二微妙梵字於字頭上有日月二曜出種種光明其光變成天人師即獻供養復想一切之法而無有我誦此眞言

唵引娑嚩合二婆引嚩秫第

誦眞言已復入三昧唯有清淨實性眞空之如心境冥合離諸分別復觀前梵字變成無憂樹枝此樹上有甘露瓶瓶有秴字化成摩里支菩薩依此相儀觀想自身亦成摩里支菩薩深黃色亦如閻浮檀金色或如日初出之色頂戴寶塔著紅天衣耳環腕釧寶帶瓔珞種種莊嚴八臂三面三目脣如曼度迦花色放大光明於寶塔内有毗盧遮那佛戴無憂華鬘左手持羂索弓無憂樹花枝及線右手持金剛杵針鉤箭正面善相微笑深黃色或檀金色眼相脩長脣如朱色作大勇猛相左面豬容忿怒醜惡利牙外現出舌顰眉令人怕怖右面深紅如蓮華寶色出最上光明慈顔和悦如童女相手作毗盧印乘彼豬車立如舞蹈勢菩薩下復有風輪輪有賀字此字變成羅睺大曜如日月蝕作觀想時晝對日夜對月彼毗盧佛有四菩薩四方圍繞東方菩薩眞言曰

唵引摩引里支引嚩多引隸嚩那引隸嚩羅引隸嚩羅引賀引賀目契阿迦里沙二合野弱娑嚩二合賀

如是此菩薩紅色著紅天衣三面一豬面各三目四臂左手持羂索無憂樹枝右手持針金剛鉤意欲降伏皆得成就南方菩薩眞言曰

唵引摩引里支引嚩多引隸嚩那引隸嚩囉引隸嚩囉引賀目契薩里嚩二合努瑟吒二合喃引目欠滿馱滿馱吽娑嚩引二合賀

如是此菩薩身作黃色著黃天衣左手持羂索金剛杵右手持無憂樹枝及針縫惡者口

眼西方菩薩眞言曰

唵引摩引里支引嚩多引隷嚩那引隷嚩羅引賀目契薩里嚩合二努瑟吒喃引娑旦合二婆野鑁娑嚩引二合賀

如是此菩薩衣服身色如前不異右手持金剛杵及針左手持無憂樹枝及罥索能禁縛一切惡者北方菩薩眞言曰

唵引摩引里支引嚩多引隷嚩那引隷嚩羅引隷嚩羅引賀目契薩里嚩合二薩怛鑁引二合彌引嚩舍摩引曩野斛引娑嚩引二合賀

如是此菩薩衣色如先身如初日之色右手持箭及金剛杵左手持無憂樹枝及弓敬愛一切衆生彼阿闍梨應如是觀想彼四大菩薩智慧神力難可度量於曼拏羅請召時用金剛鉤印及本眞言如前儀則諸持誦阿闍梨若依摩里支成就法行精進修習勇猛不退而無缺犯如是衆生令得菩薩清淨大智

佛說大摩里支菩薩經卷第七

音釋

攢祖官切簇聚也　鵄處脂切鳶也　舐神帝切餂也　眴輸閏切目動也

佛說末利支提婆華鬘經
唐三藏沙門大廣智不空奉　詔譯
佛說摩利支天經
唐三藏沙門大廣智不空奉　詔譯

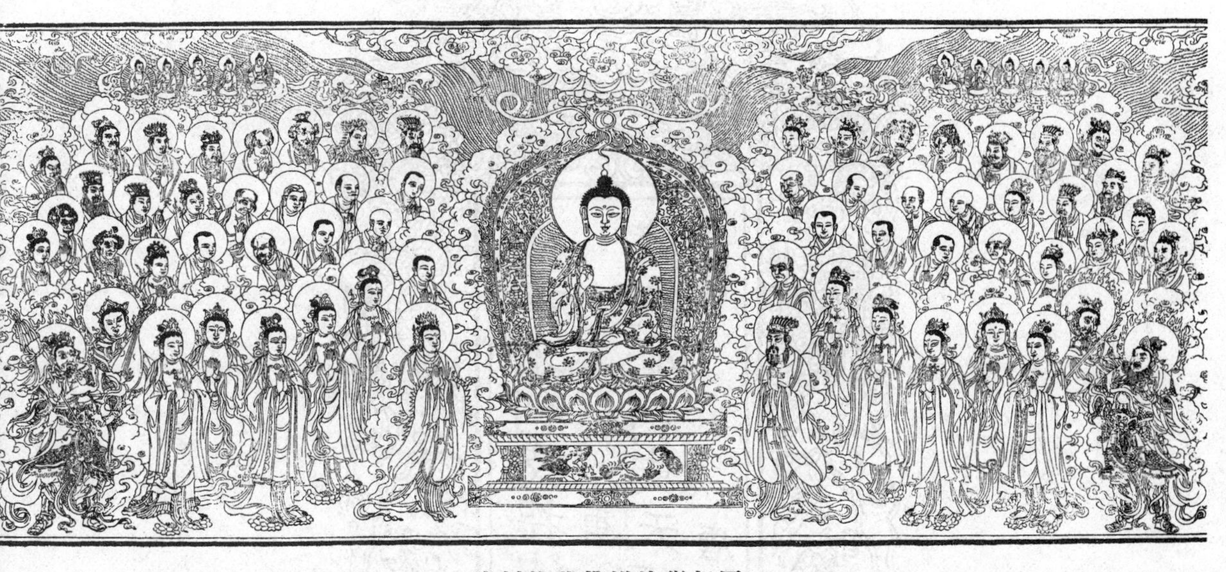

清刻龍藏佛說法變相圖

二經同卷

佛說末利支提婆華鬘經

佛說摩利支天經

佛說末利支提婆華鬘經

唐三藏沙門大廣智不空奉　詔譯

如是我聞一時佛在舍衛國祇樹給孤獨園與大阿羅漢二百五十人俱復有無量大菩薩衆彌勒菩薩曼殊室利菩薩觀世音菩薩而爲上首及末利支等諸天龍神八部前後圍遶爾時舍利子即從座起偏袒右肩右膝著地合掌而白佛言世尊未來末世衆生作何法得脫諸難佛告舍利子諦聽諦聽我今爲汝說於此事爾時衆會歡喜踊躍重復勸

請時佛世尊即說此言有天名末利支常在日前行日不見彼彼能見日即說呪曰

南謨佛陀耶　南謨達磨耶　南謨僧伽耶

怛你也二合他阿羅迦摩斯末迦摩斯阿豆摩斯支婆羅摩斯　安達檀那摩斯摩利支波羅摩斯那謨率都羝娑嚩二合引賀引

王難中覆護我賊難行路難失路曠野晝日夜中水難火難羅刹難鳩盤茶難支你鬼難中毒藥難佛語眞實法語眞實僧語眞實天實語仙人實語覆護我呪曰

怛你二合他阿羅拘利阿羅拘利吉利的羝勒叉勒叉我某甲薩婆婆油上聲鉢陀羅菩提婆伽夜栖斯亞切裨音毗馺婆賀

佛言若有人欲行此法者一切法中此法最勝若人欲得供養末利支天者應用金若銀若赤銅若白檀若紫檀應用末利支天形像其造像法一似天女形身長大小一寸二寸三寸乃至一肘其中最勝者一寸二寸爲好其作像又須得最好手博士遣受八戒齋日日洗浴著淨白衣作之其價直之者隨博士語索不得違價作此像已若苾芻欲行遠道於袈裟片中裹著彼像若持五戒優婆塞於頭髻中盛著彼像大小便時離身放著不得共身上廁大小便利

次說印及壇法

反叉二小指二無名指在掌中右押左二頭指直竪頭相著二中指各拗在二頭指背上頭相拄著二大指並竪搏二頭指側大指來去此是身姥陀羅尼

准前身印上各屈二中指上節頭向大指垂

甲指背又屈二大指上節頭向掌中此是頭
頂印
若比丘比丘尼袈裟中裹前像若俗人頭髻
中著像即作此頭印以案像上二十一徧誦
呪行於道路
准前身印唯開二頭指頭二分許即是護身
印用之護身法
左手大指頭押無名指第一節文以餘四指
把拳即是歡喜印若作此印誦呪向王臣邊
者即前人歡喜
左手屈臂牽向於前以頭指已下四指把拳
復以大指押頭指甲上次開掌中作孔以右
手伸掌從左手節上向手掌摩之到於孔上
即以右掌覆蓋指孔上心裏作之左手掌是
末利支心右手掌是末利支身於左手掌心
中我身隨在末利支天藏我身著末利支在
我頂上護於我身此是末利支印口中數數
誦呪者即得大驗行者不得喫飯唯食大麥
乳酪酥菓等若不堪忍者自乞飯喫不得喫
於衆僧之食如是滿足十萬徧即得驗也於
淨潔道場中安末利支像已行者日日洗浴
洗手漱口入道場作身印喚末利支安置已
種種供養日日誦呪一百八徧或一千八十
徧如是乃至滿十萬徧訖然後於好處所料
理於地拔去惡物樹根丸礫毛骨等已堅築
於地使平坦之其作壇日者臘月十五日以
五色作之中心著末利支座座上畫著華座
并像或即東面安使者名婆多羅室利夜北
面安使者名計室你南面安使者名摩利你
然後呪師喚之安置以香華飲食八槃燈十

六盞種種供養已呪師在西門面向東坐誦呪一千八徧種種供養訖然後發遣之更有別法日月蝕日作此壇法者大得驗也

若人欲東西遠行在路者先作水壇喚末利支安置已取杭米華和酥呪一徧一燒滿一千八徧并誦呪隨所欲去處趣者得大驗又更一法七日之中日日作水壇喚末利支安置復著火爐然穀木樹火於此柴火中呪燒杭米烏麻一百八徧并誦呪日三時時別一百八徧乃至七日作此法訖向王臣邊者前人散走也

又更一法若欲論議依前法火燒梨枝一百八段一段一擲并呪七日作此法者得大論師也

又法依前法火燒酥一百八徧并呪者一切禽獸毒蟲不得侵害

又法若人欲得見末利支者依前法以穀樹柴然火取天木二十一段以酥蜜酪塗之火燒并呪日日唯喫杭米飯乳酪三種不得食餘物七日之中日日倍勝種種供養如是七日作此法時第七日中末利支身現入道場問行者言汝欲求何法是時行者隨意答之時末利支聽許歸去即知得驗一切諸天亦皆歡喜

又法七日之中每日三時火燒茴香草白菖蒲白芥子三種并呪訖向羅闍邊去者前人歡喜

又法欲向官人邊去者依前法火燒白芥子日日三時時別一百八徧并呪七日之中唯食杭米乳酪三種不得食餘物如是七日訖

向官人邊去者前人歡喜
又法依前法火燒阿末羅梨葉一百八徧并
呪呪如是七日治一切鬼病則得驗
又法依前法取大麥好擣麨使以蜜和作團
大如李子一百八箇七日之中行者初日全
不喫食餘六日任意得食日日火燒所團大
麥并呪作上歡喜印如是盡燒一百八團訖
以水滅火後附其煙上薰兩手掌誦呪二十
一徧願云使我之手作一切法種種得驗者
即一切得驗前人歡喜
又法若人熱病取好青草擬口誦呪二十一
徧以摩病者五十四徧并呪者即差
又法日日一徧誦呪二徧作大護身三徧作
大結界五徧誦呪者所愛之人任意即得六
徧誦呪結界夜入塚墓一切無畏
又法若欲遠行先於私房七徧火燒薰陸之
香并呪訖著道行之時數數誦呪行者路中
賊難鬼難等皆不得近也
又法依前法白月八日於淨室中取好香華
與秔米飯少少火燒一千八徧行法之人一
日不食著淨潔之衣作此法者前人尊重恭
敬供養
又法取牛糞未落地時以器承取莫著別處
即用和水作水壇壇中心著佛像或佛舍利
復取毋犢并黃牛乳作酥盛著金鉢中以右
手無名指攪之於酥并呪其酥之上火若出
者即知得大聰明一誦千偈若火不出唯煙
與煖者即知得可可聰明若不得煙煖自身
伏地擬口於酥器邊以右手無名指爲著喫
酥即得少少聰明

又法於城東門外好料理地作四肘壇取坯塼五箇中心著一四面各一又以四水罐盛水以栁枝塞口於四面塼上著之又取紫檀磨研水中即以其水灑於壇上以赤華供養於壇復以胡燕支四枚各著四水罐邊復以五色線遶壇四面於壇四面之外以種種華香飲食泮與諸鬼於壇四門敷青草座呪師著好淨衣結跏趺坐於青草上喚摩利支及諸使者安置種種供養呪師手把青草誦呪以草從自頭向脚摩之一百八徧呪師手作末利支身印印中把青草向自頂著遣一弟子將壇上四水罐一一灌於呪師頂上竟然後呪師著好淨衣作護身印念佛禮佛禮摩利支訖取龍樹華與龍腦香及蘇合香三種七日之中呪師唯食秔米牛乳粥不得食餘物日日呪於上三種藥一百八徧乃至第七日將彼藥安自頂上右肩左肩心上咽上額上者得驗此語不問有别法用

又法依前法若人患痔病取黑線作呪索病者頭東脚西卧於牀上以索繫著腰又以别索繫其牀脚并呪如是呪二十一徧者痔病即差若人患頸治法准上唯改前繫腰繫其頸上爲異

又法取江水兩邊泥土以作一百鬼形像其中鬼王名曰毗那夜迦此鬼王頭者作象頭形其餘諸鬼頭各各别作諸禽獸形其身手脚總作人形大小長短四指或八指許作之取紫檀木以於水研之用以其水和泥於地作壇以五色土於壇之上作座處中心一座北面二座南面二座東面二座於中心座上

著於鬼王像其餘六座上總分著九十九鬼像以諸香華及然七盞酥燈飲食等種種供養并取安息香和酥火燒用以供養呪師於西門座面向東誦末利支呪七徧以七種色線呪二十一徧然後取壇三面諸鬼像聚就於中心鬼王邊一處著之以其七色線總縛著彼鬼像訖取犢子糞一百八團一一火燒并呪燒一一團時一誦呪駁婆(引二合)訶(引)於前先喝云縛一切鬼然後唱云駁婆(引二合)訶(引)如是盡一百八團竟別處掘地深至人腰作孔將彼所縛諸鬼像著於孔中以諸香華種種飲食供養彼鬼然後以土塞於孔上堅築以地平復其鬼永不得出若彼呪師業病臨死之時心中作意解放彼鬼彼鬼得脫若作此法者即得末利支天驗一切呪驗

又法一生之中日日唯食秔米乳粥數數誦呪得大聰明四姓之中得婆羅門大愛念若火燒酥酪乳者刹帝利愛念若火燒大麥乳酪者毗舍愛念若火燒烏麻滓者首陀愛念

又法若人鬼病口全不語者呪水二十一徧潑之即語

又法鬼病口合不語以袈裟角呪二十一徧打之即語

又法手捻於灰呪之七徧散四方結界

又法以泥作彈丸十箇各擲十方作大結界

又法若婦人難產呪烏麻油七徧以摩臍上即得易產

又法若共他論議得勝時被他相憎瞋一準相言

又共他鬪諍被他相言枷鎖官邊問罪是非

之時取白菖蒲呪二十一徧繫著右臂復以右手作歡喜印并呪之即得大勝之理若數誦呪種種得驗

又法若人被毒蟲螫者呪師取五色線作呪索二十一結以繫自右手臂上訖向彼螫人邊去取柳枝呪之數數以手摩彼人即差若人被惡毒蛇所螫臨死之時呪師以自手掬取水漱口七徧誦呪以其水潑於病者二十一徧竟即差又若人身生惡瘡者和泥塗於瘡上二十一徧并呪即差又若畜生遇時氣病者於城正中央然穀樹火以牛乳火燒并呪即差夜裏應作此法其明日午時還燒穀樹火取白芥子油與白芥子相和火燒一千八徧并呪即差

又法取俱嚕陀木一千八段（此木相狀似菩提樹）一一火燒并呪各一徧者一切鳩槃茶藥叉等鬼神皆悉歡喜若火燒冬苽少少一千八徧者一切魍魎悉皆歡喜若取塚墓之上樹木一千八段與烏麻相和火燒并呪一千八徧者一切大惡鬼神歡喜

又法若取菩提樹枝一千八段一一塗酥火燒一千八徧并呪者四大天王歡喜愛念

又法若人癲病者呪師取一切穀相和以手掬取呪之火燒一千八徧者鬼神歡喜即得治病若取安息香擣之爲丸塗酥火燒一千八徧并呪者摩醯首羅及傍邊天一切歡喜若依以前法作壇種種供養壇中心著佛像或佛舍利取喝囉迦沙彌陀木（此是苦練樹之別名）三千八段與酥酪蜜中塗之一一火燒各一段一呪如是盡三千八段作此法者造四重五

逆罪滅而得驗若行者依前法作水壇訖從白月八日至十五日日日取紫橿木一千八段塗酥火燒并呪者末利支即來入道場遂其所願

爾時行者眼見末利支身得大驗若一日不食作此法種種供養者得末利支大驗又若欲得錢財者黒月十四日至十五日兩日之中每日三時取烏麻秔米及秔米華三種火燒并呪者即得錢

又法若欲得縛魔者七日之中日日取苦練樹枝一名菩提樹一千八段一一塗於白芥子之油中火燒者即得縛若呪師或俗人行此呪法時官府知之捉得者被枷鏁縛時數數誦此呪縛求不得若人相瞋取烏麻油滓與秔米糠相和火燒一千八徧并呪者即得前人瞋即歡喜若取烏麻火燒一千八徧者前人愛念歡喜

又法若欲得錢財者七日之中日日取石榴草莖長六指一千八段一一火燒并呪者即得錢財

又法欲向他人處索所愛物者取白菖蒲呪之一千八徧擊自臂上乞之無所不得

又法二十一日日日三時取安息香擣之爲丸一千八丸用塗酥酪蜜中一一火燒并呪者向王百官邊去者前人歡喜愛念若欲得作綱維者七日之中日日三時取衆名香擣之爲丸一千八丸一一塗酥火燒并呪者即得綱維

又法若行者洗浴入道場作水壇等種種供養喚末利支安置如是滿十萬徧作此法訖

然後口云結界(莫手作印)隨行者所願皆得成就一切難事易得辦之然破他人作法之事爾時末利支白佛言世尊我有別法今欲說者用好紫檀木廣三指長三寸其木一面刻作末利支形作女天其像左右各刻作兩末利支侍者亦作女形復以別紫檀木作蓋蓋之作此像已欲行遠道將於此像不離自身隱藏著之莫令他人知日日數數誦呪若有所願欲作水壇壇中心安像喚末利支安置以種種供養復取蓮華一百八箇以供養之其供養法手取一一蓮華呪之用以供養復以烏麻秔米火燒一千八徧并呪訖把像種種得驗(此語應知)上件諸法皆作水壇等種種供養如得驗之末利支說此法竟與諸天龍八部禮佛而退

怛姪他阿囉居絲阿羅居隸吉利帝底薩婆伽羅醯鼻薩菩烏波塗瑟𪘨鼻薩婆伊底庚烏波達囉胜鼻勒叉勒叉莫麼(某甲)耶寫莎縛(二合引)訶(引)

有一本云作天像法其像二手左一手屈臂向上平横當左乳前把拳拳中把拂形如譜法師高座上所把形於其拂中作西國萬字文形亦如佛像胷上字字四曲内各作日形一一著之著四箇日形其拂上作焰形右一手申臂及指解垂下其作像法畫像一種無別其像身長一寸二寸乃至一肘

怛姪他阿羅拘梨阿羅拘梨雞利底跢薩嚩(去聲)伽囉醯鼻薩菩鉢跢羅胜鼻薩婆伊都庚鉢跢羅𩎑(音弊)曷勒叉曷勒叉摩麼(某甲)夜寫莎嚩(二合引)訶(引)　以後別此呪縛賊

曼殊室利菩薩說呪曰

歸命同千轉頭

那冐曼殊室利曳短摩羅菩多夜怛姪他醯唎底瑟吒二合怛婆羯攞上聲跋途徙麼遮羅上聲莎嚩引二合賀引

又若在道行逢賊時呪手大拇指急把指遇賊無難若呪衣袂或衣衿左綊七徧急誦呪而過

除睡呪

怛姪他伊底彌底只底比迦那䆄底波陀耻莎嚩引二合賀引

若人坐中多睡時於佛前至心誦七徧便少無也

毗沙門呪曰

那謨裴鑠囉䐗拏寫摩訶曷囉闍寫施鞞娑婆引二合訶引施𤚥跋趺犁娑婆引二合訶引

若呪淨油七徧若二七徧用塗臥所乞財物等得如所願

呪一切賊法

補魯那補魯那主嚕訶主嚕訶薩寫娑婆二合引訶引

更有呪縛賊呪

伽吒加吒僧伽吒我今爲加吒終不爲解加吒

又若被賊燒香誦呪若有疑者幷稱名不知者但當面誦呪呪之賊即自縛自道盜物得已然後解放大驗也

佛說末利支提婆華鬘經

佛說摩利支天經

唐三藏沙門大廣智不空奉　詔譯

如是我聞一時薄伽梵在室羅筏城逝多林給孤獨園爾時世尊告諸苾芻有天女名摩利支有大神通自在之力常行日月天前日天月天不能見彼彼能見日無人能見無人能知無人　捉無人能縛無人能害無人能欺誑無人能債其財物無人能責罰不爲怨家能得其便佛告諸苾芻若有知彼摩利支天名常憶念者彼人亦不可見亦不可知亦不可捉亦不可縛亦不可害亦不可欺誑亦不爲人債其財物亦不爲人之所責罰亦不爲怨家能得其便若有善男子善女人知彼摩利支天名求加護者應作是言我某甲知摩利支天母有大神力我今歸命願護我身無人能見我無人能知我無人能捉我無人能縛我無人能害我無人能欺誑我無人能債我財物無人能責罰我亦不爲怨家能得其便爾時世尊說陀羅尼曰

曩謨(引)囉怛曩(二合)怛囉(二合)夜野(一)怛你也(二合)他(去聲引二)遏迦麼枲(鼻聲已下同三)沫迦麼枲(四)阿(上聲)度(引)麼枲(五)紫(精以切引)鉢囉麼枲(六)摩訶紫鉢囉麼枲(七)頞怛馱(引)曩麼枲(八)麼(鼻聲引)哩(引)紫野麼枲(九)曩謨(引)娑覩(二合)帝(十)囉(轉舌)乞灑(二合)囉乞灑(二合)韐(引十一)薩嚩薩怛嚩(二合引)難(上聲)左(十二)薩嚩怛囉(二合十三)薩嚩婆(去聲)喻(引)鉢捺囉(二合)吠(引)毘藥(二合)娑嚩(二合引)賀(引十四)

心眞言曰

娜莫(去聲)三滿多沒馱(引)南(一)唵(引二)摩(鼻聲引)哩(引)唧(引)娑嚩(二合)賀(引三)

爾時世尊説此陀羅尼已告諸苾芻若有受持此經法者應作是願王難中護我賊難中護我行路難中護我於失道曠野中護我水火難中護我刀兵軍陣難中護我鬼神難中護我毒藥難中護我惡獸難中護我毒蟲難中護我一切怨家惡人難中護我佛實語護我法實語護我僧實語護我天實語護我仙人實語護我一切處一切時願常護我弟子某甲　娑嚩(二合引)賀(引)

佛告諸苾芻若善男子善女人苾芻苾芻尼鄔波索迦鄔波斯迦國王大臣一切人等有諸難時但當至心誦此摩利支陀羅尼不待加功隨誦隨成遠離諸難除不至心持誦之時并結本印以香塗手先結三部心印二手内相叉爲拳並豎二大拇指是一切如來心印眞言曰

唵(引一)爾(慈以切)曩爾迦(半音二)

次結蓮部心印即前印以左大拇指屈入掌直豎右大拇指眞言曰

唵(引一)阿(去聲引)嚕(引)力迦(半音二)

次結金剛部心印即前印以右大拇指屈入掌直豎左大拇指眞言曰

唵(引一)嚩日囉(二合)地力(二合)迦(半音二)

次結護身如來拳印以右手屈大拇指横於掌中便以四指握大拇指爲拳以此拳印加持自身五處先額右肩左肩心喉毎處各誦眞言一徧眞言曰

唵(引一)僕(引)入嚩(二合)羅吽(引二)

次結摩利支菩薩根本印二小指二無名指右押左内相叉直豎二頭指相捻以二中指

各繳頭指背向前頭相拄二大指並竪即成結印當心誦前摩利支身陀羅尼及心各七徧每徧屈二大拇指招之亦名迎請印兼以此印加持身五處頂上散印

次結大三昧耶印辟除結界以右手大指捻小指甲上餘三指直竪如三股杵形左手作金剛拳按於心上隨誦真言以右手印於頂上左轉三帀辟除一切作障難者便右旋三帀并揮上下即成結十方界一切天龍人非人等不能附近真言曰

唵(引一)商迦⿰口桀(輕舌二)摩訶(引)三(去聲)麼(鼻聲)琰娑嚩賀

次結摩利支安怛袒那印(此言隱形)以左手虛掌作拳大指微捻頭指甲如環已下三指握拳令竅又令掌中作孔安自心前想自身入此印孔中藏以右手平掌右旋摩此印便蓋孔上想此印即是摩利支天菩薩身我自身隱藏於摩利支天菩薩心中一心專注不間斷誦前根本及心真言不限徧數但虔誠至心必獲菩薩威神加護一切怨家惡人悉不能見一切災難皆得解脫若欲供養摩利支菩薩者應用金或銀或赤銅或白檀香木或紫檀木等刻作摩利支菩薩像如天女形可長半寸或一寸二寸已下於蓮花上或立或坐頭冠瓔珞種種莊嚴極令端正左手把天扇其扇如維摩詰前天女扇右手垂下揚掌向外展五指作與願勢有二天女各執白拂侍立左右作此像成戴於頂上或戴臂上或置衣中以菩薩威神之力不逢災難於怨家處決定得勝鬼神惡人無得便若欲成驗願見

摩利支天真身求勝願者誦此陀羅尼滿十萬徧依法建立曼荼羅畫摩利支菩薩像安置壇中種種供養并作護摩火壇摩利支天女必現其身所求勝願決定成就除不至心

佛告諸苾芻我爲當來惡世苦難恐怖有情略說摩利支天法此菩薩有大悲願常於苦難恐怖之處護諸有情不令天龍鬼神人及非人怨家惡獸所能爲害汝當受持廣宣流布饒益有情諸苾芻等及天龍八部一切大衆聞佛所說皆大歡喜信受奉行

佛說摩利支天經

音釋

攪古巧切擾動也　坯鋪杯切未燒陶器也　痔直里切後病也　馺悉合切也　滓壯士切澱也　螫施隻切蟲行毒也　綟郎計切練結二切　繚吉了切纏

佛說摩利支天陀羅尼呪經 失譯人名開元附梁錄

佛說長者施報經 宋朝散大夫試鴻臚卿明教大師法天奉 詔譯

佛說毗沙門天王經 宋朝散大夫試鴻臚卿明教大師法天奉 詔譯

清刻龍藏佛說法變相圖

三經同卷
佛說摩利支天陀羅尼呪經
佛說長者施報經
佛說毗沙門天王經

佛說摩利支天陀羅尼呪經

失譯人名開元附梁錄

如是我聞一時婆伽婆在舍衛國祇樹給孤獨園與大比丘衆千二百五十人俱爾時世尊告諸比丘有天名摩利支天常行日前彼摩利支天無人能見無人能捉不爲人欺誑不爲人縛不爲人債其財物不爲怨家能得其便佛告諸比丘若有人知彼摩利支天名者彼人亦不可見亦不可捉不爲人欺誑不爲人縛不爲人債其財物不爲怨家能得其

便佛告諸比丘若有善男子善女人知彼摩利支天名者應作是言我弟子某甲知彼摩利支天名故無人能見我無人能捉我不爲人欺誑我不爲人縛我不爲人債我財物不爲怨家能得我便爾時世尊告諸比丘是摩利支天有陀羅尼呪能守護人即説呪曰

多姪他　頞迦末私　末迦末私　支婆羅末私　烏途盧末私　摩訶支婆羅末私　安多利　陀那摩　莎訶

於行路中護我非行路中護我晝日護我夜中護我於惡怨家護我王難護我賊難護我於疫病中護我於阿鳩隸阿鳩隸無利支帝吉利吉利安帝安帝於一切處一切時護我弟子某甲莎婆訶

佛告諸比丘若有善男子善女人比丘比丘尼優婆塞優婆夷國王大臣及諸人民聞是摩利支天陀羅尼呪一心受持者不爲如上諸惡所害佛告諸比丘若有善男子善女人書寫是經受持讀誦者一心齋戒淨治一室以香泥塗地七日七夜誦持是摩利支天陀羅尼呪滿一百八徧所經諸陣一切怨賊並皆息刃行時書寫是陀羅尼若有著髻中若著衣中隨身行一切諸惡不能加害悉皆退散無敢當者若遇疾病當請一淨戒比丘及比丘尼優婆塞優婆夷如前淨治一室香泥塗地燒種種名香設七盤果餅布五色壓設五色飯請摩利支天然燈續明七日七夜誦是摩利支天陀羅尼呪經滿二百徧一切病鬼皆生慈心放於病人即得除差若遭縣官所拘録者亦如前淨室如法設供敷座然燈

續明七日七夜誦是摩利支天陀羅尼呪經五百徧得如願已設齋散座一切厄難無不滅除爾時諸比丘聞佛所説皆大歡喜信受奉行

佛説摩利支天陀羅尼呪經

佛説長者施報經

宋朝散大夫試鴻臚卿明教大師法天奉 詔譯

如是我聞一時佛在舍衛國祇樹給孤獨園爾時有長者名給孤獨來詣佛所頭面禮足於一面坐佛告長者若復有人以上妙飲食如法布施或自手施或恒時施不能獲於廣大福報於意云何以其彼人心求富貴及快樂故若復有人不爲衣食卧具富貴快樂以妙飲食如法布施當得大富及得妻子男女僕從眷屬孝順侍養於意云何以其彼人爲諸有情而行布施佛言長者過去世時有長者婆羅門名彌羅摩行大施會以八萬金盤滿盛金屑而行布施復以八萬銀盤滿盛銀屑而行布施復以八萬金盤滿盛銀屑而行布施復以八萬銀盤滿盛金屑而行布施復以八萬銅盤滿盛種種細妙珍味飲食而行布施復以八萬乳牛而行布施復以八萬童女以上妙衣服眞珠瓔珞種種莊嚴而行布施復以八萬金牀銀牀象牙牀木牀安置種種細妙裀褥而行布施復以八萬輦輿車乘敷以白氎及憍尸迦衣種種嚴飾而行布施佛言長者彼彌羅摩如是行施不如有人以其飲食施一正見人所得果報勝前果報於意云何以其此人不墮邪見故佛言長者彼彌羅摩如是行施不如有人以其飲食施一正見人一正見人不如施百正見人所得果報勝前果報佛言長者彼彌羅摩如是行施不如有人以其飲食施一正見人一正見人不如施百正見人百正見人不如施一須陀洹所得果報勝前果報佛言長者彼彌羅摩

如是行施不如有人以其飲食施一正見人一正見人不如施百正見人百正見人不如施一須陀洹一須陀洹不如施百須陀洹所得果報勝前果報佛言長者彼彌羅摩如是行施不如有人以其飲食施一正見人一正見人不如施百正見人百正見人不如施一須陀洹一須陀洹不如施百須陀洹百須陀洹不如施一阿那舍所得果報勝前果報佛言長者彼彌羅摩如是行施不如有人以其飲食施一正見人一正見人不如施百正見人百正見人不如施一須陀洹一須陀洹不如施百須陀洹百須陀洹不如施一阿那舍一阿那舍不如施百阿那舍所得果報勝前果報佛言長者彼彌羅摩如是行施不如有人以其飲食施一正見人一正見人不如施百正見人百正見人不如施一須陀洹一須陀洹不如施百須陀洹百須陀洹不如施一阿那舍一阿那舍不如施百阿那舍百阿那舍不如施一阿羅漢所得果報勝前果報佛言長者彼彌羅摩如是行施不如有人以其飲食施一正見人一正見人不如施百正見人百正見人不如施一須陀洹一須陀洹不如施百須陀洹百須陀洹不如施一阿那舍一阿那舍不如施百阿那舍百阿那舍不如施一阿羅漢一阿羅漢不如施百阿羅漢所得果報勝前果報佛言長者彼彌羅摩如是行施不如有人以其飲食施一正見人一正見人不如施百正見人百正見人不如施一須陀洹一須陀洹不如施百須陀洹百須陀洹不如施一阿那舍一阿那舍不如施百阿

那舍百阿那舍不如施一阿羅漢一阿羅漢不如施百阿羅漢百阿羅漢不如施一緣覺所得果報勝前果報佛言長者彼彌羅摩如是行施不如有人以其飲食施一正見人一正見人不如施百正見人百正見人不如施一須陀洹一須陀洹不如施百須陀洹百須陀洹不如施一阿那舍一阿那舍不如施百阿那舍百阿那舍不如施一阿羅漢一阿羅漢不如施百阿羅漢百阿羅漢不如施一緣覺一緣覺不如施百緣覺所得果報勝前果報佛言長者彼彌羅摩如是行施不如有人以其飲食施一正見人一正見人不如施百正見人百正見人不如施一須陀洹一須陀洹不如施百須陀洹百須陀洹不如施一阿那舍一阿那舍不如施百阿那舍百阿那舍

不如施一阿羅漢一阿羅漢不如施百阿羅漢百阿羅漢不如施一緣覺一緣覺不如施百緣覺百緣覺不如施一如來應正等覺所得果報勝前果報佛言長者彼彌羅摩如是行施不如有人以其飲食施一正見人一正見人不如施百正見人百正見人不如施一須陀洹一須陀洹不如施百須陀洹百須陀洹不如施一阿那舍一阿那舍不如施百阿那舍百阿那舍不如施一阿羅漢一阿羅漢不如施百阿羅漢百阿羅漢不如施一緣覺一緣覺不如施百緣覺百緣覺不如施如來應正等覺施如來應正等覺不如施佛及隨佛大苾芻衆所得果報勝前果報佛言長者彼彌羅摩如是行施不如有人以其飲食施一正見人一正見人不如施百正見人百正

見人不如施一須陀洹一須陀洹不如施百須陀洹百須陀洹不如施一阿那含一阿那含不如施百阿那含百阿那含不如施一阿羅漢一阿羅漢不如施百阿羅漢百阿羅漢不如施一緣覺一緣覺不如施百緣覺百緣覺不如施如來應正等覺施如來應正等覺不如施佛及隨佛大苾芻衆施佛及隨佛大苾芻衆不如施四方一切持鉢僧食所得果報勝前果報佛言長者彼彌羅摩如是行施不如有人以其飲食施一正見人一正見人不如施百正見人百正見人不如施一須陀洹一須陀洹不如施百須陀洹百須陀洹不如施一阿那含一阿那含不如施百阿那含百阿那含不如施一阿羅漢一阿羅漢不如施百阿羅漢百阿羅漢不如施一緣覺一緣覺不如施百緣覺百緣覺不如施如來應正等覺施如來應正等覺不如施佛及隨佛大苾芻衆施佛及隨佛大苾芻衆不如施四方一切持鉢僧食施四方一切持鉢僧食不如施四方一切僧園林所得果報勝前果報佛言長者彼彌羅摩如是行施不如有人以其飲食施一正見人一正見人不如施百正見人百正見人不如施一須陀洹一須陀洹不如施百須陀洹百須陀洹不如施一阿那含一阿那含不如施百阿那含百阿那含不如施一阿羅漢一阿羅漢不如施百阿羅漢百阿羅漢不如施一緣覺一緣覺不如施百緣覺百緣覺不如施如來應正等覺施如來應正等覺不如施佛及隨佛大苾芻衆施佛及隨佛大苾芻衆不如施四方一切持鉢僧食

施四方一切持鉢僧食不如施四方一切僧園林施四方一切僧園林不如施四方一切僧精舍所得果報勝前果報佛言長者彼彌羅摩如是行施不如有人以其飲食施一正見人一正見人不如施百正見人百正見人不如施一須陀洹一須陀洹不如施百須陀洹百須陀洹不如施一阿那舍一阿那舍不如施百阿那舍百阿那舍不如施一阿羅漢一阿羅漢不如施百阿羅漢百阿羅漢不如施一緣覺一緣覺不如施百緣覺百緣覺不如施如來應正等覺施如來應正等覺不如施佛及隨佛大苾芻衆施佛及隨佛大苾芻衆不如施四方一切持鉢僧食施四方一切持鉢僧食不如施四方一切僧園林施四方一切僧園林不如施四方一切僧精舍施四方一切僧精舍不如盡形志心歸依佛法僧所得果報勝前果報佛言長者彼彌羅摩如是行施不如有人以其飲食施一正見人一正見人不如施百正見人百正見人不如施一須陀洹一須陀洹不如施百須陀洹百須陀洹不如施一阿那舍一阿那舍不如施百阿那舍百阿那舍不如施一阿羅漢一阿羅漢不如施百阿羅漢百阿羅漢不如施一緣覺一緣覺不如施百緣覺百緣覺不如施如來應正等覺施如來應正等覺不如施佛及隨佛大苾芻衆施佛及隨佛大苾芻衆不如施四方一切持鉢僧食施四方一切持鉢僧食不如施四方一切僧園林施四方一切僧園林不如施四方一切僧精舍施四方一切僧精舍不如盡形志心歸依佛法僧盡形志

心歸依佛法僧不如盡形不殺生不偷盜不婬欲不妄語不飲酒所得果報勝前果報佛言長者彼彌羅摩如是行施不如有人以其飲食施一正見人一正見人不如施百正見人百正見人不如施一須陀洹一須陀洹不如施百須陀洹百須陀洹不如施一阿那含一阿那含不如施百阿那含百阿那含不如施一阿羅漢一阿羅漢不如施百阿羅漢百阿羅漢不如施一緣覺一緣覺不如施百緣覺百緣覺不如施如來應正等覺施如來應正等覺不如施佛及隨佛大苾芻衆施佛及隨佛大苾芻衆不如施四方一切持鉢僧食施四方一切持鉢僧食不如施四方一切僧園林施四方一切僧園林不如施四方一切僧精舍施四方一切僧精舍不如盡形志心歸依佛法僧盡形志心歸依佛法僧不如盡形不殺生不偷盜不婬欲不妄語不飲酒盡形不殺生不偷盜不婬欲不妄語不飲酒不如有人於十方世界徧一切處行大慈心饒益衆生離諸分別心無相故所得果報勝前果報爾時世尊説此語已告長者言往昔彌羅摩婆羅門行大施會者非別沙門婆羅門等則我身是時給孤獨長者聞佛説已無我見人見衆生見壽者見遠離惑想心得清淨悟寂滅忍

佛説長者施報經

佛説毗沙門天王經

宋朝散大夫試鴻臚卿明教大師法天奉　詔譯

如是我聞一時佛在舍衛國祇樹給孤獨園爾時毗沙門天王與百千無數藥叉眷屬於初夜分俱來佛所放大光明照祇陀園一切境界五體投地禮世尊足住立一面合掌向佛以偈讚曰

歸命大無畏　正覺二足尊　諸天以天眼
觀我無所見　過現未來佛　三世慈悲主
一一正徧知　我今歸命禮

爾時毗沙門天王説此偈已曰佛言世尊有諸聲聞苾芻苾芻尼優婆塞優婆夷或於曠野林間樹下經行坐卧我此藥叉非人之類有信佛言者有少信之者復有無數諸惡藥叉不信佛言惱亂有情令不安隱善哉世尊所有阿吒曩胝經能爲明護若有苾芻苾芻尼優婆塞優婆夷及諸天人受持讀誦禮敬供養廣爲人説皆能衛護爲作吉祥爾時會中有諸正信藥叉之衆合掌白言唯願天王説此經典我等樂聞時毗沙門天王黙然受請即向佛前頭面禮足承佛威神告藥叉言今此經典若有所得宣布流通能除衆生一切煩惱是故我今歸依禮東方世界有乾闥婆主名曰持國具大威德身放光明譬如日出普照世間統領眷屬乾闥婆衆恭敬圍繞歌舞作唱而受快樂有九十一子同名帝釋有大勢力勇猛暴惡見佛世尊歸依頂禮尊重恭敬觀此非人而能禮敬彼持國天王守護東方如佛行行如是護世是故我今稽首歸命正徧知明行足無上寂靜南方世界有

鳩槃拏主名尾嚕荼迦具大威德身有光明如日照世亦如大海深廣無邊彼諸凡夫不可測度統領眷屬鳩槃拏衆恭敬圍繞歌舞作唱而受快樂有九十一子同名帝釋有大勢力勇猛暴惡見佛世尊歸依頂禮尊重恭敬觀此非人而能禮敬彼鳩槃拏主守護南方如佛行行如是護世是故我今稽首歸命正徧知明行足無上寂靜西方世界有大龍主名尾嚕博叉有大威德光明遠照統領眷屬諸大龍衆恭敬圍繞歌舞作唱而受快樂有九十一子同名帝釋有大勢力勇猛暴惡見佛世尊歸命頂禮尊重恭敬觀此非人而能禮敬彼大龍主守護西方如佛行行如是護世是故我今稽首歸命正徧知明行足無上寂靜北方世界有藥叉名俱吠囉有大威德身光熾盛如大火焰統領眷屬藥叉之衆恭敬圍繞歌舞作唱而受快樂有九十一子同名帝釋有大勢力勇猛暴惡見佛世尊歸依頂禮尊重恭敬觀此非人而能禮敬彼藥叉主守護北方如佛行行如是護世是故我今稽首歸命正徧知明行足無上寂靜復次北方世界人壽千歲命不中天地無耕種人不執作飲食自然色香具足資益諸根身體光潤處處皆有花果樹木流泉池沼隨意遊戲如受天樂如是東方持國南方尾嚕荼迦西方尾嚕博叉北方俱吠囉各以威德護四大洲

復次乾闥婆主有藥叉女衆有乘象者有乘馬者有乘駝者有乘水牛者有乘羊者有乘蛇者有乘飛禽者有乘童男者有乘童女者

以象前引於虛空中審詣諸方種種變化隨意自在亦能守護人不可見若諸藥叉形容醜惡種種差異亦如飛禽往虛空中自在遊行亦審護人其名曰阿吒曩吒俱曩吒波里俱娑曩吒曩拏曩拏布里迦等及藥叉女衆皆住北方阿拏迦嚩帝大城又此大城有一宮殿於其四邊有九十九池水甚深廣名曰地池泉源通流亦能降雨復有多種花果樹木所謂供俱婆迦俱囉囉迦麼花等果味甘美衆所愛樂頻伽孔雀種種諸鳥常出妙音彼有天子名曰勇猛并諸眷屬亦住是宮守護國界時毗沙門天王承佛慈力次第宣說真言曰

怛你也合二他引伊梨彌梨伊隷緊吒母隷呬隷緊致母隷賀那彌護努里努合二彌矯里爤馱引里虞努呬你烏枳護枳娑嚩引二合賀引

爾時毗沙門天王說真言已白佛言世尊復有諸大乾闥婆衆與我而為兄弟其名曰欲麼覩樂麼覩歌麼多麼羅麼覩麼度麼多花醉怛醉吉祥醉財醉難祢迦青蓮花白蓮花月半尼羅俱枳羅成湅母嚕五髻妙色金麼拏尾輸俱蜜里合二賀娑波合二帝王野嚩帝惹誐覩誐帝如是等乾闥婆衆迷惑惱亂一切衆生若有惱亂有情而不捨離者聞此真言頭破作七分如阿梨樹枝真言曰

怛你也合二他引供覩梨供覩羅噎呬娑那引曼底計娑那伴尼底計底瑟吒合二努瑟吒合二滿度細娑嚩引二合賀引

世尊若有聲聞苾芻苾芻尼優婆塞優婆夷

於此經中受持讀誦禮敬供養廣爲人說彼乾闥婆及父母兄弟男女眷屬等皆不能爲害常來親近侍奉衛護若有惱害者即失威力不得乾闥婆三昧頭破作七分如阿梨樹枝亦不得往阿拏迦嚩帝大城中住世尊若有聲聞苾芻苾芻尼優婆塞優婆夷於此經中受持讀誦禮敬供養廣爲人說彼閉舍左及父母兄弟男女眷屬等皆不能爲害常來親近侍奉衛護若有惱害者即失威力不得閉舍左三昧頭破作七分如阿梨樹枝亦不得往阿拏迦嚩帝大城中住眞言曰

怛你也(二合)他(引)護彌(引)護彌(引)護彌(引)囉(引)縛帝曳(引)娑嚩(引二合)賀(引)

世尊復有鳩槃拏衆其名曰

難多烏波難多訖里(二合)計輸麼賀波囉輸(二合)摩斛那囉捺舍賀娑覩(二合)部彌左嚕末麼訖里(二合)瑟拏(二合)路呬多阿婆囉嚩縛囉拏尾麼路祢里伽(二合)囉拏誐里惹曩惹致路捺舍難尼阿里祖(二合)諾迦麼迦麼迦噎羅巘拏訖里(二合)野虞般多怛囉野(二合)劒末羅跋捺里(二合)迦薩里嚩(二合)覽誐唧怛囉(二合)

苾芻等如是鳩槃拏衆迷惑惱亂一切有情若有惱亂者聞此眞言頭破作七分如阿梨樹枝眞言曰

怛你也(二合)他(引)悉里尾悉里悉里尾悉里訖里(二合)瑟拏(二合)蹉誐隷迦囉尼畢孕(二合)誐隷娑嚩(引二合)賀(引)

世尊若有聲聞苾芻苾芻尼優婆塞優婆夷於此經中受持讀誦禮敬供養廣爲人說彼鳩槃拏衆及父母兄弟男女眷屬等皆不能

爲害常來親近侍奉衛護若有惱害者即失威力不得鳩槃拏三昧頭破作七分如阿梨樹枝亦不得往阿拏迦嚩帝大城中住世尊若有聲聞苾芻苾芻尼優婆塞優婆夷於此經中受持讀誦禮敬供養廣爲人説彼必隷多及彼父母兄弟男女眷屬等皆不能爲害常來親近侍奉供養若有惱害者即失威力不得必隷多三昧頭破作七分如阿梨樹枝亦不得往阿拏迦嚩帝大城中住眞言曰

怛你也合二他引喻彌喻彌隷喻彌羅嚩帝曳娑嚩引二合賀引

世尊我今復説諸大龍衆其名曰

難努波難努難祢嚩嚩穌計里跋捺囉合二惹敢合二迦卑孕合二誐路那地迦囉拏印捺囉合二嚩護莎悉帝合二迦阿輸俱彌多輸迦尾鉢囉合二目訖覩惹餤鉢帝必里合二兔多羅唧怛囉合二多羅必里合二兔鎗唧怛囉合二鉢囉合二賀嚩唅麼賀頗尼所合二惹喻底囉穌麼賀訖里瑟拏部惹敢合二誐麼阿惹播羅怛乞叉合二嚩摩訖里合二瑟拏合二舍野摩秫倶合二

乃至世間行者如是龍等惱亂有情聞此眞言頭破作七分如阿梨樹枝眞言曰

怛你也合二他引唧隷尾唧隷唧隷尾唧隷虜里巘馱里摩鄧霓賛拏引隷娑嚩引二合賀引

世尊若有聲聞苾芻苾芻尼優婆塞優婆夷於此經中受持讀誦禮敬供養廣爲人説彼諸龍衆及彼父母兄弟男女眷屬等皆不能爲害常來親近侍奉衛護若有惱害者即失威力不得龍中三昧頭破作七分如阿梨樹枝亦不得往阿拏迦嚩帝大城中住世尊若

有聲聞苾芻苾芻尼優婆塞優婆夷於此經中受持讀誦禮敬供養廣爲人説彼羯吒布怛曩及彼父母兄弟男女眷屬等皆不能爲害常來親近侍奉供養若有惱害者即失威力不得羯吒布怛曩三昧頭破作七分如阿梨樹枝亦不能徃阿拏迦嚩帝大城中住真言曰

怛你也(二合)他(引)阿閉嚩賀你(引)嚩帝曳(引)娑嚩(引二合)賀(引)

世尊我今説彼藥叉大將其名曰

印捺囉(二合)穌謨嚩嚕拏鉢囉(二合)惹鉢帝婆囉捺嚩惹伊舍曩室左(二合)難曩迦麼室里瑟姹俱你建跓你軍吒摩尼里摩尼里摩尼左囉鉢囉(二合)拏那烏波半左迦娑多儗里呬麼嚩多布囉拏佉祢囉俱尾吒虞波羅野叉阿吒嚩俱曩囉囉祖吩那里沙婆唧怛囉(二合)細曩巘馱里舞(二合)祢里伽(二合)舍訖帝(二合)摩多隸半左羅巘拏穌摩曩祢里伽(二合)野叉并諸眷屬帝里(二合)頡隸左帝里(二合)建吒等乃至世間行者俱是眷屬若惱亂有情而不捨離者聞此真言頭破作七分如阿梨樹枝真言曰

怛你也(二合)他(引)呬隸彌隸呬彌隸吉里帝(二合)(引)毋隸呬隸吉里帝(二合)毋隸唵凍彌(引)凍彌(引)烏凍麼烏凍彌(引)烏企彌企虞(引)努(引)呬(引)部凌(二合)誐里乙里(二合)史散多你娑嚩(引二合)賀(引)

世尊若有聲聞苾芻苾芻尼優婆塞優婆夷於此經中受持讀誦禮敬供養廣爲人説彼諸藥叉及彼父母兄弟男女眷屬等皆不能爲害若有惱亂者即失威力不能得藥叉三

昧頭破作七分如阿梨樹枝亦不能往阿拏迦嚩帝大城中住世尊若有聲聞苾芻苾芻尼優婆塞優婆夷於此經中受持讀誦禮敬供養廣爲人說彼諸羅刹及彼父母兄弟男女眷屬等皆不能爲害常來親近侍奉供養若有惱亂者即失威力不能得羅刹三昧頭破作七分如阿梨樹枝亦不能往阿拏迦嚩帝大城中住眞言曰

怛你也(二合)他呬隸呬隸護嚕護嚕喻彌喻彌羅嚩帝曳(引)娑嚩(二合引)賀(引)

毗沙門天王說此阿吒曩胝經已禮世尊足却住一面爾時釋迦牟尼佛於夜分中告苾芻衆言如是此經有大威力能爲明護彼毗沙門天王與無數百千藥叉眷屬放大光明照祇陀園一切境界說伽他曰

歸命大無畏　正覺二足尊　諸天以天眼
觀我無所見　過去未來佛　三世慈悲主
一一正徧知　我今歸命禮

說此偈已而白佛言有諸聲聞苾芻苾芻尼優婆塞優婆夷於曠野林間樹下經行坐卧有諸藥叉非人之類有信佛言者有少信者有極惡不信者惱亂有情令不安隱說此經典利樂衆生汝諸苾芻諦聽諦聽此經眞實有大威力能爲救護乃至天人常得密護汝當受持廣宣流布說是語已天龍藥叉人非人等皆大歡喜信受奉行

佛說毗沙門天王經

毗婆尸佛經

宋朝散大夫試鴻臚卿明教大師法天奉 詔譯

清刻龍藏佛說法變相圖

毗婆尸佛經卷上 上下同卷

宋朝散大夫試鴻臚卿明教大師法天奉 詔譯

爾時佛告諸苾芻於過去劫有大國王名滿度摩有一太子名毗婆尸久處深宮思欲出遊告御車人瑜誐言與我如法安置車馬今欲出外遊觀園林瑜誐聞已即往廐中安置車馬控太子前乘之出外見一病人太子曰云何此人顔貌羸瘦氣力劣弱瑜誐答言此是病人太子曰云何名病瑜誐答言四大假合虛幻不實稍乖保調即生苦惱此名爲病太子曰我能免不瑜誐答言倶同幻體四大無別如失保調亦不能免太子聞之情思不悅即迴車馬却至王宮端坐思惟病苦之法眞實不虛心無安隱爾時世尊而說頌曰

毗婆尸太子　遊觀於園林　忽見病患者

形色而憔悴　即問御車人　太子亦難免
端坐自思惟　病苦而無謬
爾時世尊說此偈已告苾芻言時滿度摩王
即問瑜誐云何太子出迴不悅瑜誐答言太
子出外遊觀園林見一病人形色瘦惡心神
不安太子不識問言何人瑜誐答言此是病
人又復問言我能免不瑜誐答言俱同幻體
四大無別如失保調亦不能免太子聞已即
迴車歸當思惟病法是故不樂時滿度摩王
聞是事已憶念往日相師之言若得在家即
紹灌頂輪王之位若或出家信樂修行而成
佛果如是念已即於宮內施設種種上妙五
欲娛樂太子令彼愛著斷出家意爾時世尊
而說頌曰
滿度摩父王　知子遊觀迴　身心而不樂
恐彼求出家　即以上妙樂　色聲香味觸
悅於太子情　令後紹王位
爾時世尊說此偈已告苾芻言時毗婆尸太
子告瑜誐言與我如法安置車馬今出城外
遊觀園林瑜誐聞已即往廐中安置車馬控
太子前乘之出城見一老人鬚髮皓白身心
昧劣執杖前行呻吟無力太子曰此是何人
瑜誐答言此是老人太子曰云何名老瑜誐
答言五蘊幻身四相遷變始自嬰兒童子不
覺長盛老年眼暗耳聾身心衰朽名之爲老
太子曰吾免此不瑜誐答言貴賤雖異幻體
無別日往月來亦須衰老太子聞之不樂而
歸入定思惟老苦之法無能免者爾時世尊
而說頌曰
毗婆尸太子　忽見一老人　鬚髮皆皓然

執杖乏氣力　入定審思惟　一切有爲法
刹那而不住　無有免斯者

爾時世尊說此偈已告苾芻言滿度摩王見太子不樂問瑜誐言我子云何情不樂耶瑜誐答言太子出外見一老人太子曰此是何人瑜誐答言此是老人太子又問云何名老瑜誐答言五蘊幻身四相遷變始自嬰兒童子不覺長盛老年眼暗耳聾身心衰朽名之爲老太子曰我還免不瑜誐答言貴賤雖異幻體無別日往月來亦須衰老太子聞已不樂而歸入定思惟實無免者所以不悅王聞是事憶念往昔相師之言若得在家必作輪王若也出家必成佛果爾時滿度摩王如是念已復以五欲妙樂娛悅太子令彼愛著斷出家意爾時世尊而說頌曰

滿度摩父王　見子心不悅　憶昔相師言
恐彼求出家　即以妙五欲　種種悅其心
如彼天帝釋　受樂歡喜園

爾時世尊說此偈已告苾芻言時毗婆尸太子告瑜誐言與我如法安置車馬今欲出外遊觀園林瑜誐聞已即往廐中安置車馬控太子前乘之出外見有多人圍繞車輿擧聲太哭太子曰此是何人瑜誐答言此是死相太子曰云何名死瑜誐答言人生浮世壽有短長一旦乖離氣絶神逝永別恩愛長處荒郊眷屬悲啼此名爲死太子曰我能免不瑜誐答言三界無安未逃生死太子之身亦不可免太子聞已身心不悅迴車歸宮入定思惟無常之法不可愛樂我今云何得免斯苦爾時世尊而說頌曰

毗婆尸太子　見彼命終人　即問御車者
無能免斯苦　獨坐自思惟　眞實而不謬
我身復云何　得免無常患

爾時世尊說此偈已告苾芻言滿度摩王問瑜誐言太子云何而不樂耶瑜誐答言太子出城見一死人問言此是何人瑜誐答言此是死相太子曰云何名死瑜誐答言人生浮世壽有短長一旦乖離氣絶神逝永別恩愛長處荒郊眷屬悲啼名之爲死太子曰我能免不瑜誐答言三界無安未逃生死不可免也太子聞已迴車歸宮入定思惟實無免者是以不樂王聞是事憶念昔日相師之言若得在家必作輪王若是出家必成佛果復以五欲之樂娛悅太子令彼樂著捨出家意爾時世尊而說偈言

滿度摩國王　毗婆尸太子　見彼命終人
咨嗟而不悅　王以上妙樂　色聲香等境
娛悅令愛著　捨離出家意

爾時世尊說此偈已告苾芻言時毗婆尸太子告瑜誐言與我如法安置車馬今欲出外遊觀園林瑜誐聞已即往廐中安置車馬控太子前乘之出外見一苾芻剃除鬚髮身被袈裟太子曰此是何人瑜誐答言此是出家人太子曰云何名出家人瑜誐答言悟老病死入解脫門行忍辱慈悲求涅槃安樂永別親愛願作沙門名出家人太子聞已歡喜至前善哉善哉行慈悲忍辱平等善法能背塵勞趣求安樂我亦願爲言已歸宮即發信心行出家法作沙門相爾時世尊而說頌曰

太子出王城　遊觀諸園苑　忽見老病人

及彼無常者　念念不久停　恒受種種苦
復覩出家人　剃除於鬚髮　服壞色袈裟
進止身儀雅　常行平等慈　忍辱諸善法
是故求出家　棄捨五欲樂　父母并眷屬
國城諸珍寶　即作沙門相　忍辱自調伏
息除貪愛心　勤求解脫樂

爾時世尊說此偈已告苾芻言滿度摩城八萬人衆見毗婆尸捨父王位出家剃髮爲沙門相而各思惟太子上族棄捨五欲而修梵行我等今者宜亦出家彼八萬人如是思已即時出家爲沙門身爾時世尊而說頌曰

大智最上人　其數有八萬　隨順毗婆尸
出家修梵行

爾時世尊說此偈已告苾芻言時毗婆尸菩薩既出家已與彼八萬人離自國城遊行諸處至一聚落結夏安居過是夏已而自思惟我今云何如迷醉人遊行諸處作是念已心得清淨至本住舍於夜分中復自思惟我今何用世間富貴衆生愛著輪迴生死苦蘊相續無有窮盡又復思惟此老死苦因何緣所生而得老死入三摩地諦觀此法從生支有又復思惟此生苦因何緣所生入三摩地諦觀此法從有支有又復思惟此有苦因何緣所生入三摩地諦觀此法從取支有又復思惟此取苦因何緣所生入三摩地諦觀此法從愛支有又復思惟此愛苦因何緣所生入三摩地諦觀此法從受支有又復思惟此受苦因何緣所生入三摩地諦觀此法從觸支有又復思惟此觸苦因何緣所生入三摩地諦觀此法從六入支有又復思惟此六入苦

因何緣所生入三摩地諦觀此法從名色支有又復思惟此名色苦因何緣所生入三摩地諦觀此法從識支有又復思惟此識苦因何緣所生入三摩地諦觀此法從行支有又復思惟此行苦因何緣所生入三摩地諦觀此法從無明支有如是無明緣行行緣識識緣名色名色緣六入六入緣觸觸緣受受緣愛愛緣取取緣有有緣生生緣老死憂悲苦惱如是集成一大苦蘊爾時毗婆尸菩薩又復思惟此老死苦因云何得滅入三摩地諦觀此法生滅則老死滅又復思惟此生苦因云何得滅入三摩地諦觀此法有滅則生滅又復思惟此有苦因云何得滅入三摩地諦觀此法取滅則有滅又復思惟此取苦因云何得滅入三摩地諦觀此法愛滅則取滅又

復思惟此愛苦因云何得滅入三摩地諦觀此法受滅則愛滅又復思惟此受苦因云何得滅入三摩地諦觀此法觸滅則受滅又復思惟此觸苦因云何得滅入三摩地諦觀此法六入滅則觸滅又復思惟六入苦因云何得滅入三摩地諦觀此法名色滅則六入滅又復思惟名色苦因云何得滅入三摩地諦觀此法識滅則名色滅又復思惟此識苦因云何得滅入三摩地諦觀此法行滅則識滅又復思惟此行苦因云何得滅入三摩地諦觀此法無明滅則行滅如是無明滅則行滅行滅則識滅識滅則名色滅名色滅則六入滅六入滅則觸滅觸滅則受滅受滅則愛滅愛滅則取滅取滅則有滅有滅則生滅生滅則老死憂悲苦惱滅如是一大苦蘊而自不

生爾時世尊而說頌曰
毗婆尸菩薩　思惟老死苦　以智推彼因
何緣何法生　入定審諦觀　知從生支起
乃至行苦因　知從無明有　復觀從何滅
無明滅行滅　乃至老死盡　苦蘊悉皆無
爾時世尊說此偈已告苾芻言時毗婆尸菩
薩復觀色受想行識生滅不住如幻如化無
有眞實智觀現前業習煩惱一切不生得大
解脫成正等覺爾時世尊而說頌曰
毗婆尸菩薩　復觀蘊等法　入彼三摩地
智觀現前時　惑苦業習氣　一切皆不生
如飄兜羅綿　刹那不可住　成就佛菩提
涅槃吉祥果　如月大圓明　光徧十方界
爾時世尊說此偈已告苾芻言時毗婆尸先
在因位一疑自身猶如迷醉二疑貪等煩惱
展轉增多如是思惟緣生之法得大解脫爾
時世尊而說頌曰
彼佛如來身　難成能得成　觀察緣生法
復斷貪瞋癡　究竟於彼岸　成就大解脫
如日在山頂　徧照於一切

毗婆尸佛經卷上

毗婆尸佛經卷下

宋朝散大夫試鴻臚卿明教大師法天奉　詔譯

爾時世尊說此偈已告苾芻言時毗婆尸佛旣成道已即作是念我於何處先應說法利益有情諦觀思惟滿度摩王所都大城人民熾盛機緣純熟作是念已即從座起整衣服手執應器次第行乞往滿度摩城詣安樂鹿野園中暫住止息自在無畏爾時世尊而說偈曰

二足正偏知　自在行持鉢　安住鹿野園
無畏如師子

爾時世尊說此偈已告苾芻言時毗婆尸佛告守門人曰與我往欠拏太子及近臣帝穌嚕處吾今現在安樂鹿野園中我欲相見時守門者聞是語已即詣欠拏太子及近臣帝穌嚕處具陳上事毗婆尸佛成正覺道往滿度摩城安樂鹿野園中我欲相見欠拏太子聞是語已與帝穌嚕即乘車騎出滿度摩城往安樂鹿野園中詣毗婆尸佛前頭面禮足瞻仰尊顏目不暫捨爾時毗婆尸佛欲令欠拏歡喜信受開示妙法佛言如過去諸佛所說若布施持戒精進修行能離欲色煩惱過失得生淨天時欠拏太子帝穌嚕聞是語已心得清淨如毗婆尸正等覺心生正解心不疑心善心軟心廣心無礙心無邊心清淨心復爲宣說苦集滅道四諦法行種種開示時欠拏太子帝穌嚕通達四諦見法知法得法堅牢法依法住法不動法不捨法不空法譬如白氎無諸塵垢悟法之心亦復如是爾時欠拏太子帝穌嚕白毗婆尸佛言如來應正

等覺我願出家受善逝戒佛言善哉今正是時即與剃髮受具足戒如是彼佛爲彼二人現三種神通令發精進趣向佛慧一現變化神通二現說法神通三現調伏神通如是現已欠拏太子帝蘇嚕勇猛精進經須臾間眞智相應斷盡諸漏成阿羅漢爾時世尊而說頌曰

毗婆尸世尊　說法鹿野園　欠拏帝蘇嚕
俱來至佛所　即以頭面禮　瞻仰而一心
開示施戒門　苦集滅道法　聞已深信受
了達無生滅　俱求於出家　即受善逝戒
復覩神通力　速發精進心　須臾諸漏盡
成就阿羅漢

爾時世尊說此偈已告苾芻言汝今諦聽滿度摩城人民熾盛宿植善本有八萬人聞欠拏太子帝蘇嚕正信出家佛爲說法現通而成聖果如是思惟有如是出家如是梵行如是說法如是調伏世所希有得未曾聞我等今者亦願出家作是念已時八萬人俱捨家緣出滿度摩城往安樂鹿野園毗婆尸佛所頭面禮足却住一面合掌瞻仰目不暫捨佛爲說法令生信心佛言如過去諸佛所說妙法若人布施持戒精進修行能離欲色煩惱種種過失得生淨天時八萬人聞是語已心得清淨如毗婆尸佛正等覺心生正解心無疑心軟心善心廣心無礙心無邊心清淨心復爲宣說苦集滅道四諦法行種種開示彼八萬人通達四諦見法知法得法堅牢法依法不壞法住法不動法不捨法不空法譬如白氎離諸塵垢彼等之心亦復如是時八萬

人俱發聲言如來應正等覺攝受我等令得出家受善逝戒佛即攝受剃髮受戒復爲彼衆現三神通令發精進一變化神通二說法神通三調伏神通如是現已時八萬人勇猛精進不久之間漏盡意解成阿羅漢爾時世尊而說頌曰

滿度摩城內　衆有八萬人　聞於欠拏等
出家成聖道　俱發清淨心　而來詣佛所
聞法心歡喜　速起勇猛心　合掌白世尊
願聽我出家　受持於戒律　應時爲攝受
剃髮而受戒　復爲現神通　斷盡諸結縛
如滅尸利林　熾焰永不生　成就大解脫
如是衆苦依　當得滅無有

爾時世尊說此偈已告苾芻言毗婆尸佛度彼衆已出安樂鹿野園往滿度摩城八萬苾芻亦往滿度摩城詣世尊前頭面禮足於一面坐佛即具說得道因緣令其堅固爾時世尊而說頌曰

難作極難作　輪迴盡輪迴　如是八萬人
永斷衆結縛　亦如帝穌嚕　欠拏太子仙
精進求出家　俱獲解脫果

爾時世尊說此偈已告苾芻言時毗婆尸佛而作是念此大苾芻衆住滿度摩城宜應減少令六萬二千苾芻往詣諸方遊行聚落隨意修習經六年後歸滿度摩城受持波羅提目叉作是念時於虛空中有一天子知佛心念告毗婆尸佛言善哉若令六萬二千苾芻遊諸聚落隨意修行經六年後復還本國受持波羅提目叉今正是時佛即告言汝苾芻衆中令六萬二千人遊諸聚落隨意修行經

六年後復還本國受持波羅提目叉時六萬
二千人聞是語已出滿度摩城隨方遊止爾
時世尊而說頌曰
無漏無等等　調御大丈夫　導引於群生
令至寂靜道　今遣苾芻衆　最上佛聲聞
六萬二千衆　出彼滿度城　遊行諸聚落
如龍大威勢　隨意自修行　六年復本國
爾時世尊說此偈已告苾芻言彼六萬二千
人即時出城往諸聚落隨意修行如是過一
年二年至第六年彼諸苾芻互相告言六年
已滿宜歸本國作是語時空中天人復告言
曰今正是時歸滿度摩城受持波羅提目叉
於是六萬二千苾芻以自神力及天威德經
須臾間至滿度摩城爾時世尊而說頌曰
彼佛大苾芻　六萬二千衆　遊諸聚落中
隨意六年滿　自思欲往還　天人普告示
令歸滿度城　受持清涼戒　聞之大忻慶
身毛皆喜豎　即運神通力　如乘大龍象
須臾還本城　自在無所礙　無上二足尊
出生於世間　善說衆律儀　度脫諸群品
今當爲敷演　波羅提目叉
爾時世尊說此偈已告苾芻言彼六萬二千
人至滿度摩城詣毗婆尸佛前頭面禮足却
坐一面佛言諦聽我今演說波羅提目叉曰
忍辱最爲上　能忍得涅槃　過去佛所說
出家作沙門　遠離於殺害　身口七支過
持此戒具足　發生大智慧　得佛清淨身
世間無有上　出生無漏智　盡苦苦生死
爾時世尊說此戒時復有諸天天子以天威
力來下天宮詣毗婆尸佛前作禮合掌聽受

波羅提目叉爾時世尊而說頌曰
無漏不思議　破暗到彼岸　釋梵一切天
俱聽大僊戒
爾時世尊說此偈已告苾芻言我於一時在王舍城七葉巖邊住止淨室而忽思惟過去毗婆尸佛說毗柰耶藏時恐有諸天不來聽受大僊戒者今往諸天問諸梵衆作是念已我於彼時入三摩地如大力士展臂之間至善現天彼之天子頭面禮足而作是言善哉世尊久不來此我是毗婆尸佛正等正覺聲聞弟子彼佛姓刹帝利信心出家憍陳族壽八萬歲父名滿度摩王母名滿度摩帝欠拏太子帝穌嚕出家受戒成阿羅漢大賢第一侍者名阿輸迦三會說法廣度聲聞第一大會六萬二千人得阿羅漢第二大會十萬人得阿羅漢第三大會八萬人得阿羅漢毗婆尸佛有如是最上如是出家如是證菩提如是說法如是調伏令諸弟子著衣持鉢修諸梵行遠離五欲斷煩惱得解脫證無生法成阿那舍復次尸棄佛毗舍浮佛拘留孫佛拘那舍牟尼佛迦葉佛說法調伏著衣持鉢修諸梵行遠離五欲斷煩惱證無生法成阿那舍亦復如是爾時世尊有無數百千天子恭敬圍繞往善見天彼天見佛頭面禮足與無數百千天子恭敬圍繞往色究竟天時彼天王遥見世尊五體投地禮世尊足而作是言善哉世尊久不來此我是毗婆尸佛正等正覺聲聞弟子彼佛姓刹帝利憍陳族壽八萬歲父名滿度摩王母名滿度摩帝城亦名滿度摩欠拏太子帝穌嚕出家受戒成阿羅漢

大賢第一侍者名阿輸迦三會說法廣度聲聞第一大會度六萬二千人得阿羅漢第二大會度十萬人得阿羅漢第三大會度八萬人得阿羅漢毗婆尸佛有如是最上如是出家如是梵行如是證菩提如是說法如是調伏令諸弟子著衣持鉢修諸梵行遠離五欲斷煩惱證無生法成阿那含復次尸棄佛毗舍浮佛拘留孫佛拘那含牟尼佛迦葉佛如是著衣持鉢說法調伏修諸梵行遠離五欲證無生法成阿那含今大牟尼說法梵行調伏衆生亦復如是爾時天子而說頌曰

無上二足尊　而入三摩地　速運大神通
離彼閻浮界　來至善現天　譬如大力士
速展於手臂　刹那到此間　世間甚希有
無漏無障礙　清淨解脫身　如蓮不著水
百千世界中　無與佛齊等　降伏大魔王
如河漂細草　善現等諸天　俱來頭面禮
歸命最上尊　正覺大慈悲　調伏諸衆生
六根皆清淨　出生無上慧　依法精進行
過去毗婆尸　正等正覺尊　所宣微妙法
三會度聲聞　律儀及梵行　守護無缺犯
清淨而圓滿　如夜十五月　尸棄佛世尊
毗舍浮如來　賢劫拘留孫　拘那含牟尼
及彼迦葉佛　如是諸如來　所度聲聞衆
皆已得漏盡　無復諸煩惱　恒修七覺支
及行八正等　能離五欲過　通達大智慧
衆所皆知識　如彼毗沙門　常服甘露味
如王得灌頂　永破諸暗冥　如日放光明
一一佛世尊　威儀及法行　利益諸群生
種種開方便　引導無有異

爾時世尊說此偈已告苾芻言我往彼天聞是事已知諸天人諸佛法會皆來隨喜若復有人愛樂受持行住坐卧思惟讀誦無諸迷惑永斷輪迴解脫安樂佛說此經已皆大歡喜信受奉行

毗婆尸佛經卷下

佛説大三摩惹經　宋西天三藏朝散大夫試鴻臚卿明教大師法天奉　詔譯

佛説月光菩薩經　宋西天三藏朝散大夫試鴻臚卿明教大師法天奉　詔譯

佛説普賢曼拏羅經　宋西天三藏朝散大夫試鴻臚少卿傳法大師施護奉　詔譯

清刻龍藏佛說法變相圖

三經同卷

佛說大三摩惹經

佛說月光菩薩經

佛說普賢曼拏羅經

佛說大三摩惹經

宋西天三藏朝散大夫試鴻臚卿明教大師法天奉　詔譯

如是我聞一時佛在迦毗羅林與大苾芻衆皆阿羅漢諸漏已盡所作已辦逮得已利盡諸有結心得自在如是五千五百人俱爾時十方復有釋梵大威德諸天與諸眷屬恭敬圍繞身色端嚴光明照耀來迦毗羅林詣世尊前頭面禮足住立一面時四大梵王各以伽陀而頌佛德

第一梵王而說頌曰

此大三摩惹　宣揚妙法音　我佛無能勝
天人普來集
第二梵王而說頌曰
歷大僧祇劫　修行深信心　守護眼等根
不住諸塵境
第三梵王而說頌曰
戒定慧眞實　清淨無垢染　如帝釋金剛
堅固不可壞
第四梵王而說頌曰
若人歸依佛　永不墮惡道　彼人命終時
速得生天上
爾時世尊以淨天眼普觀大會人天之衆無
量無數告苾芻衆言過去如來應正等覺集
會人天而爲說法亦復如是我於今日普集
人天欲爲說法汝等受持若人勇猛決定無
畏猶如師子深信堅固而無所著大地山間
乃至梵世皆得涅槃說是法時復有一千七
百有學天人及無數諸天光明照耀來詣佛
所佛告苾芻汝等諦聽我觀彼等諸來天衆
應以聲聞所樂之法而可度之爾時復有七
千大藥叉具大神通威德光明照耀與諸眷
屬恭敬圍繞來迦毗羅林復有六千大藥叉
住金山上具大神通威德光明照耀與諸眷
屬恭敬圍繞來迦毗羅林復有三千大藥叉
住娑多山具大神通威德光明照耀與諸眷
屬恭敬圍繞來迦毗羅林復有供毗羅等百
千藥叉住王舍城尾布羅山具大神通威德
光明照耀與諸眷屬恭敬圍繞來迦毗羅林
復有濕嚩彌怛囉半左始尾濕嚩彌嚩等藥
叉大將具大神通威德光明照耀與諸眷屬

來迦毗羅林復有東方護世天王乾闥婆主名地里多囉瑟姹囉具大神通無量威德身色妙好光明熾盛與其眷屬恭敬圍繞來迦毗羅林集會聽法南方護世天王鳩槃拏主名尾嚕荼迦具大神通無量威德身色妙好光明熾盛與其眷屬恭敬圍繞來迦毗羅林集會聽法西方護世天王是大龍主名尾嚕愽叉具大神通無量威德身色妙好光明熾盛與其眷屬恭敬圍繞來迦毗羅林集會聽法北方護世天王大藥叉主名俱吠囉具大神通無量威德身色妙好光明熾盛與其眷屬恭敬圍繞來迦毗羅林集會聽法復有四大天王侍從鬼神所謂摩野迦致尾枳致跋里虞跋里俱致等皆有神通勢力我慢無明形貌麤惡種種變化與其眷屬恭敬圍繞來

迦毗羅林集會聽法復有藥叉神將所謂印捺囉謨嚩嚕拏鉢囉惹鉢帝婆囉捺嚩惹伊舍曩贊難曩迦麼悉里瑟吒俱你建吒你建吒滿尼摩尼摩尼左囉鉢囉拏那烏波半左迦娑多儗里海摩嚩多布囉拏佉祢囉俱尾吒虞波羅藥叉阿吒嚩俱曩囉囉惹吩曩里沙婆唧怛囉細曩獻馱里嚩祢里伽設帝摩多隷半左羅獻拏穌謨摩曩彌怛具并其眷屬怛里頗梨怛里建吒計乃至世間行者俱有神通威德光明照耀恭敬圍繞來迦毗羅林集會聽法復有諸大毒龍所謂怛叉迦劒末羅濕嚩多嚕鉢囉鉢多鉢囉惹虞莎虞曩婆賀掃那娑俱地里多囉瑟吒囉俱祖囉愛囉嚩尼龍等瞋恚暴惡有大神通威德光明熾盛與諸眷屬恭敬圍繞來迦毗羅林集會

聽法復有金翅鳥名曰無畏與其飛禽清淨眼等并諸眷屬亦具神通威德光明照耀恭敬圍繞來迦毗羅林集會聽法復有無能勝金剛手海内住者一切怖畏藥叉并其眷屬皆具神通威德光明照耀恭敬圍繞來迦毗羅林集會聽法復有阿脩羅衆所謂星麽唧怛囉穌唧怛囉鉢囉賀那毋唧隸及一百末隸阿脩羅子并諸眷屬具大神通無量威德光明照耀恭敬圍繞來迦毗羅林集會聽法復有四大王天忉利天夜摩天兜率陀天化樂天他化自在天及諸天衆皆具神通威德光明照耀恭敬圍繞來迦毗羅林集會聽法復有名天所謂罇嚕拏天罇嚕尼天穌摩天畢里瑟乇天阿誐摩天蜜怛囉罇嚕尼天地天水天火天風天如是十天具大威德神通

變現并其眷屬光明照耀恭敬圍繞來迦毗羅林集會聽法復有那羅延天娑賀梨左天日天月天星宿天帝釋天莫伽天一切最尊賢聖天并其眷屬天等如是十天具大神通無量威德光明照耀恭敬圍繞來迦毗羅林集會聽法復有諸天女等所謂娑呬迦天女如火焰天女阿里瑟乇天女穌摩天女烏多摩天女補瑟波罇悉你天女左囉迦天女穌跋捺囉天女羯叉阿左喻多天女鉢囉捺喻麽曩天女莎你迦等無數天女并諸眷屬具大神通無量威德身相端嚴光明照耀恭敬圍繞來迦毗羅林集會聽法復有大藥叉女所謂舍摩藥叉女摩賀舍摩藥叉女摩耨沙藥叉女摩耨數怛摩藥叉女訖里拏藥叉女鉢囉謨沙藥叉女摩曩鉢囉努沙迦藥叉女

末囉賀藥叉女摩賀末囉藥叉女苾芻年尼迦藥叉女如是十大藥叉女亦具神通威德光明照耀與諸眷屬恭敬圍繞來迦毗羅林集會聽法復有十大藥叉女所謂輸訖羅藥叉女羯拏末羅藥叉女迦嚕拏藥叉女你羅迦嚩悉你藥叉女阿嚩那多計舍藥叉女鉢囉目契閉多迦嚩悉泥藥叉女婆那摩多藥叉女賀里帝藥叉女嚕唧迦藥叉女如是藥叉女等亦具神通威德光明照耀與諸眷屬恭敬圍繞來迦毗羅林集會聽法復有賀里帝及童男童女眷屬亦具威德神通光明照耀與諸眷屬恭敬圍繞來迦毗羅林集會聽法如是十方梵王帝釋天人八部諸大苾芻無量無數皆來集會爾時會中有大黑神名祖蹲那具大神通勇猛暴惡惱害人天障修善事以手拍地發大惡聲於虛空中化大風雲雷雹電閃種種惡相衆皆驚怖佛即觀察説聲聞法魔既聞已歸依息惡與諸苾芻同住聲聞乘是時衆會見佛降魔踊躍歡喜信受奉行

佛説大三摩惹經

佛說月光菩薩經

宋西天三藏朝散大夫試鴻臚卿明教大師法天奉　詔譯

如是我聞一時佛在王舍城竹林精舍與大苾芻衆而爲說法時舍利弗大目乾連前詣佛所五體投地禮佛足已白佛言世尊我等今者不忍見佛入於圓寂而於此時先入滅度爾時衆中有一苾芻合掌向佛而作是言世尊舍利弗大目乾連有何因緣今於佛前先欲入滅唯願世尊爲解衆疑爾時世尊告苾芻言汝今諦聽吾爲汝說舍利弗大目乾連貪瞋癡等諸漏斷盡所作已辦梵行已立不受後有非唯今日先欲入滅於過去世北印度內有一大城名曰賢石長十二由旬廣闊亦爾彼有國王名爲月光壽四萬歲有天眼宿命通身色端嚴諸相具足光明照耀如天滿月所住之處不假燈燭日月之明故號月光統領四洲六萬八千國土時世豐熟人民安隱金銀珍寶飲食衣服象馬車乘悉皆盈滿於城四門皆有樓閣戶牖軒窻俱用衆寶而爲嚴飾街巷道陌掃灑清淨豎立幢旛寶蓋眞珠瓔珞復有沉香粖香栴檀之香微風時起吹其香氣周徧國城車馬行人不聞穢氣處處復有花果樹木多摩羅樹迦尼迦囉樹無憂樹貝多樹娑羅樹帝羅迦樹龍花樹末俱羅樹阿底目伽樹播吒羅樹繁鬱茂盛鸚鵡舍利迦陵頻伽俱計羅鳥等於諸樹間作微妙音於城內外流泉浴池常出好花優鉢羅花俱母那花奔吒利迦花等如是富貴種種莊嚴佛告苾芻爾時月光天子於市肆街巷及城四門堆聚金銀珍寶象馬車乘

飲食衣服卧具醫藥種種莊嚴之物即擊金鼓告令衆人月光天子以種種財物普施一切隨意所須求者相給爾時南贍部洲一切衆生皆至王城求其所施無不豐足得大富貴無一貧乏及徒行者爾時月光天子復自思惟雖諸衆生無有貧乏對我所用猶未齊等復以細妙衣服最上珍寶頭冠瓔珞卧具飲食等施諸衆生富貴莊嚴皆如月光天子身城邑宫殿樓閣園林種種嚴飾如忉利天有七十二百千那由他人常止此城有二千五百大臣有二輔相一名大月二名持地容貌端正福德淳厚智慧深遠高才博識恒以十善化諸衆生是時大月於夜睡眠而作一夢王戴天冠變黑煙色復有鬼來就王頭上奪冠而去作是夢已憂惶驚懼恐有不祥而自思惟我王慈愍惠施一切求者不違必有惡人來乞王頭作是念已即用七寶造一寶頭如有乞者以此代之時持地輔相亦作一夢見月光身四體分散即召婆羅門占夢凶吉婆羅門曰此夢甚惡必有遠人來乞王頭持地聞已悲泣感傷云何我王有斯大禍爾時一萬二千五百親位大臣俱作惡夢幢旛倒地金鼓不鳴恩愛别離悲啼哭泣如是夢已共相議曰王若不吉一切衆生誰爲救濟我等云何而得安隱時月光天子又告大臣盡我壽命施於衆生不得間斷爾時香醉山中有大婆羅門名曰惡眼聰明多智善解技術知月光天子於城四門大開施會擊鼓宣令普告四方求者供給而無乏少我今往彼乞於王頭作是語已下香醉山山有天人知

婆羅門來乞王頭悲痛傷歎苦哉苦哉此王心懷慈愍利樂群生如若命終世間薄祐作是語時天地昏黒日月不現泉井枯乾暴風卒起吹砂走石樹木摧折大地震動有如是不祥之相去城不遠有一仙人身具五通名彌濕嚩弭怛囉與五百眷屬常以慈愍護念衆生見此徵祥甚懷憂惱告摩拏嚩迦曰必有災禍臨於民主我等云何而爲救護虛空中緊那羅衆及諸天人皆悉下淚如降微雨一切人民心懷驚怖時惡眼婆羅門將欲至城護城天人詣月光天子前今有惡人從香醉山來懷殺害心欲乞王頭不得聽之宜保愛自身固安聖體王既聞已心生踊躍歎言善哉今我圓滿檀波羅蜜時惡眼婆羅門即入王城守門天人見婆羅門神情醜惡隔住門外終不放入時月光天子知彼來至不放入城即告宰臣大月有婆羅門從香醉山來欲見於我令彼門司不得障礙大月受教白守門天人即令放入大月見已問婆羅門曰汝來至此有何所求婆羅門言我聞月光天子慈愍有情設大施會若有所求一切無悋今來至此欲乞王頭大月告言婆羅門王頭膿血所成終歸爛壞汝今乞得有何所用我有七寶頭復有種種金銀珍寶俱奉施之乃令子孫永得大富婆羅門言我本乞頭非爲珍寶時二大臣啼泣雨淚悲痛憂惱我等云何得免斯害時婆羅門即詣王前見已頂禮住立一面合掌白言聞王慈愍普施一切我今遠來只乞王頭願垂慈愍歡喜布施而説偈言

菩薩志求無上智　安住最勝清淨法
願垂慈愍速捨頭　圓滿檀度波羅蜜

時月光天子即起合掌而説偈言

父母所生不淨身　汝求我頭歡喜捨
滿爾本願稱心歸　令我速成菩提果

説此偈已白婆羅門言勿嫌我頭骨髓膿血皮肉相連無有清淨而即施之滿汝本願時婆羅門心大歡喜王欲截頭即去頭冠是時南贍部洲一切頭冠悉皆落地人各驚惶輔相二人不忍見王捨棄身命即於彼處自盡其壽以善根力生大梵宮時菩摩夜叉於虛空中高聲唱言苦哉天子今將命終復有百千億人奔詣王宮啼泣下淚傷愛別離王即説法安慰令發道心婆羅門言王若捨頭宜於淨處王即告言我有一苑名摩尼寶藏花果茂盛流泉浴池種種莊嚴最爲第一於斯捨頭汝意云何婆羅門言宜速往彼王即携劍往彼苑中立瞻蔔樹下告婆羅門言我今捨頭汝來截之婆羅門曰王不自斷令我持刃非布施行時有護苑天人見是事已悲泣涕淚告婆羅門曰汝大惡人月光天子慈愍一切普利群生何以此處害天子命王告天人莫作是言障礙勝事我於過去無量生中爲大國王於此苑內千度捨頭時諸天人皆無障礙昔濟餓虎捨身命等超於慈氏四十劫彼時天人亦不障礙汝於今日發隨喜心當獲勝利月光天子復告天龍八部一切賢聖我今捨頭不求輪王不求生天不求魔王不求帝釋不求梵王爲求無上正等正覺令未受化者迴心受化已受化者速得解脱得

解脱者圓證寂滅究竟彼岸又願命終之後舍利如白芥子於摩尼寶藏苑建一大塔令一切衆生禮拜供養見聞隨喜命終之後皆得生天發菩提心出生死界發是願巳婆羅門曰王捨内財甚爲希有於未來世速成佛道作是語時王以首髮繫無憂樹枝即執利劒自斷其頭爾時三千大千世界六種震動於虚空中天人讚言善哉善哉今月光天子當得成佛復雨優鉢羅花鉢納摩花倶母那花曼陀羅花及沉香粖香栴檀之香種種供養即以栴檀香木焚燒遺體收其舍利於摩尼苑及四衢路各起一塔恒時供養現在未來一切衆生於此苑中行住坐卧及於塔前瞻禮供養命終之後生六欲天及梵天上爾時佛告諸苾芻往昔月光天子者今我身是大月持地二輔相者今舍利弗大目乾連是惡眼婆羅門者今提婆達多是由是因緣先於佛前而請入滅時諸苾芻聞佛所説皆大歡喜信受奉行禮佛而退

佛説月光菩薩經

佛說普賢曼拏羅經

宋西天三藏朝散大夫試鴻臚少卿傳法大師施護奉　詔譯

如是我聞一時佛在王舍城鷲峯山中與大比丘衆五十百千人俱復有諸大菩薩摩訶薩皆是一切白法具足得無量智善巧方便能師子吼其名曰普賢菩薩摩訶薩寶印手菩薩摩訶薩嬉戲菩薩摩訶薩功德莊嚴菩薩摩訶薩福德音聲菩薩摩訶薩大意菩薩摩訶薩德嚴菩薩摩訶薩如是等菩薩摩訶薩衆皆來集會爾時世尊以大慈大悲普為現在未來諸修行人欲修金剛薩埵祕密相應法速疾成就者宣說金剛界大曼拏羅法

佛言若有善男子欲入金剛界大曼拏羅修習普賢金剛薩埵相應祕密法速疾成就者先當發起勇猛堅固殊勝之心求彼世間清淨勝師請受灌頂已於彼師處傳受祕密相應印契儀法一一不謬專注記憶勿令忘誤然後隨欲於清淨勝處修習是法以求悉地得勝處已先當澡浴清淨嚴潔身心便於彼處先結界護身然後依法以香泥塗曼拏羅極令如法塗畢便於此曼拏羅中燒香散華種種供養向此曼拏羅作觀想想彼曼拏羅中有本尊如來得現前已不起于座即取塗香塗手結印及念密言次結淨三業印二手金剛掌三誦本密言

唵引娑縛二合婆引縛秫䭾引　薩哩縛二合達哩摩二合娑縛二合婆引縛秫度憾

誦此密言已散印復言我今自無始已來所有一切麤重身口意業今已清淨既清淨已願今所作一切事業則為入彼金剛法因然

更作意觀於本尊如來願我所作事業皆得成就便歸命讚歎即誦密言曰

唵引薩哩嚩二合怛他誐多引迦引野嚩枳唧二合多鉢囉二合拏昧嚩日囉二合滿那喃迦引嚕弭

誦此密言已即以四種禮禮曼拏羅中本尊如來禮已長跪作金剛合掌而說是言我今發無上菩提心惟願應正等覺三世之師方便攝受令我正得三種學戒爲諸衆生以金剛堅固力住持三寶利樂衆生我今於如來金剛界金剛薩埵眞如相應祕密法中從阿闍梨受大金剛族於六時修習行四種施法於大寶族受平等相應法於大蓮花族受三乘微妙祕密法於大事業族受具足一切供養事業從清淨眞如生大菩提法我發無上菩提心受如是法已當依法修習爲一切衆生而作饒益所有一切衆生無主宰者爲作主宰未解脫者令得解脫未安樂者令得安樂未到彼岸者令到彼岸行者發願已即誦金剛視密言

摩吒於兩目　應觀爲日月　二手金剛拳

名安於腰側　曼拏與香花　及餘供養具

因此目瞻視　去垢成清淨

金剛視密言曰

唵引嚩日囉二合捺哩二合瑟致二合摩吒

二手金剛縛能解諸結使淨第八識中一切雜染種

金剛縛密言曰

唵引嚩日囉二合滿馱三說

以此印誦密言故當得自身無始已來一切

結使之縛悉皆解脫當令修習一切功德圓
滿次即以縛印於當心礫開復誦密言曰
唵引嚩日囉二合滿馱怛囉二合吒許
以此印及誦密言當得自性金剛智慧頓顯
發故即以金剛鈴三震已即次觀自身中有
惡字輪顯發有大威德以是之故當使一切
魔障不能惱亂復得金剛堅固心不退轉得
一切成就次誦心密言曰
賀賀賀賀斛
誦心密言已即入金剛薩埵堅固智觀想盡
虛空界一切性悉皆平等同彼十六音聲次
觀想自心成圓月輪於月輪中想迦字得字
了了分明現已復想月輪外有一迦字如星
旋遶得現前已復想迦字心月輪中生一金
剛蓮華又於此蓮華中心出蓮華印於此印

上觀一憾字得字了了分明現已復觀自身
等同金剛薩埵無異無別不動不搖即擲金
剛杵作如是言我今不易此身從金剛法生
為金剛薩埵次又想自身成大三摩耶薩埵
即結金剛大三摩耶印誦密言曰
唵引三摩喻憾摩賀引三摩喻憾
即以前三摩耶印印心額喉頂次結世尊大
印誦密言曰
唵引三摩耶薩怛嚩二合阿地底瑟姹二合娑嚩
二合鋡
復誦密言曰
唵引嚩日囉二合達哩摩二合呬哩二合
由此印密言故令我身口意成金剛三業次
結成就大印誦密言曰
唵引三摩耶惡

次想前心月輪中金剛法惡字輪及蓮花乃至蓮華中憾字一一皆是我金剛法自性身中所顯發故如是想已即結金剛鉤印以二手作金剛拳以二小指反相鉤二頭指屈如鉤誦密言曰

唵引嚩日囉合二俱舍弱

次結金剛索印不改前印即以二頭指反相鉤是名索印即誦密言曰

唵引嚩日囉合二播引舍吽

次結金剛鏁印以二手内相叉是名金剛鏁即誦密言曰

唵引嚩日囉合二娑普合二吒鍐

次結金剛鈴印二手金剛嚩三震如震鈴是名金剛鈴即誦密言曰

唵引嚩日囉合二吠舍惡

次觀自身同金剛薩埵智身得見前已即誦密言曰

弱吽鍐斛

次結三昧耶印即誦密言曰

唵引三昧耶娑怛鍐合三

誦此密言已即復觀自心成圓月輪想自身入此月輪成大金剛薩埵即誦密言曰

唵引摩訶三昧耶娑怛鍐合三

次誦金剛法密言曰

唵引嚩日囉合二達哩摩合二四哩合二

誦此密言已復觀前心月輪變成赤色中有本尊如來相好殊異目如蓮葉作微笑容慈悲歡喜安詳而住如是觀已次結四如來三昧耶密印各以本眞言而用加持身先結金剛薩埵印二手作金剛縛二中指竪如針名

金剛薩埵印此印安於心即誦密言曰
唵引薩哩嚩合二嚩日哩合二阿地底瑟姹合二娑
嚩合二鋡
不改前印相以二中指屈如寶是名金剛寶
此印印於額即誦密言曰
唵引囉怛曩合二嚩日哩合二阿地底瑟姹合二娑
嚩合二鋡
不改前印相以二中指如蓮葉名金剛蓮花
印此印安於喉即誦密言曰
唵引達哩摩合二嚩日哩合二阿地底瑟姹合二娑
嚩合二鋡
不改前印相以二中指相交竪名爲羯磨印
此印安於頂即誦密言曰
唵引羯哩摩合二嚩日哩合二阿地底瑟姹合二娑
嚩合二鋡

次復觀想前赤色月輪中本尊如來即結彈
指請召印交臂作金剛彈指乃至召請一切
佛平等亦同左手彈指得一切善事速疾成
就若右手彈指得速疾集會彈指密言曰
唵引嚩日囉合二三摩惹弱
次稱一百八名頌曰
金剛生大士　金剛諸如來　金剛乘普賢
金剛手頂禮　金剛王妙覺　金剛鉤如來
堅固不空王　金剛仗頂禮　金剛愛大樂
金剛箭降伏　金剛大魔欲　金剛弓頂禮
金剛意妙峯　金剛寂大愛　金剛歡喜王
金剛喜頂禮　金剛寶妙利　金剛空大寶
金剛虛空藏　金剛藏頂禮　金剛光大焰
金剛光佛日　金剛焰大照　金剛光頂禮
金剛幢妙利　金剛旗妙喜　金剛大寶幢

堅固敎頂禮　金剛笑大喜　金剛思大希
金剛愛歡喜　金剛愛頂禮　金剛法妙利
金剛蓮妙淨　妙眼觀自在　金剛眼頂禮
金剛利大乘　金剛鉤大冑　妙吉祥甚深
金剛智頂禮　金剛因大利　金剛輪大乘
金剛妙慧轉　金剛剎頂禮　金剛言妙明
金剛念妙成　金剛成無言　金剛言頂禮
金剛業妙智　金剛事一切　金剛空大力
金剛業頂禮　金剛護大進　金剛冑大牢
忿怒妙精進　堅精進頂禮　堅食大善巧
金剛牙大怖　金剛峯破魔　堅威怒頂禮
金剛拳妙意　金剛縛解脫　金剛拳平等
堅固拳頂禮

由稱念此一百八名最上句故是得一切最初灌頂故若有於此名能尊重讚歎者是受持大金剛故若常誦諷此名句者是得持金剛譽是故我已先說觀想本尊如來得見前已即結金剛鉤印事業印召請得降臨已即結三昧耶印復誦密言曰

唵(引)嚩日羅(二合)達哩摩(二合)弱吽鍐斛三昧耶薩怛鍐(三合)摩憾

復誦金剛法密言曰

唵(引)嚩日囉(二合)達哩摩(二合)呬哩(二合)

次以二頭指相拄屈如蓮華葉名金剛法三昧耶印次大羯摩印世尊大印次灌頂印次獻五供養已即持念本所修習密言數滿足已結印誦八供養明供養佛賢聖等即以二手作金剛拳相應安腰側向左小低頭此名嬉戲印即誦密言曰

唵(引)嚩日囉(二合)羅細

次以二手作金剛拳以二頭指向額及腦後
如繫髮鬘勢此名曰鬘印即誦密言曰
唵引嚩日囉合二麽隷
次以二手如金剛掌反展開五指如捧花勢
此名曰謌印即誦密言曰
唵引嚩日囉合二儗帝
次以二手作金剛拳先虛心合掌後如舞勢
此名曰舞印即誦密言曰
唵引嚩日囉合二涅里合二帝也合二
次以二手作金剛縛然後下散此名獻香印
即誦密言曰
唵引嚩日囉合二度閉
次以八指作金剛内縛於心前仰開如捧花
勢此名獻花印即誦密言曰
唵引嚩日囉合二補瑟閉合二

次以二手作金剛縛豎開二頭指此名獻燈
印即誦密言曰
唵引嚩日囉合二路計
次以二手作金剛縛當自心上開塗是獻塗
香印即誦密言曰
唵引嚩日囉合二巘第
如是諸密言印契有大威力當須運心利益
自他又復自住三昧耶相應觀想心中有唵
字輪現得字現已復想唵字中流出寶蓋寶
幢寶旛腕釧耳鐶瓔珞衣冠等寶莊嚴具乃
至百味飲食七寶等雲一一運心徧於佛菩
薩前虔恭奉獻以伸供養即作金剛合掌印
散漫想獻十方一切佛菩薩等如是供養已
即將持誦或所作善事迴向發願已即依法
發遣奉送賢聖爾時世尊說是法已在會諸

大菩薩摩訶薩及一切大苾芻衆等聞佛所
說歡喜信受禮佛而退

佛說普賢曼拏羅經

音釋

姹（竹嫁切）䠞（祖尊切）敦（宅耕切）冑（直又切）